ALI HARRIS

# Ein Tag für ein neues Leben

W0397207

*Das Buch*

Bea Bishop schreitet mit ihrem Verlobten Adam auf den Traualtar zu. Es ist der schönste Tag ihres Lebens, sie ist überglücklich – das denken zumindest die Hochzeitsgäste. Doch Bea ist sich da nicht so sicher. Ist Adam wirklich der Richtige? Außerdem hofft sie, in der Kirche ihren Vater zu sehen, der spurlos verschwand, als Bea acht Jahre alt war und den sie nie vergessen konnte. Doch stattdessen taucht Kieran auf, ihre Jugendliebe. Beas Zweifel werden stärker. Was wäre, wenn es mit Kieran und ihr damals geklappt hätte? Oder sie einen ganz anderen Mann kennengelernt hätte? Wäre sie dann jetzt zufriedener mit ihrem Leben? Plötzlich bekommt Bea die Chance, es herauszufinden. Und sie stellt fest, dass man auf dem Weg zum Happy End manchmal einen Umweg gehen muss …

*Die Autorin*

Ali Harris hat als Journalistin mit Zeitschriften wie *Red*, *ELLE* und *Cosmopolitan* zusammengearbeitet. Bevor sie Mutter wurde und anfing, Bücher zu schreiben, war sie stellvertretende Kulturredakteurin bei *Glamour*. Sie lebt mit ihrem Mann und ihren beiden Kindern in Cambridge.

*Von Ali Harris bei Blanvalet bereits erschienen:*

Der erste letzte Kuss

Besuchen Sie uns auch auf www.facebook.com/blanvalet und www.twitter.com/BlanvaletVerlag

Ali Harris

# Ein Tag für ein neues Leben

Roman

Aus dem Englischen
von Babette Schröder

blanvalet

Die englische Originalausgabe erschien 2014 unter dem Titel
»Written in the Stars«
bei Simon & Schuster, London.

Der Verlag weist ausdrücklich darauf hin, dass im Text
enthaltene externe Links vom Verlag nur bis zum Zeitpunkt
der Buchveröffentlichung eingesehen werden konnten.
Auf spätere Veränderungen hat der Verlag keinerlei Einfluss.
Eine Haftung des Verlags ist daher ausgeschlossen.

MIX
Papier aus verantwortungsvollen Quellen
FSC® C014496
FSC
www.fsc.org

Verlagsgruppe Random House FSC® N001967

2. Auflage
Taschenbuchausgabe Februar 2017 bei Blanvalet,
einem Unternehmen der Verlagsgruppe Random House GmbH,
Neumarkter Straße 28, 81673 München
Copyright © Ali Harris 2014
Copyright der deutschsprachigen Ausgabe © 2017 by Blanvalet,
in der Verlagsgruppe Random House GmbH,
Neumarkter Straße 28, 81673 München

Übersetzung und Abdruck des Gedichts *Shipping Good* von Lemn Sissay mit
freundlicher Genehmigung von Lemn Sissay und Curtis Brown, Ltd.

Redaktion: Ivana Marinović
Umschlaggestaltung und -illustration: www.buerosued.de
JB · Herstellung: kw
Satz: Buch-Werkstatt GmbH, Bad Aibling
Druck und Bindung: GGP Media GmbH, Pößneck
Printed in Germany
ISBN 978-3-7341-0050-5
www.blanvalet.de

*Für meine kleinen Sterne,*
*Barnaby und Cecily,*
*ich liebe euch über alles.*

Die Uhr tickt in der Hand eines Mädchens
Das im Takt des Tickens springt
Unter dem Park fliehen Tunnel das Dunkel
Während die Sonne die Uhren umringt

Blumen wachsen für jene, die wissen
Dass erblüht, wer seine Wurzeln liebt
Wer der Erde gibt, was ihr gebührt
Ihre jungen Triebe hegt

Ein Pferd trommelt mit den Hufen
Einen Rhythmus unter die Erde
Wo gar furchtlose Matrosen
Weinen im Schlaf um ihre Koje

Wenn das Moor seufzt in der Nacht
Und der Himmel sich über die Themse beugt
Sinken Greenwich und ich erneut in Schlaf
Und wachen erneut auf als Freunde

Das Pochen in meinem Ohr
Hallt wider von meinem Kissen
Als würden von einer schwarzen Stute
Träume aus dem Boden gerissen

Im Galopp hält sie zu
Auf den Längengrad
Springt über Sheperds Gate
Und taucht ein in die Zeit

Wo der alte Seefahrer
Sein Gast nicht mehr verstimmt
Einem kreisenden Albatros
Lieder von seinen Verfehlungen singt

Was du heim und mit dir nimmst
Sind die guten Gaben
Aus denen Royal Greenwich wob
Die Geschichte seiner Taten

Eine Tasse Kaffee wird an die Lippen geführt
Darin spiegeln sich das Meer und die Gischt
Wo lächelnd ein Mädchen im Boote sitzt
Und die Frau flüstert *Das bin ja ich*

Und das Mädchen reckt den Hals
Und segelt über den Tassenboden
Es lächelt kurz und stutzt
Dann reicht es die Blumen nach oben

Hier liegt der Anbeginn der Zeit
Wo der Fluss umfängt das Land
Hier liegt der Knotenpunkt
Ein Kreisel aus Sonne und Sand

Und der Stern erhebt sich über Observatory Hill
Und sieht denen zu, die zu ihm sehn
Und das Wasser umspült einen ruhigen Kai
An dem die silbernen Nixen baden gehn

Und eine Frau sammelt Haare
Um sie zu Hause zu spinnen
Sie fertigt Segel für den Weg zum Glück
Damit unsere Träume beginnen

»Schiffsgut«, Lemn Sissay

# Prolog

*30. April 2014*

»Ich hatte damals vor dem Traualtar nicht vor durchzubrennen. Ehrlich nicht. Ich bin an jenem Morgen nicht mit dem Gedanken aufgewacht: Wie kann ich denen, die ich am meisten liebe, möglichst viel Kummer bereiten? Dem einen Menschen, den ich am meisten liebe …« Kurz driften meine Gedanken ab, und ich schaffe es nicht, meine wohlvorbereitete Rede fortzusetzen. Ich blicke in die erwartungsfrohen Gesichter, die mit den Tulpen um die Wette leuchten. Muss ich das wirklich alles noch einmal aufwärmen? Ausgerechnet jetzt, da alle, die mir zuhören, nur den freudigen Anlass des heutigen Tages mit mir feiern wollen?

Vereinzelt ertönt ein verlegenes Hüsteln, hier und da wird geflüstert, und in mir steigt Panik auf. Ein Gefühl von Übelkeit überkommt mich oder, noch schlimmer, als würde ich gleich ohnmächtig werden. O Gott, bitte das nicht. Nicht schon wieder. Doch da drückt jemand meine linke Hand, und durch diese ermutigende, warme Geste finde ich meine Zuversicht und mein Selbstvertrauen wieder. Als ich mich zu diesem Jemand umdrehe, lächelt er und nickt mir aufmunternd zu, als wolle er sagen, ich solle meinem Instinkt vertrauen.

»In Wahrheit glaube ich, dass ich an jenem Tag überhaupt nicht viel gedacht habe«, fahre ich fort. »Ich war sehr nervös, das war alles. Ich habe mich nur darauf konzentriert, was ich als Nächstes zu tun hatte. Wann ich aufstehen, mich fertig machen, ins Auto steigen, den Gang hinunterschreiten sollte. Und na ja …« Ich halte inne und lächle schief. »Wie das ausgegangen ist, wissen wir alle.«

Gelächter weht wie Blütenblätter durch die Luft.

»Es hat viele Momente gegeben, in denen ich an mir selbst gezweifelt habe«, spreche ich weiter. »Meinen Mann vor dem Altar stehen zu lassen war die schwerste Entscheidung meines Lebens. Viele sagen, es sei die schlechteste gewesen.« Ich lächle meiner besten Freundin Milly zu, die zustimmend nickt und die Hand hebt. »Aber egal, wie sehr ich auch an mir gezweifelt habe, tief im Innern wusste ich, dass sie nicht recht haben.« Kurz schließe ich die Augen und denke an meinen lang zurückliegenden Fehler, den ich nie vergessen werde. Aber jetzt endlich bin ich darüber hinweg. Auch wenn es mir schrecklich schwerfiel, zu meiner Entscheidung zu stehen, wusste ich doch immer, dass es die richtige war.

Ich blicke erneut in die Runde, dann wende ich mich dem Mann zu, der neben mir steht. Es fühlt sich an, als sei er schon immer da gewesen, als wäre das unsere Bestimmung …

# Ein Jahr zuvor

## April

Liebe Bea,
ich war nie der Meinung, dass der April der »schrecklichste Monat überhaupt« ist. Für mich stand er immer für Neuanfänge. Mit ihm bricht für Mutter Natur tatsächlich das neue Jahr an. Plötzlich bietet sich uns ein wundervolles Schauspiel. Farbenprächtige Blumen explodieren wie ein Feuerwerk in unseren Gärten. Auf den Wiesen glänzen goldene Narzissen, Hyazinthen schießen wie Raketen aus dem Boden, und daneben schwirren Anemonen in der Luft wie ein violetter Regenschleier. Nieswurz und Tulpen wiegen sich verzückt im Wind wie Brautjungfern auf einem Junggesellinnenabschied.

Zwischen all den neuen Trieben müssen zahlreiche Entscheidungen getroffen werden – und auch die erfahrensten Gärtner fühlen sich hin und wieder überfordert. Manchmal hat man das Gefühl, der trockenen Erde kein Leben mehr einhauchen zu können. Und meiner Erinnerung nach, meine liebe Tochter, habe ich im Frühling häufig den Drang verspürt, mit meiner Seele ins Reine zu kommen. Einen Augenblick innezuhalten und darüber nachzudenken, wie es mir eigentlich wirklich geht.

Entgegen der weit verbreiteten Auffassung, sich mit Vergangenem zu beschäftigen sei nutzlos, empfinde ich es als sehr heilsam und noch dazu notwendig, alten Boden zu beackern. Als erfahrener Gärtner sage ich: Zupfe alle toten

Pflanzen heraus, sonst hindern sie womöglich die neuen Triebe an ihrem Wachstum. Doch sei auch nicht zu grob, sonst erwischst du vielleicht versehentlich eine Blume, die dieses Jahr blühen sollte. Und denk daran: Lass nicht das Gras unter deinen Füßen wachsen, sonst wird es gelb und geht ein.

Wenn du all das berücksichtigst, wird dein Garten ganz nach deinen Wünschen gedeihen.

In Liebe, Dad

# 1. Kapitel

*30. April 2013*

Bea Bishop will den entscheidenden Schritt wa…

»Das ist nicht der Moment, deinen Facebook-Status zu aktualisieren, Bea!«, tadelt mich mein jüngerer Bruder Caleb, während er mir das Smartphone wegnimmt.

»Hey!« Ich sehe ihn empört an. Irgendwie gehe ich immer noch davon aus, dass neben mir vor der Kirche der kleine Junge mit dem Lockenkopf steht, der mich früher wie ein übermütiger Welpe über den Strand gejagt hat. Stattdessen sehe ich diesen charmanten, vernünftigen, verantwortungsvollen achtundzwanzigjährigen Mann – noch dazu *Vater* – mit Anzug und Krawatte vor mir. Ich kann immer noch nicht glauben, dass Cal zwei Kinder hat. Wo sind nur all die Jahre geblieben?

Ich versuche, an mein Smartphone zu kommen, doch er hält es provozierend über seinen Kopf und lässt es dann in seiner Hosentasche verschwinden. Wütend wende ich mich zu Loni um, die rechts von mir steht, doch sie hebt nur die Hände, als wollte sie sagen: *Ich bin zwar deine Mutter, aber damit habe ich nichts zu tun.* Dann blickt sie auf ihr Dekolleté hinunter und rückt den Ausschnitt zurecht, damit man mehr Haut sieht.

»Bist du bereit, es ihnen so richtig zu zeigen, Schwesterherz?«, fragt Cal leichthin. Dann beugt er sich vor und zwinkert mir zu. »Loni ist es jedenfalls …«

Ich blicke sie beide an und würde am liebsten sagen, dass ich zu gar nichts bereit bin, solange Dad nicht hier ist. Doch stattdessen lächle ich, hole tief Luft und wende mich den schweren Kirchentüren aus Walnussholz zu. Leichter gesagt als getan in diesem lächerlich engen Spitzenkleid mit Schleppe. Mir ist klar, dass es das falsche Kleid für meine Figur ist – es passt zu einer großen, anmutigen Gestalt, nicht zu einer kleinen, etwas burschikosen Person wie mir. Ich habe es mir aufdrängen lassen, weil ich nicht wusste, was ich wollte, und weil meine künftige Schwiegermutter, Marion, meinte, dass ich »ungewöhnlich elegant« darin aussähe. Genau in dem Moment hätten meine Alarmglocken schrillen müssen. Mein Gefühl sagt mir jetzt, dass es vermutlich besser ist, wenn man am Tag seiner Hochzeit wie man selbst aussieht –natürlich wie eine herausgeputzte Version seiner selbst.

Stattdessen fühlt sich das Haarteil, um das man meine widerspenstigen Locken gewickelt hat, schwer wie Blei an, ebenso wie das gewaltige Diadem der Familie Hudson, das an meiner aufgetürmten Frisur hängt wie King Kong am Empire State Building. Marion hat mir bei der letzten Anprobe eröffnet, dass ich es tragen müsse. Ihre Begründung lieferte sie gleich mit … und wählte dafür exakt folgende Worte: »Leider Gottes werde ich – abgesehen von dir – nie so etwas wie eine Tochter haben, Bea.« Mit der Betonung auf *leider*!

»Bea!«, mahnt Cal ungeduldig und erinnert mich daran, wo ich mich gerade befinde und was ich zu tun habe. »Ich habe gefragt, ob du bereit bist …«

»… deine Haftstrafe anzutreten?«, schaltet sich Loni ein und stupst mich neckisch in die Seite, während ihr gigantischer violett-pinker Kopfputz auf ihren langen silbernen Korkenzieherlocken wippt.

Cal wirft ihr einen warnenden Blick zu. Mit unschuldiger Miene hebt sie die Hände, als wollte sie sagen: »Was denn?

War doch nur ein Scherz!«, dann nimmt sie einen Schluck aus einer kleinen Flasche, die sie ganz offensichtlich aus der Minibar des Hotels hat mitgehen lassen. »Nur ein kleines Schnäpschen für Loni gegen ihr vorhochzeitliches Herzflattern«, bemerkt sie augenzwinkernd. Meine Mutter spricht oft in der dritten Person von sich.

Wahrscheinlich macht man das, wenn man ein bisschen verrückt ist – Verzeihung, ein ganz kleines bisschen berühmt, meine ich. Loni schreibt Beziehungsratgeber. Ihr erstes Buch hieß *Warum heiraten, wenn man auch glücklich sein kann?* Es war ein Überraschungserfolg und hielt sich dreiundzwanzig Wochen auf den Bestsellerlisten. Über zwanzig Jahre und unzählige Bücher später sehen die Leute in ihr noch immer den Guru für Ehescheidungen. Was, wie sich herausstellt, an meinem Hochzeitstag wenig hilfreich ist.

Loni ist nicht gerade ein Fan der Institution Ehe. Sie ist ein Freigeist, eine Single-Seele, seit mein Vater uns verlassen hat. Damals war ich sieben und Cal fünf. Sie hat immer behauptet, die Ehe sei ein widernatürlicher Zustand. Und darum habe ich das auch geglaubt.

Ich blinzle, denn als mir einfällt, was ich im Begriff bin zu tun, spüre ich die vertraute Panik in mir aufsteigen.

»Alles okay bei dir?«, wispert Milly. Ich drehe mich zu ihr um und erhasche dabei einen Blick auf Holkham Hall, die elegante palladianische Villa hinter uns, die zusammen mit der Kirche, vor der wir stehen, zu einem beeindruckenden Anwesen gehört. Später wird dort unser Hochzeitsempfang stattfinden. Gefühlt ist der Ort des Geschehens das Einzige, worüber ich bestimmt habe. Die Hochzeit sollte hier stattfinden – in Holkham. In der Nähe des Ortes, an dem ich aufgewachsen bin, meinem Lieblingsstrand gegenüber. Schon als kleines Mädchen habe ich meinen Eltern erklärt, dass ich eines Tages genau hier heiraten würde. Marion war nicht besonders glücklich darüber. Sie hatte sich etwas Größeres, Prächtigeres vorgestellt, näher an London gelegen als an Norfolk. Aber ausnahmsweise bin ich standhaft geblieben. Es war mir egal, ob die Hudsons hundert Leute einladen wollten, denen ich noch nie zuvor begegnet bin (was sie im Übrigen getan haben), aber meine Hochzeit musste hier stattfinden.

Ich konzentriere mich wieder auf Milly. Sie ist die Ruhe und Gelassenheit in Person, und ihr goldglänzendes Brautjungfernkleid schmiegt sich elegant um ihren Bondgirl-Körper. Milly ist eine beeindruckende Schönheit, eine Mischung aus ihrer persischen Mutter und ihrem indischen Vater und stets der schönste Mensch im Raum. Ihr dunkel glänzendes schulterlanges Haar sitzt immer perfekt. Ein dichter Pony umrahmt ihre Schokoladenaugen, die aufgrund ihres stressigen Jobs als Hedgefonds-Managerin üblicherweise äußerst ernst blicken. In diesem Moment drücken sie große Sorge aus. Ich bin mir ziemlich sicher, dass sich die meisten besten Freundinnen nicht so viel Mühe geben wie Milly mit mir. Und das schon, seit sie mich in der siebten Klasse auf dem Schulgelände aufgegabelt hat, weil ich das Klassenzimmer nicht finden konnte. Es war mein erster Tag auf der neuen Schule, und sie sagt, ich hätte ausgesehen, als habe ich keine Ahnung, in welche Richtung ich überhaupt gehen müsse.

Das weiß ich auch heute noch nicht.

*Ich kann das nicht,* flüstert eine Stimme in meinem Kopf.

Ich blicke Milly wie ein verängstigtes Kaninchen an und bemühe mich mit allen Mitteln, meine Zweifel zu vertreiben – oder wünsche mir, dass sie es tut.

»Du schaffst das, Bea!«, erklärt Milly sofort, als habe sie meine Gedanken gelesen. Sie nimmt meine Hand. »Du heiratest doch Adam. Die Liebe deines Lebens!«

»Milly«, platze ich in einem Anfall von Panik heraus. »Ich muss dich was fragen.«

»Wirklich? Jetzt?«, erwidert sie und steckt eine Locke zurück, die sich aus meinem Brautknoten gelöst hat. »Okay«, seufzt sie. »Schieß los.«

»Woher wusstest du, dass Jay der Richtige ist?«

Millys Blick huscht von mir zu Cal. Dann sieht sie mit einem strahlenden Lächeln erneut zu mir, doch ich erkenne, dass sie beunruhigt ist. *Passt auf, Leute, die Braut will sich aus dem Staub machen!*

»Woher wusstest du es?«, dränge ich und blicke auf die zwei Ringe hinunter, die seit drei Jahren fest an ihrem linken Finger stecken. Jay ist Adams Trauzeuge und Millys Ehemann. Sie hat ihn am selben Abend kennengelernt wie ich Adam, nur dass Millys und Jays Beziehung sich schneller entwickelt hat als unsere. Während Adam und ich noch ein bisschen Fangen gespielt haben.

»Ich … ich …« Ihr Blick zuckt nervös von mir zu Cal, dann zu Loni. »Das kann ich nicht erklären, Bea. Ich wusste es einfach.«

Mein Herz rutscht mir bis hinunter zu meinen albernen hohen Hochzeitsschuhen, denn die Wahrheit ist, dass ich es *nicht* weiß. Ich bin mir nicht sicher, und ich weiß nicht, warum. Wenn Adam so wunderbar ist, warum weiß ich es dann nicht? Was stimmt nicht mit ihm oder vielmehr mit mir?

»Komm schon, Schwesterherz!«, schaltet sich Cal ein, als könne er meine Gedanken lesen. »Wir sprechen hier von dir und Adam. Ihr seid füreinander bestimmt. Du bist verrückt, und er ist völlig verrückt nach dir.«

»Na, fantastagorisch«, erwidere ich mit einem schwachen Lächeln.

Ich schnappe Loni die Miniflasche weg und will einen Schluck nehmen, doch das Gewicht meines Haarteils und des Diadems machen es mir unmöglich, den Kopf in den Nacken zu legen.

»Bereit?«, fragt Cal sanft, als wäre ich eine seiner zweijährigen Zwillingstöchter.

ICH WEISS ES NICHT!, denke ich. »Ja, bereit!«, fiepse ich stattdessen.

Cal tritt vor, um die Türen der St.-Withburga-Kirche zu öffnen, und ich hyperventiliere ein wenig. Der dicke Spitzenstoff des Kleids juckt auf meiner Haut. Ich widerstehe dem Drang, mich an den Schenkeln zu kratzen.

»Hältst du den mal?«, frage ich Cal und drücke ihm den wunderschönen Brautstrauß in die Hand – gelbe Primeln *(ich kann nicht ohne dich leben)*, pralle Ranunkeln *(sprühender Charme)* und Forsythien *(kündigen einen aufregenden Augenblick an)*. Milly hat ihn für mich bestellt, als ich sie in Panik anrief, weil ich vergessen hatte, mich darum zu kümmern. Sie war noch bei der Arbeit, ist jedoch kurz vor Ladenschluss noch schnell zu ihrem Blumenladen in Greenwich gelaufen und hat eigens für mich nach den gelben Hochzeitsblumen gefragt – eine Handvoll Sonnenschein. Netterweise hat der Laden die Sträuße und die Ansteckblumen in letzter Minute gebunden und sie in eine altmodische Holzkiste gepackt, auf der an der Seite zusammen mit ein paar Sternen der Name des Geschäfts stand – *Cosmos Flowers.* Milly und Jay haben sie mir heute Morgen in aller Herrgottsfrühe gebracht. Die Kosmee ist meine Geburtstagsblume, und als ich ihren lateinischen Namen auf der Kiste mit meinen Lieblingsblumen entdeckte, kam es mir wie ein Zeichen vor – ich tue das Richtige. Aber jetzt …?

*O Gott, mir ist schlecht.*

»Alles okay, Bea?«, fragt Milly erneut, während sie mich stützt.

»Ich glaube, von dem Kleid bekomme ich Ausschlag«, stöhne ich, während ich versuche, das Jucken zu lokalisieren. »Vielleicht bin ich gegen den Stoff allergisch?«

Milly fasst mein Kinn und zwingt mich, sie anzusehen. »Du musst dir keinerlei Sorgen machen. Du musst es einfach nur bis vor diesen Altar schaffen. Ich bin direkt hinter dir, okay?« Sie nimmt meine Schleppe, Cal nickt zustimmend und drückt meine Hand.

Ich hole tief Luft und sage mir, dass die meisten Bräute von Angst, Zweifeln und heftiger Unruhe geplagt werden. Das ist ganz normal. Wenn erst einmal der Ring am Finger steckt, fallen alle Befürchtungen von dir ab. Ja, ich bin zuversichtlich, dass es genau so sein wird.

»Adam ist der Richtige, Bea«, bekräftigt Cal noch einmal. »Das ist er schon immer gewesen. Es hat eben ein bisschen gedauert, bis du es gemerkt hast. Jetzt musst du nur noch einen Fuß vor den anderen setzen …«

Ich nicke und staune, dass mein kleiner Bruder so erwachsen geworden ist. Und ich so ängstlich.

»Packen wir's an!«, quietsche ich und stoße wie zur Bekräftigung zaghaft die Faust in die Luft.

Cal stemmt die schwere Kirchentür auf und sieht mich an. Als Mendelssohns Hochzeitsmarsch durch die offenen Türen schallt, bemerke ich, dass seine porzellanblauen Augen ebenso wie die von Loni vor Rührung glänzen. Die Gäste wenden sich zu uns um, starren mich an und vollführen dabei mit ihren Köpfen eine perfekte La-Ola-Welle. Ich hake mich bei Cal ein und lächle nervös hinter meinem Schleier.

»Du siehst wunderschön aus, Schwesterherz«, flüstert Cal mir lächelnd zu, während wir langsam den Gang entlangschreiten. »Und was immer du tust«, fügt er grinsend hinzu, »mach dir am Ende nicht wieder in die Hose wie auf Tante Caths Hochzeit.«

»Da war ich drei«, zische ich, muss jedoch lachen.

Während wir auf den Altar zugehen, halte ich verzweifelt nach meinem Vater Ausschau. Niemand weiß davon –

noch nicht einmal Cal –, doch mein Vater ist der eigentliche Grund, warum ich unbedingt in dieser Kirche nahe dem Haus meiner Kindheit heiraten wollte. Ich habe nie aufgehört, davon zu träumen, dass wir an diesem besonderen Tag hier endlich wieder vereint sein würden. Ich habe darauf bestanden, ihm eine Einladung nach Cley-next-the-Sea zu schicken. Das ist die letzte Adresse, die wir von ihm hatten, ehe er verschwunden ist. Außerdem hat Adam eine Hochzeitsanzeige in der Lieblingszeitung meines Dads geschaltet. Seit Monaten rede ich mir ein, dass, sollte Dad weder die Einladung erhalten noch die Anzeige entdeckt haben, er dennoch durch eine kosmische Verbindung spüren würde, dass seine Tochter heute hier heiratet. Er würde instinktiv wissen, dass ich nicht ohne ihn heiraten will. Er würde sich daran erinnern, wie ich ihm als kleines Mädchen gesagt habe, dass ich eines Tages in dieser Kirche heiraten werde. Er würde spüren, dass ich ihn auch mit dreißig Jahren noch jeden Tag vermisse. Und darum hoffe ich, auch wenn ich seit dreiundzwanzig Jahren nichts mehr von ihm gesehen oder gehört habe, dass er vielleicht, nur vielleicht, hier sein wird, um zu sehen, wie seine Tochter vor den Altar tritt. Ich weiß, dass es albern ist. Ich sollte loslassen und mich auf mein Leben konzentrieren, aber ich habe nie die Hoffnung aufgegeben, dass mein Vater eines Tages in mein Leben zurückkehrt. Es kommt mir vor, als sei heute seine letzte Chance dazu, bevor ich das Leben als seine Tochter, Bea Bishop, hinter mir lasse und ein neues als Mrs. Bea Hudson beginne.

Mein Blick schweift verzweifelt über die Hochzeitsgäste, die auf beiden Seiten des Ganges sitzen. Caleb drückt meinen Arm, er hat begriffen, nach wem ich Ausschau halte. Er bemüht sich, es zu verstehen, aber Cal scheint Dad nie so vermisst zu haben wie ich. Mein kleiner Bruder hat immer mit seinem Leben weitergemacht – auf eine unauffällige, aber ganz unglaubliche Art. Nicht nur dass Cal ein großartiger Vater für seine Zwillingstöchter ist, ein liebender Partner für ihre Mum Lucy, mit der er seit fast zehn Jahren zusammen ist (Bindungsprobleme sind uns ganz offenbar *nicht* in die Wiege gelegt …), er ist auch eine echte Stütze für mich. Und er wohnt in der Nähe von Loni (was bedeutet, dass es mir freisteht zu wohnen, wo immer ich will). Noch dazu rettet er jeden Tag Menschenleben, denn Cal ist Sanitäter. Mit anderen Worten, mein Brüderchen, das früher in Superman-Kostümen herumgelaufen ist, ist jetzt im wahren Leben ein Superheld. Dad wäre so stolz auf ihn. Ich habe nie verstanden, wie sich Geschwister mit denselben Wurzeln so unterschiedlich entwickeln können.

Ein Bild flackert vor meinem inneren Auge auf, ein Bild von meinem Vater, wie er vor mir steht und seine Arme ausbreitet.

*Komm her, mein kleines Klammeräffchen …*

Als ich an den Kosenamen denke, den Dad mir gegeben hat, weil ich mich immer an ihn gehängt habe, spüre ich einen heftigen Stich. Einen Augenblick schließe ich die Augen, dann sehe ich ein Bild vor mir, wie ich in den Garten laufe, mich an seine Beine klammere und zu ihm aufschaue, während er mich lachend hochhebt.

Ich lasse den Blick weiter über die Hochzeitsgäste gleiten. Als mir klar wird, dass mein Vater natürlich nicht hier ist, steigen mir Tränen der Enttäuschung in die Augen, und ich stolpere. Es war dumm, an einem derart unrealistischen Traum festzuhalten.

*Das ist nicht mehr wichtig,* sage ich mir streng. *Ich brauche ihn nicht mehr. Ich habe jetzt Adam … Alles wird gut, wenn ich es nur bis zu Adam schaffe …*

Doch der Traualtar scheint derart weit weg zu sein, dass ich ihn nur unscharf erkenne. Alles verschwimmt.

Ich ringe um Atem und lege mir kurz die Hand auf die Stirn, während ich mir Mühe gebe weiterzugehen. Doch es ist, als wäre ich zu schnell aufgestanden und jemand hätte das Licht ausgeschaltet. Der Stoff des Kleides juckt unerträglich. Ich habe das Gefühl zu ersticken, und mein Kopf kommt mir unglaublich schwer vor. Hundert Leute blicken mich an und machen Fotos, und mir wird bewusst, dass ich die Luft anhalte, als wollte ich ins Meer eintauchen.

Ich bin mir ziemlich sicher, dass ich weiterhin einen Fuß vor den anderen setze und auf den Altar zugehe, doch es fühlt sich an, als würde mich etwas gleichzeitig zurück und nach unten ziehen.

Als würde ich ertrinken.

Und dann endlich erkenne ich ihn, und eine Welle der Erleichterung durchströmt meinen Körper. Denn dort am Ende des Gangs wartet Adam auf mich. Mein großer, starker, so selbstsicherer Adam. Er steht mit dem Rücken zu mir neben Jay. Ich starre auf seine breite, starke Silhouette, seinen perfekt gebügelten Anzug und die etwas aufmüpfige dunkle Haarlocke auf seinem strahlend weißen Kragen. Es ist vermutlich das Einzige in seinem Leben, das etwas in Unordnung ist. Es sei denn, man zählt mich dazu. Dann dreht er sich um, und ich blicke in seine ruhigen grauen Augen unter den dichten dunklen Brauen. Er ist die Ruhe in meinem Sturm, denke ich.

Ich hebe die Hand und winke ihm zu. Er lächelt, es ist ein sanftes Leuchten, das an den Mundwinkeln beginnt und von dort zu seinen Augen aufsteigt, wo es wie die Mittagssonne erstrahlt und mich in helles Licht badet. Er nickt bestimmt, dann bedeutet er mir, zu ihm zu kommen, und dreht sich wieder zum Pfarrer um. In jeder seiner Bewegungen liegt Entschlossenheit.

Ich blicke nach links, und in dem Moment fällt meine Welt wie ein Kartenhaus in sich zusammen. Er ist hier. Nicht mein Vater, wie ich gehofft hatte, sondern der Mann, den ich in den letzten acht Jahren zu vergessen versucht habe. Meine Brust schnürt sich schmerzhaft zusammen, während die Erinnerungen wie ein Tsunami über mich hinwegfegen und jede Mauer, die ich zum Schutz vor der Vergangenheit errichtet habe, mit sich reißen. Ich kann nicht glauben, dass er wirklich hier ist. Nach all den Jahren.

Kieran Blake. Meine erste große Liebe.

Er sieht mich durchdringend an. Obwohl wir uns so lange nicht gesehen haben, erkenne ich sein Gesicht sofort wieder. Er hat den zerzausten, rebellischen jungenhaften Haarschnitt aufgegeben. Damals waren seine Haare von den jahrelangen Reisen ganz ausgeblichen. Jetzt sind sie dunkel und kurz geschnitten, was den Glanz seiner dunkelgrünen Augen noch verstärkt. Ich versuche, wieder zu Adam zu blicken, doch ich kann nicht. Ich schaffe es nicht, den Blick von Kieran zu lösen. Da hebt er eine Hand, um sich über den Kopf zu streichen, und an seinem Finger funkelt etwas Silbernes auf. Erneut verliere ich mich in Erinnerungen und werde an einen Ort, zu einem Augenblick, in eine Zeit zurückkatapultiert, in die ich auf keinen Fall zurückkehren wollte.

*Ich verspreche dir, dass ich zurückkomme. Sobald ich zu mir selbst gefunden habe. Bitte warte auf mich, ja? Bis dahin trage ich den Ring, und du trägst deinen …*

Ich blicke hinunter auf den Ringfinger meiner rechten Hand, an dem ich den Ring aus Platin getragen habe, bis ich es irgendwann aufgab, auf Kieran zu warten.

»Kieran Blake«, murmle ich, und Cal wirft mir einen verwirrten Blick zu.

»Was hast du gesagt?«, flüstert er und lässt den Blick über die Menge wandern, bis er ihn entdeckt. Schockiert sieht er wieder zu mir. »Hast du den etwa eingeladen?« Ich schüttle den Kopf und taumle dabei leicht zur Seite. Es ist, als wollten meine Füße mich nicht mehr tragen.

Ich versuche es dennoch. Warum spüre ich gerade jetzt, wo ich so gern Schritt für Schritt sicher in meine Zukunft schreiten würde, einen so überwältigenden Sog in die Vergangenheit? Es fühlt sich an, als würde man von zwei Seiten an mir zerren. Ich schiebe meine Zweifel beiseite und zwinge meine schwindelerregend hohen Absätze, weiter über die kalten Fliesen zu klackern.

»Hey, Bea«, sagt Cal. »Pass au…«

Seine Warnung kommt zu spät. Mein Schuh rutscht weg, und der Boden unter meinen Füßen verschwindet. Die Hochzeitsgäste halten kollektiv die Luft an, während ich aufschreie und nach hinten falle. Cal versucht noch, meinen Arm zu packen, kann mich jedoch nicht halten, und ich krache rücklings auf den Boden.

Noch während ich falle, läuft mein Leben vor meinem inneren Auge ab, genau so, wie es angeblich geschieht, wenn man stirbt.

O Gott, sterbe ich etwa? Nein, ganz sicher nicht. Ich will nicht, dass meine Grabinschrift eine Schlagzeile aus der *Daily Mail* wird: »38er-Braut erleidet tragischen Tod vor dem Traualtar« (die Tragödie besteht darin, dass ich Größe 38 getragen habe, nicht darin, dass ich gestorben bin). Ich bemühe mich, bei Bewusstsein zu bleiben, während ein brennender Schmerz von meinem Kopf durch meinen Körper jagt. Ich klammere mich an mein Leben. Nur …

Ich blinzle und merke, dass ich ob der drohenden Ohnmacht die Augen verdrehe. Ich klammere mich nicht an mein Leben, ich klammere mich gerade an zwei verschiedene Leben. An das, das ich früher hatte, und an das, auf das ich bis jetzt zugesteuert bin. Ich erkenne Adam und Kieran neben mir. Oder bilde ich mir das nur ein? Ich weiß nicht genau, was gerade geschieht oder wo ich bin. Vor mir tauchen die geisterhaften weißen Umrisse meiner Zukunft und meiner

Vergangenheit auf, die auf überirdische Weise miteinander ringen. Die eine zieht mich wie ein Engel an meiner Schulter vorwärts – die andere will mich zurückzerren. Zwei Lieben, zwei mögliche Leben – aber welches ist meins? Welchen Weg soll ich wählen? Ich kann mich nicht entscheiden und lasse den Kopf auf die Fliesen sinken. Erst sehe ich Sterne, dann wird alles um mich herum schwarz.

# 2. Kapitel

Ich sitze auf einem Stuhl in der kleinen kalten Kapelle neben dem Hauptschiff und reibe mir den Kopf, während Cal mich untersucht. Adams tiefe, beruhigende Stimme hat mich aus der Dunkelheit in die Gegenwart zurückgeholt. Ich weiß nicht, wie lange ich bewusstlos gewesen bin und was in der Zwischenzeit passiert ist, ich weiß nur, dass ich mich anders fühle, seit ich wieder aufgewacht bin. Als hätte ich meinen Anker verloren und würde auf dem offenen Meer treiben. Loni, Cal und Adam sitzen neben mir, während ich meinen Kopf umklammere. Adams Eltern, George und Marion, sehen zu, ebenso wie Milly und Jay. Sie meinen, ich hätte Schmerzen – und damit haben sie recht –, aber nicht, weil ich mir den Kopf angeschlagen habe.

Ich komme mir vor, als hätte ich meinen Körper verlassen. Die Welt hat sich währenddessen rückwärtsgedreht, und ich bin wieder mit Kieran am Cromer Pier.

*Es ist alles meine Schuld.* Der Gedanke war damals genauso zutreffend wie heute.

Cal zieht meine Lider nach oben und untersucht meine Pupillen. Ich komme mir vor, als würde ich verhört, nur dass ich diejenige bin, die die Fragen stellt. *Verliere ich den Verstand?*, möchte ich ihn fragen. *Du hast Kieran doch auch gesehen, oder? Er war es doch, stimmt's?* Er ist hier. Er ist zurückgekommen. Sieben Jahre später als versprochen, aber er ist zurückgekommen.

In Cals zusammengezogenen Brauen und seiner Stirn, die sich in Falten legt, finde ich keine Antworten.

»Einen Moment lang habe ich mir echt Sorgen gemacht, Schwesterherz«, murmelt er.

»Dass ich es nicht bis zum Altar schaffe oder das Gegenteil?«, stoße ich hervor.

In seiner Wange spannt sich ein Muskel, und er schüttelt den Kopf, dann blickt er in die Runde. »Keine Gehirnerschütterung«, stellt er mit einem Lächeln fest und tritt einen Schritt zurück. »Und kein Gehirnschaden. Wenn wir Glück haben, hat der Schlag sie sogar etwas zur Vernunft gebracht!« Vor Erleichterung ertönt ein leises Lachen aus dem Halbkreis aus Familie und Freunden.

Jemand reicht Cal einen Eisbeutel, und er drückt ihn gegen meine Stirn. »Au!«

»Warte, lass mich mal«, sagt Adam, und Cal tritt gehorsam zur Seite. Adam hat diese Wirkung auf Menschen. Sie hören auf ihn. *Ich* auch.

»Sollen wir dann loslegen?«, fragt unser Pfarrer strahlend, klatscht in die Hände und blickt auf seine Armbanduhr.

»Können Sie uns bitte einen Moment allein lassen?«, erwidere ich zitternd, und er sieht mich einen Augenblick zu lange an, bevor er alle aus der Kapelle schiebt. Cal geht als Letzter und wirft mir einen langen Blick zu, ehe er Adam und mich allein lässt.

Ich sehe zu Adam auf, der mich auf die Stirn küsst und dann erneut den Beutel mit dem Eis draufdrückt. Irgendwie kommt mir der Gegensatz zwischen seinen warmen Lippen und dem kalten Eis symbolhaft vor. Seine grauen Augen sind vor Sorge getrübt, und ich verspüre den Impuls, sein perfekt geschnittenes Kinn zu fassen und seine vollen Lippen auf meine zu drücken. Damit ich mir den letzten Kuss des Mannes einprägen kann, der mich glücklicher gemacht hat, als ich es je für möglich gehalten habe. Der Mann, der Ruhe und Sicherheit in mein Leben gebracht hat, in dem vorher nur Lärm und Chaos herrschten. Von dem ich dachte, dass er mich vor meiner Vergangenheit retten könnte, auch wenn ich mich nie überwinden konnte, ehrlich mit ihm über diese zu sprechen. Ich denke an Kieran, der dort draußen wartet, und mir wird schlecht angesichts dessen, was ich zu tun gedenke.

»Wie fühlst du dich?«, fragt Adam, geht in die Hocke und nimmt das Eis weg. »Bist du bereit, wieder aufzustehen, dort hineinzugehen und dich der Hochzeitsmusik zu stellen? Du hast da einen ganz schönen Stunt hingelegt, weißt du das? Davon kannst du eines Tages deinen Kindern erzählen …« Er grinst, und um seine Augen bilden sich Lachfalten, die wie Glasscherben in mein Herz schneiden. Er ist so perfekt.

Zu perfekt für mich.

Ich muss es ihm sagen. Ich muss. Mir bleibt keine andere Wahl. Außerdem verdiene ich ihn nicht.

Ich blicke auf den Eisbeutel. Auf die geschmolzenen Eiswürfel, die vor meinen Augen schwimmen und sich mit meinen Tränen mischen wie ein Fluss, der meine perfekte Zukunft mit sich fortreißt.

»Komm schon«, sagt Adam sanft und fasst meinen Ellbogen.

Ich schüttle den Kopf, ich kann ihn nicht ansehen. Ich komme mir vor wie ein Scharfrichter, der die Guillotine fallen lässt. »Adam«, flüstere ich und dränge den Namen an dem Kloß in meinem Hals vorbei. »Du weißt, ich liebe dich. Ich hoffe, daran hast du nie gezweifelt …«

»Natürlich nicht, darum heiraten wir doch!« Er lächelt, beugt sich vor und küsst mich zärtlich. Ich schließe die Augen und lege meine Finger auf meine Lippen. »Na, komm«, sagt er, steht auf und reicht mir die Hand. »Gehen wir. Aber versprich mir, dass du keine akrobatischen Kunststücke mehr im Gang vollführst, ja? Fast hast du Dad dazu gebracht, nicht mehr seine E-Mails zu checken!« Er grinst, doch ich bleibe ernst. Noch immer streckt er mir die Hand entgegen und wartet, dass ich sie ergreife.

»Adam.« Verzweifelt bemühe ich mich, das Beben in meiner Stimme unter Kontrolle zu bekommen.

»Bea, ich weiß, dass du nervös bist, aber du brauchst keine Angst zu haben. Wir heiraten und machen einfach weiter wie bisher. Es muss sich doch gar nichts ändern.« Seine Stimme klingt leise, beruhigend, melodisch. Er redet mit mir, als wollte er mich, metaphorisch gesprochen, davon abhalten, von der Klippe zu springen. »Weißt du noch, als ich dir den Antrag gemacht habe? Du hattest solche Angst, den nächsten Schritt zu tun, dass ich dachte, ich habe nur eine Chance, wenn du nicht in Panik verfallen sollst – ich muss den Ring in einem kleinen Strauß aus Lavendel, Jasmin und Orangenblüten verstecken, um dich zu beruhigen, zu entspannen und den Schock zu lindern …«

Bei der Erinnerung muss ich lächeln. Ich fand seine Geste hinreißend, sie war so umsichtig und zeigte, wie gut er mich verstand. Doch wieder taucht Kierans Gesicht vor mir auf, und eine Welle der Angst überwältigt mich. Ich verdiene Adams Freundlichkeit nicht. Wenn er wüsste … Ich muss das hier hinter mich bringen. Ich muss mich von der Klippe stürzen. Das Ganze hier beenden.

»Ich kann das nicht. Ich kann dich nicht heiraten, Adam«, platze ich abrupt heraus, als würde ich ein Pflaster abreißen. Ich schließe die Augen. Es tut trotzdem weh. »Ich … Es tut mir so leid …«

Er wischt meine Bemerkung zusammen mit einer meiner Haarsträhnen fort. »Das meinst du nicht so. Du hast nur einen kleinen Schock. Sobald wir wieder dort hineingehen, wird alles gut …«

Wie gern würde ich Adam glauben, aber es fühlt sich an, als hätte Cal recht, als sei ich bei dem Sturz endlich zur

Vernunft gekommen. Ich kann niemandem mehr etwas vormachen. Kieran ist zurück, und alles ist anders. Das hat Adam nicht verdient, und mich hat er auch nicht verdient. Ich darf meine Vergangenheit nicht länger verdrängen und so tun, als hätte mein Leben erst begonnen, als ich Adam begegnet bin. Nein, es ist mit der Nacht der Tragödie zu Ende gegangen. Und das ist meine Schuld.

Ich hebe den Kopf und halte den Blick auf das Eis gerichtet. Es schmilzt noch immer. Alles schmilzt dahin. »Nein, Adam. Es tut mir leid, ich kann das nicht. Ich kann einfach nicht …« Meine Stimme klingt überraschend fest. Kein Zittern, kein Beben, meine Entscheidung ist gefallen.

Adam starrt mich eine gefühlte Ewigkeit an, auf seinem Gesicht zeichnen sich nacheinander Unglauben, Fassungslosigkeit, Schock und Kränkung ab, dann tritt er zurück.

»Du meinst das wirklich ernst.« Er spricht leise, fast flüstert er. Ich vergrabe das Gesicht in den Händen und komme mir vor, als hätte ich erst ihn und dann mich mit einem Messer durchbohrt.

Adam tritt an die kühle Steinwand und lehnt sich dagegen, als könne er sich nicht mehr auf den Beinen halten. »Warum?«, fragt er leise. Seine breiten Schultern wirken, als seien sie geschrumpft. Mit der linken Hand stützt er sich an der Wand ab, dabei spreizt er die Finger, als bräuchte er so viel Fläche wie möglich, aber auch als wollte er mich daran erinnern, dass dort kein Ehering an seinem Finger glänzt. Mit der anderen Hand hält er sich die Stirn, als hätte er einen heftigen Schlag auf den Kopf bekommen. Was vermutlich der Fall ist. »Meinst du nicht, dass du mir wenigstens erklären solltest, warum?«

»Ich … ich weiß es nicht … Ich kann es einfach … Ich kann es dir nicht erklären. Es tut mir leid …« Ich suche nach den richtigen Worten, finde sie jedoch nicht: dass ich ihn liebe und ihn brauche und ihn schon jetzt vermisse, aber dass ich nicht weiß, wer ich bin. Dass ich mich vor langer Zeit verloren habe. Verzweifelt blicke ich zu Adam auf, Tränen strömen über mein Gesicht. Ich wünschte, die Dinge wären anders, aber ich weiß, dass sich in der einen Sekunde, bevor ich gestürzt bin, alles verändert hat.

Weil Kieran zurückgekehrt ist.

# 3. Kapitel

Als ich wieder zu mir komme, fühlen sich die kühlen Fliesen wie Eis unter meinen nackten Schultern an. Bin ich ohnmächtig geworden, oder bin ich tot? Ich öffne die Augen und blinzle, um den schwarzen Nebel zu vertreiben. Ich trage ein langes weißes Gewand, wie ein Engel. O Gott. Das mit dem Tod war doch nur ein Witz. Dann fällt mir alles wieder ein. Na ja, fast. Ich kann mich vage daran erinnern, dass ich nach jemandem Ausschau gehalten habe, aber ich weiß nicht mehr, nach wem. Ich fühle mich irgendwie anders, aber ich weiß nicht, warum.

Adams Gesicht schiebt sich in mein Sichtfeld, seine grauen Augen sind voller Sorge. Er streicht mit den Daumen über meine Schläfen, dann legt er mir die Hand auf die Stirn. Plötzlich drängt sich Marion vor ihn, schnippt mit den Fingern, woraufhin ich hektisch blinzle, als hätte ich einen Anfall. Nicht besonders hilfreich, wenn hundert Leute zusehen und sich fragen, ob ich gerade eine Art vorehelichen Zusammenbruch erlitten habe. Dann hält sie die Hand hoch.

»Wie viele Finger sind das?«, bellt sie, ihre perfekt geschminkten Lippen öffnen sich wie ein Abgrund. »Kannst du es erkennen? Einer? Vier? Fünf?«

»Hoffentlich nicht der Mittelfinger«, sage ich schwach, »das wäre echt unhöflich.«

Daraufhin ertönt Gelächter.

»Es geht ihr gut«, lautet Cals Diagnose. »Sie wollte nur allen veranschaulichen, wie sie sich Hals über Kopf in

Adam verliebt hat!« Er und Adam beugen sich über mich und reichen mir die Arme, um mir aufzuhelfen.

»Warte noch einen Moment, Junge«, ruft George. »Ich filme noch. Damit bekomme ich Millionen Klicks auf YouTube!«

»George!«, ruft Marion tadelnd.

»Mir geht's gut. Ehrlich«, sage ich, schiebe Cal und Adam weg und kämpfe mich nach oben, bis ich sitze.

Und obwohl das im Großen und Ganzen stimmt – ich habe nicht einen einzigen Kratzer oder blauen Fleck am ganzen Körper –, fühle ich mich merkwürdig. Benebelt. Irgendwie bin ich hier, aber es kommt mir vor, als hätte ich etwas Wichtiges vergessen, als würde ein Teil von mir fehlen, das zuvor noch da war. Blinzelnd betrachte ich meine ausgestreckten Finger und zähle sie, für den Fall, dass Marion recht hat. Da bemerke ich, dass ich keinen Ehering trage. Das muss es sein, beschließe ich. Das ist das fehlende Teil!

Ich lege den Kopf in den Nacken und blicke zu Adam nach oben. Seine Augen sind dunkle Wolken, seine Stirn ist vor Sorge gekräuselt.

»Können wir nicht einfach weitermachen, Adam?«, bitte ich. »Ich will jetzt endlich heiraten.«

»Oh, Gott sei Dank.« Er lacht erleichtert auf.

»Hattest du Angst, dass ich es nicht vor den Altar schaffe – oder das Gegenteil?«, necke ich ihn. Ich schließe die Augen, weil es mir auf einmal vorkommt, als hätte ich das hier alles schon einmal erlebt, aber irgendwie anders. Ich habe das Gefühl, dass es etwas gibt, woran ich mich erinnern sollte, etwas Wichtiges. Doch es ist, als wäre dort, wo die Erinnerung sein sollte, nur ein schwarzes Loch.

Ich schüttle den Kopf, lächle und wende mich den

Gästen auf beiden Seiten des Ganges zu, die mich gespannt anstarren wie Gaffer bei einem Autounfall.

»Es ist alles in Ordnung«, rufe ich schwach. »Mir geht's gut! Geschieht mir recht. Ich hätte eben keine hohen Absätze tragen sollen!« Leises Lachen. »Aber es bringt Glück, wenn am Hochzeitstag etwas schiefläuft, stimmt's?«, füge ich hinzu. »Und jetzt, nachdem ich auf den Arsch …« Marion starrt mich wütend an, und ich korrigiere mich schnell, »… Allerwertesten gefallen bin, liegt es nahe, dass alles andere perfekt laufen wird! Also los! Heiraten wir!«

Dafür ernte ich Applaus und nehme von Milly meinen Brautstrauß entgegen. Ich recke ihn in die Luft und begebe mich in Position. Aus irgendeinem Grund habe ich das Gefühl, als müsste ich Adam so schnell wie möglich heiraten – bevor es zu spät ist.

Ich hake mich bei Cal und Loni unter, dann schreiten wir zu dritt den Gang entlang, wobei ich uns schnell – aber vorsichtig – zu Adam führe. Ich blicke über meine Schulter zurück. Ich bin bereit für meine Zukunft, aber ich werde das Gefühl nicht los, dass meine Vergangenheit dort irgendwo im Dunkeln lauert und jeden meiner Schritte beobachtet.

# 4. Kapitel

Adam sieht mich nicht an. Alles, was ich sage, wirkt so erbärmlich, so jämmerlich klischeehaft. Ich stehe in der Kapelle und warte, dass er etwas sagt. Es kommt mir wie eine Ewigkeit vor, ehe er es tut.

»Ich weiß, dass du Angst hast, aber das ergibt keinen Sinn.« Er dreht sich um, als hätte er neuen Mut gefasst, dass er mich umstimmen könnte. »Wir sind füreinander bestimmt, Bea, das weißt du! Hey, weißt du noch der Abend, an dem wir uns kennengelernt haben?«, sagt er schnell und fährt sich mit der Hand durch sein dichtes Haar. »Wir haben vor der Greenwich Tavern gesessen, es war ungefähr zehn Uhr abends, der Himmel hatte diese irre violette Farbe angenommen, und wir haben uns über unsere Verflossenen unterhalten. Und dass wir nicht so verrückt wären, uns je wieder zu verlieben …«

»Während ›Crazy‹ von CeeLo Green aus den Lausprechern tönte …«, füge ich leise hinzu. Ich schließe die Augen und fühle mich in jenen Moment zurückversetzt. Es war mir wie ein Zeichen vorgekommen – der Bruchteil einer Sekunde, wenn die Zeit kippt und den Lauf unseres Lebens ändert. Wir hatten einander angesehen, Adam und ich, und wir hatten gewusst, dass wir verrückt genug waren, genau das zu tun. Uns zu verlieben. Ich schüttle den Kopf. Adam redet noch immer, beschreibt noch immer den glücklichen Moment unseres Kennenlernens, aber ich hebe die Hand.

Ich möchte ihm so gern sagen, was ich anscheinend nicht zu artikulieren vermag: dass ich seiner nicht wert bin. Dass ich mich nicht mehr im Spiegel ansehen könnte, wenn ich das hier durchziehe. Dass ich ihn jetzt verletze, um ihm künftiges Leid und Enttäuschungen zu ersparen, wenn er die Wahrheit über mich herausfindet.

»Es tut mir so leid, Adam.« Ich ersticke mit der Hand einen Schrei, lasse meinen Brautstrauß auf den Boden fallen und stolpere dann blind an ihm vorbei ins Hauptschiff, wo die Gäste noch immer warten. Sie wissen, dass etwas nicht stimmt; sie starren mich an, als wäre ich ein Alien. Einen Augenblick halte ich mitten im Gang inne. Vielleicht bin ich verrückt? Vielleicht bin ich das schon immer gewesen? Und mit diesem Gedanken senke ich den Kopf und beginne zu rennen. Während ich die Türen aufstoße, reiße ich mir den Schleier vom Kopf und laufe auf einen weißen alten Rolls-Royce zu, der wie durch Zauberhand plötzlich vor der Kirche steht.

Der Fahrer blickt neugierig über die Schulter, als ich einsteige. So früh hat er mich eindeutig nicht erwartet.

Ich blicke aus dem Fenster und sehe, dass Adam unter dem Bogen des Kircheneingangs steht. Er hält die linke Hand über die Brauen und schützt die Augen vor der Sonne. In seinem Anzug sieht er wie ein Filmstar aus. Einen Augenblick stelle ich mir vor, dass ich neben ihm stehe, seine Hand halte und dass wir beide unsere Eheringe tragen. Ich sehe das Bild so deutlich vor mir, dass ich, als ich die Augen schließe, hineintreten kann. Adam und ich lachen, während wir uns inmitten unserer Freunde und unserer Familie küssen. Sie lassen Rosenblätter auf uns regnen, bis ich nur noch weiße Blüten sehe. Ich öffne die Augen, und das Bild von uns ist so schnell verschwunden, wie es gekommen ist.

»Bitte, fahren Sie«, flehe ich, und der Fahrer zuckt mit den Schultern, startet den Motor und fährt los.

# 5. Kapitel

»Sie dürfen die Braut jetzt küssen!« Jubelrufe und Applaus branden auf und hallen durch die Kirche. Adam und ich lachen, während wir uns küssen, dann drehen wir uns um und gehen gemeinsam Richtung Ausgang. Auf einmal habe ich das Gefühl zu schweben, doch mich beschleicht auch weiterhin das schreckliche Gefühl eines Déjà-vu. Am liebsten würde ich den Gang so schnell wie möglich hinunterrennen, aber ich zwinge mich, schön langsam zu schreiten und den Moment zu genießen.

Als ich mich umblicke, sehe ich, dass Loni hinter uns hergeht und wie ein Star in die Menge winkt. Sie lehnt sich gegen Cal, der trotz ihres Gewichts aufrecht bleibt, während sich zugleich die Zwillinge an seine Beine klammern und Lucy den Arm um seine Taille legt. Dann blicke ich wieder zu Adam, meinem attraktiven, starken, freundlichen, entspannten Ehemann, und verdränge weitere Gedanken an meinen abwesenden Vater. Ich habe das Gefühl, dass das fehlende Element in unserer Familie durch ein besseres ersetzt worden ist. Durch *jemand* Besseres. Ich lehne den Kopf an Adams Schulter und gehe strahlend weiter. Adam schüttelt allen, an denen er vorbeikommt, die Hände, und ich erkenne jetzt immer mehr Leute. Da ist die Truppe von Eagle Recruitment, der Zeitarbeitsfirma, bei der ich seit sieben Jahren arbeite. Ich entdecke Tim, der alle anderen überragt und uns vollkommen ignoriert, weil er damit beschäftigt ist, die weiblichen Gäste anzuglotzen. Nick, mein Chef und guter

Freund, lächelt süffisant und sieht aus, als wäre er überall lieber als hier. Glenda ist ebenfalls gekommen, meine reizende walisische »Arbeitsmama«. Sie winkt mir überschwänglich zu, wirft ihren Hut in die Luft und jubelt: »Wir lieben dich, Bea!« Und Jeeves, ein weiterer Kollege, ruft »Bravo!« und winkt mit einem rosa Taschentuch.

Ich drücke Adams Hand, und er lächelt mich an. Dann stehen wir Hand in Hand draußen an der frischen Luft, die Ringe glänzen in der Sonne, und die Gäste strömen wie sprudelnder Champagner aus der Kirche und sammeln sich im Halbkreis um uns. Während wir uns vor den blitzenden Kameras küssen, bewerfen sie uns mit Rosenblättern. Als alle klatschen und johlen, lache ich verlegen an Adams Schulter, doch als ich erneut in die Menge blicke, sehe ich nur noch einen einzigen Menschen – Kieran Blake.

Schockiert starre ich ihn an, und der schwarze Fleck in meinem Gedächtnis löst sich langsam auf. Plötzlich fällt mir wieder ein, dass ich ihn völlig unbekümmert zwischen den Gästen habe stehen sehen, als wäre er nicht acht Jahre lang verschwunden gewesen.

Acht Jahre. Nicht eins, wie er es versprochen hatte.

Als ich wie angewurzelt im Gang stehen geblieben bin, hat er mich mit flehendem Blick angesehen, und in seinen grünen Augen habe ich alles gelesen, was ich mir immer erträumt hatte, dass er es mir bei seiner Rückkehr sagen würde.

*Ich liebe dich noch immer. Niemand wird dir je so nah sein wie ich. Niemand teilt unsere Verbindung. Und niemand wird sie je mit dir teilen.*

Ich habe versucht, den Blick abzuwenden und weiter auf Adam zuzugehen, doch mit jedem Schritt spürte ich, wie es mich zu Kieran zurückzog. Der Augenblick, auf den ich so lange gewartet hatte, war endlich da, aber zum völlig falschen Zeitpunkt. Und dann bin ich gestürzt, und als ich zu mir kam, hatte ich vergessen, was passiert war. Ich hatte die Erinnerung ausgelöscht. So wie ich seit Jahren versucht habe, die Erinnerung an alles auszulöschen, was in jenem Sommer vorgefallen war.

Ich wünschte, ich könnte Kieran jetzt auch einfach wieder ausblenden. Er ist hier nicht willkommen, nicht jetzt, nicht heute. Nicht, nachdem ich ihn endlich hinter mir gelassen habe. Aber er geht nicht. Stattdessen wirft er Blütenblätter wie Blumen auf ein Grab.

*Ich habe auf dich gewartet,* versuche ich ihm mit meinen Augen zu sagen. *Ich habe gewartet, aber du bist nicht gekommen. Und jetzt ist es zu spät. Ich habe mich entschieden.*

Ich wende mich wieder Adam zu, der mich hochhebt und küsst, und als ich meine Arme um seinen Hals lege und seinen Kuss leidenschaftlich erwidere, bin ich unsagbar dankbar, dass wir verheiratet sind.

Bea Bishop gibt es nicht mehr. Mein neues Leben als Mrs. Bea Hudson hat begonnen.

»Bist du glücklich?«, raunt mir Adam zu, und ich nicke, doch in Wahrheit empfinde ich vor allem Erleichterung. Ich bin so glücklich, Adam zu haben: den einzigen Mann, der mich nie verlassen hat. Derjenige, der *nicht* weggelaufen ist.

»Jetzt geht es nur noch um uns – um dich und um mich und unsere Zukunft.« Ich blicke auf die Stelle, wo Kieran eben noch stand, und auf den Platz neben Loni, wo mein Dad sein sollte. »Ich brauche niemanden außer dir, Adam«, füge ich enthusiastisch hinzu. »Nicht mehr.«

Er küsst mich erneut, und ich versuche, mich dem Augenblick hinzugeben. Doch aus dem Augenwinkel bemerke ich den Umriss einer Gestalt, die sich von der Kirche entfernt und in Richtung Holkham Hall und – so wie ich Kieran kenne – zum Strand hinuntergeht. Ich klammere mich an Adam wie an einen Fels. Und ich sage mir, dass ich mir mit ihm sicher bin.

Zum ersten Mal in meinem Leben bin ich mir sicher, dass ich die richtige Entscheidung getroffen habe.

# 6. Kapitel

Schnell saust der Wagen über das Anwesen von Holkham, am See vorbei und den mit Eichen gesäumten Lady Anne's Drive entlang. Mit grimmiger Ironie stelle ich fest, dass mein Fahrer anscheinend den Hochzeitsmarsch pfeift.

Vielleicht ist er vertraglich dazu verpflichtet, wenn er ein frisch verheiratetes Paar fährt. Und den nervösen Blicken nach zu urteilen, die er mir über den Rückspiegel zuwirft, weiß er noch nicht, wodurch er die Melodie ersetzen soll, wenn er eine durchgebrannte Braut befördert. Ich überlege, ob ich ihm ein paar Vorschläge machen sollte: Paul Simons »50 Ways To Leave Your Lover« würde gehen, genauso wie »Another One Bites The Dust«.

Als wir das Victoria erreichen, das hübsche Hotel, in dem ich die letzte Nacht geschlafen habe und in dem Adam und ich unsere Hochzeitsnacht verbringen sollten, beuge ich mich vor und bitte den Fahrer, auf den gegenüberliegenden Strandparkplatz einzubiegen.

Die Bucht von Holkham ist durch die Bäume gerade noch zu erkennen. Ich brauche Platz, um zu atmen, und dafür gibt es keinen besseren Ort als dieses unberührte Stück Strand, das ich trotz seiner Weite früher kannte wie meine Westentasche. Seit acht Jahren bin ich nicht mehr hier gewesen. Nicht seit Kieran in jenem Sommer weggegangen ist … Ich schüttle den Kopf, um ihn aus meinen Gedanken zu vertreiben.

Ich denke an Lonis chaotisches Haus und den Garten, den ich noch immer als Dads betrachte. Ich blinzle und schlucke. Noch eine unschöne Erinnerung. Ich habe das Gefühl, von

Männern verfolgt zu werden, die mich verlassen haben, was angesichts meiner jüngsten Aktion geradezu ironisch wirkt. Ich denke daran, wie Adam vor der Kirche gestanden und zugesehen hat, wie ich weggefahren bin.

»Kommen Sie klar?«, fragt der Chauffeur und blickt mich an, während er den Motor ausschaltet und ich die Tür öffne. »Für einen Strandspaziergang sind Sie nicht ganz passend gekleidet …«

Ich betrachte mein Hochzeitskleid. Er hat recht. Aber jetzt ist es zu spät. Ich streife meine Schuhe ab und nehme sie in die Hand.

»Ich komme zurecht.« Ich lächle schwach.

»Soll ich hier auf Sie warten?«, fragt er sanft.

»Ist schon gut. Ich komme zurecht«, wiederhole ich, doch mein Kinn bebt verräterisch.

Er mustert mich einen Augenblick, und in diesem einen Blick erkenne ich, dass er selbst Vater ist.

»Ich werde wohl trotzdem ein Weilchen hier warten und die herrliche Aussicht genießen.« Er lächelt mir freundlich zu, und ich merke, wie mir die Tränen kommen.

Rasch entferne ich mich vom Wagen und biege links in den Kiefernwald auf einen altbekannten Weg ab, den ich oft mit Loni und Cal gegangen bin. *Und mit Kieran,* denke ich, wische diese unliebsamen Erinnerungen jedoch zusammen mit meinen Tränen fort.

Ich verlasse den Uferweg, betrete den Strand und atme die Seeluft ein. Als ich dort stehe, scheint die Zeit in sich zusammenzufallen, und ich sehe mein zweiundzwanzigjähriges Ich, das schluchzend durch die endlosen Dünen streift und zu akzeptieren versucht, dass Kieran tatsächlich weg ist.

Es ist gerade Flut, und so ist nur ein schmaler Streifen Strand übrig. Ich raffe den Saum meines Kleids, renne über den Sand und spüre, wie der Wind auf meinen Wangen brennt. Dann klettere ich die Dünen hinauf und blicke auf die glitzernde Nordsee, die sich ruhig und träge vor mir erstreckt. Die goldenen Strahlen der Sonne glitzern auf dem Sand und überziehen das Meer mit einem Funkeln. Ich fühle mich von der Aussicht betrogen. Wo sind die heftige Brandung und der prasselnde Regen? Sie wären die passendere Kulisse für diesen Moment.

*Hab etwas Respekt, Mutter Natur!*, möchte ich schreien. *Lass es wenigstens ein kleines bisschen donnern! Keine wütende Welle? Keine einzige Wolke? Ich nehme auch ein bisschen Nieselregen! Egal!*

Doch die Frühlingssonne strahlt herausfordernd zurück, und ich bemerke den Strandflieder, der sich wie ein violetter Schleier um die Bucht breitet. Ich weiß noch, wie ich als Kind mit Dad herkam und meine Naturkundebücher mitnahm, damit wir jeden Busch und jeden Strauch bestimmen konnten. Damals war ich selig. Sorglos. Später, als Teenager, lief ich meilenweit an der Küste entlang, getrieben von der frischen Luft und dem Drang, meinen Kopf mit etwas anderem als mit Lärm zu füllen. Und dann waren da die endlosen Tage und Nächte jenes Sommers, den ich hier mit Kieran und seinem Zwillingsbruder Elliot verbrachte. Wir schwammen, tranken, lachten, liebten und lebten.

Zum ersten Mal in meinem Leben war ich glücklich. Ich dachte, nichts könnte mehr schiefgehen. Wie naiv ich doch war.

Ich setze mich und zeichne gedankenverloren mit dem Finger einen Ring in den Sand, dann wische ich ihn fort.

»Ich wusste, dass ich dich hier finde.«

Seine Stimme lässt mich erstarren, mein Herzschlag setzt aus. Der Sauerstoff entweicht aus meinem Körper, und meine Brust hebt und senkt sich panisch. Es ist, als würde ich hyperventilieren – Gott sei Dank sitze ich schon, sonst würde ich wahrscheinlich gleich wieder in Ohnmacht fallen. Ich blicke über meine Schulter, und sein Anblick hat dieselbe Wirkung auf mich wie in der Kirche. Er bringt mich aus dem Gleichgewicht, augenblicklich befinde ich mich auf unsicherem Gelände. Gänzlich ohne Halt. Ich spüre bereits, wie ich hilflos in die Vergangenheit zurückgleite.

»Hallo«, sagt Kieran nur, und sein Lächeln zaubert ein Leuchten in seine moosgrünen Augen. Die Sonne in seinem Rücken umgibt ihn mit einem Lichtkranz, der ihn überirdisch, fast engelsgleich wirken lässt. Er sieht noch genauso aus wie früher, abgesehen von den Jahren, die vergangen sind und die sich in seinem Gesicht abzeichnen. Er sieht aus wie sein Bruder.

Ich blicke auf den Sand hinunter, mein Herz hebt und senkt sich wie die Boote, die am fernen Horizont schaukeln. Er darf nicht merken, dass er mich aus der Fassung bringt.

»Was tust du hier?«, frage ich in neutralem Ton und versuche, mich von ihm abzuwenden. Doch erneut macht das enge Kleid jede Bewegung unmöglich. Ich bin wie eine Meerjungfrau, die am Ufer hilflos mit dem Schwanz schlägt. Als ich ihn ansehe, fühle ich mich zugleich geblendet von dem wunderschönen Sommer, den wir miteinander verbracht haben, und bedrückt von dem, was uns auseinandergebracht hat.

»Ich weiß, ich sollte nicht hier sein«, sagt er reumütig, »aber ich wollte wissen, ob es dir gut geht. Schließlich laufe ich ja selbst ganz gern mal weg …« Er senkt den Blick und tritt mit dem Fuß in den Sand. Mir fällt auf, dass er nicht hochzeitsgemäß gekleidet ist. Er trägt T-Shirt und Jeans, Lederbänder ums Handgelenk und um den Hals eine Kette mit einem E.

Ich weiß noch, wie wir uns genau an diesem Strand geschworen haben, unsere Ringe zu tragen, während sich hinter uns die Wellen brachen, wir gegenseitig unseren Herzschlag spürten und uns die Tränen über die Wangen liefen.

*Ein Jahr,* hatte er an meinen Lippen geflüstert, während ich ihn immer wieder geküsst und mich wie eine Muschel an einen Fels verzweifelt an ihn geklammert hatte. *Ein Jahr, dann bin ich wieder bei dir.*

*Versprichst du mir das?*

*Ja.*

Ich blinzle und sehe denselben Platinring an seinem Finger, noch immer, nach all der Zeit. Sein Funkeln habe ich gesehen, als ich in der Kirche den Gang hinunterging. Ich hatte meinen ein ganzes Jahr lang an der rechten Hand getragen, bis ich nach London zog. Dort überredete Milly mich schließlich, ihn abzunehmen, und ich vergrub ihn widerwillig in einem Koffer mit Erinnerungen. Einen Monat später lernte ich Adam kennen. *Seinen* Ring sollte ich jetzt tragen. Würde ich das tun, wenn Kieran nicht zurückgekommen wäre?

Erneut denke ich an Adam vor der Kirche und stelle mir vor, ich wäre dort bei ihm.

*Was habe ich nur getan?*

# 7. Kapitel

Bea Bishop hat ihren Namen in Bea Hudson geändert. *Beziehungsstatus: »Verheiratet«.*

Heimlich beobachte ich unsere Gäste, während ich mein Facebook-Profil ändere. Mein Ehering funkelt, während meine Finger über das Buchstabenfeld des Smartphones fliegen. Mir ist klar, dass dies kein besonders passender Moment ist – gerade erst kommen wir von der Zeremonie in der Kirche, und auf dem Rasen werden die offiziellen Hochzeitsfotos gemacht –, aber die Gäste unterhalten sich fröhlich und laufen wie leuchtend bunte Tänzer auf einem Ball vor dem Partyzelt umher. Und in diesem Augenblick habe ich den überwältigenden Drang, die ganze Welt wissen zu lassen, wie perfekt alles ist und wie glücklich ich bin. Vielleicht auch, weil ich mich gerade jetzt daran erinnere, dass ich kurz davor gewesen bin, diesen Tag anders enden zu lassen. Als ich Kieran zwischen den Hochzeitsgästen entdeckt habe, wollte ich aus der Kirche fliehen, möglichst weit weg. Doch dann bin ich gestürzt, ohnmächtig geworden und ohne sein Bild im Kopf wieder zu mir gekommen. Und darüber bin ich *sehr froh.* Jetzt bin ich in Sicherheit. Ich habe Adam. Ich blicke mich um, überzeuge mich davon, dass Kieran nicht hier ist, und versuche, mein pochendes Herz zu beruhigen, das entschlossen scheint, mich zu verraten. Warum war er hier? Was wollte er damit erreichen, dass er nach all der Zeit wieder auftaucht – auf meiner Hochzeit? Er war doch derjenige, der weggegangen und nicht zurückgekommen ist. Ich will es wissen, und gleichzeitig frustriert es mich, dass ich überhaupt an ihn denke. Ich bin verheiratet. Als ich Adam mein Jawort gegeben habe, war ich fest entschlossen, Kieran aus meinem Kopf zu vertreiben, mich auf das Hier und Jetzt zu konzentrieren – und nun kreisen meine Gedanken schon wieder um ihn.

Ich gehe über den Rasen auf Adam zu, der umgeben von ein paar Gästen am See steht. Mein Körper ist hier, doch meine Gedanken ertrinken in Erinnerungen. Ich bleibe stehen und halte mich an einem Baum fest, um nicht erneut ohnmächtig zu werden. Ich versuche, meinen Atem zu beruhigen, die Panikattacke zu unterdrücken, die in mir aufsteigt. Ich blicke auf das klare, stille Wasser des Sees, das in der Frühlingssonne glänzt, und sage mir, dass sich nichts geändert hat.

Kieran ist gegangen, niemand kennt mein Geheimnis, und das wird hoffentlich auch immer so bleiben.

»Da ist sie ja! Komm her, meine schöne, perfekte Frau!«, ruft Adam und winkt mir zu.

Ich zögere, hole tief Luft, lasse dann den Baum los und gehe mit einem zaghaften Lächeln langsam auf meinen Mann zu, wobei ich bei jedem Schritt über mein Hochzeitskleid zu stolpern drohe.

Ich stehe auf dem Rasen und nippe, wie ich hoffe, auf elegante Weise an meiner Teetasse aus chinesischem Porzellan. Hinter mir spielt ein Streichquartett, während ich mit entfernten Verwandten von Adam Hof halte.

»Ja, ich bin sehr glücklich. Ja, natürlich. Ich weiß, was ich an ihm habe! Warum ich so lange gebraucht habe, bis ich Ja gesagt habe? Äh … na ja, eine Frau muss sich doch heutzutage zu hundert Prozent sicher sein, haha!«

In ihren Gesichtern lese ich, dass das die falsche Antwort war. »Nein, ernsthaft, die Wahrheit ist, dass es einfach sehr schwierig war, in Adams Terminplan eine Lücke zu finden.« Dazu nicken sie wissend. Sie verstehen, wie beschäftigt und wie wichtig er ist. Seine ganze Familie weiß das. »Und«, fahre ich fort, »ich wollte keine lange Verlobungszeit. Darum habe ich ihn hingehalten, bis ich wusste, dass wir so schnell wie möglich heiraten können.« Ich halte inne. »Ich wollte nicht riskieren, dass ihn mir eine andere Frau wegschnappt!«

Sie lachen, und ich entschuldige mich mit einem strahlenden Lächeln und gehe. Sie sind glücklich, dass ich ihnen eine lustige, aber glaubhafte Erklärung für meine Unentschiedenheit geliefert habe. Sie ist eindeutig der Wahrheit vorzuziehen – dass ich mir ganz einfach nicht sicher war.

Ich lechze nach einem Glas Champagner und einem anständigen Gespräch mit jemandem, der mich wirklich kennt. Um ehrlich zu sein, schäme ich mich noch immer wegen des Zwischenfalls in der Kirche. Nicht nur weil ich gestürzt bin, sondern was – nein, *wer* – der Grund dafür war.

Trotz der Gästeschar, von der ich umgeben bin, fühle ich mich plötzlich unglaublich allein. Es gibt nur eine Person, mit der ich über das sprechen kann, was in der Kirche passiert ist.

»Milly«, zische ich, als eine Göttin in Gold an mir vorbeigleitet, und halte zwei Gläser Champagner in die Höhe. »Du und ich. Auf der Toilette. Jetzt gleich!«

*»Wen* hast du gesehen?« Milly schnappt nach Luft und blickt schockiert zu mir hinunter, wo ich auf der Toilette kauere.

Ich umklammere mein Champagnerglas und versuche verlegen, vor meiner besten Freundin meine Blase (und mein Gewissen) zu erleichtern, während Milly meine Röcke hochhält. Mein weißes Spitzenhöschen liegt in Falten um meine Knöchel.

»Kieran Blake«, flüstere ich, damit niemand anders den Namen hören kann.

»Der Herzensbrecher?«, zischt Milly.

Ich nicke.

»Der Typ, der in einem einzigen Sommer dein Herz erobert, dann fast dein Leben zerstört hätte und es Loni und mir überlassen hat, die Scherben aufzusammeln? Derjenige, dessen Bruder durch seinen Leichtsinn ums Leben gekommen ist und der dich verlassen hat, um mit der Schuld klarzukommen?«

Ich schließe die Augen.

»Der war hier? Und darum bist du in der Kirche gestürzt?«

Ich nicke erneut.

Sie kneift die Augen zusammen. »Und? Wie hast du dich gefühlt?«

Ich sehe sie an und blicke dann schuldbewusst auf meine Füße. »Als würde ich ertrinken.«

»Hast du mit ihm gesprochen?« Sie hält kurz inne. »Na, hast du?«

Ich schüttle den Kopf.

»Gut. Du weißt doch, dass es nichts ändert, dass er hier ist, oder?«, sagt sie drängend. »Es beweist lediglich, dass er noch immer ein egoistischer Mistkerl ist.« Sie blickt mich an, als erwarte sie, dass ich ihr zustimme. Doch das kann ich nicht. Was Elliot zugestoßen ist, war nicht seine Schuld.

»Milly, du kennst ihn nicht, das ist nicht fair …«

Sie verdreht die Augen, als hätte sie das schon eine Million Mal gehört. Milly hat mit ihrem Urteil meistens recht.

Sie vertraut nur ihrem Bauchgefühl, was zum Teil mit ihrem Job als Hedgefonds-Managerin zu tun hat. Immerhin hat das dazu geführt, dass man sie in einer der größten Investmentfirmen der Stadt zur Teilhaberin gemacht hat. Dass sie ihren perfekten Mann geheiratet und brillante Entscheidungen in allen Bereichen ihres Lebens getroffen hat, einschließlich einer Wohnung, die sie vor acht Jahren gekauft hat. Es ist eine Zwei-Zimmer-Wohnung direkt gegenüber Greenwich Park, die sie in einer Auktion erstanden hat, ohne sie vorher gesehen zu haben, und die jetzt fast eine Million Pfund wert ist. Sie entscheidet sich immer richtig. Egal, ob bei ihrer Kleidung – diese Frau greift nie daneben – oder bei ihrer Frisur – ein schicker, akkurat geschnittener Bob, den sie sich mit dreizehn Jahren hat machen lassen, nachdem sie *Pulp Fiction* gesehen hatte, und von dem sie sich nie getrennt hat, weil sie damals schon ihren Look festgelegt hat (ich meine, wer schafft das schon als Teenager?). Wenn sie also sagt, dass sie Kieran noch nie leiden konnte und dass sie immer wusste, dass man ihm nicht vertrauen kann, schon bevor er mich verlassen hat, sollte ich auf sie hören. Nach jenem Sommer war sie meine Rettung. Sie besuchte mich das ganze Jahr hindurch, in dem ich kaum Lonis Haus verließ, fast täglich. Und als Kieran nicht, wie versprochen, zurückkam, sorgten sie und Loni dafür, dass ich nach London zog, um bei Milly zu wohnen.

Ich hatte nicht wirklich eine Wahl, und das war mir ganz recht. Ich fand, dass ich keine mehr verdiente.

»Weißt du, was ich über Kieran Blake denke?«, sagt Milly jetzt. »Er hat versucht, dein Leben zu zerstören, und hat es nicht geschafft. Ich kann nicht glauben, dass er ausgerechnet heute zurückkommt, um es erneut zu tun. Na ja, ich hoffe, er merkt, dass er zu spät kommt …«

Ich erwidere nichts.

»Bea?« Milly fasst meine Arme und blickt mir in die Augen. »Das ändert doch nichts, oder? Dass er hier ist? Ich meine, du weißt doch, dass du und Adam perfekt zueinanderpasst, oder?«

Ich denke daran, wie ich mich nach meinem Sturz und bei meinem Jawort gefühlt habe, und ich weiß, dass sie recht hat. Durch Kierans Rückkehr hat sich nichts geändert.

»Ja«, bestätige ich zum zweiten Mal heute. Und dann noch mal mit etwas mehr Nachdruck. »Ja, das weiß ich.«

# 8. Kapitel

»Auf diesen Augenblick habe ich acht lange Jahre gewartet, Bea. Egal, wo auf der Welt ich gewesen bin, wann immer ich die Augen geschlossen habe, habe ich diesen Strand vor mir gesehen, diese Aussicht. Und dich …«

Ich starre Kieran an, dann schüttle ich den Kopf. Ich kämpfe mit dem Zwang, wie verrückt über seine Worte zu lachen, während zugleich ein verzweifeltes Schluchzen in meinem Körper aufsteigt. Ich möchte die Arme um ihn schlingen und ihm gleichzeitig sagen, dass er sich verpissen soll. Es handelt sich ganz eindeutig um eine Art Nervenzusammenbruch. Und zwar nicht um einen normalen Hochzeitsnervenzusammenbruch.

Stattdessen sage ich nichts. Ich nehme ein bisschen Sand in die Hand und beobachte die Körner, die wie die Zeit durch meine Finger rieseln. Dann blicke ich zu Kieran auf. Er beobachtet mich verträumt, als würde auch er mit einem Fuß in der Vergangenheit stehen und mit dem anderen in der Gegenwart. Er geht in die Hocke und will den Arm um mich legen.

»Kieran!«, protestiere ich scharf und weiche aus. »Nicht. Hör auf. Hast du vergessen …?«

»Ich habe dich *nie* vergessen, Bea!«, entgegnet er heftig. »Das solltest du wissen. Wie könnte ich vergessen, was wir zusammen durchgemacht haben?« Er streckt die Hand nach mir aus. Ich mustere den Ring an seinem Finger und ziehe meinen Arm weg.

»Hast du *meine Hochzeit* vergessen?, wollte ich eigentlich sagen. Du weißt schon, die du gerade hast platzen lassen?

Seltsam, dass ich keine Lust habe, jetzt mit dir in Erinnerungen zu schwelgen.« Ich wende mich ab, mein Puls pocht, mein Herz hämmert, meine Hände zittern. Ich will ihn nicht ansehen, und ich will mich von ihm nicht in ein Gespräch verwickeln lassen. Doch obwohl ich ihm den Rücken zukehre, hat sich sein Bild in meinen Kopf eingebrannt. Ich spüre seine Gegenwart mit jeder Pore. Es ist, als würde er sich erneut in mein Herz schleichen und ich könnte ihm nicht widerstehen.

Ich kann nicht anders. Ich drehe den Kopf und mustere ihn trotzig und ungehemmt über meine Schulter hinweg. Er ist zweifellos zu einem starken, ansehnlichen, anziehenden Mann herangewachsen. Doch dann blinzle ich, und es ist, als hätte jemand ein Stundenglas umgedreht, und die Jahre würden sich vor meinen Augen auflösen wie eine Sandburg, die von einer Welle hinweggespült wird. Sein muskulöser Körper schrumpft, und er wird zu dem schmalen Surfertypen, der er mit Anfang zwanzig war. Seine kurzen Haare wachsen ihm über die Augen, die Linien um seinen Mund und auf seiner Stirn lösen sich in nichts auf. Mir ist klar, dass auch er daran denkt, wie ich damals ausgesehen habe … mit längeren, offenen Haaren, weniger Make-up, weniger Sorgenfalten. Und ohne Hochzeitskleid.

»Warum bist du hier, Kieran?«, frage ich argwöhnisch. »Warum jetzt?«

Er wartet einen Moment, bevor er antwortet. »Ich glaube, es fühlte sich einfach wie der richtige Zeitpunkt an.«

Ich lache gezwungen. »Ach, tatsächlich? Richtig für wen?«

Kieran sieht mich traurig an. »Du bist wütend auf mich.«

»Nein, ich bin wütend auf *mich*.« Ich stoße die Luft aus. »Das hier ist nicht der richtige Zeitpunkt, Kieran. Der war vor acht Jahren.« Ich will aufstehen, stelle jedoch fest, dass mir das in diesem knallengen Kleid unmöglich ist. Einen

Augenblick fuchtele ich mit den Armen wie ein Käfer, der auf dem Rücken liegt, dann gebe ich auf.

»Komm, ich helfe dir.« Kieran lächelt.

»Nein, danke.« Ich lasse mich zurück in den Sand plumpsen und verschränke die Arme.

Kieran seufzt. »Ich weiß, dass du das jetzt nicht hören willst, Bea, aber ich muss dir etwas erklären. Egal, wie weit ich gereist und wie lange ich weg gewesen bin, du warst immer bei mir. Du, Elliot, der Sommer …« Er senkt den Blick. »… jener Abend. Ich hab auf gewisse Weise das Gefühl, nie wirklich fortgegangen zu sein. Ein Großteil von mir ist immer hier bei dir gewesen.« Er tritt auf mich zu, als würde mein Schweigen bedeuten, dass ich nachgebe. »Ich hab dich so sehr vermisst, Bea … Du bist die Einzige, die mich versteht … die weiß, wo ich herkomme, wer ich bin. Du bist die Einzige, die versteht, was es bedeutet, jemanden zu verlieren, den man liebt …« Seine Stimme bricht. »Ich vermisse ihn noch immer. Jeden Tag.«

Ich schließe die Augen, und sofort sehe ich Elliot vor mir, der ausgelassen vom Cromer Pier springt. Ich höre seinen Schrei, als er ausrutscht und mit dem Kopf aufschlägt. Ich sehe seinen leblosen Körper, als Kieran ihn aus dem Meer zieht.

Er reicht mir die Hand, und diesmal nehme ich sie. Dabei bemerke ich eine Tätowierung auf seinem Handgelenk – ein Sternzeichen. Gemini. Die Zwillinge. Flüchtig streiche ich darüber. Kieran umfasst meine Finger, und seine Lippen verziehen sich zu einem kurzen Lächeln, das sogleich wieder erstirbt. Anstatt aufzustehen, ziehe ich ihn zu mir herunter.

Wir sitzen schweigend nebeneinander und beobachten einen Schwarm Wildgänse, der am Himmel vorüberzieht. Jetzt lasse ich die Erinnerungen an jenen friedlichen Sommer zu, in dem wir uns kennenlernten. Er war fünfundzwanzig, ich zweiundzwanzig. Er und sein Zwillingsbruder Elliot waren schon oft in Norfolk gewesen, jedoch nie lange genug geblieben, um sich hier niederzulassen. Sie waren ehemalige Pflegekinder, deren Pflegeeltern sich getrennt hatten und dann weggezogen waren. Keiner der beiden wollte sich mehr um sie kümmern. Er erzählte mir, dass er und Elliot im Heim zunehmend wilder geworden waren, bis sich ihr Leben zu einer ständigen Mutprobe entwickelt hatte. Als sie achtzehn wurden und das Heim verließen, schlugen sie sich an der Küste durch, jobbten hier und da auf Campingplätzen, in Bars und Restaurants, und stachelten sich gegenseitig zum nächsten Nervenkitzel an.

Als wir das erste Mal miteinander schliefen, erklärte Kieran mir, dass er sich vor niemandem rechtfertigen müsse. Er treffe seine eigenen Entscheidungen und folge stets seinem Herzen und seinem Instinkt, wo immer ihn diese auch hinführten. Ich erinnere mich noch genau, wie er mich dabei ansah. »Und jetzt weiß ich, warum sie mich hierhergeführt haben«, fügte er hinzu, senkte den Kopf und legte ihn auf meiner Brust ab. Dann schliefen wir eng umschlungen unter dem Sternenhimmel ein. Vier weitere Monate lösten wir uns nicht voneinander. Es war himmlisch. Mein Sommer der Liebe. Bis …

Schlagartig fällt mir wieder ein, was er zu mir sagte, als er wegging, an dem Tag nach Elliots Beerdigung an ebendiesem Strand: *Ich kann das nicht. Es tut mir leid.* Plötzlich überkommt mich heftige Reue, als ich daran denke, wie ich Adam vorhin genau dasselbe gesagt habe.

»Was mache ich hier eigentlich?« Das wollte ich nicht laut sagen, merke jedoch, dass ich es getan habe. Ich ziehe mich an Kierans Arm nach oben, dann versuche ich, die Dünen hinunterzulaufen. Meine Füße versinken im Sand, der um mich herumwirbelt und mir in die Augen fliegt, während ich ungelenk über den Strand stolpere. Kierans leere Worte von vor all den Jahren hallen noch immer durch meinen Kopf. *Ich brauche nur etwas Zeit. Du wartest doch auf mich, oder? Ich muss wissen, dass du auf mich wartest …*

»Bea!«, ruft Kieran. »WARTE!«

»*WARTE?*« Voller Wut, Angst und Schuld wirbele ich herum. »Was meinst du wohl, was ich ein ganzes Jahr lang getan habe, Kieran? Ich habe auf dich gewartet. Ich habe gewartet und gewartet, aber du bist nicht gekommen. Und ich verstehe, warum. Du gibst mir die Schuld an Elliots Tod. Das hast du zwar abgestritten, aber als du nicht zurückgekommen bist, wusste ich es. Ich wette, du konntest es nicht ertragen, an mich zu denken, geschweige denn, mich zu sehen …«

»Was? Bea, nein! Ich habe dir doch gesagt, dass es nicht deine Schuld war!«

»Ich will das nicht hören!« Ich weine und halte mir die Ohren zu. »Es ist zu spät, OKAY? ES IST ZU SPÄT!«

Er taumelt vorwärts, doch ich laufe weiter, wobei ich mir noch immer die Ohren zuhalte, um den wachsenden Lärm zu ersticken, dieses ohrenbetäubende Brüllen meiner lang verdrängten Schuld.

Ein junger Mann ist meinetwegen gestorben, und das werde ich mir nie verzeihen. Ich verdiene es nicht, glücklich zu sein. Daran hat Kieran mich erinnert. Gott sei Dank. Es ist mir gerade noch rechtzeitig klar geworden.

# 9. Kapitel

Unterhaltsam und charmant erzählt Adam eine Anekdote von einer unserer ersten Verabredungen. Erst brüllen alle vor Lachen, dann ertönen erfreute *Ahs* und *Ohs*. Am Ende seiner Rede wendet er sich zu mir um, nimmt meine Hand und streicht mit dem Daumen über meinen Ringfinger, während er sein Champagnerglas hebt.

»Würdet ihr also bitte mit mir das Glas auf meine wunderschöne und perfekte Frau erheben. Die Frau, die ich von ganzem Herzen liebe – auf die neue Mrs. Hudson! Danke, dass du endlich Ja gesagt hast«, scherzt er, woraufhin leise gelacht wird, und während wir uns küssen, ertönt tosender Applaus.

Als wir uns wieder setzen und der Applaus andauert, gestatte ich mir einen Augenblick, das üppig dekorierte Festzelt zu betrachten: die goldenen Stühle mit den riesigen Satinschleifen, die gigantischen Kristalllüster, die von der mit Stoffbahnen verhüllten Decke hängen und sternförmiges Licht auf den glänzenden Boden werfen. Auf den runden Tischen liegen blütenweiße Tischdecken, und in der Mitte prangt in verspiegelten Vasen je ein atemberaubendes Blumenarrangement. Stramm stehende Lilien und sich über den Rand ergießendes Schleierkraut werden von zwei hohen weißen Kerzen in antiken Silberleuchtern flankiert. Hinter dem Brauttisch stehen auf einem künstlichen Kaminsims reich verzierte Kandelaber neben einem Gesteck aus weißen Freesien, das die Namen *Adam & Bea* formt. Ich weiß, es soll romantisch sein, aber mich erinnert es ein bisschen an eine Beerdigung. Vor jedem Gast steht eine kleine blaue Schachtel von *Tiffany* – für die weiblichen Gäste enthält sie ein Armband mit einem eigens ausgewählten Anhänger; für die Herren gibt es Manschettenknöpfe. Ein erstaunlich extravagantes Detail – eigentlich geradezu peinlich –, und dennoch weiß ich, dass die blauen Schachteln bloß einen kleinen Tropfen im verschwenderischen Ozean dieses Tages darstellen.

Loni zwinkert mir zu. »So viel zu deiner bescheidenen Hochzeit!«, flüstert sie. »Mit dem Geld, das die Hudsons für das alles ausgegeben haben, könnte man ein kleines Land ernähren!«

Cal beugt sich an Loni vorbei und winkt mit einer leeren Flasche. »Schwesster«, nuschelt er, »das is echt gutes Zeuch. Der Wein kosset achzich Kröten die Flasche!« Durch Cals Krankenhausschichten ist seine innere Uhr völlig durcheinandergeraten. Hinzu kommt, dass die Zwillinge noch nicht durchschlafen, was zur Folge hat, dass er derzeit überhaupt nichts verträgt.

Er wirft Lucy, seiner Sandkastenliebe, einen Kuss zu, die mit den Töchtern, Nico und Neve, weiter hinten sitzt. Das hatte ich mir anders gewünscht. Anscheinend hat man sie zugunsten der Geschäftsfreunde von Adams Vater nach hinten verbannt, obwohl ich ausdrücklich darum gebeten hatte, sie direkt neben dem Brauttisch zu platzieren. Doch mir bleibt keine Zeit, weiter darüber nachzudenken, weil in dem Augenblick Jay aufsteht, seine Brille zurechtrückt, sein iPad hervorholt und eine Leinwand ausrollt. Er grinst, und Adam stöhnt vernehmlich. Als ein Bild von Adam im Alter von drei Jahren erscheint, fangen die Gäste an zu lachen. Darauf sitzt er in einem Anzug im Konferenzraum von Hudson & Grey und strahlt über das ganze Gesicht.

»Mein kleiner Junge!«, ruft Marion.

»Ach, mein Baby«, fügt George hinzu und tut, als würde er sich eine Träne fortwischen, bevor er die Pointe liefert: »Es war der stolzeste Tag meines Lebens, als ... die Firma das Licht der Welt erblickte!«

Alle lachen, und ich drücke Adams Hand. Ich weiß, dass die Leidenschaft seines Vaters für seine Werbeagentur ein wunder Punkt war. Für mich ist es nicht überraschend, dass Adam am Ende in die Fußstapfen seines Vaters getreten ist. Seine Karriere schien vorherbestimmt. Für George kommt der Beruf an erster Stelle, und so blieb Adam gar nichts anderes übrig, als in die Firma einzusteigen, wenn er etwas Aufmerksamkeit von ihm bekommen wollte. Zudem hat er von seinem Vater das Talent und die Fantasie geerbt – wenn auch nicht seine Leidenschaft. Mir ist klar, dass ihm auch andere Dinge gefallen hätten. Als ich ihn bei unserer ersten Verabredung danach gefragt habe, antwortete er: »Kunst studieren, malen, Designer werden ... aber das sind Hirngespinste, das ist unrealistisch. Ich bin glücklich, mit so kreativen Menschen zusammenzuarbeiten und so nah mit meinem Vater, auch wenn es manchmal nicht ganz unkompliziert ist ...«

»Ich habe immer gewusst, dass Adam zu Höherem bestimmt ist.« Jay deutet auf die Leinwand. »Schon in diesem zarten Alter verlangte er von den Sekretärinnen, länger zu bleiben, um mit ihm zu spielen.«

»Er ist der Sohn seines Vaters!« George lacht laut auf.

»Adam wusste schon immer ganz genau, was er im Leben will«, fährt Jay fort. »Anders als der Rest von uns, die in ihren Zwanzigern unsicher von einem Job zum anderen wechselten, von einer Beziehung zur nächsten, kannte Adam immer genau sein Ziel: in die Fußstapfen seines

Vaters zu treten. Nicht nur in geschäftlicher Hinsicht, sondern auch in Hinsicht auf eine lange und glückliche Ehe …« Marion tastet stolz nach ihrem kunstvoll frisierten Haar, während George zum Spaß eine Leidensmiene aufsetzt und sein Glas Rotwein in einem Zug leert.

»Natürlich hat es Adam nie an Freundinnen gemangelt …«, setzt Jay seine Rede fort. »Wir haben uns an der Uni kennengelernt, und ich wusste sofort, wenn ein Rotschopf wie ich bei den Damen Erfolg haben will, muss er sich mit einem Typen wie Adam …«

»Sieh mal einer an!«, ruft einer von Adams Schulfreunden. »Aber ich war an dem Abend dabei, als Adam Bea kennengelernt hat«, lacht Jay, »und ich kann euch versichern, dass ihm noch keine derart den Kopf verdreht hat. Und seitdem hat er sie nicht mehr aus den Augen gelassen.«

»Ahhhh!«, seufzen die Gäste beifällig.

Ich blicke zum Tisch neben uns und sehe, wie sich Eliza Greys elegante Erscheinung anspannt. Sie ist Adams wunderschöne blonde Sandkastenliebe, und sie ist hier, weil sie die Tochter von Robert Grey, Georges Geschäftspartner, ist. Mir wäre es, ehrlich gesagt, lieber, sie wäre nicht gekommen. Das habe ich auch Marion deutlich gesagt, als sie die Gästeliste zusammenstellte, aber sie meinte nur, ich solle mich nicht so anstellen. »Adam und Eliza verbindet eine lange Geschichte. Sie ist ein nettes Mädchen. Dafür, dass du ihr den künftigen Ehemann ausgespannt hast, kannst du ihr zumindest ein Friedensangebot machen!« Sie lachte dabei, aber es klang etwas gezwungen.

Ich gab nur nach, weil Eliza mir leidtat, was wirklich absurd ist. Ich meine, sie ist toll, und sie ist erfolgreich, aber von Jay weiß ich, dass sie nach wie vor in der

Hoffnung lebt, die Zeit zurückdrehen und Adam doch noch bekommen zu können.

Ich konzentriere mich wieder auf die Rede. »Doch auch wenn Adam sich vom ersten Tag an sicher war, dass Bea die Richtige ist, hat Bea noch eine Weile gebraucht, bis sie davon überzeugt war.« Jay hält inne und blickt sich im Raum um. »Eine ganze Weile.« Erneut hält er inne, blickt nun zu mir und zwinkert mir zu. »Eine ziemlich lange Weile.« Er blickt zu Adam. »Wie oft hast du noch mal um ihre Hand angehalten, Kumpel? Sechs Mal? Sieben?«

»Toll, *Kumpel,* herzlichen Dank!« Adam grinst und wirft einen Korken nach ihm. Es stimmt. Er hat tatsächlich mehrmals um meine Hand angehalten. Ich habe ihn immer wieder vertröstet. Wir seien noch zu jung. Ich sei noch nicht so weit. Warum an etwas Perfektem rühren? All die üblichen Entschuldigungen. Bis auf die einzig wahre – dass ich ihn nicht verdiente.

»Wenn du es unbedingt wissen willst, Jay«, rufe ich, »Mich zu zieren war eine ausgeklügelte Taktik!« Das stimmt zwar nicht ganz, aber ich will nicht, dass alle denken, ich hätte Zweifel gehabt, Adam zu heiraten. »Und sie ist aufgegangen!« Ich zwinge mich zu einem Lachen und hebe die linke Hand. Die gesamte Menge lacht mit mir.

Alle, bis auf Eliza. Und Marion.

»Lächeln!«

Adam legt seine Hand auf meine, und wir lehnen uns aneinander und strahlen den Fotografen an, während wir die gigantische weiße fünfstöckige Torte anschneiden. Jede Etage ist aufwendig mit Perlen und Schwertlilien verziert sowie mit einer Zuckergussversion des Familienwappens, das Marion extra für die Hochzeit entworfen hat. Es befand sich auf allen Einladungen, der Agende, den Servietten, den Tischdecken. Ich führe ein Stück Kuchen zu Adams Mund, und er nimmt einen Bissen, dann bedeckt er meine Lippen mit süßen Zuckergussküssen, wozu alle erneut applaudieren.

Schließlich beginnt die Band zu spielen, und Adam fährt sich mit den Fingern durch die schwarzen Haare, wobei er sich in die Mitte der Tanzfläche zurückzieht. Jay und ein paar andere Männer sammeln sich hinter ihm, schnippen mit den Fingern und schlagen mit den Füßen den Takt. Ich erkenne den Song sofort. »The Best Is Yet To Come« von Frank Sinatra. Adam zwinkert mir zu, während er mit geschmeidigen Bewegungen wie ein moderner Dean Martin durch den Raum gleitet. Ich lache, als Milly kommt, sich bei mir einhakt und mich langsam zu ihm führt. Schüchtern schwinge ich mein Kleid zur Musik, bis Adam mich hochhebt und mich herumwirbelt. Als er mich wieder auf dem Boden absetzt, singt er tonlos mit. Er beugt mich nach hinten, küsst mich flüchtig auf die Lippen und schwenkt mich dann über die Tanzfläche. Ich werfe den Kopf in den Nacken und blicke hinauf zu dem Baldachin aus Lichterketten, die wie Sterne funkeln. Und in dem Moment weiß ich mit absoluter Sicherheit, dass ich, solange ich mit Adam zusammen bin, immer den sonnenbeschienenen Ort sehen werde, den Sinatra besingt. Und er ist weit, weit entfernt von den Schatten der Vergangenheit.

Und von Kieran.

Um Mitternacht, als ein neuer Tag anbricht und unser neues Leben, winken Adam und ich fröhlich unseren Gästen zu, die sich in der Auffahrt aufgestellt haben. Ich werfe meinen Brautstrauß in die wartende Menge. Loni fängt ihn und kreischt auf, als hätte sie sich daran verbrannt.

»Das ist ein Zeichen, Loni!«, rufe ich. »Du bist die Nächste!«

»Nur in einem schrägen Paralleluniversum, Liebes!«, ruft sie zurück. »Ich habe meine Zeit abgesessen!« Ich schiebe die Gedanken an meinen Vater beiseite und sehe zu, wie sie den Strauß erneut wirft. Diesmal fängt ihn Cals Freundin Lucy. Sofort springt sie auf und ab und wedelt damit vor Cals Nase herum.

Noch immer lachend steigen Adam und ich in den Wagen und lassen uns in den Sitz sinken. Dann drehen wir uns beide um und winken, während der Wagen Holkham Hall verlässt und den Lady Anne's Drive hinunterrollt. Alle jubeln, und Milly, Jay und Cal laufen hinter dem Auto her und winken ausgelassen, ehe wir in der Dunkelheit verschwinden.

»Jetzt beginnt unsere Zukunft …«, murmelt Adam, als er sich wieder mir zuwendet.

Ich lächle, lehne meinen Kopf an seine Schulter und schließe die Augen. Ja. So ist es.

# 10. Kapitel

Während ich über den Strand renne und meine Füße immer wieder im Sand unter mir einsinken, ist mir klar, dass ich nicht nur vor Adam, vor unserer Hochzeit und vor dem sicheren Leben davonlaufe, in dem ich mich eingerichtet habe, seit ich ihm vor sieben Jahren begegnet bin. Ich flüchte auch vor dem Leben, das ich davor hatte. In dem mich mein Vater verlassen hat, in dem ich Risiken eingegangen bin, in dem ich mich verliebt und schrecklich tragische Fehler begangen habe, die ich mir nie verzeihen werde. Fehler, die mich gelähmt haben.

Als ich heute auf den Altar zugeschritten bin, ist mir klar geworden, dass ich seit jenem Sommer kein Stück weitergekommen bin. Ich habe nichts entschieden. Bin nicht meinen Träumen gefolgt. Habe lediglich versucht, nicht an jenen dunklen, gefährlichen Ort zurückgezogen zu werden, während Adam sich verzweifelt bemühte, mich über Wasser zu halten. Ich denke daran, wie er es immer so erfolgreich geschafft hat, mich aufzumuntern. Er besitzt die unglaubliche Fähigkeit, sich ganz genau an Situationen zu erinnern, und wann immer ich das Gefühl hatte unterzugehen, nahm er mich in seine Arme, murmelte »Weißt du noch, als …« und beschrieb dann so lebendig einen Moment aus unserem Leben, dass ich mich sofort an diesen »glücklichen Ort« zurückversetzt fühlte. Aber die Schatten – und mein Geheimnis – sind zurückgekehrt. Und nicht einmal Adam war stark genug, das zu verhindern.

Ich sehe das Hochzeitsauto vor mir und stapfe entschlossen zu meiner Cinderella-Kutsche. Eigentlich müsste sie sich schon in einen Kürbis verwandelt haben, doch zum Glück wartet sie noch immer geduldig auf dem Strandparkplatz, um mich nach Hause zu bringen.

Fest entschlossen, die Welt auszusperren, springe ich hinein und schlage die Tür zu.

»Wohin soll es gehen, Miss?«, fragt der Fahrer.

»Nach Hause. Ich möchte nach Hause.«

Das einzige Problem ist, dass ich überhaupt nicht weiß, wo mein Zuhause ist, wenn nicht bei Adam.

# Mai

Liebe Bea,
ich stelle mir den Mai immer als dicken, längst überfälligen Schwangerschaftsbauch des Frühlings vor. Pralle Blüten drängen entlang sorgfältig begrenzter Beete wie Haut gegen ein Gummiband. Babyblaue Klematis rankt an Mauern und Zäunen hinauf. Manchmal ist es schwer, im Hier und Jetzt verwurzelt zu bleiben, aber der Mai ist die richtige Zeit dafür. Schließlich hast du die Unsicherheit des ersten Frühlings überstanden, was theoretisch bedeutet, dass nur noch strahlende Sommertage vor dir liegen. Versuche, das Gefühl der Frische in dich aufzunehmen, nicht nur in der Luft, sondern auch in den überbordenden Farben und dem Leben, das vor deinen Augen erblüht. Manchmal vergisst man, dass sogar die stärksten Dauerblüher und die widerstandsfähigsten Kletterpflanzen nicht ewig leben. Die kurzlebigen Frühlingsrosen, die im Mai blühen, erinnern uns daran.

So, Bea, ruh dich nicht auf deinen Lorbeeren aus und erwarte, dass das Wetter immer gut sein wird. Harke den alten Boden, damit kein Unkraut wuchert, und dünge und wässere ihn, damit mehr wächst. Nachtfrost ist in diesem Monat nicht selten. Darum decke empfindliche Pflanzen ab, um sie zu schützen, wenn die Temperatur fällt. Und denk immer daran, dass ein Überschuss an Sonnentagen direkt vor der Türe steht.

In Liebe, Dad

# 11. Kapitel

Bea Bishop hat ihren Beziehungsstatus geändert in:
»Es ist kompliziert.«

Als ich aufwache, spüre ich, dass mir alles wehtut – mein Kopf, mein Hals, meine Ohren, meine Haut, mein Herz. Ich setze mich auf und versuche, die geschwollenen Augen zu öffnen, indem ich dicke Klumpen getrockneter Wimperntusche entferne, um dann vorsichtig ins Sonnenlicht eines neuen Tages zu blinzeln. Eines neuen Monats, eines neuen *Lebens* – alles ohne Adam. Ich bin wieder hier, zurück zu Hause, wo alles angefangen hat.

O Gott.

O Gott. O Gott. O Gott. Jetzt fällt mir alles wieder ein: Wie ich am Strand vor Kieran weggelaufen bin. Wie ich bei Loni angekommen und schluchzend in ihren Armen zusammengebrochen bin, während sie mich halb in die Küche gezerrt, halb getragen hat. Dann versuchten sie, Cal und Lucy, die Wahrheit aus mir herauszubekommen. Was mich auf schreckliche Weise an jene schicksalshafte Nacht vor acht Jahren erinnerte, als man mich als zitterndes Wrack vom Pier nach Hause gebracht hatte. Ich stand unter Schock – nicht wegen dem, was ich gesehen, sondern wegen dem, was ich getan hatte.

»Hat er dir etwas angetan?«, hat Loni mich gestern Abend gefragt, genau wie damals, als sie damit Kieran gemeint hatte. Ihre Vehemenz überraschte mich. Obwohl sie sich zu meinem Schutz ganz automatisch in die Offensive begibt, wenn es um die Männer in meinem Leben geht, hat sie Adam immer gemocht. Einmal hat sie mir sogar gesagt, dass sie ihm mein Herz anvertrauen würde, und das soll bei Loni etwas heißen. »Hat Adam dich betrogen?«, hakte sie nach und konnte ihren Unglauben nicht verbergen. »Hast du ihn deshalb verlassen?«

Ich schüttelte den Kopf. Vor lauter Schluchzen konnte ich nicht sprechen.

»Hast *du ihn* betrogen?«, fragte Cal und erntete dafür sowohl von Lucy als auch Loni Tadel.

»Was denn? Das ist doch eine faire Frage«, verteidigte er sich und musterte mich argwöhnisch. Ich wandte den Blick ab. Obwohl wir beide Kieran in der Kirche gesehen hatten, erwähnten wir ihn danach mit keinem Wort.

»Nein! Da ist nichts, niemand ... Ich konnte nur ... ich konnte es einfach nicht. Ich kann nicht ...« Dann brach ich erneut zusammen, und sie bekamen nichts mehr aus mir heraus. Zwei Stunden lang vergrub ich den Kopf in den Händen und weinte in meinem Bett, während sie mir Tee brachten, mir Trost spendeten und besorgt miteinander flüsterten. Alle zwei Minuten klingelte das Telefon, und sie gingen abwechselnd ran, bis sie schließlich den Hörer danebenlegten. Als ich mich ein bisschen beruhigt hatte, nahm ich mein Handy, um meine Nachrichten zu überprüfen, doch bei Loni gibt es kein Netz. Also verstaute ich es in der Nachttischschublade. Ich merkte, dass ich ohnehin nichts von Adams Familie oder unseren Hochzeitsgästen hören wollte. Ich konnte mir nicht annähernd vorstellen, was für schreckliche Dinge sie über mich sagten.

Jetzt starre ich die Schublade an, und plötzlich öffne ich sie, nehme mein Handy wieder heraus und umklammere es, als sei es die Tür zu einem anderen Leben. Ich steige aus dem Bett und will keinen Moment länger als nötig in diesem

Zimmer bleiben. Mein kuscheliges Kinderzimmer unter dem Dach sollte mir wie eine wärmende Decke Trost spenden und mir Geborgenheit vermitteln. Doch nach dem Jahr, das ich damals hier verbracht habe und in dem ich kaum aus dem Bett gekommen bin, erinnert es mich schmerzlich an eine Zeit, die ich lieber vergessen möchte. Dabei ist es hübsch. Durch die Fenster im Dach blickt man auf den wild wuchernden Garten, das Bett steht gemütlich unter der blassgelb gestrichenen Schräge. An den Wänden hängen noch einige meiner Drucke von Monet, die ich nicht nach London mitgenommen habe: *Seerosen, Trauerweide, Der Rosenweg in Giverny.* Die Drucke – sie wirken besser als jede Schlaftablette – waren in jenem Jahr Lonis Idee. So wie das meiste, das mir half. Ich musste sie nur ansehen und meinen Blick leicht verschwimmen lassen. Egal, wie viel ich geweint hatte, egal, wie verzweifelt ich war, wie schuldig und verletzt, wie verwirrt, gekränkt und gelähmt vor Reue, diese Bilder trugen mich immer an einen ruhigen und sicheren Ort, an dem ich mich dem Schlaf hingeben konnte. Bis ich Adam begegnete.

*Adam.*

Ich schlucke frische Tränen hinunter, schäle mich aus meinem Kleid und finde einen frisch gewaschenen fuchsiafarbenen Seidenpyjama vor, den Loni mir hingelegt hat. Er ist ziemlich groß, dennoch schlüpfe ich hinein, klappe den Bund ein paarmal um, schlinge die Arme um meinen Körper und schlurfe zur Tür. Im Vorbeigehen streiche ich mit den Fingern über meine Regale. Sie ächzen noch immer unter den Büchern meiner Kindheit sowie unter meinen Gartentagebüchern, die ich zu schreiben begann, nachdem Dad gegangen war. Darin hielt ich jede Veränderung fest, jedes Wachsen und jedes Absterben, jede Knospe und jedes Unkraut, damit er sehen konnte, wie gut ich ihm nacheiferte. Der Garten war unsere Verbindung, und ich dachte, solange ich ihn erhielt, würde ich diese Verbindung nicht verlieren. Jedenfalls nicht ganz. Ich nehme eins der Tagebücher heraus und betrachte den Umschlag, auf den ich Blumen gezeichnet und in runden, bunten Buchstaben meinen Namen und mein Alter geschrieben habe. Rasch blättere ich durch die Seiten. Er war damals erst zwei Jahre weg gewesen, und ich hegte eindeutig noch Hoffnung, dass er zurückkommen würde, weil meine Gedanken und mein Schreiben immer in Verbindung zu ihm standen.

Vier Jahre später, in dem Notizbuch mit der Aufschrift *Beatrice Bishop, 13 Jahre alt,* findet sich kaum noch ein Bezug auf ihn. Nur komplizierte Diagramme und Notizen, aus Gartenzeitschriften ausgerissene Tipps sowie kopierte Artikel aus Enzyklopädien und den Büchern der Königlichen Gartenbaugesellschaft. Ich schrieb weiter Tagebuch, bis ich Kieran begegnete. Und dann ließ ich sie alle hier, als ich zu Milly nach London zog – ebenso wie die Nachschlagewerke, die ich für mein Landschaftsarchitekturstudium an der University of East Anglia gekauft hatte, in dem ich schon ziemlich weit fortgeschritten war. Bücher über kleine Gärten, über Landschaftsgärtnerei, Farbpaletten, Pflanzen sowie die Gestaltung von Dachterrassen und städtischen Grünflächen – das Modul, in dem ich mich befand, bevor ich alles hinschmiss. Ich brauchte keine Erinnerung an mein vorheriges Leben.

Da ich das Gefühl habe zu ersticken, wenn ich noch einen Moment länger hier drinbleibe, verlasse ich das Zimmer und gehe nach unten.

Der Lärm und das Geschnatter verstummen abrupt, als ich auf der Türschwelle erscheine. Loni, Cal, Lucy und die Kinder sind für einen Moment wie erstarrt – eine ziemliche Leistung, vor allem für Neve und Nico, die eigentlich nie stillhalten können, selbst wenn sie schlafen. Loni regt sich als Erste, der Ausdruck auf ihrem wunderschön vollen, ausdrucksstarken Gesicht wandelt sich von Schock zu Freude; sie tritt auf mich zu und breitet die Arme ihres bunten Kaftans aus, wobei sie wie ein überschwänglicher Schmetterling aussieht.

»Bea, mein Schatz! Ich freu mich ja so, dass du wieder auf den Beinen bist.« Sie nimmt mich in die Arme, und ich schließe die Augen. Sie verströmt diesen vertrauten, beruhigenden Geruch nach Patchouli und süßer Orange. Die Haare hat sie zu einem Zopf geflochten, der wie eine Glyzinie über ihre Schulter hängt, ihr rundes Gesicht ist frei von Schminke und strahlt vor Vitalität. Unter ihrem Kaftan trägt sie bunt gemusterte Seidenhosen, ihre Füße stecken in Römersandalen, und an ihren Ohren klimpern riesige Ohrringe. »Wir haben gerade gesagt – nicht wahr, Cal? –, dass du dich für absolut gar nichts zu schämen brauchst. Es gibt keinen Grund, dich in deinem Zimmer zu verstecken!« Das sagt sie mit einem hohen Singsang in der Stimme. Sie weiß besser als jeder andere, wie gut ich mich verstecken kann. »Was du getan hast, war sehr mutig, Bea, wirklich sehr mutig. Es ist viel besser, eine solche Entscheidung jetzt zu treffen als ein halbes Jahr nach der Hochzeit. Du kannst stolz auf dich sein. Wenn es eine Sache gibt, die ich im Buddhismus gelernt habe, dann, dass das Geheimnis des Lebens darin besteht, keine Angst zu haben. Es gibt da diese fernöstliche Weisheit …«

»Fürchte nicht, was aus dir wird, und hänge von niemandem ab. Erst dann bist du frei, wenn du alle Hilfe zurückweist!«, zitieren Cal und Lucy im Chor. Ich stimme nicht mit ein. Es ist Lonis Motto. Eins, das sie uns monatelang immer wieder vorgebetet hat, nachdem Dad gegangen war. Mein Motto lautet: Nicht schon wieder diese blöden Buddha-Sprüche.

»Tja, ich bin jetzt eindeutig frei …« Ich blinzle zur Decke und versuche, meine Tränen zurückzudrängen.

»Ach, Bea …« Sofort eilt Lucy um den Tisch herum auf mich zu und knuddelt mich fest.

Ich befreie mich aus ihrer Umarmung, gehe ein Stück weg und stelle mich vor den Herd. Ich verdiene keinen Trost.

»Habt ihr von irgendjemandem etwas gehört? Vielleicht von Milly?«, frage ich. Ich will sie sehen, und gleichzeitig habe ich schreckliche Angst vor dem, was sie sagen wird. Mir ist klar, dass sie kein Blatt vor den Mund nehmen wird. Ich glaube nicht, dass sie Kieran in der Kirche gesehen hat – wenn, wird sie sicher nichts mehr mit mir zu tun haben wollen –, aber sie hat seit Jahren darauf gewartet, dass Adam und ich heiraten. Ich ertrage den Gedanken nicht, sie enttäuscht zu haben, und auch wenn ich daran glauben will, dass sie mich unterstützen wird, ist sie genauso sehr Adams wie meine Freundin. Ich werde nicht auf ihre Unterstützung zählen können. Und außerdem verdiene ich sie nicht.

Loni schüttelt den Kopf. Obwohl ich mich nicht unbedingt mit Milly auseinandersetzen möchte, bin ich etwas gekränkt, dass sie nicht hergekommen ist oder zumindest angerufen hat. Sie weiß, dass ich immer zuerst hierherkommen würde. »Und von Marion?« Das kommt als mäuseähnliches Quieken heraus und zeugt von mehr Angst, als ich zeigen wollte. Cal zuckt mit den Schultern und nickt. Ich stöhne. Ich möchte mir gar nicht vorstellen, was Adams Familie und Freunde von mir denken, habe jedoch gestern Nacht in meinen Träumen immer wieder das Telefon klingeln hören. Einerseits will ich es wissen, andererseits möchte ich zurück ins Bett und mir die Decke über den Kopf ziehen. Vielleicht ist es ein Segen, dass Lonis Haus mitten im Nirgendwo liegt und eine erschreckend lahme Internetverbindung und kein Handynetz hat, sodass ich es nicht herausfinden muss. Trotzdem nehme ich erneut mein Smartphone zur Hand. Ich muss wissen, was die anderen über mich sagen. Oder ihnen vielleicht auch mitteilen, wie schrecklich ich mich fühle. Das sollte man in einer solchen Situation doch tun, oder?

Ich öffne Facebook, lese in meinem Profil »In einer Beziehung mit Adam Hudson« und frage mich, ob ich das ändern sollte. In der Hoffnung, dass ich wie durch ein Wunder einen Funken WLAN erwische, tippe ich hastig ein Status-Update.

Bea Bishop hat einen schrecklichen Fehler begangen.

Mein Daumen schwebt über dem Posten-Button, doch noch während ich schreibe, weiß ich, dass das nicht stimmt. Ich lösche die Nachricht und tippe eine neue Statusmeldung.

Bea Bishop ist unendlich traurig.

Das stimmt zwar, dennoch starre ich skeptisch auf den Text. Schwarz auf weiß wirkt es zu selbstmitleidig. Ich lösche auch das wieder, beiße mir auf die Lippe und genieße den brennenden Schmerz. Einen Augenblick schließe ich die Augen. Dann schreibe ich ein neues Update.

Bea Bishop tut es furchtbar leid.

Das fühlt sich richtig an, denn es tut mir wirklich leid. Schrecklich leid. Und das scheint mir der beste Weg zu sein, mich zu entschuldigen, ohne dass ich jemanden sehen muss. Vielleicht ist das feige, vielleicht bin ich schon immer feige gewesen, aber warum sollte ich mich gerade jetzt ändern?

Ich drücke auf Posten, aber nichts passiert. Ich halte das Handy hoch und fluche leise vor mich hin, erhalte jedoch kein Signal. Ich versuche, mich auf die Fensterbank zu knien, und strecke es Richtung Himmel, stelle mich auf einem Bein an die Hintertür und hocke mich neben Lonis Anrichte. Aber nichts passiert. Cal kauert sich neben mich.

»Hey …«, sagt er, nimmt mir behutsam das Smartphone aus der Hand und streicht mir über den Rücken. »Meinst du, das ist eine gute Idee?« Sein Gesicht wirkt besorgt, und auf einmal bemerke ich, wie müde er aussieht. Sein Lockenschopf hat ihm schon immer einen kindlichen, engelsgleichen Ausdruck verliehen – sowohl in der Schule als auch zu Hause schien er mit allem durchzukommen, was mich früher verrückt gemacht hat –, doch in letzter Zeit scheinen die täglichen Pflichten an ihm zu zehren und in seinem Gesicht Spuren zu hinterlassen wie Zeichen auf einer Landkarte. Die tiefe Furche zwischen seinen Augen ist seiner Sorge um Loni geschuldet. Es macht ihm zu schaffen, dass sie allein ist. Die Fältchen, die sich östlich und westlich von seinen Augen erstrecken, kommen von Neve und Nico, eine Mischung aus Lachfalten und Erschöpfung. Und die schwachen Linien auf seiner Stirn erzählen von seiner Arbeit, von jedem Notfall und davon, dass er seinen Job schnell, geduldig, humorvoll und voller Leidenschaft ausübt.

»Was soll ich denn sonst tun, Cal?«, frage ich verzweifelt. »Ich muss allen sagen, wie leid es mir tut. Ich muss mich für das Chaos entschuldigen … Ich muss … ich … ich … muss …« Erneut breche ich in Tränen aus, und Cal streicht mir über die Schulter.

»Lass etwas Zeit verstreichen. Komm in Ruhe zu dir. Und was noch wichtiger ist, lass Adam zu sich kommen.«

Ich blicke auf den Bildschirm. Mein ungesendeter Status blinkt mich vorwurfsvoll an. Ich bin hin- und hergerissen, denn obwohl ich einerseits unbedingt Kontakt zur Außenwelt haben, mein Herz ausschütten und mich entschuldigen will, weiß ich auch, dass Cal recht hat. Warum ist jede Entscheidung, die ich treffe, irgendwie falsch?

Plötzlich durchbricht die Türklingel die Stille. Panisch blicke ich zu Loni.

Sie kommt zu mir, streicht mir übers Haar und küsst mich auf die Stirn. »Lass Loni nur machen.«

Als sie die Küche verlässt, nehme ich mein Handy und rase zurück nach oben. Ich laufe durch den schrecklichen violett gestrichenen Flur, in dem überall Collagen aus Fotos von Cal und mir hängen. Dutzende von ihnen sind in diverse Wechselrahmen gequetscht. Immer sind wir draußen – am Strand, im Kiefernwald, im Garten. Unsere Haut ist nussbraun, unsere Nasen sind voller Sommersprossen, die Sonne taucht die glücklichen Momente der Vergangenheit in warmes Licht. Es gibt viele von Cal in seinem Superman-Kostüm, auf denen er die Hände in die Seiten stemmt und stolz das Kinn mit dem Grübchen vorstreckt. Ich erinnere mich an das Weihnachten, nachdem Dad gegangen war. Cal war fünf und verkleidete sich jeden Tag in den Ferien als Superman. Es wurde zum Dauerwitz, ist jedoch weniger lustig, wenn man sich seine eigentlichen Gründe dafür bewusst macht. Abgesehen vom Kostüm glaube ich nicht, dass er je aufgehört hat, Superman zu spielen.

Am Ende des Flurs bleibe ich vor einer Sammlung neuerer Familienfotos stehen. Es gibt mehr von Lucy, Cal und den Kindern als von Adam und mir, vor allem weil, wie Cal und Loni nie versäumen mich zu erinnern, wir fast nie zu Loni zu Besuch kommen – *kamen* … Vergangenheit.

Unten höre ich leises Murmeln, aber ich kann nicht ausmachen, wer gekommen ist. Ich starre auf ein Foto von Adam und mir, das vor einem halben Jahr entstanden ist. Wir sitzen im Garten, ich habe die Arme um Adams Hals gelegt, während er mich auf die Wange küsst und wir gemeinsam in die Kamera lächeln. Wir hatten uns gerade verlobt, und Adam bestand darauf, dass wir nach Norfolk fahren, um es Loni und Cal persönlich mitzuteilen. Wir waren glücklich. Wir wirken so perfekt zusammen. Niemand hätte damals geahnt, dass sechs Monate später, am Tag unserer Hochzeit, alles auseinanderbrechen würde.

Die Haustür wird zugeschlagen, und auf der Treppe sind Schritte zu hören. Ich hechte hinter meine Tür und lehne mich von innen dagegen. In dem Moment vibriert mein Handy, und eine Sprach- und Textnachricht nach der anderen kommt herein. Offenbar befinde ich mich an einem der seltenen WLAN-Hotspots. Ich sehe zu, wie eine nach der anderen aufploppt, schalte dann, ohne eine einzige zu lesen oder abzuhören, das Handy aus und lasse mich auf den Boden sinken.

# 12. Kapitel

Bea Hudson: ist auf dem Weg ins schillernde Paris!
Mit Adam Hudson.
48 »Gefällt mir«-Angaben. 17 Kommentare.

»*Komm schon, mon grand* Stück *Jambon,* leg einen Zahn zu!« Ich versuche, Adam am Jackenärmel über den Bahnsteig von St Pancras zu zerren. Ein Blick auf die Uhr verrät, dass uns nur noch wenige Minuten bleiben, um den Zug zu erwischen. Wie immer ist Adam cool, ruhig und gelassen. Ihn bringt nichts aus der Ruhe. Er gleitet durchs Leben, als würde alles und jeder nur auf ihn warten. Und ehrlich gesagt ist das irgendwie auch so.

»ALLEZ, ALLEZ, ALLEZ!« Ich fasse seine Hand und will über den Bahnsteig rennen, doch er schlendert weiter neben mir her, setzt langsam einen Fuß vor den anderen, während sich meine Schritte überschlagen. Er lächelt gequält, nimmt sein Smartphone und richtet den Blick auf das Display.

Ich zerre kräftiger an ihm, doch er ist zu sehr damit beschäftigt, eine Antwort in sein Telefon zu tippen. Wenn das eine geschäftliche E-Mail ist, bringe ich ihn um. Wie in einem Krimi von Agatha Christie: *Tod im Eurostar.*

»Keine Sorge, Bea. Wir haben noch jede Menge Zeit.« Automatisch entspanne ich mich und verlangsame mein Tempo. Wenn er das sagt, stimmt es. Adam gerät nie in Panik. Er erwartet, dass alles nach seinen Vorstellungen läuft. Das ist nicht seine Schuld. Als Kind hat er stets alles bekommen und so ist er es nicht gewohnt, enttäuscht zu werden. Ich bin so glücklich, dass er bei mir ein Nein nicht akzeptiert hat. Das habe ich ihm gestern Nacht gesagt, als wir einander eng umschlungen in den Armen lagen, sich unser Atem verband und unsere Herzen aneinander schlugen.

»Warst du es nie leid zu warten?«, habe ich ihn gefragt und mit den dichten dunklen Haaren auf seiner Brust gespielt, wobei ich darüber staunte, wie perfekt der Verlobungs- und der Ehering an meinem Finger zusammen aussahen.

Er stützte sich auf seinen Ellbogen, blickte mich an und schüttelte den Kopf. Um seine Lippen spielte ein sexy, aufreizendes Lächeln. »Es war mir egal, *wann* du zur Vernunft kommst«, erwiderte er. »Ich wusste nur, dass es irgendwann so weit sein würde.«

»Oh, wie arrogant! Du bist dir deiner wohl immer ganz sicher, was?«, neckte ich ihn.

»Nein«, berichtigte er und gab mir einen langen Kuss auf die Lippen. »Ich war mir *unserer* sicher.« Zum Glück dreht sich jetzt alles nur noch um unsere Zukunft. Um Adams und meine.

Adam führt mich in den Erste-Klasse-Wagen, hievt unser Gepäck auf die Ablage, nimmt dann gegenüber von mir Platz und lächelt, als eine Frau vom Personal zwei Gläser Champagner hereinbringt. Ganz offensichtlich hat sie einen Hinweis erhalten, dass ein frisch vermähltes Paar an Bord ist. Sie gratuliert uns, dann stellt sie die Gläser auf den Tisch. Ich bedanke mich bei ihr und hebe mein Glas, um mit Adam anzustoßen, doch der zieht schon wieder mit gequälter Miene sein vibrierendes Handy aus der Hosentasche.

»Lass mich nur schnell diese E-Mail beantworten. Ein Kunde, mit dem niemand anders zurechtkommt, macht gerade Ärger.« Er neigt den Kopf und zieht konzentriert die Brauen zusammen. Ich betrachte ihn einen Augenblick und wundere mich, dass der Mann, den ich ansehe, tatsächlich *mein Ehemann ist.* Es ist ein komisches Gefühl, einen Mann anzusehen, mit dem man sieben Jahre zusammen gewesen ist, und trotzdem das Gefühl zu haben, dass man ihn zum ersten Mal *wirklich* sieht. Ich betrachte ihn wie einen Fremden, mustere sein glattes schwarzes Haar, die ernsten grauen Augen, das markante Kinn mit dem Bartschatten, der verrät, dass er im Urlaub ist, der seiner autoritären Ausstrahlung jedoch keinen Abbruch tut. Dann blicke ich an mir hinunter und mustere mein Reiseoutfit, das Milly für mich ausgesucht hat. Ein cremefarbenes Kleid mit angeschnittenen Ärmeln, nudefarbene Pumps und ein dunkelblauer Blazer. Meine dunklen Haare sind so geföhnt, dass sie sich locker um meinen Nacken schmiegen, während ein paar gelockte Strähnen sanft mein Gesicht umrahmen. Dazu trage ich die Diamantohrringe, die Adam mir zum dreißigsten Geburtstag geschenkt hat, und eine schlichte goldene Uhr an einem Handgelenk sowie einen goldenen Armreif am anderen.

An den bewundernden Blicken, die man uns zuwarf, als wir in den Zug stiegen, konnte ich erkennen, wie gut wir zusammen aussehen. Ich zupfe an meinem Rocksaum und wische mir die Hände an meinem Blazer ab.

Das einzige Problem ist: Wenn ich so angezogen bin wie jetzt, fühle ich mich überhaupt nicht wie ich.

Als sein Telefon klingelt, lächelt Adam mir entschuldigend zu. »Dad?«, sagt er, und ich höre, wie dieser eine Reihe von Forderungen auf ihn abfeuert. »Ja, aber du weißt doch, dass ich in den Flitterwochen bin. Ja, natürlich bin ich engagiert. Ja, ich weiß, dass es so etwas wie Urlaub nicht gibt, wenn man eine eigene Firma hat. Natürlich will ich die Verantwortung … Ja, ich weiß, was für ein Glück ich habe … Ich will nur … Gut. Okay. Ich kümmere mich darum …«

Am Ende des Gesprächs reibt Adam sich die Stirn. Ich nehme über den Tisch hinweg seine Hand. »Alles okay?«

Er nickt. »Tut mir leid …«

»Du musst dich deinem Dad stärker widersetzen.«

»Leichter gesagt als getan. Niemand sagt Nein zu George Hudson«, erwidert er erschöpft.

»Und seit gestern sagt niemand mehr Nein zu dir«, erinnere ich ihn und winke vor seinen Augen herum, wo sich sofort Lachfältchen bilden, und nun weiß ich, dass er wieder da ist. Adam nimmt sein Champagnerglas, beugt sich über den kleinen Tisch und zieht mich zu sich, sodass wir einander Glas an Glas, Lippen an Lippen, Auge in Auge gegenübersitzen.

»Auf unsere Zukunft, Mrs. Hudson«, murmelt er. »Danke, dass du mich zum glücklichsten Menschen auf diesem Planeten machst.« Wir stoßen an und küssen uns sanft, dann lehne ich mich zurück, lasse meine Finger jedoch mit Adams verschränkt und drücke sie fest. Mein Verlobungsring und mein Ehering glitzern im Sonnenlicht, das durch das Zugfenster hereinfällt, während wir mit hohem Tempo die Stadt verlassen und in Richtung Paris sausen.

# 13. Kapitel

Bea Bishop: Cal Bishop versucht, mich in Wells-next-the-Sea aufzuheitern (und scheitert).

Cal hat mich in die Spielhalle des hübschen kleinen Küstenorts mitgenommen, der nicht weit von Lonis Haus in Holt liegt und der schon immer zu unseren Lieblingsplätzen gehörte. Als Kinder waren wir ständig hier. Ich weiß, warum er mich hergebracht hat, und stelle mir vor, was ich auf Facebook posten würde, hätte ich den sozialen Medien nicht abgeschworen. Als wir älter wurden, hingen wir im French's, dem Fish-and-Chips-Laden, ab und zockten am Spielautomaten, nachdem wir am Strand joggen waren. Zum Joggen hatte Loni uns ermuntert, als wir beide unter Druck standen, weil wir für unsere Prüfungen lernen mussten, und ich unter einem besonders schlimmen Anfall von Angst und Selbstzweifeln litt – ich machte mein Abitur, Cal die mittlere Reife. Wenn wir nebeneinander herliefen – normalerweise schweigend –, fühlte ich mich mit meinem kleinen Bruder auf eine Weise verbunden, die ich sonst nicht kannte. Er wirkte immer so überaus aufgeräumt, doch wenn wir liefen, wurde mir klar, dass auch er manchmal Stress abbauen oder einen klaren Kopf bekommen musste und Zeit brauchte, um herauszufinden, was er im Leben wollte.

Heute wirkt er erschöpft. Kein Wunder, bei all den Sorgen, die er sich um seine jämmerliche große Schwester machen muss. Zusätzlich zu allem anderen, was er sonst so am Hals hat. Mit seinen achtundzwanzig Jahren tritt mein kleiner

Bruder gewöhnlich so selbstsicher auf wie jemand, der deutlich älter ist. Heute lassen seine Sorgen ihn noch älter aussehen.

Lächelnd beobachte ich, wie Cal sich mit einem Beutel Zwei-Pence-Münzen und einem breiten Grinsen zu mir durchschlängelt, und ich bin ihm dankbar dafür, dass er sich so viel Mühe gibt, mich aufzuheitern. Er geht zu den Spielautomaten und winkt mich heran, als sei ich eine seiner zweijährigen Zwillingsmädchen. »Komm her, Schwesterherz!«, sagt er und reicht mir den Beutel mit den Kupfermünzen. »Ausnahmsweise ist es okay, mal etwas zu riskieren!«

»Wie ich es anlässlich meiner Hochzeit versucht habe?«, entgegne ich ironisch.

Cals Lächeln verblasst. »Adam war kein Risiko, Bea. Du weißt, dass er das Zuverlässigste war, das du bisher in deinem Leben hattest.« Er reibt sich mit der Hand über die Stirn und fährt sich durch die Locken.

»Ich weiß.«

»Warum hast du ihn dann verlassen?«, fragt er aufgebracht. »Das ergibt doch keinen Sinn!« Er zögert und blickt auf den Beutel mit den Münzen. Dann nimmt er eine und wirft sie hoch. »Außer natürlich wegen Kieran Blake …« Er fängt die Münze auf, schlägt sie auf seine Hand und sieht mich herausfordernd an. »Kopf oder Zahl? Kieran oder Adam … war es das?«

»So war es nicht, Cal. Das musst du mir glauben! Ich hatte keine Ahnung, dass er da sein würde.« Cal starrt mich an, und ich knicke ein. »Okay! Ich gebe zu, dass es mich umgehauen hat, ihn zu sehen, aber du weißt, dass meine Zweifel schon länger andauern. Ich glaube einfach … Ich denke … Ich denke einfach nicht, dass ich für die Ehe gemacht bin. Du musst das doch verstehen?« Ich blicke Cal herausfordernd an. Seit fast zehn Jahren ist er mit Lucy zusammen, sie haben zwei

Kinder miteinander, und sie haben nie geheiratet. Wir necken uns immer damit, dass Dads Weggang uns zwar nicht zu Beziehungs-, wohl aber zu Ehephobikern gemacht hat. Wofür ich gerade noch mal einen neuen Beweis geliefert habe …

»Wahrscheinlich«, gibt er nach. »Aber ich habe Lucy nicht wie eine Idiotin vor dem Altar stehen lassen.«

»Nun ja, vielleicht hast du nicht den Großteil deines Lebens gehofft, dass Dad am Tag deiner Hochzeit erscheinen würde, um dich in die Arme deines Ehemanns zu führen!«

»Ach, Bea.« Cal legt den Arm um mich und lehnt den Kopf an meinen. »Wann wirst du endlich akzeptieren, dass er nicht mehr zurückkommt?«

Ich beiße mir auf die Lippe, beginne, Zwei-Pence-Münzen in den Automaten zu stecken, und beobachte, wie eine nach der anderen im Schlitz verschwindet. »Hast du nie das Gefühl, dass dir etwas fehlt? Dass ein großer Teil von dir unvollständig bleiben wird, bis du ihn findest?«

Cal schüttelt den Kopf. »Nein, das habe ich nicht. Ich habe alles, was ich brauche. Ich habe es in Loni, in dir, in Lucy und den Mädchen. Warum sollte ich nur eine Sekunde darauf verschwenden, an einen Fremden zu denken, der uns hat sitzen lassen, ohne sich noch einmal umzusehen?«

»Aber Loni hat ihm doch gesagt, er soll gehen!«

»Aber er war der schwache, jämmerliche Kerl, der es hingenommen hat. Er war es, der nie mehr zurückgekommen ist! Er hat ja wohl nicht gerade um uns gekämpft, oder?« Cal schlägt seitlich gegen den Automaten, woraufhin ich vor Schreck zusammenzucke. »Komm schon, Bea, ging es gestern wirklich nur darum? Um unseren Vater, der vor über zwanzig Jahren weggegangen ist?«

In meinen Augen brennen Tränen, während ich weiterbohre. »Aber du hast dich doch sicherlich auch schon mal gefragt, ob wir so sind wie er?«

»Verdammt, das will ich ja wohl nicht hoffen!«, erwidert Cal heftig.

Cal und ich hatten schon immer unterschiedliche Haltungen zu den Entscheidungen unserer Eltern. Ich glaube zwar nicht, dass es allein Lonis Schuld war, dass die Beziehung auseinandergegangen ist, allerdings habe ich ihr Eingeständnis hingenommen, dass sie allein für Dads Weggang verantwortlich ist. Anscheinend hatte er klargestellt, dass er eine konventionelle, klassische Frau und Mutter für seine Kinder wollte. Er kam nicht damit zurecht, dass sie sich nach einem Beruf und einem Leben fernab des heimischen Herds sehnte, und Loni wurde bald klar, dass sie unterschiedliche Dinge vom Leben erwarteten. Darum forderte sie ihn auf zu gehen.

»Vielleicht bin ich Dad schon immer ähnlicher gewesen als du. Vielleicht bin ich dazu bestimmt, meine Familie zu verlassen so wie er …«

»Red keinen Un…«, hebt Cal an, aber ich rede weiter.

»… aber im Gegensatz zu ihm habe ich es getan, bevor jemand ernsthaft verletzt wurde. Adam wird über das, was gestern passiert ist, hinwegkommen. Er wird sein Leben weiterführen«, sage ich und spüre gleichzeitig einen scharfen Schmerz, als ich diese Worte ausspreche. »Ich wette, dass er eine neue Freundin hat, bevor das Jahr zu Ende geht. Wenn wir aber geheiratet und Kinder bekommen hätten, na ja … die Geschichte wiederholt sich doch so oft, oder nicht? Ich habe mein Schicksal nur etwas früher akzeptiert, als Dad es getan hat …«

»Du hättest deine Familie nie verlassen, Bea«, erwidert Cal ruhig. »Ich kenne dich.«

»Dann weißt du ja, warum ich glaube, dass ich besser allein bleibe«, sage ich. »Leute wie ich sind immer allein.«

Cal packt meine Arme und sieht mich durchdringend an. »Weißt du, was ich denke? Ich denke, dass du ein besserer Mensch bist, als du denkst. Du bist fähig zu lieben und geliebt zu werden. Du *kannst* dich in einer Beziehung sicher fühlen, du brauchst keine Angst zu haben. Du hast zwar Angst, dass sich die Geschichte wiederholt – aber nicht, dass *du* gehen würdest. Du hast Angst, dass Adam dich verlassen würde, genau wie Kieran und Dad …« Er hält inne, als er sieht, wie ich die Fassung verliere. »Ich habe recht, stimmt's?«, murmelt er. »Darum geht es! Ach, Bea, Adam ist ein guter Mann. Er ist toll, er liebt dich, er würde alles für dich tun! Du hättest nur ein kleines bisschen Vertrauen haben müssen … Warum konntest du das nur nicht?«

Ich erwidere nichts. Ich weiß nicht, was ich dazu sagen soll.

Cal sieht zu, wie ich *Whack-a-mole* spiele, und feuert mich an. »Der ist für Dad, weil er uns verlassen hat! Der für Adams Mutter, weil sie deine ganze Hochzeit an sich gerissen hat!« Ich schlage ein paarmal zu. »Jetzt ein Schlag für jedes Mal, wenn Loni dich in eine peinliche Situation gebracht hat!«

Ich werfe ihm einen Seitenblick zu. »Dann brauche ich anschließend einen neuen Arm!«

»Und was jetzt?«, fragt er, während ich weiterhin mit einem Spielzeughammer den Maulwürfen auf den Kopf haue. Ich muss ziemlich lächerlich aussehen, aber es hat eine kathartische Wirkung. Was ich Cal nicht gesagt habe, ist, dass ich die einzige Person bin, der ich auf den Kopf schlagen möchte.

»Ich weiß es NICHT.« RUMS.

Ich hasse die Tatsache, dass ich es nicht weiß. Ich spüre, wie das Bedürfnis nach Selbstgeißelung sich über mich senkt wie der Nebel auf das Meer.

BAMM.

Der ging an mich. Ich könnte einen ordentlichen Stoß in die richtige Richtung verdammt gut gebrauchen. Wie diese Zwei-Pence-Stücke.

BADAMM! Mit dem Holzhammer in der Luft halte ich kurz inne. »Zurück zur Wohnung fahren und mein Zeug holen?«, sage ich und treffe das Ziel mit einer Entschlossenheit, die mir gerade fernliegt. Dann entdecke ich einen weiteren Maulwurf und lasse den Hammer mit einem heftigen Schlag nach unten sausen. »HA! Hab ich dich!«

Cal mustert mich skeptisch. »Ich würde dir ja unser Sofa anbieten, aber erstens machst du mir Angst. Wirklich, allmählich glaube ich, Adam ist noch mal knapp davongekommen ...« Ich drehe mich zu ihm um und schwinge drohend den Hammer. Er lacht und hebt abwehrend die Hände. »Und zweitens schlafen die Zwillinge noch nicht durch, sodass ich derzeit selbst auf dem Sofa nächtige! Schon seit Wochen!« Ich blicke ihn mitfühlend an und würde ihn gern mehr fragen, aber in dem Moment klingelt das Handy in meiner Tasche. Ich hole es heraus und blicke nervös auf das Display.

»Es ist Milly«, sage ich. »Da gehe ich lieber ran. Ich kann ja nicht ewig allen aus dem Weg gehen.«

Nachdem ich Cal den Hammer gereicht habe, gehe ich nach draußen und stelle mich neben den Eisstand. Ich blicke auf die Boote, die im Hafen festgemacht sind, ihre Masten bohren sich wie große weiße Nadeln in den Himmel, daneben flattern bunte Flaggen. Alle Eindrücke stecken voller Erinnerungen – die salzige Seeluft, in die sich der Geruch von French's Fish and Chips mischt (mir entgeht die Ironie nicht, dass ich eigentlich jetzt in meinen Flitterwochen in Frankreich sein sollte) und der süße vertraute Duft von Eiscreme und Zuckerwatte. Ich kann Kierans gelben VW-Bus fast vor mir sehen, wie er die Straße hinuntersaust. Ich auf dem Beifahrersitz, die nackten braun gebrannten Füße auf dem Armaturenbrett, wie ich vor Lachen den Kopf in den Nacken werfe, als Kieran aus vollem Hals singt. Ich versuche, mich auf die Salzwiesen hinter den Booten zu konzentrieren und auf den Strand mit seinen bunten Hütten. Früher habe ich davon geträumt, dass ich eines Tages mit Kieran eine von ihnen besitzen würde. Es ist, als habe er an dem Tag, an dem er meine Hochzeit zum Platzen gebracht hat, auch meine Schutzwälle eingerissen. Jetzt bekomme ich ihn nicht mehr aus dem Kopf, auch wenn mir das die letzten sieben Jahre, die ich mit Adam zusammen war, meist gut gelungen ist.

Obwohl? Stimmt das? Hatte ich Kieran wirklich vergessen, oder war er der Grund, dass ich mich nie ganz auf Adam einlassen wollte?

Ich weiß es einfach nicht mehr.

Widerwillig halte ich das Handy an mein Ohr und versuche die Kraft aufzubringen, mit meiner besten Freundin zu reden.

»Hallo, Milly«, sage ich.

»Scheiße. Endlich! Wo bist du? Wie geht es dir? Wann kommst du zurück? Geht's dir gut? Warte.« Ich höre sie gedämpft sprechen. »Nein, danke, Loni. Ich bin nicht gerade ein großer Fan von Hagebuttentee … oder Brennnessel.«

Jetzt höre ich ihre Stimme wieder klar. »Ich bin bei deiner Mutter …« Dann etwas leiser: »Bitte komm bald zurück und rette mich. Sie will, dass ich mit ihr singe, und sogar das würde ich tun. Ich gehe nicht, ehe ich dich nicht gesehen habe, und du weißt, wie stur und dickköpfig ich bin.«

»Ja.«

»Welch ungewöhnliche Wortwahl, Bea«, bemerkt sie. »Schade, dass du das gestern nicht gesagt hast, meinst du nicht?«

»Hör auf, Milly, bitte, ich …«

»Ich weiß, ich weiß. Tut mir leid«, fällt sie mir ins Wort. »Ich hab mir geschworen, dass ich dir keine Vorwürfe mache. Oder dich anschreie. Ich will nur wissen, ob es dir gut geht. Und«, fügt sie hinzu, »ich weiß, dass ich gesagt habe, ich würde hier so lange warten, wie es eben dauert, bis du kommst, aber es ist gut möglich, dass Loni mich in die Knie zwingt. Sie hat mir gerade eine halbe Stunde lang Passagen aus ihrem neuen Buch vorgelesen.«

»Das tut mir leid«, sage ich mitfühlend. »Aber ich glaube, ich kann jetzt niemanden sehen. Ich kann den Gedanken nicht ertragen, dass ich alle im Stich gelassen habe.«

»Du hast niemanden im Stich gelassen«, entgegnet sie. »Außer Adam«, fügt sie nach einer kurzen Pause hinzu.

»Wie geht es ihm?«, frage ich leise. Ich kann seinen Namen nicht aussprechen. Das verdiene ich nicht.

»Er leidet. Er hat das Gefühl, sein gesamtes Leben ist zusammengebrochen.« Sie zögert. »Und wie geht es dir?«

Ich denke über ihre Worte nach. »Das Gefühl habe ich auch.«

»Warum bist du dann gegangen?«, will sie wissen. »Ich meine, ich verstehe das nicht. Du liebst ihn, er liebt dich, warum solltest du abhauen?« Bei ihr klingt es, als sei ich ein Investor, der aus einem todsicheren Zinsgeschäft ausgestiegen ist. Ich erwidere nichts. »Jay und ich waren fast die ganze Nacht über bei Adam«, fährt sie fort. »Er gibt sich die ganze Schuld.«

»Aber er kann doch nichts dafür!«, rufe ich. »Das habe ich ihm auch gesagt!«

»Wir auch.« Sie hält inne. »Natürlich haben wir ihm gesagt, was für eine schreckliche, egoistische Person du bist …«

»Da hast du recht.«

»Ach, Bea.« Sie seufzt. »Ich mach doch nur Spaß! Aber *warum* hast du nicht mit mir geredet, wenn du Zweifel hattest? Du weißt doch, dass ich dir immer helfe, wenn du unentschlossen bist und nicht mehr weiterweißt … Das kann ich gut.«

Das stimmt, aber trotzdem versetzen mir ihre Worte einen Stich. Helfen heißt bei ihr, mich zu Lebensentscheidungen zu drängen, zu denen ich nicht immer bereit bin.

»Ich hab es doch versucht … bevor wir die Kirche betreten

haben. Aber dann habe ich beschlossen, meine Zweifel einfach zu ignorieren und den Schritt zu wagen …«

»Und das war richtig! Aber was hat dich dazu gebracht, deine Meinung wieder zu ändern?«

*Kieran.*

Ich antworte nicht.

»Ernsthaft, Bea, was ist passiert?«, drängt Milly. »Vielleicht hat Cal sich getäuscht, und du hattest doch eine Gehirnerschütterung.«

Ich sage ihr nicht, dass ich zum ersten Mal seit Jahren klar denke. Ich sage gar nichts. Die Stille hängt zwischen uns, unsichtbar, aber zugleich fühlbar wie die fehlenden Segel auf den Booten vor mir. Ich möchte mich ihr anvertrauen, aber ich weiß, dass sie mich verurteilen würde.

»Na ja, wenn du es mir nicht sagen willst …«, durchbricht Milly eingeschnappt die Stille.

Ich blicke blinzelnd nach oben. Es regnet, und die Tropfen rinnen wie Tränen über mein Gesicht. Ich weiche zurück in die Spielhalle. Der Lärm der Automaten klingelt in meinen Ohren.

»Es ist nicht so, dass ich es dir nicht erzählen will, es ist nur … Ich … Ich weiß es nicht …« Das ist nicht wahr. Ich weiß es. Ich weiß ganz genau, was passiert ist.

Es folgt eine längere Pause, bevor sie weiterspricht. »Hör zu«, sagt sie, »ich bin für dich da, wann immer du mich brauchst.«

»Danke, Milly.«

Es folgt erneutes Schweigen, und ich spüre, dass sie mir eine letzte Chance geben will, ihr reinen Wein einzuschenken. Vielleicht würde ich es ihr sagen, wenn wir zusammen aus wären oder wenn ich etwas getrunken hätte. Aber hier und jetzt fehlt mir der Mut. Ich kann es ihr nicht sagen. Ich kann einfach nicht.

»Okay«, seufzt sie schließlich resigniert. »Ich weiß, dass du noch nicht bereit bist, darüber zu reden. Aber ich weiß auch, dass du nicht für immer bei Loni bleiben kannst. Ganz offensichtlich wirst du auch nicht in deine und Adams Wohnung zurückkehren. Wenn du eine Bleibe brauchst, kannst du jederzeit zu Jay und mir kommen. Wir haben genügend Platz. Du und ich wieder zusammen in Greenwich – in derselben Wohnung. Das wird wie in den guten alten Zeiten!«, fügt sie mit gespielter Heiterkeit hinzu.

»Danke, Milly«, wiederhole ich, erschlagen von ihrer Großzügigkeit.

*Die guten alten Zeiten.* Ihre Worte hallen in meinem Kopf wider, lange nachdem wir aufgelegt haben.

Eine Stunde später, nachdem ich Cal endlich davon überzeugt habe, dass er mich allein lassen und zur Arbeit gehen kann, schlendere ich hinunter zum Strand. Ich will noch nicht zurück zu Loni. Es hat aufgehört zu regnen, und ich verspüre den Drang zu joggen. Ich bin zwar nicht entsprechend angezogen, aber das ist mir egal. Ich renne über den Strand in Richtung Naturschutzgebiet, eine scharfe Meeresbrise weht mir ins Gesicht, meine Wadenmuskeln brennen, mein Herz hämmert, und ich spüre, wie sich der Nebel teilt, genau wie die Wolken über mir. Auf einmal sehe ich den Weg, der vor mir liegt, klarer als seit Jahren.

*Die guten alten Zeiten.*

Ich laufe meilenweit, bis ich nach Holkham Hall gelange. Über die Auffahrt und durch die Eichenbäume erreiche ich den See. Keuchend stehe ich am Ufer und halte mir die Seiten, während ich auf die Szenerie vor mir blicke. Heute findet ein weiterer Hochzeitsempfang auf dem Anwesen statt. Dasselbe Zelt, ein anderes Paar. Ich beobachte, wie sie sich leichten Fußes zwischen ihren Gästen bewegen; hier und dort bleiben sie stehen, um sich zu küssen oder einander etwas zuzuflüstern. Auch wenn sie nicht beieinanderstehen, wenn man sie getrennt voneinander im Gespräch mit verschiedenen Gästen sieht, scheinen sie verbunden zu sein. Ihre Bewegungen spiegeln sich, und ihre Blicke suchen immer wieder Kontakt zum anderen. Sie wirken glücklich.

*Das hätte ich sein können.* Ich habe das Gefühl, einer Alternativversion von gestern zuzusehen. Auch ich hätte ein Champagnerglas halten können, mit den Gästen plaudern und mich im Glanz des wichtigsten Tages in meinem Leben sonnen.

Doch jetzt habe ich das Gefühl, als hätte ich an einer Gabelung einen anderen Weg genommen, und anstatt mich auf dem Weg in die Zukunft zu befinden, bin ich … wo eigentlich? Wo wird mich mein neuer Weg, mein neues *Leben* hinführen? Werde ich immer in der alten Zeit festhängen, unfähig, Entscheidungen zu treffen oder voranzuschreiten, bis ich mich mit meiner Vergangenheit auseinandergesetzt habe? Ich bin zwar gestern vor Kieran davongelaufen, aber jetzt habe ich das Gefühl, als wäre mein Leben stillgestanden, seit er damals weggegangen ist. Vielleicht sogar schon davor …

Zwischen den Hochzeitsgästen erblicke ich einen festlich gekleideten älteren Herrn mit grau meliertem Haar und breitem Lächeln, der auf das Paar zugeht. Er schüttelt dem Bräutigam die Hand und küsst ihn auf beide Wangen, dann wirft er, strahlend vor Stolz, die Arme um die Braut, die seine Tochter sein muss.

Mir bleibt die Luft weg, als ich plötzlich an das letzte Mal denken muss, dass mein Vater mich umarmt hat. Ich saß im Garten unter der Trauerweide. Er umarmte mich und drückte sein Gesicht an meins, während er mir ein Buch in die Hände legte. Dann küsste er mich mehrmals auf den Kopf, ehe er schnell und leise aufstand. Er drehte sich um und lief über den Rasen und durch einen weißen Nebel aus Magnolienblüten, bis er durch das kleine Tor verschwand und mein Leben für immer veränderte.

# 14. Kapitel

Bea Hudson wurde soeben über die Schwelle getragen …
27 »Gefällt mir«-Angaben. 3 Kommentare.

»Wir sind da«, verkündet Adam, hebt mich hoch, stößt die Tür zu unserem Hotelzimmer auf und trägt mich hinein.

»Du sollst mich *zu Hause* über die Schwelle tragen«, lache ich, »nicht in unserem Flitterwochenhotel!«

»Oh, tut mir leid, mein Fehler!« Er tut, als wollte er mich fallen lassen, woraufhin ich mich kreischend an ihn klammere. Dann schreitet er weiter durchs Zimmer und wirft mich aufs Bett. Als er sich auf mich legt, kichere ich, schließe zufrieden die Augen und genieße seinen Körper auf meinem.

»Wir haben es also getan, Mrs. Hudson«, sagt er, streicht mir die Haare aus dem Gesicht und küsst mich sanft auf Lippen, Wangen und Augenlider.

»Noch nicht ganz.« Ich grinse frech und zerre an seiner Gürtelschnalle.

»Du könntest mich wenigstens zuerst opulent dinieren lassen!«, sagt er gespielt beleidigt.

»Ich habe aber nur auf eine Sache Appetit.« Ich öffne seinen Gürtel, zerre seine Hosen nach unten und setze mich rittlings auf ihn, wobei ich zwischen meinen Beinen spüre, wie hart er ist. Ich streife meinen Blazer ab, ziehe mir das Kleid über den Kopf, beuge mich vor und streiche sanft mit meinen Lippen über seine, dann beiße ich ihn zärtlich in die Unterlippe. Sein dunkler Bartschatten kratzt über mein Kinn. Ich verteile Küsse auf seinem Hals, arbeite mich mit den Händen seinen Körper hinunter und öffne dabei langsam seine Hemdknöpfe. Dann lehne ich mich an seine Brust, sodass sich unsere nackten Oberkörper berühren. Unsere Küsse werden leidenschaftlicher, während wir uns in der angenehmen Wärme unserer Münder verlieren.

»Mmm«, murmelt Adam und wirft mich auf den Rücken. »Wenn die Ehe so aussieht, bin ich froh, dass ich versprochen habe, bis zum Ende meines Lebens meine ehelichen Pflichten zu erfüllen ...«

»Ja.« Ich lächle. »Geht mir genauso.« Ich stütze mich auf einem Ellbogen ab und streiche mit der Nase über Adams Hals. Er hat die Arme träge über den Kopf gestreckt. Dann blicke ich mich im Zimmer um. »*Wow*«, flüstere ich.

Adam öffnet ein Auge und verzieht den Mundwinkel nach oben, wodurch auf seiner Wange so etwas wie ein Komma erscheint, das sein Lächeln unterstreicht. »Das war echt unglaublich, was?«

»Ich meinte das Zimmer!« Er versucht, mich festzuhalten, doch ich springe kichernd aus dem Bett und erforsche unsere Suite, öffne Türen und jubele vor Begeisterung. Es ist kein großes, seelenloses Zimmer in einer spießigen überteuerten Suite mit Blick auf den Eiffelturm, wie ich es eigentlich bei Adam erwartet habe. Stattdessen haben wir ein liebevoll eingerichtetes Zimmer in wunderbar lebendigen Farben. »Ooh, sieh dir nur diese wundervolle Tapete an! Ich fühle mich wie in einem Garten!« Ich kann meine Begeisterung über die Bäume, an denen rosa Blüten schimmern, über das Grün der Blätter und den blauen Himmel dahinter gar nicht zügeln.

Das Bad ist klein, aber es ist perfekt geschnitten. Es hat eine frei stehende Badewanne auf Löwenfüßen, und es ist mit rosa und grünen Kacheln gefliest. Ich blicke durch die weißen Spitzengardinen aus dem Badezimmerfenster, das auf die schmalen Kopfsteinpflasterstraßen von Montmartre blickt. »Es ist perfekt«, seufze ich. Als ich aus dem Bad ins Zimmer spähe, sehe ich, dass Adam über dem Nachttisch lehnt, um sein Handy zu überprüfen. Ich stemme die Hände in die Hüften und tippe mit dem Fuß auf den Boden, doch er bemerkt es nicht. Also hüpfe ich stattdessen durchs Zimmer aufs Bett und konfisziere das Smartphone.

Adam lächelt entschuldigend und stupst mich dann sanft an. »Du hast mit einer teuren anonymen Suite an der Champs-Élysée gerechnet, stimmt's? Eine Suite, für die die meisten Frauen wahrscheinlich töten würden, wie ich hinzufügen darf …« Sein Stupsen wird zum Kitzeln.

»Aber ich bin nicht die meisten Frauen«, entgegne ich kichernd, winde mich aus seinem Griff, schalte dann sein Telefon aus und lege es auf den Nachttisch.

»Nein, das bist du eindeutig nicht. Und genau darum habe ich dich geheiratet …«, sagt Adam, während er zu mir herüberrollt. Er sagt immer das Richtige. Er akzeptiert mich genau so, wie ich bin.

Vielleicht gelingt mir das jetzt ja auch, nachdem ich Bea Bishop und mein Geheimnis zurückgelassen habe.

Nach einem himmlischen Frühstück erkunden wir am nächsten Vormittag aufgeregt die prächtige Champs-Élysées. Es ist alles sehr beeindruckend, aber irgendwie wünschte ich, ich könnte meine Pumps ausziehen und mich ins Gras legen.

»Wir sind fast da«, sagt Adam jetzt, und ich bleibe hinter ihm stehen und genieße es, ihn dabei zu beobachten, wie er die Karte studiert. Sein Kopf ist über den Plan gebeugt, und seine blauschwarzen Haare fallen ihm in die Stirn. Als ich ein Foto mache, blickt er auf und grinst mich an. Er wirkt so viel jünger und weniger angespannt als sonst. Ich blicke auf das Schild hinter ihm. Wir stehen an der Ecke einer schönen, von Ahornbäumen gesäumten Straße – der Avenue Franklin D. Roosevelt im 8. Arrondissement. Adam fasst mich an den Schultern und dreht mich um, damit ich die kunstvoll verzierte Fassade des Grand Palais sehe, des berühmten Ausstellungsgebäudes im Stil der Belle Époque.

»Da drin befindet sich das Wissenschaftsmuseum, Palais de la Découverte«, informiert er mich in perfektem Französisch.

»Toll! Gehen wir da rein?« Bei der Vorstellung sinkt meine Laune ein wenig. Ich kann mir nichts Schlimmeres vorstellen, als mir jetzt ein verstaubtes altes Museum anzusehen.

»Nein!«, lacht er. »Komm, hier entlang.« Adam fasst meine Hand und zieht mich mit sich. In seiner Hose vibriert sein Handy, doch er holt es heraus und schaltet es aus. Bei dieser Geste durchströmt mich ein warmes Gefühl.

»Wer ist das?« Ich zeige auf eine große Skulptur neben dem Museum. Er weiß es bestimmt, er weiß immer alles.

»Das ist eine Staute von einem Typen namens Alfred de Musset«, erklärt Adam.

»Gesundheit«, sage ich, als hätte er gerade geniest, und er lacht erneut.

»Warum, wie findest du sie?«, will Adam wissen.

Mich überkommt leichte Panik. Ich hasse es, nach meiner Meinung gefragt zu werden. Ich habe nie das

Gefühl, die Antwort zu kennen, und würde am liebsten laut »Das weiß ich nicht!« schreien. Darum mag ich auch keine Museen. Sie gehören zu diesen Orten, an denen man von seiner Meinung überzeugt sein sollte. Und ich traue meinem Urteil schon lange nicht mehr.

»Ich weiß nicht …« Ich zögere und versuche, meine Gedanken zu sammeln, die Kontrolle zu behalten, mehr wie Adam zu sein. Mehr wie eine Hudson. »Ich glaube, na ja … Irgendwie gefällt mir, dass er so schrullig aussieht, und irgendwie …« Ich zögere erneut. »… ruhig. Als würde er versuchen, eine Entscheidung zu treffen.« Während ich spreche, werde ich langsam sicherer. Ich neige nachdenklich den Kopf. »Es sieht aus, als würde er zugleich zurück und nach vorn blicken.« Auf einmal spüre ich eine Beziehung zu diesem Stück scheinbar unauffälliger Kunst. »Er ist ein Träumer«, ende ich selbstbewusst.

»Ganz bestimmt«, pflichtet Adam mir bei, und ich spüre Stolz in mir aufwallen, dass ich richtigliege.

»Vielleicht ist an mir eine Kunstkritikerin verloren gegangen. Die Skulptur hat irgendwie zu mir gesprochen, weißt du?«

Adam beugt sich vor und hebt eine Braue. »Das ist lustig, denn er träumt angeblich von seiner ehemaligen Geliebten.«

»Oh«, sage ich und versuche, nicht rot zu werden. Plötzlich bin ich nicht mehr so begeistert. »Alfred de Musset, hast du gesagt? Alfred der Trottel wohl eher. Ich meine, welcher Idiot hängt denn so lange an seiner Ex!« Adam kichert, und ich nehme seine Hand. »Wohin gehen wir jetzt?«, wechsle ich rasch das Thema.

Adam lächelt und deutet auf eine alte bröckelige Steintreppe. Die Stufen winden sich nach unten und verschwinden im Nirgendwo.

»Was ist da unten?«, frage ich, als wir langsam hinuntersteigen.

Er wirft mir einen Seitenblick zu und zwinkert. »Lass dich überraschen …«

Er geht über die holprigen Stufen voran und vergewissert sich zwischendurch, dass ich nicht stolpere und ihm folge. Vor ihm liegt ein Durchgang aus Stein. Er sieht aus, als hätte sich ein Riese mit der Faust einen Weg geschlagen. Dahinter blitzt etwas Grünes auf, und vollkommen fasziniert stelle ich fest, dass Adam mich in einen wunderschönen versteckten Garten führt, in den goldenes Sonnenlicht fällt. Als Adam mir erklärt, wo wir sind, strahlt er über das ganze Gesicht.

»Willkommen im Jardin de la Vallée Suisse, einem geheimen Garten im Herzen von Paris, den ich extra für dich ausfindig gemacht habe.«

Mir geht das Herz auf. Er kennt mich so gut.

»Adam, das ist unglaublich!« Ich werfe mich in seine Arme, und er hebt mich hoch. Dann führt er mich zu einer Bank und packt Picknicksachen aus. Als er eine Flasche Champagner herausholt und sie öffnen will, bedeute ich ihm, damit noch zu warten. Ich will diesen perfekten Moment einfach noch länger auskosten.

»Schh«, sage ich. »Hör mal.« Neben Vogelgezwitscher nehme ich das Rauschen der Blätter wahr. Es klingt, als würden Tänzer mit weichen Sohlen über eine Bühne gleiten. Ich höre das leise Einatmen jeder Blume, die sich zur Sonne neigt, das Ausatmen der Bäume, während die Brise seufzend durch ihre Zweige streicht. »Es ist wunderschön.« Ich sinke auf die Bank zurück und lasse den Blick auf mich wirken. Der Duft von Ahorn und Flieder steigt mir in die Nase, ebenso wie der sommerliche Mittelmeergeruch von Zitronenbäumen. Immergrüne bedecken die

Gartenmauern wie elegant smaragdgrün gekleidete Damen, die während eines Balls auf ihren Tanz warten.

Ich blicke zu Adam. Als er den Flaschenkorken knallen lässt und den Champagner in zwei Gläser füllt, müssen wir beide lachen. Er erzählt noch einmal von dem Moment, als er in Kew Gardens um meine Hand angehalten hat. Dabei schließe ich die Augen und fühle mich in jenen glückseligen Augenblick zurückversetzt. Es riecht nach englischem Sommer – nach Lavendel, Jasmin und Rosen, nicht nach Pariser Frühling. Und als Adam jetzt meine Hand nimmt, fühle ich mich in jenen Moment zurückversetzt, in dem er mich von dieser glücklichen Zukunft überzeugt hat, von der ich dachte, dass ich sie nicht verdiene. Ich höre, wie er wiederholt, was er damals gesagt hat – dass er immer auf mich aufpassen wird, dass er mich glücklicher machen wird, als ich es je für möglich gehalten habe. Und während die Sonne mein Gesicht wärmt und seine Worte mein Herz, erinnere ich mich daran, wie euphorisch ich war, als ich mich entschlossen habe, ihm zu glauben. Ich habe ihm geglaubt, dass ich eine Chance habe, die richtige Entscheidung zu treffen, und darum habe ich trotz der so lange in mir wohnenden Angst, dass ich kein Happy End verdient hätte, Ja gesagt.

Als wir uns jetzt in die Augen sehen, sage ich mir erneut, dass ich das Richtige getan habe. Ich weiß, dass Adam mich liebt und dass er mich nicht verlassen wird. Ich blicke mich um und präge mir jeden Winkel dieses wunderschönen geheimen Gartens ein. Plötzlich küsst Adam meinen Nacken, und als ich mich umdrehe und meine Lippen seine berühren, merke ich, wie ich die Vergangenheit loslasse und einem glücklichen, sonnigen, blumigen Vergessen entgegenwirbele – meine Zukunft liegt sicher in seinen Händen.

# 15. Kapitel

Bea Bishop hat ihren Beziehungsstatus in »Single« geändert.

Als ich das komfortable Apartmenthaus am Canary Wharf Place Nummer fünf betrete, kommt es mir fremd vor. Es erinnert an ein riesiges, glänzendes Raumschiff, in keiner Weise an ein Wohnhaus, geschweige denn daran, dass es in den letzten fünf Jahren mein Zuhause gewesen ist. Wie ein Roboter passiere ich den Hauseingang und gehe zu den Aufzügen, wobei ich die glänzenden Briefkästen und die modernen Gemälde betrachte, als würde ich sie zum ersten Mal sehen. Mit pochendem Herzen blicke ich zu Demetri, dem Wachmann, und erwische ihn dabei, wie er mich anstarrt. Daraufhin richtet er den Blick schnell wieder auf seinen Computerbildschirm und beachtet mich nicht weiter. Vielleicht erkennt er mich nicht in dem schlabbrigen alten T-Shirt und in meiner Gärtnerjeans, die ich heute Morgen angezogen habe. Oder mit meinen neuen kurzen Haaren. Ich habe sie mir in der Nacht nach der geplatzten Hochzeit abgeschnitten. Loni stand hinter mir, während ich schluchzend vor ihrem Badezimmerspiegel stand, und kämpfte ebenfalls mit den Tränen. Solange ich mit Adam zusammen war, habe ich mir die Haare wachsen lassen, und sie abzuschneiden fühlte sich an, als würde ich ihn ein zweites Mal verlassen.

»Schhh, schhh«, hat Loni beruhigend geflüstert, während sie meine zerrupften Strähnen bürstete und die Enden dann mit einer richtigen Friseurschere sauber abschnitt, sodass sie in weichen Wellen um mein Kinn fielen. »Du bist viel zu hübsch, um dich immer hinter diesen ganzen Haaren zu verstecken. Das hier passt viel besser zu dir. Jetzt siehst du wieder wie mein Mädchen aus …«

Tatsächlich fühle ich mich auch wieder mehr wie ich selbst. Ich vermisse meinen Kleiderschrank mit den Kostümen nicht. Mir fehlen die Stangen mit den farblich aufeinander abgestimmten Blusen und Röcken nicht, nicht die Schuhe mit den hohen Absätzen und auch nicht der teure Schmuck, den Adam mir so gern gekauft hat. Ich blicke hinunter auf meinen nackten Ringfinger. Okay, das war gelogen. Meinen Verlobungsring vermisse ich sehr wohl. Ich erwische mich hin und wieder dabei, wie ich ihn zwischen Daumen und Zeigefinger der rechten Hand nehme, nur um dort etwas Druck zu spüren. Die Luft um ihn herum fühlt sich leichter und irgendwie kühler an, als wäre dieser Finger von den anderen nach Sibirien geschickt worden

Im Grunde fühlt es sich an, als hätte ich ebenfalls die letzten zwei Wochen dort verbracht. Ich habe kaum mit jemandem gesprochen, nur mit Loni, Cal und Milly. Sie hat als Einzige zu mir gehalten, während all meine anderen Freundinnen nach und nach aufgehört haben, mich anzurufen, mir SMS oder Nachrichten auf Facebook zu schicken.

»Du musst dein Leben wieder in die Hand nehmen und den ersten Schritt planen«, verkündete Milly gestern Abend zum zweiwöchigen Jubiläum meiner Nicht-Hochzeit.

»Ich weiß, ich weiß«, erwiderte ich, wobei ich mit leerem Blick eine schreckliche Spielshow im Vorabendprogramm verfolgte und an einem losen Faden meines Pyjamas zog, während Loni mir Suppe und belegte Brote ans Bett brachte.

»Das heißt, du solltest in eure Wohnung zurückgehen, deine Sachen zusammenpacken und bei mir einziehen.«

»Aber das kann ich nicht!«, protestierte ich und verschüttete vor Schreck beinahe die Suppe.

»Natürlich kannst du das!«

»Ich kann Adam nicht unter die Augen …«

»Das musst du auch gar nicht. Er ist eine Weile nicht da. Du musst also morgen nur in den Zug steigen und deine Sachen abholen. Dann treffen wir uns ein paar Stunden später und fahren zu mir, wo du bleiben kannst, so lange du willst. Das ist im Übrigen keine Bitte. Es ist ein Befehl.«

»Aber … aber … ich kann nicht einfach gehen! Was ist mit …«

»Mit Loni habe ich schon alles geklärt. Du musst wieder zur Arbeit gehen und zu dir selbst finden. Du kannst dich nicht ewig krankschreiben lassen … Du wirst noch entlassen!«

»Ich bin bei der Zeitarbeit, Milly«, erinnere ich sie. »Ich *kann* nicht entlassen werden. Und außerdem war Nick ziemlich verständnisvoll. Er hat gesagt, ich könne mir so viel Zeit nehmen, wie ich brauche …«

»Natürlich hat er das gesagt, aber was weiß der denn schon? Du musst wieder auf die Beine kommen. Und das schaffst du nicht, indem du dich bei Loni verkriechst. Du brauchst eine Handlungsanweisung, und als deine beste Freundin erteile ich dir diese hiermit!«

So, wie sie das sagte, schien mir keine Wahl zu bleiben. Darum stehe ich nun kurz vor dem Moment, den ich seit Wochen gefürchtet habe, und setze den Fuß wieder in meine alte Wohnung, in mein altes Leben.

Die Fahrstuhltüren öffnen sich und spucken mich im achten Stock aus. Ich befinde mich in einem riesigen klimatisierten Flur mit sechs Türen, drei auf jeder Seite. Sie sind stahlgrau mit runden Beschlägen, und erst jetzt fällt mir auf, dass sie irgendwie an Gefängnistüren erinnern. Ich stecke meinen Schlüssel ins Schloss und öffne vorsichtig die Tür.

Obwohl es ein strahlender, sonniger Nachmittag ist, fühlt

sich die Wohnung seltsam kühl und fremd an. Schwer zu glauben, dass ich erst vor zwei Wochen aufgeregt für Hochzeitstag und Flitterwochen gepackt und mich von dieser Wohnung in dem Glauben verabschiedet habe, dass ich als anderer Mensch in sie zurückkehren würde – als *Ehefrau.* Ich blicke auf die schlichte Einrichtung und die teuren, funktionalen Möbel – das alles hat Adam ausgesucht, lange bevor ich eingezogen bin. Nicht eine Sache gehört mir. Keine Kerze, kein Kissen, kein Buch. Überall stehen Fotos von Adam und mir, aber sie wirken wie die gestellten Fotos, die man bekommt, wenn man einen Rahmen kauft. Wir sehen aus wie diese Modelle, die posieren, lachen und einem vor Augen führen, was für ein perfektes Leben man führen könnte.

Als ich vorsichtig meinen Rucksack auf der glänzenden verzinkten Kochinsel abstelle, merke ich, dass ich mich hier nie zu Hause gefühlt habe. Von dem Augenblick an, als ich hier eingezogen bin, kam ich mir vor, als hätte ich mich in ein Leben eingemietet, das mir nicht gehört. Daran hat Adam überhaupt keine Schuld. Er hat mir stets das Gefühl gegeben, willkommen zu sein, und mir gesagt, ich könne alles ändern, wenn ich wollte. Aber es war alles so perfekt, jede Ecke und jedes Regal ausgefüllt, dass ich gar keine Möglichkeit sah, einen Abdruck zu hinterlassen. Abgesehen davon hatte ich das Gefühl, als würde mir aus jeder Oberfläche der hochglanzpolierten, weltraummäßigen Küche eine andere Frau entgegenspiegeln – eine hübschere, die kultivierter und selbstsicherer war. Eine wie Adams Ex, Eliza Grey, mit der er ursprünglich hier eingezogen war.

Ich gab mir Mühe, nicht paranoid zu sein, aber in der Wohnung war überall ihr Name verewigt. Alles war in Grautönen gehalten. *Fifty Shades of Grey* sozusagen. Im Wohnzimmer, in der Küche, im Bad – sogar unser Schlafzimmer war in diversen trendigen Grautönen von Farrow & Ball gestrichen.

Als ich mich umsehe, wird mir klar, dass ich nur an einem einzigen Ort einen Abdruck hinterlassen habe. Auf eine Art, wie Eliza es nicht könnte.

Ich laufe die schwebende Designertreppe hinauf, stoße eine schwere Feuerschutztür auf und betrete unsere Dachterrasse.

Und hier fühle ich mich auf einmal zuhause. Ich blicke an meiner bequemen Gärtnerkleidung hinunter, die ich bei Loni zurückgelassen hatte, als ich nach London gezogen bin. Jetzt merke ich, dass ich mein altes Ich nicht komplett zurückgelassen habe, als ich mit Adam zusammenkam. Ich habe es nur die ganze Zeit hier oben ausgesperrt.

Langsam drehe ich mich um und betrachte diesen prächtigen Ort, den ich liebevoll entworfen, bepflanzt und die letzten fünf Jahre gehegt und gepflegt habe, bis er zu dieser wunderschönen Oase geworden ist. Jedes Detail, jede Entscheidung hier oben habe ich getroffen – und dabei an Adam und mich gedacht. Da ist der Boden aus Ipe-Holz, das ich ausgesucht habe, weil es mit der Zeit einen silbergrauen Ton annimmt und sowohl natürlicher aussieht als auch besser zur Einrichtung der Wohnung passte. Zunächst hatte ich an Kunstrasen gedacht, aber ich wollte kein niedliches Flickwerk, sondern einen modernen, frischen Garten, der eine Mischung aus uns beiden war und auch eine Mischung aus Stadt und Land. Jetzt laufe ich in ihm umher und registriere mit Stolz, wie klug ich den überwältigend großen Platz in vier kleine, intime »Räume« unterteilt habe. Vorne befinden sich das »Wohnzimmer« mit einem Ecksofa für draußen und die »Küche« mit einer eingebauten Kochinsel aus Stein und mit diversen Kräuterpflanzen. Dahinter liegen das »Schlafzimmer« und das »Gartenzimmer«. Als ich mich umblicke, denke ich daran, wie ich aus Bambusbäumen und Obstspalieren die Zwischenwände errichtet habe und durch die entsprechende Beleuchtung jedem Raum nachts eine etwas andere Atmosphäre verliehen habe. Im »Gartenzimmer« habe ich Kletterrosen gepflanzt und Lichterketten an einer Laube und in den Zweigen von ein paar Birken befestigt, was an einen geheimen Garten erinnert. Im »Schlafzimmer« hängt eine moderne Hängematte neben dem Balkongeländer aus Stahl. Eine Bahn aus in den Boden eingelassenen Leuchten, die nach oben hin weiches Licht verströmen, führt durch den Bereich dorthin. Vor das Geländer habe ich keine hohen Pflanzen oder Bäume gestellt, sondern nur ein paar Töpfe mit Lavendel und Sonnenhut, die einen beruhigenden Duft verströmen. Ich wollte, dass wir hier mit einem Glas Wein in der Hand liegen und den freien Blick auf die Stadt genießen können.

Ich seufze und bin irgendwie zufrieden und traurig zugleich. Hier habe ich einen Abdruck hinterlassen, hier ist mein Zuhause.

Falsch. Hier *war* mein Zuhause.

Plötzlich überkommt mich eine überwältigende Sehnsucht nach Adam. Ich habe ihn zwar verlassen, aber ich habe nicht aufgehört, ihn zu lieben. Nicht eine Minute lang.

Ich gehe zur Feuerschutztür, und als ich mich gerade noch einmal umdrehe, um mich von meinem Dachgarten zu verabschieden, streicht der Wind durch die Zweige der Bäume, und der Duft von Maiblumen – den früh blühenden Rosen und Pfingstrosen – kitzelt mich in der Nase, bevor er davongetragen wird. Ich werde den Garten vermissen. Aber nicht so sehr, wie ich die Zeiten vermissen werde, die ich hier mit Adam verbracht habe. Ich habe das Gefühl, als würde der Wind bereits meine Erinnerungen fortwehen und mein altes Leben mit sich nehmen.

Über die Treppe eile ich zurück in die Wohnung. Je eher ich meine Sachen zusammenpacke und hier wegkomme, desto besser. Doch ich ertappe mich dabei, dass ich nach Hinweisen Ausschau halte, wohin Adam gefahren sein könnte. Ich nehme meinen Rucksack von der Kochinsel und gehe ins Schlafzimmer. Das Zimmer ist makellos, das Bett perfekt gemacht, die grauen Wände glänzen wie ein frisch gefegter Betonboden. Meine Schminksachen vom Frisiertisch sind in einer Schachtel verstaut. Das muss Adam gemacht haben. Mit einem Kloß im Hals öffne ich den Kleiderschrank und werfe meine Kleider und meine Schuhe in den Rucksack. In wenigen Minuten sieht es aus, als wäre ich nie hier gewesen.

Ich verlasse den Raum, ich will keinen Augenblick länger hierbleiben als nötig. Auf dem Kopfkissen habe ich nach einer Nachricht gesucht und den Spiegel auf Post-its untersucht, aber nichts gefunden. Dann warf ich einen Blick in die Schublade von Adams Nachttisch und stellte mit bangem Herzen fest, dass sein Reisepass weg war. Milly hat mir nur gesagt, dass er das Gefühl hatte, eine Weile wegzumüssen. Es ist schwer vorstellbar, dass mein starker, unerschütterlicher Adam das jemandem gegenüber zugegeben hat.

Mit meinem zum Bersten vollen Rucksack auf dem Rücken trete ich zurück in den Flur und an den Schreibtisch. Vielleicht liegt ein Zettel mit einer Hoteladresse neben dem Telefon, mit Flugdaten, irgendwas? Aber nichts, der Computer ist ausgeschaltet, und alles sieht aus wie geleckt. Adam hat keinen einzigen Hinweis zurückgelassen, wo er sein könnte. Ich kann ihm nicht verübeln, dass er nicht von mir gefunden werden will, nach dem, was ich ihm angetan habe.

Ich drehe zweimal den Schlüssel im Schloss herum und werfe ihn gerade in den Briefkasten, als ich drinnen das Telefon klingeln höre. Der Anrufbeantworter springt an, und Adams Stimme dringt an meine Ohren. Ich schließe die Augen und lausche, um den Klang seiner Stimme zu genießen, und zugleich schäme ich mich.

»Hi«, sagt er mit tiefer, voller Stimme. »Hier ist Adam Hudson, ich bin gerade nicht zu Hause …«

Ich öffne die Augen. Vorher lautete die Ansage: »Hier sind Adam *und* Bea. *Wir* sind gerade nicht da …«

Sieht aus, als habe er mich schon gelöscht. Mit einem Knopfdruck aus seinem Leben entfernt.

»… aber bitte hinterlasst euren Namen und eure Telefonnummer«, fährt Adam fort, »und *ich* rufe so bald wie möglich zurück.«

Ich will gerade gehen, als das Piepen ertönt. Ich erkenne die schrille scharfe Stimme sofort.

»Adam. Hier ist deine Mutter.« Ich presse mein Ohr dichter an die Tür. »Auf dem Handy erreiche ich dich nicht. Warum bist du letzte Woche nicht bei der Arbeit gewesen? Dein Vater ist fuchsteufelswild! Du musst sofort in die Firma kommen. George hat gedroht, die großzügige Beförderung zum Geschäftsführer, die er dir angeboten hat, zurückzunehmen, wenn du nicht bald auftauchst. Ich weiß, du bist *ihretwegen* außer dir, aber das Geschäft geht weiter. Hoffentlich bist du, wie geplant, auf dem Weg ins New Yorker Büro. Wenn dem so ist, sage ich Eliza Bescheid. Sie kann dich am Flughafen abholen und sich um dich kümmern. Sie hat schon angeboten, alles in ihrer Macht Stehende zu tun. Dieses Mädchen ist in den letzten Wochen ein Geschenk des Himmels für mich gewesen. Ich weiß nicht, warum du …«

Das Piepen ertönt erneut und unterbricht sie mitten im Satz. Ich lehne mich gegen die Tür und versuche, in meinem Kopf zusammenzusetzen, was ich gerade gehört habe.

Ist Adam mit Eliza nach New York geflogen? Ich drehe mich um, lehne meine Wange an die kühle Flurwand und schließe die Augen. Ich weiß, dass alles meine Schuld ist, aber meinem Herzen scheint es egal zu sein, dass ich diejenige bin, die Adam verlassen hat. Es weiß auch nicht, dass es mir egal sein sollte, ob er Eliza trifft oder nicht.

Es tut trotzdem weh.

Ich haste zum Aufzug und steige hinein. Sobald ich wieder im Erdgeschoss bin, ziehe ich mein Handy hervor, um zu sehen, ob Adam seinen Facebook-Status aktualisiert hat, so nach dem Motto: »In New York mit der Frau, der ich eigentlich einen Antrag hätte machen sollen«. In meiner Eile rutsche ich aus. Ich kümmere mich nicht darum, dass Demetri mich für verrückt halten muss. Als ich eine Hand auf meiner Schulter spüre, blicke ich auf und bin erleichtert, Milly zu sehen. Gehorsam lasse ich mich von ihr aus dem Gebäude führen.

»Komm, Bea, fahren wir zu mir«, sagt Milly und legt den Arm um mich. Und plötzlich habe ich einen Flashback. Vor sieben Jahren, als sie mich bei Loni abholte, hat sie genau dasselbe gesagt. Ich habe das Gefühl, als wäre ich in der Zeit zurückgereist. Und da kommt mir auf einmal ein Gedanke.

»Vielleicht sollte ich *das* tun …«, murmle ich vor mich hin.

»Was?«, fragt Milly und sieht mich besorgt an. Mit sich selbst zu reden ist eindeutig ein Anzeichen für einen weiteren Nervenzusammenbruch. Etwas, worauf Milly, Cal und Loni die letzten sieben Jahre ängstlich gewartet haben.

»Zurückgehen!«, rufe ich aus. »Ich gehe in meiner Facebook-Timeline zurück und schaue mir all die Dinge an, die ich getan habe, die Orte, an denen ich gewesen bin, und die Wege, die ich gewählt habe. Aber diesmal mache ich alles anders! Ich führe ein anderes Leben!«

»Aha. Und wie genau willst du das tun?«, erkundigt sich Milly langsam, als würde sie mit einer Verrückten reden.

»Anstatt mich auf Adam zu verlassen, kümmere ich mich um meinen eigenen Beruf, suche meinen Dad und suche auch …« Ich halte inne. Ich traue mich nicht, Milly von Kieran zu erzählen. Sie würde durchdrehen.

»Was?«, hakt sie nach und zieht die dunklen Brauen zusammen.

»Mich natürlich!«

Sie sieht mich forschend an, dann reicht sie mir erneut ihren Arm, doch anstatt ihn zu nehmen, schreite ich selbstsicher vor ihr her.

Ab jetzt übernehme ich die Führung und treffe meine eigenen Entscheidungen.

# 16. Kapitel

Bea Hudson will nicht nach Hause!
55 »Gefällt mir«-Angaben. 4 Kommentare.

Es ist unser letzter Abend in Paris, und zufällig sind wir im Herzen von Montmartre über ein süßes kleines Bistro gestolpert, in dem wir nun das Ende unserer Flitterwochen feiern.

»Was für eine perfekte Woche«, sagt Adam zufrieden, nachdem er den letzten Bissen von seinem Gratin aus Krebsschwänzen hinuntergeschluckt hat, und lehnt sich auf seinem Stuhl zurück. Sein Gesicht ist vom Kerzenlicht erleuchtet, der dunkle Bartschatten unterstreicht seine hervorstehenden Wangenknochen, und seine Augen haben die Farbe der regennassen Straßen von Paris. Er sieht sehr glücklich aus. Wie wunderbar, dass mir das gelungen ist.

Ich nicke. »Ich wünsche mir, sie müsste nicht zu Ende gehen.«

Er beugt sich vor und nimmt meine Hand. »Das muss es ja nicht …«

Er lächelt mich an und hebt verschmitzt die Mundwinkel. Er sieht so sexy aus in seinem makellosen weißen Hemd, an dem die obersten Knöpfe offen stehen, und mit seinen kunstvoll zerzausten Haaren. Paris steht ihm, Urlaub steht ihm. Er reibt sich das Kinn, und sein Ehering schimmert. Er sieht mich durchdringend an, und ich sehe meinen Ehemann, den Adam, den ich kenne und liebe, so wie er immer aussieht, attraktiv, gelassen, stark. Doch – und das ist ungewöhnlich – vollkommen entspannt. Ich wünschte, ich könnte die Zeit anhalten, damit er so bleibt.

»Natürlich muss es das, Adam, Ferien können nicht ewig dauern, egal, wie sehr wir uns das wünschen.« Ich seufze. »Mir graut es schon davor, wieder zur Zeitarbeit zu gehen. Ich weiß nicht warum, aber ich glaube, ich kann nicht mehr von einer Stelle zur anderen springen … Ich möchte irgendwie etwas …«

»Dauerhaftes?« Adam grinst. »Ich wusste es, die Ehe hat dich schon verändert!«

»Ich wollte sagen etwas Erfüllendes, etwas Inspirierendes, etwas Herausforderndes …«

»Dann mach doch etwas anderes«, sagt er mit einem neckischen Grinsen. »Gib deinen Job auf und mach etwas, das dir wirklich Spaß macht.«

»Adam, du weißt doch, dass ich für nichts qualifiziert bin.«

»Du wolltest immer Gartenarchitektin werden – und du hast wirklich Talent«, bemerkt er und beugt sich vor, seine Augen funkeln aufmunternd. »Sieh dir doch nur an, was du aus unserer Dachterrasse gemacht hast. Alle sagen, wie fantastisch sie ist und dass du eine professionelle Architektin sein könntest.«

»Ach, das könnte ich nicht«, protestiere ich verlegen.

»Warum denn nicht?«

»Erstens habe ich nie meinen Abschluss gemacht …«

»Dann geh zurück an die Uni! Du musst nicht für den Rest deines Lebens Zeitarbeit machen, Bea. Du weißt, dass ich dich voll und ganz unterstützen würde.«

Bei ihm wirkt immer alles so leicht.

»Hör zu«, sagt er und nimmt meine Hände. »Ich weiß,

dass es deinem Selbstbewusstsein einen Knacks versetzt hat, dass du den Abschluss nicht gemacht hast. Ich weiß, dass du Angst hast vor … du weißt schon …« Er verstummt. Er weiß nie, wie er meine zeitweiligen »Aussetzer« nennen soll. Ich sehe, wie er nach einem passenden Satz sucht. »… vor dem, was dir passiert ist …«

»Vor meinen Zusammenbrüchen«, sage ich bestimmt.

Er lässt sein Weinglas kreisen und fühlt sich deutlich unwohl mit meiner Wortwahl. Sosehr er sich auch bemüht, Adam weiß nicht, wie er von meinen »verlorenen« Jahren sprechen soll. Er sagt, die Vorstellung, ich sei so unglücklich gewesen, dass ich mit dem Stress und dem Druck des Abiturs und später dann mit dem des Examens nicht zurechtgekommen bin, würde ihn aufwühlen. Darum versucht er auch immer, mir das Leben so leicht wie möglich zu machen und mir Entscheidungen abzunehmen.

»Aber das wird nicht wieder passieren«, sagt er schließlich. »Du weißt, dass ich dich bei allem, was du machst und was du machen willst, unterstütze.«

»Ich weiß, Adam. Ich will jetzt nur nicht darüber nachdenken, okay? Ich will nicht daran denken, dass wir nach London zurückfahren oder dass ich wieder zur Arbeit gehe. Ich möchte nicht an wichtige Entscheidungen denken, die ich vielleicht treffen muss. Ich möchte jetzt nur mit dir hier sein.« Ich schließe die Augen und atme tief und yogamäßig durch die Nase ein. Loni wäre beeindruckt. Ich öffne die Augen und sehe, dass Adam etwas unter dem Tisch hervorgezogen hat. »Was ist das?«, frage ich und linse auf das Blatt Papier, das er hochhält.

»Das ist unsere Heiratsanzeige aus der *Tribunal*«, erklärt er stolz. »Mum hat sie mir gefaxt. Ich dachte, falls dein Dad sie sieht, würde er vielleicht Kontakt zu dir aufnehmen. Ich habe dem Journalisten bei der Zeitung sogar gesagt, dass er meine Kontaktdaten rausgeben soll, wenn ein Len Bishop sich bei ihnen meldet …«

Ich strecke meinen Arm über den Tisch und fasse seine Hand. »Das ist sehr lieb von dir, Adam, aber ich habe beschlossen, dass die Hochzeit seine letzte Chance war. Jetzt interessiert er mich nicht mehr. Ich will nur noch an die Zukunft denken – an unsere Zukunft.«

Adam drückt meine Hand, und ich lächle ihn an.

»Okay, na ja, wenn du dir sicher bist«, sagt er langsam. »Ich will nur auf keinen Fall, dass du das Gefühl hast, dir würde etwas fehlen.« Sein Kiefermuskel zuckt, und er fährt sich nervös durch die Haare. Das ist typisch Adam, er versucht, alles in Ordnung zu bringen. Ich glaube, er hat ein schlechtes Gewissen, weil er selbst nie größere Probleme hatte, und darum fühlt er sich moralisch verpflichtet, die Probleme von allen anderen zu lösen. Manchmal frage ich mich, ob ihn vor allem das an mir gereizt hat – er wollte mich wieder in Ordnung bringen.

»Es war alles perfekt, weil du da warst und neben mir vor dem Altar gestanden bist. Du sahst so gut aus in deinem Anzug, und du hast so geduldig auf mich gewartet …«

»*Sehr* geduldig«, unterstreicht Adam und zwinkert schelmisch.

»Sogar als ich ohnmächtig geworden bin! Aber das Warten hat sich gelohnt, stimmt's?«

Er lacht an meinen Lippen, dann küsst er mich. »Auf unsere Zukunft, Mrs. Hudson«, sagt er, als wir uns voneinander lösen. »Ich bin mir sicher, dass wir sehr glücklich sein werden.«

»Das bin ich mir auch«, bestätige ich. Und zum ersten Mal in meinem Leben glaube ich es auch.

# 17. Kapitel

Bea Bishop hat das Gefühl, in der Zeit zurückzureisen …

Vorsichtig ziehe ich das Rollo nach oben und blinzle in die frühmorgendliche Sonne. Ich blicke aus dem Fenster des Gästezimmers auf den Greenwich Park und warte, bis die Haustür zuschlägt und ich weiß, dass Milly und Jay zur Arbeit gegangen sind. Früher, als Milly und ich hier zusammengewohnt haben, ist dies mein Zimmer gewesen. Ich blicke hinaus auf die prallen Frühlingsblüten und das leuchtende Grün des Laubs. Oben auf dem Hügel erblicke ich die alte Sternwarte, das Royal Observatory, das über die Wipfel der Bäume hinweg gerade noch zu sehen ist. Ich bilde mir ein, ich könnte fast die berühmte Shepherd Gate Clock mit dem 24-Stunden-Ziffernblatt sehen. Mir scheint, als wäre in dem Moment, als ich von meiner Hochzeit davongelaufen bin, der Zeitball hinuntergefallen, und als würden sich seither die Zeiger langsam rückwärtsbewegen, genau wie mein Leben.

Seufzend hebe ich meinen Laptop vom Boden auf, springe aufs Bett, öffne Facebook und gebe Adams Namen in das Suchfeld ein. Als sein Gesicht auf meinem Bildschirm erscheint, zieht sich mein Herz zusammen. Ich sehe sein Bewerbungsfoto von vor fünf Jahren, als er als Kundenbetreuer bei Hudson & Grey angefangen hat. Er trägt einen dunkelgrauen Anzug und ein makelloses weißes Hemd, an dem der oberste Knopf geöffnet ist, und er blickt direkt in die Kamera. Ich stütze mein Kinn in die Hand und starre auf seine dunklen, sorgfältig gestylten Haare. Er ist glatt rasiert und sieht durch und durch wie der erfolgreiche Geschäftsmann aus, den seine 512 Facebook-Freunde, seine Familie und seine Kollegen kennen und lieben. Aber ich weiß, dass das nicht Adam ist. Dieser seriöse »Anzug« ist nicht der Mann, neben dem ich sieben Jahre lang aufgewacht bin, der zärtlich und liebevoll war, der mich heftig zum Lachen bringen konnte, der auf Wunsch für mich nackt Karaoke sang, der keinen Rotwein verträgt, weil er dann sofort betrunken ist, und der tolle Fischstäbchen-Sandwichs machen kann. Der Mann, der mir, als wir uns kennenlernten, das Gefühl gab, ich sei das Wichtigste in seinem Leben. Der Mann, der mir immer das Gefühl gab, dass er mich überall hintragen könnte – nur, dass ich nicht wusste, wohin ich wollte.

Ich öffne mein E-Mail-Postfach und klicke auf »Neue Nachricht verfassen«. Ich habe das Bedürfnis, Adam zu schreiben und ihm mein Verhalten besser zu erklären, als ich es in der Kirche konnte. Das hat er verdient. Ich finde den Gedanken schrecklich, dass ich ihn verletzt habe, und will ihm zumindest etwas Klarheit verschaffen, damit er nach vorn schauen kann. Ich beginne zu tippen, und die Worte fließen ebenso frei aus mir heraus wie meine Gefühle.

Lieber Adam,
ich erwarte nicht, dass du mir auf diese Nachricht antwortest. Nach dem, was ich getan habe, wäre ich vielmehr nicht überrascht, wenn du sie sofort löschen würdest. Ich hoffe trotzdem, dass du die Kraft findest, sie zu lesen, weil ich dir noch mal sagen will, wie leid es mir tut. Das klingt so leer, nicht? Tut mir leid. Es kann einem leidtun, dass man jemanden angerempelt hat, dass man einen Anruf verpasst hat – aber wie können diese Worte wiedergeben, was ich empfinde, nachdem ich unsere Beziehung, unsere Zukunft zerstört habe?

Vom ersten Moment an, als wir uns kennengelernt haben, hast du mich glücklicher gemacht, als ich es je für möglich gehalten habe. Glücklicher, als ich es verdient habe. Aber das ist immer das Problem gewesen. Ich glaube nicht, dass ich dich verdiene. Du bist ein großartiger, liebevoller, netter, aufmerksamer Mann. Du bist so aufgeräumt, so fähig, und du hast mir immer das Gefühl gegeben, bei dir sicher zu sein und von dir geliebt zu werden. Ich habe es geliebt, von dir geliebt zu werden – und von dir umsorgt zu werden. Du hast mir das Gefühl gegeben, dass, solange ich bei dir war, alles andere egal war. Sieben wundervolle Jahre lang hast du dafür gesorgt, dass ich mir nie um etwas Sorgen machen musste. Doch als ich in der Kirche auf den Altar zugeschritten bin, ist mir klar geworden, dass es nicht richtig ist, sich einfach an jemanden dranzuhängen, der einen klaren Weg vor sich hat. Wir haben nur ein Leben, Adam, eine Chance, es richtig zu machen, und ich habe mich zu lange hinter dir versteckt. Du hast meine Gegenwart so perfekt gemacht, dass ich mich nicht mit meiner Vergangenheit auseinandergesetzt habe – oder damit, wer ich künftig sein will. Jetzt weiß ich, dass ich Verantwortung dafür übernehmen muss, wer ich bin und wer ich sein will, bevor ich mich an jemanden binden kann.

Ich weiß, ich darf dich nicht bitten, auf mich zu warten, aber du sollst wissen, dass deine Liebe mich besser, stärker und glücklicher gemacht hat, als ich es je ohne sie hätte sein können. Und darum wird ein Stück von meinem Herzen immer dir gehören.

Küsse, Bea

Schluchzend drücke ich auf Senden. Ich weiß nicht, ob ich das Richtige getan habe, und ich fühle Sehnsucht, während mein Blick noch einen Moment länger auf Adams Foto ruht. Was er wohl denkt? Ich wünschte, er wäre öfters auf Facebook, aber sein Profil und sein Status sind unverändert, seit er seinen Beziehungsstatus in »verlobt« geändert und ein Status-Update geschrieben hat, in dem stand: »Bea Bishop hat endlich Ja gesagt!« Kein Macho-Gehabe, keine geschmacklosen Witze zum Thema Ring überstreifen. Die Kommentare darunter sind alle voller Freude – von den Menschen, die Adam lieben. Die uns *zusammen* geliebt haben.

Und dann klicke ich auf meine Timeline. Ich scrolle immer weiter zurück und lasse mein Leben vor meinen Augen vorbeilaufen, bis ich endlich da bin.

17. September 2006

Meine erste Statusmeldung. Ich erinnere mich noch gut daran, weil ich in jener Woche hier bei Milly eingezogen bin. Milly hatte mir versichert, das soziale Netzwerk *Facebook* sei die größte Errungenschaft für unsere Generation. Natürlich habe ich ewig gebraucht, um zu entscheiden, was zum Teufel ich als meinen ersten Status poste. Nachdem ich fast eine Stunde gegrübelt hatte, tippte ich:

Bea Bishop hat's jetzt auch.

Nachdem ich das gepostet hatte, brach Milly vor Lachen zusammen, weil sie meinte, es würde sich anhören, als spräche ich von meiner Periode. Ich versuchte, es zu löschen, konnte aber nicht herausfinden, wie das geht, und Milly wollte mir nicht helfen – sie meinte, es sei zu lustig, um es zu ändern.

Am selben Abend lernte ich Adam kennen.

Ich blicke auf meine Seite mit der ersten Statusmeldung. Das Datum, meine Erinnerung an die erste Begegnung mit Adam und die Tatsache, dass ich jetzt wieder in dieser Wohnung zurück bin, sind ab jetzt unauflöslich miteinander verbunden.

Ich blicke auf das Update, das ich an dem Morgen gepostet habe, nachdem ich Adam zum ersten Mal begegnet war:

Bea Bischop hatte gerade den besten Abend ihres Lebens – mit Milly Singh.

Darunter stehen drei Kommentare:

Milly Singh: Mir hat deiner nicht so gefallen. Groß, dunkel, gut aussehend, klug … Bäh!

Bea Bishop: Und darum sind wir beste Freundinnen – bei Männern haben wir einen komplett unterschiedlichen Geschmack! Clever, gerissen und cool passt zu dir. Apropos, wann siehst du Jay wieder?

*Milly Singh: Jetzt! ;–)*

Ich finde es noch immer toll, dass ich an jenem Abend überhaupt ausgegangen bin. Ich hatte zu Hause bleiben wollen, aber trotz meines Protestes schleifte Milly mich mit in die Greenwich Tavern. Der Pub lag gegenüber dem Greenwich Park und hatte einen reizenden kleinen Hof mit weiß getünchten Wänden, die mit bunten Tulpen bemalt waren.

»Das ist nicht weit, Bea. Irgendwann musst du wieder raus. Du bist fast dreiundzwanzig. Du kannst dich nicht für immer vor der Welt verstecken. Das ist nicht gesund …«

Sie hatte mir versprochen, nicht von meiner Seite zu weichen, ließ mich dann jedoch allein, um uns an der Bar etwas zu trinken zu besorgen. Und so saß ich dort und versuchte, meine Panikattacke unter Kontrolle zu bringen und in meinem dunklen Tunnel, in dem ich gefangen war, zu atmen. Ich versuchte, mir einzureden, dass alles okay war. Dass ich das schaffen konnte. Ich befand mich nur in einem Pub, keine große Sache. Doch immer wieder stiegen Wellen der Angst und Übelkeit in mir auf. Ich verdiente es nicht auszugehen, sagte ich mir. Nicht nach dem, was passiert war. Welches Recht hatte ich, mir ein neues Leben aufzubauen?

Obwohl ich derart mit mir beschäftigt war, bemerkte ich Adam sofort – es war schwer, ihn nicht zu bemerken. Es war ein lauer Septemberabend, und er trug ein kurzärmeliges weißes Hemd, das seine pechschwarzen Haare betonte. Als er sich die Locken zurückstrich, die ihm in die Augen fielen, betrachtete ich unwillkürlich die gebräunten Muskeln an seinen Armen und war vorübergehend von seiner Uhr geblendet, die in der Abendsonne glänzte. Da blickte er zu mir, und silberne Funken blitzten in seinen Augen auf. Er schenkte mir ein süßes schiefes Lächeln, das irgendwie nicht zu seinem extrem guten Aussehen passte und mir einen Einblick in seine Seele zu gewähren schien. Sofort bekam ich heftiges Herzklopfen, wandte den Blick ab und tat, als würde ich intensiv etwas in meiner Tasche suchen. Als ich wieder aufsah, stand er direkt vor meinem Tisch. Ich konnte kaum atmen. Geschweige denn sprechen.

»Hallo«, sagte er schlicht.

Ich antwortete nicht.

»Darf ich dich auf …?«

»Kein Interesse«, entgegnete ich knapp, als ich schließlich meine Stimme wiederfand.

Er wirkte zunächst verblüfft, dann erschien ein breites, unwiderstehliches Lächeln auf seinem Gesicht, das sich zu einem Lachen auswuchs und mich ebenfalls zum Lachen brachte. Doch dann fasste ich mich wieder, faltete spröde die Hände auf dem Tisch und wandte den Blick ab.

In dem Moment kehrte Milly in Begleitung eines kleinen Mannes von der Bar zurück, mit dem sie sich lachend unterhielt. Er hatte wuscheliges rotes Haar, trug eine dunkel gerahmte Brille, Kapuzenpulli und Jeans und wirkte etwas deplatziert neben Milly in ihrem businessmäßigen Designerkostüm und mit dem seidenglatten, schimmernden Haar.

»Bea! Das musst du dir anhören! Dieser *Mann* hat mich gerade vor einer schrecklichen Anmache gerettet …« Sie schnurrte das Wort »Mann«, und Jay errötete heftig. »Oh, *hallo!*« Als sie Adam bemerkte, der sich an unserem Tisch herumdrückte, schien sie überrascht. Sie blickte erst zu mir, dann zu ihm und hob peinlicherweise deutlich sichtbar den Daumen. Dann beugte sie sich zu mir, raunte »Bea Bishop hat's jetzt auch!« und stellte mir anschließend Jay vor.

»Bea, das ist Jay. Jay, das ist Bea. Und wer bist du, wenn ich fragen darf?«, wandte sie sich an Adam.

»Das kann ich beantworten«, erwiderte Jay und steckte grinsend die Hände in die Hosentaschen. »Das ist Adam, mein schrecklich attraktiver, erfolgreicher bester Freund, der alles, was ich tue, in den Schatten stellt. Das ärgert mich zwar maßlos, aber ich brauche ihn, weil sich gezeigt hat, dass sein krankhaft gutes Aussehen die Macht besitzt, den Fluch der Rothaarigen zu brechen.« Milly und ich blickten einander an und lachten, und Jay fuhr übertrieben bescheiden fort: »Als ich anfangs mit ihm ausgegangen bin, haben die Mädchen tatsächlich mit *mir* geredet! Vielleicht wollten sie nur an ihn herankommen, aber seitdem habe ich ihn nicht mehr aus den Augen gelassen. Schlau, was?«

»Ich hab mit dir geredet, ohne ihn gesehen zu haben«, bemerkte Milly.

Adam setzte sich neben mich auf die Bank und stupste mich an, während Milly und Jay begannen, sich vertraulich miteinander zu unterhalten. Es war, als wären sie in einem

Paralleluniversum verschwunden, in dem niemand außer ihnen existierte. Da Milly das Großstadtleben gewohnt war und zudem gut aussieht, ist sie Männern gegenüber nie sonderlich schüchtern gewesen. Aber noch nie hatte ich sie mit einem Mann so entspannt, so locker erlebt wie an jenem Abend mit Jay.

»Tja, das ist jetzt ein bisschen peinlich«, sagte Adam. Meine Haut prickelte, als sein Bein meins berührte.

»Mhmm«, erwiderte ich. Ich trank einen Schluck Wein, wandte ihm den Rücken zu und durchwühlte erneut meine Tasche.

»Kann ich dir irgendwie helfen?«, fragte Adam. Ich sah ihn irritiert an. »Ich meine, suchst du etwas?«, führte er mit einem Lächeln aus, und ich weiß noch, dass ich das Gefühl hatte, gerade meine Zukunft gesehen zu haben. Eine andere, deutlich bessere Zukunft als die, die ich mir bis dahin vorgestellt hatte.

Ich sah plötzlich diese andere Zukunft vor mir, weil ich von einem überwältigend intensiven Gefühl erfasst wurde, dass sich hier gerade eine bessere, sicherere, glücklichere Alternative bot – trotz all meiner Ängste und obwohl ich mir geschworen hatte, mich nie wieder zu verlieben, nicht meinem Herzen zu folgen, mich vor Verletzungen zu schützen und ein Leben ohne Risiken zu führen. Ein Leben, das keine Entscheidungen erforderte. Ich musste nur meinen Mut zusammennehmen und mich trauen …

»Schon gut.« Ich lächelte schüchtern. »Hab's schon gefunden.« Ich hielt einen Stift hoch, meinte aber eigentlich nicht ihn.

Dann fing Adam eine lockere Unterhaltung an, und ich hörte ihm gern zu. Er war ehrlich und lustig. Er versuchte nicht, mich zu beeindrucken, sondern zeigte mir sein wahres Ich. Nach und nach öffnete ich mich ebenfalls. Ich erzählte ihm nicht von meinem Zusammenbruch – oder was mit

Kieran passiert war –, ich wollte ihn nicht verschrecken. Doch ich berichtete ihm, dass mein Leben im letzten Jahr plötzlich eine andere Wendung genommen und es mich nach London verschlagen hatte. In eine Stadt, von der ich nie gedacht hatte, dass ich hier einmal wohnen würde.

»Ich finde es gut, dass du den Mut dazu hattest«, sagte er bewundernd, als ich zu Ende erzählt hatte. »Ich wusste immer genau, was ich als Nächstes tun würde. Auf welche Uni ich gehe, mit wem ich zusammen sein werde – zusammen *war.* Es ist, als sei alles akribisch geplant, bevor ich überhaupt eine Chance habe, mir eine Meinung zu bilden.« Er wirkte niedergeschlagen, wehmütig.

»Na ja, ich würde mir eine solche Sicherheit in meinem Leben wünschen«, erwiderte ich. »Ich würde schrecklich gern wissen, was als Nächstes passiert.«

Wir blickten einander an, und ich hatte das Gefühl, dass wir in jenem Augenblick den Schweif desselben Kometen ergriffen. Einen, den man nur einmal in seinem Leben sieht. Dann, als wäre uns die Bedeutung des Moments plötzlich bewusst geworden, kippten wir unsere Getränke hinunter und blickten zu Milly und Jay hinüber. Die beiden unterhielten sich weiterhin intensiv miteinander und steckten wie Eicheln an einem Ast die Köpfe zusammen. Erneut wandten wir uns einander zu und sprachen darüber, dass der Pub gleich schließen würde. Und als wir kurz darauf wieder zu Milly und Jay sahen, küssten sie sich und befanden sich praktisch in der Horizontalen.

Es überraschte mich nicht. Wenn Milly weiß, was sie will, nimmt sie es sich … Uni, Männer, Jobs, Wohnungen. Im Bruchteil einer Sekunde trifft sie lebenswichtige Entscheidungen – nicht ohne jedoch in dem Moment jede einzelne Möglichkeit erwogen zu haben und genau zu wissen, wo sie am besten investiert. Darum ist sie so unglaublich gut in ihrem Job. Ich hingegen habe immer gewartet, bis ich mir absolut sicher bei etwas war.

Adam und ich verabschiedeten uns etwas ungelenk voneinander. Doch er fragte mich, ob er mich wiedersehen könnte, worauf ich mit einem ausweichenden »Vielleicht« antwortete, weil ich mich noch nicht einmal *dazu* entschließen konnte. Obwohl es mir Spaß gemacht hatte, mich mit ihm zu unterhalten, und ich mich in den wenigen Stunden mit ihm mehr wie ich selbst gefühlt hatte als seit Monaten. Obwohl ich Adam sofort mochte und mich zu ihm hingezogen fühlte – vielleicht mehr als je zuvor zu einem Mann –, hielt mich etwas zurück. Ich konnte einfach nicht die Angst davor überwinden, was passieren könnte, wenn ich mich auf ihn einließ.

Mein Magen knurrt. Widerwillig löse ich mich vom Computer und tappe nach unten, wobei mich das Geräusch meiner Füße auf den nackten Holzdielen an das Ticken einer Uhr erinnert. Ich gehe in die Küche, öffne den Kühlschrank, werfe einen Blick hinein … und sehe diverse Champagnerflaschen ordentlich nebeneinander aufgereiht, doch nichts Anständiges zu essen. Es hat sich nichts geändert. So war es auch, als wir damals zusammenwohnten. Milly war immer zu sehr mit ihrer Arbeit beschäftigt, um Essen einzukaufen, und ich hatte kein großes Interesse am Essen. Ich hole eine wilde Mischung von Snacks aus dem Kühlschrank: eine Dose Guacamole, ein paar Oliven und etwas Blauschimmelkäse. Im Schrank finde ich Cracker. Ich stapele alles übereinander, hole Messer und Teller aus der Schublade und nehme es mit nach oben.

Ich werfe mich aufs Bett, tauche einen Cracker in die Guacamole und beiße ab, während ich zu meinem nächsten Posting scrolle. Es war eine Woche nach unserer ersten Verabredung. Adam hatte mich zu einem Picknick im Rosengarten des Greenwich Parks abgeholt.

Bea Bishop hatte gerade das beste Date aller Zeiten.

Ich schließe die Augen und verliere mich in der Erinnerung, wie wir damals Frisbee gespielt haben und Adam mir imponieren wollte. Ich war davon überzeugt, dass er extra so hoch sprang, um mir seinen gebräunten, trainierten Bauch vorzuführen, wenn das T-Shirt dabei nach oben rutschte. Ich hingegen wurde daran erinnert, warum ich jede Sportart außer Laufen mied. Als ich das Frisbee warf, blieb es prompt in einem Baum hängen.

»Ich hole es«, sagte Adam, doch ich hielt ihn zurück.

»Auf keinen Fall!«, erwiderte ich. »Ich hab geworfen, dann kann ich ganz sicher auch dort hinaufklettern und es wieder herunterholen.«

»Okay, wenn du darauf bestehst.« Adam hob die Brauen, und ein Lächeln umspielte seine Lippen, während er mit seinen Händen eine Räuberleiter für mich bildete, von der aus ich den ersten Ast erreichen konnte.

»Gleich hab ich's!«, sagte ich, als ich den Fuß auf den nächsten Ast stellte. »Nur noch ein ganz … kleines … Stückchen … höher.«

»Lass dir Zeit«, rief Adam von unten. »Der Ausblick von hier ist toll!«

Ich blickte hinunter und geriet gefährlich ins Wanken, als ich merkte, dass der fließende Rock, zu dem Milly mir geraten hatte, mehr freigab, als mir lieb war.

»Ziemlich frech!«, rief ich und lachte, als er erwiderte: »Das hab ich auch gerade gedacht!«

Ich zog mit einer Hand den Rock um meine Schenkel, streckte mich noch mal und holte dann das Frisbee herunter, wobei ich das Gleichgewicht verlor und rücklings in Adams Arme fiel. Ich war atemlos vor Aufregung, als er seine Stirn an meine lehnte.

»Ich bin wirklich eine Niete im Werfen«, murmelte ich.

»Kann sein, aber du bist ein unglaublicher Fang.«

Dann zog er mich auf den Boden hinab, drückte mich gegen den Baumstamm, bewegte quälend langsam die Lippen zu meinen und küsste mich zärtlich. Die Äste des Baums hingen bis auf den Boden und bildeten unsere eigene kleine geheime Höhle. Die Sommersonne schien durch die Zweige, sodass ich von außen ebenso glühte wie von innen. Es war ein Kuss, der Glück verhieß. Seltsam, wie sich die Dinge ändern können. Schnell scrolle ich zu einer späteren Statusmeldung.

Bea Bishop zieht mit einem Kerl zusammen!

In meinem Kopf spule ich zu dem Moment vor, in dem ich zugestimmt habe, mit Adam zusammenzuziehen. Damals waren wir schon zwei Jahre zusammen. In den Monaten davor hatte Adam ordentlich Dampf gemacht. Er schickte mir jeden Tag E-Mails von tollen, wundervoll gelegenen Wohnungen. Er versprach, uns eine Traumwohnung dort zu kaufen, wo immer ich wohnen wollte. Er bombardierte mich mit superkitschigen Bildern, die zeigten, wie toll das Zusammenwohnen sein konnte, von Paaren, die sich barfuß auf Sofas aneinanderkuschelten und gemeinsam lachten. Er brachte mich mit albernen Gedichten oder Links zu YouTube-Songs wie »You Gotta Move« von den Rolling Stones oder »Something in the Way She Moves« von den Beatles zum Lachen. Ja gesagt habe ich schließlich, als er mir eines Abends betrunken den gesamten Text von Lisa Stansfields »Live Together« am Telefon vorsang. Wie konnte eine Frau da Nein sagen? Am Ende wollte Adam nicht warten, bis wir eine neue Wohnung gefunden hatten, und mir war es unangenehm, dass er etwas für uns beide kaufen wollte, zu dem ich finanziell nichts beisteuern konnte. Aus irgendeinem Grund hatte ich weniger das Gefühl, von ihm ausgehalten zu werden, wenn ich in seine Wohnung zog und die Rechnungen mitbezahlte. Außerdem fühlte es sich weniger verbindlich an. Das Einzige, das mich an die Wohnung band, war ich selbst – und mich konnte ich jederzeit wieder entfernen.

Ich scrolle zu den nächsten Statusmeldungen. Aus allen spricht so viel Glück, so viel Liebe und Freude. Es ist schwer zu glauben, dass ich mit Adam je etwas anderes als glücklich war. Doch als ich weiterlese, erinnere ich mich an die Beklemmung, die langsam in mir wuchs, je ernster unsere Beziehung wurde. Ich wusste, dass Adam heiraten wollte, und hatte eine Heidenangst, dass er mir einen Antrag machen würde, weil ich einfach nicht wusste, was ich darauf antworten sollte. Großen Entscheidungen war ich seit Jahren aus dem Weg gegangen, indem ich sie entweder gar nicht getroffen hatte, oder Loni, Cal oder Milly für mich hatte entscheiden lassen. Doch diese Entscheidung würde allein auf meinen Schultern lasten, und damit konnte ich nicht umgehen. Meine Meinung von der Ehe war derart davon geprägt, dass Dad fortgegangen war – und dass Kieran sein Versprechen nicht gehalten hatte –, dass mir gar nicht in den Sinn kam, Ja zu sagen. Gleichzeitig machte ich mir Sorgen, dass ich Adam verlieren würde, wenn ich Nein sagte. So wich ich Gesprächen übers Heiraten aus. Ich machte plumpe, bissige Bemerkungen über Hochzeiten, lachte über meine heiratswütigen Freundinnen, zitierte ständig schreckliche Statistiken über die Ehe und machte allgemein deutlich, dass ich nicht vorhatte, je zu heiraten. Alles in der Hoffnung, dass ihn das von der Idee abbringen würde, mir einen Antrag zu machen. Schließlich ist es so schon schwer genug für einen Mann, doch wenn er zu neunundneunzig Prozent damit rechnen muss, eine Abfuhr zu erhalten? Niemand wäre so verrückt, trotzdem zu fragen, oder?

Falsch.

Ein halbes Jahr, nachdem wir zusammengezogen waren, hielt Adam das erste Mal um meine Hand an. Wir saßen auf unserer Dachterrasse, in die ich Stunden und Tage investiert hatte, um mir ein Zuhause in meinem Zuhause zu schaffen. Adam sank auf ein Knie nieder und fragte mich zärtlich, ob ich ihm die Ehre erweisen würde, seine Frau zu werden. Ich lachte, küsste ihn und erwiderte, dass wir doch glücklich seien, so wie wir waren, und warum wir das zerstören wollten? Ich nannte ihm abschreckende Beispiele – von Loni und Dad und von Freunden von Adam, die sich nach ihrer Hochzeit stark verändert hatten, ständig aneinander herumnörgelten und über Nichtigkeiten meckerten. Wir werden das anders machen, sagte ich.

Die Wahrheit, die hinter meiner Ablehnung steckte, verriet ich ihm nicht. Dass ich nicht mit der Verantwortung zurechtkam, die mit einem solchen Schritt verbunden war. Ich konnte doch nicht wegen einer so unbedachten, riskanten Entscheidung alles aufs Spiel setzen, was wir hatten. Ich konnte nicht Ja sagen, wenn er nicht alles wusste, was es über mich zu wissen gab.

Ich bin so tief in Gedanken an mein quälendes Geheimnis versunken, dass ich Milly gar nicht hereinkommen höre.

»Ach, Bea«, seufzt Milly, bevor ich meinen Laptop verstecken kann. Ich spüre ihre Hand auf meiner Schulter. »Nicht schon wieder.«

Sie muss früher von der Arbeit nach Hause gekommen sein. Schuldbewusst blicke ich auf den Pyjama hinunter, den ich noch immer trage. Mist, ich habe ihr versprochen, mich heute ordentlich anzuziehen. Wo ist nur die Zeit geblieben? Ich kann doch hier nicht – ups – sechs Stunden gesessen haben? Ich blicke auf meine Uhr. Es ist halb acht Uhr abends. Das letzte Mal bin ich nach unten gegangen, um mir etwas zum Mittagessen zu holen. Ich blicke wieder auf den Laptop und schließe rasch Adams Profil.

»Weißt du noch, was ich gesagt hab?«, tadelt Milly.

Ich nicke kleinlaut.

»Eine Woche Trübsal blasen«, hat sie gesagt, als sie mich vor zehn Tagen mit zu ihrer Wohnung genommen hatte. »Ich erlaube dir, eine Woche zu weinen, wie besessen auf Facebook zu starren, ständig dein Handy zu überprüfen und dich dafür zu kasteien, dass du aus Angst vor deinem eigenen Glück deine Ehe vermasselt hast, ehe sie überhaupt begonnen hat …« An der Stelle zuckte ich zusammen. Das hatte wehgetan. »Eine Woche«, fuhr sie energisch fort, während sie die Wohnungstür aufstieß. »Dann rappelst du dich auf, reißt dich zusammen und nimmst verdammt noch mal dein Leben in die Hand.« Wie ein Hündchen an der Leine führte sie mich in die riesige Küche im Erdgeschoss, öffnete den Kühlschrank und holte eine Flasche Wein heraus. Sie nahm zwei Gläser aus dem Spülbecken, schraubte den Verschluss auf und goss uns beiden großzügig ein. Sie reichte mir ein Glas – nahm mir jedoch zuerst den Rucksack vom Rücken, als wäre ich ein Kind, das gerade aus der Grundschule nach Hause gekommen war –, half mir dann auf den Barhocker an der Kücheninsel und schwang sich selbst auf den Platz neben mir. »Dann gehst du wieder zur Arbeit, du gehst aus, du betrinkst dich, du buchst eine Reise, du hast unanständigen Sex mit Fremden – natürlich bei denen zu Hause. Wenn ich nichts davon weiß, muss ich Adam nichts vorlügen. Du musst dich zusammenreißen, Bea. Überleg dir, was du künftig tun willst, anstatt dich wie besessen mit dem zu befassen, was schon passiert ist. In deiner Facebook-Timeline findest du keine Antworten. Oder in Adams«, fügte sie spitz hinzu. »Ich weiß, dass du sie dir angesehen hast. Ich hab deinen Internet-Verlauf überprüft.«

»Das nennt sich Schnüffeln!«

»Nein«, widersprach sie mit energischem Kopfschütteln. »Das nennt sich Kümmern.«

»Ach, Bea, das ist doch verrückt!«, schnaubt Milly jetzt wütend. »Du kannst dich doch nicht die ganze Zeit damit beschäftigen, was alles hätte sein können, wenn du diejenige bist, die weggelaufen ist.«

Ich blicke bekümmert auf den Bildschirm, da erscheint ein rotes Icon neben meinem E-Mail-Postfach. Milly sieht zu, während ich es öffne.

»Die ist ja von Adam!«, keucht sie. »Aber er hat doch geschworen, keinen Kontakt zu dir aufzunehmen, es sei denn …«

»… ich melde mich zuerst?«, murmle ich und öffne die Nachricht. »Ich hab ihm vorhin geschrieben.« Mit klopfendem Herzen scrolle ich durch die Sätze. Die schwarzen Worte kriechen wie Ameisen vor meinen Augen, während ich versuche, ihre Bedeutung zu erfassen.

Liebe Bea,
danke, dass du dich gemeldet hast. Ich verstehe, warum du gegangen bist, und vielleicht hilft es dir zu wissen, dass mir in den letzten Wochen aufgegangen ist, dass du mir einen Gefallen getan hast. Auch ich muss mir über einiges klar werden – und das konnte ich nicht, solange wir zusammen waren. Du hast mir den Anstoß dazu gegeben, mein Leben und meine Arbeit neu zu beurteilen und herauszufinden, was ich will. Du meinst, ich wäre gut im Entscheiden? Ich hätte die Kontrolle? Warum habe ich dann das Gefühl, dass meine Eltern bislang alles in meinem Leben bestimmt haben? Alles, außer dir natürlich (und selbst das habe ich nicht richtig hinbekommen). Ich glaube noch immer, dass wir etwas Besonderes hatten … haben … aber mir wird langsam klar, dass es vielleicht die richtige Person zum falschen Zeitpunkt war.

Vielleicht sollen sich unsere Wege eines Tages erneut kreuzen, wenn wir älter und weiser sind und genauer wissen, was wir wollen. Vielleicht auch nicht. Aber versprich mir eins, Bea: Hör auf, dir die Schuld an allem zu geben. Mach dir keine Sorgen um die Zukunft und verschwende nicht zu viele Gedanken an die Vergangenheit. Deine Entscheidungen verändern nicht die Welt, nur dein eigenes Universum. Ich hoffe, dass du dich jetzt frei fühlst, als der Stern zu leuchten, der du bist.

In Liebe, Adam

»Wow.« Als sie die Nachricht zu Ende gelesen hat, pfeift Milly durch die Zähne und wischt sich die Augen. »Geht's dir gut?«

Ich lasse mich aufs Bett fallen und starre aus dem Fenster auf den roten Zeitball, der auf der Turmspitze des Royal Greenwich Observatory sitzt, als wäre er ein Planet, um den sich die Zeit dreht. Er gehört zu den ersten Zeitanzeigen der Welt, schon seit 1833 diente er den Londonern sowie den Schiffen auf der Themse zur zeitlichen Orientierung, und er funktioniert noch immer. Jeden Tag um 12:55 Uhr steigt der Zeitball bis zur Hälfte den Mast hinauf, um 12:58 erreicht er die Spitze. Genau um 13:00 Uhr fällt der Ball nach unten und sendet das Signal an jeden, der ihn sehen kann.

Ich nicke. Seltsamerweise fühle ich mich gut. Adam geht es gut. Seine Nachricht bestärkt mich noch mehr darin, dass ich die richtige Entscheidung getroffen habe – für uns beide. Das heißt nicht, dass das nicht schmerzhaft ist, aber zumindest sind wir jetzt frei, unser Leben in die Hand zu nehmen.

»Willst du ihn nicht sofort anrufen und ihm sagen, dass du einen schrecklichen Fehler begangen hast?«, fragt Milly verzweifelt. »Du hast deine Vermögenswerte beurteilt, du willst wieder fusionieren, ihn wieder in dein Portfolio aufnehmen und an seinen Anteilen festhalten …« Wenn Millys Gefühle hochkochen, verfällt sie stets in Finanzmaklerjargon.

Ich lächle und nehme ihre Hand. »Ich bin nicht wie du, Milly. Du wusstest immer, welche Richtung dein Leben nimmt. Ich weiß, dass Adam das Beste war, was mir je passiert ist, aber ich habe die richtige Entscheidung getroffen. Ich verdiene ihn nicht.«

»Ach, Bea, das stimmt doch einfach nicht!«, jammert Milly. »Ich wünschte, ich könnte dir klarmachen, wie wundervoll du bist! Aber eins ist sicher«, sagt sie, »das wirst du nicht erkennen, wenn du dich in diesem Zimmer einsperrst. Oder vor diesem blöden Facebook hängst«, fügt sie hinzu und schlägt den Laptop wieder zu. Ich bemerke, dass sie etwas daraufgeworfen hat.

»Was ist das?«, frage ich skeptisch.

»Ich hab es geschafft, eine Karte für die Chelsea Flower Show zu ergattern. Die ist diese Woche, weißt du noch?«

Ich nicke langsam. Gestern Abend habe ich einen Bericht über die Gartenschau im Fernsehen gesehen, aber ich hatte Schwierigkeiten, mich zu konzentrieren.

»Na los, Bea, ein bisschen frische Luft wird dir guttun«, sagt Milly aufmunternd und tätschelt meine Hand. »Gärten machen dich doch immer glücklich.«

Ich nicke erneut. Da hat sie recht. Ich glaube nur, dass selbst die momentan keine Wunder bewirken können. »Ich muss mir eine Wohnung suchen und sollte keine Zeit damit verschwenden, mich in Gärten herumzutreiben …«

»Du weißt doch, dass du so lange hierbleiben kannst, wie du willst.«

»Ach, Milly. Ich kann nicht jedes Mal wieder zu dir kommen, wenn etwas in meinem Leben schiefläuft.«

»Doch, das kannst du. Dafür sind beste Freundinnen da«, erklärt Milly mitfühlend und legt den Arm um mich.

Ich lehne meinen Kopf an ihre Schulter und blicke aus dem Fenster. Was würde ich nur ohne sie tun?

# 18. Kapitel

Bea Hudson: Wie nennt man eine Zeitarbeiterin, die gerade aus den Flitterwochen zurück ist? Eine Festangestellte! Ich bin verheiratet – juchu! (Hatte ich das schon erwähnt?!)
37 »Gefällt mir«-Angaben. 7 Kommentare.

Ich poste mein Status-Update, während ich von der Dockland Light Railway am Fluss entlang zu Eagle Recruitment laufe. Die strahlende Maisonne macht den Tag überraschend freundlich und den Weg nicht so beschwerlich, wie ich gedacht habe. Canary Wharf mit seinen imposanten Hochhäusern sieht wunderschön aus – vielleicht ist es nicht die Art von Schönheit, die meine Seele berührt, so wie in Norfolk, aber es wirkt auf seine eigene Art majestätisch.

Und im Moment möchte ich nirgendswo anders sein als hier. Meine prächtige Zukunft – mein neues Leben als Mrs. Bea Hudson – liegt verheißungsvoll vor mir.

Ich freue mich darauf, all meine Kollegen bei Eagle's wiederzusehen. Auch wenn ich dort nie eine richtige Arbeitsstelle hatte, nur ab und an meine Lohnabrechnung abholte, mich für meine nächste Zeitarbeitsstelle briefen ließ oder, wie in dieser Woche, eine Urlaubs- oder Krankheitsvertretung machte, haben sie mir immer das Gefühl gegeben, zum Team zu gehören. Es scheint mir passend, dass auch hier etwas Einschneidendes passiert. Ich meine, schließlich bin ich jetzt verheiratet, ich bin eine *Ehefrau.* Das heißt, Schluss mit den unrealistischen

Träumereien, mit der Hoffnung, dass sich noch etwas Besseres bietet. Darum habe ich beschlossen, die Stelle als Personalberaterin anzunehmen, die Nick mir schon lange angeboten hat. Dort werde ich *anderen* Zeitarbeitern helfen, Stellen zu bekommen, und sie bei *ihren* beruflichen Entscheidungen beraten. Komisch, dass das plötzlich gar nicht mehr so lächerlich klingt.

Da piept mein Handy , ich blicke hinunter und rechne mit einer Facebook-Meldung, doch stattdessen stelle ich erfreut fest, dass ich eine SMS von Adam erhalten habe.

*Viel Glück heute! Ich liebe dich. Küsse, Adam*

Seine liebevolle, aufmerksame Geste freut mich umso mehr, als ich weiß, dass er eigentlich nicht will, dass ich fest bei Eagle's anfange. Vielmehr hat er mich gestern Abend davon zu überzeugen versucht, es noch ein letztes Mal mit der Landschaftsarchitektur zu probieren. Er meint, er könne sehen, dass mich der Job, egal, wie optimistisch ich sei oder wie sehr ich die Leute mochte, nicht glücklich macht.

»Das bist nicht du, das ist nur die einfachste Lösung«, hat er gestern Nachmittag gesagt, als ich mein Ich-will-den-Job-Outfit herauslegte, das ich selbst ausgesucht hatte, *nicht* Milly. Ich stellte mich vor dem Spiegel auf die nackten Zehenspitzen und hielt mir eine Bluse und businessmäßige Bermudashorts an. Die Kombination wirkte schick, seriös und selbstsicher. Adam hatte recht – das war überhaupt nicht ich.

»Vielleicht ist es das Ich, das ich jetzt gern sein möchte«, erwiderte ich und war etwas überrascht, dass er mich nicht so unterstützte, wie ich gehofft hatte. »Ich hab das alles durchdacht, Adam, und ich habe es satt, auf der Stelle zu treten. Ich will vorankommen, aber das geht am schnellsten in der Firma, die mich kennt. Und ich weiß auch, dass es die einfachste Lösung ist, darum ist es aber noch lange keine schlechte Lösung. Ich mag die Leute bei Eagle's, ich fühle mich dort wohl, ich kenne das Büro und den Job in- und auswendig. Ich werde eine Beförderung und eine Gehaltserhöhung bekommen sowie alle Versicherungsleistungen, wenn ich, na ja … mal eine Auszeit brauche.« Dann hob ich auf, wie ich dachte, gewinnende Art die Brauen. In den Flitterwochen hatten wir über Kinder gesprochen. »Ich könnte innerhalb weniger Monate Geschäftsführerin werden, Adam! Ich habe das Gefühl, ein ganz neues Leben zu beginnen – und ich will, dass du und deine Eltern stolz …«

»Ich bin stolz auf dich, Bea!«, erwiderte Adam.

Ich raffte meine Haare oben auf dem Kopf zusammen und drehte mein Gesicht, um es aus jedem Winkel zu betrachten. »Aber ich bin jetzt eine Hudson. Ich muss ehrgeiziger sein, mich gezielter bemühen, in meinem Beruf an die Spitze zu kommen.«

»Und du meinst wirklich, Personalberatung ist es?«, fragte Adam zweifelnd.

Ich nickte strahlend. Dann ließ ich meine Haare herunter, schlüpfte in meine Flipflops und ging auf die Dachterrasse, wo ich die nächsten zwei Stunden damit verbrachte, meine Erbsen umzutopfen.

Als ich jetzt das am Fluss gelegene Gebäude erreiche, in dem sich die Büros von Eagle Recruitment befinden, stelle ich fest, dass mir die Entscheidungen, die ich so lange gefürchtet habe, keine Angst mehr machen. Adam, diese Stelle – sie sind nun meine freie Wahl. Zum ersten Mal seit acht Jahren habe ich das Gefühl, die Kontrolle zu haben. Ich lenke mein Leben, anstatt mich treiben zu lassen und darauf zu warten, dass sich die Dinge von allein regeln.

Ich atme tief ein, um meinen Herzschlag zu beruhigen, blicke nach unten und sehe meinen Verlobungs- und meinen Ehering an meinem Finger. Der Anblick beruhigt mich. Ich reibe mit dem Daumen drüber, und mit einem breiten Lächeln im Gesicht schreite ich in das Gebäude.

»Sie ist da! Hey, Leute, BEA IST ZURÜCK!«, trällert Glenda erfreut, als ich das Großraumbüro betrete. Lachend bleibe ich stehen, während sich alle um mich herum versammeln. »Wie ist das Eheleben, mein Blümchen?« Sie strahlt mich stolz an und breitet die Arme aus, als sei ich ihre Tochter.

»Wunderbar! Danke, Glenda.« Während sie mich überschwänglich umarmt, blicke ich über ihre Schulter hinweg auf meine Blumenkästen, und mich durchströmt ein warmes, freudiges Gefühl. Hier fühle ich mich sicher, und das ist schön.

James Purves – einer der Seniorberater – tritt vor und verneigt sich. Ich löse mich aus Glendas Umarmung und ergreife seine ausgestreckte Hand.

»Herzlichen Glückwunsch, Miss Bishop!«, sagt er und schüttelt meinen Arm, als hätte ich gerade ein Polo-Spiel gewonnen.

»Danke, Jeeves.« Ich grinse. »Aber ich bin jetzt Mrs. Hudson!«

»Ach Gottchen«, schnaubt er, »die Dame, wie mich dünkt, hat ein Funkeln in den Augen!« James Purves – oder Jeeves, wie wir ihn nennen – ist erst Ende dreißig, könnte jedoch genauso gut aus einem anderen Jahrzehnt stammen.

Tim steht neben seinem Schreibtisch, stemmt Hanteln und betrachtet dabei seine Bizeps, legt sie dann jedoch auf dem Boden ab, um triumphierend meinen Sturz vom Hochzeitstag nachzuahmen. Als er wieder aufsteht, bricht er vor Lachen zusammen. Tim ist unser Spaßvogel. Er ist ein achtundzwanzigjähriger ehemaliger Finanzmensch, dessen Ego noch größer ist als seine Oberarmmuskeln. Er ist vor einem Jahr als Senior-Personalberater in die Firma gekommen, und ich glaube, sein Leben gehorcht der folgenden Reihenfolge: Fitness, Diät, Frauen, Arbeit. Aber hinter all seinem Gehabe versucht er einfach nur, etwas aus seinem Leben zu machen, einen Abdruck in der Welt zu hinterlassen. Nachdem seine Stelle in der Finanzkrise überflüssig geworden war, musste er beruflich noch einmal neu anfangen. Aufgrund einiger falscher Entscheidungen verlor er alles, wofür er gearbeitet hatte, und musste wieder zu seinen Eltern ziehen. Das Vorstellungsgespräch bei Eagle's war sein dreizehntes, und er hatte bereits die Hoffnung aufgegeben, noch einmal einen Job zu finden. Zum Glück erkannte Nick, mein alter Freund und Chef, seine Erfahrung sowie seine Verzweiflung und sah zudem, dass er perfekt in die Personalwelt passte. Und Nick hatte recht. Vielleicht machen wir uns über Tim lustig, aber ich habe großen Respekt dafür, dass er den Mut hatte, noch einmal bei null anzufangen. Und er sagt, dass er jetzt glücklicher ist, als er es je in der Finanzwelt gewesen sei. Ich beobachte, wie er sein Spiegelbild im Computer mustert. Allerdings ist er noch immer unverbesserlich eitel.

»Danke, Tim«, sage ich. »Da fällt mir was ein. Stimmt es eigentlich, dass du gar keine richtigen Liegestütze machen kannst, nur die Mädchen-Version auf Knien?« Ich zwinkere Glenda zu, und wir beobachten, wie Tim sich sofort auf Hände und Füße fallen lässt und mit geballten Fäusten Liegestütze macht, wozu er »Don't Stop Me Now« von Queen singt. Damit dürfte er eine Weile beschäftigt sein.

»Oh, Bea!«, sagt Glenda mit Nachdruck und umfasst meine Wangen mit ihren dicken Händen, ihre haselnussbraunen Augen strahlen vor Freude. »Was war das für eine herrliche Hochzeit! Und du warst so eine wunderhübsche Braut. Dein Mann ist einfach hinreißend. Er ist von Natur aus so sportlich, nicht?«, fügt sie mit Blick auf Tim laut hinzu. »Ich wette«, fährt sie etwas lauter fort, »Adam muss nicht viel dafür tun, damit sein Körper so aussieht, stimmt's?« Tim macht einarmige Liegestütze, der andere Arm zeigt Richtung Decke, und als er jetzt aufspringt, schütteln wir uns vor Lachen.

»Wie bitte? Was?«, sagt er abwehrend und streicht eine widerspenstige gegelte Haarsträhne zurück. »Ich auch nicht! Ich bin von Natur aus fit, aber das hier bringt mich zwischen den ganzen Anrufen in Schwung!«

Lachend blicke ich mich um und halte nach Nick Ausschau. Dann entdecke ich ihn, die Hände wie ein Schuljunge tief in die Hosentaschen vergraben, tritt er aus seinem Büro. Er nickt mir grinsend zu. Seine dichten braunen Haare stehen in alle Richtungen ab, und seine Krawatte sitzt schief. Ich winke ihm zu, und er bedeutet mir, in sein Büro zu kommen. Ich tue mein Bestes, in meinen hohen Schuhen wie ein Profi über den Boden zu stolzieren.

»Du bist also zurück! Ich wusste, dass du nicht lange ohne uns kannst!« Nick lächelt und deutet auf den Stuhl vor seinem Schreibtisch. Dann schaltet er seine schicke Kaffeemaschine ein.

Er steckt eine braune Kapsel in die Maschine und stellt eine braune Cappuccino-Tasse unter die Düse. Bei Eagle Recruitment ist alles braun – bis auf die Blumenkästen, die ich bepflanzt habe. Nick sagte immer, ich würde Farbe in den Laden bringen. Alle, die hier arbeiten, stören sich an der tristen Einrichtung. Doch als Glenda bei einer Mitarbeiterbesprechung kürzlich – wieder einmal – fragte, warum wir sie nicht ändern könnten, erwiderte Nick müde: »Braun ist die Farbe des Raubvogels, nach dem wir benannt wurden. Anstatt darüber zu meckern, solltest du es als Ansporn nutzen, in immer höhere berufliche Sphären aufzusteigen!« Ich musste kichern, und er hob warnend eine Braue und zwinkerte mir zu. Wir kommen so gut miteinander aus, weil wir am selben Tag bei Eagle's angefangen haben. Damals war er noch ein junger, leidenschaftlicher ehemaliger Filmstudent, der sich bis zu seinem großen Durchbruch als Zeitarbeiter verdingen musste. Er wollte unbedingt Drehbücher schreiben und verbrachte jede freie Minute damit, Ideen zu notieren, immer wieder seine liebsten Science-Fiction-Filme zu sehen und an Schreibseminaren teilzunehmen. Nach der Arbeit gingen wir zusammen oft etwas trinken, und er erzählte mir von seinen Plänen, mit fünfundzwanzig nach L.A. zu ziehen. Dafür sparte er. Doch dann, nach zwei Jahren, bot man ihm eine feste Stelle mit einem guten Grundgehalt an. Zusammen mit seinen Ersparnissen konnte er sich davon eine Immobilie kaufen. Er war hin- und hergerissen, sagte aber immer, Reife und Verstand hätten sich durchgesetzt. Er wollte nicht ewig bei seinen Eltern wohnen. Solange er nicht unabhängig war, hatte er das Gefühl, in der Vergangenheit zu leben: unfähig, einen Schritt voranzukommen, eine Freundin zu haben oder ernst genommen zu werden. Darum nahm er die Stelle an, kaufte sich eine Wohnung und wurde befördert. Mit den Jahren, sagt er, habe das Bedürfnis nach Geld und Sicherheit die Sehnsucht, seinem Traum zu folgen, überwogen. Und da ist er. Und hier bin ich. Ich bin die Einzige, die so lange hier ist, dass sie seinen – widerstrebenden – Aufstieg zum Geschäftsführer von Eagle Recruitment miterlebt hat. Somit bin ich die Einzige, die weiß, wie groß seine Träume einst gewesen sind. Der Nick, den ich damals kennengelernt habe, hatte keinerlei Ambitionen, sich hochzuarbeiten. Uns verband damals, dass wir beide den Weg des geringsten Widerstands gewählt hatten. Wir lebten beide glücklich in der Mittelspur. Eine Weile folgten wir unserem inneren Kompass, doch dann, irgendwo unterwegs, verließen wir beide die Spur. Und plötzlich trugen wir an unterschiedlichen Stellen Verantwortung. Ich für einen anderen Menschen. Nick für ein Team aus Mitarbeitern. Wir hatten getan, was wir nie hatten tun wollen. Wir waren sesshaft geworden.

»Sieh's ein, Bea. Es wird deiner gesellschaftlichen Position nicht gerecht, als Zeitarbeiterin zu jobben«, sagt er jetzt. »Ich verstehe nicht, warum du nicht einfach in den sauren Apfel beißt und eine feste Stelle annimmst. Du kannst nicht ewig in Ungewissheit leben … Überleg doch, du könntest wie ich sein!«, fügt er hinzu und streckt mit ironischem Grinsen die Arme aus.

»Ich weiß, Nick. Darum bin ich hier.« Er sieht mich überrascht an. Ich trinke einen Schluck kochend heißen Kaffee und stelle die Tasse schnell wieder ab, dann schlage ich die Beine übereinander und falte die Hände über meinen nackten Knien. »Ich habe in den Flitterwochen viel über meine Zukunft nachgedacht und beschlossen, dass ich dein Angebot gerne annehmen möchte.« Ich krame in meinem Gehirn und versuche, mich an die Rede zu erinnern, die ich vorbereitet habe. »Mir ist klar geworden, dass ich mich bei Eagle's immer frei fühlen werde. Frei, ich selbst zu sein, frei, die Karriereleiter zu erklimmen, frei …«

»Totalen Bockmist zu reden?«, unterbricht er mich. »Oder sollte das Vogelkacke sein?« Er grinst, legt die Füße auf den Schreibtisch und lehnt sich in seinem Stuhl zurück. »Das ist alles sehr nobel von dir, Bea, aber wir sind Freunde. Du musst mich nicht beleidigen, indem du Motivationssprüche klopfst, die genauso schlecht sind wie meine eigenen. Es reicht, wenn du mir sagst, dass du nicht mehr daran glaubst, dass etwas Besseres kommt, und dich deswegen hierfür entschieden hast. Dann fühle ich mich weniger allein. Nicht mehr ganz so wie ein Komplettversager. Aber das muss unter uns bleiben.« Er nimmt die Füße vom Schreibtisch und blickt mich an. »Ich muss irgendwie den Schein aufrechterhalten, dass ich ein super Geschäftsführer bin!«

»Dann solltest du vielleicht diesen Chewbacca-Stift hinter deinem Ohr entfernen«, bemerke ich und unterdrücke ein Grinsen.

Nick zieht schwungvoll den Stift hinter seinem Ohr hervor und blickt ihn an, dann legt er ihn auf den Schreibtisch vor sich neben einen Becher mit der Aufschrift »Ich bin vielleicht nicht der Beste, aber ich bin der Boss«.

»Herzlich willkommen in der Welt der Sesshaften, Bea! Mögest du diesem Job gegenüber genauso zwiespältige Gefühle hegen wie ich!«

Ich ergreife seine Hand und grinse ihn an. Mein Herz klopft wie wild und rutscht mir in die Kniekehlen, doch ich versuche, es zu ignorieren.

Als ich mich an meinen Schreibtisch setze, öffne ich meine Facebook-Seite, hole ein Croissant heraus, beiße ein großes Stück ab und korrigiere meinen letzten Status.

Bea Hudson ist jetzt FEST ANGESTELLT.

Es fühlt sich irgendwie warm und sicher an, zurück zu sein. Klar, das Büro ist feucht, weil es so nah am Fluss liegt, und zugig, weil es nicht doppelt verglast ist – eine wunderbare Kombination –, und, okay, man blickt auf eine regennasse Gasse, aber mit meinen Blumenkästen und den netten Kollegen bei Eagle's fühle ich mich hier beruflich gesehen am ehesten zuhause. Ich öffne mein Hotmail-Postfach und entdecke eine E-Mail von Loni.

Bea, mein Schatz!
Ich hoffe, du bist heil zurück und hast den Schock überwunden, dass du jetzt eine EHEFRAU bist. Ich kann das Wort kaum tippen, geschweige denn denken! Meine Tochter ist eine EHEFRAU! Ich würde dich und Adam gern bald sehen, wenn ihr an einem Wochenende Zeit habt. Cal und ich vermissen dich schrecklich. Du bist jederzeit willkommen. Die Tür steht dir immer offen, auch wenn das Haus oft voll ist.
In Liebe, Loni

Ich verspüre den Anflug eines schlechten Gewissens. Abgesehen von der Hochzeit haben Ad und ich uns dort wochenlag nicht blicken lassen. *Monate,* bemerkt mein verräterisches Gedächtnis. Ich schlucke den unangenehmen Kloß in meinem Hals hinunter, wie immer fühle ich mich zwischen meinen beiden Leben hin- und hergerissen. Das Problem ist, wenn ich zurück nach Hause fahre (egal, wie lange ich weg bin oder wie alt ich bin, es wird immer mein Zuhause bleiben), fühle ich mich, als würde ich Dinge hören – nicht nur das Knarren von Lonis lebendigem Haus, sondern ein Echo meiner Vergangenheit. Es fühlt sich an, als würde mich jeder Winkel, jeder Riss, jede Ecke, jedes Bild und jeder Grashalm in dem wunderschönen Garten zurück in eine andere Zeit ziehen.

Ich schüttle den Kopf. *Ich habe mich weiterentwickelt, sage ich mir. Ich fange ein ganz neues Leben an. Ehe, Beruf, vielleicht werden wir bald sogar Babys haben!* Ich halte einen Augenblick inne, da das Facebook-Zeichen oben auf meiner Homepage aufploppt.

Wahrscheinlich ist es Milly, die wissen will, wie es mir an meinem ersten Tag geht, oder Adam …

Als ich zu lesen beginne, klappt meine Kinnlade herunter, mein Blick springt über den Bildschirm wie Steine über das Wasser.

Liebe Bea,
ich hoffe, du hast nichts dagegen, dass ich dir eine Nachricht schicke, aber ich musste mich einfach bei dir melden. Seit ich dich gesehen habe, kann ich einfach nicht aufhören, an dich zu denken … obwohl ich, wenn ich ehrlich bin, eigentlich nie aufgehört habe, an dich zu denken.
Mir ist klar, dass es ein Schock für dich gewesen sein muss, dass ich auf deiner Hochzeit aufgetaucht bin. Aber ich konnte mich nicht länger fernhalten. Ich weiß, ich habe zu lange gewartet, aber ich war noch nicht bereit, dich zu sehen – es hätte zu viele Erinnerungen an jenen Sommer geweckt … an Elliot. Und irgendwie hatte ich auch immer Angst, dass es zu spät wäre. Doch als ich wieder in Norfolk war und gehört habe, dass du heiratest, fühlte es sich an wie … Schicksal. Ich musste dich sehen, Bea. Du hast so wunderschön ausgesehen und, ja, so unglaublich glücklich.

Ich freue mich sehr für dich.

Nach der Zeremonie bin ich runter zum Strand

gegangen. Ich hatte das Bedürfnis, einen Schritt zurück in die Vergangenheit zu tun.

Ich wünsche dir alles Glück dieser Welt, Bea.

Alles Liebe, Kieran

Ich blicke auf die Nachricht und habe das Gefühl, die Wände des Büros würden mich erdrücken. Als würde ich ertrinken.

Erneut blicke ich auf meinen Computerbildschirm und sehe das Icon, das mir sagt, dass ich eine Freundschaftsanfrage erhalten habe. Ich öffne sie und sehe Kierans Bild, sein Gesicht, das ich einst so sehr geliebt habe, bis alles so tragisch schieflief. Er steht in einer Art Uniform in einer Bar, grinst lässig und ist wie immer von Leuten umgeben. Wer die Zwillinge kannte, sagte, dass Kieran und Elliot nicht auf Partys gingen, die Partys kämen zu ihnen. Beide hatten sie dieses Charisma und Selbstvertrauen, zum Teil, weil sie immer aufeinander aufpassten, und zum Teil, weil sie sich frei fühlten. Ihnen war egal, was andere Leute über sie dachten. Elliot schien eigentlich alles egal zu sein. Er hatte eine härtere Schale als Kieran, eine undurchdringliche Wand um sich herum, eine Bitterkeit, die ihn manchmal gemein sein ließ. Er konnte von jetzt auf gleich umschalten, vor allem mir gegenüber. Ich wusste immer, dass er nur schwer akzeptieren konnte, dass es zwischen Kieran und mir so schnell ernst geworden war. Aber er konnte auch extrem ausgelassen sein, ein Spaßvogel, der immer für einen Lacher gut war. Kieran hielt sich eher an die Regeln als sein Zwillingsbruder. Er war zwei Minuten älter, und diese einhundertzwanzig Sekunden schienen ihm eine Reife, eine Stabilität, einen Verantwortungssinn auf den Weg gegeben zu haben, die Elliot fehlten. Doch er konnte auch rastlos sein. Kaum hatte ich ihn kennengelernt, übertrug sich dieses Gefühl auch auf mich.

*Aber das bin ich nicht mehr,* denke ich wütend. Warum wühlt er jetzt die Vergangenheit auf, nachdem ich mich zusammengerissen und mein Leben in die Hand genommen habe? *Ich habe mich weiterentwickelt,* denke ich trotzig.

Ich schließe Facebook, dann greife ich pflichtbewusst nach dem Telefonhörer und mache mich daran, ein bisschen zu arbeiten.

# 19. Kapitel

Bea Bishop versucht, wieder auf die Beine zu kommen.

Ich blicke mich um und fühle mich plötzlich überfordert von den geschäftigen, aufgeregten Menschenmassen, die an mir vorbei in die Gartenausstellung strömen. Ich muss mich zusammenreißen, nicht in Millys Wohnung zurückzurennen und mich unter die Bettdecke zu verkriechen. Ich schaffe das, sage ich mir. Seitdem ich in London wohne, bin ich jedes Jahr in der Chelsea Flower Show gewesen. Vielleicht habe ich den Traum aufgegeben, selbst Gartenarchitektin zu werden, doch das hält mich nicht davon ab, die Arbeit, das Talent und die Visionen sowie die Präzision und die Hingabe zu bewundern, die zur Gestaltung dieser preisgekrönten Gärten nötig sind. Um diese Jahreszeit vermisse ich meinen Vater am meisten. Ich weiß, er würde mich verstehen. Wenn er uns nicht verlassen hätte, hätten wir bestimmt jedes Jahr einen Vater-Tochter-Ausflug hierher unternommen. Es wäre ein verbindender Moment gewesen, den uns niemand hätte nehmen können.

Ich hole das Tagebuch, das er mir hinterlassen hat, aus meiner Tasche. In der ersten Nacht, in der ich wieder bei Milly geschlafen habe, habe ich einen Koffer in der kleinen Abstellkammer über der Badezimmertür gefunden. Ich hatte ihn dort gelassen, als ich zu Adam gezogen war, weil ich so wenig wie möglich mitnehmen wollte. Ich wollte neu anfangen, meine Vergangenheit hinter mir lassen. Als ich ihn nun wieder öffnete, war es, als würde ich in eine riesige Kiste voller Erinnerungen blicken. Unter karierten Hemden, zerschlissenen alten Jeans und den Gartendrucken von Monet aus meinem Jugendzimmer entdeckte ich Dads Tagebuch.

Damit hatte ich nicht gerechnet, ich dachte, ich hätte es für immer verloren. Ich hatte es mitnehmen wollen und es nicht bewusst dort reingelegt. Weil ich es als Kind so oft gelesen habe, kenne ich jeden Monat auswendig. Dieses Tagebuch hat mir jede Geburtstags- und Weihnachtskarte ersetzt, die ich von meinem Dad nicht erhalten habe. Das Buch gratulierte mir zu meinen Zeugnissen und zum Schulabschluss, nachdem Dad nicht da war, um es persönlich zu tun. Es war meine Schulter, an der ich mich ausweinte, wenn ich Trost und Hilfe brauchte, mein heimlicher Mitwisser und Berater, wenn ich mit niemand anders reden konnte.

Es wurde zu einer anderen Version von meinem Dad. Einem Dad, der nicht weggegangen war, ohne sich noch einmal umzudrehen, sondern geblieben war, um mir auf seine ganz eigene Weise alles übers Gärtnern – und das Leben – beizubringen. Wann immer ich es öffnete, konnte ich sofort bei ihm sein oder er bei mir. Dieses Tagebuch war der Grund, warum ich nie die Hoffnung aufgegeben hatte, dass er eines Tages zurückkommen würde. Seinetwegen konnte ich Loni nie wirklich vergeben, dass sie ihn fortgeschickt hatte, und spürte eine Verbindung zu ihm, die Cal einfach nicht verstand. Dieses Tagebuch war alles für mich. Und als ich es verloren glaubte, war es, als hätte ich auch meinen Vater noch einmal verloren.

Es war der Tag nach meinem siebten Geburtstag, der für mich der beste Tag seit Langem wurde. Ich hatte ein neues Fahrrad sowie ein Bestimmungsbuch für Wildblumen bekommen, und wir hatten beschlossen, einen langen Spaziergang am Holkham-Strand zu unternehmen. Dad und ich liefen hinter Loni und Cal her, die wie immer vorausgerannt waren. Wir schlenderten langsam umher und blieben immer wieder stehen, um jede Pflanze zu studieren und in meinem neuen Buch nachzuschlagen. Ich genoss die Momente mit meinem Vater, denn er war nicht häufig da. Er war Kunstgeschichtsdozent, fuhr aber oft auf Forschungsreisen oder zu irgendwelchen Seminaren oder brauchte Zeit und Ruhe zum Malen und Studieren. Doch das letzte Jahr hatte er nicht unterrichtet, und obwohl er häufiger zu Hause zu sein schien, war es, als wäre er immer seltener bei uns. Ich kann das nicht erklären, aber er war irgendwie nicht präsent. Es war, als würde er in einer anderen Welt leben. Ich habe schon sehr früh gelernt, dass ich seine volle Aufmerksamkeit nur im Garten bekam, doch jetzt verbrachte er die meiste Zeit in einem Wohnwagen am anderen Ende des Gartens. Und wenn ich zu ihm ging, deckte er immer zu, was er gerade schrieb. Als ich das Loni erzählte, wischte sie meine Bedenken beiseite. »Er braucht nur Ruhe, um zu arbeiten, das ist alles, Liebes.« Dann forderte sie mich zu einem ziemlich ausgelassenen Versteckspiel heraus. Doch als ich in meinem Versteck unter ihrem Bett lag, wusste ich, dass etwas Ernsteres vor sich ging. Dad hatte nie Ruhe vor mir gebraucht. Er sagte, er sei nie glücklicher, als wenn ich bei ihm sei, und dass ich ihn an alles Gute in der Welt erinnern würde. Da entdeckte ich einen kleinen Koffer unter dem Kopfende. Ich robbte darauf zu, schob ihn unter dem Bett hervor und zog langsam den Reißverschluss auf. Mein Herz klopfte heftig vor Angst, dass mich jemand entdecken könnte. Ich hob den Deckel an und spähte hinein. Er war bis oben hin mit Schlafanzügen, Socken, Hosen, Dads Kulturbeutel und einer Klarsichthülle mit Familienfotos vollgepackt.

Als ich Cals vergnügte und dann wütende Schreie vernahm, weil er entdeckt worden war, schrak ich zusammen. Ich hörte ihn und Loni auf das Schlafzimmer zupoltern, schloss schnell den Deckel und schob den Koffer wieder zurück unters Bett. Dann versteckte ich mich hinter einem Vorhang und ließ absichtlich einen Arm herauslugen, sodass sie nirgendwo anders nach mir suchen mussten. Ich tat, als hätte ich anschließend keine Lust mehr zu spielen, und wir beendeten es. Cal spielte Superman, Loni lernte, während sie meinen Geburtstagstee zubereitete, und ich beschloss, eine Karte für Dad zu machen.

Nach dem Tee führte Dad mich in den Garten. Er sagte, er wollte mir ein besonderes Geschenk geben. Es sei ein Geheimnis, ein besonderes kleines Geschenk von ihm für mich. Er wollte nicht, dass Cal sich ausgeschlossen fühlte, aber nur ich würde es zu schätzen wissen. Ich packte das Geschenk aus und staunte, als ich das wunderschöne handgroße Buch mit dem weichen blauen Schafsledereinband sah, auf dem in goldenen Buchstaben *Beas Garten- und Lebensführer* stand. Das Papier war edel und ganz fein, und auf die erste Seite hatte Dad eine Widmung geschrieben und dazu eine Tuschezeichnung von unserem hufeisenförmigen Garten angefertigt. Dort kniete unter der Weide am Ende des Gartens, direkt vor dem Tor, das ins Dickicht führte, ein kleines, gedankenverlorenes Mädchen inmitten von diversen Gartengeräten.

»Das bin ja ich!«, rief ich aus, und er nickte und küsste mich aufs Haar. Er sagte, ich müsse ihm versprechen, es allein zu lesen, nachdem er weg war. Ich habe damals gedacht, er meinte, nachdem er den Garten verlassen hatte. Erst ein paar Tage später begriff ich, dass er gemeint hatte, wenn er endgültig gegangen sei.

Ich klappe das Buch zu, blicke auf den Einband und lese erneut die Worte, die seine Abschiedsworte waren. Dann lasse ich es in meine Tasche gleiten. Ich habe immer geglaubt, dass das Tagebuch seine Art war, mir zu sagen, dass er bald zurückkäme. Nachdem ich es nun wiedergefunden und mich langsam durch die Seiten gearbeitet habe, fühle ich eine neue Bindung zu ihm. Ich habe das Bedürfnis, das Mädchen wiederzuentdecken, das ich früher war. Und ich will wissen, was für ein Mensch mein Vater heute ist.

*Ich muss ihn suchen,* fuhr es mir neulich durch den Kopf, als ich im Bad saß, in dem Büchlein blätterte und erneut den Verlust, die Sehnsucht und die Enttäuschung in mir aufsteigen spürte. Mein Hochzeitstag war mein letzter Stichtag für ihn gewesen – und für mich. Wenn er nicht käme, würde ich aufgeben, hatte ich mir gesagt. Irgendwie frage ich mich, ob ich an jenem Tag davongelaufen bin, weil ich eher mein eigenes Glück als ihn aufgeben wollte. Denke ich vielleicht, dass er eher eine zweite Chance verdient als ich?

Als ich mein Ticket abgebe und durch das Bull Ring Gate das Gelände des Royal Hospital betrete, habe ich das Gefühl, mein Vater wäre irgendwie bei mir, als würde mich jeder Schritt näher zu ihm bringen.

Glücklich sehe ich mir stundenlang die diversen Gärten an. Immer wieder bleibe ich stehen und sammle Anregungen für die Zukunft – schwimmende Bäume, ein grasfreier Rasen, Ideen für kleine Flächen und kleine Budgets.

Ein Garten beeindruckt mich am meisten. Er heißt schlicht »Zeit« und ist in vier Teile aufgeteilt: »Tag«, »Nacht«, »Vergangenheit« und »Zukunft«. Im Zentrum befindet sich eine Reihe Heucherella-Stauden, deren glänzende bronzefarbene Blätter den Nullmeridian von Greenwich symbolisieren. »Nacht« besteht aus von der Decke rankendem Sternjasmin über einem Teich mit Seerosen, als würde sich ein Sternenhimmel im Wasser spiegeln. Den »Tag« bildet überbordender Sonnenschein, der aus wunderschönen orangen, gelben und weißen Wildblumen besteht. Auf der anderen Seite der Zeitgrenze liegt die »Vergangenheit«, die durch einen klassischen

Garten im viktorianischen Stil dargestellt ist. Dort wurden Blumen in altmodische Behältnisse gepflanzt, unter anderem in eine Badewanne auf Löwenfüßen. Die »Zukunft« ist eine urbane Büroterrasse und bietet eine iPad-Kräuter-Bar. In der Mitte des Gartens befindet sich auf einer Plattform eine große kreisförmige Hecke, die alle vier Teile miteinander verbindet. Sie bildet eine Oase für unzählige leuchtendrote Kosmeen – meine Geburtstagsblume. Wie der Zeitball der königlichen Sternwarte wird sie von einer Wetterfahne geziert. Es ist wunderschön. Eine gefühlte Ewigkeit betrachte ich den Garten, dann lese ich das Schild mit den Angaben über den Gestalter: *James Fischer von JF Design, Greenwich.* Ich möchte ihn sofort googeln und mir andere Arbeiten von ihm ansehen. Irgendwie habe ich das Gefühl, eine kreative Verbindung zu ihm zu spüren.

Schließlich reiße ich mich von dem Garten los, um den Rest der Ausstellung zu erkunden, und bin so glücklich und zuversichtlich wie seit Wochen nicht mehr, weil ich jetzt sicher bin, welche Richtung mein Leben nehmen soll.

# 20. Kapitel

Am nächsten Morgen wache ich wieder früh auf, meine neu entdeckte Entschlusskraft verleiht mir Energie.

»Du siehst glücklich aus. Hattest du gestern einen schönen Tag?«, erkundigt sich Milly beim Frühstück beiläufig. Sie versucht, nicht zu interessiert zu erscheinen, weil sie gelernt hat, dass ich mich zurückziehe, wenn sie mich zu sehr bedrängt.

Ich beiße in meinen Toast und kaue nachdenklich. »Ja, absolut. Dass ich dort war, hat mir sogar geholfen, eine weitere wichtige Entscheidung zu treffen.«

»Ach?«, erwidert Milly gedankenverloren. Sie starrt auf ihr Telefon und geht die Betreffzeilen ihrer E-Mails durch. Milly ist immer schon unglaublich ehrgeizig gewesen. Sie meint, das hätte zum Teil mit ihren Eltern zu tun, die beide Ärzte sind, zum Teil mit ihrer indischen Abstammung. Und auch damit, dass sie wusste, nur wenn sie erfolgreich ist, würde sie aus Norfolk wegkommen – und das wollte sie, seitdem ich sie kenne. Sie sagte, sie würde sich dort wie eine Außenseiterin fühlen, als sei das nicht ihre Welt.

»Ich werde Nick heute sagen, dass er mich bei Eagle's von der Gehaltsliste streichen soll.« Ich blicke zu Milly, die jedoch nicht von ihrem Smartphone aufsieht. »Ich höre auf mit der Zeitarbeit.« Wieder nichts. Ihr Schweigen beunruhigt mich. »Ich weiß, dass das unvernünftig ist, Milly«, füge ich schnell hinzu, bevor sie es sagen kann. »Ich bin nicht dumm. Aber ich hab das Gefühl, als hätte ich keine andere Wahl, weißt du? Es ist, wie du gesagt hast: Wenn ich nicht herausfinde, was mich glücklich macht, habe ich alles umsonst aufgegeben! Und das kann ich nicht, solange ich Zeitarbeit mache.«

Sie öffnet den Mund, doch ich plappere weiter, verzweifelt darum bemüht, meinen Standpunkt deutlich zu machen.

»Ich habe über alles nachgedacht, was du mir jetzt sagen wirst, Milly. Und glaub mir, die Entscheidung ist mir nicht leichtgefallen. Ich weiß, dass es nicht der beste Zeitpunkt ist, ich habe keine Wohnung und gerade nach sieben Jahren meine Beziehung beendet, aber ich denke, jetzt oder nie und …«

»Es REICHT, Bea!« Milly hebt die Hand. »Darf ich sagen, was ich denke? Bitte?«

Ich schließe die Augen und bereite mich auf eine Standpauke vor.

»Nur drei Worte: absolut geniale Idee!«

»Wirklich?« Ich bin fassungslos. »Aber findest du denn nicht, dass ich unvernünftig bin und völlig … Gehe ich nicht ein gefährliches Risiko ein?« Ich hätte gewettet, dass Milly genau das sagen würde.

»Doch, natürlich bist du das!«, erwidert sie, legt den Arm um mich und lehnt ihren Kopf an meinen. »Aber wenn du unbedingt dein Leben ändern willst, ist es die einzige Option. Das hättest du schon vor langer Zeit tun sollen. Vielleicht hättest du dann festgestellt, dass nicht Adam das Problem in deinem Leben war, sondern dein nicht vorhandener Beruf und dein mangelndes Selbstwertgefühl.« Sie beugt sich vor und gibt mir einen mütterlichen Kuss auf die Wange, dann wirft sie ihre Tasche über die Schulter und geht.

Als die Tür von Eagle Recruitment hinter mir zufällt, blicke ich mich ein letztes Mal nach dem architektonisch wenig aufregenden Gebäude um, das sieben Jahre lang das Zentrum meiner sogenannten beruflichen Karriere gewesen ist. In Nick und Glenda habe ich Freunde fürs Leben gefunden – und sogar in Jeeves und Tim. Die Stelle entsprach zwar überhaupt nicht der Vorstellung einer erfüllenden Arbeit, aber sie fühlte sich sicher und behaglich an.

Meine ehemaligen Kollegen blicken aus dem Fenster und schauen mir hinterher, doch als ich merke, dass mir die Tränen kommen, wende ich mich schnell ab. Ich wische mir über die Augen und halte mir selbst eine Standpauke, während ich hoch erhobenen Hauptes am Fluss entlanggehe und meine Tasche über die Schulter werfe.

Ich hole mein Handy heraus und poste schnell ein Status-Update. Ich freue mich, dass mein Leben eine neue Richtung nimmt. Es ist seltsam, denn ich verspüre keine Angst, ich fühle mich eher gestärkt, als wäre ich endlich bereit, ein Risiko einzugehen.

Bea Bishop ist total aufgeregt, dass sie endlich den Sprung gewagt hat!!!

Ich laufe weiter. Millys Wohnung liegt nur ein paar Meilen von South Quay entfernt. Ich überquere die Brücke und schlendere durch den glänzenden Gebäudekomplex von Canary Wharf und die West India Docks, an dem schwimmenden chinesischen Restaurant und dem Millwall Football Club vorbei, dann nehme ich den weiß gefliesten Tunnel unter der Themse hindurch nach Greenwich. Ich passiere den Markt, auf dem nachmittags unter der Woche Ruhe herrscht, und steige den Hügel am Greenwich Park hinauf. Unterwegs ruft Cal an, weil er mein Facebook-Update gesehen hat. Er klingt fröhlich, weil es mir besser zu gehen scheint, und ich rede zehn Minuten mit ihm darüber, was ich tun könnte. Als Cal diverse alberne Dinge vorschlägt, von Premierministerin bis hin zu Fluglotsin, muss ich lachen. »Kannst du dir das vorstellen«, neckt er mich. »Links – äh, nein, rechts? Ich weiß nicht! Ach Bea, ich bin froh, dass es dir gut geht«, sagt er. »Wir haben uns solche Sorgen gemacht, dass du, na ja, du weißt schon …«

»Mir geht's gut, Cal«, unterbreche ich ihn. Wir haben eine stille Vereinbarung, nicht über meine Krankheit zu sprechen. Cal hat mich ganz unten erlebt, und manchmal wünschte ich, ich könnte die Zeit zurückdrehen und das ändern. »Ich bin nicht mehr dieses Mädchen. Ehrlich. Ich fange ein ganz neues Leben an, und ich freue mich darauf!«

Als ich Millys Straße erreiche, verabschieden wir uns. Ich öffne die Wohnungstür, betrete den Flur und gehe zu dem großen Erkerfenster, das auf den Park blickt. Von hier aus sehe ich unendliche Grünflächen, die von alten Kastanienbäumen gesäumt und von Wegen durchzogen sind. In der Ferne blickt die graue Stadt hochmütig auf mich herunter, und oben auf dem Hügel kann ich gerade noch den Zeitball und das schwarze Kompasskreuz auf dem Royal Observatory Tower erkennen. Seit ich hergezogen bin, fühle ich mich von ihm angezogen. Als würde er mich führen, mir bei Entscheidungen helfen, mir sagen, was ich tun, wo ich sein soll. Als ich ihn jetzt betrachte, scheint er zu sagen: »So weit, so gut.«

# Juni

Liebe Bea,
es ist Zeit, sich von dem freundlichen (aber oft unberechenbaren) Frühlingswetter zu verabschieden und die strahlenden Sommertage willkommen zu heißen. An ihnen kommt dank all der harten Arbeit, die du in den letzten Monaten geleistet hast, Schwung in deinen wohlgepflegten Garten. Dies ist der Monat, in dem du dir die Zeit nehmen solltest, an den wundervoll duftenden Rosen zu riechen (und am Rittersporn, den Schwertlilien, am Geißblatt und den Veilchen). Sei versichert, dass sich wunderschöne neue Pflanzen entwickeln und gedeihen werden, nur weil du zuvor so sorgsam das widerspenstige Unkraut entfernt hast.

Natürlich gibt es dennoch eine Menge harter Arbeit zu erledigen, aber an diesen warmen Sommertagen und -abenden tut man sie mit Freude, sie fühlt sich nicht wie eine Pflicht an. Wässere und jäte neue Pflanzen, fülle die Lücken mit solchen, die im Sommer treiben, entferne welke Blüten und denk daran, wild rankende Pflanzen zu befestigen, damit sie nicht über andere hinwegwachsen und alles durcheinanderbringen.

Wenn du auf meinen Rat hörst, wird sich dein Garten zu dem perfekten Ort entwickeln, von dem du immer geträumt hast.

In Liebe, Dad

# 21. Kapitel

Bea Bishop verbringt diese langen Sommertage damit, eine Wohnung zu finden, ihre Karriere zu planen und in sich zu gehen …

Es ist ein sonniger Freitagnachmittag am Ende meiner ersten Woche ohne Arbeit. Ich blicke hinauf in den vergissmeinnichtblauen Himmel und atme zufrieden aus. Nachdem ich nicht mehr den ganzen Tag im Büro eingesperrt bin, fühle ich mich ganz neu belebt. Es ist erstaunlich, wie befreiend es sein kann, nichts zu besitzen. Ich habe zwar meinen Verlobten verloren, meinen Job und mein Zuhause, aber es kommt mir vor, als hätte ich dafür etwas anderes gewonnen: die Chance, neu anzufangen, ein anderes Leben zu führen. Ich weiß, wie glücklich ich mich schätzen kann, diese Chance erhalten zu haben – und mit ihr die Unterstützung meiner Familie und meiner besten Freundin. Manchmal frage ich mich, womit ich das verdient habe.

Die meiste Zeit habe ich fröhlich in Millys Garten herumgewerkelt, den sie, wie sie zugibt, ziemlich vernachlässigt hat. »Du kennst mich ja. Ich weiß nur, wie man Vermögen zum Wachsen bringt!«, sagte sie und blickte kaum von ihren Aktienkursen auf, als ich sie darauf ansprach. »Also mach da draußen ruhig, was du willst!«

Fünf Tage lang beschnitt ich selig Rosen, entfernte welke Blüten, befestigte die Klematis, die ziemlich außer Kontrolle geraten war, harkte die Beete und sorgte generell für Ordnung. Ich setzte sogar ein paar Pflanzen, die ihre Blütezeit

Anfang September haben und dem Garten einen zweiten leuchtenden Farbrausch verleihen – goldgelbe Sonnenblumen, fuchsiafarbene Zinnien und sogar ein paar Kosmeen. Mir gefällt die Vorstellung, dass sie blühen werden, wenn ich schon längst ausgezogen bin. Es ist, als würde ich ein kleines Stück von mir zurücklassen. Bei all der Zeit, die ich jetzt habe, frage ich mich unwillkürlich, wo ich als Nächstes landen werde. Ich weiß, dass ich nicht ewig hierbleiben kann, das kann ich Milly und Jay nicht zumuten. Aber es ist seltsam, weil ich mir einfach keine eigene Wohnung vorstellen kann. Stattdessen träume ich davon, zurück nach Norfolk zu ziehen. Mir ist wieder eingefallen, wie glücklich ich dort war, bevor Kieran mich verlassen hat. Ich hatte mir geschworen, nie dort wegzugehen, weil ich mein Herz an den unendlich weiten Himmel, die hübschen Ortschaften und die überwältigende Küste verloren hatte, ganz zu schweigen von Lonis Garten. Dort war ich mir immer am nächsten gewesen – und meinem Dad.

Jetzt verspüre ich den starken Drang, dorthin zurückzukehren. Ständig rede ich mir ein, dass das nichts damit zu tun hat, dass ich Kieran sehen will, aber ich habe unzählige Male sein Facebook-Profil studiert und seine Nachricht gelesen. Zudem ist es nicht gerade hilfreich, dass Loni wieder an der Nabelschnur zieht.

»Warum kommst du nicht eine Weile nach Hause?«, fragt sie jedes Mal, wenn sie mich anruft, was momentan jeden Tag der Fall ist. »Dich hält doch jetzt nichts mehr in London, oder, Liebes?« Ich wollte sie nicht beleidigen, darum habe ich mir meine Antwort gespart: »Außer meinem gesunden Menschenverstand.«

»Spring in den Zug, komm her und verbringe ein bisschen Zeit mit mir!«, schlug sie erst gestern Abend wieder vor. »Wir können lange Strandspaziergänge unternehmen, du kannst joggen und meditieren, du kannst sogar mein neuestes Manuskript für mich abtippen!« Dagegen hatte ich mich gesträubt. Das letzte Mal, dass ich den Fehler beging, etwas für Loni zu tippen, schrieb sie an *Die Kunst der Frau um die fünfzig, zu ihrer inneren Freiheit zu finden.* Ich war traumatisiert von den vielen Sexstellen, die darin vorkamen. Womöglich habe ich das nie überwunden. »Ach bitte, Liebes, es wäre so schön, dich hier zu haben!«

»Ich denke darüber nach, Loni«, erwiderte ich. Was seltsam ist, denn normalerweise denke ich mir alle möglichen Ausreden aus, um mich von dort fernzuhalten, doch jetzt stelle ich fest, dass es mich tatsächlich nach Hause zieht. Laufe ich nur wieder weg – diesmal vor meinen Problemen hier in London? Oder laufe ich *zu* etwas anderem hin. Zu *jemand* anderem …

Ich lasse die Gartengeräte fallen, stehe auf, recke die Arme gen Himmel und beuge mich dann nach vorn, um meinen Rücken zu entlasten. Ich beschließe, einen Spaziergang zu machen. Es kann nicht schaden, wenn ich mir ein bisschen die Beine vertrete, vor die Tür komme und ein paar Leute sehe, andernfalls hätte ich heute nur mit den Blumen gesprochen. Und das wird niemanden davon überzeugen, dass ich nicht kurz vor einem weiteren Zusammenbruch stehe. Ich weiß, dass alle damit rechnen. Heute Morgen hat Milly mich gefragt, ob ich vorhätte, mich hier für immer zu verstecken. »Ich verstecke mich nicht!«, versicherte ich ihr. Sie hob skeptisch eine dunkle geschwungene Braue. Sie weiß, dass ich mich in schwierigen Zeiten gern verkrieche. »Ich sammle nur neue Kraft. Es ist nicht wie früher … versprochen.« Sie umarmte mich und hielt mich einen Augenblick länger als nötig im Arm. »Mir geht's gut. Ehrlich. Bitte hör auf, dir Sorgen zu machen.«

»Hey«, sagte sie beleidigt, »ich höre nie auf, mir Sorgen zu machen. Ich bin deine beste Freundin. Und ich kenne dich besser als du dich selbst.«

In der brennenden Sonne gehe ich die Greenwich Church Street hinunter, an dem Torbogen zum geschäftigen Markttreiben vorbei sowie den hübsch angemalten Ladenfassaden und weiter bis zur Haltestelle der Dockland Light Railway. Der Mast der *Cutty Sark* blinkt wie ein Leuchtturm in der Sonne. Ich fühle mich diesem alten Klipper irgendwie verbunden, seine Taue und die feine Takelage sind wie ein kompliziertes Spinnennetz verwoben, ein Fadenspiel zwischen den Fingern der drei spitzen Masten, die in den kobaltblauen Himmel ragen. Die vormittägliche Sonne spiegelt sich in dem rautenförmigen Glas, das den Schiffsrumpf umschließt, und lässt ihn wie einen wertvollen Edelstein funkeln. Langsam gehe ich drum herum, und es ist, als würde die Gegenwart verblassen und das Museumsschiff sich in das alte Frachtschiff verwandeln, das es einst war. Ich stelle mir vor, wie sich die Segel auf der Jungfernfahrt nach Shanghai majestätisch in der Meeresbrise gebläht haben. Ich muss an Kieran denken. Liegt das an der Marineuniform, die er auf seinem Facebook-Profilfoto trägt? Oder daran, dass mein Unterbewusstsein weiß, dass er ein ausgelaufenes Schiff ist und ich aufhören sollte, an ihn zu denken? Erneut verdränge ich ihn aus meinem Kopf und laufe durch die Church Street zurück. Ich bin so in Gedanken, dass ich nicht aufblicke, als ich auf die Straße trete. Erschrocken schnappe ich nach Luft, als ein Bus auf mich zusteuert. Der Fahrer hupt mich an, und ich springe zurück auf den Bürgersteig. Mit pochendem Herzen blicke ich auf eine riesige Werbung, die an der Seite des Busses prangt.

Sie stammt von der University of Greenwich – auf einem Bild mit lachenden Studenten steht: »Komm noch heute zu uns!« Ich reiße den Kopf herum und blicke dem Bus hinterher, der hinter einer Biegung verschwindet. Dann werden meine Knie weich, und ich setze mich auf eine Bank. Meine

Beine zittern unkontrolliert, als ich Lonis Stimme in meinem Kopf höre: *Wenn wir nur lange genug warten, offenbart sich uns immer der richtige Weg, mein Schatz.*

Ich denke daran, wie ich vor all den Jahren das Formular für die zentrale Studienplatzvergabe ausgefüllt und als erste Wahl Greenwich angegeben habe, bis ich meine Meinung im letzten Moment änderte und mich für die Universität von Norwich entschied, weil ich mich nicht stark genug fühlte, von zu Hause wegzugehen. Milly meinte, ich solle nicht albern sein, ich müsse unbedingt bei ihr einziehen, doch das lehnte ich entschieden ab. Ich glaube, darüber war sie genauso überrascht wie ich. Sie sagte, ich würde einen Fehler begehen, und sie sollte recht behalten.

Aber jetzt kommt mir ein aufregender Gedanke. Was, wenn ich zurückgehe und es diesmal anders mache? Wenn ich mein Studium der Landschaftsarchitektur zu Ende bringe, und zwar diesmal in Greenwich, wo ich vielleicht gleich hätte studieren sollen? Dann hätte ich Kieran nicht kennengelernt, ich hätte diesen verrückten Sommer nicht erlebt, ich hätte meinen Abschluss gemacht. Vielleicht wäre ich dennoch Adam begegnet. Und vielleicht, nur vielleicht, hätte ich ihn tatsächlich geheiratet, weil ich eine andere Vergangenheit gehabt hätte. Es hätte keinen Kieran gegeben, der alles zerstört hat. Denn langsam denke ich, dass vielleicht nicht Adam und ich das Problem waren, sondern das, was passiert ist, bevor wir uns kennenlernten.

Schließlich stehe ich auf, doch meine Beine zittern noch immer, als ich weiterlaufe. In Gedanken bin ich beim Studium. Ich habe noch all meine Unterlagen in einem Aktenordner zu Hause. Ich könnte Loni bitten, ihn mir zu schicken, und die Studiennachweise dann mit meiner Bewerbung einreichen. Jetzt haben wir Juni, vielleicht könnte ich beantragen, nur das dritte Jahr nachzuholen! Ich müsste mir einen Job suchen, der mich in der Zwischenzeit über Wasser hält, ich könnte einem Landschaftsarchitekten assistieren oder etwas anderes tun, das mit Gartengestaltung zu tun hat. Denn ich habe zwar meinen Abschluss nicht gemacht, aber ich habe nie aufgehört zu lernen. Ich habe jedes Buch gelesen, jede Fernsehsendung gesehen, bin auf jeder Gartenausstellung gewesen. Und ich habe auch nicht aufgehört zu gärtnern. Als es Frühling wurde und ich, nachdem Kieran weggegangen war, monatelang mein Zimmer nicht verließ, fing ich an, mich um Lonis brachliegenden, vernachlässigten Garten zu kümmern. Langsam aber sicher entfernte ich das Unkraut, entwirrte die Kletterpflanzen, säuberte die Beete, setzte neue Pflanzen ein und topfte andere um, bis der Garten wieder in altem Glanz erstrahlte. Ich hauchte ihm wieder Leben ein, und er tat dasselbe für mich. Dann gestaltete ich Millys Garten, als ich damals bei ihr einzog. Und natürlich die Dachterrasse von Adams Wohnung.

Ich habe immer gewusst, dass Gartengestaltung das Einzige ist, was mich wirklich glücklich machen könnte. Ich habe nur nicht mehr geglaubt, dass ich es *verdiene,* glücklich zu sein.

Ich denke daran, was mein Vater einmal gesagt hat, als ich anfing, mich für den Garten zu interessieren. Ich war vielleicht vier und half ihm dabei, Erdbeeren und Tomaten in unserem Gemüsegarten zu säen.

*Gärtnerin wird man nicht, Bea – als Gärtnerin wird man geboren!*

Das ist bei mir der Fall, und je eher ich das akzeptiere, umso besser.

Ich fühle, dass sich etwas in mir regt, ein lange vergessenes Gefühl von Sicherheit. Ich blicke auf und sehe, dass ich vor einem Blumenladen auf der Greenwich Church Street stehen geblieben bin. Die Fassade des schmalen viktorianischen

Backsteinhauses ist, anders als bei den meisten anderen Läden, nicht angemalt, und ich bin überrascht, dass er mir noch nie aufgefallen ist. Aber er hat eine hübsche blaue Markise und altmodische Bleiglasfenster, in denen an unsichtbaren Fäden in einem Bogen kleine gläserne Kugeln hängen. In jeder befindet sich eine Orchideenblüte, zusammen sehen sie wie der Schweif einer Sternschnuppe aus. Vor der Tür stehen auf schmiedeeisernen Tischen Töpfe mit Wicken und Flieder, auf kleinen hölzernen Tritten sind Eimer mit prächtigen Hortensien, dicken pinkfarbenen Päonien und zarten Rosen ausgestellt sowie alte Holzkisten mit Sträuchern und blühenden Topfpflanzen. Über der Markise steht in pinkfarbenen Buchstaben *Cosmos Flowers,* und um den Namen herum sind silberne Sterne gemalt. Irgendwo habe ich dieses Logo schon einmal gesehen. Ich überlege einen Moment – ja, an meinem Hochzeitstag! Mein Brautstrauß und die Ansteckblumen, die Milly besorgt hat, kamen in einer Kiste, die an der Seite dieses Logo trug. Aber ich selbst bin ganz sicher noch nie in diesem Laden gewesen. Er muss erst kürzlich aufgemacht haben.

Die Tür steht offen, und ich schlendere hinein und betrachte staunend den charmanten Raum mit den unverputzten Backsteinwänden, von dessen Decke Sternjasmin und funkelnde Lichterketten hängen. Ich fühle mich von dem Laden auf dieselbe Weise angezogen wie sonst von Gärten.

»Kann ich Ihnen helfen?« Eine junge Frau kommt hinter der Theke im hinteren Teil des Ladens hervor. Sie trägt grüne Gartenhandschuhe und hat einen Eimer mit Pfingstrosen in der Hand. Sie ist die lebende Verkörperung des Wortes »blühend«: Ihre Wangen haben den zarten Ton einer Rose, ihre Augen leuchten wie Rittersporn unter den schwarz getuschten Wimpern, ihre Haare sind narzissengelb blondiert und zu einem Dutt geknotet, der so rund und voll ist wie die Pfingstrosen, die sie in der Hand hält. Wie Blütenkätzchen umrahmen ein paar Strähnen ihr Gesicht. Außerdem ist sie dünn wie ein Blumenstängel, doch als sie hinter dem Tresen hervortritt, erscheint ein kugelrunder Babybauch. Sie blickt auf ihn hinunter, dann wieder zu mir und lächelt entschuldigend.

»Ich weiß, es sieht aus, als hätte ich einen Fußball verschluckt, aber ich schwöre, es ist ein echtes Baby. Sie glauben ja nicht, wie viele Leute mir gesagt haben, ich würde jetzt, wo ich schwanger bin, anständige Brüste bekommen!« Sie blickt deprimiert nach unten. »Bislang nichts. Nur *riesige* Nippel.« Sie schnappt nach Luft und schlägt sich die Hand vor den Mund. »Zu viel Information, stimmt's?«

Ich nicke und muss dabei lachen.

»Tut mir leid«, stöhnt sie. »Diese Schwangerschaft hat eine Art Tourette bei mir ausgelöst. Als Nächstes erzähle ich Ihnen noch von meinen Hämorrhoiden!«

Ich räuspere mich verlegen und blicke mich um. *Das* ist zu viel für mich.

»Egal«, sagt sie ohne einen Anflug von Scham, »was kann ich für Sie tun? Ich bin übrigens Sal.« Sie deutet auf ein Schild an ihrer Brust und lächelt.

»Bea«, erwidere ich. »Bea Bishop. Freut mich.«

Ein Glücksgefühl durchströmt mich, während ich mich umschaue. Im Laden riecht es so wundervoll nach endlosen Sommertagen und einfach nach … Grün. In der Luft hängen der unverkennbare Duft von Hortensien und Pfingstrosen sowie der berauschende Geruch von Wicken, Rosen und Lavendel.

Mir wird klar, dass ich nicht mit der Absicht hereingekommen bin, etwas zu kaufen, doch nachdem ich jetzt schon einmal hier bin, will ich ein Geschenk für Milly aussuchen, um mich bei ihr für alles zu bedanken.

»Ich hätte gern einen Blumenstrauß.«

»Das habe ich mir schon gedacht.« Sie grinst. »Ist er für eine Freundin oder für einen Freund?«

»Für meine beste Freundin«, erwidere ich. »Sie ist in letzter Zeit so nett zu mir gewesen. Ich bin vorübergehend bei ihr eingezogen, während ich einen Job suche.«

»Was schwebt Ihnen finanziell vor?«

»Für meinen Job?« Ich bin etwas überrascht. Das ist eine sehr persönliche Frage für jemanden, den man gerade erst kennengelernt hat. Doch sie scheint generell sehr direkt zu sein.

»Nein! Ich spreche von dem Blumenstrauß!« Sal wirft lachend den Kopf in den Nacken.

»Oh, tut mir leid, natürlich! Äh, nachdem ich gerade meinen Job gekündigt habe, lieber nicht so viel. Ich weiß nicht ... 30 Pfund?«

»Okay, dafür sollte sich etwas Hübsches finden lassen«, sagt sie, klatscht in die Hände und legt sie dann auf ihren Babybauch. »Wenn es für eine Freundin ist, könnten Sie vielleicht ein paar ...«

»Eigentlich weiß ich schon, was ich will!«, unterbreche ich sie. »Könnte ich bitte ein paar Gladiolen haben und ein paar von den Iris und, oh, ein paar von den Königs-Protea?« Sal zieht unter meiner Anleitung die Blumen heraus und sammelt sie in der Hand. »Wenn Sie die kürzen, noch etwas Grün dazutun und etwas zartere Blumen um die Protea binden könnten, wäre das toll. Ich deute auf einen Eimer mit langstieligen Blumen. »Diese Inkalilien wären perfekt.«

»Wow, Sie wissen, was Sie wollen!«, stellt Sal anerkennend fest, während sie die Stiele aus den Eimern fischt.

Ich lache angesichts der Ironie ihrer Aussage. »Glauben Sie mir, da sind Sie die Erste, die das findet.«

»Sie haben gesagt, Sie hätten gerade Ihren Job gekündigt, oder?«, fragt sie und sieht sich über die Schulter nach mir um. »Was haben Sie denn bisher gemacht?«

»Ach, ich war bei der Zeitarbeit«, antworte ich verlegen.

»Und warum haben Sie dort aufgehört?«

»Ich will etwas tun, das ich wirklich mag«, antworte ich mit neu gewonnener Sicherheit. »Ich überlege, ob ich zurück an die Uni gehe, um Landschaftsarchitektur zu studieren«, füge ich schüchtern hinzu und staune, dass es sich realer anfühlt, wenn man es laut ausspricht. »Ich habe das vor Jahren studiert, aber leider im letzten Jahr aufgehört …« Ich verstumme, ich möchte nicht genauer erzählen, warum.

»Mir ist schon aufgefallen, dass Sie mehr wissen als unsere durchschnittlichen Kunden!«, ruft Sal aus, schnippt mit den Fingern und deutet auf mich.

Ich zucke bescheiden mit den Schultern. »So gut kenne ich mich gar nicht aus. Ich kenne nur meine beste Freundin sehr gut. Und ein Strauß sollte doch immer die Person widerspiegeln, der man ihn schenkt, finden Sie nicht?« Sal nickt zustimmend. »Gladiolen stehen für Charakterstärke und Treue, und das passt zu Milly. Die Königs-Protea«, fahre ich fort, »symbolisiert Mut und Einfallsreichtum. Und die Inkalilie steht für Freundschaft.«

Sal starrt mich einen Augenblick an, dann runzelt sie die Stirn. Sie faltet die Arme über ihrem Bauch und mustert mich. »Sind Sie eine von diesen Testkäuferinnen?«

Ich schüttle lachend den Kopf.

Sie tritt hinter den Tresen und holt ihre Schere hervor, mustert mich jedoch noch immer argwöhnisch, während sie die von mir ausgewählten Blumen arrangiert.

»Sind Sie von hier? Ich habe Sie noch nie gesehen …«

»Nein, na ja … nicht wirklich«, stammle ich. »Ich meine, ich habe vor Jahren in Greenwich gewohnt … und ich bin … na ja, kürzlich zurückgezogen. Ich bin mir allerdings nicht sicher, für wie lange … vielleicht für immer, vielleicht auch nicht.«

»Jetzt wirken Sie nicht mehr so entschieden«, grinst Sal, während sie geübt die Blätter entfernt. Sie zögert und blickt auf den Blumenstrauß vor sich. »Ich gebe noch etwas Eukalyptus dazu, damit der Strauß voller wird.« Sie zwinkert mir zu. »Für Sie kostet das nichts extra.« Sie nimmt einen ordentlichen Busch und wickelt dann Bast um den Strauß. »Das macht 30 Pfund«, sagt sie und reicht ihn mir.

»Der sieht wundervoll aus – vielen Dank!«, rufe ich aus und nehme die Blumen entgegen. Ich gebe ihr das Geld und habe dabei etwas Bauchschmerzen, jetzt, nachdem ich kein Einkommen mehr habe. Und keinen Adam. »Tja, auf Wiedersehen«, verabschiede ich mich und bin seltsam traurig, den Laden zu verlassen.

»Warten Sie, Bea!«, ruft sie.

Ich drehe mich um. »Ja?«

»Haben Sie vielleicht Lust auf einen Tee?«, fragt sie mit einem Anflug von Verzweiflung. »Es ist heute sehr ruhig, und, na ja, das klingt vielleicht etwas aufdringlich, und ich verstehe total, wenn Sie vor der hochschwangeren, geschwätzigen Blumenladenbesitzerin fliehen wollen, aber falls Sie interessiert sind, hätte ich vielleicht ein kleines Jobangebot für Sie …«

# 22. Kapitel

Ich gehe – nein, ich hüpfe förmlich – nach Hause und habe das Gefühl, dass das Leben mir gerade ein großes unerwartetes Geschenk gemacht hat, ebenso überraschend und wunderschön wie ein Blumenstrauß.

»Ich suche jemanden, der mir stundenweise aushilft, bis das Baby kommt, und der dann die Geschäftsführung übernimmt, solange ich im Mutterschutz bin«, hat Sal erklärt, nachdem wir uns mit unserem Tee in den kleinen Hinterhof gesetzt hatten. Ich konnte es kaum glauben, als sie mir erzählte, dass sie nicht nur das Baby allein bekommt – anscheinend hat sie sich vom Kindsvater getrennt, weil er es nicht haben wollte –, sondern auch den Laden allein betreibt. Ich empfinde großen Respekt vor ihr. »Ich habe mich gefragt, ob du nicht Lust hättest, den Job zu übernehmen, bis dein Studium beginnt? Ich brauche unbedingt jemanden, aber bislang war niemand qualifiziert genug. Und dann kommst du vorbei, und, na ja, es klingt vielleicht verrückt, aber es fühlt sich an, als hätte das Schicksal dich hergeführt!«

Es *klang* verrückt, und wenn ich es nicht gerade selbst erlebt hätte, würde ich es nicht glauben. Doch als ich in der weichen pfirsichfarbenen Spätnachmittagssonne den Hügel hinauflaufe und die rosaweißen Blüten anlächle, die am Rand des Greenwich Parks im Sommerwind wogen, sind meine Arme voller Blumen, und meine Gedanken ebenso. Ich habe versucht, Sal zu erklären, dass ich für den Job nicht ausreichend qualifiziert bin und dass ich weder eine Floristenausbildung noch Übung darin habe, doch sie lachte nur.

»Bea, du hast mir in den letzten fünf Minuten bewiesen, dass du mehr von Blumen verstehst als die meisten Leute, die hier monatelang gearbeitet haben! Außerdem brauchst du keine Qualifikationen – ich habe dieses erfolglose Geschäft vor einem Jahr übernommen, nachdem ich haufenweise Jobs gemacht hatte, die keine Zukunft versprachen. Mein Vater hat mir anfangs mit der Pacht geholfen, aber den Durchbruch habe ich selbst geschafft.« Dabei hob sie trotzig das Kinn. »Keiner meiner Lehrer hat irgendein Potenzial in mir gesehen, aber nur weil ich nicht gut in der Schule war, heißt das nicht, dass ich keine gute Geschäftsfrau bin. Ich habe meinem Instinkt vertraut und denen das Gegenteil bewiesen. Ich konnte schon immer gut mit Menschen umgehen, und ich habe gelernt, dass man in diesem Geschäft nur gut zuhören und mit den Leuten mitfühlen muss.«

Lächelnd schüttle ich den Kopf und denke daran, wie sie mich umarmt hat, als ich ihr Angebot angenommen habe. *Ich habe einen Job! Und nicht nur irgendeinen Job, sondern einen, der mir wirklich Spaß machen wird!* Ich kann es kaum erwarten, es Milly zu erzählen!

Außerdem beschließe ich, dass es langsam an der Zeit ist, mir eine eigene Wohnung zu suchen. Der Blumenladen bringt zwar nicht so viel Geld, aber ich könnte zusätzlich abends in einer Bar jobben oder so etwas in der Art. Die Begegnung mit Sal hat mir klargemacht, dass ich unabhängig werden muss. Loni hat in meinem Alter alleine zwei Kinder großgezogen, und Sal sieht ihrem Status als alleinerziehende Mutter furchtlos entgegen. Ich bin dreißig Jahre alt und habe viel zu lange Angst vor dem Leben gehabt.

Sal und ich erzählten einander im Laufe des Nachmittags in Kürze unsere Geschichten. Zwischendurch sprang sie in den Laden, um Kunden zu bedienen, während ich ihr von meiner Flucht als Braut berichtete. Ich erzählte ihr sogar von

Kieran. Ich weiß nicht, warum, aber es hat mir gutgetan, seinen Namen auszusprechen und mit jemandem über ihn zu reden.

»Heiliger Bimbam«, sagte sie. »Das ist ja vielleicht romantisch! Ich meine, dein lang verschollener Liebhaber kehrt zurück, um dir an deinem Hochzeitstag seine unsterbliche Liebe zu erklären?« Sie schniefte und blickte auf ihren Bauch hinunter. »Das Romantischste, das mir mein Ex angeboten hat, war, ein Kondom zu benutzen, und noch nicht einmal das hat er richtig hinbekommen!« Dann grinste sie, und die Grübchen auf ihren Wangen erinnerten mich daran, wie jung sie war. »Und bist du noch immer in ihn verliebt?«, fragte sie und trank einen Schluck von ihrem Tee.

Ich zögerte, dann schüttelte ich den Kopf.

»Aaaah! Aber du musstest erst überlegen, stimmt's? Das heißt, dass es möglich wäre. Gott, stell dir vor, du kommst nach all den Jahren wieder mit deiner ersten Liebe zusammen! Sah er scharf aus?«

Ich lachte und nickte.

»Jetzt auch noch?«

Ich biss mir verlegen auf die Lippe, dann nickte ich wieder.

»Kein Bauchansatz, kein Schnurrbart, keine grauen Haare oder, noch schlimmer, gar keine Haare?«

Ich lachte erneut. »Nein! Ich meine, er sieht eindeutig älter aus, aber es steht ihm ...«

»O mein Gott, du hast es dir schon vorgestellt, oder?«

Angesteckt von ihrer mädchenhaften Begeisterung grinste ich. »Nur ein klitzekleines bisschen ...«, gab ich zu und zeigte es mit Daumen und Zeigefinger.

Nachdem Sal in leuchtenden Farben eine ganz neue Zukunft für mich als Mrs. Kieran Blake ausgemalt hatte, erzählte sie mir von dem Kindsvater, ihrem »verdammten *Nichtsnutz* von einem Ex« (ihre Worte). »Er ist nicht reif genug, damit umzugehen, also soll er bleiben, wo der Pfeffer wächst. Ich werde dafür sorgen, dass dieses Baby alles hat, was es braucht. Außerdem«, fuhr sie fort, »hilft mein Dad mir. Er ist ein besseres männliches Vorbild, als es mein Ex je sein könnte. Er hat mich allein großgezogen, darum weiß er, wie das ist.«

Als ich Millys Haustür aufschließe, denke ich noch immer darüber nach, was für ein Glück meine Begegnung mit Sal bedeutet und dass es die Chance ist, meinem Leben eine ganz neue Richtung zu geben.

Ich blicke auf den Wohnungsschlüssel, den Milly mir gegeben hat, und als ich ihn aus dem Schloss herausziehe, treffe ich eine Entscheidung.

Ich werde Milly heute Abend diese Blumen geben, mich bei ihr und Jay von ganzem Herzen dafür bedanken, dass sie es in den letzten Wochen mit mir ausgehalten haben, und dann werde ich ihnen sagen, dass ich ausziehe. Beide sind so nett zu mir gewesen, ich will nicht so lange bleiben, bis ich vielleicht nicht mehr willkommen bin. Wie Sal werde ich meinem Instinkt folgen und darauf vertrauen, dass das Schicksal schnell etwas für mich findet.

# 23. Kapitel

»Ich habe Neuigkeiten …«, verkünde ich später beim Abendessen.

»Ach, das ist ja lustig, wir auch.« Millys Blick schießt zu Jay, der daraufhin unwillkürlich von seinem Barhocker gleitet und seinen noch halb vollen Teller zur Spülmaschine trägt.

»Ich … äh …«, stammelt er und wirkt etwas panisch. Auf seinem Handy kommt eine SMS an. »Ich muss das nur schnell beantworten!« Erleichtert verlässt er den Raum.

Adam, nehme ich an.

»Ich zuerst?«, sagen Milly und ich gleichzeitig. Wir lachen verlegen und können einander nicht in die Augen blicken.

»Lass mich zuerst, ich brenne schon ewig darauf, dir das zu erzählen«, fleht Milly. Die ruhige, beherrschte Milly wirkt ungewöhnlich emotional. »Ich bin … Na ja, wir sind … Das heißt, Jay und ich …«

Ich lächle. Ich bin mir sicher, dass die beiden ein Baby bekommen, und freue mich riesig für sie. Ich hatte schon so ein Gefühl, dass Milly schwanger sein könnte. Ich weiß, dass sie und Jay über Kinder gesprochen haben, und bei Milly geht immer alles sehr schnell.

»Ich freue mich riesig für dich, Milly«, erwidere ich strahlend, doch sie sieht mich verwirrt an.

»Ich habe dir die Neuigkeit doch noch gar nicht erzählt!«, ruft sie aus. »Die Sache ist die … Na ja, wir ziehen nach New York!«

»WAS?« Ich starre sie völlig entgeistert an.

Milly hat ihr Leben immer minutiös geplant. Sie mag

keine Überraschungen, sie mochte sie noch nie. Es war alles festgelegt. Hochzeit mit siebenundzwanzig, das erste Baby mit einunddreißig, das zweite mit dreiunddreißig. Rente mit fünfzig. Ich habe das Gefühl, als würde die Erde unter meinen Füßen sich auftun. Was soll ich denn ohne Milly tun? Klar, ich will unabhängig sein, aber ich brauche sie trotzdem noch, vor allem jetzt, nachdem ich Adam verlassen habe. Wie soll ich ohne meine beiden Felsen klarkommen?

»Es ist ja nicht für immer. Ein Jahr, vielleicht zwei.«

»Aber ich dachte, ihr wärt hier zu Hause. Du hast doch erzählt, dass ihr sogar an Kinder denkt?«

»Na ja, ich lerne langsam, dass man seine Pläne manchmal ändern muss. Nicht alles ist so einfach, wie man denkt. Wenn man am wenigsten damit rechnet, nimmt das Leben auf einmal eine andere Richtung.« Sie wendet den Blick ab. »Hör zu, Bea, es ist so: In Adams Abwesenheit hat George Jay zum Geschäftsführer des Konzerns gemacht und ihn beauftragt, die Übernahme einer New Yorker Agentur zu überwachen, weil Hudson & Grey dorthin expandieren wollen. Es ist eine Riesenchance für ihn, und ich muss ihn jetzt unterstützen … schließlich ist er eines Tages vielleicht der Hauptverdiener.«

»Das muss doch aber nicht sein, oder? Ich meine, du magst dein Leben doch!«, entgegne ich. »Was ist mit allem, was du hier hast? Mit deinem Beruf, deiner Familie, deinen Freunden …?« Meine Worte verhallen, ohne dass ich hinzufüge, was ich eigentlich sagen will: *Was ist mit mir?* »Was wenn … was wenn du New York hasst? Dein Leben hat bisher nie irgendwelche Überraschungen oder unerwartete Wendungen beinhaltet, und das ist gut so.«

Sie sieht zu mir auf. »Ist es das?« Sie lächelt. »Manchmal frage ich mich, ob ich so damit beschäftigt war, mein Leben zu planen, dass ich keine Zeit mehr hatte, es zu leben. Und

New York ist die aufregendste Stadt der Welt.« Milly steht auf, tritt zu mir und legt den Arm um mich.

Ich lehne meinen Kopf an ihre Schulter und versuche, nicht zu weinen. »Aufregung wird im Allgemeinen überschätzt. Was, wenn du keine andere Stelle findest und du dich völlig unausgefüllt und elend fühlst?« Ich klammere mich an einen Strohhalm, und das wissen wir beide.

»Du bist schon eine wahre Optimistin, oder?«, zieht sie mich auf. »Ich habe schon mit unseren Partnern in Übersee gesprochen. Ich werde in unser New Yorker Büro wechseln und dort die Geschäfte leiten. Ich warte nur noch darauf, dass mein Visum bewilligt wird. Es ist ein Abenteuer, Bea! Manchmal hat eine Veränderung ihr Gutes. Das solltest du besser wissen als jeder andere …« Sie drückt mich. »Es ist ja nicht für immer. Versprochen. Außerdem hast du selbst gesagt, dass du auf eigenen Füßen stehen willst.«

»Das will ich auch«, erwidere ich. »Trotzdem werde ich dich vermissen.«

»Es tut mir leid, Bea. Ich weiß, es ist ein schlechter Zeitpunkt. Ich fühle mich schrecklich …«

»Hey, hör auf, dir Sorgen um mich zu machen«, sage ich mit zittriger Stimme, stehe auf und räume unsere Teller ab, damit sie nicht sieht, wie ich um meine Fassung ringe. »Ich kann sehr gut auf mich selbst aufpassen.« Sie muss nichts sagen. Ich weiß auch so, dass sie mir nicht glaubt, und ich mir auch nicht. »Außerdem, wenn man es genau nimmt«, scherze ich auf dem Weg zur Spülmaschine, »ist es indirekt meine Schuld, dass du weggehst. Vielleicht würdest du nicht dorthin ziehen, wenn ich Adam geheiratet hätte. Dann würde *er* nämlich den Job machen, nicht Jay!«

Sie kommt durch die Küche auf mich zu, nimmt mir die Teller aus der Hand und sieht mich mit ernstem Blick an. »Weißt du, was ich denke, Bea? Ich denke, manchmal passieren einfach Dinge, die sich unserer Kontrolle entziehen. Dagegen kann man nichts machen. Und egal, was du getan oder nicht getan hättest, es wäre vielleicht ohnehin passiert.«

Ich wünschte, ich könnte ihr glauben.

»Ich habe heute einen Job gefunden!«, sage ich im Bemühen, das Thema zu wechseln und die Stimmung etwas aufzuhellen. »Darum habe ich beschlossen auszuziehen.«

»Oh nein.« Sie schüttelt den Kopf. »Nicht mit mir.«

»Du musst nicht auf mich aufpassen, schon vergessen?«, erinnere ich sie. »Du bist in New York.« Ich schlucke den Kloß in meinem Hals hinunter. Letztes Mal, als Milly mich verlassen hat, um an die Uni zu gehen, bin ich zusammengebrochen. Was, wenn das wieder passiert?

»Genau! Ich bin in New York, und du kannst für uns die Wohnung hüten!« Ich blicke sie ungläubig an, und sie sieht mich unter ihrem Pony hervor an wie Cleopatra. »Ehrlich, Bea, du würdest uns damit tatsächlich helfen. Wir wollen keine Fremden hier haben oder einen Makler damit beauftragen, jemand Passendes zu finden. Und wir sollten eine Unterkunft in London behalten, für den Fall, dass Jay oder ich zu Besprechungen herkommen müssen. Du würdest uns wirklich einen Gefallen tun, wenn du in unserer Abwesenheit hier wohnst. Ich wollte die Wohnung eigentlich gerade etwas umgestalten, sie ein bisschen herausputzen, damit ich sie irgendwann verkaufen kann und wir uns etwas Größeres leisten können … Vielleicht möchtest du das ja übernehmen, und dafür kannst du umsonst hier wohnen? Du weißt schon, ein bisschen die Zimmer streichen und dich vor allem weiterhin um den Garten kümmern? Er sieht schon viel besser aus, das wird ein wichtiges Verkaufsargument. Ich wäre dir überaus dankbar dafür.«

Milly senkt den Blick, damit ich nicht merke, dass eigentlich sie mir hilft. Einerseits denke ich, dass ich aus Prinzip

Nein sagen sollte. Schließlich wollte ich unabhängig werden. Andererseits bietet Milly mir die Chance, mein neues Leben genau so zu gestalten, wie ich es will. Alles, von dem ich immer dachte, dass ich es nicht verdiene.

Und es reizt mich. Es bedeutet, dass ich in Greenwich bleiben, im Blumenladen arbeiten und sparen kann, um zurück an die Uni zu gehen. Wieder einmal habe ich das Gefühl, eine zweite Chance erhalten zu haben. Wie viele Leute können das von sich behaupten? Elliot hat nie die Chance erhalten, neu anzufangen – dank mir.

»Danke«, sage ich zu Milly, umarme sie und halte meine Tränen zurück.

Sie drückt mich fest. »Wie gesagt, du tust mir einen Gefallen. Aber ich werde dich vermissen, Bea. Du ahnst gar nicht, wie sehr.«

»Ich dich auch, Milly«, erwidere ich. »Ich dich auch.«

# Juli

Liebe Bea,
während ich das hier schreibe, quillt unser Garten von leuchtenden Farben und feinen Düften über. An der Hintertür steht am frühen Morgen die Purpur-Prunkwinde mit ihren herzförmigen Blättern und den himmelblauen Blüten in voller Pracht. Die Sonnenblumen, die wir zusammen im Gemüsegarten ausgesät haben, wenden ihre leuchtenden goldenen Köpfe und folgen den ganzen Tag ihrer Namensgeberin. Und natürlich deine Favoriten, Geißblatt und der süß duftende Jasmin, die an der Hausmauer emporwachsen. Seit deine Mutter dir erzählt hat, dass Feen den Nektar von Geißblatt mögen, pflückst du jeden Tag nach der Schule welche und servierst sie ihnen auf deinem kleinen Puppengeschirr in der Mulde am Ende des Gartens. Dann sitzt du zwischen dem Fingerhut, den Flammenblumen und den Steckrosen, die kleinen braunen, zerschrammten Beine übereinandergeschlagen, die Nase mit den Sommersprossen gekräuselt, während du darauf wartest, dass diese magischen Wesen erscheinen.

Doch obwohl deine Gedanken in diesem Monat manchmal bei den Feen sein mögen, vergiss nicht, dich auf das Hier und Jetzt zu konzentrieren. Setz dich hinaus, genieße den Frieden und die Stille des Gartens am Ende eines geschäftigen Tages, und du wirst sehen, wie neues Leben vor dir erblüht. Aber nimm dich vor dem Sommersturm in Acht.

Wenn er kommt (was er sicherlich tun wird), fürchte dich nicht, hinauszugehen und im Regen zu tanzen.

In Liebe, Dad

# 24. Kapitel

Bea Hudson ist bei ihren Schwiegereltern zu einem Post-Flitterwochen-Mittagessen eingeladen.

»Adam?«, rufe ich aus dem Flur, überprüfe besorgt mein Aussehen im Spiegel und nehme die Schlüssel von dem dänischen Beistelltisch. »Bist du fertig? Wir wollen doch nicht zu spät kommen.«

»Noch eine Minute!«, ruft er aus dem Schlafzimmer.

»Okay! Aber nicht länger«, flöte ich.

Ich versuche, nicht gereizt zu sein, weil wir uns irgendwie noch immer in der Flitterwochenphase befinden und ich entschlossen bin, jedem zu beweisen, auch mir selbst, dass wir eine überaus glückliche Ehe führen werden. Bislang ist sie perfekt. Adam hat mich mehrmals überrascht, indem er zu einer anständigen Zeit Feierabend gemacht, mir meine Lieblingsblumen mitgebracht – natürlich Kosmeen – und mich zu Picknicks ausgeführt hat. Und ich habe ordentliche erwachsene Mahlzeiten gekocht und sie auf der zauberhaft beleuchteten Dachterrasse serviert, wo der Duft von Lavendel, Majoran und Geißblatt unser Essen begleitete. Dann lagen wir noch lange in der Hängematte, tranken, lachten und unterhielten uns unter dem funkelnden Sternenhimmel und den strahlenden Lichtern der Stadt. Ich weiß, dass es sich nicht anders anfühlen sollte, verheiratet zu sein, aber irgendwie tut es das. Es kommt mir so vor, als seien wir vorher einfach zwei Schnittblumen gewesen, die man zusammen in eine Glasvase gestellt hat. Jetzt sind wir zwei Pflanzen, die man zusammen so tief in die Erde gepflanzt hat, dass sich ihre Wurzeln umeinandergeschlungen haben.

Also beklage ich mich nicht, obwohl Adam erst vor zehn Minuten angefangen hat, sich fertig zu machen, weil er durch einen geschäftlichen Anruf aufgehalten wurde (an einem Sonntag). Zweifellos wird er in wenigen Minuten erscheinen und mühelos elegant und attraktiv aussehen. Wohingegen ich mich zwei Stunden lang abgemüht habe, akzeptabel auszusehen, und mich jetzt dank der Hitze fühle, als müsste ich schon wieder duschen. Es ist nicht seine Schuld, dass mich die Aussicht, seine Eltern zu besuchen, derart stresst.

Sehnsüchtig blicke ich aus dem Fenster und wünsche mir, wir könnten an diesem wunderschönen Sommertag draußen sein. Alles andere, nur nicht eine Stunde im Auto sitzen, um rechtzeitig zum Mittagessen bei Adams Eltern in Berkshire zu kommen. Und ja, wir sind zwar schon seit zwei Monaten aus Paris zurück, aber, wie George und Marion nie müde werden zu betonen, ist heute der erste Tag, an dem sie seither Zeit für uns haben. Sie sind immer beschäftigt, zu beschäftigt. Meiner Meinung nach haben sie viel zu wenig Zeit für ihren einzigen Sohn. Der einzige Lichtblick des heutigen Tages ist, dass Milly und Jay als Trauzeugen ebenfalls eingeladen sind. Ich würde ja gern glauben, dass meine Schwiegereltern das uns zuliebe getan haben. Leider bin ich mir aber ziemlich sicher, dass sie die beiden nur eingeladen haben, weil George aus dem Familientreffen heimlich ein inoffizielles Arbeitsmeeting mit Jay und Adam machen will.

Besorgt blicke ich auf meine Armbanduhr. Soll ich noch einmal nach Adam rufen? Nicht vorwurfsvoll, nur als kleine Erinnerung, dass wir uns auf den Weg machen müssen. Sofort. Marion ist unglaublich anspruchsvoll, was Aussehen und Stil angeht, ganz zu schweigen von Benehmen und Haltung. Stolz erzählt sie jedem, der es hören will, dass sie noch nie unangemessen gekleidet war, zu spät zu einer Verabredung gekommen ist oder etwas vernachlässigt hat. Für sie sind die Menschen entweder tatkräftige Personen – wie Adams Ex, Eliza – oder »Abwarter« so wie ich. Das hat mich bislang nicht gestört, aber bislang war sie auch nur die Mutter meines Freundes. *Jetzt* ist sie meine Schwiegermutter, und allmählich realisiere ich, dass sie für den Rest meines Lebens da sein wird. Darum bin ich entschlossen, einen Weg zu finden, irgendwie mit ihr auszukommen.

Ich glaube, dass ich einen ziemlich guten Anfang gemacht habe. Schließlich habe ich jetzt eine vernünftige Stelle, und ich habe gelernt, was man in ihrer Gegenwart nicht sagen und nicht tun sollte. Von jetzt an werde ich ein Musterbeispiel an Klasse und Eleganz sein. Ich werde noch immer ich sein, aber eine neue und verbesserte Version meiner selbst. Eine pragmatischere, erwachsenere, tatkräftigere Bea. Mehr eine *Hudson.* Cool, ruhig, gefasst und … pünktlich.

»ADAAAAM!«, brülle ich die Treppe hinauf. »Mach schon – wir kommen zu spät!« Ich halte inne und räuspere mich. »Bitte!«

Das ist nicht Meckern. Nein.

»Okay, okay!« Er lacht, während er aus dem Bad kommt und wie immer smart und cool den Flur hinunterschreitet. Er steckt Schlüssel und Brieftasche ein, dann küsst er mich und tritt zurück, um mich anzusehen.

»Wow. Du siehst … anders aus«, stellt er fest und hebt eine dunkle Braue, sein Mundwinkel zuckt.

»Ist das zu viel?« Ich lege den Kopf schief und blicke

ängstlich im Spiegel auf den geblümten Bleistiftrock, den ich mit einer weißen Seidenbluse mit Puffärmeln, einer opulenten Halskette sowie meinen Pumps kombiniert habe. Meine langen Haare habe ich im Nacken zu einem Knoten zusammengesteckt – und ich trage eine der vielen schrecklichen Spießige-Ehefrauen-Handtaschen, die Marion mir im Lauf der Jahre vermacht hat.

»Nein, es sieht hübsch aus!«, sagt Adam und küsst mich auf den Hals. »Nur nicht … wie du. Ich mag dich irgendwie lieber in Jeans und T-Shirt.« Er zupft meine Bluse heraus, und ich schlage seine Hand weg.

»Das mache ich Marion zuliebe, nicht für dich.« Ich streiche im Spiegel mein Haar glatt und versuche, Adams Avancen zu ignorieren. »Ich möchte ihr beweisen, dass ich eine perfekte Ehefrau sein kann.«

»Ich bin mir ziemlich sicher, dass ihre Vorstellung einer perfekten Ehefrau stark von meiner abweicht«, murmelt Adam, legt einen Arm um meine Taille und lässt seine Hand dann an meinem Körper nach oben gleiten.

»Beherrsch dich«, tadele ich ihn spielerisch, schiebe seine Lippen fort und drehe eine Pirouette. »Sonst bekomme ich Ärger mit Marion.«

»Vergiss meine Mutter. Du hast gesagt, dass wir uns in letzter Zeit nicht genug gesehen haben …«, raunt Adam. »Wie wäre es, wenn wir jetzt etwas dagegen unternehmen …« Mit diesen Worten entwindet er mir die Tasche, lässt sie auf den Boden fallen und führt mich nach oben.

Zwei Stunden später fahren wir mit etwas unordentlicheren Haaren, als ich es geplant hatte, durch das beeindruckende elektrische Tor und die enorm lange Auffahrt hinauf, dann halten wir vor dem georgianischen Herrenhaus von Adams Eltern.

Milly und Jays waldgrüner Mini Cabrio steht schon dort, außerdem parken noch einige andere Wagen in der Auffahrt – was übrigens nicht heißt, dass viele Gäste da sind. George kauft Oldtimer wie andere Leute Klamotten.

In dem Moment schwingt die Haustür auf, und Marion erscheint in einem Wickelkleid, das irgendwie einen lässigen Schick ausstrahlt, den mein Outfit vermissen lässt.

»*Endlich!*«, sagt sie mit Nachdruck und wirft die Arme um Adam, während ich heftig schwitzend die Orchidee vom Rücksitz hervorbefördere, die ich ihr mitgebracht habe, und sie ihr mit einem Lächeln darreiche. Marion blickt mich über Adams Schulter hinweg an.

»Meine Güte, hast du dich schick gemacht! Es ist doch nur ein ganz entspanntes sonntägliches Mittagessen im Kreis der Familie. Ist dir nicht ein bisschen … heiß?« Sie wartet gar nicht erst meine Antwort ab, sondern wendet sich an Adam und hebt eine schmale geschwungene Braue. »Du hast ihr doch nicht etwa gesagt, was ich dir gesagt habe, oder? Das sollte unter uns bleiben …«

»Mum«, tadelt er und wirft mir einen entschuldigenden Blick zu, ehe sie ihn ins Haus scheucht. In der Eingangshalle dreht er sich nach mir um und überzeugt sich davon, dass es mir gut geht. Ich nicke. Er wirft mir einen Kuss zu und geht in Richtung Salon, wo George sich bestimmt Cricket ansieht. Adam sehnt sich nach Situationen, in denen er sich mit seinem Vater wie sein Sohn fühlt, nicht wie sein Angestellter. Leider kommt das nicht häufig vor.

Ich lächle Marion wie eine pflichtbewusste Schwiegertochter an und warte, dass sie mich umarmt oder mich zumindest willkommen heißt. Stattdessen steht sie in der Auffahrt und mustert mich, als ob sie noch immer darüber nachdächte, ob sie mich reinlassen sollte oder nicht.

»Eine Orchidee«, sagt sie schließlich und nimmt mir endlich die Blume ab. »Wie reizend! Ist die von Tesco?«

Tesco? Ganz sicher kennt sie mich gut genug, um zu wissen, dass ich wohl kaum meine Blumen im Supermarkt kaufe. Ich bemühe mich sehr, das Lächeln auf meinem Gesicht zu bewahren, während ich ihr unsicher auf meinen klackernden Absätzen in die riesige schachbrettartig geflieste Eingangshalle folge. Obwohl ich schon oft hier gewesen bin, studiere ich erneut die Umgebung, wie ein Tourist, der eine stattliche Villa besichtigt. Überall an den Wänden und an der Treppe hängen Poster von den vielen berühmten Werbekampagnen, die George geleitet hat, sowie Urkunden von Branchenpreisen und anderen Ehrungen. Daneben gibt es Fotografien von großen gesellschaftlichen Ereignissen, an denen er und Marion teilgenommen haben. Erneut betrachte ich das Foto, auf dem George von der Queen zum Ritter und zum Botschafter der britischen Wirtschaft ernannt wird. Jedes Mal wenn ich hier bin, wundere ich mich, dass es kein einziges Foto von Adam gibt. Ich denke an Loni, bei der in jedem Zimmer so viele Fotos von Cal und mir hängen, dass sie fast wie Tapeten wirken. Es gibt sogar ein paar Fotos von Dad – weil sie uns nie das Gefühl geben wollte, dass wir nicht an ihn denken oder über ihn reden durften. Und sie wollte nicht, dass wir vergessen, wie er aussieht. Aber dieses Haus hier fühlt sich wie eine Erweiterung von Georges Büro an. Ich denke an Adams – ich meine an unsere – Wohnung, die funktionalen Möbel, die wenigen Fotos und die beeindruckende »Arbeitsecke«, die mit einem riesigen Mac-Bildschirm einen Großteil des Wohnzimmers einnimmt. Er ist fast so groß wie der Flatscreen an der Wand, die Regale sind voll mit Büchern über Marken und das Geschäft – dort steht kein Roman oder so etwas. Manchmal wirkt Adam ganz anders als George, und dann wieder …

Ich trete in den Salon und werde von einer Wand aus Männern begrüßt, die auf einen Plasmafernseher starren. Milly sitzt bequem auf einer Chaiselongue. Sie trägt ein kurzes dunkelblaues Etuikleid und dazu braune Sandalen. Irgendwie wirkt sie darin lässiger und zugleich gepflegter als ich.

»Bea!«, ruft sie und umarmt mich. »Da bist du ja!«, freut sie sich. Dann flüstert sie: »Gott sei Dank.«

»Ja, endlich«, fügt Marion lachend hinzu, während hinter ihr ein Bediensteter mit einem Tablett Pimm's das Zimmer betritt.

»Du siehst sensationell aus«, stellt Milly fest, und George dreht sich um und zwinkert mir zu. Er ist nicht unattraktiv. Ich sehe, woher Adam sein gutes Aussehen hat. Aber die Jahre harter Arbeit und guten Lebens – Essen in den besten Restaurants, die ständigen Gesellschaften und die Trinkkultur der Werbebranche – haben eindeutig ihre Spuren hinterlassen. Er ist rotwangig, hat ein aufgedunsenes Gesicht und ist aus der Form geraten – aber das scheint er selbst nicht zu bemerken.

»Hallo, Mr. Hudson«, begrüße ich ihn.

»Alles klar, Kleines? Dein Anblick ist wie immer eine Augenweide.« George schlingt seinen Arm um Adams Hals. »Ich hoffe, du gibst ihr, was sie braucht, hm?«

»Wenn du meinst, ob er mich liebt, ehrt und mir gehorcht, dann tut er das voll und ganz!« Ich lache. Ich weiß, dass George einschüchternd wirken kann, aber zum Glück bin ich immer gut mit ihm klargekommen. Nichtsdestotrotz nehme ich ein Glas Pimm's und leere es mit einem Schluck bis zur Hälfte. Etwas sagt mir, dass ich das brauchen werde, um dieses Mittagessen zu überstehen.

Eine gefühlte Ewigkeit später falte ich die Hände auf dem Tisch, nachdem man meinen Dessertteller abgeräumt hat. Ich lehne mich auf meinem Stuhl zurück und blicke mich in dem muffigen, dunklen, holzvertäfelten Esszimmer um. Wie schön wäre es gewesen, an einem so herrlichen Sommertag draußen zu essen. Ich frage mich, wie lange wir wohl noch bleiben müssen.

Der Bund meines Rocks beengt mich zunehmend, und ich wünsche mir sehnsüchtig, ich würde so etwas Lockeres tragen wie Milly. Sie sieht toll aus. Ich meine, sie sieht immer toll aus, aber heute ganz besonders. Ihre braunen Augen glänzen wie Knöpfe unter ihrem dunklen Pony, und ihre dunkle olivenfarbene Haut leuchtet.

»Na, ist das nicht schön?«, sagt George, füllt die Gläser nach und strahlt uns alle an. Er merkt, dass ich ihn beobachte, und zwinkert mir zu, als sei er ein Filmstar und nicht mein Schwiegervater. Dann füllt er mein Glas bis zum Rand. George scheint zu denken, dass ein Essen nur erfolgreich ist, wenn man mindestens ein halbes Dutzend Weinflaschen aus seinem geliebten Keller geleert hat.

Als George ihr gerade nachschenken will, legt Milly eine Hand auf ihr Glas, was dazu führt, dass er ein bisschen Wein auf dem Tischtuch verschüttet. Er flucht, beugt sich zu ihr hinüber und betupft mit einer Serviette den roten Fleck auf der Tischdecke. Ich bemühe mich, die Tatsache zu ignorieren, dass er dabei versucht, einen Blick in den Ausschnitt ihres Kleids zu erhaschen. Er ist unverbesserlich.

»Nun«, sagt Marion förmlich, die mit Diamanten beringten Finger vor sich gefaltet, »wir haben euch alle heute nicht ohne Grund zum Mittagessen hergebeten.«

»Sondern um unsere äußerst glückliche Ehe zu feiern?«, bemerkt Adam und stößt mit mir an. Milly, Jay und George beugen sich vor und tun es ihm gleich.

»Oh. Ja«, erwidert Marion mit einem Lächeln, das nicht ihre Augen erreicht. »*Natürlich,* mein Lieber. Aber George hat noch andere Neuigkeiten, nicht wahr …« Sie sieht über den Tisch zu ihrem Ehemann, der gerade einen Schluck Wein trinkt.

Daraufhin lässt er den Blick in die Runde schweifen, steht auf und wischt sich dabei mit dem Taschentuch den Mund ab. Adam lehnt sich auf seinem Stuhl zurück und schlägt die Beine übereinander. Er wirkt neugierig, aufgeregt. Plötzlich werde ich nervös.

»Ihr wisst ja alle, dass Hudson & Grey den aufregenden Schritt wagen, in die USA zu expandieren, und dass ich kürzlich Friedman's, eine mittelgroße New Yorker Agentur, übernommen habe«, beginnt George. Trotz seines Alkoholkonsums ist er fähig, sofort in den Geschäftsmodus zu wechseln, das Rot seiner Wangen ist verblasst, und seine wassergrauen Augen wirken stählern. In diesen Momenten sehe ich Adam in ihm. Wenn es um geschäftliche Entscheidungen geht, sind beide wie ehrgeizige, entschlossene Revolverhelden.

Alle nicken, außer mir. Ich habe keine Ahnung. Kann sein, dass Adam etwas von der Übernahme einer amerikanischen Agentur erwähnt hat, bevor wir in die Flitterwochen gefahren sind, aber ich war zu sehr mit der Hochzeit beschäftigt und dann mit Paris, um dem weitere Beachtung zu schenken. Ich spüre Übelkeit in mir aufsteigen, als würde das, was George uns sagen wird, Adams und meine Zukunft in fundamentaler Weise verändern.

»Und ihr wisst auch«, fährt er fort, »dass Friedman's ein großer Player in der New Yorker Werbeszene ist, was

Hudson & Grey bisher nie geschafft haben. Aber das will ich jetzt ändern. Mit der Übernahme von Friedman's wollen wir in diesen spannenden Markt vordringen, einige ihrer Seniormanager in unsere Geschäftsleitung aufnehmen und einige von unseren erfolgreichsten Leuten aus der Londoner Agentur rüberschicken. Dadurch sorgen wir dafür, dass Hudson, Grey & Friedman, wie wir uns von nun an nennen werden, eine große Welle in den Staaten machen. Und …« Er trommelt mit den Fingern auf den Tisch, Adam rutscht nervös auf seinem Stuhl hin und her. »… ich muss ein paar Spitzenleute auswählen, die uns in dieses neue Kapitel der Agenturgeschichte führen.«

George wendet sich an Adam, der sich eifrig vorbeugt, und schenkt ihm ein gütiges Lächeln. »Aber wer könnte das sein, habe ich mich gefragt. Wer kennt die Firma genauso gut wie ich und würde mit seinem natürlichen Instinkt immer genau wissen, was ich will, schon bevor ich es selbst weiß? Kenne ich jemanden mit dem unerbittlichen Ehrgeiz der Hudsons, der unermüdlich daran arbeiten wird, dass diese Übernahme gelingt? Wer würde sein Privatleben und seine Seele opfern, um diese Firma auf die nächste Ebene zu führen …?«

Er hält inne, um Luft zu holen, und ich merke, dass ich selbst kaum noch atme. Ich stelle mir gleichzeitig vor, was passiert, wenn Adam befördert wird – und was, wenn nicht. Ich weiß nicht, was schlimmer wäre.

»Adam, mein Sohn, ich ernenne dich zum Geschäftsführer der Holding. Du hast bei der Übernahme die Leitung über London und New York!«, verkündet George. »Das bedeutet mehr Arbeit, mehr Reisen und mehr Verantwortung. Dafür wirst du natürlich entsprechend entlohnt.« Ich blicke zu Adam. Er ist glücklich. Natürlich ist er glücklich. Für diese Anerkennung, diese Beförderung, diese Art von Partnerschaft und Respekt hat er sehr hart gearbeitet.

»Wow, Dad, ich weiß nicht, was ich sagen soll …« Adam steht auf, um George zu umarmen, doch im selben Moment verlässt dieser den Tisch, um noch mehr Wein zu besorgen. Einen Augenblick steht Adam etwas verloren mit ausgestreckten Armen neben Georges Stuhl. Dann setzte er sich wieder neben mich. Als George zurückkommt, versucht Adam es erneut. »Ich bin so froh, dass du meinst, ich wäre so weit … Ich werde dich nicht enttäuschen.«

George unterbricht ihn, indem er die Hand hebt und sich über den Tisch hinweg an Jay wendet. Ganz offensichtlich genießt George es, bei diesem Mittagessen die Strippen in der Hand zu halten.

»Und was dich angeht, mein kleiner Rotschopf …«

Ich sehe, dass Milly kaum merklich die Zähne zusammenbeißt. Ihr Blick zuckt zu mir, und ich weiß, dass sie George am liebsten anschreien würde. Milly findet Adams Vater nicht besonders amüsant. Für sie verkörpert er all das, was sie an den Leuten hasst, mit denen sie es tagtäglich bei ihrer Arbeit zu tun hat. Obwohl sie selbst gut damit umgehen kann, von frauenfeindlichen Männern zurückgesetzt oder gönnerhaft behandelt zu werden, will sie Jay vor so etwas schützen. Er ist sensibler als sie, und obwohl er hervorragende Arbeit leistet und mit seiner Kreativität große Etats für die Agentur einstreicht, tut er sich mit Georges altmodischem, in gewisser Weise tyrannischem Führungsstil schwer. Manchmal denke ich, Milly geht mit den Leuten, die sie liebt, genauso um wie mit ihren Hedgefonds. Sie sieht unser Potenzial, entwickelt eine Strategie, um uns vor Risiken zu schützen, und findet heraus, wie wir unter wirtschaftlich schwierigen Bedingungen wachsen können. Menschen wie Jay und ich brauchen Menschen wie Milly, die uns in unserem Leben voranbringen.

»... nun«, fährt George fort, »ich ernenne dich zu meinem neuen Kreativdirektor, womit eine erhebliche Gehaltserhöhung verbunden ist, und ich verdopple dein Personalbudget.« Jay und Milly blicken einander schockiert an, und George grinst. »Stell die besten kreativen Köpfe ein, damit das Londoner Büro ganz oben bleibt. Ich will, dass sich das Regal mit den Preisen und Auszeichnungen nächstes Jahr um diese Zeit unter seiner Last biegt.«

Jay räuspert sich, dann hustet er. Milly stößt ihn an und flüstert ihm etwas zu. Als er nichts sagt, spricht sie.

»Die Sache ist die, George, wir haben auch Neuigkeiten für euch«, verkündet Milly energisch. »Vom nächsten Monat an werde ich für unbestimmte Zeit in New York gebraucht. So lange, dass ich dort hinziehen muss.« Mir fällt die Kinnlade herunter, ungläubig starre ich Milly an. Ich habe nicht damit gerechnet, auf diese Weise zu erfahren, dass meine beste Freundin in eine andere Stadt zieht ... auf einen anderen *Kontinent.* Sie sieht mich an und bemüht sich, mir mit ihren ausdrucksstarken, intelligenten Augen zu vermitteln, dass es ihr leidtut, dass sie mir diese einschneidende Veränderung nicht früher mitgeteilt hat.

»Für unbestimmte Zeit? Ich verstehe nicht. Was hat das mit dir oder mit meinem Geschäft zu tun?«, wendet sich George wieder an Jay, ohne auf Milly einzugehen.

»Nun ja, Sir ...«, hebt Jay an und rückt nervös die Brille zurecht.

»Es hat etwas damit zu tun, dass wir *verheiratet* sind«, erwidert Milly an seiner Stelle und stellt ihr Glas auf dem Tisch ab. Sie holt tief Luft und blickt bei ihrem nächsten

Satz zu mir. »Wenn ich dorthin ziehen muss, geht Jay mit mir.«

George nimmt sein Weinglas und starrt sie an. »Sag ihnen ab«, entgegnet er schließlich ungerührt und schenkt sich noch mehr Wein nach. »Die finden schon jemand anders.«

Milly fixiert eine Stelle auf dem Tischtuch. Mir ist klar, dass sie sich bemüht, ihre Wut zu beherrschen, weil wir in seinem Haus sind. Ich möchte mir nicht vorstellen, was sie jetzt sagen würde, wenn wir uns in einem Restaurant befänden.

»Willst du dir wirklich von dem kleinen Nebenjob deiner Frau deinen nächsten Karriereschritt diktieren lassen, Jay?«, kichert George.

Milly kocht sichtlich vor Wut, doch dann lächelt sie nur, legt ihre Hand auf Jays und sagt: »Nur um eins klarzustellen: Ich bin Geschäftspartnerin in einer der größten internationalen Vermögensgesellschaften. Das bedeutet, es gibt niemand anders. Und außerdem, George«, fügt sie hinzu, »verdiene ich mit meinem kleinen ›Nebenjob‹ mehr als das Doppelte von Jay – einschließlich der Gehaltserhöhung, die du ihm gerade offeriert hast.«

Wenn ich nicht so aufgewühlt wäre, weil die beiden wegziehen, würde ich applaudieren.

George bekommt große Augen, dann setzt er sich zurück auf seinen Stuhl, verschränkt die Arme und mustert Milly mit einem Anflug von Bewunderung.

»Sieht aus, als müssten wir das dann wohl am Montag besprechen, Jay.« Er bedeutet Adam aufzustehen. »Trinken wir einen Cognac in der Bibliothek, mein Sohn.«

Adam schiebt seinen Stuhl zurück, wirft Jay einen entschuldigenden Blick zu und folgt George, der den Arm um seine Schultern legt, aus dem Zimmer.

# 25. Kapitel

Es ist der Montag nach dem höllischen Sonntagsessen gestern, und ich beginne den Tag langsam mit ein bisschen Facebook. Davor habe ich schon eine halbe Stunde mit Teekochen verbummelt und damit, die Blumenkästen neben meinem nagelneuen dauerhaften Arbeitsplatz zu gießen. Ich versuche immer noch, damit klarzukommen, dass Milly wegzieht. Nachdem wir bei Adams Eltern aufgebrochen waren, erzählte sie mir, dass sie bis zu zwei Jahre in New York bleiben könnte.

Jay wiederum erklärte, dass er bei Hudson & Grey kündigen würde, wenn sie ihm dort drüben keine neue Position anbieten könnten. »Es ist jetzt wichtiger, dass ich Milly unterstütze.« Sie und Jay hatten einen Blick gewechselt, und ich vermutete, dass sie vor Adam nicht über George herziehen wollten.

Ich weiß nicht, warum mich diese Neuigkeit so mitnimmt, als würde ich erneut verlassen werden. Das ist lächerlich. Ich bin nicht mehr zweiundzwanzig und stehe auch nicht am Rande eines Nervenzusammenbruchs. Ich brauche Millys Führung nicht. Ich kann auch allein vernünftige Entscheidungen treffen. Das habe ich bewiesen, indem ich Adam geheiratet habe. Ich bin eine erwachsene Frau mit einem eigenen Leben, und es wird Zeit, dass ich aufhöre, mich derart auf Milly zu verlassen. Dennoch werde ich das Gefühl nicht los, dass Milly mein Leben zusammengehalten hat, und ich habe Angst, dass ohne sie alles auseinanderfällt. Genau wie das letzte Mal. Ich verstehe nicht, warum Milly den Drang verspürt, ihr Leben so drastisch zu ändern. Warum können die Dinge nicht einfach so bleiben, wie sie sind?

»Guten Morgen, Bea!«, ruft Nick förmlich, während er durch das Büro auf meinen neuen Schreibtisch zukommt.

Ich zucke etwas zusammen und schließe rasch meine Facebook-Seite. Nick mag mein Freund gewesen sein, bevor er mein Chef wurde, aber ich will trotzdem, dass er denkt, ich würde meine neue Aufgabe ernst nehmen.

»Hallo, Nick!«, Ich schwinge meinen braunen Bürostuhl herum und schlage die Beine auf eine Art übereinander, die, wie ich meine, entspannt und zugleich souverän wirkt. »Was gibt's?«

Nick verzieht amüsiert die Lippen, doch ich bemühe mich weiterhin um Seriosität. Ich bin entschlossen zu beweisen, wie professionell ich bin. Also lächle ich viel, sage »Klar, mach ich«, wenn ich gebeten werde, Dinge zu erledigen, und rufe bei Mitarbeiterbesprechungen »Das habe ich auf dem Schirm!«, »Das bekommst du noch vor Büroschluss!« und »Im Team macht die Arbeit mehr Spaß!«, wie ich es von anderen gehört habe. Innerlich würde ich jedoch am liebsten schreien. Es ist, als befände ich mich auf einer Mission, um allen – einschließlich meiner selbst – zu beweisen, dass ich mir eine Karriere aufbauen kann. Ich kann Vorgaben erfüllen, Stellen vermitteln und es zu etwas bringen. Und das ist mir gelungen: In den letzten zwei Monaten habe ich schon so viele Kandidaten vermittelt, dass ich die Liste anführe – sehr zu Tims Schrecken. Nick sagt mir ständig, wie toll ich bin, wie perfekt ich ins Team passe und welch ein Gewinn ich sei.

Ich zupfe an meinem hochgeschlossenen Kragen, fühle mich plötzlich ziemlich beengt und lächele Nick an, während er mir ein Stück Papier reicht.

»Kannst du dir das mal ansehen, Bea?«, fragt er und setzt sich etwas ungelenk auf den Rand meines Schreibtischs.

Ich werfe einen flüchtigen Blick auf das Papier.

»Das ist ein neuer Kunde. Er sucht eine Assistenz für ein Projekt. Es ist nicht ganz unser Gebiet, deutlich kreativer als unsere üblichen Ausschreibungen. Anscheinend sind wir ihm empfohlen worden. Jedenfalls denke ich, dass du die Richtige dafür bist, angesichts deines Hintergrunds …« Er lächelt, schiebt die Hände in die Taschen und beobachtet mich, während ich lese:

James Fischer Gartendesign

Aufgabe: Vorübergehende Projektassistenz an der Seite des Geschäftsführers und Chefdesigners James Fischer

Beschäftigungszeitraum: 6 Monate
Beginn: 1. September

Stellenbeschreibung: Mitarbeit an einem großen Gartenbauprojekt in Canary Wharf. Die Position ist vielfältig und beinhaltet sowohl allgemeine Büro- und Verwaltungsaufgaben als auch die Unterstützung des Chefdesigners mit Wissen, eigenen Ideen und, ganz altmodisch, tatkräftigem Zupacken.

Anforderungen: Kreativität und Eigeninitiative – vorzugsweise (aber nicht zwingend) Erfahrung in Gartengestaltung. Leidenschaft für Gärten ist allerdings ein Muss.

»Alles klar bei dir, Mrs. Hudson?«, fragt Nick.

Ich bin verstummt, weil ich gerade die Beschreibung meines Traumjobs lese und mit meiner Enttäuschung zu kämpfen habe. Hätte ich mich doch nur anders entschieden.

»Bea?«, wiederholt Nick, und ich sehe zu ihm hoch. »Ich habe dir das gegeben, weil ich weiß, dass du dich auf dem Gebiet auskennst.« Ich sehe ihn hoffnungsvoll an. Vielleicht ist ihm klar, dass das mein Traumjob ist, und er möchte ihn mir anbieten. »Ich meine, mit deinem Studium und deiner Erfahrung hier bist du perfekt, um jemanden für die Stelle zu finden!«

»Toll!«, krächze ich.

»James würde sich gern mit uns treffen, um die Anforderungen im Detail zu besprechen und mögliche Kandidaten ins Auge zu fassen. Könntest du ihn anrufen und für diese Woche einen Termin vereinbaren?«

Als Nick weggeht, lege ich die Stellenbeschreibung auf meinen Schreibtisch, falte die Hände darauf und schließe die Augen, damit ich nicht mehr sehen muss, was hätte sein können.

Tim streckt den Kopf über den Tisch. »Alles okay, Bea?«, fragt er mit schiefem Grinsen.

»Ja, alles bestens, danke!«, lüge ich. Erneut lese ich das Stellenangebot und trete mich im Geiste in den Hintern. Wenn es im Leben ums Timing geht, ist meins eindeutig verkehrt. Ich habe das Gefühl, als hätte man mir gerade eine goldene Eintrittskarte überreicht – und mir dann gesagt, ich solle sie weiterverschenken.

# 26. Kapitel

Ich sitze im Empfangsbereich von JF Design in Greenwich. Weil ich superprofessionell und gut vorbereitet wirken will, bin ich früh dran, habe jedoch Mühe, meine Aufregung zu verbergen. Seit Nick mir den Auftrag gegeben hat, diese Stelle zu besetzen, habe ich die Webseite der Firma studiert, mir online alle Gärten angesehen und mich über James Fischer informiert. Er hat vor zwei Jahren die Goldmedaille auf der Chelsea Flower Show gewonnen, und als ich auf ein Foto von seinem diesjährigen Beitrag stieß, konnte ich es kaum fassen. Es war genau der Garten, der mir am besten von allen Ausstellern gefallen hat. Für mich ist das hier, als würde ich einen Popstar treffen. Im Geiste rüge ich mich.

*Sei professionell, Bea! Du musst ihn beeindrucken, weil du diesen Job wirklich willst … Ich meine, weil du die Stelle unbedingt besetzen willst.*

Ich wollte eigentlich geschäftig in meinen Notizen blättern, wenn Mr. Fischer hereinkommt, doch als die Minuten vergehen, stelle ich fest, dass ich zunehmend abgelenkt bin. Es ist kühl hier drin. Da es draußen dreißig Grad sind, läuft die Klimaanlage auf vollen Touren, dennoch habe ich das Gefühl zu ersticken. Die Knöpfe meiner Bluse spannen, der Rock ist zu eng, die Wände zu nah. Meine Gedanken schweifen ab und führen mich in eine andere Zeit und an einen anderen Ort. Ich bin in Norfolk, über mir am Himmel ziehen ein paar Wolken vorbei, und mir steigt der Duft von Lavendel, Geißblatt und Jasmin in die Nase. Grüne Hecken mit prallen Blüten säumen die Feldwege, auf den Wiesen blühen Schlüsselblumen und Gänseblümchen, und die Rapsfelder glitzern noch vom Regen. Ich sehe Kletterrosen und fuchsiafarbene Schafgarben an den Zäunen und die zarten violetten Skabiosen hinten in Lonis Garten. Es gibt so viel Platz, um ihn in Gedanken zu gestalten. Ich bin in meinem Element. Dort gibt es keine kleinlichen Sorgen, nicht die Hast, die mit dem Großstadtleben verbunden ist. Dann sehe ich mich mit Loni und Cal durch endlose Felder an der Küste laufen, über Mohnblumen und Disteln steigen, wobei die langen Grashalme und das Heidekraut über meine nackten Beine streichen, und genieße die warme Sonne auf meiner Haut. Weil ich bei jeder Blume und jedem Strauch stehen bleibe, machen sich Loni und Cal über mich lustig. Ich gehe ganz in diesem glücklichen Ort auf …

»Bea Hudson?«, sagt eine männliche Stimme. Erschrocken springe ich auf und stoße dabei das Wasser um, das die Empfangsdame mir bei meiner Ankunft hingestellt hat.

»Mist!«, rufe ich und versuche, den Flecken auf dem Teppich trocken zu tupfen. Ich blicke auf und merke, wie ich knallrot anlaufe. »Es tut mir schrecklich leid, ich hab Sie nicht hereinkommen sehen.«

»Sie wirkten, als wären Sie ganz woanders gewesen.« Er lächelt, und ich entspanne mich etwas. Er hat ein freundliches, offenes Gesicht und kurze dunkle Haare mit vereinzelten silbernen Strähnen. Seine nussbraune Haut deutet darauf hin, dass er viel Zeit an der frischen Luft verbringt. Er trägt ein kariertes Hemd, das er in die Jeans gesteckt hat und das einen leichten Bauchansatz verrät. Irgendwie scheint er sich darin nicht ganz wohl zu fühlen. Als er an seinem Kragen zerrt, entdecke ich einen goldenen Ehering an seinem Finger, und um seinen Hals hängt eine Lederkette mit einem silbernen D. Dann reicht er mir die Hand, und ich schüttle sie nervös.

»Ich bin James Fischer. Freut mich sehr, Sie kennenzulernen, Mrs. Hudson.« Wir lassen die Hände sinken, und er deutet auf die Terrasse. »Hätten Sie etwas dagegen, wenn wir draußen irgendwo einen Kaffee trinken? Ich glaube, ich halte es an einem Tag wie heute nicht hier drin aus.«

»Das ist eine wunderbare Idee.« Ich lächle. »Ich finde es drinnen auch nicht sehr angenehm.«

»An Tagen wie diesen kann ich die Stadt nicht ausstehen«, sagt er, als wir am Fluss zum Café Rouge laufen .

»Sie erstickt einen, nicht?«, erwidere ich im Plauderton.

»Ganz genau! Ich fürchte, ich entspreche ganz dem Klischee des Naturburschen«, fügt er hinzu. »Drinnen halte ich es nicht lange aus. Ich habe das Gefühl, das Leben würde aus mir herausgesaugt. Ich bin mir sicher, dass das meine Mitarbeiter – und meine bessere Hälfte – verrückt macht. Ich muss buchstäblich alle zehn Minuten das Büro verlassen, nur um etwas frische Luft zu atmen.« Er beugt sich vor und zwinkert mir zu. »Zum Glück bin ich der Chef, sodass sich niemand zu laut beschweren kann. Und mein Partner ist Autor, er versteht meine kreativen Bedürfnisse und mein divenhaftes Gehabe.«

Ich lächle und merke, dass er mir überaus sympathisch ist. Erneut zupft er an seinem Kragen.

»Wahrscheinlich sollte ich das nicht zugeben, aber ich habe gerade von meiner Heimat, Norfolk, geträumt«, gestehe ich, als wir uns in der Kaffeeschlange anstellen.

»Ich LIEBE Norfolk!«, ruft James aus. »Seit Jahren suche ich dort nach einem Wochenendhaus. Oft denke ich, dass es keinen schöneren Platz auf der Welt gibt. Und diese Sonnenuntergänge!«

»Die liebe ich auch«, sage ich. »Vor allem zusammen mit den herrlichen Blumen und Bäumen im Garten meiner Mutter.«

»Sie klingen ja wie eine echte Gärtnerin.« James lacht.

»Ach, vielleicht in einem anderen Leben«, entgegne ich und reiße die Augen auf, als mir auf einmal wieder einfällt, wo ich mich befinde und was ich zu tun habe.

»Sie suchen also eine persönliche Assistenz«, sage ich, als wir uns draußen an einen Tisch setzen, und breite meine Notizen vor mir aus. »Ich vermute, Sie erwarten hervorragende organisatorische Fähigkeiten, Kenntnisse in Excel, perfektes Zeitmanagement, ganz zu schweigen von guten Kommunikationsfähigkeiten …« Ich halte inne und bin zuversichtlich, dass ich genau das beschreibe, was er braucht.

»Ja, all das gehört schließlich zu einer Assistenz. Aber jemand, der für mich arbeitet, muss vor allem auch Leidenschaft besitzen, Begeisterung mitbringen und ein echter Gartenfreak sein. Ich glaube, dass das für eine gute Energie im Büro sorgt.« Dann spricht er eine Weile über seine Firma, und er wirkt so herzlich und so dynamisch und redet so enthusiastisch von seinem neuen Projekt, dass ich mir erneut wünsche, ich könnte die Zeit zurückdrehen und mich um die Stelle bewerben.

Er berichtet, dass ihn ein Medienunternehmen mit Sitz in Soho gebeten hat, sich an der Ausschreibung für die Gestaltung der 200 Quadratmeter großen Dachterrasse auf ihrem neuen Bürogebäude in der Nähe des

Canada Squares in Canary Wharf zu beteiligen, die im März nächsten Jahres fertig sein soll.

»Der beste Entwurf erhält den Zuschlag, und es könnte sich auch noch die Gestaltung des New Yorker Firmensitzes daran anschließen. Das könnte bedeuten, dass JF Design weltweit tätig wird! Ich kann es mir noch nicht leisten, auf Dauer jemanden zu beschäftigen, aber wenn wir die Ausschreibung gewinnen, könnte sich das ändern.«

Ich lächle höflich, während James mir noch mehr erzählt – nur nicht, um welche Firma es sich handelt. »Wenn ich Ihnen das verraten würde, müsste ich Sie umbringen. Oder zumindest anstellen.« Er zwinkert mir zu. »Ich will das Glück nicht herausfordern, ehe wir uns überhaupt für das Projekt beworben haben.«

Es ist, als würde ich durch ein Kaleidoskop einen Blick auf mein perfektes Leben in einer Parallelwelt erhaschen.

»Wie lange arbeiten Sie schon bei Eagle Recruitment?«, erkundigt sich James.

»Oh, offiziell? Seit drei Monaten«, erwidere ich. Ich weiß nie, wie ich auf diese Frage antworten soll.

»Und inoffiziell?«, hakt er nach.

Ich erröte. »Sieben Jahre. Ich war erst Zeitarbeiterin, bevor ich Personalbeauftragte geworden bin.«

»Sie wollen sich nicht festlegen, was?« Er lacht. »In Ihrem Alter war ich genauso. Habe von einem Bürojob zum nächsten gewechselt und versucht, mich dem Karriereweg anzupassen, in dem mich alle sahen …«

Mich befällt leichte Panik, dass er einen falschen – oder vielmehr den richtigen – Eindruck von mir bekommt. »Ich liebe meine Arbeit, Mr. Fischer«, lüge ich. »Ich mache sie mit viel Leidenschaft. Und ich bin davon überzeugt, dass ich und Eagle Recruitment die besten sind, um den perfekten Kandidaten für Sie zu finden.« Ich halte inne. Klinge ich verzweifelt, als würde ich betteln? O Gott. Ich habe es vermasselt. Ich war zu locker, zu kumpelhaft. Wenn ich diesen Auftrag verliere, bringt Nick mich um. Die Sommermonate sind hart für die Zeitarbeitsbranche. Bis September ist es überall ruhig, und das Management hat uns für dieses Jahr ungewöhnlich hohe Zielvorgaben gesetzt.

Ich probiere noch einmal, meine Glaubwürdigkeit zurückzuerlangen. »Neben einer Auswahl unserer besten Kandidaten habe ich auch den Leiter des Studiengangs für Landschaftsarchitektur an der Greenwich University kontaktiert und ihn um eine Liste der letzten Absolventen gebeten. Ich erwarte einige Empfehlungen. Das ist ein sehr anerkannter Studiengang. Das weiß ich, weil … na ja, ich weiß es eben.« Ich greife nervös nach meiner Espressotasse. Was will ich eigentlich sagen? *Ich weiß das, weil ich dort studieren wollte?* Halt den Mund, Hudson! Du willst die Stelle besetzen und dich nicht für sie bewerben!

»Ja, das ist er.« Mr. Fischer lächelt. »Ich habe selbst in Greenwich studiert und bin dort noch als Gastdozent tätig.«

»Ach, natürlich. Das habe ich schon in der Biografie gelesen, die bei der Chelsea Flower Show neben Ihrem Garten stand.«

»Sie sind dort gewesen?« James hebt eine Braue und nimmt einen Schluck von seinem Kaffee.

»Nein, dieses Jahr habe ich es nicht geschafft«, sage ich traurig. »Ich war gerade erst aus den Flitterwochen zurückgekommen und konnte mir nicht schon wieder frei nehmen. Aber ich habe sie mir online angesehen.« Unwillkürlich werde ich erneut rot. »Es hat mir gefallen, dass Sie einen modernen Garten entworfen haben, der von der Vergangenheit und von der Zukunft inspiriert war. Ich fand ihn äußerst gut durchdacht und wunderschön!«

»Ich hatte recht, als ich sagte, dass in Ihnen eine echte Gärtnerin steckt!«, stellt James lachend fest.

Einen Augenblick wanke ich und bin hin- und hergerissen. Soll ich ihm alles über meine große Leidenschaft für Gärten erzählen oder meiner einmal getroffenen Entscheidung treu bleiben?

# 27. Kapitel

»Alles in Ordnung, Süße?«, erkundigt sich Glenda, die am Ende des Tages an meinem Schreibtisch erscheint.

Ich blicke auf die E-Mail mit den Lebensläufen, die ich für James zusammengestellt habe. Ich habe ihm versprochen, ihm noch heute eine vorläufige Shortlist zu schicken, habe das jedoch den ganzen Nachmittag vor mir hergeschoben und stattdessen im Kopf eine E-Mail mit folgendem Betreff formuliert: *Aw: Stelle als Projektassistentin – nehmen Sie MICH! MICH! MICH!* Ich schließe die Augen und drücke auf Senden. Es fühlt sich an, als hätte ich mir selbst einen Dolch in die Brust gebohrt. Ich nehme meine Tasche und packe meine Sachen zusammen.

»Ja, alles in Ordnung.« Als sie mich weiterhin besorgt ansieht, schenke ich ihr ein breites Lächeln. »Du siehst hübsch aus heute«, sage ich, und das stimmt. Sie trägt ein langes rosa-grün geblümtes Kleid mit einer passenden rosa Strickjacke und Perlen. Anfangs trug Glenda immer nur gedeckte Farben und altmodische Tweed-Sachen. Sie sagte, dass sie zu sehr damit beschäftigt sei, ihre Jungs aufzuziehen und sich um ihren Ehemann zu kümmern, um an sich selbst zu denken.

»Ich gehe aus«, gesteht sie jetzt schüchtern. »Ich habe eine Verabredung.«

»Glenda, das ist ja toll!«

»Ich bin schrecklich aufgeregt.« Sie lacht. »Aber es hat ja keinen Sinn, zu Hause herumzusitzen und darauf zu warten, dass das Leben zu einem kommt. Man muss rausgehen und es sich nehmen, stimmt's? Vielleicht habe ich meine Blütezeit schon hinter mir, Süße, aber ich bin noch nicht tot!«

Ich blicke sie bewundernd an. Glendas Leben hat sich grundlegend verändert, seit ihr Mann nach fünfundzwanzig Jahren Ehe gestorben ist und sie beschlossen hat, wieder zu arbeiten. Es ist ihre erste Stelle, seit sie Kinder bekommen hat, und sie sagt, die Arbeit würde ihr ganz neuen Auftrieb geben.

»Trotzdem, du wirkst heute irgendwie bedrückt«, stellt Glenda fest und legt mir eine Hand auf die Schulter. Seufzend nicke ich. »Na, komm schon, erzähl Tante Glenda, was los ist.«

»Ach, ich bin nur traurig, weil meine beste Freundin nach New York zieht – dieses Wochenende gibt sie ihre Abschiedsparty«, antworte ich. In gewisser Weise stimmt das. Ich fühle mich deswegen niedergeschlagen.

»Ach, das ist ja schade, Süße, aber du kannst sie doch dort besuchen, oder?«, sagt Glenda mit ihrer tröstenden Stimme. Wenn sie redet, muss ich an Narzissen denken, die sich im Wind wiegen und ihre Köpfe wie Glocken neigen. »Und es gibt immer noch Facebook!«

»Das ist aber nicht dasselbe wie in der Nähe zu wohnen, oder?«, sage ich und schlage mir sogleich die Hand vor den Mund. Glendas Söhne leben beide im Ausland – einer in Australien, der andere in Kanada. Doch sie widersetzt sich beharrlich ihrer Bitte, zu ihnen zu ziehen, weil sie sagt, sie würde an ihrem Leben hier hängen. »Oh, das tut mir leid, Glenda. Das war wirklich unsensibel von mir …«

»Nein, nein, überhaupt nicht. Wir haben uns alle an die Entfernung gewöhnt.« Sie beugt sich vor und zwinkert mir zu. »Niemand will doch ernsthaft, dass die eigene Mutter direkt vor der Tür wohnt!«

Ich lache und denke an Loni. Das stimmt. Wenn sie zu nah bei mir wohnen würde, würde sie mich nur nerven. Aber manchmal habe ich auch das Gefühl, dass sie schrecklich weit weg ist.

»Du vermisst sie doch aber, oder nicht?«, frage ich.

Sie sieht mich forschend an, dann setzt sie sich auf meine Schreibtischkante. »Doch, natürlich vermisse ich sie. Die ganze Zeit! Aber meine Jungs sind erwachsen, sie führen ihr eigenes Leben – und ich muss meins führen. Das habe ich viel zu lange nicht getan.«

»Bedauerst du das?«

Glenda blickt aus dem Fenster und denkt einen Augenblick über meine Frage nach. »Weißt du was, Süße? Nein, das tue ich nicht. Ich wollte eine Vollzeit-Mama sein und habe alles, was ich hatte, meinen Kindern und meinem Mann gegeben. Ewan und ich hatten viele wundervolle Jahre zusammen, und meine Jungs sind heute glücklich, gesund und erfolgreich. Und auch wenn Ewan nicht mehr bei mir ist, ist das Leben nicht vorbei. Ich habe gemerkt, dass man mehrere Leben in einem führen kann. Es gibt immer die Gelegenheit, neu anzufangen.«

Ich blicke sie an und lasse ihren Optimismus auf mich wirken. »Ich habe immer das Gefühl, als würde ich jedes Mal, wenn ich eine Entscheidung treffe, ein ganz anderes Leben verlieren, verstehst du? Wenn man einen Ort verlässt, verlässt man auch seine Vergangenheit. Wenn man einen Job annimmt, verliert man zugleich die Chance, einen anderen zu bekommen …« Als ich merke, dass ich meine Gedanken laut ausspreche, halte ich inne. »Ich und meine Nabelschau! Tut mir leid, Glenda, vergiss es einfach.«

Sie legt eine Hand auf meinen Arm. »Weißt du, Süße, wenn dir das hilft … Ich glaube nicht, dass eine Entscheidung notwendigerweise die Tür zu einer anderen Zukunft verschließt. Ich glaube, dass alle Wege am Ende zum selben Ort führen.«

Wie gern würde ich ihr glauben. Aber die Tatsache, dass Dad uns verlassen hat, und mein Sommer mit Kieran haben mich gelehrt, dass eine einzige Entscheidung sehr wohl das Leben von jemandem für immer verändern kann.

Ich gebe Glenda einen Kuss auf die Wange, dann werfe ich meine Tasche über die Schulter und verschwinde eilig durch die Glastüren nach draußen. Plötzlich habe ich das Gefühl, ich muss über eine Menge nachdenken.

# 28. Kapitel

Ich liege in der Hängematte, trinke Wein, blicke auf die Lichter der Stadt und atme den Duft von Lavendel ein, während die laue Abendluft mich warm umfängt. Hier, auf unserer Dachterrasse, will ich darüber nachdenken, was heute passiert ist. Dieser Ort hat immer eine tröstende Wirkung auf mich, hier kann ich mir über Dinge klar werden. Dann setze ich mich auf und blicke auf meine Armbanduhr. Wo bleibt Adam nur? Als er um kurz nach sieben angerufen hat, sagte er, er würde Feierabend machen. Jetzt ist es nach neun. Ich weiß genug über Adams Branche, um sicher zu sein, dass seine Verspätung irgendeinem Problem mit einem Kunden geschuldet ist. Seit er zum Geschäftsführer ernannt wurde, hat er ziemlich viel Stress. Meine Befürchtung, dass seine Beförderung weniger Zeit für uns bedeuten würde, war nicht übertrieben. Ich kann mich nicht erinnern, wann er das letzte Mal vor zehn Uhr zu Hause gewesen ist. Die Wochenenden bestehen nur noch aus einer Abfolge von Meetings, Skype-Konferenzen mit New York, gelegentlichen Spaziergängen, um etwas frische Luft zu schnappen, bevor er die nächste Präsentation vorbereiten oder noch etwas durchsehen muss. Ich habe versucht, mich ebenfalls zu beschäftigen, aber mein Job findet von Montag bis Freitag statt, und Milly ist derzeit nur noch mit ihrem Umzug nach New York beschäftigt. Ich stelle fest, dass sich in meinem Privatleben alles um Adam dreht. Eigene Interessen und Hobbys habe ich nicht. Ich könnte nach Norfolk fahren, aber die Aussicht, ohne Adam dort zu sein, ängstigt mich. Als könnte ich wieder in ein Tief rutschen. Ich brauche Adam, wahrscheinlich mehr als gesund ist.

Ich spüre seine Anwesenheit, bevor ich ihn sehe, dann küsst er mich auf die nackte Schulter. Als er mich berührt, fühle ich das vertraute Kribbeln, und meine leichte Gereiztheit verfliegt. Seine Finger streichen über den zarten Stoff meines teuren neuen Kleids, das ich mir von meiner Gehaltserhöhung gegönnt habe. Als ich aus dem Büro nach Hause gekommen bin, habe ich mich umgezogen, um mich daran zu erinnern, wer ich bin – und an das Leben, für das ich mich entschieden habe.

»Alles okay bei dir?«, fragt Adam, als wir uns auf dem Sofa im Wohnzimmer aneinanderkuscheln, wohin wir uns nach unserem (kalten) Abendessen mit einer zweiten Flasche Wein zurückgezogen haben.

Kerzenlicht flackert, leise Musik spielt, und die grauen Fensterläden stehen offen. Draußen scheint die Stadt vor Leben zu pulsieren, doch hier drin ist alles ... Es herrscht kein Stillstand, aber es ist alles geordnet. Sicher und geborgen. Genau wie ich es mag, sage ich mir. Ich nicke und fühle mich ruhig und zufrieden.

»Hattest du einen schönen Tag?«, erkundigt er sich. »Ich hab ein schlechtes Gewissen, dass ich dich noch nicht einmal gefragt habe.«

Die letzte halbe Stunde haben wir über Adams Probleme in der Agentur gesprochen. Er hat mir erzählt, wie gestresst er ist, weil sein Vater ihn stark unter Druck setzt. Am Sonntag fliegt er für mindestens eine Woche nach New York.

»Am selben Tag wie Milly und Jay?«, fragte ich bange, und er nickte.

»Es ist ein riesiger Zufall, aber ich glaube, wir sitzen sogar im selben Flieger …«

Ich zwang mich, nicht in Panik zu geraten und dieses Gefühl zu verdrängen, ich würde – erneut – von den Menschen verlassen, die ich liebe. Adam wird in einer von der Agentur angemieteten Wohnung unterkommen. Er sagte, dass in den nächsten Monaten eine Menge Durcheinander herrschen würde, aber dass er sein Bestes tun werde, so oft er könne, mit mir zusammen zu sein.

»Ich weiß, dass das nicht gerade ideal ist«, sagte er entschuldigend. »In unserem ersten Ehejahr sollten wir eigentlich so viel Zeit wie möglich miteinander verbringen, aber es ist ja nicht für immer. Und denk einfach daran, dass wir uns mit meinem höheren Gehalt bald ein Haus leisten können. Vielleicht sogar an eine Familie denken …«

Ich bin in Gedanken versunken, als Adam seine Frage wiederholt. »Wie war es denn nun bei der Arbeit? Hast du irgendwelche interessanten Verträge abgeschlossen?«

»Ach, alles beim Alten«, erwidere ich und blicke zu ihm auf.

»Hattest du nicht ein Treffen mit diesem, du weißt schon … mit diesem Gartentypen?«

Ich nicke und versuche zu lächeln, was mir jedoch misslingt. »James Fischer. Ja, ich habe ihm eine Liste mit Kandidaten geschickt, und er sieht sie sich dieses Wochenende an. Also – juchu! Noch ein Auftrag für mich!« Ich hebe mein Glas und nehme einen großen Schluck. Als ich es abstelle, sieht Adam mich mit seltsamem Blick an. »Was?«, frage ich leicht abwehrend.

»Ach, ich dachte nur, dass es dich vielleicht reizen könnte, dich selbst auf die Stelle zu bewerben?«, sagt er.

»Nein«, erwidere ich etwas zu energisch.

»Noch nicht mal ein bisschen?« Adam legt den Kopf schief

und lächelt. »Du hast nicht ein klitzekleines bisschen daran gedacht, Nick zu bitten, dich für den Job vorzuschlagen?«

Ich nehme erneut mein Glas und versuche, nicht zu gereizt zu klingen, als ich erwidere: »Nein, ich hab vielmehr gedacht, dass ich mich selbst dafür vorgeschlagen hätte … wenn ich mich nicht bereits für Eagle's entschieden hätte.« Ich trinke noch einen Schluck und blicke Adam herausfordernd an. »Was ich nun mal habe, also …«

»Aber Nick ist dein Freund. Er würde verstehen, dass du diesem Angebot nicht widerstehen kannst!«

»Ich habe mich entschieden, Adam. Wenn ich mein Wort breche, wäre das, als würde ich … als würde ich … mein Ehegelübde zurücknehmen. So nach dem Motto: Ach, tut mir leid, Adam, hier hast du deinen Ring wieder. Ich hab leider jemand Besseren gefunden!«

Er schüttelt heftig den Kopf. »Das wäre es nicht, Bea. Du würdest schlichtweg eine Chance ergreifen, die du verdienst. Gelegenheiten wie diese erhält man nicht jeden Tag – und man erhält sie aus einem bestimmten Grund.« Er nimmt meine Hand und drückt sie. »Zum Beispiel, weil man ein guter Mensch ist.« Ich blicke ihn sehnsüchtig an. Ich möchte ihm so gern glauben. »Wenn er seine Wahl nicht schon getroffen hat, solltest du deine Meinung noch mal ändern. Sprich mit Nick. Setz ein weiteres Treffen an. Sag ihm, wie perfekt du für den Job geeignet bist. Lauf nicht vor dieser Chance davon.«

Ich schaue Adam an und spüre, wie sich in mir nicht nur ein Entschluss formt, sondern wie ich auch Selbstvertrauen und Zuversicht gewinne. Das gelingt Adam immer. Sein Vertrauen zu mir gibt mir das Gefühl, alles schaffen zu können.

»Meinst du wirklich?«

Er nickt. »Ich glaube, du bist dazu bestimmt.«

## August

Liebe Bea,
der August ist ein Übergangsmonat. Er ist die Brücke zwischen den verlässlichen Sommertagen und dem Beginn des unberechenbaren Herbstes. Die Temperaturen sind oft noch hoch, und unweigerlich zeigen einige Pflanzen (und Menschen) Anzeichen von Erschöpfung. Häufig sind das Dinge, die ein Urlaub heilen kann. Doch manchmal sind drastischere Maßnahmen erforderlich, damit die Pflanzen sich erholen können

Egal, wo auf der Welt ich sein mag und welche Schönheit vor mir liegt, ich werde immer daran denken, wie majestätisch die Küste von Norfolk um diese Jahreszeit aussieht. Ich muss nur die Augen schließen, um mir die violetten Strandastern und den Lavendel um Holkham Bay vorzustellen, die stacheligen Salzmelden, die so typisch für unsere Küste sind, und den leuchtend gelben Hornmohn, die scharlachroten Pimpernellen und das Strandleimkraut, das in voller Blüte steht. Norfolk wird immer meine Heimat bleiben. Und ich werde es nie vergessen … genauso wenig wie dich.

In Liebe, Dad

# 29. Kapitel

Bea Bishop schmeißt den Laden!

»Wie kommst du mit den Sträußen zurecht?«, ruft Sal aus dem vorderen Teil des Ladens, wo sie Eimer und Auslagen für die Geschäftsöffnung vorbereitet. Ich bin von Blumen umgeben und binde eifrig den letzten der Sträuße, die heute Morgen ausgeliefert werden müssen.

»Nur noch einer!«, rufe ich zurück.

Es ist erstaunlich, wie leicht ich mich in meinen neuen Job eingefunden habe. Sal hat mir schnell mehr Verantwortung übertragen, und ich komme oft schon im Morgengrauen, um Blumenlieferungen entgegenzunehmen und auszupacken, die dann aufbereitet, gewässert und arrangiert werden müssen – oder in die Kühlkammer im hinteren Teil des Ladens kommen. Ich drucke die Online-Bestellungen aus, die über Nacht eingetroffen sind, und schreibe sie ans Whiteboard zu unseren Ideen und Notizen für größere Veranstaltungen, die wir beliefern. Diverse Firmen aus der Umgebung, die Businessevents organisieren, zählen zu unseren Kunden – ebenso wie eine örtliche Designagentur, ganz zu schweigen von Catering-Unternehmen und Hochzeitsplanern, denen unsere Brautsträuße und unsere Deko empfohlen wurden. So sind wir immer beschäftigt, auch wenn keine Kunden im Laden sind.

Ich kürze ein paar gelbe Iris und denke, dass Sal mit ihren blondierten Haaren und ihrer freundlichen, direkten Art irgendwie dieser Blume ähnelt, die für die Leidenschaft steht. Sie liebt ihre Arbeit und ist brillant. Sie nimmt jede einzelne Aufgabe so in Angriff, wie sie auch mit der Aussicht umgeht, alleinerziehende Mutter zu sein – mutig, zuversichtlich und entschieden. Ich denke an Dad, der mir jede Blume, jede Pflanze und jeden Busch, der bei uns im Garten wuchs, genau erklärt und mir zu allen eine Geschichte und eine Charakterisierung geliefert hat. Und ich erinnere mich, wie begierig ich war, so viel wie möglich von ihm zu lernen. Wahrscheinlich habe ich deshalb immer Blumen mit Leuten verglichen. Es ist ironisch, dass die einzige Person, die ich mit keiner Blume vergleichen kann, mein Vater ist. Abgesehen von dem Tagebuch, ist er heute ein Fremder für mich. Aber seit ich hier arbeite, fühle ich mich ihm irgendwie näher. Dadurch, dass ich nun meine Leidenschaft für Pflanzen und Blumen ausleben kann, nachdem ich jahrelang versucht habe, in einem Büro zu arbeiten, habe ich irgendwie auch meine Erinnerungen an ihn wieder aktiviert. Es kommt mir allmählich schicksalhaft vor, dass ich erst sein Tagebuch gefunden habe und dann diesen Job.

Vorsichtig stelle ich den letzten Strauß in einen Eimer und nehme dankbar einen Becher Tee von Sal entgegen, die mit ihrem Vater telefoniert. Während sie ihm alle Neuigkeiten berichtet, beobachte ich sie einen Augenblick. Vielleicht denke ich auch mehr an meinen Vater, weil Sals in ihrem Leben so präsent ist. Egal, wo er gerade ist, er ruft jeden Tag an. Sal hat erzählt, dass er, seit sie mit vierzehn Jahren ihre Mutter verloren hat, ihr Fels in der Brandung ist. Ich kann mir nicht vorstellen, wie schwer das für sie gewesen sein muss. Ich meine, dass Dad uns verlassen hat, war schwer genug, aber ich war jung und hatte Zeit, mich daran zu gewöhnen, bevor ich zum Teenie wurde. Außerdem konnte ich immer jemandem die Schuld geben. Meist mir selbst, manchmal Loni und ganz selten auch Dad. Aber wem kann man die Schuld geben, wenn jemand stirbt? Plötzlich taucht vor mir das Bild auf, wie Kieran mich stehen lässt, die Krankenhaustüren aufstößt und in der dunklen Nacht verschwindet. Ich bekomme weiche Knie und klammere mich an den Tisch. Ich kann nichts dagegen tun, genau wie ich seinen Bruder, Elliot, nicht davon abhalten konnte zu springen – oder zu ertrinken.

Die Türglocke geht, und ich wische mir mit meiner rosa Schürze die Augen und versuche, mich zu sammeln.

»Sal?«, rufe ich und hoffe, dass sie hingehen kann. Doch sie antwortet nicht. Nachdem ich mehrmals tief Luft geholt habe, betrete ich mit einem freundlichen Lächeln den Laden.

Ich lasse den Kunden einen Moment die Eimer mit den Blumen und die Auslagen studieren, sehe ihm jedoch an, dass er keine Ahnung hat, wonach er sucht.

»Kann ich Ihnen helfen?«, frage ich zuvorkommend, und er dreht sich um und sieht mich an. Ich schätze ihn auf Anfang vierzig. Er ist groß und hat diese Ausstrahlung von jemandem, der es gewohnt ist, das Sagen zu haben. Vermutlich arbeitet er im Finanzdistrikt – er sieht wie ein potenzieller Kollege von Milly aus. Er trägt eine teure Uhr, und sein Anzug sieht ebenfalls teuer aus. Sein Gesicht wirkt angespannt – vielleicht ist er müde oder unglücklich oder beides. Seine Schultern hängen herunter, und er sieht zu dünn aus. Dieser Mann leidet eindeutig unter Stress.

»Meine Frau hat morgen Geburtstag, und ich … ich brauche etwas ganz Besonderes. Es ist … Das letzte Jahr ist für uns nicht besonders gut gelaufen.«

Ich nicke. An meinem ersten Tag hat Sal mir alles über die Kunst beigebracht, den Kunden zuzuhören. »Wir haben es nicht nur mit Blumensträußen zu tun«, erklärte sie. »Wir haben es mit Liebe, Kummer, Dankbarkeit, Freude und Schuld zu tun.« Dann fügte sie hinzu: »Merk dir eins, es ist leicht zu erkennen, ob ein Mann Probleme hat. Der Trick ist herauszufinden, wie schlimm sie sind und was du tun musst, um ihm herauszuhelfen.«

»Verstehe«, sage ich jetzt beruhigend. So, wie der Mann aussieht, bin ich mir ziemlich sicher, dass er sich für etwas ziemlich Schlimmes entschuldigen muss. Doch ich darf ihn nicht verurteilen. Ich muss neutral und freundlich bleiben. »Blumen sind die perfekte Art, Gefühle auszudrücken …« Als er in Tränen ausbricht, schlage ich mir erschrocken die Hand vor den Mund. »Ach, du meine Güte, das tut mir leid. Habe ich … habe ich etwas Falsches gesagt?«

Er wischt sich die Augen und schüttelt den Kopf. »Nein, nein, das ist nur genau das, was ich so gern tun würde, aber nicht kann. Seit wir ihre Diagnose erhalten haben, lässt sie nicht zu, dass ich ihr sage, wie sehr ich sie liebe oder dass ich mich um sie kümmern möchte. Sie macht einfach weiter, als wäre alles ganz normal, und damit kann ich nicht umgehen!«

Ich blicke ängstlich zu Sal, die von hinten in den Laden späht. Ich kann nicht glauben, dass ich diesen armen Kerl so falsch eingeschätzt habe. Ich habe ihn verdächtigt, eine Affäre zu haben oder so etwas, dabei versucht er nur, sich um seine kranke Frau zu kümmern. Ich fühle mich schrecklich.

Sanft führe ich ihn am Arm in unsere Beratungsecke, setze ihn hin und bereite mich aufs Zuhören vor. »Warum erzählen Sie mir nicht, was Sie für Ihre Frau empfinden«, sage ich leise. »Zusammen finden wir dann schon die richtigen Blumen …«

# 30. Kapitel

Um halb acht betrete ich das Quo Vadis und steuere auf den eleganten Art-déco-Saal zu, den Milly und Jay für ihre Abschiedsparty gebucht haben.

Einen Augenblick drücke ich mich am Eingang herum, fühle mich von der pulsierenden Menschenmenge überfordert und wünschte, dass Adam bei mir wäre. Große Menschenansammlungen sind mir schon immer ein Graus gewesen, allerdings nie mehr als jetzt. Heute Abend muss ich mich jenen Menschen stellen, die ich seit der Hochzeit nicht mehr gesehen habe. Adams Kollegen, die alle wegen Jay hier sind, den Freunden von Milly. Gemeinsamen Freunden von Adam und Jay. Vielleicht George. Schließlich sagt Adams Vater nie Nein zu einer Feier, auf der er Geschäftspartner treffen kann.

Ich werde mich jedoch nicht selbst bemitleiden. Nicht nach der demütigenden Erfahrung bei der Arbeit heute. Wer bin ich denn, mich in meinen selbst verschuldeten Fehlern zu suhlen, wenn es Leute auf dieser Welt gibt, die nichts für ihre Probleme können? Trauer, Krankheit, Trennungen … Flüchtig frage ich mich, was Adam wohl jetzt gerade macht. Ich kann noch immer nicht glauben, dass er ein Sabbatjahr von Hudson & Grey genommen hat. Das passt so gar nicht zu ihm. Milly hat mir erzählt, dass er mit dem Auto quer durch Amerika fährt. Er wolle in Ruhe herausfinden, was er vom Leben will, nachdem sich die Zukunft, die er sich vorgestellt hatte, so drastisch verändert hat. Ich denke daran, dass Milly und Jay nach New York ziehen. Für uns alle hat sich viel verändert.

Ich hole tief Luft, denke an Loni und versuche, etwas beruhigende Yogi-Energie durch meinen Körper fließen zu lassen. Doch es hilft nicht. Ich habe Angst vor dieser Party. Und sosehr ich mich im Moment an einen anderen Ort wünsche, will ich auf keinen Fall Millys Abschiedsparty verpassen. Sie ist meine beste Freundin, und ich mache das hier, um sie zu unterstützen. Ausnahmsweise drücke ich mich mal nicht.

Ich trete ein und lande in der Mitte des Raums, wo ich von einer Menge geschäftiger, attraktiver Menschen verschluckt werde. Ich gehe in Richtung Bar und stelle mich auf die Zehenspitzen, um zu sehen, ob ich Millys glattes schwarzes Haar in der Menge entdecke. Bei ihr würde ich mich sicher fühlen, aber alles, was ich sehe, sind haufenweise teure Handtaschen, funkelnder Schmuck und Männer in eleganten Anzügen. Ich reibe meine leicht verschwitzten Handflächen aneinander und wünsche, ich hätte Millys Angebot angenommen, mir etwas aus ihrem Kleiderschrank zu leihen. Als ich die Wohnung in meiner verwaschenen Jeans, einer fließenden Tunika und Römersandalen verlassen habe, fühlte ich mich schick und irgendwie … na ja, wie *ich.* Jetzt merke ich, dass ich den Dresscode deutlich unterschätzt habe – und die Gästeliste. Anscheinend ist hier die oberste Riege der Londoner Werbe- und Medienbranche sowie der Wirtschafts- und Finanzwelt versammelt.

»BEA!«, ruft Milly. »Da bist du ja!« Als ich sehe, dass sie sich mit einem Glas Champagner in der Hand durch die Menge zu mir schiebt, winke ich erfreut. Sie sieht wunderschön aus in einem wallenden langen Kleid mit hoher Taille, goldenem Schmuck und goldschimmernden High Heels. Das ist zwar nicht ihr üblicher Stil, sie bevorzugt sonst deutlich schlichtere Kleidung, aber es steht ihr hervorragend. Ich bin so erleichtert, sie zu sehen, dass ich einen Augenblick brauche, um zu realisieren, dass es im Raum leiser geworden ist, man kann die Atmosphäre nicht anders als feindselig bezeichnen. Vertraute Gesichter, die ich zuletzt lächelnd und mit opulentem Haarschmuck und Hüten auf meiner Hochzeit gesehen habe, starren mich an.

Milly umarmt mich. »Danke, dass du gekommen bist«, flüstert sie. »Ich weiß, wie schwer das für dich sein muss.«

»Schwer?«, flüstere ich zurück. »Ich bin Lonis Tochter, schon vergessen? Nach Aufmerksamkeit heischen und die schmutzige Wäsche in der Öffentlichkeit waschen liegt in der Familie!« Ich schlucke. Als ich über ihre Schulter zu den Gästen blicke, die überwiegend miteinander tuscheln, schwindet meine aufgesetzte Tapferkeit.

Milly drückt mich und führt mich zur Bar, fort von drei ihrer Kolleginnen, die offenbar vor Freude darüber platzen, endlich den Tratsch über meine Hochzeit zu hören. Sie sind alle Singles und haben nie einen Hehl daraus gemacht, wie sehr es sie geärgert hat, dass jemand wie ich – eine kleine, gewöhnlich Zeitarbeiterin – einen Mann wie *Adam Hudson* abbekommen konnte.

»Ignoriere sie einfach«, rät Milly. »Du bist mit mir hier. Komm, besorgen wir dir was zu trinken. Champagner?«, fragt sie, und ich nicke und lächle sie dankbar an.

Fünf Minuten später haben Milly und ich uns auf ein Sofa zurückgezogen, das etwas geschützt in einer Ecke des Raums steht. Ich belausche eine Unterhaltung zwischen zwei Frauen, die links von uns stehen, und in deren Gespräch regelmäßig die Worte »weggelaufen« und »Braut« fallen. Ich lasse mich noch tiefer in das Polster sinken.

»Wenn sie sehen, dass es dir nichts ausmacht, verlieren sie bald das Interesse«, bemerkt Milly schnell und zieht mich hoch. Dasselbe hat sie damals zu mir gesagt, als sie mich dazu bringen wollte, nach meinem Zusammenbruch wieder zur Schule zu gehen und meinen Abschluss zu machen.

»Kommt Adam auch?«, frage ich angespannt.

Milly schüttelt den Kopf. »Das würde ich euch beiden nicht antun. Außerdem ist er noch immer unterwegs, aber er hat Jay versprochen, uns in New York zu besuchen.«

»Oh«, sage ich und merke überrascht, wie mir schwer ums Herz wird. Ich muss mich daran erinnern, dass es eine gute Sache ist, dass ich Adam heute Abend nicht auf dieser Veranstaltung begegnen muss. Aber mir wird bewusst, dass ich an ihn gedacht habe, als ich mich für die Party zurechtgemacht habe. Man verbringt nicht sieben Jahre mit jemandem und schaltet einfach seine Gefühle ab, auch wenn man diejenige ist, die davongelaufen ist. »Ihr werdet in New York alle zusammen sein«, bemerke ich betrübt.

»Komm doch auch«, erwidert sie aufgeregt. »Schließlich hält dich hier nichts mehr. Du könntest noch immer zurück zu Adam, es ist noch nicht zu spät …«

»Ich will ihn nicht zurück«, behaupte ich mit einer Sicherheit, die ich nicht empfinde. »Ich muss mir ein eigenes Leben aufbauen.«

»Wenn du meinst.« Sie zuckt mit den Schultern. »Aber wie genau willst du das anstellen?«

»Mit meinem neuen Job!«

Sie sieht mich mitfühlend an. »Du musst mir nichts vormachen, Bea. Ich lasse dich furchtbar ungern so zurück. Ich weiß, dass du eine schwere Zeit durchmachst, und wünschte, ich könnte für dich da sein und dir helfen, wieder auf die Beine zu kommen …« Einen Augenblick taxiert sie mich mit ihrem wachen Blick, dann nehmen ihre Gesichtszüge einen weicheren Ausdruck an. Zu mir ist Milly anders als zu anderen Leuten. Ich weiß, dass sie bei der Arbeit den Ruf einer Bulldogge hat – bei ihren Freunden und Bekannten ebenso. Sie ist ungeduldig, dickköpfig und sehr direkt, doch mit mir und Jay ist sie milder, allzeit bereit, uns zu beschützen. Ich weiß nicht, was für ein jämmerliches Bild ich abgeben muss, um diese Behandlung zu verdienen – nein, das ist gelogen, das weiß ich. Aber nichtsdestotrotz bin ich entschlossen, ihr – und mir – zu beweisen, dass ich es allein schaffen kann.

»Milly, du hast schon weit mehr getan, als ich verdiene. Du lässt mich umsonst in deiner Wohnung wohnen. Ernsthaft«, sage ich mit zitternder Stimme und umklammere ihre Hand. »Ich weiß wirklich nicht, wie ich dir jemals dafür danken kann ...«

»Nicht!«, erwidert Milly und wedelt mit der anderen Hand vor ihrem Gesicht herum.

Ich fange ihre Hand ab und halte sie, während ich ihr in die Augen blicke. »Ich werde dich ganz schrecklich vermissen, aber ich verspreche dir, ich komme klar.«

»Ich werde dich auch vermissen«, sagt sie erstickt. Dann schnieft sie. »Bah, man darf mich nicht öffentlich weinen sehen. Das ruiniert meinen Ruf als knallharte Geschäftsfrau. Und außerdem sehen wir uns bald. Ich zahl dir den Flug, damit du mich besuchen kannst ...«

»Ich spare darauf«, erwidere ich.

»Von deinem Floristengehalt?«, sagt Milly zweifelnd. »Ich will mich nicht über dich lustig machen, Bea, aber das kann etwas dauern.«

Ich beiße mir auf die Lippe, dann erwidere ich: »Hör zu, Milly. Ich weiß, ich verdiene nicht viel Geld, aber diese Arbeit fühlt sich wie die erste richtige Entscheidung seit Jahren an. Ich glaube wirklich, dass ich endlich auf dem richtigen Weg bin.«

»Gut«, sagt Milly, wirkt jedoch nicht überzeugt. »Na ja, ich schätze, ich mische mich mal lieber wieder unter die Leute«, fügt sie hinzu und steht auf. »Kommst du allein klar?«

»Heute oder immer?«, scherze ich, doch sie lächelt nicht.

»Natürlich«, sage ich strahlend, lese jedoch deutlich die Sorge in ihren Augen.

Schließlich schüttelt sie den Kopf und verschwindet in der feiernden Menge, während ich allein zurückbleibe und dem Treiben zusehe.

# 31. Kapitel

Ich setze mich auf den Boden und blicke mich in Millys Garten um. Sie ist erst eine Woche weg, doch in dieser Zeit hat die drückende Sommerhitze ihren Höhepunkt erreicht, und ich habe den Großteil meiner Zeit, die ich nicht im Blumenladen sein musste, hier draußen verbracht. Beim Graben, Unkrautjäten, Pflanzen und Beschneiden finde ich Trost. Ich sammle die Abfälle auf und betrachte mein Werk. Ich habe die Rosen gedüngt, die früh blühenden Geranien beschnitten und jede Menge Rüsselkäfer entfernt. Ich habe leere Beete umgegraben, wuchernde Büsche und Stauden beschnitten und die blau blühende Klematis versorgt – unwillkürlich musste ich an unsere Dachterrasse denken und fragte mich, ob Adam daran gedacht hatte, dasselbe zu tun. Dann fiel mir ein, dass er ja noch nicht einmal zurück war.

Plötzlich werde ich von einer Erinnerung eingeholt.

*»Ich kann nicht glauben, dass er für immer weg ist!«, schluchzt Kieran, während ich über sein Haar streiche. Meine eigenen Tränen und der sterile Krankenhausgeruch rauben mir die Luft.*

Ich blinzle und kehre in die Gegenwart zurück. In den letzten Tagen überkommen mich diese Flashbacks aus der Nacht, in der Elliot gestorben ist, immer häufiger.

»Konzentriere dich auf die Blumen«, murmle ich vor mich hin. Seit ich vor drei Monaten umgezogen bin, Dads Gartentagebuch wiedergefunden und begonnen habe, hier die Erde umzugraben, fühle ich mich, als würde ich in meiner Vergangenheit graben. Ich blicke hinunter auf das kleine blaue Buch, dessen Seiten neben mir in der Brise flattern. Dads schräge

Handschrift und seine Diagramme sind mir so vertraut, als wären es meine eigenen. Ich nehme das Tagebuch, drücke es an meine Brust, dann an meine Nase und atme den staubigen Geruch der Erinnerungen ein.

Aus dem Augenwinkel nehme ich den Platinring wahr, den ich an meiner rechten Hand trage. Ich habe ihn zögernd wieder angesteckt, als ich ihn zusammen mit dem Tagebuch in dem Koffer gefunden hatte. Es ist Lonis Ehering. Ich habe sie davon abgehalten, ihn ins Meer zu werfen, nachdem sie Dad hinausgeworfen hatte. Es ist derselbe, den ich ein Jahr lang getragen habe, nachdem Kieran weggegangen war, weil er zu unserem Versprechen gehörte, einander nicht zu vergessen.

Als ich ihn nun abnehme und zwischen Daumen und Zeigefinger drehe, muss ich daran denken, wie Kieran auf meiner Hochzeit aufgetaucht ist. Habe ich ihn vorschnell fortgeschickt? Hätte ich ihm noch eine Chance geben sollen, mit mir zu reden? Hätte ich ihm zuhören sollen, wie ich dem Mann im Laden zugehört habe, der seine kranke Frau pflegt?

Ich stecke den Ring wieder an und wundere mich, wie fremd und zugleich angenehm er sich anfühlt. Als hätte er einen unsichtbaren Abdruck hinterlassen, der trotz all der Zeit, die seither vergangen ist, nie ganz verschwunden ist. Ihn wieder zu tragen ist, als würde ich eine Tür zu meiner Vergangenheit öffnen. Ich schließe die Augen und denke an die Tage in jenem Sommer, als Kieran und ich uns gegenseitig die Gründe anvertrauten, warum wir füreinander bestimmt seien, und an unserer Liebesgeschichte feilten, als würden wir sie noch Jahre später erzählen.

»Ich wollte diesen Sommer eigentlich nicht herkommen, weißt du«, hatte Kieran eines Nachmittags gesagt, als wir am Wells Beach vor einer der kleinen Strandhütten lagen und so taten, als würde sie uns gehören. Er rollte sich auf den

Bauch, stellte seinen eichenbraunen Rücken zur Schau und blickte durch seine Wimpern zu mir auf. Seine Augen waren von einem magischen Grün. Ich weiß noch, dass ich dachte, ich könnte mich für immer in ihnen verlieren. »Elliot hat uns Jobs in diesem Pub in Devon besorgt, aber an dem Tag, als wir in Dorset losfahren wollten, habe ich einfach den Bus gewendet und bin in eine andere Richtung gefahren. In jenem Moment bin ich nur meiner Eingebung gefolgt.« Er blinzelte mich an, und seine Wimpern flatterten über seine dunkle Haut, während er sich eine Zigarette anzündete und den Rauch so lässig ausstieß, wie er diese Geschichte erzählte. »Es war, als würde ich von einem Magneten angezogen. Als ich dich dann kennengelernt habe, wusste ich, wohin – oder vielmehr *zu wem* – es mich gezogen hatte.«

»Ich wollte an jenem Abend nicht zu der Strandparty gehen«, fuhr ich fort. »Aber Loni hatte einen Haufen Leute zu uns nach Hause eingeladen, und mich überkam der Drang, alleine am Strand joggen zu gehen …«

»Du hast sexy ausgesehen in deiner engen Jogginghose!« Kieran lachte und gab mir einen Kuss auf die Brust.

»Ich habe gehört, wie mich jemand gerufen hat. Dann sah ich dich, wie du dort saßt, mit deiner Gitarre, und ich wusste, dass ich nicht so bald wieder gehen würde …«

»Als ich dich gesehen habe, konnte ich mich nicht rühren, geschweige denn gehen. Es war, als sei der einzige Sinn dieses Sommers, dich zu treffen«, erzählte Kieran mir, während er sich mit der Hand durch die von der Sonne gebleichten Haare fuhr.

Dann setzte er sich auf, küsste mich und drückte seinen schlanken, halb nackten Körper gegen meinen, sodass ich in den Sand sank. Mir gefielen seine drängenden, begierigen, leidenschaftlichen Küsse. In jenem Moment wusste ich, dass mein Leben eine neue Dimension erreicht hatte – meine verschlafene, behütete Norfolker Existenz war endlich zum

Leben erweckt worden. Es ängstigte mich, aber es gab mir auch das Gefühl, lebendig zu sein. Ich brauchte nichts mehr außer Kieran, um glücklich zu sein.

Als mein Handy klingelt, ziehe ich es aus der Tasche meiner Jeans. »Hallo, Loni«, melde ich mich, und meine Stimme kommt mir selbst fremd vor.

»Bea, Liebes! Wir haben uns ja ewig nicht gehört! Bist du so sehr damit beschäftigt, die Fesseln deiner langweiligen alten Existenz abzuschütteln, dass du keine Zeit hast, deine Mum anzurufen?«

»Ich hatte zu tun«, antworte ich angespannt. Ich halte inne und blicke auf meine rechte Hand, dann auf das Tagebuch in meinem Schoß. »Ich bin dabei, meine eigene Welt zu finden, Loni, und das mache ich mit vollem Einsatz«, füge ich sanft hinzu. »Genau, wie du es mir beigebracht hast. Ich nehme mir ein Beispiel an dir.«

»Das höre ich gern! Solange du weißt, dass ich immer für dich da bin, Liebes. Du bist nie allein, vergiss das nicht. Auch in deinen dunkelsten Stunden gibt es immer irgendwo einen Lichtschimmer – habe ich dir das nicht immer gesagt? Und hat das nicht immer gestimmt? Das letzte Mal, als du dachtest, dein Leben wäre vorbei, bist du nach London gezogen und hast Adam kennengelernt. Und jetzt hast du diesen wundervollen neuen Job gefunden, und ich bin so stolz darauf, wie stark du bist, mein Schatz. Aber das heißt nicht, dass du keine Hilfe brauchst. Als dein Dad weggegangen ist …«

Ich lasse sie nicht ausreden. »… wurdest du zu der Frau, die du eigentlich bist. Was hast du zu mir gesagt, nachdem Kieran mich hat sitzen lassen, Loni? ›Du brauchst keinen Partner, nur deinen Stolz.‹ Geh, bevor er dich verlässt – das war doch die Botschaft, oder? Und das habe ich mit Adam gemacht. Ich bin gegangen, bevor er mich verlassen konnte.«

Einen Augenblick ist Loni ungewöhnlich still. »Aber Adam hätte dich nie verlassen, Liebes, das weißt du doch, oder? Und darum ging es mir damals überhaupt nicht. Es war nicht *deine* Schuld, dass Dad oder Kieran verschwunden sind. Dein Dad hat dich vergöttert. Und Kieran – nun, das waren außergewöhnliche Umstände. Er hatte gerade seinen Zwillingsbruder verloren, mein Schatz. Er war einfach nicht in der Verfassung, dich zu lieben … Du musst aufhören, dir die Schuld dafür zu geben.«

Ich muss daran denken, wie Kieran an meinem Hochzeitstag vor mir stand. Ist er zurückgekommen, weil er jetzt in der Verfassung dazu ist? Ich denke an den Zeitball in Greenwich und stelle mir vor, dass er in diesem Moment fällt und ich auf einmal alles klar vor mir sehe. Dass Kieran gekommen ist, war ein Zeichen – wir sollen uns noch eine Chance geben. Es noch einmal versuchen. Einen Neuanfang wagen. Das habe ich immer gewollt. Vielleicht ist das meine Chance wiedergutzumachen, was in der Vergangenheit passiert ist. Warum habe ich das nicht früher gesehen?

»Tut mir leid, aber ich muss Schluss machen, Loni«, sage ich eilig und lege auf.

Einen Moment stehe ich so da, während der Groschen – Zeitball, wie auch immer man es nennen will – immer wieder fällt. Ich habe es die ganzen letzten Monate nicht wahrhaben wollen. Kann es sein, dass ich Adam verlassen habe, weil ich nie aufgehört habe, Kieran zu lieben? Ich stehe auf, klopfe meine Jeans ab und laufe zurück in Millys Wohnung.

Schnell ziehe ich mich aus und gehe unter die Dusche. Ich habe das Gefühl, dass ich nicht nur den Schmutz aus dem Garten, sondern auch das wegwaschen will, was ich Adam angetan habe. Ich habe ihn so sehr geliebt, aber ich habe nie aufgehört, an Kieran zu denken. Einen Typen, den ich acht Jahre lang nicht gesehen und mit dem ich nur einen einzigen

Sommer verbracht habe. Das ist verrückt. Es kommt mir vor, als würde ich von meiner Vergangenheit verfolgt, und je mehr ich versuche, mich in mein neues Leben zu werfen, desto mehr zieht es mich zu meinem alten zurück. Seit Kieran aufgetaucht ist, läuft alles rückwärts. Ich wohne wieder dort, wo ich hingegangen bin, nachdem das alles passiert war. Das bedeutet, dass ich im nächsten Schritt nach Norfolk zurückkehren muss, um zu sehen, ob er noch dort ist. Es fühlt sich an, als würde alles zu diesem einen Sommer führen, zu Kieran – und zu diesem schrecklichen Abend. Und ich denke nicht, dass ich die Zeichen länger ignorieren kann.

Ich trete aus der Dusche, nehme mein Handy, öffne Facebook und scrolle durch meine Nachrichten, bis ich die finde, die Kieran mir nach der Hochzeit geschickt hat. Ohne nachzudenken, schreibe ich rasch eine Antwort und schicke sie ab:

Kieran, ich würde dich gern sehen … Natürlich nur, wenn du das noch willst?
Bea

# 32. Kapitel

Beim Zähneputzen versuche ich, nicht auf mein Handy zu linsen, das auf dem Waschbeckenrand liegt. Ich ermahne mich streng, dass ich nicht wie besessen auf seine Antwort warten werde. Vielleicht sieht er meine Nachricht erst in ein paar Tagen. Vielleicht hat er schon ganz vergessen, dass er mir überhaupt geschrieben hat. Schließlich ist das Monate her.

*Er ist jahrelang weg gewesen, und wir haben einander nicht vergessen …*

Ich blicke in den Spiegel. Als ich feststelle, dass ich heute fast genauso aussehe wie damals, als Kieran weggegangen ist, scheint sich die Zeit in nichts aufzulösen. Ich bin deutlich schmaler (so ist das mit Trennungen bei Frauen), was die kürzeren Haare ausgleichen, die mich jünger wirken lassen. Von den Nachmittagen in Millys Garten ist meine Haut leicht gebräunt, und ich habe derart viele Sommersprossen, wie ich sie nicht mehr hatte, seit ich aus Norfolk weggezogen bin. Vielleicht bin ich nicht so schick und elegant wie in der Zeit mit Adam, aber ich sehe mehr wie ich selbst aus.

Ich nehme mein Handy, klemme es zwischen Kinn und Brust, wickle mir ein Handtuch um und sammle meine Kleider auf. Als ich das Bad verlasse, habe ich mit jedem Schritt das Gefühl, mich weiter in die Vergangenheit zu begeben, weil ich nicht aufhören kann, an Kieran zu denken. Plötzlich stelle ich mir vor, die letzten Jahre wären gar nicht passiert, und als ich die Augen schließe, sehe ich uns drei zusammen. Elliot sitzt zwischen Kieran und mir, während wir über die endlosen Landstraßen brausen – frei zu fahren, wohin wir wollen, zu tun, was uns gefällt, unsere ganze Zukunft vor uns. Ich lasse meine Sachen im Gästezimmer aufs Bett fallen. Die Wände des Zimmers tragen immer noch das Gelb, in dem ich sie damals bei meinem Einzug gestrichen habe. Es passte nicht richtig zu Millys minimalistischem Stil, aber sie verstand, dass ich in einer freundlichen Umgebung aufwachen musste. Auf einmal kommt mir eine Idee. Ich öffne den kleinen Koffer, den ich all die Jahre hiergelassen habe, hole die Drucke von Monet heraus und suche eine Rolle Tesafilm. Dann verbringe ich eine glückliche Weile damit, eine Wand von meinem Schlafzimmer mit ihnen zu dekorieren. Als ich fertig bin, trete ich zurück, verschränke die Arme und betrachte zufrieden mein Werk.

Als ich auf das Handy blicke, um zu sehen, wie spät es ist, pocht mein Herz plötzlich wie wild – neben meiner Facebook-App prangt ein kleines rotes Zeichen. Ich habe eine Nachricht. Nein, er kann doch nicht … nicht schon jetzt. Oder doch?

Mit zitternden Fingern tippe ich auf das blaue Zeichen mit dem weißen F.

> Bea, ich möchte dich unbedingt so bald wie möglich sehen. Ich bin hier in Norfolk. Willst du herkommen? Sag einfach Bescheid, ich verspreche, da zu sein. Jetzt, da ich zurück bin, schaffe ich es nicht, wieder zu fahren … K

Ich lese die Nachricht immer und immer wieder und versuche, die Angst, die Aufregung und die Übelkeit zu unterdrücken, die mich bereits bei dem flüchtigsten Kontakt mit Kieran überkommen.

O Gott, ich kann das nicht. Ich sollte das nicht tun. Das ist doch nicht richtig, oder?

Plötzlich hat mich all meine Entschlusskraft wieder verlassen. Ich sitze auf dem Bett, starre auf das Display, und mein Blick bleibt an einzelnen Worten hängen.

Er sagt alles, wovon ich ein ganzes Jahr geträumt habe, während ich auf ihn gewartet habe. Ja, es ist sieben Jahre später als erwartet, aber besser spät als nie, stimmt's?

Während mein Herz in meiner Brust Trommelwirbel vollführt, schreibe ich seinen Namen:

Kieran

Ich zögere, meine Finger schweben über den Buchstaben. Ich lösche seinen Namen, schreibe ihn noch mal und füge ein weiteres Wort hinzu:

Hallo Kieran

Das erste Wort lösche ich wieder.

Lieber Kieran

Ich will nicht zu aufgeregt wirken, gleichzeitig habe ich das Gefühl, keinen Augenblick länger warten zu können. *Denk nicht darüber nach!*, sage ich mir. *Schreib ihm genauso spontan wie vor einer halben Stunde!*

Kieran, ich möchte dich auch unbedingt sehen.

*Ich möchte nur ein paar Antworten*, rede ich mir ein. *Ich bin nicht mehr in ihn verliebt.*

Am Wochenende bin ich in Norfolk.

Noch eine Pause. Das hatte ich nicht vor, aber das weiß er ja nicht. Und ich habe Loni tatsächlich versprochen, sie bald zu besuchen.

Wollen wir uns dann treffen? Bea

Spricht eine Bitte aus diesem Fragezeichen? Ein Flehen? Kuss oder kein Kuss? HÖR AUF, ALLES ZU ANALYSIEREN!

Ich gehe auf Senden, und innerhalb von Sekunden erscheint seine Antwort:

Sehr gern. Wo wollen wir uns treffen? Samstag ist der Jahrestag von … na ja, du weißt schon. Kuss, K

Wie konnte ich das nur vergessen? Irgendwie habe ich das Gefühl, dass die Sterne uns genau acht Jahre nach jenem schicksalhaften Tag wieder zusammenführen, an dem uns der Tod seines Bruders auseinandergerissen hat. Darin liegt irgendwie eine seltsame Symmetrie, die zu den zwei Versionen meines Lebens passt, die stets nebeneinanderher zu laufen scheinen. Die Zeit, bevor und nachdem Dad ging, die Zeit vor und nach Kieran … und jetzt vor und nach Adam.

Erschrocken blicke ich auf mein Smartphone, weil mir wieder einfällt, dass Kieran ja auf eine Antwort wartet. Ich umklammere das Gerät fester. Kieran ist zurück, und er hat lange auf mich gewartet.

Und ich glaube, ich sehe endlich der Wahrheit ins Auge – dass auch ich die ganze Zeit auf ihn gewartet habe.

# 33. Kapitel

Als ich zwei Tage später in Norfolk eintreffe, begrüßt mich Loni etwas lustlos. Irgendwie wirkt sie müde und gereizt, als sie die Tür öffnet.

»Ach Bea, du bist es.«

»Du könntest dir zumindest Mühe geben, etwas erfreuter zu klingen«, sage ich, küsse sie auf die Wange und trete ein. Aus dem Wintergarten dringen Stimmen und Lachen zu uns herüber. »Hast du Gäste?«, frage ich.

»Natürlich! Hab ich nicht erwähnt, dass meine neue Seminargruppe hier ist? Heute ist ihr letzter Abend. Wir wollen gerade zu Abend essen und verbrennen, was uns hemmt. Wir haben es auf Zettel geschrieben. Komm rein.«

Widerwillig folge ich ihr und versuche, dabei nicht auf den langen Seidenschal zu treten, der sich von ihrem Hals gelöst hat und hinter ihr über den Boden schleift. Eigentlich wollte ich nur noch in meinen Pyjama schlüpfen, ein Glas Wein trinken und ein bisschen mit Loni plaudern. Ich wollte sie nicht mit zehn anderen Menschen teilen und habe keine Lust, ausgefragt zu werden oder mir bei ihrem neuesten verrückten Therapiespiel Verbrennungen dritten Grades zuzufügen. Doch ich bemühe mich, mir meine Enttäuschung nicht anmerken zu lassen. Es nervt mich zwar, dass das ganze Haus voller Leute ist und Loni mir das nicht gesagt hat, andererseits ist es nicht weiter überraschend. Auch wenn sie eigentlich allein wohnt, trifft man Loni nur selten allein an.

Im Haus sieht es chaotisch aus, und Loni wirkt zerstreut und nervös, als sie mich in den Wintergarten führt.

»Es ist eine besonders nette Gruppe, Liebes. Ich freue mich, dass du sie kennenlernst. Es sind ein paar vertraute Gesichter darunter, aber auch ein paar neue, die ich sehr mag …« Sie lässt den Satz unvollendet und wirft mir über ihre Schulter einen Blick zu. Irgendetwas stresst sie, aber ich kann nicht herausfinden, was. Sie wirkt gar nicht wie Loni. Normalerweise ist sie ruhig und entspannt. Manchmal mache ich mir Sorgen, dass ihr das hohe Arbeitspensum zu viel wird. Sie hat abgenommen, und obwohl ich zugeben muss, dass ihr das gut steht, finde ich es beunruhigend. Cal hat neulich ebenfalls gesagt, dass er sich Sorgen macht. Für ihr Alter sieht Loni gut aus, darum meinen alle immer, sie wäre jünger. Aber sie ist jetzt fast fünfundfünfzig und auch nicht unverwüstlich …

»Komm rein und sag Hallo«, fordert mich Loni auf, und als sie mich anlächelt, beschließe ich, dass ich mir keine Sorgen machen muss. Ihr Strahlen ist noch da, ihre leuchtenden Augen, dieselbe Energie und Entschlossenheit – vielleicht ist all das sogar noch intensiver geworden. Loni ist zäher als wir alle. Sie ist nicht krank, und ich bin mir plötzlich sicher, dass sie keine Hilfe braucht. Sie hat ihr Leben so eingerichtet, dass sie gut allein klarkommt. Nichtsdestotrotz beschließe ich, ein Auge auf sie zu haben … nur für alle Fälle. Während sie in den Wintergarten marschiert, bleibe ich in der Tür stehen. Das Zimmer ist von kreisförmig angeordneten Teelichtern beleuchtet, die Gäste sitzen im Lotussitz auf dem Boden, und in der Mitte steht ein niedriger marokkanischer Beistelltisch mit einem großen Tontopf, der dem Geruch nach zu urteilen etwas Scharfes, Exotisches enthält. Alle halten kleine Tonbecher mit Rotwein oder Sangria oder so etwas in den Händen, und ein vornehmer älterer Herr verteilt Gemüsechips und Hummus.

»Willkommen zu unserem letzten Abendmahl«, sagt er, und ich verdrehe die Augen, als ich merke, dass Lonis Gäste

Brot herumgehen lassen und es untereinander brechen. »Ich bin Roger, ein Freund deiner Mutter.«

»Nur nicht so schüchtern, mein Schatz, komm rein!«, schaltet sich Loni rasch ein, ihr Blick zuckt zu ihm und dann wieder zu mir. »Darf ich dir meine Freunde vorstellen?«

Sie und Roger lassen sich fast gleichzeitig ebenfalls im Lotussitz nieder. Doch dann korrigiert Loni ihre Position, damit ihre Knie sich nicht berühren, woraufhin er ihr einen Blick zuwirft. Ich sollte ihm sagen, dass er keine Chance bei ihr hat. Loni lässt sich nie auf jemanden ein, der für ein Seminar bei ihr bezahlt hat. Sie sagt, das sei eine schlechte Ausgangsvoraussetzung. Und außerdem ist er viel zu alt für sie. Das letzte Mal, dass sie mit jemandem in ihrem Alter zusammen gewesen ist, war … tja, das war mit meinem Vater. Und der war eigentlich sogar fünfzehn Jahre älter als sie. Als er sie verlassen hat, war er siebenundvierzig und sie zweiunddreißig, was bedeutet, dass er jetzt siebzig ist. Manchmal versuche ich, mir vorzustellen, wo er lebt. Ob er wieder geheiratet hat, wie viele Kinder er hat. Wovon er lebt. Ob er überhaupt noch lebt. Ab und an überkommt mich eine tiefverwurzelte Angst, dass er furchtbar einsam, krank oder, noch schlimmer, tot ist. Doch dann stelle ich mir wieder vor, dass er lebendig und unendlich glücklich ist und eine Familie hat, die er abgöttisch liebt.

Zwei Versionen, doch beide sind schmerzhaft für mich.

»Vielen Dank für die Einladung, Loni, aber ich bin gerade erst angekommen. Ich ziehe mich lieber zurück.« Ich lächele. »Ich wollte nur kurz Hallo sagen. Also hallo! Ich wünsche euch viel Spaß …«

Nachdem ich mich von der Gruppe verabschiedet habe, sammele ich meine Sachen zusammen und gehe in den Garten zum Wohnwagen, der schon seit Ewigkeiten dort steht. Früher machte unsere Familie darin Ferien, dann, nachdem Dad weg war, benutzten wir ihn nicht mehr. Er stand verlassen im Garten, bis ich ihn in Beschlag nahm. Im Haus waren ständig so viele Menschen, und in meinen späten Teenie-Jahren fiel es mir zunehmend schwerer, Loni und ihre Jünger zu ertragen. Hier, im Wohnwagen, konnte ich in Ruhe nachdenken, träumen und Pläne schmieden. Und als ich dann Kieran kennenlernte, nutzte ich den Wagen noch viel mehr.

Bevor ich Kieran morgen zum ersten Mal richtig treffe, brauche ich etwas Ruhe und Schlaf, doch als ich im Etagenbett liege, kann ich nicht aufhören, an ihn zu denken, und schweife immer wieder in die Vergangenheit ab …

*»Kieran, ich muss dir was sagen.« Meine Stimme wird vom Kreischen der Möwen davongetragen und versinkt im Meer. »Ich muss dir erklären, was in der Nacht zwischen Elliot und mir passiert ist.«*

*Er ist mir hierher, an den Holkham Beach, gefolgt, wohin ich nach der Beerdigung vor dem Geruch von Lilien und Tod geflohen bin. Ich stehe auf der Sanddüne, und der Sturm zerrt an mir. Er ist ungewöhnlich heftig für diese Jahreszeit und peitscht unablässig auf die Küste ein, seit Elliot vor zwei Tagen in ihm umgekommen ist. Ich bin hergekommen, weil ich auch vom Wind gepeitscht werden will. Ich will, dass das Meer mich verschlingt, genau wie Elliot. Nichts anderes habe ich verdient.*

*Ich blicke zu Kieran, der die Hände in den Hosentaschen vergraben hat und aufs Meer hinausblickt. Ein dunkler Schatten hat sich über seine Augen gelegt wie die Gischt über die Küste. Der Strandflieder in der Ferne umgibt sein langes Haar wie ein Heiligenschein, doch plötzlich sieht er für mich mehr wie ein Trauerkranz aus. Nie wieder werde ich bei dem Gedanken an diese Küste etwas anderes sehen als einen toten jungen Mann und eine verlorene Liebe.*

*Kieran muss mich nicht ansehen – oder etwas sagen –, ich weiß auch so, dass es vorbei ist. Ich habe ihm nicht die Wahrheit darüber gesagt, was zwischen Elliot und mir passiert ist. Ich kann es nicht.*

*Aber ich weiß, dass mit Elliots Tod auch etwas zwischen uns gestorben ist. Kieran verlässt mich. Und daran bin ich ganz allein schuld.*

*Er packt mich fest an den Armen und zieht mich zu sich. »Es war nicht deine Schuld, okay? Du hast versucht, ihn zu retten …« Ich streife mit meinem Gesicht an seinem Hals entlang und atme seinen Geruch ein. »*Ich *bin schuld, dass er gestorben ist – und darum muss ich gehen.«*

*»Ich glaub, ich kann nicht ohne dich leben …«, stoße ich hervor. Ich bekomme kaum Luft.*

*»Sag das nicht.« Sein Atem streicht warm über mein Haar. »Sag das nie. Natürlich kannst du ohne mich leben. Ich bin nicht gut für dich. Nicht jetzt.«*

*»Dann nimm mich mit«, flehe ich und klammere mich an seinen Rücken wie an einen Fels.*

*»Nein!« Er macht sich von mir los und wendet sich ab. In seinem schwarzen Anzug wirkt er verloren, gebrochen. Und ich begehre ihn mehr denn je. »Du bist besser dran ohne mich. Ich will dich nicht mit herunterziehen, so wie es mir mit Elliot passiert ist. Es war meine Schuld.«*

*»Das stimmt nicht!«, weine ich, aber er hört mir nicht zu.*

*»Ich weiß, die Ärzte behaupten, er sei gestorben, weil er mit dem Kopf gegen die Kaimauer geschlagen ist, aber eigentlich habe ich ihn unter die Wellen gezerrt. Ich habe ihn zu unserem verrückten Leben, zu diesen irrsinnigen Mutproben ermutigt … und dich auch noch mit hineingezogen.«*

*»Kieran …« Ich stürze zu ihm und umklammere seinen Arm. »Hör mir bitte zu!«*

*Er dreht sich zu mir um, und ich sehe, dass Tränen über sein Gesicht strömen und von seinen Wangen stürzen wie Menschen von einer Klippe. »Ich weiß nicht, was ich ohne ihn tun soll, Bea …«*

*Es ist, als wollte er es nicht wahrhaben. Er will nicht sehen, dass ich allein für Elliots Tod verantwortlich bin. Ich hätte in dieser Nacht im Hafen sterben müssen. Nicht Elliot. Ich verdiene es nicht, hier zu sein. Schluchzend blicke ich erst zu ihm und dann hinauf zu dem tiefdunklen Himmel.*

*Kieran schließt mich in die Arme und tröstet mich, dabei sollte es andersherum sein. Wir halten einander reglos fest, während der Sturm um uns tobt. Schließlich löst Kieran sich von mir und fasst meine Schultern.*

*»Ich gehe nicht für immer, das musst du mir glauben, ja? Aber damit ich mit dir zusammen sein kann, muss ich erst ein besserer Mensch werden.«*

*»Nein … nein, das musst du nicht, Kieran …«*

*Um mich zum Schweigen zu bringen, küsst er mich auf die Lippen, ein sanftes Streichen, das mir die Stimme raubt. »Hör mir bitte zu, Bea. Es war nicht deine Schuld.«*

*Jetzt schluchze ich, weil ich weiß, dass ich ihn nicht umstimmen kann. Er holt einen Ring hervor und hält ihn hoch, dann streift er ihn über den Mittelfinger seiner rechten Hand. »Das ist mein Versprechen, dass ich dir gehöre, und sobald ich kann – in ein paar Monaten, spätestens in einem Jahr –, komme ich zurück zu dir. Wirst du auf mich warten? Bitte?«*

*Ich blicke ihn an, und er sieht auf meine Hand. Ich weiß, was er von mir erwartet. Ich nehme den Ehering ab, den ich um den Hals trage, seit Loni versucht hat, ihn ins Meer zu werfen, und schiebe ihn ebenfalls über den Mittelfinger meiner rechten Hand.*

*»Ein Jahr«, wiederholt er. »Ein Jahr, dann bin ich wieder bei dir.«*

*»Versprichst du mir das?«, flehe ich.*

*Er lächelt versonnen und nickt. »Du wartest doch auf mich, oder? Ich muss wissen, dass du auf mich wartest.« Ich nicke, und er küsst mich, dann löst er sich von mir. »Versprich mir, dass du bis dahin versuchst, das Beste aus deinem Leben zu machen. Tu es für mich – aber vor allem für Elliot … Leb wohl, Bea.« Dann geht er. Mit großen Schritten und mit gesenktem Kopf läuft er gegen den Wind an.*

# 34. Kapitel

Der nächste Vormittag kommt mir unerträglich lang vor. Die meiste Zeit sehe ich Loni dabei zu, wie sie Bücher, Notizen, eine Picknickdecke und eine Yogamatte in eine Reisetasche ein- und wieder auspackt, und warte unruhig darauf, dass sie das Haus verlässt. Dreimal geht sie nach oben und zieht sich um. Das erste Mal kehrt sie in einem langen, tief ausgeschnittenen purpurroten Kleid aus kräuseligem Stoff zurück, das alles andere als yogafreundlich wirkt, dann wechselt sie zu bequemeren Leggings und einem Trägertop. Nach einem Blick in den Spiegel verschwindet sie jedoch erneut nach oben und erscheint zwanzig Minuten später in einer karierten Jerseyhose und einem knallpinken T-Shirt, zu dem sie fuchsiafarbenen Lippenstift trägt und das Haar hochgesteckt hat. Dann verlässt sie das Haus, nur um dreißig Sekunden später wiederzukommen unter dem Vorwand, dass sie irgendwelche wichtigen Notizen vergessen hätte. Ich beobachte, wie sie vor dem Flurspiegel mit zittrigen Händen riesige Perlenohrringe anlegt.

Nachdem ich hier bin, verstehe ich, warum Cal sich Sorgen macht. Loni sieht vielleicht toll aus, aber sie ist wirklich nicht sie selbst. Ich werde später nachsehen, wofür »Zittern« ein Symptom sein könnte.

»Du siehst gut aus«, bemerke ich in der Küchentür lehnend und kaue meinen Toast. Vielleicht kann ich das Gespräch so auf ihre Gesundheit lenken.

»Du aber auch«, entgegnet sie mit einem Blick auf mein fließendes, besticktes Oberteil, zu dem ich Jeansshorts trage.

Ich habe Ewigkeiten gebraucht, um mir die Haare zu stylen und mich zu schminken. Das letzte Mal habe ich das an meinem Hochzeitstag gemacht. Das ist eine ganze Weile her, und ich hatte fast vergessen, wie das geht.

»Was? Ich? Das muss an der guten Luft in Norfolk liegen!«, erwidere ich und ziehe mich in die Küche zurück, um mir noch einen Toast zu machen – obwohl ich den ersten schon kaum schaffe. Loni darf auf keinen Fall sehen, dass ich rot werde.

»Was hast du heute vor, Liebes?«, ruft sie, als sie *endlich* die Tasche über die Schulter hängt und zur Haustür geht.

»Ach, ich weiß nicht …« Ich folge ihr, um mich davon zu überzeugen, dass sie diesmal auch wirklich geht. »Ich glaub, ich hänge einfach ein bisschen ab. Vielleicht werkele ich im Garten herum. Der hat es dringend nötig.«

»Oh ja«, antwortet Loni zerstreut, als würde sie zum ersten Mal das fleckige, welke Gras und die zugewucherten Beete im Garten bemerken. »Ich war in letzter Zeit nicht oft draußen. Ich hatte einfach keine Zeit oder Lust …« Sie lässt den Satz offen, als habe sie vergessen, was sie sagen wollte.

»Alles in Ordnung bei dir, Loni?«, frage ich etwas forscher als beabsichtigt.

»Mir geht es gut, Liebes! Nur viel zu tun, wie immer. Und der Garten ist immer deine Stärke gewesen. Seit du weggezogen bist, hat er nie mehr so gut ausgesehen. Ich gebe mir ja Mühe, aber ich habe einfach keinen grünen Daumen, so wie du …« Erneut lässt sie das Ende des Satzes offen, aber diesmal weiß ich genau, was sie sagen wollte. Mein Vater schwebt unausgesprochen wie ein Geist im Zimmer.

Loni hat mir schon immer gesagt, dass ich sei wie er, und manchmal habe ich das Gefühl, dass er irgendwie zwischen uns steht, dass ich seinetwegen keine so unkomplizierte Beziehung zu Loni haben kann wie Cal. Ich kann nicht vergessen, dass sie ihn dazu gebracht hat, uns zu verlassen, und umgekehrt erinnere ich sie ständig an den Mann, den sie eigentlich vergessen will.

Sie dreht sich um und küsst mich auf die Wange, woraufhin ich mir gereizt die Haut reibe, weil mir klar ist, dass sie dort einen pinkfarbenen Abdruck hinterlassen hat. »Ich gehe dann mal besser. Bist du sicher, dass du allein klarkommst?« Ihre blauen Augen sind groß vor Sorge.

»Vergiss nicht, ich bin deine Tochter«, erwidere ich ironisch. »Wir sind beide gern allein.« Sie scheint noch nicht zufrieden. »Ich komme klar, Loni. Hör auf, dir Sorgen zu machen.«

Sie öffnet den Mund, um etwas zu sagen, besinnt sich dann jedoch eines Besseren. Nervös blicke ich auf meine Armbanduhr, während sie mir einen weiteren Kuss zuwirft und dann hinaus in den strahlenden Sonnenschein tritt. Als sie die Tür hinter sich schließt, atme ich erleichtert auf. 10:50 Uhr. In zehn Minuten kommt er.

Ich sause durch den Flur zurück in die Küche und packe Frühstücksteller und Becher ins Spülbecken, in dem sich bereits das schmutzige Geschirr stapelt. Dann laufe ich nach oben, bürste mir erneut das Haar, trage etwas Lippenbalsam und Parfüm auf und putze mir zum dritten Mal die Zähne. Mit pochendem Herzen poltere ich wieder nach unten.

Ich höre einen Wagen vorfahren und stürze ins Wohnzimmer, als würde ich über heiße Kohlen laufen. Ich gleite an der Wand entlang und bleibe dort einen Augenblick mit geschlossenen Augen stehen, dann höre ich, wie seine Schuhe über den Kies knirschen und ein knappes Klopfen an der Tür ertönt.

O mein Gott. Er ist da. Er ist wirklich da.

Nach all der Zeit.

# 35. Kapitel

Mit einem schiefen Grinsen steht er auf der Schwelle, als wäre er nie fort gewesen. Dabei bilden sich kleine Fältchen um seinen Mund. O Gott, sein Mund. Ich wage es nicht, meinen Blick dorthin zu lenken, und das kann ich auch gar nicht, weil ich ihn nicht von seinen tiefgrünen Augen lösen kann, in denen sich dunkle Erinnerungen spiegeln. Sofort verliere ich mich darin. Blinzelnd zwinge ich mich, den Blick zu senken, und entdecke in seiner Hand einen selbst gepflückten Strauß Wildblumen.

Eine gefühlte Ewigkeit sagen wir nichts, ganz offensichtlich denken wir beide an denselben Moment. Nicht an den Tag, an dem wir uns nach meiner geplatzten Hochzeit am Strand von Holkham getroffen haben, sondern an den Tag unserer Trennung. Ich kann nichts dagegen tun. Ich werde von einer Flut von Erinnerungen in die Vergangenheit gerissen und muss mich mit aller Kraft in die Gegenwart zurückkämpfen, um nicht unterzugehen.

»Hallo, Bea«, sagt Kieran jetzt. Seine Stimme klingt tiefer, als ich sie in Erinnerung habe.

»Hallo.« Es kommt als Flüstern heraus. Erneut starren wir einander an, als versuchten wir, uns davon zu überzeugen, dass das hier wirklich passiert.

»Nun«, sagt er. »Soll ich reinkommen?«

Ich schüttle den Kopf, woraufhin er ein langes Gesicht macht. »Loni könnte zurückkommen …«

Er lächelt. »Ach, ich bin wohl dein kleines schmutziges Geheimnis, was? Einige Dinge ändern sich nie.«

Ich werde rot und habe das Gefühl, meine Haut brennt vor … was eigentlich? Verlegenheit? Lust? Scham? Ich weiß es nicht.

»Wohin dann?«, fragt er.

Ich schließe die Tür hinter mir und führe ihn durchs Haus in den Garten zu meinem Wohnwagen, in dem wir so viele Nächte miteinander verbracht haben.

»Da kommen Erinnerungen auf«, sagt er, worauf ich nichts erwidere. Ich habe das Gefühl, mich auf der Grenze zwischen zwei völlig unterschiedlichen Zeiten zu bewegen.

Als wir den Wohnwagen betreten, kommt es mir vor, als würden wir in die Vergangenheit treten, und plötzlich überkommen mich Zweifel, ob es richtig war hierherzukommen. Der Raum scheint mir zu klein, zu intim. Ich weiche unwillkürlich vor Kieran zurück. Er scheint mehr Raum einzunehmen als früher.

»Tee?«, frage ich, drehe mich um, nehme den Kessel und versuche, mein hämmerndes Herz zu beruhigen.

»Wenn du ein Beruhigungsmittel dazugibst.« Er lacht und streicht sich unsicher über den Kopf. »Das ist wirklich komisch«, bemerkt er.

Gegen meinen Willen muss ich lächeln. »Irgendwie schon, wo fangen wir an …?«

Er setzt sich aufs Sofa unter dem Fenster, faltet die Hände auf dem Tisch und streckt die Beine aus. Ich wende den Blick ab und kümmere mich um den Tee.

Schließlich setze ich mich ihm gegenüber, schiebe ihm über den Tisch hinweg einen Becher zu und trinke sogleich einen Schluck von meinem. So haben meine Lippen etwas anderes zu tun, als zu reden. »Heiß!«

»Das habe ich auch gerade gedacht.« Er grinst frech. »Es steht dir, nicht verheiratet zu sein.«

»Ich hab den Tee gemeint!« Ich erröte, werde jedoch auch von Freude durchströmt – rasch gefolgt von Schuldgefühlen.

»Und …?« Er lächelt. »Wie ist es dir ergangen?«, fragt er. »Du weißt schon, seit …«

»Der Hochzeit? Gut«, antworte ich schnell. »Eigentlich ziemlich gut! Ich versuche herauszufinden, was als Nächstes passiert.«

»Und hast du es schon herausgefunden?«, fragt er bedeutungsvoll und sieht mich aufmerksam an.

Ich zucke mit den Schultern und senke den Blick. »Und bei dir?«, erkundige ich mich zitternd. Ich versuche, nicht auf den Ring zu blicken, der noch immer an seinem Finger steckt. Meinen trage ich nicht. Ich wollte ihm keinen falschen Eindruck vermitteln. Dieses Treffen ist nur meine Art, ein paar Fragen zu stellen, ein Kapitel abzuschließen. Das versuche ich mir jedenfalls einzureden. »Was hast du so getrieben … die letzten acht Jahre?« Ich bin sehr darum bemüht, neutral und nicht vorwurfsvoll zu klingen.

Kieran verzieht die Lippen zu einem Lächeln. »Ich glaube, man könnte sagen, dass ich ziemlich im Trüben gefischt habe, seit ich dich verlassen habe.« Ich erwidere nichts. »Ich bin zur Navy gegangen.«

Ich versuche, überrascht zu wirken, und verkneife mir ein »Ich weiß«. Eigentlich ist mir das klar, seit ich sein Facebook-Bild gesehen habe. Ich habe es nur nicht weiter beachtet, weil ich derart damit beschäftigt war, nicht an ihn zu denken. Aber es klingt logisch. Kieran, die Uniform, das Meer, Elliot nah sein … Natürlich ist er zur Navy gegangen.

Er lächelt mich an und stößt mit seinem Fuß gegen meinen. »Du dachtest, ich wäre jahrelang durch die Gegend gezogen, stimmt's?«

Ich nicke. Es fühlt sich leichter an, als ihm die Wahrheit zu sagen. Dass ich es wusste. Dass ich es eigentlich immer gewusst habe. Genau wie ich immer wusste, dass er nicht zurückkommen würde, weil er, egal was er mir damals erzählt hatte, mir die Schuld an Elliots Tod gab und es nicht ertragen konnte, danach mit mir zusammen zu sein.

»Das habe ich tatsächlich eine Weile gemacht.« Er grinst. »Ich bin an der Küste entlanggereist, habe auf Campingplätzen und in Bars gejobbt, ein paar alte Freunde besucht, bei Leuten auf dem Sofa gepennt, bin Richtung Süden nach Dorset gefahren und dann nach Devon und Cornwall. Alles, was ich früher mit Elliot gemacht habe. Es war schwer ohne ihn. Obwohl ich alles ganz genauso gemacht habe, fühlte sich nichts mehr an wie vorher. Im Winter hatte ich genügend Geld gespart, um ins Ausland zu gehen, nach Thailand. Dort wollten Elliot und ich immer zusammen hinfahren. Ich musste etwas machen, das mich von den schlimmen Erinnerungen ablenkte, ohne dass ich zugleich die Verbindung zu ihm verlor. Ungefähr drei Monate lang reiste ich mit dem Rucksack umher, dann fuhr ich nach Bali und jobbte in einer Bar, bevor ich nach Australien aufbrach.«

»Klingt gut«, sage ich mit einem gezwungenen Lächeln.

»Das war es nicht«, erwidert Kieran gequält. »Je weiter ich weg war, desto schlechter fühlte ich mich. Nichts hatte sich geändert … und doch auch alles. Es war fast ein Jahr vergangen, und ich hatte ein Rückflugticket.«

Ich schlucke. »Dann hattest du also vor zurückzukommen?« Er nickt. »Was ist passiert?« Ich versuche, meine Stimme weiterhin unter Kontrolle zu halten.

»Ich bin nach Heathrow geflogen und wollte zurück nach Norfolk kommen, um bei dir zu sein.« Er blickt zu mir auf und sieht mich durchdringend aus seinen grünen Augen an. »Du musst verstehen, wie durcheinander ich war, Bea. Das Jahr, in dem ich herumgereist bin, hatte mich überhaupt nicht weitergebracht. Ich hatte das Gefühl, nichts gemacht zu haben. Nichts aus Elliots Tod gelernt zu haben. Ich war in schlechter Verfassung – psychisch und physisch.

Ich habe mich vor mir selbst geschämt. Ich wollte dich unbedingt sehen, aber ich hatte alle im Stich gelassen – dich, mich und vor allem Elliot. Ich wusste nicht, was ich sonst tun sollte, obwohl es schrecklich wehgetan hat, von dir getrennt zu sein …«

Ich blinzle und wende den Blick ab. Während ich ihm zuhöre, habe ich das Gefühl, nicht in meinem Körper zu sein.

Er fährt sich durchs Haar, und plötzlich möchte ich dasselbe tun – ihn berühren, spüren, dass er wirklich da ist. Stattdessen konzentriere ich mich auf seine Worte.

»Ich bin mit meinem Rucksack auf dem Rücken aus dem Flugzeug gestiegen und wusste nicht mehr, wer ich bin oder was ich mit mir anfangen soll. Doch dann sah ich im Gang auf dem Weg zum Zoll eine Werbung für die Royal Navy und wusste: Das ist es! Noch am Flughafen bin ich in ein Internetcafé gegangen, habe ein Onlineformular ausgefüllt, mir eine Fahrkarte gekauft und bin in den Bus nach Portsmouth gestiegen, um mich einzuschreiben. Ich hatte noch nicht einmal ausgepackt oder auch nur daran gedacht, nach Hause zu kommen. Ich war fest davon überzeugt, dass das die einzige Möglichkeit ist, meinem Leben und Elliots Tod einen Sinn zu geben.«

Ich starre Kieran an, und er blickt bedeutungsvoll zurück. Die ganze Zeit hat er versucht, sich selbst zu finden, dem, was passiert ist, einen Sinn zu geben und sich ein besseres Leben aufzubauen.

»Ich bin jetzt seit fünf Jahren in der Navy«, sagt er stolz. »Ich bin Stabsbootsmann, was im Grunde heißt, dass ich ein bisschen alles mache. Ich bin ein Tausendsassa, aber ich habe ein festes Team unter mir – etwa sechzig Leute –, die mir unterstellt sind.« Er lacht, weil mir der Mund offen steht. »Das macht mir Spaß. Ich bilde die jüngeren Offiziere aus und leite sie an. Dadurch habe ich eine echte Aufgabe, verstehst du?«

»Leben retten«, füge ich nachdenklich hinzu, und er sieht mich erneut durchdringend an.

»Ich wusste, dass du das verstehen würdest«, sagt er leise. »Aber was ist mit dir?«, fragt er und verändert seine Haltung.

Ich weiß nicht, was ich auf Kierans Geschichte erwidern soll. »Das Übliche«, murmle ich. »Ich bin nach London gezogen, hab einen Job in einer Zeitarbeitsfirma angenommen, Adam kennengelernt, meinen Mann … also meinen Freund … meinen … Ex …« Ich verschränke schnell die Arme und verziehe den Mund zu einem breiten Lächeln. Kieran soll nicht merken, wie nervös er mich macht. »Ich hab gejobbt, mich amüsiert, mich verlobt und dann … na ja, den Rest kennst du ja.« Ich blinzle und plappere weiter. »Aber danach habe ich bei der Zeitarbeit aufgehört und einen Job in einem Blumenladen angenommen!« Kieran nickt langsam. Er wirkt überrascht, und auf einmal merke ich, dass es sich, obwohl es für mich eine große Sache ist, für jemand anderen ziemlich jämmerlich anhören muss. Mein Leben wirkt zu klein. Aber mehr habe ich nicht zu bieten.

Kieran legt die Stirn in Falten, und in dem Moment sieht er so erwachsen aus, so reif und verantwortungsvoll, dass ich ihn kaum wiedererkenne. »Du bist nicht Landschaftsarchitektin geworden? Ich dachte, das wäre dein großer Traum?« Er blickt sich im Wohnwagen um. Meine Zeichnungen, Notizen und Entwürfe hängen noch immer an der Wand. Loni hat sie nie abgenommen. Der Wohnwagen wirkt wie ein Schrein. Plötzlich finde ich die Luft unglaublich stickig hier drin. Als wäre ich in der Vergangenheit eingesperrt und käme nicht mehr aus ihr heraus.

Ich leere meinen Teebecher und stehe auf. »Wollen wir irgendwohin fahren?«

Kieran nickt und steht ebenfalls auf. »Du fandst es schon immer schrecklich, eingesperrt zu sein.«

Wir gehen vors Haus, wo ein knallgelber VW-Bus an der Straße parkt.

»Ich glaub es nicht, du fährst noch immer diese alte Kiste!«, rufe ich aus, blicke lachend zu Kieran und streiche dann mit den Fingern über den Wagen. Hier drin haben wir alles getan. Und damit meine ich wirklich *alles.* Bei der Erinnerung werde ich rot und wende ihm den Rücken zu.

»Schhh!«, tadelt er, dann legt er die Hände an das Beifahrerfenster und beugt sich vor. »Hör nicht auf sie«, flüstert er dem Wagen zu. Dann dreht er sich zu mir um und grinst. »Er ist sehr empfindlich, was sein Alter angeht.« Er geht auf die andere Seite des Busses und steigt ein, dann stößt er die Beifahrertür auf.

Er lässt den Motor an, und nach ein bisschen Stottern schnurrt der Bus. »Brav!«, murmelt er und tätschelt das Lenkrad. »Sanft wie ein Kätzchen«, sagt er und zwinkert mir zu. Ich verschränke die Beine und falte die Hände in meinem Schoß. Hoffentlich ziehe ich nicht seine Aufmerksamkeit dorthin, wo ich gerade ein sehnsuchtsvolles Schaudern spüre. Ich löse die Beine wieder voneinander und setze mich auf meine Hände.

Als wir auf die Straße biegen, knallt die Sonne auf den VW-Bus herunter, Felder und Bäume leuchten, als wären sie aus Gold gewebt. Ich fühle mich an unseren Sommer erinnert, als wir so an der Küste entlanggefahren sind, unterwegs zu einem unserer adrenalinhaltigen Abenteuer. Manchmal fuhr ich, während sie schliefen und sich auf den nächsten Klippensprung, die nächste Höhlenexpedition oder den nächsten Wellenritt vorbereiteten. In den Nächten schlief ich mit Kieran hinten im Wagen, während Elliot im Zelt oder unter dem Sternenhimmel übernachtete oder ganz woanders. Oft wussten wir nicht, wo. Es fühlte sich an wie die beste Zeit unseres Lebens.

Ich erschauere, und Kieran streicht mit der Hand über mein Knie. »Alles okay?«

»Ja«, presse ich hervor. »Alles gut. Mir kommen nur … ein paar Erinnerungen.«

Er nickt. »Ich weiß. Darum konnte ich mich nicht von dem Bus trennen. Er steht für alles, was ich an dem Sommer geliebt habe. Wenn ich in ihm sitze, erinnere ich mich an all die glücklichen Zeiten … anstatt an … na ja, du weißt schon.«

Ich nicke. »Wir hatten ziemlich viel Spaß, was?« Ich wollte es als Aussage formulieren, doch es kommt als Frage heraus. Ich merke, dass Kierans Hand wieder auf meinem Knie liegt und es drückt. Ich atme ein und bewege leicht das Bein. Daraufhin nimmt er die Hand fort, aber seine Berührung brennt noch auf meiner Haut. »Wohin fahren wir?«, frage ich, und meine Stimme klingt ungewöhnlich heiser. Plötzlich fühlt sich die Frage deutlich gewichtiger an als beabsichtigt.

»Ich dachte, wir gehen ein bisschen in Blakeney Point spazieren. Um der alten Zeiten willen.«

Dort sind wir oft gewesen. Nur wir, ohne Elliot, ohne verrückte Freunde. Wir lagen im Gras, und Kieran las mir Gedichte vor. Er erzählte mir von seiner schrecklichen Kindheit im Heim. Schon früh hatte er begriffen, dass Bücher seine einzige Chance auf ein besseres Leben waren.

»Erinnerst du dich noch an unser romantisches Date in der Dämmerung?«, sage ich lächelnd. »Du hast dir ein Boot vom Morston Quay ›geliehen‹« – ich male mit den Fingern Anführungszeichen in die Luft – »und mich rausgefahren, damit ich die Robben sehe.«

»O Gott, stimmt. Ich hab damals ziemlichen Ärger bekommen. Wieder ein Job, den ich nach noch nicht mal einer Woche wieder los war!« Kieran wirft lachend den Kopf in den Nacken, und ich stimme ein.

Ich weiß noch, wie sehr mir seine Ist-mir-doch-egal-Einstellung gefallen hat. Dadurch wurde mir klar, dass ich mir immer viel zu viele Gedanken über alles machte. Vor allem, seit Dad weg war. Ich hatte es satt, so viel nachzudenken, mir über alles Sorgen zu machen, ständig alles zu hinterfragen … Kieran dachte nicht nach, er machte einfach. Mir fällt wieder ein, wie er in die Strandhütte eingebrochen ist, von der wir uns wochenlang vorgestellt hatten, dass sie uns gehörte. Die Nacht, die wir dort verbrachten, gehört zu den romantischsten Dingen, die ich je erlebt habe – eine magische Erfahrung. Kieran wartete nicht erst darauf, dass das Leben zu ihm kam. Und er machte mein Leben lebendig – und das liebe ich … das *liebte* ich an ihm. Vergangenheitsform.

»Erzähl mir von deinem Job im Blumenladen«, bittet er, um das Thema zu wechseln. Es gefällt mir nicht, dass es sich aus seinem Mund auf einmal nach einem einfachen Nebenjob anzuhören scheint, und nicht wie der Beginn eines neuen Lebens.

»Der Job ist toll. Aber das ist nicht alles, was ich mache«, füge ich verteidigend hinzu. »Ich will wieder an die Uni gehen und meinen Abschluss machen.« Aus irgendeinem Grund ist es mir wichtig, was er über mich denkt. Ich komme mir wie eine Versagerin vor und will nicht, dass er mich auch so sieht.

»Du hast dein Studium nicht abgeschlossen?«, fragt er überrascht und blickt dabei auf die Landstraße, die sich vor uns erstreckt.

»Nach dem Sommer bin ich nicht mehr zurückgekehrt«, antworte ich ruhig. »Ich habe das letzte Jahr verpasst. Ich konnte mich einfach nicht überwinden, wieder an die Uni zu gehen, nachdem …« Ich verstumme und blicke zu Kieran. Er beißt sich auf die Lippe, als wollte er etwas sagen. Gott, diese Lippen … Ich erinnere mich wieder, wie fasziniert ich früher von ihm war, sogar nur wenn ich sein Profil sah.

Ich würde ihm gern sagen, dass mein Leben für mich endete, als er mich verließ. Und dass es dann erneut endete, als er an meinem Hochzeitstag wieder auftauchte. Aber ich weiß, wie unfair das wäre. Nichts davon ist seine Schuld. Mir fällt wieder ein, dass ich nie sauer auf ihn oder Elliot sein konnte. Die beiden lächelten einfach lässig und schlugen die Lider mit den langen Wimpern nieder, bis sich bei allen der Ärger in Wohlgefallen auflöste. Ich stand vollkommen in ihrem Bann.

Wir erreichen das stürmische Blakeney Point, ein Naturschutzgebiet, das aus einer Landzunge mit Sanddünen und Kieselstrand besteht, aber auch aus Watt, salzigem Marsch- sowie Ackerland. Hier leben Seehunde und Kolonien von Kegelrobben, derentwegen viele Touristen herkommen. Wir parken den Bus und gehen an dem blauen Info-Center mit dem runden Dach vorbei zur Nordseite. Heute ist es hier ungewöhnlich friedlich. Der Wind hat aufgefrischt, aber die Sonne brennt noch immer hell vom Himmel. Mir ist nicht nur Kierans Gegenwart überaus bewusst, sondern auch, was es bedeutet, dass wir heute hier zusammen am Meer sind. Am achten Jahrestag von Elliots Tod. Während wir über den Kiesstrand spazieren, gehe ich zur Beruhigung im Kopf die Namen der Wildblumen durch, die ich auf den Dünen entdecke. *Strandleimkraut, Glasschmelz, Gelber Hornmohn.* Die ganze Flora, die mein Vater mir als Kind beigebracht hat.

»Warum hast du mir eine Nachricht geschickt, Kieran?«, frage ich schließlich leise, als ich keine Pflanzen mehr finde. Er antwortet nicht. Ich versuche es erneut. »Und noch wichtiger, warum bist du zu meiner Hochzeit gekommen?«

Er bleibt stehen und dreht sich zu mir um. »Mein Schiff ist gerade hier vorbeigekommen.«

Eine unerwartete Welle der Wut und Empörung übermannt mich. »Im Ernst?«, entfährt es mir, und ich schlage ihm mit voller Wucht gegen die Brust. »Mehr hast du nicht zu bieten? Du bist zufällig VORBEIGEKOMMEN?!« Meine Hand brennt, und ich wende das Gesicht ab, damit er nicht sieht, dass auch meine Wangen brennen. »Man kommt zufällig an einem Pub vorbei und trinkt ein Bier, Kieran ... Man kommt am Strand vorbei und beschließt, eine Runde zu schwimmen ... aber man kommt nicht an einer Kirche vorbei und geht mal eben hinein, um einer Hochzeit beizuwohnen!«

»Besser spät als nie, oder?«, fügt er hoffnungsvoll hinzu, und ich lache kurz auf, ehe ich ihn noch einmal schlage. Er grinst und hält meine Fäuste an seiner Brust fest. »Okay, okay!«, sagt er. »Du hast mich durchschaut.« Er holt tief Luft, und ich schlucke.

Ich empfinde sowohl Panik als auch Erleichterung, als ich seinen Herzschlag unter meiner Hand spüre. Ich kann nicht atmen. Nicht nur weil ich jetzt Antworten erhalte, sondern auch weil ich ihm so nah bin.

»Ich ... ich habe auf Facebook gesehen, dass du heiratest ...«

»Wie soll das gehen?«, gebe ich zurück, ohne aufzusehen. »Wir sind doch gar nicht befreundet.«

»Du hast deine Privatsphäre-Einstellungen nicht angepasst, ich kann alle deine Status-Meldungen lesen. Du bist nicht besonders vorsichtig, was das Internet angeht.«

Verlegen blicke ich ihn unter meinen Wimpern hervor an und trete einen Schritt zurück. Ich denke an die unzähligen Statusmeldungen und Fotos, die ich im Laufe der Jahre gepostet habe. Hat er die alle gesehen? Dann stelle ich mir eine gewichtigere Frage – habe ich meine Privatsphäre-Einstellungen vielleicht nicht geändert, weil ich tief im Innern gehofft habe, dass er meine Posts liest?

»Jedenfalls bin ich ziemlich oft auf deiner Seite gewesen, um zu sehen, wie es dir geht ... Ob du noch dieselbe bist, oder ob du vielleicht schon Heim und Familie hast.«

»Und ich dachte, du hättest mich vergessen«, sage ich, beuge mich hinunter, um eine Strandaster zu pflücken, und drehe sie zwischen Daumen und Zeigefinger.

»Wie hätte ich das anstellen sollen, Bea?«, murmelt Kieran. Es folgt eine Pause. Wir tauschen einen verständnisinnigen Blick. »Was hast du gemacht?«, fragt er. »Nachdem ich weg war?«

»Willst du das wirklich wissen?«, frage ich zurück, und er nickt. Ich bleibe abrupt stehen und blinzle zum blauen Himmel hinauf, während ein paar Leute an uns vorbeigehen. Ich warte, bis sie uns überholt haben, erst dann spreche ich weiter. »Ich habe gewartet, okay?«, erwidere ich und wende mich zu ihm um. Er reibt sich mit einer Hand den Nacken, und ich sehe, dass sich ein trauriger Schleier über seine Augen gelegt hat. »Eine sehr, sehr lange Zeit«, fahre ich fort. »Du hast gesagt, du würdest nach einem Jahr zurückkommen.«

Kieran setzt sich ins Gras, legt die Handgelenke auf die Knie und blickt hinaus aufs Meer. »Ich brauchte mehr Zeit. Nach der Beerdigung war ich völlig am Ende.« Er blickt mich derart niedergeschlagen an, dass ich mich neben ihn setze und seine Hand nehme.

»Um diese Jahreszeit ist es immer besonders schwer.« Besorgt blicke ich ihn an. »Du musst Elliot schrecklich vermissen.«

Er versteckt das Gesicht hinter seinem Arm, dann wischt er sich mit der Hand über die Stirn.

»Es tut mir leid.« Instinktiv lege ich den Arm um Kieran, und dann umarmen wir uns plötzlich, und es ist, als würden die Jahre dahinschmelzen. Von ihm gehalten zu werden ist genau, wie ich es in Erinnerung habe. Es ist, als hätten wir einen gemeinsamen Herzschlag. »Es tut mir so leid …«

»Ich habe auch mit mir gerungen«, sagt er schließlich. »Jetzt ist mir klar, dass es nicht richtig war, einfach wegzulaufen. Ich habe versucht, mein Handeln zu rechtfertigen. Ich war so verwirrt. Du hast mir so gefehlt, aber ich wusste, dass es noch schlimmer wäre, bei dir zu sein. Ich war entschlossen, mein eigenes Ding zu machen, wiedergutzumachen, was passiert war …« Wir blicken einander an, und ich habe das Gefühl, mir müsse das Herz brechen. Nach all der Zeit ist es noch immer so wund. »Ich wollte wiedergutmachen, was ich durch dieses unglaublich abenteuerliche Leben verloren habe. Wir hatten uns schließlich etwas versprochen …« Er blickt hinunter auf den Ring – den Ring, von dem er gesagt hatte, dass er ihn tragen würde, bis er zurückkäme. Und er hat Wort gehalten. Ich blinzle und wende den Blick ab. »Du trägst deinen nicht mehr«, bemerkt Kieran leise.

»Vielleicht hast du bemerkt, dass Ringe und ich nicht so gut miteinander klarkommen«, erwidere ich ironisch.

»Ich habe meinen nie abgenommen«, erwidert er etwas spitz.

»Ich habe ihn ein ganzes Jahr lang getragen«, erkläre ich. »Du kannst mir ja wohl kaum vorwerfen, dass ich aufgegeben habe … nach *acht Jahren.*«

Er hebt beschwichtigend die Hände. »Ich weiß, ich weiß. Ich will mich nicht herausreden. Ich wollte so viele Male zurückkommen, das musst du mir glauben … aber irgendwie fühlte es sich richtiger an, zur Navy zu gehen und dort zu bleiben. Ich musste das tun.«

»Ich kann noch immer nicht glauben, dass du bei der Navy bist«, sage ich und zwinge mich, aus der Vergangenheit in die Gegenwart zurückzukehren. »Ist das nicht gefährlich? Hast du nie Angst?«

Er nickt. »Manchmal schon. Aber du weißt ja, ich mag die Angst.« Er lächelt. »Und diese Art von Angst ist gesund, sie dient einem guten Zweck. Außerdem erinnert sie mich daran, dass ich lebendig bin. Ich meine, was ist ein Leben ohne Risiken? Oder rede ich darüber mit der falschen Person?«

»Du musst mir nichts von Risiken erzählen! Schließlich war es ziemlich gewagt, von meiner Hochzeit abzuhauen, findest du nicht?« Ich stehe auf, schiebe die Hände in die Hosentaschen und gehe langsam weiter.

»Nicht, wenn du wusstest, dass es die richtige Entscheidung ist«, ruft Kieran nüchtern. Als er über den knirschenden Kies auf mich zukommt, starre ich ihn wütend an. »Aber was ist mit dem Rest deines Lebens? Was ist mit jetzt? Du standest noch nie auf Risiken, oder? Ich meine, wann hast du dich das letzte Mal zu etwas überwinden müssen …?« Er hebt eine Braue.

»Als ich bei der Zeitarbeit gekündigt habe!«, antworte ich prompt.

»Oooh, wie *aufregend*«, zieht er mich auf.

Jetzt werde ich sauer. »Mach dich nur über mich lustig! Aber was denkst du wohl, warum ich so vorsichtig bin? Ich habe mich einen Sommer lang um nichts geschert, außer um dich. Ich bin das Risiko eingegangen, mich auf dich einzulassen, und dann bin ich in jener Nacht am Pier noch ein weiteres dummes, unverantwortliches Risiko eingegangen …«

»Bea, du gibst dir doch nicht etwa immer noch die Schuld dafür?«

»Doch, NATÜRLICH tue ich das! Dein Bruder ist gestorben, und es ist meine Schuld.«

»Ich dachte, das hatten wir geklärt!« Kieran greift nach meiner Hand. »Du hättest ihn genauso wenig davon abhalten können, an dem Abend zu springen, wie mich davon, mich in dich zu verlieben!«

Ich ziehe meine Hand weg. »Liebe? So nennst du das?« Ich lache auf. »Ja, du hast gesagt, du würdest mich lieben, aber du hast mir auch gesagt, du würdest nach einem Jahr zurückkommen. Was sollte ich denn anderes denken, als dass du meine Nähe nicht mehr erträgst nach dem, was passiert war?« Er versucht, mich in den Arm zu nehmen, aber ich hebe abwehrend die Hände und schüttle den Kopf. Ich ringe verzweifelt um meine Beherrschung. Meine Hände zittern, ebenso meine Stimme. »Vielleicht solltest du deine Definition des Wortes ›Risiko‹ überdenken. Als ich von meiner Hochzeit weggelaufen bin, habe ich alles von einem Moment auf den anderen aufgegeben. Mein Leben, das ich mir sieben Jahre lang aufgebaut hatte. Tut mir leid, wenn das nicht aufregend oder ›riskant‹ genug für dich ist, aber es gehört zufällig zu den verrücktesten Dingen, die ich je getan habe!«

Er berührt mich sanft an der Schulter. »Es tut mir leid.« Ich versuche, nicht darauf zu achten, wie hinreißend er aussieht, als er sich entschuldigt. »Ich wollte dich nicht verärgern. Es steht mir nicht zu, über deine Entscheidungen zu urteilen. Ich finde es nur schrecklich, dass du wegen dieses Sommers deinen Abschluss nicht gemacht hast. Du hast mir damals so viel Auftrieb gegeben, weil du immer genau wusstest, was du willst. Du hast mein Selbstvertrauen gestärkt. Du wusstest viel mehr als Elliot und ich – wer du bist und was du willst. Die Bea, die ich nach deiner Hochzeit am Strand gesehen habe, war nicht die Bea, die ich in Erinnerung hatte. Nicht annähernd. Ich glaube, wir haben uns wohl beide verändert«, sagt er leise und streicht mit den Fingern über mein Handgelenk.

Ich erwidere nichts. Ich bin zu sehr damit beschäftigt, meine Tränen zurückzuhalten. »Ich glaube, ich sollte jetzt nach Hause fahren«, erkläre ich schließlich.

»Okay.« Er seufzt. »Ich fahre dich.«

Doch dann gehe ich nicht nach Hause. Kieran überredet mich, erst noch etwas mit ihm trinken zu gehen. Er ist schon immer unglaublich überzeugend gewesen. Und dann wird aus dem Drink ein Abendessen, an das sich eine Fahrt nach Sheringham und ein langer Strandspaziergang anschließen.

Schließlich ist die Stimmung zwischen uns wieder entspannt, und als wir vor Lonis Haus halten, ist es schon fast Mitternacht. Kieran schaltet den Motor aus. Ich will aussteigen, doch er hält mich am Arm zurück. Ich wende mich zu ihm um, und er sieht mich sehnsüchtig an, seine grünen Augen glänzen im sanften Licht der Scheinwerfer. »Kann ich dich wiedersehen, Bea? Bitte«, sagt er. »Ich habe es heute so genossen, mit dir zusammen zu sein.«

Ich wende den Blick ab. Jahrelang habe ich von diesem Augenblick geträumt, jetzt ist er real. Ich habe Angst, was passiert, wenn ich Kieran wiedersehe. Theoretisch war es das heute – ich habe meinen Abschluss der Geschichte. Er hat mir erzählt, warum er nicht zurückgekommen ist. Er hat gesagt, dass er mir nie die Schuld an Elliots Tod gegeben hat, und er hat das auf eine Weise getan, die mich womöglich tatsächlich überzeugt. Und doch weiß ich, dass ich nicht Nein sagen kann. Fühle ich mich wieder zu ihm hingezogen, weil es richtig war, was wir mit Anfang zwanzig dachten? Sind wir wirklich füreinander bestimmt?«

»Ich rufe dich an.« Mit diesen Worten wende ich mich ab und öffne die Wagentür. Obwohl es schon spät ist, ist die Luft noch immer mild. Offenbar bin ich das ebenfalls, wenn ich tatsächlich in Erwägung ziehe, ihn wiederzusehen. Ich blicke mich noch einmal zu ihm um. Er hat einen Arm über das Lenkrad gelegt und beugt sich etwas vor. Ich versuche, nicht darauf zu achten, wie seine Bräune in der Dunkelheit die Augen betont, wie voll seine Lippen sind, wie kräftig die Muskeln an seinen nackten Unterarmen. Es bedarf all meiner Kraft, nur zu lächeln, mich umzudrehen und auszusteigen. Doch ehe ich dazu komme, springt er aus dem Wagen und läuft um ihn herum zu meiner Tür.

Weil ich zu hastig aussteige, strauchele ich, und er fängt mich auf und hält mich mit seinen kräftigen Armen an der

Taille fest. Es folgt eine Pause, ein Prickeln, und es fühlt sich an, als würden wir von einer magnetischen Kraft zueinander hingezogen. Ich berühre seine Wange, schließe die Augen, und auf einmal ist es, als wäre ich wieder einundzwanzig. Als hätte ich ihn gerade auf einer Strandparty kennengelernt, von wo er mich nach Hause gebracht hat, und würde nun hier stehen, mit dem brennenden Wunsch, ihn zu küssen – und zugleich wie gelähmt vor Angst. Schnell ziehe ich meine Hand zurück, als hätte ich mich verbrannt, und öffne die Augen – gerade noch rechtzeitig, um zu sehen, dass er sein Gesicht zu meinem senkt. Doch bevor sich unsere Lippen treffen, weiche ich aus.

Jahrelang habe ich auf diesen Augenblick gewartet, doch jetzt geht es mir auf einmal zu schnell. Ich dränge mich an ihm vorbei.

»Bea, bitte, kann ich dich bald wiedersehen?« Verzweiflung liegt in seiner Stimme.

Lächelnd drehe ich mich zu ihm um. »Leb wohl, Kieran.«

Er drückt die Fingerspitzen an seine Lippen und streicht mit ihnen dann leicht über meine. »Nein, Bea, kein Lebewohl. Kein Abschied. Ich verspreche dir, dass ich diesmal nirgendwohin fahre …«

Unfähig, den Blick von ihm zu lösen, gehe ich langsam rückwärts. Dann, als genügend Abstand zwischen uns liegt, drehe ich mich um und laufe auf das Haus meiner Kindheit zu. Meine Füße trommeln über den Kies, und ein heftiges Brennen durchströmt meinen Körper. Ich fühle mich so lebendig wie seit Jahren nicht mehr. Als ich die Tür erreiche, stecke in den Schlüssel ins Schloss, drehe mich noch einmal um und sehe ihn am Bus lehnen, wo sich im Mondlicht seine Silhouette abzeichnet.

# 36. Kapitel

Das Licht des Computers taucht den Raum in ein unheimliches blaues Licht, das zum Violett des Morgengrauens passt. Loni schläft noch, oder sie ist nicht da – das weiß ich nicht genau. Ich weiß nur, dass das Haus dunkel war, als ich zurückgekommen bin, und darüber war ich erleichtert. Das Letzte, was ich gebrauchen konnte, war, von ihr mit Fragen gelöchert zu werden. Kieran bleibt fürs Erste mein Geheimnis.

Ich konnte nicht schlafen. Stundenlang bin ich wach gelegen – mein Gehirn lief auf Hochtouren, mein Herz hämmerte, und mein Kopf schwirrte, während ich in Gedanken noch einmal den Tag durchlebte. Um fünf Uhr gab ich schließlich auf und schlich nach unten, um mir eine Tasse Tee zu kochen, das Chaos in der Küche zu beseitigen und auf Lonis Computer in meine E-Mails zu sehen.

Natürlich ertappe ich mich dabei, dass ich Facebook öffne. Schon wieder. Ich will gerade eine kleine kryptische Statusmeldung schreiben, als ich einen neuen Post von Milly bemerke:

Milly Singh hat GROSSE Neuigkeiten. Riesige sogar.
Vor einer Stunde, New York.
27 »Gefällt mir«-Angaben.

Sofort verfasse ich einen Kommentar:

Bea Bishop: Okay, okay, wenn du schon so etwas
auf Facebook postest, musst du natürlich mit einem

SOFORTIGEN … SKYPE-ANRUF rechnen!
Milly Singh: Ich rufe dich gleich an! Kuss

Während ich darauf warte, lese ich noch einmal Millys Statusmeldung. Ist sie befördert worden? Hat sie eine neue Wohnung gefunden? Kommt sie *nach Hause*? Letzteres ist natürlich nur Wunschdenken. Ich habe versucht, mich nicht zu sehr der Sehnsucht nach Milly hinzugeben. Milly und Jays Abschied hat sich angefühlt, als würde die letzte Verbindung zu meinem alten Leben mit Adam durchtrennt.

Während ich bei der unerträglich langsamen Internetverbindung auf Millys Anruf warte, beschäftige ich mich mit anderen Dingen. Ich stapele schmutzige Kaffeebecher, rümpfe dabei die Nase über das Durcheinander und gebe mir Mühe, nicht auf die Post-it-Zettel an Lonis Computer zu achten, auf denen Sachen stehen wie: *Sex mit über sechzig – Titel für Buch elf?* und *Altern, ohne es vorzutäuschen.* Sie hat auch ihre liebsten buddhistischen Lebensweisheiten an die Pinnwand direkt hinter dem Bildschirm geheftet. *Wer etwas wagt, verliert den Halt. Wer nichts wagt, verliert sich selbst.* Einen Augenblick starre ich auf diesen tiefsinnigen Spruch. Er scheint mir überaus passend angesichts Kierans Bemerkung bei unserem gestrigen Date. Nein … nicht Date. Bei unserem unverfänglichen Treffen. Egal, was es auch war, es stimmt. Ich habe mich so dagegen gewehrt, etwas zu riskieren, etwas auch nur annähernd Gewagtes zu tun – an eine Klippe zu treten, einen Fehltritt zu begehen oder, noch schlimmer, zu fallen –, dass ich ganz aus den Augen verloren habe, wer ich eigentlich bin und was ich wirklich will.

Um meinem sicheren Leben und meiner risikofreien Zukunft den Rücken kehren zu können und um den Mut zu finden, ich selbst zu sein, musste erst Kieran auf meiner Hochzeit auftauchen.

Seltsamerweise habe ich durch mein Treffen mit ihm endlich Frieden damit geschlossen, was ich Adam vor fast vier Monaten angetan habe. Hätte ich ihn geheiratet, wäre es nicht gut gegangen. Ich wünschte nur, es wäre mir klar geworden, bevor wir zur Kirche gefahren sind – aber besser spät als nie.

Mit einem lauten Klingeln meldet der Computer, dass Milly anruft. Aufgeregt nehme ich das Gespräch an. Mir wird bewusst, dass ich seit ihrem Umzug nicht mehr richtig mit ihr gesprochen habe. Irgendwie haben wir aufgrund der Zeitverschiebung noch keinen Rhythmus gefunden. Immer, wenn ich sie anrufe, scheint sie anderweitig beschäftigt zu sein. Das einzige Mal, als wir miteinander gesprochen haben, haben wir ein Dreiergespräch mit Jay geführt – im Hintergrund fand ein Abendessen statt, das sie für Jays neue Kollegen in ihrem todschicken Loft in Manhattan gaben. Es klingt kindisch, aber es fühlt sich an, als würde sie ihr neues Leben vor mir verbergen …

Ich schnappe nach Luft, als ein überraschend schönes Bild meinen Bildschirm füllt. Es ist nicht Millys Gesicht, sondern ihr nackter Bauch. Sie steht seitlich vor der Kamera, und alles, was ich sehe, ist eine kleine Wölbung, das Einzige, das an ihrem schlanken Körper etwas hervorsteht.

»MILLY!«, kreische ich und sehe, wie ich vor Schreck das Gesicht verziehe. »O mein GOTT! Du bist SCHWANGER!« Jetzt erscheint ihr grinsendes Gesicht, sie nickt, und ich weine. Ich bin mir nicht ganz sicher, ob aus Freude für sie, oder weil ich meinetwegen trauere. Mir ist klar, dass unser Traum, diesen nächsten Schritt miteinander zu gehen, geplatzt ist, als ich Adam verlassen habe. Aber dies ist die endgültige Bestätigung für mich, wie unterschiedlich unsere Leben jetzt sind. »Oh, Milly«, schluchze ich und füge dann hinzu: »Ich freu mich ja so für dich! Du wirst *Mum*!«

»Ich glaube, hier drüben heißt es *Mom*«, sagt sie grinsend und imitiert perfekt den New Yorker Dialekt. Sie sieht erschöpft aus.

Moment, wie spät ist es da drüben? Ich rechne schnell nach. Hier ist es sechs Uhr morgens … Gott, dort ist es ein Uhr nachts. »Hey, solltest du nicht im Bett sein? Bei dir ist es doch mitten in der Nacht, oder?«

»Ich komme gerade erst von der Arbeit«, erwidert sie gähnend.

»Aber in deinem Zustand darfst du nicht so lange arbeiten, Milly!«

»Du klingst wie Jay! Ich bin schwanger, nicht krank«, faucht sie und reibt sich dann die Stirn. »Tut mir leid, ich bin nur müde. Und diese Hormone … Sieht ganz so aus, als gehörte ich nicht zu den Frauen, die sich energiegeladen fühlen und die gesamte Schwangerschaft hindurch strahlen. Eigentlich fühle ich mich beschissen.«

»Das wird bestimmt bald besser. Alle sagen, die ersten Wochen sind die schwersten. Sobald du das zweite Trimester erreichst, bist du wieder die Alte.«

»Vielleicht.« Sie senkt den Blick und meidet die Kamera. »Hör zu, ich weiß, ich hätte es dir früher sagen sollen, und das tut mir auch leid, aber es war irgendwie nie der passende Zeitpunkt … bei allem … was so passiert ist …« Sie muss nicht erst sagen »mit dir und Adam«. Ich weiß, dass sie das meint. »Aber ich *bin* schon im zweiten Trimester, Bea.« Sie sieht mich irgendwie nervös und zugleich trotzig an. »Ich bin fast in der sechzehnten Woche …«

Schnell rechne ich nach und schnappe erneut nach Luft. »Das sind ja fast vier Monate! Wie …? WANN …?« Ich kann das gar nicht alles verarbeiten. Milly ist nicht nur schwanger, sondern das auch schon seit Monaten, und sie hat es mir nicht erzählt? Was hat sie denn gedacht, was ich tun würde? Bin ich eine derart schlechte Freundin? Bin ich so egoistisch und nur mit meinen eigenen Problemen beschäftigt, dass ich mit ihr zusammengelebt habe, ohne zu merken, dass eine der größtmöglichen Veränderungen in ihrem Leben vorgeht?

Milly lächelt traurig, sie wirkt irgendwie verlegen. »Na ja, ich bin mir ziemlich sicher, dass ich dir nicht erklären muss, *wie,* aber was das *Wann* angeht … Na ja, äh, ich glaube, es ist in deiner Hochzeitsnacht passiert. Ich habe es dir nicht früher erzählt, weil ich dachte, du könntest sauer werden …«

»Sauer …?« Ich zögere einen Moment. Vielleicht einen Moment zu lang, aber nur weil ich Zeit brauche, um diese Neuigkeit zu verarbeiten. Ich freue mich für sie und Jay. Wirklich. »Milly, natürlich bin ich nicht sauer«, entgegne ich schließlich. Ich überlege, was ich noch sagen könnte, um überzeugender zu klingen. Nicht zum ersten Mal wünsche ich mir, sie wäre hier, damit ich von Angesicht zu Angesicht mit ihr sprechen könnte. »Ich freue mich so für d…«

»Bist du dir sicher?«, unterbricht sie mich unsicher.

»Ja!«

»Tut mir leid«, sagen wir gleichzeitig.

»Du zuerst«, sagt sie und winkt ab.

»Nein, du.«

Wir lachen verlegen, und ich löse den peinlichen Moment auf.

»Ich meine, zumindest heißt das, dass etwas Gutes bei dem ganzen Drama herausgekommen ist!« Mein Blick fällt erneut auf mein Gesicht, und ich bemerke, wie unnatürlich und angespannt ich wirke. »Stell dir vor, wenn ich Adam geheiratet hätte, wärst du jetzt vielleicht nicht schwanger!« Ich zwinge mich zu lachen.

»Ich bin mir ziemlich sicher, dass es trotzdem in deiner Hochzeitsnacht passiert wäre. Wir wären so berauscht gewesen vor Glück – und Champagner. Es war vorprogrammiert!«

Milly lächelt. »Aber an jenem Tag kam wohl hinzu, dass wir beide so schockiert von den Ereignissen waren, dass wir uns gegenseitig versichern mussten, dass bei uns alles in Ordnung ist. Wir haben den ganzen Nachmittag und Abend damit verbracht, Adam in eurer Hochzeitssuite zu trösten … Das ist uns ziemlich nahegegangen, und als wir schließlich wieder in unserem Zimmer waren, haben wir … na ja … Ich muss dir wohl nicht sagen, was wir getan haben.« Sie blickt auf ihren Bauch.

Ich nicke. Milly hat sich häufig darüber beschwert, dass Jay und sie erst spät von der Arbeit nach Hause kommen und dann meist so kaputt sind, dass Sex bei ihnen zu selten stattfindet. Sie hat nie an ihrer Ehe gezweifelt, aber ich bin mir sicher, dass ich sie mit meinem Handeln verunsichert habe. Adam und ich haben uns zum selben Zeitpunkt kennengelernt wie sie und Jay – wir vier waren ein Beziehungsbarometer füreinander. Milly hat stets gesagt, es würde ihr gefallen, dass Adam und ich so wenig Druck auf unsere Beziehung ausübten, wie leicht und locker wir alles angingen. Dahingegen habe ich bewundert, dass sie und Jay sich ihrer so sicher waren. Dass sie gleich zusammenziehen wollten, geheiratet haben und jetzt eine Familie gründen …

Als ich an das Baby denke, das Adam und ich niemals haben werden, werde ich traurig. Doch dann schelte ich mich. Hier geht es nicht um mich, dies ist Millys Augenblick.

»Hast du ein Ultraschallbild von dem Baby?«, frage ich.

Sie nickt und zieht es lächelnd hervor. Und da ist es. Ich beuge mich näher zum Bildschirm. Ich kann nicht glauben, dass ich gerade Millys Baby betrachte. Es ist so wunderschön, dass ich weinen muss, weil ich mich so für sie freue, und dennoch fühlt es sich an, als gäbe es nun eine weitere Grenze zwischen uns. Als würden wir in unterschiedlichen Welten leben.

»Es sieht gar nicht aus wie ein Baby. Eher wie ein lustiger kleiner Kobold«, sagt sie. Doch aus ihrer Stimme spricht

Stolz, der ihre Worte Lügen straft. »Ich muss dir noch was erzählen, Bea.«

»Sind es Zwillinge?«, scherze ich. »Du kannst da drin unmöglich zwei haben. Mein Bauch ist ja nach dem Essen schon dicker als deiner jetzt.«

Milly lacht nicht. »Es hat nichts mit dem Baby zu tun. Es geht um … na ja, Adam. Er ist momentan hier, und er wird auch eine Weile bleiben. Er legt hier eine Pause ein auf seiner Reise.«

»Oh«, erwidere ich ruhig. Einen Moment stelle ich mir vor, Adam und ich wären verheiratet und würden einen Kurzurlaub in New York verbringen. Wahrscheinlich hätten wir Milly und Jay alle paar Monate besucht … vielleicht nächstes Jahr einen gemeinsamen Urlaub in den Hamptons geplant oder einen Roadtrip quer durch die USA unternommen. In dieser Version meines Lebens hätte ich sie nicht verloren, die zwei – mit Jay drei – besten Freunde, die ich je hatte. Doch die Frage ist, wäre es ein besseres Leben gewesen?

Und dann kommt mir ein Gedanke. »Ist er gerade jetzt in der Wohnung bei euch? Während ich mit dir rede?«

»Was?«, ruft sie aus. »GOTT, nein! Das würde ich doch nie tun! Was denkst du denn von mir? Hör zu«, seufzt sie, »ich wollte es dir nicht sagen, weil ich wusste, dass du dich ausgeschlossen fühlen würdest. Ich will nicht, dass wir Geheimnisse voreinander haben, aber mit dem Baby und allem …«

Dann wird mir klar, dass Adam vor mir von Millys Schwangerschaft erfahren haben muss. Und diese Einsicht trifft mich tief. Ich meine, wie verrückt muss eine Welt sein, in der Adam vor mir erfährt, dass meine beste Freundin schwanger ist?

Ich zupfe einen unsichtbaren Fussel von meinem Pyjama, während ich überlege, was ich Milly sagen kann. Als ich mich von Adam getrennt habe, ist mir nie in den Sinn gekommen, dass ich dabei auch meine beste Freundin verlieren könnte.

Aber jetzt sehe ich alles deutlich vor mir. Die drei zusammen in New York. Vielleicht gehen sie gemeinsam in ein cooles Restaurant oder in eine Bar, und Milly bringt eine Kollegin als »Begleitung« für Adam mit. Oder vielleicht bringt Jay eine mit.

O Gott … Eliza Grey. Plötzlich überkommt mich eine heftige Eifersuchtsattacke. Ich habe keinerlei Recht, eifersüchtig zu sein, ermahne ich mich streng. Doch es hilft nicht.

»Ist Adam, äh …? Hat er …?« Ich verstumme, es ist mir zu peinlich. Was ich fragen wollte, ist: *Hat er sich mit einer anderen Frau getroffen, seit er bei euch ist?* Stattdessen sage ich etwas Unverfänglicheres: »Hat er sein Sabbatjahr abgebrochen?«

»Das könnte man wohl so sagen«, erwidert Milly vorsichtig. »Er ist ganz aus der Firma ausgestiegen. Er hat George gesagt, dass er nicht mehr für ihn arbeiten möchte.«

»Oh«, sage ich und bin sprachlos. Ich kann es nicht fassen. Wie konnte Adam kündigen? Für Adam bedeutet Hudson & Grey sein gesamtes Leben. Ich glaube nicht, dass er weiß, was er ohne die Firma tun soll, oder wer er überhaupt ohne seine Arbeit ist.

»Er sagt, dass er, seit du fort bist, nicht mehr weiß, wer er ist. Darum will er sich eine komplette Auszeit nehmen, um sich selbst zu finden, ohne Ablenkung durch die Firma.«

Unfähig, die Information zu verdauen, starre ich auf den Bildschirm. Ich habe nie daran gedacht, dass Adam ohne mich mit seinem Leben hadern könnte. Ich dachte immer, ich bräuchte ihn viel mehr als andersherum. Ich versuche, mir Adam in einer Welt vorzustellen, in der er nicht arbeitet – meinen starken, präzisen, unerschütterlichen Adam. Obwohl ich mich für ihn freue, stimmt es mich auch traurig. Ich wünsche mir, ich könnte sehen, wie er entspannt und sorglos durch Amerika reist. Hoffentlich genießt er es, den Druck los zu sein, für seinen Dad zu arbeiten. Mir wird klar, dass die Tatsache, dass er sich in New York aufhält, bedeutet, dass er eindeutig nicht mich will. Ich denke an die Facebook-Nachrichten, die wir vor ein paar Monaten gewechselt haben. Unsere Leben gehen weiter, das war uns damals schon klar.

Warum bin ich darüber also nicht glücklicher?

Milly und ich reden noch ein bisschen über Ultraschallbilder und Geburtsvorbereitungskurse, Kinderwagen und andere Babysachen. Dann verabschieden wir uns schnell, wir wollen beide das Gespräch beenden und in unsere neuen Leben zurückkehren. In unterschiedlichen Zeitzonen. Und in anscheinend zunehmend unterschiedlichen Welten.

# 37. Kapitel

»Morgen!«, ruft Sal und strahlt mich an, als ich am Montag die Tür zum Laden aufstoße.

Sofort werde ich von Blumenduft und dem feuchten Geruch nach Erde umfangen. Ich habe es sehr genossen, wieder in Norfolk gewesen zu sein, Kieran zu treffen, mit Loni zu plaudern und mit Cal zu Abend zu essen. Es hat mir so sehr gefallen, dass ich versprochen habe, häufiger zu Besuch zu kommen. Ich habe mich sogar entschieden, schon diese Woche wieder hinzufahren. Bis Sal in den Mutterschaftsurlaub geht, arbeite ich noch nicht Vollzeit. Ich fahre nicht wegen Kieran – ich möchte mehr Zeit mit meiner Familie verbringen. Na ja, zumindest sage ich mir das.

»Wie war dein Wochenende?«, fragt Sal, während sie die Blumeneimer rausstellt.

»Toll!«, antworte ich. »Genau das, was ich gebraucht habe …«

Das stimmt. Ich fühle mich deutlich besser, seit ich zu Hause gewesen bin. Als ich von Millys Neuigkeiten erfahren habe, ist mir klar geworden, wie sehr ich meine Familie vernachlässigt habe. Ich kann an einer Hand abzählen, wie oft ich letztes Jahr dort gewesen bin, und das ist mir schrecklich unangenehm. Nicht zuletzt, weil Cal und Lucy etwas Hilfe gebrauchen könnten. Die beiden sind ziemlich erschöpft. Sie können sich nicht so einfach einen Babysitter leisten, um abends auszugehen. Wenn sie Zeit hat, passt Loni auf, aber sie hat derart viele Abendveranstaltungen, dass man sie weit im Voraus buchen muss. Ich hatte meinen Besuch in Norfolk vor mir hergeschoben, weil ich dachte, es würde mir nicht guttun. Ich war nur mit meinen eigenen Bedürfnissen beschäftigt, anstatt daran zu denken, dass ich vielleicht den anderen helfen könnte.

Vielleicht hat sich Loni deshalb so übermäßig gefreut, als ich ihr auf der Fahrt zum Bahnhof in Norwich gesagt habe, ich würde in ein paar Tagen wiederkommen.

»Du kommst schon in ein paar TAGEN wieder, Liebes? Wie SCHÖN!«, jubelte sie, zog mich an ihren Busen und küsste mich überschwänglich aufs Haar. Cals feste Umarmung auf dem Bahnsteig verriet mir, dass auch er sich freute.

Überrascht sah ich bei der Verabschiedung Tränen in Lonis Augen schimmern und schämte mich mehr denn je. Wir haben nicht gerade die engste Mutter-Tochter-Beziehung der Welt, aber sie ist alles, was ich habe, und ich habe sie vernachlässigt.

»Ich bin ja so froh! Aber ich werde meine Pläne etwas ändern müssen …«, sagte Loni mehr zu sich als zu uns.

»Ach ja, G-Lo?«, erwiderte Cal neckend. Das ist der Kosename, den Loni sich selbst gegeben hat, weil sie sich zu jung fühlte, um »Grandma« genannt zu werden. Cal hat ihn übernommen. »Hast du etwa neuerdings einen Freund? Jemand, mit dem du *Pläne schmiedest?* Hast du endlich beschlossen, dich fest zu binden?« Er rieb sich nachdenklich das Kinn. »Na klar, deshalb habe ich dich in letzter Zeit kaum gesehen …«

Cal ärgert sie gern ein bisschen, und das wissen wir alle. Normalerweise lacht Loni nur, diesmal jedoch nicht.

»Nein, Schatz!«, stieß sie hervor und hob abwehrend das Kinn. »Du weißt, dass ich nichts dergleichen vorhabe. Warum soll eine alleinstehende Frau in meinem Alter nicht ein bisschen Spaß haben? Nur weil ich keinen Partner fürs Leben will, heißt das nicht, dass ich keinen SEX haben darf.«

Sie sagte das Wort so laut, dass eine Schar vorbeieilender Reisender sich nach uns umdrehte. Ich errötete und flehte sie an, die Stimme zu senken, doch sie weigerte sich.

»Sei nicht so verklemmt, Bea! Sex ist die beste Art, den Augenblick zu genießen, sich dem Fluss des Lebens hinzugeben, ohne an die Vergangenheit zu denken oder sich um die Zukunft zu sorgen …«

»Abgesehen davon, dass man auch allein glücklich sein kann«, unterbrach ich sie.

»Na ja, schon, aber das ist doch *langweilig*!«, rief Loni aus. »Ehrlich, wenn ihr zwei nur öfter auf mich hören würdet …«

»Hörst du das, Schwesterherz? Hör auf deine weise alte Mutter«, sagte Cal neckend und drückte Lonis Arm. »Und es geht so richtig ab!«

»Das hab ich nicht gesagt«, tadelte sie ihn, und er legte grinsend den Arm um sie.

Vielleicht hat Loni recht, dachte ich, als ich sie auf dem Bahnsteig auf und ab hüpfen sah und sie mir mit ihrem gebatikten Schal hinterherwinkte. Vielleicht war es an der Zeit für mich, wieder in den Ring zu steigen. Ich dachte an Kieran, schob den Gedanken jedoch rasch wieder beiseite.

Hier ging es nicht um ihn … oder doch?

Das habe ich mich auch nach unserem gestrigen SMS-Austausch gefragt, der mir eine schlaflose Nacht bereitet hatte. Ich lag in Millys Wohnung auf dem Bett und fühlte mich wie ein Teenager. Die schwüle Nacht steigerte meine Aufregung noch, die ich jedes Mal empfand, wenn mein Handy piepte und eine neue Nachricht von ihm erschien.

Was machst du? K

Ich antwortete sofort, und meine Finger flogen über die Tastatur.

Nichts.
Und jetzt?

Noch immer nichts …
Seither noch keine Risiken eingegangen …? ;–)
Kommt drauf an, was du mit »seither« meinst …
Lust, eins mit mir einzugehen?
Ich schreibe dir. Sieht aus, als wäre ich schon dabei …
Ich meine so richtig.
Ich auch.
Wir zwei. Diese Woche?

Ich zögerte einen Augenblick, und mein Telefon vibrierte erneut.

Ich hol dich am Donnerstag bei deiner Mutter ab.
Dann wird sich alles zeigen.
So ein Mädchen bin ich nicht.
Haha. Schade …

Darauf folgte noch eine Nachricht.

Frage: Wovor hast du am meisten Angst?

Ich blickte an die Decke und überlegte, wie ich antworten sollte, ohne zu viel preiszugeben. Schließlich schrieb ich:

Zu scheitern.

Er antwortete sofort.

Davor solltest du nie Angst haben.

Plötzlich merke ich, dass ich seit fast zehn Minuten hinten im Laden vor mich hingeträumt habe. Mit zitternden Fingern nehme ich die Tasche ab, ziehe meine Jeansjacke aus und gehe nach vorn. Entsetzt sehe ich, wie Sal auf dem Boden hockt und versucht, einen Olivenbaum in einem schweren Tontopf auf die Straße zu ziehen.

»Halt, lass mich das machen!«, rufe ich. »Wie oft muss ich dir noch sagen, dass du keine schweren Sachen heben sollst«, schelte ich. Diese Rollenverteilung zwischen uns war schnell klar – ich nörgele wie eine Mutter an ihr herum und renne ständig hinter ihr her, während sie meine Hilfe abwehrt.

»Ich bin doch nicht krank, Bea«, erwidert sie schnaufend, und die blondierten Strähnen fliegen wie Sonnenstrahlen um ihr Gesicht.

Bei ihrer Bemerkung muss ich sofort an Milly denken, meine alte und meine neue Freundin sind sich sehr ähnlich. Stur, entschlossen, geradeheraus. Milly, meine beste Freundin, ist jetzt im vierten Monat, Sal im siebten. Erneut empfinde ich das nun schon vertraute Gefühl, mich in einer Art Paralleluniversum zu bewegen. In einem, in dem alles anders ist.

»Und? Gibt's irgendwelche Neuigkeiten?«, fragt Sal bedeutungsvoll.

Ich lächle. Von Kieran kann ich sonst niemandem erzählen, warum also nicht ihr?

# 38. Kapitel

»ÜBERRASCHUNG!«

»Ach, du meine GÜTE!«, quietscht Glenda und lässt ihre Handtasche fallen, als ich ihr den Blumenstrauß überreiche, den Nick bei mir zu ihrem fünfzigsten Geburtstag bestellt hat. Er hatte mich gebeten, ihn persönlich vorbeizubringen. Ich überredete Sal, den Laden früher zu schließen und mich zu begleiten, damit ich sie meinen Freunden vorstellen kann. Im Laden ist es zurzeit ruhig, London hat Ferien. »Ach Bea, der ist ja wunderschön!«, ruft Glenda aus und küsst mich auf die Wange.

Lächelnd betrachte ich den Blumenstrauß. Darin findet sich eine einzelne gelbe Zinnie, da sie diese für die Beerdigung ihres Ehemanns gewählt hatte – sie steht für das tägliche Erinnern. Außerdem habe ich ein paar goldgelbe Inkalilien hinzugefügt (*Freundschaft und Hingabe*), ein paar leuchtende, spät blühende Azaleen (*Mutterliebe*) und Sonnenblumen, weil ich mir keine passendere Blume für sie vorstellen kann.

»Ach Bea, die sehen einfach wundervoll aus!«, schwärmt Glenda, und ihr kommen die Tränen. »Und eine gelbe Zinnie … Ich …« Ihr bricht die Stimme, sie nimmt mich herzlich in die Arme und taucht mich in eine Parfümwolke, dann wendet sie sich strahlend an Sal. »Wie schön, eine neue Freundin von Bea kennenzulernen! Herzlichen Dank, dass ihr gekommen seid.«

»Das konnte ich mir doch auf keinen Fall entgehen lassen«, erwidere ich und drücke sie fest, während Nick die Geburtstagstorte hereinbringt, in der fünf Kerzen stecken.

»Fünfzig hätten nicht gepasst«, sagt er mit einem schiefen Lächeln. Dann singen wir alle zusammen »Happy Birthday«, und der ganze Raum applaudiert.

Glenda löst sich von mir und wischt sich die Augen.

»Komm, Glenda, ich stell die für dich in eine Vase«, sagt Tim und legt den Arm um sie. »Bei der Gelegenheit mache ich gleich noch etwas Tee.«

»Ich helfe dir!«, ruft Sal und eilt hinter ihm her. »Achtung«, warnt sie, als er vergisst, ihr die Küchentür aufzuhalten. »Frau mit Baby im Anmarsch!«

»Oh, Mist, Babe … äh, Baby, tut mir leid!«, stammelt Tim. Er dreht sie um und blickt erschrocken erst in Sals Gesicht und dann auf ihren Bauch. Beschämt hält er ihr die Tür auf. »Ich hab gar nicht gemerkt, dass du hinter mir warst.«

»Schwer zu übersehen, oder?« Sal legt die Arme um ihren Bauch. »Ich bin RIESIG.« Sie drängt sich an ihm vorbei.

»Nein, du bist … hübsch.«

Sal bleibt stehen und sieht zu ihm auf. Er ist deutlich größer als sie, doch einen Moment blicken sie einander tief in die Augen, und in dieser Sekunde habe ich das seltsame Gefühl, dass sich mein altes und mein neues Leben treffen und sich ganz neue Welten auftun.

# September

Liebe Bea,
nun haben wir also September. Wie eine gemütliche Hängematte schaukelt dieser Monat zwischen den festen Baumstämmen von Sommer und Winter. Deine gut gepflegten Blumen und Stauden erreichen in diesem Monat ihren farbigen Höhepunkt und geben zum Saisonende ihre letzte Vorstellung. Im Laufe des Monats, wenn die Tage kürzer werden, merkst du, wie die Farben sich kaum merklich dämpfen … das Pink und Gelb weichen dunkleren Kirsch- und Goldtönen. Wolken aus Astern erblühen ebenso wie Fetthenne und Sonnenblumen. Der bevorstehende Herbst beschert Sträuchern und Bäumen eine zweite Blüte, die an das Aufleben alter Romanzen erinnern lässt. Achte auch auf das in duftigem Rosa und in weißen Wolken sprießende Acker-Gipskraut oder das Schleierkraut, das plötzlich auftaucht.
Vielleicht fühlst du dich getrieben, mehr Leistung, Leidenschaft und Weitsicht zu zeigen, um dich auf eine große berufliche Veränderung vorzubereiten. Jetzt ist die Zeit, einen neuen Rasen anzulegen. Den Boden zu lockern und zu glätten, eine feste Oberfläche zu bilden, damit der neue Samen auf ihr gedeihen kann. Grabe die Wurzeln aus und setze Immergrün um. Bald wirst du sehen, wie es an einer neuen Stelle gedeiht. Säe widerstandsfähige einjährige Pflanzen, die dir zuverlässig Farbe und Fülle bescheren

werden - aber denke auch daran, neue Zwiebeln zu pflanzen. Im Grunde entwickelt sich der Garten ständig weiter, und das solltest du auch tun.

In Liebe, Dad

# 39. Kapitel

Bea Hudson wagt endlich den Sprung.

»Ich kann immer noch nicht glauben, dass das dein letzter Tag ist«, sagt Glenda, während ich die Sachen von meinem Schreibtisch zusammenpacke. Traurig streicht sie über die dunklen, dicken Blätter des Geldbaums, den ich ihr letzten Monat zum Geburtstag geschenkt habe. Er steht für die Freude und Energie der Freundschaft und soll Glück bringen. »Ich werde dich sehr vermissen. Wir alle.«

»Ich dich auch, Glenda.« Ich blicke mich im Büro um, das sieben Jahre lang mein berufliches Pflegeheim gewesen ist – und in den letzten vier Monaten mein Zuhause. Kaum zu glauben, dass ich erst vor drei Wochen in Nicks Büro marschiert bin und ihm gesagt habe, ich wolle mich auf die Stelle bei JF Design bewerben. Es war Adams Idee gewesen. Er war ganz aufgeregt, als die Kandidatin, für die James sich entschieden hatte, überraschend ausfiel, weil man ihr woanders eine Festanstellung angeboten hatte (»Wie viele Hinweise brauchst du denn noch?«, hatte er gefragt.) Schließlich hörte ich auf ihn, weil selbst ich vor dieser Chance kein zweites Mal davonlaufen konnte.

Nick rief James sofort an, und der freute sich, dass man mich aus meinem Vertrag entließ, damit ich für ihn arbeiten konnte.

»Du bist viel zu lange hier gewesen«, sagte Nick, nachdem er das Telefonat beendet hatte, das mein berufliches

Leben komplett verändern sollte. »Ich kann die Zeichen nicht länger ignorieren, dass du viel zu gut für uns bist.«

Und jetzt geht mein letzter Tag bei Eagle's zu Ende. Alle versammeln sich mit Plastikbechern voll Sekt um meinen Schreibtisch, auf dem Schalen mit Knabberzeug und ein Schokoladenkuchen stehen. Da merke ich, wie sehr ich jeden einzelnen meiner Kollegen vermissen werde. Ich blicke sie an, sehe ihr strahlendes Lächeln und dass sie sich aufrichtig für mich freuen.

»Alles in Ordnung, Tim?«, frage ich und ziehe meinen Stuhl um unsere Schreibtische herum auf seine Seite. »Sieht aus, als würdest du hart an etwas …«

Er lehnt sich auf seinem Stuhl zurück, streckt sich und grinst. »Immer doch, Süße, immer. Ich muss das Eisen schmieden, solange es heiß ist, ein guter Mann lässt sich nicht unterkriegen und so weiter und so fort. Wolltest du mir sagen, wie sehr ich dir fehlen werde und dass du insgeheim die ganze Zeit in mich verliebt gewesen bist?«

»Na klar. Welche Frau kann dir schon widerstehen?« Ich grinse.

Er stößt lautstark die Luft aus. »Ja, das ist eine große Bürde. Es tut mir leid, dass du mit dieser, ehrlich gesagt, ziemlich unangenehmen Sorte Mann verheiratet bist. Groß, gut aussehend, reich, klug, netter Kerl … Ehrlich, was findest du bloß an ihm?« Er zwinkert mir zu, und ich küsse ihn auf die Wange, woraufhin er knallrot anläuft. Ich wusste immer, dass Tim nicht der abgebrühte Frauenheld ist, der er vorgibt zu sein.

»Hier.« Ich reiche ihm die Bambuspflanze, die ich gepflegt habe.

Tim nimmt sie entgegen und betrachtet sie einen Augenblick. »Danke, Bea, die ist, äh, sehr grün. Soll ich darauf herumkauen wie ein Panda?«

Ich lache. »Ich weiß, dass du nicht der Pflanzentyp bist, Tim, aber Bambuspflanzen stehen für Freude und Reichtum. Sie bringen außerdem Glück.«

Tim blickt auf die Pflanze, dann wieder zu mir. Seine Augen schimmern feucht.

»Wage es ja nicht zu weinen, Tim«, drohe ich und knuffe ihn sanft gegen die Schulter.

Er schnieft mannhaft und lockert die Schultern. »Du bist eine gute Freundin, Bea. Du verdienst alles Glück dieser Welt.«

Ich lächle und versuche, ihm zu glauben.

# 40. Kapitel

Als ich nach Hause komme, ist es schon spät, und ich bin berauscht vom Glück wie auch vom Alkohol. Nick und seine Bande haben mir einen wunderbaren, liebevollen Abschied bereitet. Wir sind in einen Pub gegangen, haben Prosecco getrunken und Trinkspiele gemacht, und alle haben mir versprochen, Kontakt mit mir zu halten.

Als ich nach Adam rufe, hallt meine Stimme von den nackten grauen Wänden wider, doch niemand antwortet – offensichtlich arbeitet Adam noch so spät. Wieder einmal. Letzten Monat ist er schon zweimal in New York gewesen, und die Abende, die wir zusammen verbracht haben, kann ich an einer Hand abzählen. Ich versuche, verständnisvoll zu sein. Mir ist klar, dass er unter großem Druck steht und dass er nicht glücklich darüber ist, so wenig Zeit für mich zu haben. Dass er jedoch nicht daran gedacht hat, dass ich meinen letzten Tag bei Eagle's vielleicht gern mit ihm feiern würde, ärgert mich. Ich hatte gehofft, dass er im Pub auftauchen würde, und hatte ihm heute Morgen genau erklärt, wo dieser liegt. Glenda hatte sich schon auf ihn gefreut. Sie mochte Adam immer. Sie meinte, er sei ein »echter Beschützer-Typ«. Ich werfe meine Tasche auf die Kochinsel aus Granit, die – wie immer – makellos glänzt. Manchmal verspüre ich den Drang, wie ein tasmanischer Teufel durch die Wohnung zu wirbeln und alles durcheinanderzubringen, um mich heimischer zu fühlen.

Ich öffne den Kühlschrank, spähe hinein und klammere mich an die Tür, weil ich das Gefühl habe, sonst in die eisigen Tiefen zu stürzen. Ich bin diese Woche nicht einkaufen gewesen, und Adam war abends meist mit Kunden essen, sodass dort nur eine Auswahl von Fertiggerichten steht. Ich hole einen Fischauflauf heraus und schiebe ihn in die Mikrowelle. Dann schnappe ich mir die neue Ausgabe der *Gardener's Monthly,* die die Putzfrau mit der restlichen Post auf den Couchtisch gelegt hat, lasse mich aufs Sofa fallen und schalte den Fernseher ein.

Kurz darauf geht die Tür auf, und ich setze mich auf.

»Hallo!«, rufe ich, während Adam seine Tasche auf den Boden wirft und direkt zum Kühlschrank geht. »Wie war dein Tag?«

Er nimmt sich eine Flasche Bier, zieht eine Schublade heraus, nimmt einen Flaschenöffner und schiebt die Schublade wieder zu. Dann öffnet er die Flasche und nimmt einen großen Schluck, bevor er ins Wohnzimmer kommt und den Stapel Post durchsieht.

»Ein Kuss für deine Frau wäre auch nicht verkehrt«, bemerke ich spitz.

Adam kommt und küsst mich auf die Stirn. »Tut mir leid. Heute war die Hölle los.«

»Ich bin selbst gerade erst von meiner Abschiedsfeier zurückgekommen. Die, auf der du eigentlich auch hättest sein sollen«, sage ich zu seinem Rücken, während er zum anderen Sofa geht.

Er dreht sich zu mir um und wirkt sofort zerknirscht. »Mist, Bea, das tut mir leid. Ich hatte den ganzen Abend eine Telefonkonferenz mit New York. Wie war es?«

»Schön, nett, lustig«, erwidere ich knapp. »Man hat dich allerdings vermisst.«

Adam lässt sich stöhnend aufs Sofa fallen. Er nimmt noch einen Schluck Bier, dann schließt er die Augen und hält die Flasche auf seinem Bauch fest. Ich glaube nicht, dass er mir wirklich zugehört hat. »Abgesehen von dem ganzen Mist, um den ich mich in New York kümmern muss, erwartet Dad auch noch, dass ich mich um den Umzug vom Büro aus Soho nach Canary Wharf kümmere und die Architekten briefe. Außerdem müssen wir in New York neue Büroräume finden – was ein Albtraum ist. Ganz zu schweigen davon, dass wir an ein paar wichtigen Pitches dran sind und man von mir erwartet, in beiden Ländern mehr erfahrene Mitarbeiter einzustellen. Ich habe versucht, Dad zu sagen, dass ich das alles nicht allein schaffen kann, aber er zitiert nur irgendwelche Beispiele aus der Zeit, als er die Agentur gegründet hat. Redet von all den Sechzehn-Stunden-Tagen, die er gearbeitet hat, und dass unsere Generation nicht über dieselbe Arbeitsmoral verfügt. Ich weiß nicht, was er will – wahrscheinlich Blut sehen.« Adam seufzt tief, reibt sich die Stirn und steht auf. »Ich muss jetzt eigentlich noch etwas arbeiten.«

»Aber es ist fast Mitternacht … an einem Freitagabend!«, rufe ich. »Was willst du denn um diese Uhrzeit noch machen?«

»Dad hat mir die Aufgabe übertragen, die Landschaftsarchitekten zu briefen, die sich für die Außengestaltung unserer neuen Büroräume bewerben. Um ehrlich zu sein, habe ich keine Ahnung, wo ich anfangen soll. Das ist wirklich nicht mein Fachgebiet.«

»Na ja, warum fragst du nicht eine Expertin?«, sage ich, gehe zu ihm, stoße ihn sanft zurück aufs Sofa und setze mich auf seinen Schoß. Als ich zu ihm aufsehe, lächelt er müde. Gott, sieht er erschöpft aus.

»Wen denn?«, erwidert Adam und verändert seine Haltung. »Tut mir leid, Bea, kannst du ein bisschen rutschen, mir tut der Rücken weh …«

Ich stehe auf, sodass er sich aufrichten kann, und lasse mich neben ihn aufs Sofa gleiten. »Oh, vielleicht eine, die sich ihr ganzes Leben lang voller Leidenschaft mit Landschaftsarchitektur beschäftigt hat, die deine eigene Dachterrasse gestaltet hat, die wie besessen Gartenzeitschriften liest, die einen Abschluss – na ja, fast – in Landschaftsarchitektur hat und die, wie es das Schicksal will, auch noch die persönliche Assistentin von einem der besten Landschaftsarchitekten des Landes wird! Brauchst du noch mehr Hinweise?« Ich grinse breit und stupse ihn an. »Die Frau, die du liebst, die Frau, die du geheiratet hast, die Person, die du am besten auf der Welt kennst …«

Adam rutscht unruhig auf dem Sofa hin und her, und ich rücke etwas zur Seite, damit er mehr Platz hat. »Ach Bea, das ist wirklich süß von dir, aber darüber darf ich nicht mit dir reden.«

»Ah … schon okay. Verstehe.« Ich stehe auf. Aber eigentlich verstehe ich es nicht wirklich. Ich verstehe nicht, warum er über so etwas nicht mit mir reden darf, warum da diese Distanz zwischen uns ist und warum er das nicht zu merken scheint. Vielleicht reagiere ich über, weil ich heute Abend zu viel getrunken habe, aber plötzlich fühle ich mich haltlos – als würde ich driften, nein, als würden *wir* auseinanderdriften. Wir sollten uns näher sein als je zuvor – wir sind frisch verheiratet, Herrgott –, aber jedes Mal wenn ich ein bisschen von Adams Zeit beanspruche, scheint uns das weiter auseinanderzubringen. Ich dachte, dies wäre die perfekte Gelegenheit, ihm bei seiner Arbeit zu helfen – etwas, das ich normalerweise nicht kann –, aber selbst auf meinem Fachgebiet will er mich nicht teilhaben lassen. Ich gehe in die Küche, um mir einen Tee zu machen. Es ist, als würden wir uns auf zwei Seiten einer Linie gegenüberstehen und hätten keine Ahnung, wie wir sie überwinden sollen.

»Ich muss mit New York skypen«, durchbricht Adam einen Augenblick später die unangenehme Stille.

»Okay.«

Über meine Schulter hinweg beobachte ich, wie er mit seinem Laptop zum Schlafzimmer geht und die Tür öffnet. Dann bleibt er einen Augenblick stehen und dreht sich zu mir um, als wollte er noch etwas sagen, überlegt es sich jedoch anders und schließt fest die Tür hinter sich.

# 41. Kapitel

»Na, wie war Ihr erster Tag, Bea?«, erkundigt sich James freundlich, während er auf mich zukommt.

»Toll!«, erwidere ich mit breitem Lächeln. Es ist halb fünf, und mein Kopf fühlt sich an, als würde er von den vielen Informationen, die ich in mich aufgesogen habe, explodieren.

Ich möchte James beeindrucken, möchte ihm zeigen, dass sein Instinkt ihn nicht getrogen, dass er sich richtig entschieden hat. Zum Glück bin ich durch die Zeitarbeit an erste Tage gewöhnt, ich kann schnell neue Informationen aufnehmen. Aber heute ist es anders gewesen – aufregend, belebend und inspirierend. Ich fühlte mich auf einer Welle aus Sicherheit getragen, weil sich das hier einfach richtig anfühlt. Als würde ich hierhergehören. Heute Morgen habe ich mich als Erstes an meinem Schreibtisch unter einem der schönen großen Oberlichter eingerichtet, durch die das warme Tageslicht in das große Loft fließt. Der Blick aus den Fenstern ist unglaublich, und es fühlt sich wundervoll an, zurück in Greenwich zu sein, auch wenn es nur zum Arbeiten ist.

Zum ersten Mal in meinem Leben war ich im richtigen Moment am richtigen Ort, und dafür bin ich äußerst dankbar. Jetzt muss ich nur noch beweisen, dass ich der Aufgabe gewachsen bin – und ich glaube, das schaffe ich. Vielleicht liegt es an James' lockerem, motivierendem Führungsstil. Vielleicht daran, dass man mich in dem kleinen Team mit offenen Armen willkommen geheißen hat. Abgesehen von James und mir gibt es nur drei Angestellte – Jack, Chris und Georgie. Alle sind Anfang dreißig, alle supernett und herzlich, alle leidenschaftliche Gartenliebhaber, die wundervolle und inspirierende Orte für ihre Kunden entwerfen.

*Das ist jetzt meine Welt.* Bei dem Gedanken schwirrt mir der Kopf, und mein Glückspegel steigt.

»Ist es ein bisschen zu viel für den Anfang?«, fragt James.

Mir wird bewusst, dass ich vermutlich ziemlich dumm aus der Wäsche gucke … sitze hier und grinse ihn wie verrückt an. »Nein, nein!«, rufe ich aus. »Ich bin nur so froh, hier zu sein. Ich … ich kann mein Glück noch immer nicht ganz fassen.«

»Das hat nichts mit Glück zu tun, Bea.« Er lacht. »Sie haben auf Ihre ganz eigene Weise hart für diese Stelle gearbeitet. Ihre Jahre in der Zeitarbeit waren eine gute Vorbereitung – ebenso wie Ihre eigenen Gartenprojekte. Ihre Dachterrasse, die Gärten von Ihrer Freundin und von Ihrer Mutter … meiner Meinung nach sind das alles kostbare Erfahrungen. Hinzu kommt die Tatsache, dass Sie anscheinend jedes Buch über Landschaftsarchitektur gelesen haben, mehr über Gartenbau wissen als die meisten, die es studiert haben, auf zahlreichen Gartenausstellungen gewesen sind und, vor allem, Ihr ganzes Leben lang gegärtnert haben …« James hält inne und blickt mich lächelnd an. »Na, sagen wir einfach, ich stelle lieber Leute wie Sie ein, die das hier als eine Lebensweise betrachten und nicht als Job.« Er geht zum Wasserspender und holt sich ein Glas Wasser. »Nehmen Sie meinen Geschäftspartner: Er bezeichnet sich selbst als Autor, obwohl er noch nichts veröffentlicht hat, aber er schreibt jeden Tag. Das ist dasselbe, oder? Ich meine, vorher hat man Sie vielleicht nicht dafür bezahlt, aber für mich sieht es so aus, als wären Sie Ihr ganzes Leben lang Landschaftsarchitektin gewesen. Es hat nur ein bisschen gedauert, bis Sie es geglaubt haben!«

Er setzt sich auf seinen Stuhl, und ich nicke und versuche, bei seinen aufmunternden Worten meine Tränen zurückzuhalten. Das ist am ersten Tag absolut tabu. Oder am zweiten oder auch in der zweiten Woche, ermahne ich mich streng.

»Aber jetzt möchte ich mit Ihnen über das große Projekt sprechen, bei dem Sie mir assistieren sollen. Ich wollte Ihnen einen Tag Zeit geben, um das Team kennenzulernen und sich mit unseren Programmen und Systemen vertraut zu machen. Die Stelle ist in erster Linie eine Verwaltungsstelle, aber der Pitch für das Projekt ist Anfang November, und dazu soll jeder Mitarbeiter seinen kreativen Input geben. Dies könnte ein Wendepunkt für JF Design bedeuten. Wenn wir den Zuschlag bekommen, wird dies das größte und ehrgeizigste Projekt, das die Firma bislang gestemmt hat. Ich möchte, dass Sie sich das Briefing durchlesen, damit Sie sich ein Bild vom Kunden machen können und von dem, was er will. Dann möchte ich, dass Sie an unserem Brainstorming teilnehmen und Ihre Ideen einbringen. Ich schätze die Meinung von jedem im Team, meiner Meinung nach gibt es bei der Kreativität keine Hierarchien. Die Werbeagentur, für die wir die Dachterrasse entwerfen, zieht im Frühjahr in das Gebäude in der Nähe vom Canada Square.« Er deutet auf die Karte, dann blickt er aus dem Fenster über die Stadt, als würde er es sich in der Skyline vorstellen. »Das heißt, wenn wir das Projekt an Land ziehen, haben wir ungefähr sechs Monate vom Entwurf bis zum fertigen Produkt. Wir können frühestens Anfang März mit dem Pflanzen beginnen – vorher sind die Räumlichkeiten nicht fertig –, und Ende März sollen die neuen Büros und die Terrasse mit einer großen Feier eingeweiht werden. Alle Maße sind in den Plänen vermerkt.« Er reicht sie mir, und als ich sie überfliege und den Firmennamen oben auf der Seite entdecke, bleibt mir fast das Herz stehen.

*Hudson, Grey & Friedman.*

Mich überkommt ein Anflug von Panik. Das ist Adams Agentur. Aber wie …? Hat er …? Ich kann meinen Schrecken kaum verbergen. Wie kann ich an diesem Projekt mitarbeiten, wenn ich mit dem Geschäftsführer verheiratet bin und die Schwiegertochter von einem der Teilhaber? Hat Adam davon gewusst? Sage ich es James? O Gott …

»Wollen Sie sich vielleicht ein paar Notizen machen?«, schlägt James vor.

»Oh, äh, ja, natürlich …« Mit hochrotem Kopf greife ich nach Stift und Notizblock. Während James spricht, schreibe ich mit und frage mich die ganze Zeit, wie ich es ihm sagen soll. Ist meine neue Stelle dadurch gefährdet oder Adams Job oder JF Designs Entwurf?

»Bei jedem Projekt stelle ich mir vor, dass ich es für den Hauptkunden entwerfe«, erklärt James, »was bei Firmenprojekten oft schwierig ist, weil es dort nicht nur eine Vision gibt. Außerdem hat man nicht die Chance, den Kunden wirklich gut kennenzulernen.«

Ich blinzle nur und lächle schwach. Ich schaff das nicht, ich kann ihm nicht sagen, *wie* gut ich die Firma kenne.

»In diesem Fall«, fährt er fort, »verkörpert Hudson & Grey die Vision zweier Männer – von George Hudson und Robert Grey, den beiden Gründern. Wir werden allerdings nicht direkt mit ihnen zu tun haben. Sie haben kürzlich eine kleine, aber erfolgreiche New Yorker Agentur aufgekauft, und es gibt Pläne, als Nächstes nach Europa und Hong Kong zu expandieren. Unser Entwurf könnte die Vorlage für ihre internationalen Niederlassungen bilden. Das bedeutet, dass wir nicht nur einen Ort für die Identität der Firmengruppe und ihrer Firmenkultur entwerfen, sondern auch für ihre Kunden. Ihr Geschäftsführer hat mir in meinem ersten Briefing klargemacht, dass die Dachterrasse sowohl Arbeitsplatz als auch Ort der Erholung sein soll. Sie muss also zugleich praktisch und inspirierend sein.«

Der Geschäftsführer? Dann sind sich Adam und James also bereits begegnet. Es gibt keine Zufälle. Ich denke daran, wie Adam mich gedrängt hat, mich auf diese Stelle zu bewerben. Hat er im Hintergrund die Strippen gezogen? Habe ich diese Stelle überhaupt meinem eigenen Verdienst zu verdanken?

»Gut. Ich glaube, das ist genug für einen Tag!« James lächelt und faltet die Hände über seinem Knie, dabei glänzt sein goldener Ring im Sonnenlicht, das durch die großen Loft-Fenster hereinfällt. »Dieses Projekt ist sehr wichtig, Bea. Ich brauche Ihre ganze Energie und Ihren vollen Einsatz, okay?«

»Ich … ich glaube schon«, erwidere ich stammelnd. »Ich meine, ja, natürlich.« Ich weiß, dass ich es ihm sagen sollte, aber ich habe Angst, diese Chance zu verlieren … Ich weiß nicht, was ich tun soll.

*Triff die richtige Entscheidung.*

»Gibt es ein Problem, Bea?«, fragt James, dem meine Unsicherheit offensichtlich nicht entgangen ist.

Ich hole tief Luft und stelle mir vor, wie ich die Augen schließe und ins tiefe Wasser springe. Ich habe keine Ahnung, ob ich untergehen oder schwimmen werde.

»Nicht wirklich, es ist nur …«

# 42. Kapitel

Adams Telefon klingelt einmal, dann schaltet sich die Mailbox ein. Frustriert werfe ich das Handy weg und fahre mir durchs Haar. Es ist 18:47 Uhr, und ich bin noch immer im Büro. Obwohl es mein erster Tag ist, habe ich noch nicht Feierabend gemacht, da ich a) einen guten Eindruck machen will und b) zu Hause niemand auf mich wartet, denn mein Mann ist offenbar verschollen. Ich habe ihm etliche Nachrichten hinterlassen, dass er mich zurückrufen soll, aber er hat sich nicht gemeldet. Ich wollte mit ihm unbedingt über dieses Projekt sprechen, und ich wollte ihm auch sagen, dass ich länger im Büro bleiben würde, um Ideen zu sammeln und Zeichnungen für das Brainstorming anzufertigen. James hat sich vorhin, als ich ihm von meiner Verbindung zu Hudson & Grey erzählt habe, großartig verhalten.

»Davon wusste ich nichts, James, das schwöre ich Ihnen. Es tut mir so leid. Ich würde verstehen, wenn Sie mich auf der Stelle kün…«

»Was? Nein! Seien Sie nicht albern, diese ganze Stadt ist doch eine einzige Vetternwirtschaft.« Er zwinkerte mir zu, und ich atmete erleichtert auf. »Fragen Sie doch einfach Ihren Mann, ob er sich darum kümmern kann, dass alle in der Agentur Bescheid wissen und damit einverstanden sind. Wir müssen uns eben noch mehr bemühen, sie zu beeindrucken und ihnen zu beweisen, dass wir keinen unfairen Wettbewerbsvorteil haben. Sind Sie dazu bereit?«

Ich nickte und war froh und erleichtert, dass er so verständnisvoll war.

Während der letzten Stunden habe ich mich um meine eher simplen Aufgaben gekümmert, wie James' Terminplan zu organisieren und Ausgangs- sowie Eingangsrechnungen von Lieferanten abzulegen. Erst dann konzentrierte ich mich auf die Ideen für das Projekt, das Grün in die graue Landschaft und ein bisschen Spaß an einen nüchternen Arbeitsplatz bringen soll. Nun, nachdem ich weiß, dass es sich um eine Werbeagentur handelt – und nicht nur um irgendeine Agentur, sondern um Hudson, Grey & Friedman –, habe ich das Gefühl, instinktiv zu wissen, was dorthin passen könnte. Ich denke sofort an einen originellen Rückzugsort, markante Linien und Symmetrie, Stauden und Naturelemente …

Ich halte inne und tippe mir mit dem Stift an die Lippen. James hat deutlich gemacht, dass er nur kreativen Input möchte. Ich muss mir keine Gedanken um Gebäudevorschriften, Baugenehmigungen, Notausgänge oder andere Sicherheitsfragen machen – und auch nicht um die Kosten. Um alle technischen Aspekte kümmert er sich selbst. Es fühlt sich wie eine Prüfung an, und zwar eine, die ich unbedingt bestehen will.

Oben auf die Seite schreibe ich *Was wollen sie?* und notiere darunter, was James mir über die Nutzung der Terrasse als öffentlichen – und privaten – Bereich erzählt hat. Ich stelle mir Sitzecken, Arbeitsecken und Unterhaltungsbereiche vor. Ich mache mir Gedanken über praktische Elemente wie Elektrizität, Beleuchtung, Lagerung, Wasser und Wetterschutz ebenso wie über einen fließenden Übergang zwischen Innen und Außen. Ich glaube, der Garten sollte sich wie eine Erweiterung der neuen Büroräume anfühlen, gleichzeitig aber auch eine Eigenständigkeit vermitteln. Ich schließe die Augen, spinne meine Ideen weiter und verliere mich in einer ganz neuen Welt, die sich unglaublich gut anfühlt.

Um neun Uhr gehe ich schließlich nach Hause, wo ich auf Adam treffe, der mit seinem Laptop auf dem Sofa sitzt und arbeitet.

Er sieht kaum auf. »Da bist du ja! Wie war dein erster Tag?«

»Toll, wirklich interessant«, erwidere ich in neutralem Ton. »Hast du meine Anrufe nicht bekommen?« Ich setze meine Tasche ab, stelle den Wasserkocher an, gehe zum Kühlschrank und hole die Milch heraus, um mir einen Tee zuzubereiten.

»Ich hab schon eine Flasche Champagner aufgemacht – ich dachte, wir sollten das feiern«, sagt Adam, ohne auf meine Frage zu antworten, zeigt auf sein Glas und winkt mich zum Sofa.

Ich stelle die Milch zurück, hole den Champagner heraus, schenke mir ein Glas ein und gehe zu ihm.

Er beugt sich vor und küsst mich flüchtig auf die Lippen, dann wendet er sich wieder seinem Laptop zu. »Erzähl mir, was du gemacht hast. Verwaltungskram, Kopieren, Recherche, Tee kochen?« Er blickt auf und stößt mit mir an.

»Nein, eigentlich helfe ich James bei einem ziemlich großen Projekt, für das er sich bewirbt …«

»Ach?«, sagt Adam. »Das ist ja toll! Und weißt du schon, worum es geht?«

»Es geht um eine Firma, die kürzlich expandiert hat und die von der Dean Street in Soho nach Canary Wharf umzieht. Das neue Büro verfügt über eine 200 Quadratmeter große Dachterrasse.«

Ich beobachte genau, wie Adam seinen Champagner hinunterschluckt, und hoffe, er gibt zu, dass er weiß, wovon ich spreche. Doch das tut er nicht. Ich dränge meine aufsteigende Angst zurück. Warum hat er mir nicht vertraut, mich nicht eingeweiht? Er muss mich wohl für eine komplette Idiotin halten.

»Es geht um *deine* Agentur, Adam, und erzähl mir jetzt nicht, dass du das nicht gewusst hast«, sage ich resigniert, stehe auf und trete ans Fenster. Unten funkelt die Stadt, und in Canary Wharf blitzt hin und wieder ein blauer Schein auf, als würde er die Zeit bis zum großen Knall herunterzählen.

»Huch? Was für ein Zufall!«, murmelt er.

Ich fahre herum, plötzlich bin ich wütend auf ihn. »Hör auf, mich wie eine Idiotin zu behandeln, Adam!«, sage ich aufgebracht. »Ich weiß, dass du es die ganze Zeit gewusst hast. Du hast die ganze Sache doch eingefädelt, oder etwa nicht?«

Er antwortet nicht und starrt wortlos auf seine Hose, was ich als Schuldeingeständnis deute.

»Ach Adam …« Ich reibe mir die Stirn. »Warum hast du mir das denn nicht gesagt? Dann wäre ich besser vorbereitet gewesen, als James mir heute erzählt hat, wer hinter dem Projekt steckt.«

»Ich wollte nicht, dass du denkst …«

»Was? Dass ich ohne deine Hilfe keine Stelle finden kann?«, falle ich ihm ins Wort. »Zu spät.«

»Nein! Natürlich nicht!«, protestiert er. »Dass du diese Stelle bekommen hast, ist ganz allein dein Verdienst. Ja, ich habe James getroffen, um ihn über das Projekt zu briefen, aber ich habe ihn ganz bestimmt nicht gebeten, meiner Frau einen Job zu geben! Ich habe lediglich Eagle Recruitment erwähnt, als er sagte, dass er für das Projekt vorübergehend jemanden einstellen wolle.«

Ich starre Adam an und komme mir vor wie eine Marionette, die ständig an ihren Fäden herumgeführt wird, weil sie nichts allein auf die Reihe kriegt. Ich bin eine Frau von dreißig Jahren, ich muss mein Leben endlich selbst in die Hand nehmen.

Adam steht auf und tritt auf mich zu. Als er die Arme um mich legt, erstarre ich. »Ich weiß, wie begabt du bist, Bea, und ich wusste, dass du nie von dir aus nach so einer Stelle suchen würdest. Du hast viel zu viel Angst zu scheitern«, murmelt er. »Ich hab eine Chance gesehen, dass du vielleicht eine Arbeit findest, die dir Spaß macht, und lediglich dafür gesorgt, dass du diese Chance auch bekommst. Ich glaube, du hast sie verdient, und ich wünschte nur, du würdest das genauso sehen.« Er zögert und schüttelt den Kopf. »Ich möchte, dass du glücklich bist, Bea, das ist alles. Und ich bin mir nicht sicher, ob du in letzter Zeit mit mir glücklich gewesen bist.«

Ich starre Adam an und habe einen Kloß im Hals. Er hat recht. »Du fehlst mir«, sage ich mit belegter Stimme. »Ich habe das Gefühl, dass wir uns seit unserer Hochzeit voneinander entfernt haben. Du bist kaum hier, und wenn, dann bist du mit dem Kopf noch bei der Arbeit …«

»Ich weiß, und das tut mir leid«, sagt er abwehrend und wendet sich von mir ab. »Gott, denkst du denn, du fehlst mir nicht? Ich finde es schrecklich, dich nie zu sehen. Ich hätte gern mehr Zeit für dich, aber ich arbeite rund um die Uhr. Ich gehe nur noch vor die Tür, um ins Büro zu gehen. Ich habe keine Hobbys, ich treffe keine Freunde – ich *habe* außerhalb der Agentur gar keine Freunde mehr. Ich lebe für die Arbeit, weil es unsere Zukunft ist, Bea. Verstehst du das denn nicht? Ich mache das alles nur für uns. Für unsere Kinder. Um ihnen das Leben zu bieten, das meine Eltern mir geboten haben.« Er seufzt schwer. Erneut fällt mir auf, wie erschöpft er aussieht. »Ich habe das Gefühl, mein Vater will mich auf die Probe stellen. Vielleicht versucht er, mich an meine Grenzen zu bringen, weil er wissen will, ob ich seine Vision teile.« Er blickt mit flehendem Blick zu mir auf, aber sein Kiefer ist angespannt, seine Lippen bilden eine schmale Linie. »Ich muss alles tun, um meinem Vater zu beweisen, dass ich der Richtige bin, um die Agentur voranzubringen. Das bin ich ihm schuldig. Ich will, dass er stolz auf mich ist. Du weißt doch, wie wichtig das für mich ist.«

»Das weiß ich, Adam«, erwidere ich sanft, nehme seine Hand und ziehe ihn zu mir. Ich will mich nicht mehr streiten. »Das verstehe ich wirklich. Ich will nur nicht, dass du aus dem Blick verlierst, wer du bist und was du willst, weil … Na ja, schließlich haben wir nur dieses eine Leben, stimmt's?«

# Oktober

Liebe Bea,
früher ist der Oktober mein Lieblingsmonat gewesen, diese Zeit, in der die Welt ein letztes Mal in voller Farbenpracht explodiert. Nun ist er für mich das Symbol dafür geworden, dass meine letzte Chance auf das Glück in Flammen aufgegangen ist. Von jetzt an ist der Oktober für mich der »verlorene« Monat – die Blätter fallen wie Tränen auf den Boden, die bernsteinfarbene Sonne verliert ihre Wärme, und der Garten wird öde und nackt. Im Oktober denke ich nun nicht mehr an die Schönheit, die noch vorhanden ist, sondern nur an die, die unwiederbringlich verloren geht.

Doch vor dir, Bea, liegt eine unendlich heitere Zeit. Eine Zeit mit deiner Familie, voller Liebe und Lachen. In diesem Monat feierst du deinen Geburtstag, darum sollte es für dich immer ein glücklicher Monat sein. Es ist kein Zufall, dass deine Geburtstagsblume die Kosmee ist, das griechische Wort für Harmonie oder geordnetes Universum. Folge dem richtigen Weg, und Erde und Sterne sind dein, Bea, vergiss das nie.

In Liebe, Dad

# 43. Kapitel

Bea Bishop ist auf Abenteuer aus.
13 »Gefällt mir«-Angaben. 3 Kommentare.

Ich stehe an Lonis Hintertür und blicke auf den hufeisenförmigen Garten, der in einer unendlichen Palette bunter Herbstfarben leuchtet. Er sieht prächtig aus, und gerade jetzt möchte ich nirgends lieber sein als hier. Ich habe beschlossen, die zwei Tage, die ich diese Woche nicht im Blumenladen arbeiten muss, in Norfolk zu verbringen.

In letzter Zeit bin ich oft hier, und da Loni häufig unterwegs ist (ich habe keine Ahnung, was sie treibt, und wenn ich sie frage, reagiert sie zugeknöpft), kümmere ich mich um den Garten. Ich hege ihn genauso wie meine Erinnerungen, zupfe Unkraut, schneide das Unterholz zurück und ziehe die tiefen Wurzeln heraus. Aber so schön das auch ist, momentan ist es nicht leicht für mich, hier zu sein. Denn ungeachtet der Schönheit dieser Jahreszeit bleibt der Oktober immer der Monat, in dem mein Dad weggegangen ist.

Mein Handy vibriert und holt mich in die Gegenwart zurück. Kieran. Lächelnd öffne ich seine SMS:

Bereit für die nächste Stufe von Operation Abenteuer? K

Als ich antworte, empfinde ich sowohl Aufregung als auch Angst.

Mehr denn je.

Ich denke an unsere Rendezvous, nein, an unsere Treffen, die Kieran »Operation Abenteuer« getauft hat.

Das erste Mal, als wir uns nach Blankeney trafen, fuhr er mit mir in seinem VW-Bus nach Thetford Forest, einem künstlich angelegten Kiefernwald, der auf der Grenze zwischen Norfolk und Suffolk liegt.

Es war schnell klar, dass Kieran nicht mit mir in den Wald gefahren war, um dort spazieren zu gehen – zumindest nicht auf der Erde.

»Ein Hochseilgarten«, stellte ich erschrocken fest, als er mich zu der kleinen Holzhütte mit dem Schild »Lass den Affen in dir raus« führte.

Eine Frau in einer grünen Uniform lächelte uns strahlend an. »Macht ihr den Baumkronen-Parcours?«, fragte sie.

»Ja.« Kieran grinste sie an, und ich merkte, dass er ihr gefiel. Dann blickte er wieder zu mir, strich sich mit der Hand über den Kopf, sodass sein Haar sich wie weiches Wildleder sträubte. »Weißt du jetzt, was ich meinte, als ich sagte, wir wagen einen Sprung?«

»Ich bin mir nicht sicher, ob ich das noch kann …«, erwiderte ich nervös. »Ich klettere und springe nicht mehr.«

»Und sieh, wohin es dich gebracht hat, Bea.« Als er merkte, dass er einen wunden Punkt getroffen hatte, sah er mich entschuldigend an. Dann fügte er hinzu: »Ich verspreche dir, dass es Spaß machen wird. Du bist gesichert – und stell dir nur den Ausblick vor! Ich dachte, das wäre genau dein Ding.«

»Mein Ding ist es, mit beiden Beinen auf dem Boden zu stehen«, entgegnete ich stur.

»Und? Macht dich das etwa glücklich?« Er sah mich durchdringend an, und meine Knie wurden weich, und das nicht nur aufgrund der Aussicht, gleich durch die Baumkronen zu klettern.

»Komm schon … ich Tarzan, du Jane?« Als er sich auf die Brust trommelte, lachte ich. »Ich bin die ganze Zeit bei dir«, murmelte er und nahm meine Hand.

Kurz darauf standen wir auf einer Plattform, hoch oben zwischen den Baumkronen, umschlossen von einem Mantel aus grünen Blättern, durch den die Herbstsonne wie flüssiges Gold floss.

Kieran stand hinter mir, seine Hände lagen auf meiner Hüfte. »Du kannst das, Bea, das weiß ich. Du bist vollkommen sicher, du wirst nicht fallen. Niemand lässt dich fallen. Komm, schließ einfach die Augen und stell dir vor, du bist eins mit dem Wald. Die Bäume sind deine Freunde. Und ich bin direkt hinter dir. Ein Sprung, und du bist sicher auf der anderen Seite.«

Vielleicht lag es an der Wärme, die von seinen Händen ausging, oder an seinen Worten, aber ehe ich mich versah, hatte ich mich an den Rand der Plattform vorgewagt und die Augen geschlossen. Mein Herz klopfte mir bis zum Hals, und in meinem Bauch flatterten Schmetterlinge wie schon ewig nicht mehr. Unterwegs stieß ich einen hohen Schrei aus, der von den Bäumen abzuprallen schien und in meinen Ohren widerhallte. Aber es war kein Angstschrei, es war pure, unverfälschte Freude.

Auf der anderen Plattform angekommen, trat ich zurück und wartete, dass Kieran sich hinüberschwang. Als er so aus der Ferne auf mich zugeflogen kam, sah er aus wie der junge Mann von vor acht Jahren – ein fünfundzwanzigjähriger Kerl, der vor nichts Angst hatte und nichts bedauerte. Der Mann, den ich liebte, weil er mutig genug war, die Welt auf seine Weise zu erobern – und mir das Vertrauen gab, es genauso zu machen.

In der Woche darauf fuhr ich wieder nach Norfolk. Um Loni und Cal zu sehen, sagte ich mir. Aber ich konnte mir nicht länger etwas vormachen. Nach nur zwei Treffen musste ich Kieran unbedingt wiedersehen. Ich war in der Zeit zu einem Punkt zurückgereist, an dem ich mir keine Gedanken über meine Zukunft oder meine Vergangenheit machte. Ich lebte nur für den Augenblick, für jeden einzelnen Moment, den ich mit Kieran teilte, genau wie vor all diesen Jahren. Damals war es mir egal, dass mein Vater mich verlassen hatte, mich interessierte nur, dass ich Kieran gefunden hatte. Ich war glücklich, alles für ihn aufzugeben, mit ihm an der Küste entlangzufahren und ihm beim Surfen und Höhlenwandern zuzusehen, beim Bungeespringen und wenn er sich von den Klippen ins Meer stürzte – bei all den Dingen, die er und Elliot und ihre Freunde liebten. Ich war starr vor Schreck, wenn er von Klippen und Brücken sprang, von Felsen und Kaimauern, doch ich wollte bei ihm sein, also begleitete ich ihn. Ich erzählte nur niemandem, was er tat. Ich erinnere mich noch, was Loni gesagt hatte, als sie Kieran zum ersten Mal begegnet war.

»Ich verstehe, dass du ihn attraktiv findest, aber bitte sei vorsichtig, mein Schatz. Ich bin immer für dich da, egal, für welchen Weg du dich entscheidest – aber lass dich nur nicht zu weit auf den eines anderen ein …«

Ich höre Räder über den Kies knirschen und drehe mich zu Lonis leerem Haus um. Mit klopfendem Herzen hole ich Luft und bereite mich darauf vor, erneut mit Kieran den Sprung zu wagen.

# 44. Kapitel

»Na, was machen wir heute?«, frage ich Kieran, beiße mir auf die Lippe und trommle mit den Fingern auf meine Knie, während wir hinter einem Traktor über die Landstraße tuckern.

Aus den alten Lautsprechern dringt Green Day, was mich an Elliot erinnert, der immer aus vollem Hals alle Strophen von »Wake Me Up When September Ends« mitsang. Ich würde das langsame Fahrzeug gern überholen, möchte den Wind in meinen Haaren und das Gefühl von Adrenalin in meinen Adern spüren, an das ich mich gewöhnt habe, wann immer ich mit Kieran zusammen bin. Der jedoch scheint seinerseits vollkommen zufrieden damit zu sein, gemütlich im zweiten Gang zu fahren.

Ich bemühe mich sehr, nicht daran zu denken, dass Kieran seit dem einen Mal spätnachts vor Lonis Haus keine Anstalten mehr gemacht hat, mich zu küssen. Sein Blick verweilt nicht auf meinen Lippen, sein Mund ist meinem nicht ein einziges Mal zu nah gekommen. Vielmehr ist es so, dass, während die Vertrautheit, die Ehrlichkeit und die Freundschaft zwischen uns zu wachsen scheinen, die sexuelle Spannung nachlässt. Ich will, dass er mich küsst – nein, er *muss* mich küssen –, damit ich weiß, was wir hier eigentlich machen.

»Worauf hast du denn Lust?«, fragt Kieran gut gelaunt.

Ganz kurz schießt mir eine Antwort durch den Kopf, von der ich weiß, dass ich sie niemals aussprechen werde.

»Es sollte etwas mit einem Sprung sein, stimmt's?«, fährt

Kieran fort. »Aber ich schätze, aus einem Flugzeug wirst du dich wohl noch nicht trauen, oder?«

»Ganz bestimmt nicht!«, rufe ich aus. »Du hast mich zwar dazu gebracht, mich wie ein Affe durch die Bäume zu schwingen, aber ich werde auf keinen Fall aus einem Flugzeug springen!«

*»No, you won't do that!«*, singt Kieran mit schmalziger Rockstarstimme und lacht. Unwillkürlich fällt mir die erste Zeile von diesem alten Meat-Loaf-Song ein.

*And I would do anything for Love …* Würde ich wirklich alles für die Liebe tun? Liebe ich ihn?

Kieran blickt zu mir. Ich ziehe meinen Parka fester um mich und kuschle mein Kinn in den Kragen. Nach den warmen Herbsttagen wird es langsam kühler. Der Winter steht vor der Tür. Eine neue Jahreszeit vor einem jungfräulich neuen Jahr …

»Wie wäre es, wenn wir deinen Vater suchen gehen?«, fragt Kieran beiläufig wie aus dem Nichts. Doch für mich fühlt es sich an, als hätte er mir eine Schlinge um den Hals gelegt und so fest zugezogen, dass ich keine Luft mehr bekomme.

Plötzlich bremst er ab, da der Traktor vor uns rechts blinkt, und hält dabei reflexartig den Arm vor mich, weil ich nach vorne geschleudert werde. Ich umklammere das Armaturenbrett. Meine Knöchel sind so weiß, als wollte ich sie sprengen. Kieran zieht langsam den Arm zurück. Er sieht mich an und legt mir sanft eine Hand aufs Bein. Ich starre sie an, weil ich ihm nicht in die Augen sehen kann.

»Bea«, sagt er leise. »Du hast immer gesagt, dass du dir wünschst, deinen Vater kennenzulernen. Aber soweit ich das beurteilen kann, hast du seit damals darauf gewartet, dass *er* kommt und dich findet. Warum also nimmst du jetzt nicht dein Leben in die Hand und versuchst selbst, ihn zu finden?«

»Weil …« Ich verstumme und versuche es erneut. Meine Stimme zittert. »Weil …« Ich bringe den Satz nicht zu Ende. Ich habe keine andere Begründung als die, die das kleine siebenjährige Mädchen in meinem Kopf schreit: *Weil es seine Aufgabe ist, mich zu finden! Schließlich hat er mich verlassen!*

»Ich weiß, dass das eigentlich seine Aufgabe wäre«, sagt Kieran, als könnte er meine Gedanken lesen. »Aber du hast jetzt mehr als zwanzig Jahre lang gewartet. Und du weißt doch, wie die Definition von Wahnsinn lautet, oder? Wenn man immer wieder dasselbe tut, aber immer ein anderes Resultat erwartet.«

»Ich … ich …«, stottere ich. Er bewegt sich hart an der Grenze dessen, was ich ertragen kann.

Kieran hält auf dem Grünstreifen, schaltet den Motor aus und wendet sich mir zu. »Ich weiß genau, wie du dich fühlst, Bea. Ich meine, du und ich, wir sind uns sehr ähnlich. Du definierst dich über das, was du im Leben verloren hast, und das ging mir genauso, als ich Elliot verloren habe. Aber ich habe gelernt, dass man das nur ändern kann, indem man seine Zukunft in die Hand nimmt.« Er fasst meine Hand und drückt sie. »Das habe ich getan, als ich zur Navy gegangen bin. Wie wäre es, wenn du dasselbe tust, indem du versuchst, deinen Vater zu finden?«

»Du hast recht«, sage ich schließlich. »Ich weiß, dass du recht hast. Aber ich habe solche Angst, Kieran. Ich habe Angst, dass er nicht mehr lebt, dass er mich nicht sehen will oder dass mir nicht gefällt, was oder wen ich vorfinde. Ich habe mir ein Bild von ihm zurechtgelegt, in dem er beinahe so etwas wie der fehlende Teil von mir ist. Momentan besteht dieser Teil aus meinen guten Erinnerungen an ihn. Aber was, wenn die alle dadurch zerstört werden?«

Er blickt aus dem Fenster, dann wieder zu mir, sieht mich jedoch nicht wirklich an, sondern durch mich hindurch.

»Besser du weißt es und bist enttäuscht, als es nie zu erfahren und dich für immer damit zu quälen, oder?«, erwidert Kieran sanft.

Ich zwinge mich, etwas zu sagen, nur um die Schwere des Moments etwas aufzulockern. »Was soll ich tun? Wo fange ich an? Ich weiß überhaupt nicht, wo er stecken könnte …«

»Du solltest bei seiner letzten bekannten Adresse anfangen.«

»Das ist die, wo er gewohnt hat, nachdem Loni ihn rausgeworfen hatte.« Das weiß ich, weil ich damals gesehen habe, wie Loni sie auf ein Paket geschrieben hat, in dem sie ihm seine restlichen Sachen schicken wollte. Aber dort ist er nicht lange geblieben. Loni hat mir erzählt, es sei nur eine Übergangslösung gewesen, bevor er endgültig wegging.

»Wo war das?«, fragt Kieran jetzt.

»In Cley-next-the-Sea.«

Er lässt den Motor an, blickt in den Rückspiegel und wendet den Wagen. »Weißt du die Adresse noch?«, fragt er über seine Schulter hinweg.

»Warte … du willst da doch nicht etwa jetzt hinfahren?«, frage ich etwas überrumpelt.

»Was du heute kannst besorgen, das verschiebe nicht auf morgen«, erwidert er grinsend, und ich klammere mich an meinen Sitz. Während er das Gaspedal durchdrückt und wir davonrasen, klopft mein Herz wie verrückt.

# 45. Kapitel

Als wir das kleine Örtchen Cley-next-the-Sea erreichen, versinke ich in meiner trüben Stimmung wie im weichen Marschland, das die Stadt umgibt. Als Loni mir vor Jahren erzählt hat, dass mein Vater kurz hier gewohnt hat, konnte ich das nicht verstehen. Der Ort liegt nur knapp eine Viertelstunde von Holt entfernt – warum hat er uns dann nicht besucht? Er ist doch sicher hierhergezogen, damit er sich weiterhin um Cal und mich kümmern konnte? Aber warum hat er hier nur vorübergehend gewohnt und ist dann weitergezogen? Das verstand ich damals genauso wenig wie heute.

Mir wird klar, dass ich viele Fragen habe. Fragen, die ich jahrelang verdrängt habe, weil Loni immer behauptete, mehr müsse ich nicht wissen. Sie ist nicht gern mit meinem Vater verheiratet gewesen, er war alt und auf seine Art festgefahren. Er hatte sich in ihr Temperament und ihre Abenteuerlust verliebt, doch als sie Kinder bekamen, wollte er, dass sie wie eine klassische Hausfrau zu Hause blieb. Er mochte es nicht, wenn sie ausging, mochte ihre Freundinnen nicht und auch nicht ihre ausgelassene Art. Sie rangen ein paar Jahre miteinander, bis sie ihm schließlich erklärte, dass sie allein leben wolle. Er zog vorübergehend zu einem Freund, ehe er in den Sonnenuntergang davonritt, um ein neues Leben zu beginnen. Ende der Geschichte … Und wann immer ich diese hinterfragte, erklärte Loni mir, dass er nicht hatte gehen wollen, sie jedoch unnachgiebig geblieben sei. Dass er versucht habe, in der Nähe zu leben, jedoch nicht damit klargekommen sei, dass sie sich ein neues Leben ohne ihn aufgebaut hatte.

Darum habe ich ihr im Stillen all diese Jahre Vorwürfe gemacht, weil sie ihm die Entscheidung abgenommen und uns keine andere Chance gegeben hat.

Ich kann nicht glauben, dass ich diese ganzen Jahre lang gewartet habe. Dass ich nichts unternommen habe. Dass ich andere Menschen über mein Leben habe bestimmen lassen. Sogar, als ich mich verlobt habe, habe nicht ich versucht, meinen Vater zu finden, sondern Adam.

Adam. Als mir sein Name in den Sinn kommt, stürzen explosionsartig Erinnerungen auf mich ein, und mich durchfährt ein heftiger Schmerz. Momentan weiß ich nicht, was mehr wehtut – verlassen zu werden oder jemanden zu verlassen, der einen liebt.

»Alles okay?«, fragt Kieran.

Ich erwidere nichts. Kleine graue Wolken gleiten wie flüssiges Quecksilber über die Marschlandschaft hinweg, und die Flügel der Windmühle markieren die malerische Ortschaft wie ein X den Punkt auf einer Schatzkarte. Unfassbar, dass ich nie selbst auf diese Idee gekommen bin. Was, wenn ich hier schon die ganze Zeit hätte herausfinden können, wo sich mein Vater die letzten dreiundzwanzig Jahre aufgehalten hat? Früher bin ich oft in Cley gewesen – mit siebzehn, nachdem ich die Schule geschmissen hatte, arbeitete ich als Aushilfe im Gartenzentrum in der Holt Road. Dort kaufte ich auch alle Pflanzen für unseren Garten. Bei der Vorstellung, dass ich vielleicht schon oft an jenem Ort vorbeigefahren bin, an dem ich hätte erfahren können, wo Dad ist, überkommt mich ein Schaudern.

Auf dem Weg hierher habe ich Loni eine SMS geschrieben und sie nach Dads alter Adresse in Cley gefragt. Sie hat sie mir umgehend geschickt. So schnell, dass sie ganz offensichtlich nicht erst nach einem alten Adressbuch suchen musste. Sie wusste sie noch auswendig. Kurz darauf erhielt ich noch eine SMS von ihr. Sie konnte es sich nicht verkneifen zu fragen: *Wozu brauchst du die, Liebes? Alles okay?* Ich habe nicht geantwortet. Sie macht sich immer Sorgen um mich. Das ist der Fluch des Mutterdaseins, insbesondere als Mutter einer zu Depressionen neigenden Tochter. Ich werde ihr später alles erklären, wenn ich zu Hause bin. Sie hat ein Recht, es zu erfahren. Genau wie ich das Recht habe zu wissen, wo mein Vater ist.

Wir fahren durch die schmale Hauptstraße mit den kleinen Geschäften, zu denen auch der Crabpot Bookstore gehört, ein hübscher kleiner Laden, der gebrauchte Bücher verkauft. Jetzt fällt mir wieder ein, dass mein Vater dort viele seiner Gartenbücher erstanden hat. Von da gelangen wir auf die Beach Road und halten vor einem kleinen Steinhaus mit Blick auf die Marsch.

Ich betrachte die hell gestrichene Haustür und blicke zu Kieran, der mir aufmunternd zulächelt und mein Bein drückt. Ich versuche, das Schaudern zu überspielen, das mich überkommt, als ich aus dem Bus steige.

Als ich über den zugewachsenen Weg laufe, habe ich das Gefühl, wirklich auf den Spuren meines Vaters zu gehen. Ist er damals hier mit seinem Koffer angekommen? Werde ich hier einen Hinweis darauf finden, wo er all die Jahre gewesen, warum er nie zurückgekehrt ist?

Zögernd klopfe ich an die Tür und warte. Währenddessen lasse ich den Blick an dem Cottage nach oben schweifen, das aussieht, als könne es dringend eine Renovierung vertragen. Hat es der Besitzer im Laufe der Jahrzehnte verkommen lassen? Derselbe Besitzer, der vielleicht weiß, wo mein Vater ist?

Mit angehaltenem Atem warte ich, und als ich schon aufgeben will, wird die Tür einen schmalen Spaltbreit geöffnet, und ein alter Mann mit kleinen neugierigen Augen mustert mich argwöhnisch.

Ich glaube, hier werde ich einige Antworten bekommen.

# 46. Kapitel

»Und?«, fragt Kieran, als ich eine halbe Stunde später wieder in den Bus steige.

Einen Augenblick sage ich nichts. Ich muss mich erst noch von dem Schock erholen, dass es so leicht gewesen ist. Dass einige Antworten zu dem Verschwinden meines Vaters die ganze Zeit vor meiner Türschwelle gelegen haben.

Ich nicke und lächle schwach. »Treffer.«

»Heilige Scheiße, war *er* das etwa?«, fragt er mit vor Schreck geweitetem Mund.

»Nein! O Gott, dann hätte ich ... Ich weiß nicht, was ich dann getan hätte. Nein, dieser nette alte Herr hat meinen Dad damals bei sich aufgenommen. Er ist der Priester der St.-Margaret's-Kirche in Cley. Er hat gesagt, dass mein Vater ein guter Freund von ihm war und zu ihm gekommen ist, nachdem er uns verlassen hatte. Dad wusste, dass er nicht mehr bei uns bleiben konnte, er wollte aber auch nicht zu weit weg von uns sein.«

»Wie lange ist er bei ihm geblieben?«, fragt Kieran, während er auf die Straße biegt.

»Nicht lange. Noch nicht einmal einen Monat. Pater Joe meint, Dad habe ihm nicht erzählt, was genau passiert ist, aber er sei unglaublich niedergeschlagen gewesen. Mein Vater hatte wohl das Gefühl, ihm würde Strafe zuteilwerden, konnte aber nicht erklären, was er damit meinte. Pater Joe sagt, er habe einen erschöpften Mann vor sich gesehen, der seine Familie liebte und tief erschüttert darüber war, dass seine Ehe gescheitert war. Und Dad wollte wohl nicht, dass irgendjemand wusste, wo er sich aufhielt.«

»War dein Vater denn gläubig?«, fragte Kieran.

»Das weiß ich nicht«, erwidere ich. »Loni hat immer gesagt, dass er mit ihrem buddhistischen Glauben gehadert hat, aber ich kann mich nicht daran erinnern, dass er besonders oft in die Kirche gegangen wäre. Soweit ich mich erinnere, hat er immer gesagt, seine Religion wäre das Gärtnern.«

»Und hat dieser Pater Joe eine Ahnung, wo dein Dad anschließend hingezogen ist?«

»Nach Kalifornien«, erwidere ich matt. Ich stehe noch immer unter Schock. Ebenso Kieran, der mich mit offenem Mund anstarrt. »Ja. Ein Familienvater im besten Alter, der von seiner verrückten buddhistischen Ehefrau aus dem Haus geworfen wird, versteckt sich einen Monat lang im Haus eines Priesters und springt dann in ein Flugzeug nach Los Angeles …«

»Wow!«, ruft er anerkennend und setzt dann wieder eine angemessen besorgte Miene auf. »Aber warum?«

»Um sich einen Lebenstraum zu erfüllen und Filmstar zu werden? Um in ein Kloster zu gehen? Ich weiß es nicht …« Gereizt von Kierans Reaktion blicke ich aus dem Fenster.

»Und hat er eine Adresse hinterlassen?«

Ich nicke und falte das Papier auseinander, das Pater Joe mir gegeben hat. »Irgendein Ort in Orange County.«

»Was willst du als Nächstes tun?«

Ich zucke mit den Schultern. »Es googeln?«

»Wir könnten hinfahren«, schlägt Kieran aufgeregt vor, und seine grünen Augen leuchten wie die einer Katze. »Wir könnten einen Roadtrip durch die USA machen. Stell dir das nur vor – du, ich, die Route 101. Na, *das* wäre doch mal ein echter Sprung!«

Ich lache nervös. »Lass uns nichts überstürzen.«

»Wie du willst.« Kieran zuckt mit den Schultern und blickt wieder auf die Straße. »Aber das Angebot steht. Ich könnte meinen Urlaub verlängern. Und du hast doch gesagt, du würdest dich nach mehr Aufregung in deinem Leben sehnen …«

Im Bus breitet sich nachdenkliche Stille aus, und während sich die kurvige Straße vor uns windet, frage ich mich unwillkürlich, ob ich das tatsächlich gesagt habe. Oder war das Kieran?

# 47. Kapitel

Es ist ein eiskalter Samstagmorgen, und ich laufe gedankenverloren durch die hübschen Kopfsteinpflastergassen des Greenwich Market, auf dem es bereits geschäftig zugeht und intensiv nach Gewürzen und Räucherwerk duftet. Durch eine winzige Gasse gelange ich in die Church Street.

Dort hole ich mein Handy aus der Tasche und scrolle durch die oberflächlichen Geburtstagsnachrichten von meinen Facebook-Freunden. Ich weiß, dass ich kein Recht dazu habe, aber heute vermisse ich Adam. Sehnsüchtig denke ich daran, dass er sich den Tag immer frei genommen und mich mit einem besonderen Geburtstagsfrühstück im Bett geweckt hat – mit Pancakes, Obst und Kaffee. Den Großteil des Vormittags verbrachten wir im Bett, bevor er mit mir einen Überraschungsausflug unternahm. Manchmal fuhren wir mit dem Auto in ein Hotel außerhalb von London, oder er ging mit mir in den Botanischen Garten oder führte mich in einem rustikalen, denkmalgeschützten Pub zum Mittagessen aus. Adam mochte meine einfachen Vorlieben, und ich fand es herrlich, wie entspannt er war, wenn ich ihn aus seiner von Geld, Arbeit und Status besessenen Welt entführte, in der er aufgewachsen war. Außerhalb von London schwanden die Unterschiede zwischen uns, und an diesen Tagen wurde besonders deutlich, wie gut wir eigentlich zusammenpassten. Wir lachten über dieselben Dinge und sprachen von denselben Zielen – Kinder, auf dem Land leben, selbstständig arbeiten. Adam öffnete sich den Dingen, die er wirklich liebte – Kunst, Reisen und Geschichte. Einmal gab er sogar zu, er hätte lieber Kunstgeschichte studiert, anstatt sich von George zu einem Diplom in Werbung und Marketingkommunikation drängen zu lassen.

Plötzlich wird mir bewusst, dass er mir fehlt. Sehr sogar.

Als ich den Blumenladen erreiche, stelle ich überrascht fest, dass das »Geschlossen«-Schild an der Tür hängt. Es ist nach sieben Uhr morgens – Sal meinte gestern, ich solle heute ausschlafen, aber das kann ich nicht. Ich wache an meinem Geburtstag immer früh auf, und diesen Tag will ich unbedingt mit der Sache verbringen, die endlich richtig in meinem Leben ist – mit meiner Arbeit. Ich habe gemerkt, wie glücklich es mich macht, das zu tun, wozu ich wirklich Lust habe. Und ich möchte das jeden Tag haben. Es ist besser für meinen Kopf und für mein Herz als jede Therapie.

Als ich durchs Schaufenster spähe – alle Lichter in Laden sind aus –, klingelt mein Handy.

Ich blicke aufs Display. »Hallo, Lon…«

»*Happy birthday to you, happy birthday to you! Happy birthday, meine liebe wunderschöne Tochter, happy birthday to you.* Alles Gute!«, trällert sie.

»Danke«, sage ich lächelnd. Egal, wie einsam ich mich fühle, Loni ist immer da.

»Und wie geht es meinem umwerfenden Mädchen an ihrem Ehrentag? Was machst du, Liebes? Hast du was Schönes vor? Ich mach jetzt ein bisschen Tai Chi am Strand und überlege, ob ich mir nicht eine kleine, unverschämte Runde Nacktbaden gönne, um die Gifte aus meiner Haut zu spülen. Nicht zu fassen, dass du einunddreißig bist«, schnaubt sie. »Ich sehe viel zu jung aus, um eine Tochter in deinem Alter zu haben!«

»Und ich fühle mich zu alt, um eine Mutter zu haben, die so jung aussieht!«, erwidere ich herzlich. »Mir geht's gut. Ich komme gerade bei der Arbeit an.«

»Oh Bea, warum springst du nicht in den Zug und kommst her, wenn du im Blumenladen fertig bist? Lass mich dich verwöhnen. Wir können einen langen Spaziergang machen, ein bisschen Zeit miteinander verbringen.«

»Ich weiß nicht«, sage ich und suche in meinem Hirn nach einer Ausrede. »Ich glaub, ich möchte lieber ein bisschen allein sein.« Schon während ich die Worte ausspreche, weiß ich, dass das nicht stimmt. Außerdem habe ich bisher nicht mehr über die Adresse meines Vaters herausfinden können. Vielleicht ist das die perfekte Gelegenheit, Loni zu fragen. Sie weiß, dass ich an meinem Geburtstag immer an Dad denken muss.

»Unsinn!«, entgegnet Loni. »Meine Tochter verbringt ihr Geburtstagswochenende nicht allein. Ich hab zwar was vor, aber das kann ich für dich verschieben …«

»Was denn? Ein Seminar?«

»Wie? Ach nein, ich treffe mich nur mit … ein paar Freunden. Aber die können warten. Ich werde alles absagen, nur um dich zu sehen, mein Schatz. Na, wie findest du das? Bitte? Bitte, bitte?«

Ich lache und fühle mich von Lonis Energie und Begeisterung überrollt. »Okay, ich steige morgen in den Zug.«

»Wie schön!«, quietscht Loni. »Ich sage Cal Bescheid.«

»Ich will aber keinen großen Wirbel …« Doch da hat sie schon aufgelegt.

Ja, sie kann einen erdrücken, und häufig stört ihr verrücktes Leben unsere Beziehung, aber sie bringt mich immer zum Lachen.

Ich schließe die Tür zum Blumenladen auf. Der Raum riecht feucht und berauschend nach Herbstblumen. Auch ohne sie zu sehen, nehme ich den Duft von Gerbera und Chrysanthemen wahr, von Dahlien, Hagebutten und Eukalyptus ebenso wie den süßen Duft von geschnitzten Kürbissen, die im Fenster liegen. Plötzlich geht das Licht an, und ich bin von lachenden Gesichtern umringt … nicht nur von Sal, sondern auch von Nick, Glenda, Tim und Jeeves. Sie singen sich die Kehle aus dem Leib und überreichen mir eine Torte, auf der mit wunderschönen Zuckerblumen mein Name geschrieben steht.

Mit rotem Kopf puste ich die Kerzen aus und applaudiere ihnen für ihren Gesang.

»Alles, alles Gute!«, beendet Glenda das Lied mit einem begeisternden Quietschen.

»Ich kann nicht glauben, dass ihr alle hier seid!« Ich drehe mich zu Sal und Tim um und hebe drohend den Finger.

Die beiden sehen schuldbewusst drein, offensichtlich haben sie das Ganze organisiert.

»Du darfst nicht sauer auf mich sein. Wenn ich mich aufrege, krieg ich womöglich vorzeitig Wehen!«, sagt Sal und hebt abwehrend die Hände.

»Bitte nicht«, fleht Tim mit panischem Gesichtsausdruck, und alle lachen.

»Dein Geburtstagsfrühstück ist serviert«, verkündet Nick, der mit einem Tablett voll Gebäck aus der Küche kommt und sich verneigt. »Und jetzt zu deinem Geschenk«, fährt er sogleich fort, während er sich wieder aufrichtet. »Das ist von uns allen.«

Es ist ein wunderschöner Bildband über Gartengestaltung. So einen habe ich mir schon ewig gewünscht.

»Oh, der ist wundervoll!«, freue ich mich und strahle alle an.

»Mach die Karte auf!«, ruft Sal, und ich reiße sie auf.

Als ich die Aufschrift lese, muss ich lachen. *Zum Gärtnern bestimmt, zum Arbeiten gezwungen.* Innen befindet sich eine weitere Karte.

»Das ist ja eine Mitgliedskarte für den Botanischen Garten!«, jubele ich. »Das ist großartig!« Ich lächle erst Nick an, dann die anderen und bin ehrlich gerührt. »Vielen Dank euch allen!«

Am nächsten Tag stehe ich nach dem Mittagessen auf Lonis Türschwelle. Auf dem ganzen Weg hierher habe ich überlegt, wie ich ihr sagen soll, dass ich herausfinden möchte, wo mein Vater lebt. Ich dachte, sie würde mich gleich an dem Tag darauf ansprechen, als ich ihr die SMS wegen der Cley-Adresse geschickt habe. Sie scheint jedoch derzeit so beschäftigt zu sein, dass sie es wohl schon vergessen hatte, als ich zurückkam. Ich befürchte, wenn ich ihr davon erzähle, muss ich ihr auch gestehen, dass ich mich wieder mit Kieran treffe.

Aber so weit bin ich einfach noch nicht.

Außerdem hat das Googeln der Adresse, die Pater Joe mir genannt hat, zumindest ein paar Hinweise ergeben. Allerdings sind sie verwirrend. Ich habe herausgefunden, dass es sich um ein Pflegeheim handelt, das in einer Stadt mit dem Namen Garden Grove im Norden von Orange County liegt. Abgesehen von dem Namen, von dem sich mein Vater sicher angezogen fühlte, ergibt das keinen Sinn. Er war siebenundvierzig, als er uns verlassen hat, also ganz sicher noch nicht in dem Alter für ein Pflegeheim. Außerdem wurde das Heim erst drei Jahre, nachdem er uns verlassen hatte, eröffnet. Davor befand es sich in Privatbesitz. Vielleicht hat mein Vater dort nur Urlaub gemacht und einen Freund besucht. Vielleicht ist er auch endgültig dorthin gezogen. Ich weiß nicht, ob ich das je erfahren werde. Ich denke immer noch über Kierans Vorschlag nach, als Teil von »Operation Abenteuer« mit ihm gemeinsam dorthin zu fliegen und einen verrückten Roadtrip durch Kalifornien zu unternehmen. Aber abgesehen von meiner finanziellen Situation (mein Lohn im Blumenladen reicht eindeutig nicht für einen Flug nach

Kalifornien – ganz zu schweigen davon, dass ich es mir nicht leisten kann, mir ein paar Wochen freizunehmen), bin ich mir sicher, dass es noch einen besseren Weg geben muss. Ich könnte zwar Loni fragen, aber wenn sie wüsste, wo er sich aufhält, hätte sie es mir doch sicher gesagt, oder? Dann treibt mich noch eine andere Frage um. Loni trägt noch immer Dads Namen, sie hat sich nie von ihm scheiden lassen. Zu Cal und mir sagte sie, dass sie eine Weile versucht hätte, ihn zu finden, um ihm die Scheidungspapiere zu schicken. Als wir ihr daraufhin erklärten, dass man sich auch von einer abwesenden Person scheiden lassen könne, meinte sie, so wichtig sei es ihr nicht. »Ich will ja sowieso nicht noch mal heiraten.«

»Bea …?« Als Loni die Tür öffnet, sieht sie mich derart überrascht an, als hätte sie vergessen, dass sie überhaupt eine Tochter hat. Ihre Haare stehen in alle Richtungen ab, als hätte sie in eine Steckdose gefasst. Und sie ist nicht richtig bekleidet, sie trägt nur einen Morgenmantel, den sie anscheinend schnell über ihren Slip und ein Yogaoberteil gezogen hat.

»Ein Hallo wäre nett«, sage ich und beuge mich etwas vor, um ihre Blöße zu verdecken.

Es dauert einen Augenblick, dann nimmt sie mein Gesicht in ihre Hände und küsst mich überschwänglich. »Du bist, äh, etwas früh, komm rein!« Sie blickt kurz die Treppe hoch, dann schiebt sie mich in ihr chaotisches Haus. »Ich wollte gerade etwas Yoga machen.«

»Ach, nennt man das heutzutage so?« Ich lächle und stelle meine Tasche im Flur ab. Sie benimmt sich wie ein Teenager, der im Haus der Eltern beim Sex erwischt wurde.

»Ja, das tut man«, sagt sie und hebt mahnend den Finger. »Obwohl das, zugegebenermaßen, ein Oberbegriff ist und es viele verschiedene Stilrichtungen gibt, wie Vinyasa,

Ashtanga, Bikram …« Lonis Blick zuckt erneut nach oben, und als wir an ihrem Büro vorbeikommen, schließt sie schnell die Tür, dann umarmt sie mich erneut. »Ach, wie schön, dich zu sehen! Was wollen wir zuerst machen? Eine kleine Mutter-Tochter-Meditation und dann einen langen Strandspaziergang? Wir könnten einen Ausflug nach …« Loni unterdrückt ein Gähnen. »Oh, tut mir leid, Liebes. Wie unhöflich von mir!«

»Du siehst müde aus, Loni«, stelle ich besorgt fest. Ich würde allerdings gern so gut aussehen wie sie, wenn ich müde bin. Ihre blauen Augen strahlen, und sie hört gar nicht auf zu lächeln.

»Ich? Was? Nein, mir geht's gut! Nur …« Sie gähnt erneut.

»Weißt du was, Loni«, ich blicke durch die Küche in den Garten, wo die Blätter des roten Ahorns bis an die Fenster stoßen, »warum ruhst du dich nicht noch etwas aus? Um ehrlich zu sein, möchte ich eigentlich nur ein bisschen im Garten werkeln.« Was stimmt. Sobald ich hier bin, zieht es mich in den Garten. Dort bin ich glücklich, fühle mich irgendwie ganz, und es gibt noch viel zu tun. Ich – und Loni – haben ihn lange vernachlässigt.

»Okay, na gut, wenn du meinst.« Loni wirkt erleichtert. »Ein kleines Nickerchen wäre schön, ich tanke etwas frische Energie für dein Geburtstagsessen heute Abend. Dann plaudern wir von Frau über Frau.«

Ich unterdrücke ein Lachen. »Von Frau *zu* Frau, Loni, von Frau *zu* Frau …« Doch sie hüpft schon nach oben.

Streifen aprikosenfarbenen Sonnenlichts durchziehen den Garten, und die frische Herbstluft kribbelt angenehm auf meinem Gesicht und erinnert mich daran, dass ich lebendig bin. Ich habe überlebt. Und ich bin … zufrieden. Sogar glücklich. Der Gedanke überrascht mich. Ich habe es nie für möglich gehalten, dass ich allein glücklich werden könnte. Ohne

Adam und Milly, ohne Leute, die mich stützen. Doch in den letzten Monaten habe ich mein Leben komplett umgekrempelt und meine Zukunft geändert, und zwar ganz allein. Dabei habe ich gelernt, dass ich zu meinen Wurzeln zurückkehren muss. In die Vergangenheit, hier nach Hause, zu meiner Familie – an den Ort, den ich liebe, und zu den Menschen, die ich liebe. Loni, Cal, Lucy, die Zwillinge – und Dad? Ich denke an das Cottage in Cley. Ich bin mit meiner Suche nach ihm einen Schritt weitergekommen. Will ich diesen Weg fortsetzen? Oder sollte ich jetzt umdrehen, weil er eventuell weiteres Leid bedeuten könnte?

Ich will mich auf die Gegenwart konzentrieren, darauf, was mich hier und jetzt glücklich macht. Meine Arbeit. Meine Familie. Dieser Garten.

Und Kieran.

Ich lächle vor mich hin, während ich mein Werkzeug aus dem Wohnwagen hole und beginne, an einem besseren Ort zu arbeiten – dem besten Ort, an dem ich seit Jahren gewesen bin.

# 48. Kapitel

»Na, ist das nicht schön, mein Schatz? Ich freu mich immer, wenn ich mein kleines Mädchen bei mir habe!«, sagt Loni über die leisen Gespräche und das Lachen der anderen Gäste im King's Head hinweg – in diesem Pub in Holt haben wir bisher all unsere Familienfeste gefeiert. Lächelnd blickt sie zu Cal, Lucy und den Zwillingen. »Ich bin einfach schrecklich glücklich, dass Bea an ihrem Geburtstag hier ist. Im Schoß ihrer Familie, genau wie es sein soll.«

Cal legt den Arm um Loni und Lucy und lächelt. Ich blicke mich in dem Pub mit dem warmen Licht und glänzenden Holztäfelungen um, werde jedoch das Gefühl nicht los, dass mir etwas fehlt. Ich lausche auf die leise Musik im Hintergrund und das Klacken der Billardkugeln in der dahinterliegenden Bar. Es erinnert mich an die vielen Abende, die ich mit Kieran und Elliot hier verbracht habe. Mit Trinken und Poolbillard – Elliot und ich gegen Kieran, nur um sicherzustellen, dass Elliot sich nicht ausgeschlossen fühlte. Kieran und ich haben uns sehr bemüht, ihn einzubeziehen und in seiner Gegenwart nicht zu sehr herauszustellen, dass wir ein Paar waren. Nur wenn wir allein waren, sagten Kieran und ich uns, was wir wirklich empfanden, flüsterten lange in der Nacht über unsere Träume und unsere neue gemeinsame Zukunft.

Eine Flasche Champagner wird gebracht, und Cal öffnet sie mit großer Geste. Dann steht er auf und hebt sein Glas.

»Auf Bea, meine große Schwester. Ich bin so froh, dass du da bist …« Er verstummt, und ich sehe, dass er schluckt.

Seine Worte erinnern mich daran, dass ich einmal fast nicht mehr da gewesen wäre.

Ich lächle ihm dankbar und beruhigend zu. »Ich möchte jetzt nirgendwo und mit niemand anderem zusammen sein. Danke, dass ihr immer für mich da seid und mir durch ein … weiteres schwieriges Jahr geholfen habt.« Ich hebe mein Glas. »Auf meine Familie!«

»Auf die Familie!«, echoen alle.

Da klingelt mein Handy, und als ich sehe, wer es ist, zeige ich es allen. Ich bedeute ihnen, mit dem Essen anzufangen, und bahne mir einen Weg aus dem Pub auf die dunkle Straße.

»Milly!«, rufe ich ins Telefon, und man hört mir deutlich an, wie sehr ich mich über ihren Anruf freue.

»Herzlichen Glückwunsch, Süße! Wie geht's dir?«

»Ich bin alt!« Ich lache. »Single, alt und wieder zu Hause bei meiner verrückten Familie. Aber mir geht's erstaunlich gut.«

»Oh, ich wünschte, es gäbe mich zweimal.«

»Das gibt es doch«, scherze ich. »Schon vergessen?«

»Ich meine doch nicht das Baby! Ich würde alles darum geben, jetzt bei dir zu sein. Ich weiß, wie sehr du Adam vermisst.«

»Mir geht's gut«, erkläre ich mit Nachdruck und stelle überrascht fest, dass ich es auch so meine. Natürlich vermisse ich Adam. Schon seit Monaten. Aber zurzeit fühle ich mich irgendwie stärker. Vielleicht weil Kieran hier ist. Ich muss nicht allein mit meinen Gespenstern kämpfen. »Außerdem möchtest du nicht wirklich wieder hier sein. Du hast deine ganze Jugend davon geträumt, hier wegzukommen. Du bist in New York!«, rufe ich aus. »Du lebst deinen Traum!«

»Oh ja«, bestätigt sie. »Das stimmt. Ich bin Melanie Griffith in *Die Waffen der Frauen,* Diane Keaton in *Baby Boom* …«

»Ja, und bald bist du Sarah Jessica Parker in *Der ganz normale Wahnsinn*?«, füge ich hinzu, und meine Brust schnürt sich vor Sehnsucht nach ihr zusammen.

»Genau das, was ich immer wollte – ich bin das reinste Hollywood-Klischee!«, jauchzt Milly. »Nicht dass ich mir gerade sehr hollywoodmäßig vorkomme. Nur irgendwie fett … und müde. Egal – was ist mit dir, was hast du so gemacht?«

Ich denke an die Zeit, die ich mit Kieran und mit der Suche nach meinem Vater verbracht habe. Bei beidem habe ich nicht das Gefühl, Milly am Telefon davon erzählen zu können. »Nicht viel«, lüge ich. Es folgt eine peinliche Pause. Schrecklich, wie wenig wir uns derzeit zu sagen haben.

»Ach so.«

In dem Moment sehe ich eine dunkle Gestalt die Straße runter auf mich zukommen. Bei seinem Anblick stockt mir der Atem. Er trägt einen dunkelblauen Militärmantel mit hochgeschlagenem Kragen sowie eine Mütze, die er tief in die Stirn gezogen hat. Seine grünen Augen funkeln in der Dunkelheit, und er schenkt mir sein lässiges sexy Lächeln.

»Tut mir leid, Milly, ich muss Schluss machen. Mein Essen steht auf dem Tisch.«

»Okay. Na ja, herzlichen Glück…«

»Wiedersehen, Milly. Hab dich lieb. Wir reden bald!«, beende ich eilig das Gespräch und stecke das Telefon gerade in meine Manteltasche, als Kieran sich vorbeugt und mich auf die Wange küsst.

»Hallo«, begrüßt er mich. »Herzlichen Glückwunsch.«

»Was machst du denn hier?«, frage ich und blicke beunruhigt zum Pub.

»Ich hatte irgendwie das Gefühl, dass du in der Stadt bist. Ich wollte dich an deinem Geburtstag sehen.« Ich merke, dass er etwas schleppend spricht.

»Ich bin mit meiner Familie hier.« Ich blicke ihn bedeutungsvoll an. Er weiß, dass ich noch nicht will, dass sie von uns wissen, und auch nicht davon, dass ich nach meinem Vater suche.

»Sehen wir uns später?«, fragt er leise. »Ich verspreche dir, dass wir mehr Spaß haben werden, als du ihn gerade da drin hast.« Er zwinkert mir zu, und vor Aufregung habe ich Schmetterlinge im Bauch.

Ich kann den Blick nicht von ihm lösen. »Ich muss gehen, Kieran«, sage ich entschuldigend, widerstrebend. »Meine Familie wartet auf mich.«

»Nein, das stimmt nicht.«

Schnell drehe ich mich zu Cal um, der im Eingang steht. Seine Miene wirkt bedrohlich düster, und er blickt wütend zu Kieran. Ganz offensichtlich hat er ihn sofort erkannt. »Ich glaube, du kommst jetzt besser rein, Bea.«

»Ist sie nicht alt genug, um das selbst zu entscheiden?« Kieran steckt die Hände in die Taschen und grinst Cal herausfordernd an.

»*Deine* Hilfe braucht sie ganz bestimmt nicht.«

»He, ich bin auch noch da, Leute!« Ich trete zwischen sie und bin wütend, dass sie mich behandeln, als könnte ich nicht für mich selbst entscheiden. »Cal, geh rein. Ich kann das alleine regeln.«

Ich warte darauf, dass er geht. Doch er verschränkt nur die Arme und steht wie ein Bodyguard neben mir. Ich funkle ihn an, dann wende ich mich an Kieran.

»Bis bald, Kieran«, sage ich in neutralem Ton und versuche, mit den Augen zu ihm zu sprechen. Cal hat kein Recht, Kieran so zu behandeln. Wenn er die Wahrheit wüsste, würde er das nicht tun.

»Wiedersehen, Bea«, murmelt Kieran, dann fügt er hinzu: »Denk dran, was ich dir gesagt habe …« Er sieht mich an und hat Schwierigkeiten, den Blick zu fokussieren. Zum

Abschied hebt er halb salutierend, halb winkend die Hand, dann wendet er sich ab und geht.

Ich will noch etwas erwidern, doch Cal zieht mich zurück in den Pub. In dem Moment vibriert mein Telefon in der Tasche. Cal geht voraus, und ich werfe einen Blick auf das Display.

Ich werde am Strand sein. Bitte komm. Ich möchte nicht allein sein. K

# 49. Kapitel

Nach diesem Zwischenfall bringe ich kaum noch mein Essen herunter. Cal starrt mich über den Tisch hinweg wütend an, und ich lehne jeglichen weiteren Alkohol ab. Loni weiß genau, dass ich in emotional labilem Zustand alles meide, was mich erst hochputscht und dann tief fallen lässt, und ich weiß, dass es nicht richtig ist, aber ich nutze es als Ausrede aufzubrechen, sobald die Rechnung geordert ist.

»Ich möchte mich nicht überfordern. Ich … habe das Gefühl, ich muss ein bisschen allein sein.«

»Allein?«, fragt Cal finster.

Ich blicke ihn gereizt an.

»Ach Liebes, bist du dir sicher?«, fragt Loni. »Es ist schon spät.«

»Ich komm schon klar. Es wird nicht spät. Wahrscheinlich bin ich noch vor dir zu Hause!« Ich lächle. »Ähm, darf ich dein Auto nehmen, Loni?« Sie reicht mir den Schlüssel, ganz offensichtlich ist sie erleichtert, dass ich nicht vorhabe, allein spazieren zu gehen.

»Natürlich, Liebes. Wir nehmen uns ein Taxi. Wahrscheinlich habe ich sowieso ein paar Gläser zu viel gehabt, um noch zu fahren!« Sie kichert, während Cal die Arme verschränkt und mich weiterhin wütend ansieht.

Als ich die Tür des Pubs öffne, zieht mich jemand am Arm zurück und dreht mich zu sich um.

»Du bist verrückt, dich wieder auf ihn einzulassen, nachdem, was er dir angetan hat.« Cals Gesichtszüge sind vor Sorge verzerrt. »Bitte geh nicht zu ihm …«

»Ich weiß, was ich tue, Cal.«

Er schüttelt den Kopf, und auf einmal ist es, als hätte man eine Sanduhr umgedreht. Plötzlich ist er nicht mehr ein achtundzwanzigjähriger Vater von zwei Kindern, sondern wieder der fünfzehnjährige Junge, der seiner Schwester das Leben gerettet hat. »Das lasse ich nicht zu, das darf ich nicht zulassen«, erklärt er entschieden.

»Bitte, Cal, du musst mir vertrauen. Ich weiß, was ich tue. Versprochen. Ich bin einunddreißig Jahre alt. Du musst nicht mehr mein Superheld sein …« Als ich Tränen in seinen Augen sehe, ziehe ich ihn in meine Arme und habe ein schlechtes Gewissen, was ich ihm vor all den Jahren zugemutet habe. »Es tut mir leid, Cal. Ich verspreche dir, dass ich auf mich aufpasse.« Ich küsse ihn auf die Wange, und er lässt mich los. Als ich in den Wagen steige und den Motor starte, steht er noch immer vor der Tür.

Auf dem Parkplatz stelle ich mich neben Kierans gelben VW-Bus, nehme die Taschenlampe, die Loni immer im Handschuhfach aufbewahrt, und steige aus dem Auto. Der Wind raubt mir den Atem. Der Himmel wölbt sich wie ein königsblauer Umhang, auf dem die Sterne wie Goldmünzen glänzen. Ich laufe zum Strand, schalte meine Taschenlampe ein und lasse mich vom Wind über die Dünen treiben.

»KIERAN!« Sofort wird meine Stimme von dem starken Wind verschluckt.

Ich sehe mich suchend um und versuche verzweifelt, ein Zeichen von ihm zu entdecken. Wo ist er?

»KIERAN!«, rufe ich wieder. Ich beginne zu rennen, meine Gedanken werden von Angst beherrscht.

Warum ist er hergekommen, wenn er getrunken hat? Was hat er sich dabei gedacht? Er hat doch keine Dummheit angestellt? Mir fällt wieder ein, wie ich mich nach Elliots Tod zum Meer hingezogen fühlte. An schlechten Tagen verführte es mich zu denken, dass in ihm alle Antworten lägen. Meine Zukunft. Darum habe ich Lonis Haus so lange nicht verlassen. Ich hatte Angst vor dem, was ich dann womöglich tun würde. Das Meer schien nach mir zu rufen, jede Welle sagte mir, ich könnte in ihr atmen. Eins mit ihr werden. Dass nur sie stark genug sei, mich zu tragen. Ich könne mich nicht ewig auf Cal und Loni verlassen, sang es, ich würde sie mit meinen Stimmungen und meiner Unfähigkeit niederdrücken, sie ertränken. Das starke, erhabene Meer hingegen trüge mich an einen Ort, an dem ich mich immer fühlen würde, als würde ich surfen, segeln, schwimmen und nicht untergehen. Ist Kieran deshalb hergekommen? Um näher bei Elliot zu sein?

»Kieran!«, rufe ich erneut und bekomme kaum Luft vor Panik.

Ich erinnere mich daran, wie ich kurz davor gewesen bin, den finsteren Stimmen in meinem Kopf zu glauben. Und dann sehe ich ihn. Er sitzt am Ufer, hat die Mütze tief in die Stirn gezogen und führt die orangefarbene Glut einer Zigarette oder eines Joints an die Lippen. Ich stolpere die Sanddünen hinunter. Als ich seinen Namen rufe, dreht er sich nicht um. Ich falle auf die Knie, schlinge die Arme um ihn, und als er seine um mich legt, spüre ich, wie eine Flasche gegen meinen Rücken gedrückt wird. Der kalte, nasse Sand dringt durch meine Jeans, und sein Atem riecht nach Whisky.

»Ich hätte nicht gedacht, dass du kommst. Ich dachte, deine Familie überzeugt dich davon, dass ich einen schlechten Einfluss auf dich habe, und ich sehe dich nie wieder.«

»Ich bin ein großes Mädchen, schon vergessen?«

Da sieht er mich an, und ich erschaudere, stehe auf und ziehe ihn mit mir nach oben. Als wir uns an den Händen fassen, brennt meine Haut. Ich weiß nicht, ob das an der Kälte liegt oder an der Hitze, die zwischen uns herrscht.

»Außerdem«, füge ich hinzu, »haben sie mich das letzte Mal auch nicht aufhalten können.« Kieran tritt noch näher zu mir und legt einen Arm um mich. Ich blicke zu ihm auf. Unsere Lippen sind nur wenige Zentimeter voneinander entfernt. »Mir sagt niemand, was ich zu tun habe«, murmle ich.

»Noch nicht einmal ich?«

»Kommt drauf an, was es ist«, gebe ich aufreizend zurück.

»Zieh dich aus.« Er sieht mich herausfordernd an und hebt die Brauen.

Ich zögere und beiße mir auf die Lippe, dann hebe ich das Kinn, verschränke die Arme und lächele trotzig. »Nur wenn du dich auch ausziehst.«

Kieran lächelt schief und streift den Mantel ab. Ich tue es ihm gleich, und ohne den Blick von ihm zu lösen, lege ich eine Schicht nach der anderen ab, bevor ich es mir anders überlegen kann. Sein Blick lodert und wärmt mich von innen. Ich werfe meine Kleidungsstücke eins nach dem anderen vor seine Füße. Parka, Pullover, Jeans, T-Shirt. Als wir beide nur noch Unterwäsche am Körper tragen, fasst er meine Hand, und wir laufen laut kreischend und lachend ins Meer.

Wir tauchen ins Wasser, und ich ringe vor Schreck um Atem, als es mich mit seinem eisigen Schlund verschlingt und das Rauschen in meinen Ohren den Lärm in meinem Kopf übertönt. Einen Augenblick gebe ich mich dem Meer hin, überlasse mich seinem kalten Griff und tauche unter die Oberfläche. Hat sich Elliot so gefühlt?

Kurz darauf tauche ich wieder auf, blinzle, pruste und ringe nach Luft. Meine Lippen zittern unkontrolliert, während ich mich in der Dunkelheit orientiere und Kieran neben mir entdecke, dessen Gesicht vom blassen Mondlicht beschienen wird. Er sieht mich ernst an und zittert ebenfalls, während er dicht neben mir Wasser tritt. Er versucht zu sprechen, aber es ist zu kalt, er bekommt keine Luft.

»Ich … ich wünschte, ich wäre nicht so lange weggeblieben«, stößt er schließlich hervor.

Ich nicke. Weder berühren wir uns, noch küssen wir einander, wir bleiben einfach so stehen, während unsere Körper von den eisigen Wellen umspült werden, und halten uns nur mit den Blicken fest. Zwei Menschen, die durch ihre Vergangenheit für immer miteinander verbunden sind und jetzt verzweifelt herauszufinden versuchen, ob sie eine gemeinsame Zukunft haben.

# 50. Kapitel

Als ich wieder bei Loni ankomme, schleiche ich mich durch die Hintertür hinein und meide die Dielen, von denen ich weiß, dass sie knarren. Als ich sehe, dass aus der Küche ein gespenstisches grünliches Licht dringt, bleibe ich wie angewurzelt stehen und versuche, mich in der Dunkelheit zu verstecken, doch da geht auch schon die Tür auf.

»Gott sei Dank, da bist du ja!«, ruft Loni.

Ich drehe mich um und blicke sie an. Sie ist in einen seidenen Morgenmantel gehüllt, und ihre silberfarbenen Haare schlängeln sich medusenhaft um ihren Kopf.

»Wo bist du gewesen? Ach Liebes, du bist ja blau vor Kälte!« Sie eilt auf mich zu und nimmt mich in die Arme, woraufhin meine Zähne an ihrer Schulter klappern. Sie schiebt mich die Treppe hoch. »Du musst heiß duschen, mein Schatz. Ich wärme dir ein Handtuch auf dem Ofen und mache dir eine Wärmflasche fertig.«

Eine Viertelstunde später komme ich in Pyjama und Bademantel in die Küche und nehme die Wärmflasche, die sie mir gemacht hat.

Die Küche sieht aus, als wäre eine Bombe eingeschlagen. Loni rührt derart heftig in einem Topf mit Milch, dass diese über den Rand auf den Herd schwappt. »Ich mach dir eine heiße Schokolade. Du siehst aus, als könntest du eine vertragen.«

»D…danke.« Trotz der heißen Dusche und der warmen Kleidung habe ich nicht aufgehört zu zittern, seit ich in Kierans VW-Bus gewartet habe, dass ich trocken werde, bevor ich nach Hause gefahren bin. Es hat mir keine Angst gemacht, dass er betrunken war. Vielmehr hat mir Angst gemacht, dass es mir egal war. Ich habe mich lange nicht so leichtsinnig gefühlt.

»Cal hat mir erzählt, mit wem du zusammen gewesen bist …« Loni rührt heftig weiter.

»D…dazu hat er kein Recht«, erwidere ich.

Sie schwingt herum, und da erst sehe ich, dass sie weint. »Natürlich hat er das! Er ist deinetwegen krank vor Sorge. Das sind wir alle!«

»Das müsst ihr aber nicht, Loni«, sage ich ruhig. »Ich weiß, was ich tue.«

»Wirklich, Liebes? Bist du dir sicher?« Sie wendet sich ab, verteilt die Milch auf zwei Becher und rührt um. Ich sehe, dass sie tief Luft holt, bevor sie die dampfende Schokolade auf den Tisch stellt. Sie blickt zu mir herunter, und ich sehe, dass ihre Hände unkontrolliert zittern. Ist das alles nur meinetwegen? Habe ich ihr solche Sorgen bereitet? Das wollte ich nicht. »Ich weiß, dass du das nicht hören willst. Du meinst, du wärst alt genug, allein damit klarzukommen, aber als deine Mutter muss ich dir das sagen: Pass auf dich auf, mein Schatz. Ich weiß, wie labil du bist.« Sie zögert und blinzelt, als würde sie sich sammeln. »Ich … ich glaube einfach nicht, dass es gut für dich ist, dich momentan mit ihm zu treffen.«

»Ich verstehe, dass du das denkst, Loni. Wirklich.« So reden wir häufig miteinander, im »Therapeuten-Modus«, wie wir das nennen. Das hat zum Teil mit Lonis Arbeit zu tun, zum Teil mit meiner Krankheit. »Aber er bringt mich dazu, mich Dingen zu stellen, vor denen ich jahrelang davongelaufen bin.«

»Wovor zum Beispiel?« Loni ist bemüht, sich ihre Zweifel nicht anhören zu lassen, was ihr allerdings nicht gelingt. Ich weiß nur zu gut, was sie von Kieran hält.

»Vor Dad beispielsweise.« Die Worte fallen wie Felsen von einer Klippe.

Einen Augenblick starrt sie mich nur an, und in ihren Augen spiegelt sich ein ganzes Kaleidoskop an Gefühlen. Dann reibt sie sich die Augen, sie wirkt völlig erschöpft. »Darum wolltest du die Adresse haben.« Ich nicke. »Willst du ihn wirklich nach all diesen Jahren suchen?«

»Ich habe nie aufgehört, das zu wollen, Loni!« Die Worte platzen aus mir heraus wie eine Fontäne der Verzweiflung. »Ich muss wissen, was mit Dad passiert ist, nachdem er uns verlassen hat. Es ist mein gutes Recht, das zu erfahren.«

»Wenn du das so siehst, werde ich dich unterstützen. Du weißt, dass ich dich immer unterstütze.« Sie schiebt sich aus ihrem Stuhl hoch, steht auf und wendet sich von mir ab. »Nur eine Frage: Wenn du deinen Vater findest, war es das dann zwischen dir und Kieran?«

Einen Augenblick sage ich nichts. »Er ist nicht das, wofür du ihn hältst. Du täuschst dich in ihm. Alle schätzen ihn falsch ein.« Ich will, dass sie das versteht. Ich habe das Gefühl, dass sie vielleicht die Einzige ist, die es verstehen kann. »Er kennt mich besser als jeder andere. Bei ihm muss ich mich nicht verstellen. Ich kann einfach ich sein, die Version von mir, die niemand anders akzeptieren will. Einschließlich deiner …«

Plötzlich dreht sie sich zu mir um und greift meine Hände. »Ich weiß, dass ihr eine gemeinsame Geschichte habt, Liebes, aber egal, wie sehr man sich bemüht, glaub mir, man kann eine Beziehung nicht auf Erinnerungen aufbauen. Eine Beziehung muss sich entwickeln, durch gute und durch schlechte Zeiten, oder sie taugt nichts. *Nichts.*«

»Was weißt du schon, wie Beziehungen funktionieren, Loni? Soweit ich das sehen kann, bist du dein ganzes Leben vor ihnen davongelaufen. Ich bin eindeutig die

Tochter meiner Mutter …« Das ist ein Schlag unter die Gürtellinie.

Sie antwortet nicht, sie sieht mich nur mit trauriger Miene an.

»Weißt du, wohin Dad gegangen ist?«, frage ich provozierend.

»Nein, das schwöre ich dir, Bea!«, beteuert sie.

Ich wünschte, ich könnte ihr glauben, aber so langsam beschleicht mich das Gefühl, dass mein ganzes Leben eine einzige Lüge ist.

## November

Liebe Bea,
die Tage werden kürzer, die Herbstfarben verblassen, und die letzten Blüten sterben, was bedeutet, dass ein langer, kalter Winter vor der Tür steht.

Die endlos dunklen Tage machen mich müde, und ich sehne mich nach Licht. Ich weiß, das ist der Kreislauf der Natur. Für viele ist es eine freudvolle Jahreszeit (Feuerwerk! Knisternder Kamin! Weihnachten! Schnee!), aber trotzdem verlangt es mich nicht nach kahlen Bäumen und danach, in der Kälte zu zittern. Ich will nicht die eisigen Finger des Winters auf meiner Haut spüren und auch nicht zusehen, wie er gnadenlos alles Helle und Schöne auf dieser Welt tötet.

Stattdessen zieht es mich in wärmere Gefilde, wo ich immer den angenehmen Atem der Sonne auf meiner Haut spüre, wo es morgens beim Aufwachen hell und warm ist. Wo die langen Tage nicht zulassen, dass ich mich zurückziehe oder mich vor meinen Lebensentscheidungen drücke. Manchmal fürchte ich, dass ich den Sommer nicht mehr genießen kann, wenn ich vor den Wintern fliehe. Dass ich zwar keine Tiefs mehr erlebe, aber auch keine Höhepunkte. Wie will man das Strahlen einer Sonnenblume schätzen, wenn man keinen Schnee kennt? Wie die Sonne genießen, wenn man nie Regen hat? Wie kann man ein Leben weiterführen, wenn man ihm den Rücken zugewandt hat?

Aber mir bleibt keine andere Wahl. Ich hoffe, du verstehst das und kannst mir eines Tages vergeben.

In Liebe, Dad

# 51. Kapitel

Bea Hudson hat eine Heidenangst. Ich habe das Gefühl, mich ohne Fallschirm von einer Klippe zu stürzen.

13 »Gefällt mir«-Angaben. 4 Kommentare.

Mit schnellem Schritt laufe ich durch Soho zum Büro von Hudson, Grey & Friedman. Es ist ein kalter, regnerischer Novembertag, und ich bemühe mich verzweifelt, auf meinen hohen Absätzen zu Adams Agentur in der Dean Street zu gelangen. Adam hat mir heute Morgen aus New York per SMS viel Glück gewünscht. Er ist schon seit ein paar Tagen drüben, aber zum Glück hatte ich genug mit meiner eigenen Arbeit zu tun. James wollte nämlich, dass ich ihn zu dem Pitch in der Agentur begleite. Jetzt warte ich vor der modernen Glasfassade auf ihn und betrachte das beleuchtete H&G-Schild hinter der Fensterscheibe.

Ich kann nicht glauben, dass ich das hier tue. Ich freue mich, habe aber auch Angst, vor Adams Kollegen zu sprechen. Adam hat mir versichert, dass er mit seinen Partnern geredet hat. Alle wissen Bescheid, dass James mich bei seinem neuen Projekt angestellt hat, ohne zu wissen, wer ich war, und dass ich den Job angenommen habe, ohne zu wissen, wer hinter dem Projekt steckt. Niemand hat etwas dagegen.

Die letzten Wochen hat mir die Arbeit durch eine schwierige Zeit geholfen. Adam ist kaum zu Hause, und obwohl ich das Gefühl habe, dass wir uns im Grunde über unser aktuelles Leben einig sind, kommt es mir vor, als würden wir stets auf entgegengesetzten Seiten stehen. Dieses Projekt zu gewinnen ist meine einzige Chance, diese Grenze zu überwinden. Wenn ich für die Agentur arbeite, bringt uns das doch sicher einander näher? Dann haben wir zumindest eine gemeinsame Basis.

Ich komme mir vor, als würde ich träumen, als würde das hier nicht wirklich passieren. Ich meine, ich bin als Aushilfe eingestellt. Ich sollte im Büro sitzen, Ablage machen, Telefonanrufe annehmen, mich um die Verwaltung kümmern. Doch meine Rolle ist mit den Wochen gewachsen. Als ich im Team-Meeting meine Ideen vorstellte, war James ziemlich beeindruckt. Er sagte, ich besäße ein natürliches Talent und ein angeborenes Verständnis von Konzept und Design, wie er es lange nicht bei jemandem erlebt habe. Er hat mir immer mehr Aufgaben anvertraut, mir die Verwaltung des Budgets übertragen und die Aufsicht darüber, dass wir unseren gestalterischen Zielen treu bleiben. Letzte Woche hat er mich in sein Büro gerufen und mir gesagt, wie zufrieden er mit meiner Arbeit sei und wie maßgeblich meine Ideen zu unserem kreativen Konzept beigetragen hätten.

»Ich möchte, dass du nächsten Montag bei der Präsentation dabei bist«, sagte er, während ich ihn mit offenem Mund anstarrte. »Du nimmst bei diesem Projekt eine Schlüsselfunktion ein, und ganz offensichtlich besitzt du ein bemerkenswertes intuitives Verständnis dafür, was unser Kunde will.« Er zwinkerte mir zu. »Nicht dass uns da nicht auch der Zufall geholfen hätte, aber dann dürfen wir ihn doch auch nutzen, oder etwa nicht?«

»Aber …«

»Lass mich ausreden.« James hob beruhigend die Hand. »Also, ich dachte, wir könnten die Präsentation aufteilen. Ich kümmere mich um die eher technischen Aspekte, nachdem du das kreative Konzept vorgestellt hast – vor allem das eigentliche Design, das ja ganz und gar auf deiner Idee basiert. Und noch dazu auf einer brillanten Idee«, fügte er hinzu.

»Aber ich kann nicht, ich habe doch gar keine Er…«

»Wenn ich nicht überzeugt davon wäre, dass du das kannst, würde ich dich nicht fragen, Bea«, sagte er ernst. »Ich glaube wirklich, dass du die Beste für diese Aufgabe bist. Du bist bei diesem Projekt mehr als eine Assistentin geworden – du hast das gesamte Design merklich mitgeprägt. Ich weiß, dass du dir Sorgen machst, was die Leute denken, aber die Wahrheit ist: Ich brauche dich. Ich danke den Sternen, dass sich unsere Wege gekreuzt haben, und, Vetternwirtschaft hin oder her, du hast dein Können mehr als bewiesen.«

Jetzt sehe ich James kommen und winke. Endlich fühle ich mich bereit, allen zu zeigen, was in mir steckt.

»Bist du so weit?« James lächelt, streicht seinen dunkelblauen Blazer glatt und zupft einen Fussel von seiner Hose. Wir stehen im Konferenzraum und warten auf die Agenturmitglieder.

Ich nicke und blicke auf meine Notizen, dann sehe ich mich nervös um und überprüfe erneut, ob alles an seinem Platz ist. Der große Konferenztisch ist an die Rückseite des Raums gerückt, und vor einem kleinen Podest und einer großen weißen Leinwand stehen vier leere Stühle.

Plötzlich schwingt die Tür auf, und Robert Grey, Georges Partner, schreitet herein, dicht gefolgt von seiner Assistentin. Er ist Ende fünfzig und sieht aus wie ein Filmstar – silbergraues Haar, gebräunte Haut, mit der Ausstrahlung von jemandem, der immer alles erreicht hat. Ich hole tief Luft, aber er ist vollauf damit beschäftigt, eine E-Mail auf seinem Smartphone zu tippen, und nimmt uns gar nicht wahr. In Anbetracht von Elizas Vergangenheit mit Adam bin ich mir ziemlich sicher, dass ich nicht gerade zu Roberts Lieblingsmenschen auf dieser Welt gehöre. Ich bin ihm nur ein paarmal begegnet, aber er ist schließlich auf unserer Hochzeit gewesen, also müsste er mich erkennen. Am liebsten würde ich jetzt schon fluchtartig den Raum verlassen.

Erneut geht die Tür auf, und ein großer, dünner dunkelhaariger Mann kommt mit einem breiten Grinsen herein und zeigt seine strahlend weißen Zähne.

Er stellt sich als Maxwell Friedman vor, er muss der Leiter der amerikanischen Firma Friedman Media sein, die Hudson & Grey übernommen haben. Somit bleibt nur noch ein leerer Stuhl. Als erneut die Tür aufgeht und eine Frau hereinkommt, verkrampft sich mein Magen.

Ihre langen, glatten, perfekt geföhnten Haare wehen, als würde ihr eine unsichtbare Windmaschine folgen, während sie lachend und scherzend die zwei Männer begrüßt und dann nahtlos in ein professionelles Geschäftsgespräch übergeht. Sie setzt sich und sieht mir in die Augen.

Es ist Eliza Grey.

In dem Moment schlendert George herein. Eliza geht sofort auf ihn zu und küsst ihn auf beide Wangen. Sie flüstert ihm etwas ins Ohr, woraufhin Georges Blick zu mir zuckt und er den Mund zu einem breiten Lächeln verzieht.

»Bea!«, ruft er aus. »Wie schön, dich hier zu sehen. Ich freue mich schon, eure Pläne kennenzulernen!«

Eliza flüstert weiter. Wenn ich doch nur hören könnte, was sie sagt. Dann lächelt sie gebieterisch, verschränkt die Arme und lehnt sich auf ihrem Stuhl zurück, als wollte sie sagen: »Na, das wird ein Spaß.«

Ich schlucke und trete auf das Podium neben James, der gerade mit seinem Vortrag beginnt.

»Guten Morgen, mein Name ist James Fischer von JF Design, und das ist Bea Hudson« – als er meinen Namen nennt, beugt sich Eliza zu Robert und raunt ihm etwas zu – »aus unserem Design-Team.« Falls sie gerade versucht, mich zu verunsichern, hat sie Erfolg. »Wie Sie wissen, sind wir hier, um Ihnen unser Konzept für die interessante, innovative Dachterrasse des neuen Londoner Firmensitzes von Hudson, Grey & Friedman vorzustellen. Mrs. Hudson wird Ihnen unsere kreative Vision präsentieren, Ihnen das Design-Layout zeigen und den Bepflanzungsplan darlegen. Wir haben auch ein vereinfachtes Modell erstellt, das wir Ihnen am Ende zeigen wollen. Anschließend spreche ich über die eher technischen Themen wie die Beleuchtung und die praktischen Elemente – mit anderen Worten über Wände, Zäune, Sicherheit, Bewässerung sowie über unsere Kalkulation und den Zeitplan. Ich darf sagen, dass dieses Konzept ganz von Ihrer Vision und von Ihrer Unternehmenskultur inspiriert ist. Wir möchten etwas schaffen, das den außerordentlich kreativen Output dieser Agentur vermittelt, und zugleich alle, die hier arbeiten, inspiriert. Leg los, Bea!« Er lächelt und zieht sich unter aufmunterndem Applaus vom Podium zurück. Nur Elizas Beifall wirkt etwas halbherzig.

»H…hallo, alle zusammen«, sage ich. Als ich auf die erste Folie meiner Präsentation klicke, flattert meine Stimme ebenso wie meine Nerven. »Wie Sie wissen, habe ich eine persönliche Beziehung zu dieser großartigen Agentur. Das hat uns geholfen, mit unserem Design Ihre Vision wirklich zu erfassen und zu vermitteln. Ich hoffe, es wird deutlich, wie stark Sie uns als Unternehmen zu unserem Entwurf inspiriert haben …« Ich lächle zuversichtlich und mache mich bereit fortzufahren. Plötzlich habe ich zum ersten Mal, seit ich Adam kenne, das Gefühl, wirklich in seine Welt zu gehören.

# 52. Kapitel

Als ich mit meinem Teil der Präsentation fertig bin, klatschen die wenigen Leute im Raum, und ein freudiges Gefühl durchströmt meinen Körper. Ich habe es getan! Und nicht nur das, ich habe es gut gemacht! Ich habe alles gesagt, was ich sagen wollte, habe frei ein paar Dinge ergänzt und die Aufmerksamkeit aller bis zum Ende gefesselt. Ich trete vom Podium, damit James übernehmen kann. Der lauteste Applaus kommt von George. Ich lächle ihm dankbar zu, und James drückt mir aufmunternd den Arm. Ich zittere noch immer, als er das Podium betritt.

»Danke, Bea. Gibt es Fragen, bevor ich auf ein paar eher langweilige technische Details eingehe … die strategischen Überlegungen bei einem solchen Projekt und so weiter?«

»Ja«, meldet sich Eliza mit seidenglatter Stimme, und alle drehen sich zu ihr um. »Erstens danke ich Ihnen für Ihre Ideen. Ich glaube, ich spreche für uns alle, wenn ich sage, dass sie sehr beeindruckend sind und genau zu den Ansprüchen der Firma passen. Als Kundenmanagerin des New Yorker Büros bin ich hergeflogen, um mich davon zu überzeugen, dass das Design, für das wir uns entscheiden, auch international tauglich ist. Wir hoffen, in den nächsten drei oder vier Jahren auch nach Asien und Europa zu expandieren. Natürlich haben wir bei einem derart wichtigen Projekt noch andere Agenturen angefragt. Würden Sie uns wohl sagen, auf welche Referenzen Sie verweisen können?«

James lächelt gewinnend, legt los und zählt locker die Verdienste seiner Firma und die Preise auf, die er gewonnen hat, und verweist auf das einzigartige Profil von JF Design. Ich lächle schüchtern, als George in meine Richtung blickt und den Daumen hebt, dann richte ich meine Aufmerksamkeit wieder auf James.

Als er fertig ist, blickt Eliza spitz zu mir. »Und Sie?«

»Na ja, ich denke, dass unser Design den Kern der Firmenvision trifft«, hebe ich an. »Und ich glaube, dass …«

Eliza hebt die Hand. »Ich will jetzt nichts über Firmenprinzipien hören. Ich meine, was ist Ihr Hintergrund?«

»Oh, ähm, JF Design ist ein preisgekröntes Unternehmen für Gartengestaltung, das bekannt für seine Firmenkonzepte ist. Zu unseren Kunden zählen …«

»Ja, ja, das hat James schon gesagt«, unterbricht sie mich süßlich. »Aber ich meine Sie. Sie selbst.«

»Mrs. Hudson ist Design-Beraterin«, mischt sich James ein und tritt vor. »Ich habe sie für das Projekt eingestellt, weil sie ganz offensichtlich kreatives Talent besitzt.«

»Natürlich! Und Ihre Erfahrungen sind …?«

»Na ja, ich … ich …«, stottere ich und blicke hilfesuchend zu James. »Ich habe keine.«

Mit brennenden Wangen richte ich den Blick auf den Boden. Ich fühle mich gedemütigt, nicht nur meinetwegen, sondern auch wegen James. Ich habe ihm die Chance vermasselt, diesen Auftrag an Land zu ziehen. Ich hätte meinen Platz kennen müssen und nicht versuchen dürfen, aus meinem Leben herauszutreten und in Adams zu wollen. Das ist nicht meine Welt. Nur meine Loyalität James gegenüber hält mich davon ab, aus dem Raum zu stürmen. Stattdessen bleibe ich wie angewurzelt stehen.

Dann beginnt James zu sprechen: »Mrs. Hudson mag nicht über viel praktische Erfahrung verfügen, aber in nur wenigen Wochen hat sie sich als unersetzlich erwiesen. Ich ziehe talentierte Landschaftsarchitekten wie Pflanzen auf. Mrs. Hudson mag jetzt nur ein Samen sein, aber ich kann Ihnen versichern, dass sie noch enorm wachsen wird. Wie Sie an ihren unglaublich scharfsinnigen und innovativen Ideen erkennen können, ist sie überaus begabt und ein wichtiger Bestandteil dieses Projektes. Ohne sie hätte ich diesen Entwurf sicher nicht in dieser Form entwickeln können.«

Eliza will etwas erwidern, wird jedoch von Georges lautem Klatschen übertönt. Er steht auf. »Nun, ich glaube, das reicht an Fragen! Eliza hat vollkommen recht …« Mir rutscht das Herz in die Hose. »… das ist der beeindruckendste und innovativste Entwurf, den wir gesehen haben, und er erfüllt alle unsere Anforderungen über alle Maßen. Mit anderen Worten …«, er grinst, »… wann können Sie anfangen?«

Dann streckt er den Arm aus und schüttelt erst James die Hand und gibt mir einen Handkuss, bevor er aus dem Raum schreitet, dicht gefolgt von Robert und einer ernüchterten, unglücklich wirkenden Eliza.

Ich blinzle, ich kann nicht glauben, dass das gerade wirklich passiert ist. Als die Tür hinter ihnen zufällt, fallen James und ich uns in die Arme und hüpfen vor Freude auf und ab. Ich kann mich nicht erinnern, wann ich das letzte Mal so glücklich gewesen bin.

# 53. Kapitel

Als ich aufwache, sehe ich, dass ich auf Facebook eine Nachricht von Milly habe, die mich bittet, nach ihrer Wohnung zu sehen. Sie steht noch immer leer, nachdem die beiden vor drei Monaten ausgezogen sind, und ich scheine als inoffizieller Wachdienst zu fungieren. Hin und wieder bittet sie mich, dort vorbeizufahren und nachzusehen, ob alles in Ordnung ist. Das macht mir nichts aus, so habe ich etwas zu tun – vor allem, da Adam schon wieder in New York ist und dort bis Ende der Woche bleibt. Ich habe seit Tagen nichts mehr von ihm gehört, nicht mehr, seit ich ihm berichtet habe, dass wir den Pitch gewonnen haben. Ich hatte gehofft, dass es helfen würde, wenn ich den Auftrag an Land ziehe. Er war so optimistisch und hat mich bei allem so unterstützt, dass ich dachte, er würde sich freuen, aber er schien nicht sonderlich begeistert zu sein. »Ich wusste doch, dass ihr es schafft!«, sagte er nur, was mich irgendwie ärgerte. Begriff er denn nicht, was für eine große Sache das für mich war?

»Warum? Hast du nachgeholfen?«, schoss ich zurück, aber das fand er nicht lustig.

»Nein! Warum …? Nein!« Er stieß die Luft aus und stöhnte verzweifelt auf. So verlaufen unsere Gespräche jetzt häufig. Jeder ist auf Abwehr, unnötig streitsüchtig und schnippisch.

Seitdem haben wir uns ständig verpasst, schicken uns wegen des Zeitunterschieds zu den seltsamsten Zeiten

SMS und hinterlassen uns gegenseitig Nachrichten auf unseren Mailboxen. Es ist, als würden unsere Leben, egal wie sehr wir uns bemühen, nicht zueinanderpassen.

Ich steige in Greenwich aus der Bahn und muss an das Royal Observatory denken, das über dem Hügel aufragt. Es ist, als hätten sich meine Welt und Adams geteilt, und wir würden auf entgegengesetzten Seiten des Längengrads stehen. Ich schüttele den Kopf. Ich will nicht so negativ sein, nicht in düsteren Gedanken versinken. Stattdessen sage ich mir, was Loni mir immer rät, wenn ich schlecht drauf bin. »Mach eine Liste der Dankbarkeit, Liebes. Und denk daran, was Buddha gesagt hat: ›Du hast zu nichts Anlass, außer zu Freude und Dankbarkeit!‹« Sie hat recht. Das funktioniert immer. Ich fange an, die guten Dinge aufzuzählen: mein toller neuer Job, meine Familie, meine Freunde … und natürlich Adam. Er ist nicht mein Vater, sage ich mir. Er wird mich nicht verlassen. Er hat mich nicht verlassen. Das ist nur eine kurze Phase in unserer Beziehung, wir werden über sie hinwegkommen.

Ich laufe die Greenwich Church Street entlang und genieße es, mich in dem geschäftigen sonntagmorgendlichen Treiben zu verlieren. Zumindest habe ich hier am Wochenende Gesellschaft, anders als in Canary Wharf, unserem grauen, menschenleeren Viertel. Hinter mir wird es laut. Als ich mich umdrehe, sehe ich, dass die Tür von einem Laden aufgestoßen wird, und trete überrascht zurück, als eine Frau heraustaumelt, sich stöhnend den Bauch hält und sich dann mit dem Rücken zu mir an das Schaufenster lehnt. Ich laufe sofort zu ihr. »Sind Sie okay?«

Sie beugt sich vor, atmet lautstark aus und greift meinen Arm. »Mir geht's gut. Danke! Nur ein paar Weeeeeeeee…« Sie brüllt mindestens eine Minute lang, dann blickt sie mich an und lächelt tapfer, während sie keucht und wieder zu Atem kommt. Sie sieht jung aus, Anfang zwanzig, würde ich sagen. Ihr hellblondes Haar ist zu einem dicken, nachlässigen Knoten gebunden, und sie hat rote Wangen. »Nur ein paar Wehen.« Ich blicke hinunter und bemerke ihren dicken Babybauch. »Also kein Grund zur Panik!«, ergänzt sie fröhlich, als sie meine schockierte Miene bemerkt. »Ich hab alles unter Kontrolle! Es ist noch genügend Zeit, sie haben gerade erst angefaaaaa…! Oh, da kommt noch eineeeeeee!«

Ich blicke sie an und fühle mich vollkommen hilflos und panisch, während die Leute an uns vorbeiströmen und anscheinend nicht merken, dass hier eine Frau ein Kind bekommt. Ich hoffe inständig, einer von ihnen merkt, dass ich das hier überhaupt nicht unter Kontrolle habe. »Sind Sie allein? Soll ich einen Krankenwagen rufen?«, frage ich, als sie mit Schreien fertig ist.

Sie lächelt mich an und schüttelt den Kopf. »Ehrlich, mir geht's gut! Ich glaub, ich nehme einfach den Bus ins Queen Elizabeth Hospital. Ich hab noch jede Menge Zeit. Die Wehen haben wirklich gerade erst angefangen. Oh, warten Sie …« Sie hebt die Hände, und ich bemerke einen ganz leichten Anflug von Panik auf ihrem jungen Gesicht. »Oh, oh … muuuuaaaa! Oh, Mist, da kommt noch eine … muuuaaaaaaaaa!« Sie kauert stöhnend auf dem Bürgersteig und wiegt sich auf den Fußsohlen vor und zurück. »Auuuuuuuuuuuuuaaaa!«, brüllt sie zum Himmel wie ein Werwolf.

Ich beuge mich zu ihr hinunter. »Und aaaaatmeeeen!«, sage ich und versuche, mich daran zu erinnern, was Loni früher immer gesagt hat, um mich zu beruhigen. Und *eeeeein* und *aaaaaus* …! Alles wird gut …«

»Sal, ich heiße Sal. Danke«, keucht sie.

Ich stehe auf, blicke die Straße auf und ab und dann wieder zum Laden, um mich zu orientieren, falls ich ein Taxi rufen muss. Plötzlich erkenne ich den Namen des Blumenladens und das Logo mit den Sternen wieder. Und dann entdecke ich in der Ferne das orangefarbene Licht eines freien Taxis. Mit ausgestrecktem Arm hechte ich auf die Straße, brülle so laut ich kann »TAXI!« und danke den Sternen – und dem Kosmos – dafür, dass sie ausnahmsweise auf meiner Seite sind.

# 54. Kapitel

Das Taxi biegt auf den Vorplatz des Queen Elizabeth Krankenhauses ein. Die schwangere Frau – Sal – umklammert fest mein Knie. Ich weiß, dass sie das Baby allein bekommt, weil sie mir gleich erzählt hat, dass der Kindsvater, »dieser nichtsnutzige Idiot, sich verpisst hat«. Ihre Worte. Sie ist jetzt deutlich ruhiger, aber jedes Mal wenn sie von einer Wehe gepackt wird – oder wir über eine Bodenschwelle fahren –, drückt sie meine Hand derart fest, dass ich schon vor Schmerz mit ihr zusammen geschrien habe.

»Noch nicht rauskommen, kleiner Kerl, noch nicht!«, sage ich und zucke zusammen, als sie von einer weiteren Wehe geschüttelt wird.

»Wie kommst du darauf, dass es ein Junge wird?«, fragt Sal, während sie die Augen schließt und sich auf die nächste Wehe vorbereitet.

»Nur so ein Gefühl.« Ich forme mit den Lippen ein stummes »Autsch«, als sie erneut mein Knie quetscht.

»O Gott, ich will presseeeeeen!«, ruft Sal plötzlich.

»NICHT!«, kreischen der Taxifahrer und ich gleichzeitig.

Als ich einige Stunden später den Wartebereich betrete, habe ich etwas Unglaubliches erlebt. Ich gieße mir einen Becher Wasser aus dem Spender ein, setze mich und versuche, es zu verarbeiten. Es stimmt, was man sagt. Zuzusehen, wie ein Baby auf die Welt kommt, ist tatsächlich ein unbegreifliches Wunder. Dabei habe ich noch nicht einmal eine echte Verbindung zu diesem Kind, aber ich hatte sofort den Drang, den Kleinen – und seine Mutter – zu beschützen und für sie da zu sein. Ich kann das nicht erklären, aber ich habe das Gefühl, sie schon ewig zu kennen. Als wir die Entbindungsstation erreicht hatten und Sal mich anflehte, sie hineinzubegleiten, kam es mir völlig natürlich vor.

»Ich schaff das nicht allein«, schluchzte sie. »Ich dachte, ich könnte es, aber ich hab eine Scheißangst. Ich weiß, dass das viel verlangt ist, aber kannst du mitkommen? Dad steckt im Stau fest und schafft es vielleicht nicht rechtzeitig, und ich weiß, es klingt verrückt, aber ich hab das Gefühl, es war Schicksal, dass du genau in dem Moment vorbeigekommen bist …«

»Natürlich komme ich mit«, sagte ich und umarmte sie fest.

Als wir im Krankenhaus ankamen, war ihr Muttermund acht Zentimeter weit geöffnet. Ich überließ das Fachliche den Hebammen und fütterte Sal nach jeder Wehe mit Gummibärchen und Johannisbeersaft aus ihrer Krankenhaustasche, um sie mit Energie zu versorgen. Wenn sie aufstehen wollte, stützte ich sie, und beim Pressen half ich ihr zu atmen. Auch als ihr Dad schließlich eintraf, blieb ich, denn da war es schon zu spät, um zu gehen – eine Sekunde später brachte Sal ihr Baby zur Welt. Es war, als hätte sie nur darauf gewartet, dass ihr Dad durch die Tür kam.

»Es ist ein Junge!«, sagte er, und seine Stimme brach vor Rührung. Er strich Sal über ihr nasses Haar und küsste sie auf die Stirn, während sie ihren neugeborenen Sohn im Arm hielt. »Ein wunderschöner kleiner Junge.«

Ich zog mich zurück und betrachtete die drei – eine

Familie. Keine vollständige, aber nichtsdestotrotz eine Familie. Beim Anblick dieser wunderschönen Szene musste ich lächeln – ein Vater, der gerade noch rechtzeitig zu seiner Tochter eilt, um dabei zu sein, wenn aus zwei Generationen einer Familie drei werden.

»Ich bin so froh, dass du da bist, Dad«, schluchzte Sal.

»Das hätte ich um nichts in der Welt verpassen wollen, mein Schatz«, erwiderte er.

Da bin ich aus dem Raum geschlichen, weil ich sie einen Augenblick allein lassen wollte. Aber auch, weil ich einen Moment für mich brauchte. Dieses Erlebnis würde ich mit auf meine Liste der Dankbarkeit setzen.

## Dezember

Liebe Bea,
nun ist der trübe Winter da, und auch wenn Weihnachten vor der Tür steht, dürfte die Welt um dich herum ziemlich öde, trost- und farblos aussehen. Versinke nicht in der kalten Erde. Versuche, an einen der großen Vorteile des Winters zu denken – dass du das Skelett deines Gartens siehst, ohne all die Rüschen und den Tand. Jetzt kannst du überlegen, was zu tun ist, damit er künftig wieder erblüht.

Ich habe leicht reden, nicht? Ganz im Gegenteil, manchmal hatte ich das Gefühl, als könnte ich nur noch die bloßen Knochen sehen. Es fühlte sich an, als hätte ich unermüdlich auf Händen und Knien die alte Erde umgegraben, den Mulch beseitigt und neue Samen unter die älteren Sträucher gepflanzt. Vielleicht war das Problem, dass ich immer auf die Erde hinuntergesehen habe, denn, egal wie hart ich arbeitete oder wie viel Zeit ich dort verbrachte, ich konnte einfach nicht mehr das Leuchten und die Schönheit dessen genießen, was ich gepflanzt hatte.

Ich hoffe, dass du immer in der Lage sein wirst, die Pracht und Fülle um dich herum wahrzunehmen, Bea. Denk daran, manchmal den Schnee abzuschütteln, säubere die Pfade von überhängenden Zweigen, damit sie dich nicht auf deinem Weg behindern, und richte den Blick stets nach oben.

In Liebe, Dad

# 55. Kapitel

Bea Bishop ist über Weihnachten in ihren Heimathafen zurückgekehrt. Und natürlich gibt es Plätzchen.

22 »Gefällt mir«-Angaben.

Ein weiterer Wagen knirscht über den Kies in Lonis Einfahrt, in der bereits diverse Autos stehen. Es ist Abend, aber noch haben wir nicht gegessen. Unten bevölkert ein Haufen betrunkener älterer Singles das Haus und klammert sich an Mistelzweige, während Pink Floyd aus den Lautsprechern dröhnt. Derweil liege ich auf dem Boden des Gästezimmers mit den Zwillingen Neve und Nico, die wiederholt versuchen, mir Duplo-Klötzchen in Ohren, Achselhöhlen, Nasenlöcher oder Mund zu stecken.

»Ahhhh!« Ich lache, als die beiden kichernd auf mir herumspringen und versuchen, mich herumzurollen. Ich kitzle sie, bis sie vor Vergnügen quieken, und entwinde mich ihrem Griff, um mich aufzusetzen.

Am Weihnachtstag komme ich meinen Tanten-Pflichten nach und unterhalte meine Nichten, während Cal und Lucy für rund fünfzig Leute ein Festmahl bereiten. Loni liebt Weihnachten, das war schon immer so. Lächelnd denke ich an frühere Weihnachtsfeiern. Morgens sind wir drei immer unter uns gewesen, im Laufe des Tages kamen dann immer mehr Leute dazu, aßen und tranken, musizierten und machten Partyspiele. Um diese Jahreszeit hat Loni schon immer gern allen und jedem die Tür geöffnet. Neben Familie, Freunden und Leuten aus dem Dorf lädt sie Menschen ein, die sie bei ihren Seminaren kennengelernt hat, solche, die kürzlich geschieden worden sind und ihrem ersten Weihnachten allein mit gemischten Gefühlen entgegenblicken. Abends ist das Haus immer brechend voll, es wird gelacht und geplaudert, im Garten funkeln Lichterketten, und es wird literweise Glühwein ausgeschenkt. Ich bin mir nicht sicher, ob Loni weiß, für wie viele Menschen sie Weihnachten verändert hat. Es ist irgendwie schön, sich vorzustellen, was sie bewegt hat … wie viel sie auch für mich getan hat.

Als draußen der Motor verstummt, halten die Zwillinge beim Hüpfen inne und versuchen, aus dem Fenster zu spähen. »Ist das Adam?«, fragen sie hoffnungsvoll wie aus einem Mund.

»Nein«, erwidere ich traurig. »Adam ist ganz weit weg.« Auch wenn ich ihn vor acht Monaten zum letzten Mal gesehen habe, denke ich sehr oft an ihn. Vor allem seit Kieran nach meinem Geburtstag zum Flottenstützpunkt nach Portsmouth zurückgekehrt ist. Seine Abwesenheit hat in meinem Kopf eine Lücke hinterlassen, die nun von Adam ausgefüllt wird.

»Wo ist Adam denn?«, will Neve wissen und pikst mit ihrem Finger in meine Brust.

Ich hebe an, etwas zu sagen, doch dann schließe ich den Mund wieder. Mir fällt ein, wie Loni versucht hat, Cal und mir zu erklären, dass Dad nicht mehr zurückkommen würde, und plötzlich wiederhole ich genau die Worte, die sie vor über zwanzig Jahren zu mir gesagt hat.

»Manchmal sind Erwachsene ein bisschen wie Blumen.« Die Mädchen sehen mich schweigend an, und ihre engelsgleichen Gesichter wirken ungewöhnlich ernst. »Dann muss man sie an einen neuen Ort verpflanzen, weil sie dort, wo sie waren, nicht gut gewachsen sind …« Die Zwillinge sehen mich verständnislos an. »Gartenmetaphern sind wohl nichts für euch, was?« Ich lächle traurig, dann spüre ich einen stechenden Schmerz in meinem Bauch.

»Autsch!« Ich entferne den roten Duplo-Stein, den Neve in meinen Bauchnabel bohrt, und sie blickt mich mit ihren großen blauen Augen an, als würde sie gleich etwas weltbewegend Weises sagen, doch da ertönt Lonis Stimme von unten.

»BEA!«, höre ich sie die Treppe hochrufen, als die Musik vorübergehend leiser gestellt wird. »Komm runter! Da ist jemand für dich! BEAAAAA!«

»Schon gut, schon gut, immer mit der Ruhe«, murmle ich, gehe langsam die Treppe hinunter und bleibe wie angewurzelt stehen, als ich sehe, wer vor der Eingangstür steht.

»Kieran?« Nervös blicke ich zu Loni, dann wieder zu Kieran. »Ich … ich hab gar nicht mit dir gerechnet!« Mein Lächeln ist wie eingefroren, während Horden von Menschen lachend und redend im Flur um uns herumwirbeln und einige von ihnen innehalten und Kieran und mich ansehen.

»Ich bin eben immer für eine Überraschung gut.« Kieran grinst und sieht mich durchdringend aus seinen immergrünen Augen an.

»Das kann man wohl sagen«, meldet sich Cal, tritt aus der Menge hervor und baut sich am Fuß der Treppe schützend vor mir auf. »Hast du immer noch kein Zuhause?«

»Cal!«, tadelt Loni und mustert mich wachsam, während ich meinen Bruder aus dem Weg schiebe und auf Kieran zugehe. »So behandelt man Beas Gäste aber nicht. Komm bitte rein, Kieran, du bist herzlich eingeladen, zum Weihnachtsessen zu bleiben, wenn du magst.«

Wenn sie überrascht ist, Kieran zu sehen, oder es ihr missfällt, zeigt sie es zumindest nicht. Vielleicht ist ihr nach unserem Gespräch an meinem Geburtstag klar geworden, dass die Dinge diesmal anders liegen und dass es mir hilft, Zeit mit ihm zu verbringen.

»Komm rein, nimm dir ein Glas!«, lädt Loni ihn ein, und ich lächle ihr dankbar zu.

Als ich Kieran am Arm fasse, ist es mehr, um Cal zu trotzen. Ich weiß, dass er mich beschützen will, aber er beurteilt Kieran nur aus seiner Erfahrung von damals. Weiß er denn nicht, dass Menschen sich ändern? Jeder hat eine zweite Chance verdient. Schließlich können wir nicht alle Superhelden sein wie Cal.

Ich spüre, dass Kieran meine rebellische Seite zum Vorschein bringt. Seine Anwesenheit sollte mich beunruhigen, aber das tut sie nicht. Vielmehr fühle ich mich gestärkt. Er gibt mir das Gefühl, mein eigenes Leben zu leben. Nicht die Version von jemand anderem. Er gibt mir das Gefühl, mutig zu sein. Kühn. Die Kontrolle zu haben.

Ich führe Kieran durch das volle Haus und dränge mich an Lonis Freunden vorbei, die lauthals lachen und sich unterhalten. Aus dem Augenwinkel sehe ich, dass Cal über mich den Kopf schüttelt, als wäre ich ein Kind.

»Ich wollte euer Weihnachtsessen nicht stören.« Kieran lächelt entschuldigend. »Die meisten Leute haben an Weihnachten um die Zeit schon gegessen.«

Ich lache. »Aber die meisten Leute feiern Weihnachten auch nicht bei Loni.«

Er legt den Arm um mich, und ich zucke leicht zusammen. Irgendwie fühlt es sich zu intim an, obwohl wir bei unserem letzten Treffen halb nackt im Meer geschwommen sind. Dennoch haben wir uns noch immer nicht geküsst. Ich bin panisch aus dem Wasser ans Ufer geflüchtet.

»Ich dachte, es wäre spät genug. Ich wollte dich nur unbedingt sehen. Es ist so lange her. Ich fand es schrecklich, wieder aufs Schiff zu gehen. Während der gesamten letzten sechs Wochen hatte ich Sehnsucht danach, wieder hier bei dir zu sein.« Er macht Anstalten, seinen Mantel auszuziehen.

»Oh nein, lass ihn ruhig an!«, sage ich schnell.

Er wirkt etwas verletzt. »Oh, na klar, entschuldige. Ich gehe gleich …«

Ich drücke sanft seinen Arm und lächle. Er ist immer schon übersensibel gewesen. »Nein, das meinte ich nicht. Schau doch nur!«

Wir gehen in den Wintergarten, wo die Glastüren zurückgeschoben sind und uns kühle winterliche Luft entgegenschlägt. Um die Heizstrahler herum ist die Luft warm, und ein paar vernünftige Gäste haben sich darum versammelt, doch dem Rest scheint die Kälte nichts auszumachen.

Eine Reihe aus Tapeziertischen führt in den kalten, frostigen Garten hinaus. Sowohl der Raum, in dem wir stehen, als auch der Außenbereich sind mit Lichterketten geschmückt, die wie Sterne funkeln. Ungefähr dreißig oder vierzig Leute laufen durcheinander und tragen festliche Hüte zu Mänteln und Schals. Auf den Tischen sind ein Truthahn, eine riesige Schweinshaxe und ein Spanferkel aufgebaut, dazu jede Menge Brot, selbst gemachte Chutneys, Apfel- und Cranberrysoße sowie fünf verschiedene Salate und viererlei Kartoffeln. Ein eisiger Wind pfeift um uns herum, aber alle sind so berauscht, dass es niemanden zu stören scheint. Loni sagt immer, man solle jede Jahreszeit feiern, und sie meint auch, dass wir uns durch die kalte Luft auf unserer Haut besonders lebendig fühlen. In einer Ecke stehen eine riesige Kanne mit Glühwein, Flaschen mit selbst gemachtem Holunderblütenwein und ein Bottich mit Lonis speziellem Schlehenlikör-Rhabarber-Punsch.

»Willkommen in Lonis verrücktem Weihnachtsland«, sage ich, während wir uns Pappteller nehmen und Essen daraufhäufen.

Wir beobachten, wie Loni, die einen Kunstpelz über einem Hosenanzug im Aztekenmuster trägt, mit wehenden Haaren durch den Garten läuft und ihr Lachen von den Bäumen widerhallt.

»Und was nun?«, fragt Kieran. Ich weiß nicht genau, ob er die Party meint, oder ob er von uns spricht, und entscheide mich für die einfachere Lösung.

»Es ist Weihnachten, und du bist bei Loni, also kommt nur eins infrage.«

»Und das wäre?«

»Sich betrinken natürlich!« Ich führe ihn zu der Kanne mit Glühwein.

»Hört sich gut an.« Er grinst.

Wir zucken zusammen, als Cal mit einer riesigen indischen Trommel um Stille bittet und Loni unter Jubel und Applaus auf die Schultern eines Mannes gehievt wird.

»Wer ist das?« Kieran deutet mit dem Kopf auf den Mann, während er einen Schluck von dem warmen Wein trinkt.

Ich zucke desinteressiert die Schultern. »Er hat an einigen von Lonis Seminaren teilgenommen. Ich glaub, er heißt Roger.«

»Tja, Roger sieht aus, als würde er alle Weihnachten seines Lebens auf einmal erleben«, sagt Kieran gedehnt und knufft mich in die Seite.

»Bitte alle mal herhören!«, ruft Loni und wedelt mit den Armen. »Ich wollte den Moment nutzen, um ein paar Worte des Dankes zu sprechen für alles, was wir haben – und was wir noch empfangen werden …«

Die Umstehenden neigen die Köpfe.

»Ein Gebet?«, höhnt Kieran. »Im Ernst? Ich wusste gar nicht, dass deine Mutter so fromm ist.«

»Ist sie auch nicht«, erwidere ich etwas gereizt.

Unwillkürlich muss ich an Adam denken. Er hat Lonis

seltsame Anwandlungen nie hinterfragt, er hat sie einfach akzeptiert, auch wenn sich diese so weit wie nur irgend denkbar von allem unterschieden, was er von zu Hause kannte.

»Frohe Weihnachten, euch allen!«, ruft Loni, nachdem sie ihr Gebet beendet hat. »Jetzt lasst uns feiern!«

»O Gott«, stöhne ich, als Loni unter Begeisterungsrufen mit einer Conga loslegt.

»Lass uns irgendwohin gehen, wo es ruhiger ist.« Kieran legt den Arm um mich und deutet mit dem Kopf auf die Hollywoodschaukel am Ende des Gartens.

Ich sehe ihn an, und sein Blick ist so gefühlvoll, so voller Hingabe und irgendwie auch Verzweiflung, dass ich ihm nicht widerstehen kann, auch wenn mein Instinkt mir etwas anderes sagt. Ich habe Kieran noch nie widerstehen können.

# 56. Kapitel

Wir sitzen nebeneinander und halten uns an unserem Glühwein fest, während wir schweigend dem Partytreiben zusehen – den tanzenden, lachenden Menschen, den funkelnden Lichtern, den Sternen, die über uns glitzern, dem Feuer, das im Kamin drinnen brennt, dem Typen, der auf der Gitarre Folksongs spielt. Kierans Hand liegt neben meiner, und langsam, ganz langsam legt er sie um meine, bis wir unsere Finger verschränken. Ich rühre mich nicht, atme nicht. Ich kann nicht. Es ist, als hätte es die letzten acht Jahre nie gegeben. Mir wird wieder bewusst, dass es sich immer ein bisschen gefährlich und aufregend angefühlt hat, mit Kieran zusammen zu sein. Genau wie jetzt. Ich bin nicht mehr das brave Mädchen.

Aber fühlt es sich auch gut an?

Ich blicke mich im Garten um und sehe Loni am Eingang zum Wintergarten stehen. Sie lehnt den Kopf gegen den Türrahmen, und ich recke den Hals, um zu sehen, warum. Es ist nicht ihre Art, am Rand des Geschehens zu stehen. Dann entdecke ich jemanden an ihrer Seite. Er legt den Arm um ihre Schulter, und sie lehnt sich einen Augenblick an ihn. Es ist Roger.

Kieran folgt meinem Blick. »Sieht aus, als wäre deine Mutter doch nicht ganz gegen Beziehungen eingestellt«, bemerkt er und deutet mit dem Kopf auf Loni und Roger, der ihr gerade etwas zuflüstert, woraufhin sie den Kopf schüttelt und ihn sanft fortschiebt. »Sie ist nicht krank oder erschöpft, wie du dachtest«, fügt Kieran belustigt hinzu. »Sie ist nur verliebt.«

»Oh nein, ganz bestimmt nicht«, erwidere ich schnell, eher zu mir als zu Kieran. »Sie kann sich nicht verliebt haben. Loni hat mit Liebe nichts am Hut.«

»Und du, Bea? Hast du was mit Liebe am Hut?«, fragt Kieran heiser und dreht mein Gesicht zu sich.

Ich senke den Blick, weil ich seinen nicht erwidern kann, aber auch nicht zu Loni sehen will, die mich jetzt natürlich noch mehr beschäftigt. »Ich … ich weiß es nicht. Ich meine, ich …«

»Bea«, Kieran hebt sanft mein Kinn, sodass mir keine andere Wahl bleibt, als ihn anzusehen. »Ich kann so nicht weitermachen. Ich kann nicht länger mit dir zusammen sein, ohne dir zu sagen, was ich empfinde. Ich weiß, dass du Angst hast und unsicher bist. Ich weiß, dass es ein großes Risiko für dich bedeutet, mit mir zusammen zu sein. Aber ich bin zurückgekommen, weil ich dich nicht vergessen konnte, sosehr ich es auch versucht habe. Ich bin nicht mehr derselbe, der vor all den Jahren weggegangen ist. Und ich hoffe, dass du genauso deutlich fühlst, dass – auch wenn ich … wenn *wir* uns beide verändert haben – zwischen dir und mir noch immer etwas sehr Besonderes ist.«

Ich versuche zu atmen, habe jedoch das Gefühl, nicht genügend Sauerstoff zu bekommen. Mein Kopf schwirrt vor Verwirrung. Schließlich habe ich mir jahrelang gewünscht, genau das zu hören, und jetzt, wo er es sagt, ertrinke ich in einem Meer aus Zweifeln.

»Ich muss wissen, wo ich stehe. Ich brauche dich, und ich muss wissen, ob du genauso empfindest.«

»Kieran …« Ich schaffe es zwar, seinen Namen auszusprechen, doch dann halte ich inne. Es kommt mir vor wie ein Traum. Alles fühlt sich wie ein Traum an. Als ob es eine andere Version von mir gäbe, eine, die Adam nicht verlassen hat und glücklich mit ihm verheiratet ist. Eine, die nicht von ihrem lange verlorenen Vater besessen ist und ernsthaft darüber nachdenkt, wieder mit ihrer ersten großen Liebe zusammenzukommen, obwohl diese Beziehung das letzte Mal so tragisch geendet hat.

»Ich weiß, dass du ziemlich durcheinander bist«, fügt Kieran rasch hinzu. »Und ich weiß, dass ich einige schmerzhafte Erinnerungen in dir geweckt habe, die du gern vergessen würdest. Ihretwegen haben wir uns so lange voneinander ferngehalten. Aber egal, wohin wir gehen oder mit wem wir zusammen sind oder wie weit wir uns voneinander entfernen, wir werden immer wieder zueinander hingezogen werden. Wir sind füreinander bestimmt …«

Ich öffne den Mund, um zu antworten, doch in dem Moment senkt Kieran die Lippen zu meinen und küsst mich. Auf diesen Moment habe ich sehr lange gewartet, und doch spüre ich jetzt, dass dieser Kuss ein Ende bedeutet, keinen Anfang. Kieran küsst mich voller Verlangen, und sein Kuss spricht von Schmerz, Verlust und Bedauern – doch nicht von Liebe.

Ich verstehe. Endlich verstehe ich. Während wir uns küssen, merke ich, wie unsere Leben miteinander verschmelzen, bis das, was gewesen ist, nicht mehr da ist. Die Dunkelheit, die uns beide umgibt, verbindet sich, als würde sie uns unter sich begraben. Ich merke, dass ich all die Jahre vor dieser Dunkelheit davongelaufen bin, die nur Kieran und ich kennen. Und während ich mich von ihm löse, nimmt meine Welt wieder Gestalt an. Als ich die Augen öffne, merke ich, dass Kieran mich ansieht, und ich spüre, dass mein Weg zum ersten Mal klar vor mir liegt. Ich weiß genau, was ich will. Die Vergangenheit ist vorüber, jetzt gibt es nur noch die Gegenwart.

Als plötzlich zwei Gestalten aus der Dunkelheit auftauchen und meinen Namen rufen, springe ich von der Hollywoodschaukel und muss blinzeln.

»Milly! Jay!«, keuche ich. »O mein Gott. Ich dachte, ihr wärt in New York!« Ich trete auf sie zu und sehe mich schuldbewusst nach Kieran um.

Die beiden halten ein paar perfekt verpackte Geschenke in Händen und blicken von Kieran zu mir. Milly trägt einen knallroten weiten Mantel, der ihren Bauch betont. Ihr wunderschönes, neuerdings volleres Gesicht drückt Überraschung, Wut, Unglauben und Missfallen aus.

»Cal hat uns gesagt, dass du hier steckst. Ist alles in Ordnung?« Sie blickt erneut zu Kieran und dann zu mir.

»Alles in Ordnung!«, rufe ich und werfe die Arme um sie. »Ich wusste nicht, dass ihr kommt!«

»Das sehe ich«, bemerkt sie kühl.

»Hallo.« Kieran winkt Milly zu und lächelt charmant, doch sie beachtet ihn nicht. Als Kieran Jay grüßt, ignoriert dieser ihn ebenfalls. Erstaunlicherweise weicht Kierans Lächeln nicht aus seinem Gesicht, er lässt nur die Hand sinken.

»Milly, du erinnerst dich an Kieran?«

»Ja. Leider.«

»Milly!«, zische ich.

Kieran tritt zu mir und legt erneut den Arm um mich, woraufhin ich abermals leicht zusammenzucke – vor allem, als ich Millys wütenden Blick sehe. »Ich werde wohl lieber gehen«, sagt er.

»Ganz was Neues«, murmelt Milly.

Als Kieran zu ihr blickt, flackert Zorn in seinen Augen auf, löst sich jedoch gleich wieder auf. »Frohe Weihnachten, Bea. Wir sehen uns bald, ja?« Er küsst mich flüchtig auf die Lippen.

Ich lächle matt und beobachte, wie er in der Dunkelheit verschwindet.

Ich spüre deutlich Millys und Jays Missbilligung und weiß, dass ich Kieran nicht hinterherblicken sollte, aber ich kann nicht anders. Ich habe das Gefühl, gerade eine folgenschwere, lebensverändernde Einsicht gewonnen zu haben.

»Erzählst du uns vielleicht, was zum Teufel hier los ist?«, zischt Milly.

Müde wende ich ihr das Gesicht zu. »Nein, Milly. Das tue ich nicht.« Ich will mich nicht mehr rechtfertigen müssen. Ich weiß, was ich tue. Endlich.

»Warum nicht? Wir sind beste Freundinnen … ich hab ein Recht, es zu erfahren, stimmt's, Jay?«

»Ich glaub, das macht ihr Frauen lieber unter euch aus.« Schnell verschwindet er zum Tisch, der sich unter den Alkoholvorräten biegt.

»Ich kann nicht glauben, dass du dich wieder mit ihm triffst. Wann hörst du endlich auf, einem Leben hinterherzujagen, das nur in der Vergangenheit existiert, und wendest dich stattdessen wieder dem einen Menschen zu, der gut für dich ist?« Millys Stimme klingt ungewöhnlich schrill. Ich starre sie an, ihre Heftigkeit überrascht mich.

»Ich hab meine Chance mit Adam vor langer Zeit verspielt. Auch du solltest die Vergangenheit loslassen, so wie ich es getan habe, und nach vorne blicken, Milly.«

»So wie du? Mit ihm?« Sie reißt den Kopf herum und blickt auf die Stelle, an der Kieran in der Dunkelheit verschwunden ist.

»So wie Adam und ich – Adam reist durch die Welt, hat eine tolle Zeit, lernt Leute kennen, und ich bin sicher, dass er mich vergessen hat …«

»Da täuschst du dich gewaltig!«, stößt sie hervor, und ihre braunen Augen leuchten voller Leidenschaft. »Egal, wohin er gereist ist oder was er getan hat, er hat dich nie vergessen. Im Gegenteil – er wartet auf dich. Er lässt dir Zeit, zur Vernunft zu kommen, und nutzt sie, um für dich alles zum Besseren zu wenden!«

Ich schüttle nur den Kopf, ich weiß nicht, was ich von ihren Worten halten soll.

»Er hat seinen Job aufgegeben, Bea, er hat sein ganzes Leben für dich geändert. Und nicht nur das ... Die letzten Monate hat er damit verbracht, deinen Dad zu suchen. Und er hat es sogar geschafft – was sagst du nun?!«

Ich blinzle sie an, unfähig, diese Bombe zu verdauen. Sie reicht mir einen Umschlag, auf dem eine Adresse in Baga, Goa, steht. Als ich ihn öffne, finde ich darin einen Brief von Adam. Ich überfliege ihn, bin jedoch kaum in der Lage, ihn zu begreifen.

»Nachdem du ihm weggelaufen und anscheinend zu Kieran zurückgekehrt bist, hat Adam beschlossen, deinen Vater für dich zu suchen, da du sonst niemals glücklich werden wirst. Sei es mit ihm ... oder mit jemand anderem«, erklärt Milly sanft. »Ihm war klar, wie sehr du dir gewünscht hast, dass dein Vater zu eurer Hochzeit gekommen wäre, aber er wusste auch, dass du nie selbst nach ihm suchen würdest. In den letzten Monaten hat er alle Orte recherchiert, an denen dein Vater gelebt hat. Dann ist er an jeden einzelnen gereist und hat versucht, ihn für dich zu finden.« Sie hält etwas atemlos inne und sieht mich durchdringend an. »Und jetzt sag mir nicht, dass das nicht das verdammt noch mal Romantischste ist, was du je gehört hast!«

Ich öffne den Mund, um etwas zu erwidern, bringe jedoch kein Wort heraus. Milly lehnt sich erschöpft an einen Baum, als hätte sie all ihr Pulver verschossen.

»*Das* hat *er* die letzten Monate getan, Bea«, fährt sie traurig fort. »Und währenddessen führst du dich auf wie ein Teenager und machst mit Kieran rum!« Sie schüttelt den Kopf und reibt sich den Bauch. »Ich verstehe das nicht, Bea. Ich verstehe nicht, warum du dich nach allem, was passiert ist, wieder auf ihn einlässt. Sein Bruder ist seinetwegen gestorben … du fast auch … und dann hat er dich sitzen lassen!« Als sich ihre Augen mit Tränen füllen, sehe ich sie erschrocken an. Milly weint nie. »Als du mit Kieran zusammen warst, hatte ich solche Angst, dich zu verlieren, Bea. Solche Angst, dass du etwas Dummes anstellst und ich dich nie wiedersehe. Vorher bist du depressiv gewesen, ja, aber als du ihn kennengelernt hast, war es, als wäre dir das Leben endgültig egal. Du warst leichtsinnig, geradezu verrückt. Du meintest, er würde dich besser verstehen als jeder andere. Aber das stimmt nicht. Er hat lediglich das Schlimmste deiner Krankheit in dir hervorgebracht und dir dann das Gefühl gegeben, es sei das Beste. Bitte, geh nicht zurück zu ihm, Bea, bitte … Als deine beste Freundin flehe ich dich an – hör auf mich …«

Ich blicke auf den Punkt in der Dunkelheit, an dem Kieran verschwunden ist, dann wieder zu Milly. Schließlich falte ich Adams Brief zusammen und stecke ihn zurück in den Umschlag. Ich möchte ihr sagen, dass ich nur versucht habe herauszufinden, wer ich bin und warum ich derart schlechte Entscheidungen in meinem Leben getroffen habe. Dass es kein Fehler gewesen ist, mich wieder mit Kieran zu treffen. Dass ich ihn sehen musste, um Frieden mit dem zu schließen, was vor all den Jahren zwischen uns passiert ist. Aber ich möchte ihr auch erklären, dass ich deshalb jetzt nicht wieder mit Kieran zusammen sein will.

Das Gegenteil ist der Fall.

Denn als er mich gerade geküsst hat, habe ich ganz deutlich gespürt, dass Kieran nicht der Richtige ist. Er ist es nie gewesen. Egal, wie sehr ich mir in den letzten Monaten einzureden versucht habe, dass es funktionieren könnte, es hat sich nie richtig angefühlt. Er ist ein Stück meiner Vergangenheit, nicht mehr und nicht weniger. Ich bin schon vor langer Zeit über ihn hinweg gewesen. Ich bin nur nie über das hinweggekommen, was wir gemeinsam erlebt haben. Ich habe keine Liebe empfunden, sondern Schuld.

Und dann ist da Adam. Die ganze Zeit habe ich mir vorgestellt, dass Adam ein großartiges, erfülltes Leben ohne mich führt. Doch stattdessen hat er versucht, mir aus der Ferne dabei zu helfen, mich selbst zu finden. Selbst nach allem, was ich ihm angetan habe. In Wahrheit bin ich nicht vor Adam davongelaufen, ich habe nur versucht, *zu* meinem Dad zu laufen. Im Grunde habe ich von dem Tag an, an dem er uns verlassen hat, nichts anderes getan. Warum sonst hätte ich mich für einen Typen entschieden, von dem ich – und alle, die mich liebten – wusste, dass er mich eines Tages verlassen würde? Genau wie mein Vater es einst getan hatte.

Und jetzt ist mir klar, dass es bei allem, was dieses Jahr passiert ist, nie um eine Entscheidung zwischen Adam und Kieran ging. Es ging immer nur darum, meinen Vater zu finden.

»Bea?«, sagt Milly und stößt sich von dem Baum ab. »Sagst du etwas? Du musst doch einsehen, was für eine Dummheit du begangen hast?« Ich starre sie stumm an, und sie stöhnt verzweifelt auf. »*Gott!* Du machst mich rasend! Da komme ich den ganzen Weg hierher, um dich davon abzuhalten, deine Zukunft wegzuwerfen, und du sagst nichts?«

Dann beginne ich zu weinen, weil mir hier, im Haus meiner Kindheit, an dem Ort, an dem sowohl mein Dad als auch Kieran mit den Wurzeln meiner Vergangenheit verwoben sind, plötzlich klar wird, *was* ich weggeworfen habe. Ich bin vor Adam weggelaufen, aber er hat mich nie verlassen. Ohne dass ich es wusste, ist er die ganze Zeit für mich da gewesen. Adam, mein starker, treuer, geduldiger, verständnisvoller Adam. Ich vermisse ihn so sehr. Alles, was ich zu wissen meinte, jede Entscheidung, die ich getroffen habe, ist dadurch umgegraben und auf den Kopf gestellt worden, und jetzt ist nur ein nackter Flecken Erde übrig, an dem Adam stehen sollte.

»Adam liebt dich, Bea.« Milly fasst meinen Arm. »Er hat dich immer geliebt. Ich wünschte nur, du könntest sehen, wie sehr. Ich weiß, es geht mich nichts an, und ich bin sicher, dir wäre es am liebsten, ich würde mich da raushalten. Aber ich kann nicht zulassen, dass du alles wegwirfst. Du bist meine beste Freundin, Bea. Ich hab dich so gern, und ich will, dass du glücklich bist!«

»Milly«, sage ich schließlich. Jetzt weinen wir beide. »Du hast immer gemeint zu wissen, was richtig für mich ist, und ich bin deinem Rat immer gefolgt. Aber wenn ich eins in den letzten Monaten gelernt habe, dann, dass ich meine eigenen Entscheidungen treffen muss …«

»Bea, ich weiß, aber bitte, nicht Kieran …«

Ich nehme ihre Hände in meine. »Wenn ich einen Fehler mache, ist es *mein* Fehler«, fahre ich mit Nachdruck fort. »Du musst mir vertrauen, okay?« Ich blicke sie an. Sie muss verstehen, was ich ihr zu sagen versuche. *Lass mich meine eigenen Entscheidungen treffen. Ich verspreche dir, dass es die richtigen sind.*

Sie stöhnt erneut auf. Gott, ist sie stur!

»Ich meine es ernst, Milly, es ist mein Leben, und …«

Plötzlich sackt sie auf dem Boden zusammen. »Ooooh«, keucht sie.

»Milly … ist es das Baby?«, frage ich und knie mich neben sie.

»Ja … nein. Ich weiß nicht, es ist zu früh … Oooooh!« Sie sieht zu mir auf, und ihre dunklen Augen sind voller Angst. »Der Termin ist erst in sechs Wochen!«

Ich stehe auf und blicke mich hilfesuchend im Garten um, dabei weiche ich nicht von Millys Seite. »Jay!«, rufe ich.

Er dreht sich um, rennt zu uns und legt eine Hand auf ihren Bauch. »Milly, kommt das Baby?«

Sie schließt die Augen und nickt, vor lauter Schmerzen kann sie nicht sprechen. Jay sieht verzweifelt zu mir. Auch in der Dunkelheit sehe ich, dass Millys Gesicht so gespenstisch bleich ist wie der Mond, der über uns am Himmel steht.

»CAL!«, brülle ich und sehe, wie mein Bruder sich umdreht und zu uns blickt.

Augenblicklich schaltet er in den Sanitätermodus, kommt zu uns herübergeeilt und ruft währenddessen das Krankenhaus an. Auf einmal fühle ich mich in jene Nacht vor vierzehn Jahren zurückversetzt, als er mich halb bewusstlos und umgeben von Paracetamolflaschen in meinem Zimmer gefunden hat. Damals war er noch kein Sanitäter, aber er war mein Held. Er hat sofort reagiert, einen Krankenwagen gerufen und mich wach gehalten, bis dieser eintraf. Ich habe keinen Zweifel daran, dass er mir das Leben gerettet hat. Starr vor Angst halte ich mich jetzt zurück, damit er an Milly herankommt. Zum Glück biegt kurz darauf mit quietschenden Reifen der Krankenwagen in die Straße und hält in der Auffahrt.

Die Gäste sind still geworden und haben sich um uns versammelt, während zwei von Cals Kollegen zu Milly eilen und sie behutsam auf eine Trage heben.

Ich nehme ihre Hand. »Alles wird gut, Milly, alles wird gut. Versprochen.«

»Ich darf dieses Baby nicht verlieren, Bea«, wispert sie und starrt mich mit großen angsterfüllten Augen an. »Ich weiß nicht, was ich dann tun werde …«

»Du wirst das Baby nicht verlieren«, erwidere ich fest, und mein kalter Atem mischt sich mit ihrem. Ich blicke hinauf zum nächtlichen Himmel. »Auf keinen Fall.« Ich sehe einen Stern, der heller als die anderen funkelt, und wünsche mir von ganzem Herzen, dass es derjenige ist, der Millys Tochter sicher auf diese Welt bringen wird. »Ich glaube, sie will dich nur ein bisschen früher kennenlernen als geplant.« Ich lächle in dem Versuch, meine Angst zu überspielen. »Sie ist eben die Tochter ihrer Mutter. Sie hat ihren eigenen Kopf und will bestimmen, wann …«

»Oder sie ist einfach ein unverbesserlicher Kontrollfreak«, entgegnet Milly schwach, dann schließt sie die Augen und wird in den Krankenwagen geschoben.

Ich beobachte, wie der Wagen aus Lonis Ausfahrt zurücksetzt und mit blinkenden Lichtern in der tiefdunklen Nacht davonrast. Erst dann beginne ich zu weinen.

Als Loni mich schließlich zurück ins Haus führt, kommt es mir vor, als sei eine Ewigkeit vergangen.

# 57. Kapitel

Es ist elf Uhr abends, Loni und ich sind allein. Ihre Gäste sind gegangen oder schlafen in den diversen Gästezimmern und in Wohnmobilen vor dem Haus. Ich sitze mit einer Decke um die Schultern schweigend vor dem Feuer und nippe langsam an dem Brandy, den Loni mir gebracht hat. Wir warten noch immer auf Neuigkeiten von Cal. Unaufhörlich denke ich an Milly und ihr Baby. Ich habe das Gefühl, schuld zu sein an dem, was passiert ist. Hätten wir uns nicht gestritten, hätte sie vielleicht keine vorzeitigen Wehen bekommen …

»Es ist nicht deine Schuld«, flüstert Loni, als könnte sie meine Gedanken lesen. »Du musst aufhören, dir ständig für alles die Schuld zu geben.«

Ich lehne meinen Kopf an Lonis Brust und starre in die flackernden Flammen. In dem Jahr, nachdem Kieran gegangen war, saßen wir häufig so zusammen. Ich schließe die Augen und genieße die Wärme ihrer Umarmung. Es fühlt sich gut an, hier bei ihr zu sein. Genau wie früher. Damals, als ich mich vor der Welt verstecken wollte.

»Meinst du, es war falsch, Adam zu verlassen?«, frage ich. Ich denke an seinen Brief, der noch in meiner Hosentasche steckt. Und daran, was ich in den letzten Monaten Kieran gegenüber empfunden habe. Wie verwirrt ich war, doch wie absolut sicher ich gespürt habe, dass ich Adam will, als Kieran mich geküsst hat.

»Du willst wissen, was ich denke?«, fragt Loni sanft. »Ich denke, dass es unglaublich mutig von dir war, dich den Dingen zu stellen, die dich davon abgehalten haben, dich ganz auf Adam einzulassen. Du hast eine Arbeit gefunden, die dir wirklich Spaß macht. Und du bist so unabhängig wie noch nie zuvor. Ich glaube, es gab eine Menge Dinge, mit denen du dich auseinandersetzen musstest und vor denen Adam dich unbewusst geschützt hat. Ich denke, die Entscheidung, die du an deiner Hochzeit getroffen hast, hatte nichts mit euch beiden zu tun, sondern mit deiner Vergangenheit. Weißt du, Liebes«, sagt sie zärtlich und küsst mich aufs Haar, »du bist immer so schnell dabei, dir die Schuld für alles zu geben. Du siehst einfach nicht, dass zuerst andere Leute eine ganze Reihe von Entscheidungen getroffen haben. Das war genauso, als Len gegangen ist. Als ich Cal damals sagte, dass er weg ist, ist er wütend geworden, doch er hat akzeptiert, dass es die Entscheidung eures Vaters war. Aber du«, sie streicht mir übers Haar, »du warst davon überzeugt, dass du ihn vergrault hast, dass du ihn durch *dein* Handeln dazu gebracht hast, uns zu verlassen.« Loni schüttelt traurig den Kopf und blickt mich an. »Du hast dich ganz in dich zurückgezogen, warst nur von Schuld erfüllt und unfähig, deine Gedanken oder deine Gefühle auszudrücken. Ich habe mich bemüht, dir klarzumachen, dass sein Weggehen nichts mit dir zu tun hatte. Du betrachtest die Dinge immer nur von ihrem Ende aus – dass Len uns verlassen hat, Elliot vom Kai gesprungen ist, Milly vorzeitige Wehen bekommen hat …« Sie streicht mir weiter übers Haar, dann lässt sie ihre Hand auf meiner Stirn ruhen, und die Wärme lindert meine Schuldgefühle und meine Scham, mit denen ich jahrelang versucht habe zu leben. Ich wünschte, du wärst nicht so streng mit dir und würdest begreifen, dass wegen einer einzigen Entscheidung weder das Universum zusammenbricht, noch die Sterne vom Himmel fallen. Das Leben geht weiter, Bea, nur eben ein ganz kleines bisschen anders.«

»So wie es für uns ohne Dad weitergegangen ist«, sage ich leise. Das Gespräch ist meine Chance, mit Loni über das zu sprechen, wovor ich mich seit Wochen drücke.

Ich habe die Nase voll von Geheimnissen. Ich hole Adams Brief heraus und zeige ihr die Adresse in Indien. Loni blickt hinunter, und ich sehe, wie sich ihre blauen Augen verdunkeln. Zunächst sagt sie nichts. Sie starrt nur auf den Brief, dann richtet sie den Blick aus dem Fenster, als würde sie nach etwas suchen. Oder nach jemandem.

»Natürlich«, murmelt sie.

»Kennst du die Adresse?«

»Er hat Goa geliebt«, antwortet Loni leise. »Dort waren wir auch, als du gezeugt wurdest. Dort war er am glücklichsten.«

Ich hole noch ein Stück Papier hervor. Diesmal ist es die Adresse in Kalifornien, die Pater Joe mir gegeben hat. »Dort ist er von Cley aus hingezogen, Loni. Sagt dir der Ort auch was?«

Loni blickt lange auf die Adresse und nickt schließlich, dann sieht sie mich an, und ihre Augen sind voller Schmerz.

»Was?«, frage ich verzweifelt. »Was ist los?«

Sie schließt die Augen und atmet tief ein. Ich bemerke, dass ihre Hände zittern. »Das war ein von der Kirche betriebenes Behandlungszentrum für Menschen mit Depressionen. Das weiß ich nur, weil dein Vater und ich auf unserer Reise damals gleich um die Ecke in einer Kommune in Garden Grove gewohnt haben …«

Die Worte treffen mich wie Gewehrkugeln. Dad litt unter Depressionen. Genau wie ich. Plötzlich spüre ich, wie sich meine Welt teilt und neu zusammensetzt, die Information passt perfekt in das Puzzlespiel meines Lebens.

»Und du hast die ganze Zeit gewusst, dass er dort gewesen ist?«, frage ich.

»Nein!«, ruft sie aus und fasst meine Hände. »Nein, ich hatte keine Ahnung. Ehrlich nicht, Bea. Ich wusste, dass er vorübergehend zu seinem alten Freund nach Cley ziehen wollte, aber danach habe ich nie wieder etwas von ihm gehört.« Sie zögert. »Bea, ich glaube, es ist an der Zeit, dass ich dir die ganze Wahrheit erzähle.«

Ich rücke von ihr ab. »Ich dachte, das hättest du gerade. Dass du nicht wusstest, dass er in dieser Klinik in Kalifornien gewesen ist.«

Sie nickt langsam. »Das stimmt, aber das ist nicht alles …«

Eine schwere Stille legt sich über das Zimmer wie der Nebel über das Meer. Sie raubt mir den Atem. Ich habe das Gefühl, als würde ich auf einem Seil zwischen der Vergangenheit und der Zukunft balancieren, und egal auf welche Seite ich falle, es wird wehtun.

»Erzähl mir, was passiert ist«, bitte ich. »Ich muss es wissen, Loni. Hör auf, mich ständig beschützen zu wollen. Ich bin kein Kind mehr, ich bin nicht mehr krank. Ich bin es nur leid, nichts zu wissen. Ich kann die Wahrheit ertragen. Ich bin stärker, als du denkst«, sage ich fest und füge dann sanfter hinzu: »Schließlich bin ich deine Tochter …«

Sie fasst meine Hand und starrt sie an. »Ich habe mich in meiner Ehe nicht gelangweilt, Bea.« Sie spricht abgehackt, als müsse sie sich zu jedem Wort zwingen. »Ich habe meinen Mann nicht hinausgeworfen. Ich habe Len von ganzem Herzen geliebt … aber ich habe ihn nicht immer verstanden.« Ihr Blick wird glasig, und ich sehe, dass sie auf einer Welle von Erinnerungen fortgetragen wird. »Wir waren damals so glücklich, Liebes. Er sagte, ich sei das Licht seines Lebens, der einzige Mensch, der ihn glücklich macht. Ich war zwanzig, und ich fand es toll, einen so freundlichen, weisen, sensiblen Mann lieben zu dürfen, der meinte, die ganze Welt würde sich um mich drehen. Ich wusste, dass er krank gewesen war, aber ich dachte, das wäre vorbei. Damals glaubte ich, ich könnte ihn halten und stützen und sein Leben mit Liebe und Licht erfüllen. Ein Jahr lang reisten wir durch Kalifornien, China, Bali, Thailand und Indien. Als ich mit dir schwanger wurde, kehrten wir nach Hause zurück, heirateten, und Len unterrichtete wieder an der Universität. Dann kam Cal, und ein paar Jahre lief alles perfekt. Er sagte, er habe das Gefühl, endlich seinen Platz in der Welt gefunden zu haben – und seinen Frieden. Doch dann wurde er distanzierter. Ich weiß noch, dass ich mir Sorgen machte, er hätte vielleicht eine Affäre, aber eigentlich wusste ich, dass er mir so etwas nicht antun würde. Er hörte auf, mit mir zu sprechen. Er arbeitete nicht mehr. An manchen Tagen stand er gar nicht erst aus dem Bett auf. Das Einzige, das ihn glücklich zu machen schien, war der Garten. Er verbrachte immer mehr Zeit dort draußen und immer weniger mit uns. Ich konnte zusehen, wie ich ihn an die Krankheit verlor.« Sie sieht mich traurig an. »Du hast schnell begriffen, dass du auch hinausgehen musstest, wenn du bei ihm sein wolltest. Stundenlang habt ihr Seite an Seite im Garten gearbeitet. Ich glaube, dass er nur deinetwegen überhaupt so lange geblieben ist.«

Ich starre sie fassungslos an, mein Kopf schwirrt ob all der neuen Informationen.

»Ich habe ihn so sehr geliebt, Bea, das musst du mir glauben, aber ich bin einfach nicht mehr zu ihm durchgedrungen. Es gab Momente, da dachte ich, ich hätte einen Durchbruch erzielt, Tage, an denen ich meinen alten Len wiedersah … Aber dann verschwand er wieder hinter einer Mauer, und ich musste allein klarkommen. Und eines Tages verschwand er schließlich endgültig. Er packte seinen Koffer und ging ohne Vorwarnung, ohne eine Nachricht zu hinterlassen. Das Gartentagebuch für dich war alles, was er zurückließ.«

Ich blicke auf den Boden. »Aber du wusstest, dass er nach Cley gezogen war …«, sage ich schließlich.

»Einer seiner Freunde aus der Kirche hat es mir erzählt. Ich bin gleich hingefahren und habe ewig an die Tür geklopft, aber Pater Joe erklärte mir, Len wolle mich nicht sehen. Er bat mich nur, ihm einen Karton mit seinen Sachen zu schicken, was ich getan habe. Als ich eine Woche später wiederkam, war Len fort. Man sagte mir, er habe keine Nachsendeadresse hinterlassen.«

»Warum hast du uns das nicht früher erzählt? Warum hast du so getan, als wäre es deine Entscheidung gewesen?«

»Ich wollte, dass ihr eine Beziehung zu ihm aufbauen könnt, falls er eines Tages zurückkäme. Damit er eine zweite Chance haben kann, der Vater zu sein, der er meiner Ansicht nach hätte sein können. Ich habe ihn so sehr geliebt, Bea …« Ihre Stimme bricht.

Ich starre Loni an, als würde ich sie zum ersten Mal sehen. Nicht als den stets gut gelaunten, beschwingten, geselligen und spirituellen Wirbelwind, sondern als verlassene Frau, die jahrelang alles zusammengehalten hat, als ihre Welt auseinanderfiel.

»Aber ich habe *dir* die Schuld gegeben, Loni. Ich habe dir die Schuld an etwas gegeben, wofür du überhaupt nichts konntest«, stoße ich schließlich hervor.

»Das war mir egal, mein Schatz!« Loni schließt mich in die Arme, und ich lege meinen Kopf an ihre Brust. »Das konnte ich aushalten. Mir war klar, wenn ich mich um dich kümmere und dich jeden einzelnen Tag liebe, würdest du meine Liebe bedingungslos erwidern, auch wenn du mich in manchen Momenten hassen solltest. Aber dein Vater ist für dich immer das Zentrum der Welt gewesen, du hast ihn vergöttert. Ich wollte nicht, dass sich dein Bild von ihm ändert. Len war ein guter Mann und ein toller Vater, aber er war auch krank. Ich wünschte nur, ich hätte ihm helfen können …«

»So, wie du mir geholfen hast«, sage ich leise.

Sie sieht mich an und nimmt meine Hand. Ihre fühlt sich warm an, ich schließe die Finger um sie und denke an meine Jugendjahre und die Zeit mit Anfang zwanzig. An die Stunden, Tage, Monate und Jahre, die ich mit meinen Dämonen gekämpft habe. An die düsteren Gedanken, die mich mitten in der Nacht überkamen und sich an allem festkrallten, was ich nicht an mir mochte. Die mir einredeten, ich sei nicht gut genug für meinen Vater, nicht gut genug für irgendjemanden oder irgendetwas. Ich sei undankbar und nutzlos, mein Leben ohne Sinn. Ich erinnere mich an das Gefühl, unglücklich und unzulänglich zu sein, das dazu führte, dass ich kurz vor meinem Schulabschluss einen schweren Zusammenbruch erlitt und eine Überdosis Paracetamol schluckte. Danach versuchten die Ärzte, mich mit diversen Beruhigungsmitteln und Antidepressiva wieder auf die Spur zu bringen, bevor Loni einen ganzheitlicheren Ansatz forderte. Sie stellte meine Ernährung um und ermunterte mich, Sport zu treiben. Jeden Tag joggte ich mit Cal die Küste entlang. Loni war immer mit dem Wagen in der Nähe, bereit uns abzuholen, sobald ich mich an der frischen Luft glücklich gerannt hatte. Sie brachte mich dazu, mich um ihren Garten zu kümmern – den einzigen Teil unseres Hauses, den sie vernachlässigt hatte, nachdem Dad gegangen war.

Ich bekam einen Studienplatz für Landschaftsarchitektur an der Uni in Norwich. Mein Leben fühlte sich, wenn auch nicht immer glücklich, so doch stabil und ruhig an. Es war, als hätte ich meine Vergangenheit akzeptiert und würde langsam die Zukunft willkommen heißen. Es war kein aufregendes Leben, aber eins, mit dem ich zurechtkam. Es war gut genug.

Dann, zwei Jahre nach Studienbeginn, als ich zweiundzwanzig war und endlich das Gefühl hatte, ich wüsste, wo es langgeht, begegnete ich Kieran und stürzte erneut ab.

Und dann passierte der Unfall.

Ich frage mich jetzt, ob es Dad so ging, als er uns verlassen hat. Als ich zu Loni aufblicke, wird mir auf einmal bewusst, was sie mit mir hat durchmachen müssen. Doch sie hat mich nie aufgegeben. Sie hat nach meinem Zusammenbruch die Scherben aufgesammelt, ebenso nachdem Kieran gegangen war, und auch nachdem ich Adam verlassen hatte. Sie hat mich in ihrem Haus aufgenommen wie in ihrem Schoß und mich immer wieder geheilt.

»Ich kann mir nicht vorstellen, wie schwer es für dich gewesen sein muss, als Dad gegangen ist. Ich … ich wünschte, du hättest das mit uns geteilt.« Dann breche ich in Tränen aus. »Es tut mir so leid, Loni, es tut mir so leid …«

»Schhh, das ist nicht deine Schuld, Liebes. Ich hätte dir die Wahrheit über deinen Vater viel früher sagen sollen. Aber ich … ich wollte es euch Kindern leichter machen. Ich dachte, wenn ihr es wüsstet, wäre alles noch schlimmer. Du warst ihm so ähnlich, doch ich wollte dir die Chance geben, dein eigenes Leben zu leben. Ich wollte nicht, dass du denkst, dein Schicksal sei vorherbestimmt, weil dein Vater so gewesen ist. Jetzt ist mir klar, dass das falsch war.«

Ich möchte Loni sagen, wie selbstlos und wie stark sie gewesen ist. Dass ich nicht weiß, wo ich heute ohne sie wäre.

»Ich weiß, Loni, ich weiß, dass du getan hast, was du für das Richtige hieltst. Ich verstehe, warum du mir nicht die Wahrheit sagen wolltest. Er war krank, und wenn ich das gewusst hätte, als ich selbst krank war, hätte es das nur noch schlimmer gemacht. Aber ich will – nein, *ich muss* ihn finden. Ich glaube nicht, dass ich sonst in meinem Leben vorankomme.«

Sie nickt. »Ich werde dir dabei helfen, Bea. Versprochen.« Sie umfasst mein Gesicht und lehnt ihre Stirn an meine.

Ich lege die Arme um sie und schmiege mein Gesicht an ihren Hals, und wie immer fühle ich mich durch ihre Kraft und ihre Unterstützung gestärkt.

# 58. Kapitel

Es ist Silvester, und ich stehe vor dem Cromer Pier und fühle mich, als würde ich mich auf der Grenze zwischen Vergangenheit und Gegenwart bewegen. Gerade habe ich Milly und ihre wunderhübsche Tochter im Krankenhaus besucht. Nachdem sie eine Woche am Tropf hing und das Bett hüten musste, hat Milly heute um 12:01 Uhr Holly Rose zur Welt gebracht. Fünf Wochen zu früh, aber gesunde fünf Pfund und zweihundert Gramm schwer und ebenso wunderschön und lebhaft wie ihre Mum. Auf dem ersten Bild, das Jay von ihr gemacht hat, zeigt sich ihre Entschlossenheit bereits in den geballten Fäustchen, ihrem schreienden Mund und den ausdrucksstarken Augen. Eine Geburt am Vortag zu einem neuen Jahr – hoffnungsvoller kann ein neues Leben kaum beginnen.

In der Ferne donnert es, als würden Kanonen abgefeuert. Ein Sturm zieht auf, und obwohl es vernünftiger wäre, zu Hause zu bleiben, musste ich nach meinem Besuch bei Milly und Holly heute Abend herkommen. Es ist der einzige Ort meiner Vergangenheit, den ich noch besuchen muss, bevor ich nach vorn schauen kann. Kieran habe ich seit Weihnachten nicht mehr gesehen. Er hat mir ein paarmal gesimst und wollte sich mit mir treffen, aber ich habe diverse Ausreden gefunden. Die vergangene Woche habe ich ausschließlich mit Loni und Cal verbracht, und erst jetzt fühle ich mich bereit, mich dem hier zu stellen. Sie wissen, dass ich hier bin, und sie wissen auch, warum. Keine Geheimnisse mehr.

Ich blicke am Eingang des Piers nach oben. Die Neonlichter

um das *Christmas-Seaside-Special*-Schild sind ausgeschaltet, und die Zwillingstürme flankieren den Steg. In einigen Stunden wird die Stadt voller Menschen sein, die den vom Feuerwerk erleuchteten Pier bestaunen wollen. Doch jetzt sind nur der prasselnde Regen und das Rauschen der Wellen zu hören, die gegen die hohen Pfähle schlagen, durch die der alte Bau vom wütenden Meer getrennt wird. Genau wie in jener tragischen Nacht vor acht Jahren. Ich bin hier, weil ich loslassen muss. Alles. Meine Schuld an Elliots Tod … und auch Kieran. Es ist der richtige Tag, um die Geister der Vergangenheit zur Ruhe zu betten.

Ich trete um die Ufermauer und blicke hinunter auf den Steg. Instinktiv drehe ich mich um und sehe Kieran aus dem Nebel auftauchen. Irgendwie wusste ich, dass ich nicht lange würde auf ihn warten müssen. Er ist in Gedanken versunken, hat den Kopf unter der Kapuze vergraben und starrt auf das Pflaster, als würde er etwas suchen. Oder jemanden. Er hat mich noch nicht bemerkt.

Ich trete vor ihn und berühre seinen Arm. Ängstlich, erwartungsvoll und voller Hoffnung sieht er auf – dann zeichnet sich Enttäuschung auf seinem Gesicht ab, was er jedoch sofort zu verbergen sucht.

»Bea, ich habe nicht damit gerechnet, dich hier zu treffen …« Kieran beugt sich vor, um mich zu küssen.

Schuldbewusst weiche ich aus. Ich will ihm keine falschen Hoffnungen machen.

»Ist alles okay? Ich meine, ich weiß nicht, was seit Weihnachten passiert ist, aber du hast mir gefehlt.«

»Bist du dir da sicher?«, erwidere ich, woraufhin er mich gekränkt und verwirrt ansieht. Ich blicke hinüber zur Ufermauer und spüre, wie er neben mir steht und wartet. »Ich habe viel nachgedacht, Kieran. Ich habe versucht herauszufinden, was uns wieder zueinander hingezogen hat. Und mir ist klar geworden, dass ich all diese Monate die Augen vor der Wahrheit verschlossen habe, weil ich unbedingt wollte, dass es Liebe ist. Weil ich gehofft habe, dass es Liebe ist, und mich darum bemüht habe, dass es sich wie Liebe anfühlt.« Ich wende mich zu ihm um und blicke in seine Augen. »Aber das war keine Liebe, nicht für mich … und ich glaube auch nicht für dich.«

Kieran will protestieren, doch ich hebe die Hand. »Bitte, lass mich ausreden … Es war keine Liebe, Kieran. Es war Schuld. Schuld und Trauer und Reue und Sehnsucht. Wir haben uns aneinandergeklammert, weil wir beide das Gefühl hatten, dass es uns irgendwie näher zu Elliot bringt und unsere Schuld lindert. Denn egal was die anderen sagen, wir beide geben uns immer noch die Verantwortung für seinen Tod.«

»Aber ich habe dir damals schon gesagt, dass dich keine Schuld an seinem Tod trifft, und das hat sich nicht geändert!«

»Ich habe immer zwischen euch gestanden …«, widerspreche ich. »Durch mich hat sich *alles* verändert.«

Er hebt mein Kinn mit dem Zeigefinger an und sieht mir tief in die Augen. »Verstehst du das denn nicht, Bea? Elliot wäre nie erwachsen geworden oder zur Ruhe gekommen. Und bis ich dich kennengelernt habe, ging es mir genauso. *Elliot* ist gesprungen, Bea, *er* ist gesprungen. Du musst aufhören zu glauben, dass du für seinen Tod verantwortlich bist, und endlich begreifen, dass du *mein Leben* gerettet hast.« Er nimmt meine Hand, und ich spüre, wie ein weiteres Stück meines Schmerzes hinaus aufs Meer treibt. »Das ist mir klar geworden, als ich dich in jenem Sommer verlassen habe. Dadurch, dass ich ihn verloren hatte und mit dir zusammen war, habe ich gesehen, dass es eine andere Zukunft für mich gibt als die, die bis dahin vor mir lag. Ich bin so lange weggeblieben, weil ich mir sicher sein wollte, dass ich deiner wert bin. Nicht, weil ich dir die Schuld gegeben habe.«

Als ich ihn ansehe, löst sich die Gegenwart auf, und er steht als der verlorene, leichtsinnige Junge vor mir, als den ich ihn kennengelernt habe.

Inzwischen hat sich der Himmel schwarz gefärbt. Wie eine riesige Schlange windet sich das Meer unter uns und erhebt sich gegen den Steg. Es ist, als würde es spüren, dass wir alte Bekannte sind, eine Beute, auf die es nach acht langen Jahren endlich Anspruch erheben kann. Jedes Heben und Senken seiner Wogen fühlt sich an, als wollte sich das Meer um uns winden, uns hinunterziehen und uns ganz verschlingen, wie es das einst mit Elliot getan hat.

Ich sollte Angst haben, in diesem Sturm hier draußen zu sein, aber ich bin seltsam ruhig. Es scheint mir richtig, als wäre dies alles vorherbestimmt. Dieses Treffen, dieser Augenblick, dieses Wetter – genau wie in jener Nacht. Auf eine seltsame, unheimliche Art ist es perfekt.

Kieran blickt hinaus aufs Meer und spricht mit lauter Stimme gegen Wind und Regen an. »Als ich zur Navy gegangen bin, redete ich mir ein, das sei eine große Sache, mutig und wichtig. Etwas, durch das ich mich meinem Bruder näher fühlen würde. Doch in Wahrheit habe ich nie aufgehört abzudriften. Der einzige Ort, an dem ich mich je sicher verankert gefühlt habe, ist bei dir …« Mit funkelnden Augen tritt er auf mich zu. »Ich liebe dich, Bea. Ich habe dich immer geliebt.«

»Kieran …«, hebe ich an, doch er zieht mich an sich.

»Komm, Bea, hören wir endlich auf das Universum und bleiben zusammen!«

Ein Blitz erhellt seine Augen, und als ich mich umdrehe, schießt sein Lichtstrahl über den Himmel ins Meer, als würde er die Welt in zwei teilen. Gleich darauf zuckt ein weiterer Blitz wie die Zunge einer Schlange herab.

»Nein, Kieran«, widerspreche ich und lege die Hand an

seine Brust, während sich der Nebel langsam lichtet und die Welt erneut eins wird.

Kieran legt den Kopf in den Nacken und blickt hinauf zu den Sternen, dann aufs Meer, das ihm den Bruder genommen hat.

»Wir waren damals noch Kinder«, erkläre ich. »Dumme Kinder, die zuerst etwas Wundervolles und dann etwas Schreckliches gemeinsam erlebt haben. Du vermisst nicht mich, Kieran. Du bist nicht meinetwegen zurückgekommen. Und ich glaube, du weißt das …«

»Weißt du eigentlich, wie sehr ich ihn vermisse, Bea«, sagt er ruhig. »Jeden einzelnen Tag. Es fühlt sich an, als würde ein Stück von mir selbst fehlen, und egal was ich mache oder wohin ich auch gehe, ich finde dieses fehlende Stück nicht. Ich dachte, wenn du und ich zusammen wären, dann würde das, was in jener Nacht passiert ist, zumindest einen Sinn ergeben. Aber es war alles umsonst.«

Ich nehme ihn fest in den Arm und lege den Kopf an seine Schulter.

»Ich möchte so gern die Zeit zurückdrehen, Bea. Jenen Moment noch einmal durchleben. Zurückspulen und alles anders machen, andere Entscheidungen treffen. Verstehst du?«

Ja, ich verstehe.

Ruhe hat sich über das Meer und über uns gelegt. Keiner von uns wird je über Elliots Tod hinwegkommen. Wir werden uns immer schuldig fühlen, aber wenn wir zusammen wären, würde es das nur noch schlimmer machen. Ich küsse Kieran auf die Wange. Dies ist ein Abschied, das ist uns beiden klar.

»Kommst du zurecht?«, frage ich und trete einen Schritt zurück.

»Ich bleibe noch ein bisschen hier«, sagt er. Seine Stimme klingt leise, entfernt, als wäre er bereits weit weg.

Ist er eigentlich je richtig hier gewesen? Körperlich vielleicht, aber nicht mit seiner Seele. Die hat er in jener Nacht verloren, als er seinen Bruder verlor.

Mit seinem Bruder wollte er all die Jahre zusammen sein, nicht mit mir.

Und ich möchte jetzt mit Adam zusammen sein.

Es ist immer Adam gewesen.

## Januar

Liebe Bea,
ein neues Jahr liegt vor uns. Trotz der kahlen Zweige an den Bäumen schimmern die Spitzen der Frühlingsknospen im frostigen Sonnenlicht und künden von neuem Leben. Die Winterbeeren an den Sträuchern sind von einer Eisschicht umschlossen und sehen aus wie glasierte Früchte. Ein Teppich aus frühen Schneeglöckchen bedeckt die Erde, sie neigen ihre weißen, nach Honig duftenden Köpfchen wie Bräute vor dem Altar. Vielleicht reicht das nicht, um dich aus der angenehmen Wärme des Hauses zu locken, doch das ist in Ordnung. Genauso wie wir diese Zeit nutzen, um über das vergangene Jahr nachzudenken und Vorsätze für das bevorstehende zu fassen, sollten wir auch über unseren Garten nachdenken. Vielleicht wollen wir große Veränderungen vornehmen, beispielsweise Beete neu anlegen oder Teile, die seit Jahren zum Garten gehören und ihn dominieren, entfernen. Manchmal ist so eine Veränderung längst überfällig ...

Solltest du dich zu solchen Veränderungen entschließen, findest du es womöglich schwierig, durch den winterlichen Nebel klar zu sehen. Es hat Zeiten gegeben, da hatte ich das Gefühl, alles wäre so dunkel, dass mein Leben für immer farblos bleiben würde. Es ist verlockend, sich zurückzuziehen und vor der Welt zu verstecken, bis man die ersten Sonnenstrahlen wiedersieht. Aber wenn du dem schlechten Wetter trotzt und das Gefühl hast, der unerbittlich brausende Wind würde dich über die Klippe stoßen, vertraue darauf, dass immer etwas oder jemand da sein wird, der dich in deinem Fall auffängt.

In Liebe, Dad

# 59. Kapitel

Bea Hudson blickt zurück und denkt voraus. Möge dieses Jahr meinen Lieben Hoffnung, Gesundheit und Glück bringen.

29 »Gefällt mir«-Angaben.

Der Neujahrstag bei den Hudsons ist genau wie immer – überambitioniert, überkandidelt, überladen, was Angebot und Ausstattung angeht, und zugleich arm an Atmosphäre und Herzlichkeit. Der Speisesaal ist dunkel und still. Wir sitzen zu viert um einen riesigen Tisch, der mit dem besten Silber und Porzellan sowie mit großen Zweigen stacheligen Grünzeugs gedeckt ist. In der Ecke steht ein Weihnachtsbaum, der eher wie ein Kunstwerk als wie ein Stück Natur wirkt. Über der Tischmitte hängt gefährlich tief ein Kronleuchter, in dem sich hundertfach unsere Gesichter spiegeln, als bemühte er sich verzweifelt, uns das Gefühl zu geben, wir vier seien in dem riesigen Speisesaal nicht allein. Ich wollte unbedingt, dass dieser Tag glücklich verläuft und das neue Jahr verheißungsvoll beginnt. Weihnachten war … enttäuschend. An Heiligabend arbeitete Adam so lange, dass wir es nicht zu Lonis traditionellem Familienfest schafften. Er meinte, ich solle allein hinfahren. Da er nur zwei Tage freihatte, scheute er die lange Autofahrt, aber ich konnte mir nicht vorstellen, ohne ihn dort zu sein. Ich bin seit unserer Hochzeit nicht mehr nach Norfolk gefahren, weil ich noch immer Angst davor habe, Kieran zu begegnen.

Egal wie sehr ich mich bemühe, ich kann nicht vergessen, dass er auf meiner Hochzeit aufgekreuzt ist oder mir diese Facebook-Nachricht geschickt hat. Außerdem wollte ich nicht von Adam getrennt sein, wenn ich ihn das ganze Jahr über schon kaum sehe. Also blieben wir zu Hause. Nur wir zwei. Mit unserem kleinen Weihnachtsbaum, den wir in letzter Minute erstanden hatten, und unseren großzügigen Geschenken, durch die wir auszugleichen versuchten, was in unserer Ehe fehlt. Den Tag darauf verbrachten wir mir Shopping, weil wir dadurch etwas zu tun hatten und nicht in der Wohnung hocken und versuchen mussten, die Risse unserer Beziehung mit festlichem Geschenkpapier zu verhüllen.

Und jetzt sitzen wir hier.

Ich betrachte den riesigen Truthahn in der Tischmitte und das elegante Drumherum und lausche unserem Schweigen. Einen Augenblick überkommt mich heftige Sehnsucht nach Lonis Haus. Ja, Loni ist anders, ja, unsere Familientreffen sind etwas unkonventionell, aber zumindest geht es lustig und locker zu – und wir sind fröhlich. Loni verwendet stets ihre gesamte Energie darauf, Menschen glücklich zu machen – einschließlich mich. Für sie ist das ihr Lebenswerk.

Komischerweise fällt mir jetzt auf, dass ich sie nie gefragt habe, ob sie selbst eigentlich glücklich ist.

Und jetzt feiere ich hier mit meiner neuen Familie, der vorbildlichen, perfekten Familie, die ich mir immer gewünscht habe. Nur dass sie nicht ganz so perfekt ist. Langsam denke ich, dass es so etwas gar nicht gibt.

»Wir danken dem Herrn für das, was er uns bescheret hat …«, setzt Marion fromm zum Tischgebet an.

Ich bin nicht gläubig, aber ich schließe die Augen und denke an Loni und Cal und spreche ein stummes

Dankgebet. Dann schwöre ich mir, nach Hause zu fahren und sie zu besuchen.

Adams Mutter klatscht in die Hände und lächelt. »Es ist bei uns üblich, dass George vor dem Neujahrsessen ein paar Worte sagt. George?«

»Danke, Marion, in der Tat möchte ich zur Feier des Tages mit ein paar ausgewählten Worten das vergangene Jahr würdigen.« Marion nickt und richtet ihr Halstuch, während George aufsteht, uns alle anblickt, sich räuspert, dann sein Glas erhebt und bellt: »Hoch die Tassen!«

Ich unterdrücke ein Lachen, während Marion ihn wütend anfunkelt. »Ist das alles? Im Ernst, George! Das ist alles, was dir zu dem Jahr einfällt, in dem sich für unseren einzigen Sohn etwas so Wundervolles und Einschneidendes ereignet hat, indem er« – Adam nimmt meine Hand, als wolle er bestätigen, was Marion gleich sagen will – »Geschäftsführer geworden ist?«

Ich lächle weiter und warte, dass sie mich … *uns,* unsere Hochzeit erwähnt.

Was sie nicht tut.

»Herrgott, Marion, können wir jetzt einfach essen?« George füllt sein Glas nach, leert es zur Hälfte und steht auf, um den Vogel zu tranchieren, wobei wir ihm stillschweigend zusehen.

Sehnsüchtig denke ich an Lonis Neujahrs-Tranchierritual. Jeder um den Tisch schneidet ein Stück Braten ab und spricht dabei für seinen Tischnachbarn einen Wunsch aus. Erst jetzt wird mir klar, was das für eine wundervolle Art ist, zwischen allen eine Verbindung zu schaffen und so ein Essen zu beginnen.

»Also Adam«, sagt Marion. »Erzähl uns doch, was bei der Arbeit …«

»Sollen wir uns nicht erst jeder etwas wünschen?«, unterbreche ich mit strahlendem Lächeln, woraufhin mich alle verständnislos ansehen. »Nicht? Okay, dann vielleicht Knallbonbons?«, schlage ich unsicher vor und nehme ein edles Modell in die Hand. Ich will unbedingt etwas Lärm machen, die Unterhaltung auflockern, sie alle ermuntern, aus ihrer Starre auszubrechen.

Ich blicke zu Adam und wedle mit dem Knallbonbon vor seiner Nase herum. Da er jedoch nicht darauf reagiert, lege ich es zurück auf den Tisch, hebe mein Glas und nehme einen großen Schluck. Wenn ich George schon nicht schlagen kann, kann ich mich ihm genauso gut anschließen.

Nach dem Mittagessen ziehen wir uns mit Brandys in einen Raum zurück, den Marion als »Salon« bezeichnet, was seltsam ist, weil sie a) keine Franzosen sind und b) dort weder ein Waschbecken noch andere Utensilien an einen Friseursalon erinnern. Abgesehen von seinem Namen ist es ein überraschend gemütlicher Raum. Dort fühle ich mich am wohlsten. Es gibt einen großen offenen Kamin, in dem ein paar Holzscheite fröhlich vor sich hin knistern und der mich an zu Hause erinnert. Als Marion sich zu mir aufs Sofa setzt, fällt mir auf, dass Adam und ich zwar beide aus einer Dreierfamilie stammen, seine jedoch deutlich kleiner wirkt als meine.

»Nun, Bea«, sagt Marion im Plauderton, schlägt die Beine übereinander und legt den Kopf schief, um Interesse zu bekunden. »Erzähl doch mal, so von Frau zu Frau. Vermisst du Adam nicht ganz schrecklich, wenn er unterwegs ist?«

Ich nehme einen Schluck von meinem Brandy. Er brennt in meinem Hals. »Natürlich vermisse ich ihn«, erwidere ich heiser. »Jeden Tag. Aber ich weiß ja, dass es nicht für lange …«

»Oh!« Marion klatscht in die Hände und lächelt mich an, schafft es jedoch erstaunlicherweise, dabei nicht besonders vergnügt auszusehen. »Dann freust du dich also darauf, in euer neues Heim nach New York zu ziehen?«

Plötzlich schrumpft das Zimmer, die Unterhaltung erstirbt, und die Welt scheint sich in Zeitlupe zu bewegen.

»Mum!«, ruft Adam aus. »Das habe ich Bea noch nicht erzählt!« Er schießt auf dem Sofa nach vorn und streckt mir die Hand entgegen wie ein Polizist, der sich bemüht, einen Selbstmörder, der sich gerade aus dem Fenster stürzen will, zurück in die Wohnung zu locken. »Bea, ich wollte es dir in einer ruhigen Minute sagen, aber ich hatte noch keine Gelegenheit …«

Marion verschränkt die Arme und blickt uns an, als würde sie sich darauf einstellen, ein Tennisspiel zu verfolgen.

Adam starrt sie wütend an. »Könnten wir bitte einen Moment allein sein?«

»Oh, aber vielleicht können wir dir ja helfen, dieses kleine Missverständnis aufzuklären.« Sie legt Adam eine Hand auf den Arm, die dieser jedoch sofort wegstößt.

»Ich glaube, du hast schon genug getan«, entgegnet er warnend.

»Ich versuche doch nur zu helfen …«

»Würdest du bitte aufhören, dich einzumischen!«

So habe ich Adam noch nie mit seiner Mutter sprechen hören. George hat den Raum bereits verlassen, doch Marion steht noch immer mit offenem Mund da.

»Oh, wie überaus reizend! Tja, Adam, wenn du die klugen Ratschläge deiner Eltern nicht hören willst, die dir nichts als Liebe gegeben und dich bislang vorbildlich durchs Leben geführt haben, ist das vollkommen in Ordnung.« Mit diesen Worten stolziert sie hinaus.

Adam zittert, ich würde gern zu ihm gehen, kann mich jedoch nicht rühren. Ich stehe unter Schock.

Als wir allein sind, senkt sich Stille über den Raum.

»Na, das ist ja prima gelaufen«, murmelt er. Dann sieht er mich an. »Bea, es tut mir so leid. Ich schwöre, ich wollte es dir erzählen …«, sagt er und tritt auf mich zu.

»Erzählen. Das ist in diesem Zusammenhang ein interessantes Wort«, erwidere ich ruhig. »Wann genau wolltest du es mir denn *erzählen,* Adam? Denn *fragen* wolltest du mich ja ganz offensichtlich nicht.«

»Ich habe nur auf den richtigen Zeitpunkt gewartet.«

»Wie lange weißt du es schon?«, will ich wissen.

Er antwortet nicht sofort, reibt sich die Stirn und lässt sich aufs Sofa fallen. »Nicht lange.«

»Wie lange?« Ich klinge ganz ruhig, obwohl ich innerlich brodle wie ein Vulkan.

»Als Dad mich zum Geschäftsführer ernannt hat, hat er mir gesagt, dass diese Aufgabe mit einem Umzug verknüpft sei.«

Ungläubig starre ich ihn an, doch er weicht meinem Blick aus. »Das ist ein halbes Jahr her! Warum hast du mir das damals nicht gleich gesagt?«

Er sieht mich noch immer nicht an, er kann nicht. Seine grauen Augen sind auf den Boden fixiert. »Ich wollte dich nicht unnötig beunruhigen. Ich dachte, je weniger Zeit du hättest, darüber nachzudenken, desto leichter wäre es für dich. Ich weiß doch, wie ängstlich du bist.«

»Und *wann* wolltest du es mir sagen?«, hake ich nach und klinge nun deutlich gereizt.

Einen Augenblick rührt er sich nicht, dann zieht er einen Geschenkumschlag aus der Tasche, auf dem mein Name steht. Er reicht ihn mir, und ich blicke ihn an, bevor ich wütend den Umschlag aufreiße und zwei Flugtickets für den 5. Januar heraushole.

»Vier Tage?«, sage ich leise, und meine Stimme bebt. »Du wolltest mir vier Tage geben, um mein Leben hier komplett aufzulösen und in ein anderes Land umzuziehen? Um den ersten Job aufzugeben, der mich glücklich macht? Um mich von meiner Familie und meinen Freunden zu verabschieden? Und inwiefern dachtest du, würde es mir das leichter machen?«

»Ich hab nicht gedacht, dass es leicht würde.« Adam sieht mich mit flehendem Blick an. »Aber mir war klar, dass du anders damit nicht zurechtkommen würdest. Ich wusste, du würdest dich weigern wegzugehen. Du hast noch nie gern Entscheidungen getroffen, du konntest noch nie mit Veränderungen umgehen. Unsere Beziehung hat immer funktioniert, weil ich alles organisiert, weil ich die Entscheidungen getroffen habe und dich dann mit den Tatsachen …«

»Genauso, wie du dafür gesorgt hast, dass mein derzeitiger Job mir in den Schoß fällt?« Das ist ein böser Seitenhieb, und Adam blickt mich vorwurfsvoll an. Doch dahinter sehe ich, dass er am Boden zerstört ist. Habe ich ihm das angetan?

»Ich wollte dich immer nur glücklich machen, Bea«, sagt er resigniert. »Du weißt, dass ich alles für dich tun würde, aber manchmal liegt es nicht in meiner Hand, weil ich keine *Wahl* habe.« Er schlägt mit der Faust auf die Sofalehne, legt sie dann an die Stirn und schließt die Augen. »Ich *muss* nach New York ziehen. Dad hat mir deutlich gemacht, dass ich sonst aus dem Job und aus der Firma fliege und seine Gunst verliere.« Beunruhigt fährt er fort: »Ich dachte, es würde uns guttun, Bea. Ein Neuanfang …«

Einen Augenblick wirkt er so durcheinander und aufgelöst, so ungewöhnlich verletzlich, dass ich mich in seine Arme schmiegen und ihm sagen möchte, dass ich ihm vertraue und mit ihm bis ans Ende der Welt gehe. Aber das kann ich nicht. Offenbar hat er gemerkt, dass ich schwanke, denn er steht vom Sofa auf.

»Es würde dir dort drüben gefallen, Bea. Da bin ich mir sicher«, lockt er und kommt mit ausgestreckten Armen auf mich zu. »Ich weiß doch, wie sehr du Milly vermisst, und ich weiß auch, wie viele neue Möglichkeiten sich dort für dich auftun werden …«

Nun hat der »Business-Adam« die Führung übernommen, der Typ, der es gewohnt ist, Probleme zu lösen, Menschen zu führen, kreative Entscheidungen zu treffen, Leuten ein Produkt zu verkaufen. Jetzt merke ich, wie viel Business-Adam ich in letzter Zeit zu Hause gehabt habe, und mir wird klar, dass ich diesen Adam nicht sonderlich mag.

»Die Stadt würde dir gefallen«, fährt er übergangslos fort. Es ist, als wäre er bei einer seiner Präsentationen. »Der Central Park … Es gibt sogar ein Greenwich Village, Bea! Du hast immer gesagt, dass du es vermisst, dort zu wohnen – jetzt kannst du das wieder tun, nur dass es in New York liegt! Und sei mal ehrlich, was hält dich denn hier?«

»Wie wäre es mit meiner *Arbeit*?« Ich blicke ihn ungläubig an. Da er das Problem anscheinend nicht versteht, wächst meine Verzweiflung. Er versteht nicht, dass ich nicht einfach auf und davon gehen kann. Ich will nicht …

»Du kannst doch dieselbe Arbeit in New York machen!«, ruft er aus. »Du kannst dort im neuen Büro arbeiten. Ich könnte mit James reden und ihn fragen, ob du von dort aus an dem Projekt weiterarbeiten kannst …«

»Hör auf, alles kontrollieren zu wollen!«, schreie ich, und er weicht wie von einer Kanonenkugel getroffen zurück. Ich drücke die Finger an meine Schläfen, um meine Ängste zu beruhigen. »HÖR AUF!« Ich breche in Tränen aus. »Du meinst, du könntest alles steuern, oder? Du hast gedacht, du könntest mich steuern? Tja, das kannst du aber nicht! Warum gehst du denn nicht einfach? Geh doch nach New York, hau ab, wie alle anderen auch! Es sieht aus, als hättest du seit unserer Hochzeit zielstrebig darauf hingearbeitet.« Er kommt auf mich zu und will mich in die Arme nehmen, doch ich stoße ihn zurück wie so oft in den letzten Jahren. Die Mauer ist wieder errichtet, und die Ängste, die ich so hartnäckig ignoriert habe, stürzen auf mich ein. Ich wusste, dass ich es nicht verdiene, glücklich zu sein.

Adam weicht zurück, tritt zum Kamin und lehnt die Stirn gegen die Wand. »Ich versuche nicht, dich zu steuern, Bea«, sagt er leise. »Ich liebe dich. Aber ich … ich weiß auch, was du durchgemacht hast … mit, du weißt schon, deiner … Krankheit. Und dass du Angst hast. Nein, dass du starr vor Angst bist, wenn es darum geht, ein Risiko einzugehen und ins Ungewisse zu springen. Aber ich bin für dich da, Bea. Ich werde immer für dich da sein … egal, wie sehr du auch versuchst, mich zurückzustoßen.«

Er verstummt, und ich schließe die Augen und atme tief ein, wie Loni es mir beigebracht hat. Ich versuche, meine Panik und meine Verwirrung unter Kontrolle zu bekommen. Alles um mich herum bricht zusammen. Alles, was ich meinte mir aufgebaut zu haben. Erneut stehe ich am Rand jenes Piers und möchte in den eiskalten Fluten verschwinden. Ich öffne die Augen und blicke Adam an, als würde ich ihn zum ersten Mal sehen.

»Ich lasse dich nicht im Stich.« Adam kommt auf mich zu und streckt erneut die Hand nach mir aus. »Du kannst mir vertrauen.«

Ich hebe die Hände, um ihn aufzuhalten. »Das ist das Problem, Adam. Ich habe mich die letzten sieben Jahre bemüht, so zu tun, als würde ich nicht glauben, dass du mich eines Tages verlässt. Und es ist so unglaublich anstrengend.« Ich denke daran, wie sehr ich mich bemüht habe, mich nicht in ihn zu verlieben, nicht mit ihm zusammenzuziehen, ihn nicht zu heiraten. Jedes Mal wenn ich wieder einen Schritt getan hatte, hoffte ich, das würde meine Unsicherheit vertreiben. Aber es klappte nicht. Ich weiß, dass Adam ein guter Mensch ist und dass er mich nicht absichtlich verletzen würde. Aber jeder Mann, den ich geliebt habe, hat mich verlassen. Es ist nur eine Frage der Zeit, bis Adam es auch tut. Es ist so sicher, wie die Blätter im Herbst von den Bäumen fallen.

»Ich bin nicht wie dein Dad, Bea«, sagt er vorwurfsvoll.

»Nein«, bestätige ich, doch dann kommt mir ein anderer Gedanke. »Aber ich vielleicht.«

Langsam wächst die Sicherheit in mir, während sich mein Herz zusammenzieht und schrumpelt wie die Haut, wenn man zu lange im Wasser war. Dann weiche ich von dem Rand zurück, an dem ich so lange gestanden habe.

Es liegt nicht an Adam, es liegt an mir.

Erneut tritt er auf mich zu. »Ich weiß, dass du Angst hast. Dass es dir schwerfällt, Entscheidungen zu treffen, einen Schritt voranzugehen, aber das ist okay. Ich bin da, Bea. Ich bin da, und ich will dich glücklich machen. Ich weiß, dass ich dich glücklich machen kann«, erklärt er entschieden. »Wenn du mich nur lässt.«

»Nein, Adam«, sage ich tonlos. Ich fühle mich leicht, als würde ich über diesen Augenblick hinwegschweben – die Schwerelosigkeit vor dem Aufprall. »Du weißt nicht, was du willst. Jeder einzelne Schritt in deinem Leben ist bislang davon bestimmt gewesen, was deine Eltern für dich wollten. Du bist mit deiner Arbeit verheiratet, nicht mit mir.« Ich halte inne, hole tief Luft und gehe in Richtung Tür.

Bei jedem Schritt zwinge ich mich, mich nicht umzudrehen. Ich habe das Gefühl, gegen den Strom anzuschwimmen, und egal, wie sehr ich paddle, ich werde immer wieder von der Strömung zurückgezogen. Aber ich weiß, dass ich weitermachen muss. Als ich endlich die Tür erreiche, klammere ich mich an den Knauf, als würde ich mich am Ufer festkrallen, während die Wellen weiter an mir zerren. Ich muss loslassen. Ich muss ihn gehen lassen.

»Das ist nicht das Leben, das ich führen will, Adam. Und weißt du was? Ich glaube, du willst dein Leben eigentlich auch nicht mit mir teilen. Meinst du nicht, dass du sonst härter an uns gearbeitet hättest?« Ich hebe die Hand. »Sag nichts. Ich weiß, dass du es nicht zugeben wirst, weil du nicht wahrhaben willst, dass die einzige Entscheidung, die du selbst getroffen hast, falsch war. Dort draußen hat ein anderes Leben auf dich gewartet, in dem du hättest glücklich werden können. Ein Leben mit einer *anderen* Frau …«

Adam schüttelt den Kopf, Tränen steigen ihm in die Augen. »Wenn du das wirklich denkst, Bea, dann kennst du mich überhaupt nicht.« Er stützt sich mit der Hand an der Wand ab und senkt den Kopf. An seinem Finger glänzt sein Ehering, der plötzlich überhaupt nicht zu ihm zu passen scheint. Als hätte er nie dorthin gehört.

»Und darum muss ich gehen«, erwidere ich. »Es tut mir leid, Adam, aber ich kann das nicht mehr.«

Als ich aus der Tür verschwinde, blicke ich mich nicht noch einmal um.

Ich kann nicht. Es würde zu sehr wehtun.

# 60. Kapitel

Als ich im Taxi zurück nach London rase, hole ich mein Handy aus der Tasche. Es gibt nur eine Person, mit der ich jetzt reden will. Einen Menschen, dessen Rat ich in dieser Situation brauche. Ich scrolle durch mein Telefonbuch bis zum L und drücke die Anruftaste.

»Hallo, hier spricht Loni Bishop. Frohes neues Jahr!«

»Loni?«, sage ich, und meine Stimme bricht, bevor ich anfange, haltlos zu schluchzen.

»Bea? Was ist los? Ist es wegen dieser Marion? Was hat sie diesmal gesagt? Ich schwöre, wenn sie …«

»E…es ist nicht wegen Marion«, stammle ich, »sondern meinetwegen. I…ich habe Adam verlassen.«

»Ach, Liebes … wo bist du?«

»In einem Taxi auf dem Weg zurück in unsere Wohnung. Ich packe ein paar Sachen und habe mich gefragt, ob … ob ich nach Hause kommen kann?«

Als ich die Wohnung betrete, wirkt diese kalt und fremd. Es kommt mir vor, als wäre ich monatelang weg gewesen, obwohl wir erst heute Morgen zu Adams Eltern aufgebrochen sind. *War das wirklich erst heute Morgen?* Nach Loni habe ich Milly angerufen. Sie schien die Neuigkeit ziemlich schlecht aufzunehmen. Als ich ihr erzählte, was ich getan habe, schrie sie auf, als hätte sie Schmerzen. Ich wusste zwar, dass sie Adam und mich mag, aber ihre Reaktion schien mir doch ein bisschen übertrieben. Erst als ich hörte, wie Jay offenbar einem Taxifahrer zurief:

»Ins Krankenhaus bitte!«, begriff ich, dass sie gerade in den Wehen lag und dass sich das Baby fünf Wochen zu früh ankündigte. Ich machte mir große Sorgen, dass ich ihr möglicherweise noch mehr Stress bereitet hatte.

»Bitte vergiss Adam und mich. Denk nur an dich und das Baby. Wir kriegen das schon hin. Ich bin mir sicher, dass wir …«

»Besser ist es«, keuchte sie. »Oder du musst mir und diesem Baby Rechenschaft ablegen. Ihr zwei seid unsere erste Wahl als Paten … Ich ruf dich an.« Und mit diesen Worten legte meine beste Freundin auf.

Ich lasse meine Tasche auf den Boden fallen und sinke daneben, ich kann weder das Gewicht meines Körpers länger tragen noch das, was ich gerade getan habe. Ich fühle mich so fern von allen, so allein.

Als ich die schlichte Hightech-Einrichtung betrachte, komme ich mir auf einmal wie in einem Hotelzimmer vor. Nichts scheint mir vertraut. Es ist, als hätte ich in den letzten sieben Jahren ausgiebig Ferien an einem Ort gemacht, an dem ich eigentlich nicht lange hatte bleiben wollen. Sicher, es ist wunderschön, luxuriös, aber es ist nicht meins.

Apathisch stehe ich auf und schlurfe zum Sideboard im Wohnzimmer. Darauf stehen zwei gerahmte Fotos, eins zeigt Adam und mich vor ein paar Jahren an seinem dreißigsten Geburtstag. Er trägt einen Abendanzug und lacht über etwas, was ich gesagt habe. Wie glücklich wir aussehen. Ich hebe es auf und streiche mit dem Finger über sein Gesicht. Dabei spüre ich einen grausam brennenden Stich in meinem Bauch – Scham und Bedauern. Er schmerzt so heftig, dass ich mich zusammenkrümme. Ich vermisse Adam. Ich will nicht ohne ihn hier sein, und ich kann den Gedanken nicht ertragen, ihn nicht mehr zu sehen, ihn nicht zu halten, nicht mehr mit ihm zu sprechen, ihn nicht mehr zu lieben. Ich weiß, dass er mich nicht verletzen wollte. Er hat getan, was er immer getan hat – er hat Entscheidungen getroffen, von denen er meinte, sie wären das Beste für uns beide, weil ich schon seit langer Zeit nicht mehr dazu in der Lage war. Es überrascht mich, dass er überhaupt so lange bei mir geblieben ist. »Es tut mir leid«, flüstere ich dem Bild zu. »Es tut mir so schrecklich leid.«

Ich gehe ins Schlafzimmer und werfe ein paar Klamotten sowie eine Handvoll Bücher und CDs in einen Koffer. Als ich problemlos meine weltlichen Besitztümer darin verstaue, wird mir bewusst, dass ich nichts besitze, was man nicht transportieren kann. Habe ich die ganze Zeit auf diesen Moment gewartet? Darauf wegzulaufen genau wie mein Vater?

Ich gehe zurück ins Wohnzimmer und sehe mich ein letztes Mal um. Dabei nehme ich aus dem Augenwinkel den Ausgang zur Feuertreppe wahr. Ich weiß, ich sollte nicht hinaufgehen, doch ebenso wie ich den Drang verspüre zu fliehen, empfinde ich das gegenteilige Bedürfnis zu bleiben. Ich wende mich der Treppe zu. Ich möchte nach oben gehen und einen letzten Blick von der Dachterrasse werfen, aber wenn ich das tue, schaffe ich es nie, hier wegzukommen. Ich kann nicht so weitermachen wie bisher und so tun, als wäre alles okay. Seit dem Sturz in der Kirche habe ich verzweifelt versucht, mir ein neues Leben einzurichten, und alles, was vorher gewesen ist, zu vergessen – meine Krankheit, meine Unsicherheiten, mein Bedürfnis, meinen Vater zu suchen, und meine Fehler. Aber ich habe es satt, mich vor meiner Vergangenheit zu verstecken, satt, mich schuldig zu fühlen und zu glauben, dass jeder, der mich liebt, mich verlassen wird. Ich bin es leid, nicht zu wissen, was ich mit meinem Leben anfangen soll.

Ich muss mich dem stellen, wovor ich so lange davongelaufen bin.

Ich muss nach Hause fahren.

# 61. Kapitel

Ich blicke aus dem Autofenster in die gähnende Dunkelheit der Norfolker Landschaft und bin überzeugt davon, das Meer rufen und die Marsch seufzen zu hören. Cal hat mich mit seinem Wagen in London abgeholt. Nur knapp zwei Stunden, nachdem ich Loni angerufen hatte, war er da, und wir machten uns umgehend auf den Weg. Ich habe versucht, ihm zu sagen, wie dankbar ich bin, dass er und Loni immer für mich da gewesen sind, und wie leid es mir tut, dass ich sie vernachlässigt habe. Er hat mich jedoch nicht ausreden lassen. Was gut war, weil ich viel zu sehr weinen musste, um sprechen zu können.

»Mein Superheld«, war alles, was ich hervorbrachte.

»Du hast dich meine ganze Kindheit über um mich gekümmert, Bea«, sagte er mit erstickter Stimme. »Ich bin nur froh, dass du noch immer in meinem Leben bist.« Er blinzelte schnell, dann streckte er die Hand aus und drückte meine. »Ich hab dich lieb, Bea. Wir wollen alle nur, dass du glücklich bist.«

Ich blicke hinauf zum Mond und denke, dass er wie eine Uhr endlos um die Erde kreist. Ich habe sehr lange so getan, als würde mein Leben ganz normal verlaufen, doch jetzt halte ich das stetig lauter werdende *Tick, Tick, Tick* der Zeit nicht mehr aus. Zum Glück werde ich schon bald in Lonis gemütlichem, sicherem, warmem Haus sein. Dort verschwindet die übrige Welt in der Dunkelheit, wo sie weitertickt, während sich mein eigenes Leben immer mehr verlangsamt, bis es ganz stillsteht.

Wir sind nur noch zehn Minuten von Norfolk entfernt, und ich spüre, wie ich innerlich zur Ruhe komme und die Situation akzeptiere. Ich gehöre nach Norfolk, hier habe ich immer hingehört, hier ist das Leben langsam und die Erwartungen niedrig. Hier kann ich meilenweit allein spazieren gehen, ohne eine einzige Entscheidung treffen zu müssen. Nicht wie in London, wo ich ständig allen und auch mir zu beweisen versuche, dass ich anders bin, als ich eigentlich bin. Wo ich vorgebe, dass ich zurechtkomme, nur damit alle zufrieden sind. Eine Weile hat das funktioniert. Mit meinen schicken Klamotten, meinen hochhackigen Schuhen, mit meiner glücklichen Ehe und meinem Traumjob ist es mir gelungen, den Eindruck eines gut funktionierenden Menschen zu vermitteln. Aber all das war nur Fassade. Es konnte nicht von Dauer sein, weil nichts von Dauer ist, bis ich mich meiner Vergangenheit gestellt habe.

Das Radio spielt leise den Countdown der größten Hits des letzten Jahres. Gedankenverloren google ich auf meinem Smartphone »Countdown« und bleibe an einem Zitat hängen: *Countdown – das willkürliche Durchleben vergangener Ereignisse, während die Zeit immer weiterläuft.*

Irgendwo in meinem Kopf macht es plötzlich klick. Genau das ist es. Das muss ich tun.

»Bieg nach links ab!«, rufe ich unvermittelt, als ich ein Schild erblicke. Die Uhr tickt lauter.

»Was? Warum?«, fragt Cal verwirrt.

»Bitte tu es einfach«, flehe ich. »Ich muss einen Umweg machen. Bitte, Cal. Jetzt!«

Er setzt den Blinker, und das *Tick, Tick, Tick* in meinem Kopf hört sich an wie mein ganz persönlicher Countdown. Ich starre auf die Straße vor mir.

Sie wird mich ganz zurückbringen.

# 62. Kapitel

»Was tun wir hier?« Cal hält am Meer und blickt auf den Pavillon und die Promenade vor uns. Die Sorge steht ihm deutlich im Gesicht geschrieben.

Es ist neun Uhr abends, und in Cromer herrscht unheimliche Stille, eine Geisterstadt nach der Hektik und Aufregung der gestrigen Silvesternacht.

»Ich wollte nur ein Stück allein gehen«, antworte ich leichthin, öffne die Wagentür und atme die frische Seeluft ein. »Ist das in Ordnung?«

»Ich weiß nicht, Bea«, sagt Cal. In dem grellen Licht des Wagens wirkt sein Gesicht angespannt. »Du wirst doch nicht …«

»Etwa Dummes anstellen?« Ich schüttle den Kopf und lächle auf, wie ich hoffe, überzeugende Weise. »Natürlich nicht. Ich bin doch kein Kind mehr, Cal.«

Er sieht mir in die Augen. »Ich komme mit.« Er löst den Sicherheitsgurt und macht sich daran, die Tür zu öffnen. »Ich will nicht, dass du allein bist.«

Ich lege ihm die Hand auf den Arm. »Nein, bitte, Cal. Das muss ich allein tun.«

Er starrt mich einen Augenblick an, seine strahlend blauen Augen sind voller Angst und Zweifel, dann wendet er den Blick ab und nimmt die Hand vom Türgriff. »Okay, du kannst allein gehen, aber ich werde bleiben und dich von hier aus beobachten, okay?« Er verschränkt entschlossen die Arme, und in diesem Augenblick sehe ich das ernste, verantwortungsvolle und dickköpfige Kind von früher.

Ich nicke, beuge mich zu ihm und gebe ihm einen Kuss auf die Wange, bevor ich aussteige und die Tür hinter mir zuschlage.

Auf dem Weg zum Pier, wo ein riesiger Kompass als kunstvolles Mosaik in den Boden eingearbeitet ist, raubt mir der Wind den Atem. Ich zittere und ziehe den dünnen Mantel fest um meinen Körper. Ist das der richtige Tag, um Geister zur Ruhe zu betten? Seit acht Jahren bin ich nicht mehr hier gewesen, doch zugleich habe ich das Gefühl, es wäre erst gestern gewesen. Ich höre das Echo meiner Vergangenheit in meinen Ohren pfeifen und sehe überall schattenhafte Bilder von Kieran und mir. Zum ersten Mal seit Jahren lasse ich zu, dass sie durch meinen Kopf geistern, anstatt sie zu verdrängen.

Ich schlendere hinüber zur Mauer der Promenade. Als ich mich setze, habe ich Schwierigkeiten, das Gleichgewicht zu halten, so stark bläst der Wind. Ich ziehe meine Kapuze hoch und blicke in Richtung des Stegs, von dem Elliot in jener verhängnisvollen Nacht gesprungen ist. Als ich den Blick auf den Strand richte, wird mir schwindelig und übel. Dort saß ich zitternd unter einer Aludecke, während die Sanitäter Kieran und mich untersuchten. Kieran stand unter Schock. Er und Elliot hatten schon oft verrückte Dinge getan, doch sie hatten immer überlebt. Er dachte, sie würden alles überleben. Er hatte sich getäuscht.

Und es war meine Schuld. Es war alles meine Schuld.

Vorsichtig betrete ich jetzt den Steg. Ich habe Angst, dass die Bretter unter meinen Füßen nachgeben und ich in die eisigen Tiefen tauche, nicht freiwillig, nicht weil ich waghalsig bin, sondern weil ich es verdiene.

Als ich mich umdrehe, sehe ich Cals Schatten an der

Ufermauer lehnen. Er hält schützend eine Hand über die Augen, als würde er aufs Meer hinausblicken, doch ich weiß, dass er nur mich im Auge hat. Wie immer passt er auf mich auf. Auch in jener Nacht ist er da gewesen – er war damals noch in der Ausbildung zum Sanitäter und gehörte zum Team des Rettungswagens. Voller Staunen hatte ich beobachtet, wie er sofort reagierte, als sie Kieran und mich über Elliots Leiche kauernd vorfanden. Er versuchte, ein Leben zu retten – nicht es fortzuwerfen.

Ich klammere mich so fest an das Geländer, dass meine Knöchel weiß anlaufen, und während ich hinunter auf die wirbelnde, eisige Gischt blicke, denke ich daran, wie ich aus Leichtsinn, purem Egoismus und Dummheit in jener Nacht auf die Brüstung geklettert bin. Damals hatte ich das Gefühl, unbesiegbar zu sein, ich hielt mich für eine Überlebenskünstlerin. Ich war nicht betrunken, es war schlimmer als das: Ich war völlig verblendet. Von etwas, das ich für Liebe hielt. Doch das war es nicht. Es war Selbstzerstörung. Erst nachdem Kieran weg war, ist mir klar geworden, dass ich beinahe alles verloren hätte. Seither war mein Vertrauen in mich selbst zerstört.

Und jetzt, acht Jahre später, bin ich zurück, begleitet von meinem Bruder, der sorgfältig auf mich aufpasst, und von Loni, die zu Hause auf mich wartet. Da wird mir klar, dass ich nie allein gewesen bin. Es gab immer Menschen, die mich geliebt haben, die mich niemals verlassen würden.

Ich blicke hinunter auf meine Hände, die das Geländer des Stegs umfassen, und merke, wie sehr ich mich verändert habe. Mein Leben ist nicht mehr von den Menschen bestimmt, die mich verlassen haben, sondern von jenen, die geblieben sind. Das ist schon eine ganze Weile so, ich habe es nur nicht gesehen. Das Handy in meiner

Hosentasche vibriert, und ich ziehe es heraus. Ich habe zwanzig SMS, alle von Adam. In jeder steht dasselbe.

*Ich liebe dich, Bea, und ich werde dich nie verlassen.*

Ich schmiege mein Gesicht an das Telefon, als sei es seine Wange, und meine Tränen benetzen das Display. In all den Jahren, die wir zusammen waren, habe ich ihm so viel zugemutet, und dennoch hat er nie das Vertrauen in mich verloren oder in uns. Ich blicke auf meinen Verlobungs- und auf meinen Ehering. Sie glänzen hell in der Dunkelheit, es ist das Strahlen von Adams Liebe und Fürsorge. Er hat immer gewusst, dass ich emotional labil bin, dass ich schwer mit dem Leben zurechtkomme, dass ich das Glück zurückweise, weil ich nicht das Gefühl habe, es zu verdienen. Darum hat er bei jedem Antrag, den er mir gemacht hat, mein Nein nicht akzeptiert. Darum hat er dafür gesorgt, dass James mit mir in Kontakt tritt. Er glaubt an mich. Darum trifft er Entscheidungen für mich, wenn er weiß, dass ich zu ängstlich bin, das Risiko einzugehen. Wahrscheinlich hat er mir deshalb nicht von New York erzählt. Er ist kein Kontrollfreak, er bietet mir nur einen Anker, wenn ich verloren auf den Wellen schaukele, und versucht zugleich, mein Boot in eine glückliche Zukunft zu lenken. In unsere Zukunft.

Ich wünschte, ich hätte ihm – und Loni, Cal und Milly – gesagt, was wirklich in jener Nacht geschehen ist, aber ich habe mich zu sehr geschämt. Denn ich bin *vor* Elliot gesprungen, nicht weil ich leichtsinnig oder depressiv war, sondern weil ich ihm beweisen wollte, dass ich es kann. Es war eine dumme, unüberlegte Entscheidung. Die falsche Entscheidung. Ich wünschte, ich hätte ihnen allen mehr vertraut. Sie hätten es verstanden.

Ich blicke zum Kompass hinter mir, auf dem ich eben gestanden habe, und mir kommt der Gedanke, dass ein

Leben so viele verschiedene Richtungen nehmen kann. Die endlosen »Was wäre wenn?«-Fragen an jedem einzelnen Tag. Die Möglichkeiten an jedem Pol, die Verwirrung an den Kreuzungen, die Freude, wenn man das Gefühl hat, das Leben würde seinen Gang gehen, die Sorge, wenn es das nicht tut. Und da wird mir klar, dass niemand je wirklich weiß, wohin er geht. Keine Entscheidung ist einfach. Zu lieben oder zu verlassen, Ja oder Nein zu sagen. Wir können unser Leben damit verschwenden, uns zu fragen, ob wir die richtigen Entscheidungen getroffen haben, oder wir können sie akzeptieren. Wir können aufhören, auf die anderen Wege zu blicken, und einfach unserem inneren Kompass folgen. Oder, wie in meinem Fall, auf Loni hören und einsehen, dass wir nur eine einzige Entscheidung treffen müssen – nämlich die, glücklich zu sein.

Plötzlich denke ich an meinen Vater. Vielleicht werde ich nie erfahren, ob seine Entscheidung ihn glücklich gemacht hat, aber ich muss aufhören, deshalb unglücklich zu sein. Er hat mir sein Tagebuch hinterlassen, damit ich mit seiner Entscheidung besser zurechtkomme. Zum ersten Mal seit Ewigkeiten nehme ich den Rat meines lange verschollenen Vaters an und blicke hinauf zu dem unendlichen funkelnden Sternenhimmel über mir. Da begreife ich, dass ich auf meinen Instinkt hören muss. Ich muss dem Weg folgen, den mein Herz mir weist, und wissen, dass ich, egal welche Umwege ich mache, immer genau dort enden werde, wo ich enden soll. Ich muss mir nur selbst vertrauen.

Und mit diesem Gedanken wende ich dem Steg und meiner Vergangenheit den Rücken zu – bereit, die Zukunft in Angriff zu nehmen, von der ich nun ganz sicher weiß, dass ich sie will.

## Februar

Liebe Bea,
der Winter ist fast vorüber, überall treiben verheißungsvolle neue Triebe. Es ist Zeit, den Winterschlaf zu beenden, den Garten nicht mehr als Ödnis zu betrachten, sondern zu schauen, was unter deinen Füßen keimt und was schon die ganze Zeit da gewesen ist. Vereinzelt wirst du Zwerglilien und Krokusse entdecken, die sich durch die Erde drängen, ganz zu schweigen von den wunderschön leuchtenden Alpenveilchen und Kamelien, die zahlreich wie Wiesenchampignons den Garten erobern. Bald wird die wilde Narzisse – eine Blume, die am besten in der Sonne gedeiht – erneut ihre goldenen Blütenblätter zeigen, bevor das andere mehrjährige Pflanzen tun, die immer ein bisschen in ihrem Schatten stehen.

Im Februar ist im Garten viel zu tun, aber ich sehe diesen Monat als eine Art Komma, eine Pause, einen Atemzug zwischen dem harten Winter, der sich langsam verabschiedet, und dem Frühling, der vor der Tür steht. Vielleicht bist du nicht bereit zu vergessen, was zuvor gewesen ist, spürst noch die Auswirkungen der langen Kälte, aber ich bin mir sicher, dass es auch Momente gibt, in denen die blasse Sonne dein Gesicht streichelt und du spürst, dass hellere Tage bevorstehen.

Ich muss nicht bei dir sein, um zu wissen, dass dir eine strahlende Zukunft bevorsteht, Bea.

In Liebe, Dad

# 63. Kapitel

Bea Bishop fliegt nach Goa.
9 »Gefällt mir«-Angaben. 1 Kommentar.

Als mein Taxi vor dem Flughafen hält, hängen dicke, bauchige Wolken am grauen Himmel, die wie kleine Luftschiffe aussehen. Der Tag fühlt sich bedrückend an, wie ein mürrischer Teenager, der unbedingt vom Lernen wegkommen und in sonnigere Gefilde flüchten möchte. Ich steige aus, der Fahrer reicht mir lächelnd meinen Rucksack aus dem Kofferraum und wartet, bis ich das Geld aus meinem Portemonnaie gekramt habe.

Diese Reise war Lonis Idee. Nachdem ich ihr die Adresse in Goa gezeigt hatte, hat Loni alles in die Hand genommen und mich aufgefordert, mir im Blumenladen eine Woche Urlaub zu nehmen. Als ich erwiderte, dass ich das unmöglich tun könne, da Sal gerade erst ihr Baby bekommen hatte, rief Loni sie kurzerhand an, und diese sagte sofort, dass ich natürlich fliegen solle. Ihr Dad würde sich gern die eine Woche um den Laden kümmern. Also kaufte Loni mir ein Ticket und sorgte dafür, dass ich bei einer alten Freundin von ihr wohnen kann.

»Und du hast nichts dagegen? Es macht dir nichts aus, wenn ich ihn finde und es mir gelingt, Kontakt zu ihm aufzubauen?«

»Ach, Bea, du ahnst ja gar nicht, wie sehr ich dir das wünsche, welche Freude das für mich wäre!« Lonis Augen wurden feucht, und ich umarmte sie fest. »Denk dran, Liebes, wenn man etwas riskiert, verliert man vorübergehend den Halt, aber wenn man nichts riskiert, verliert man sich selbst.«

»Danke, Mum«, sagte ich leise. Als ich sie so nannte, fragte ich mich, wann ich eigentlich damit aufgehört hatte. Und ich überlegte, dass ich sie gern wieder so nennen würde.

»Ooh, nenn mich nicht so, das hört sich so schrecklich alt an!«, protestierte sie und küsste mich auf die Stirn.

Ich lachte. Aber ich sah, dass in ihren Augen Tränen glitzerten. War das eine weitere Geschichte, die sie sich mir zuliebe ausgedacht hatte? Tat sie so, als habe sie nicht gewollt, dass ich sie Mum nenne, obwohl es ihr eigentlich wehtat, dass ich sie nicht mehr so nennen wollte? Oder war es tatsächlich ihre Entscheidung gewesen? Ich bin beeindruckt, dass ein Mensch einen anderen so bedingungslos schützen will, dass er in Kauf nimmt, selbst verletzt zu werden. Loni ist unglaublich, und ein bisschen wünschte ich, sie würde mich auf dieser Reise begleiten.

Ich habe Cal gefragt, ob er nicht mitkommen wolle, aber er war nicht interessiert. »Ich verstehe, dass du das willst«, sagte er. »Aber für ein so sinnloses Unterfangen möchte ich Lucy und die Kinder nicht allein lassen. Das ist deine Reise, und ich hoffe, dass du Dad findest und dadurch begreifst, was ich schon immer gewusst habe: dass Loni und er mit den Entscheidungen, die beide getroffen haben, das Beste aus unserer Kindheit und aus unserem Leben gemacht haben.«

Im Terminal wimmelt es von aufgeregten Urlaubern, die sich darauf freuen, nach den Weihnachtsfeiertagen dem kalten englischen Wetter zu entfliehen. Andere wiederum reisen in ihre jeweiligen Heimatländer zurück. So viele Leute, die ihrem Leben entkommen wollen – oder in es zurückkehren.

Ich bin mir nicht ganz sicher, was von beidem ich gerade tue.

Während die Leute an mir vorbeiströmen, blicke ich hinauf zur Abflugtafel. Die elektronischen Buchstaben, die deutlich Ziele, Flugnummern und Gates benennen, verschwimmen vor meinen Augen. Plötzlich fühle ich mich überfordert davon, mich allein auf diese Reise zu begeben.

Ich wünschte, Adam wäre hier. Mit ihm wäre es leichter. Ich möchte ihm alles erzählen, was ich seit April erlebt habe. Er soll wissen, dass ich ihn nicht vergessen habe, dass er immer da gewesen ist, dass ich nicht vor ihm davongelaufen bin – oder vor unserer Beziehung. Seit Milly mir erzählt hat, was er für mich getan hat, habe ich versucht, ihn zu erreichen, aber er nimmt meine Anrufe nicht an. Milly sagt, er sei nicht im Land. Ich hingegen glaube, meinen Vater zu finden war seine letzte selbstlose Tat für mich, weil er noch immer glaubt, ich könnte mir nicht selbst helfen.

Langsam gehe ich zum Check-in-Schalter und stelle mich in der Schlange an. Ich fühle mich unsicher so allein und zugleich gestärkt von meinem Vorhaben. Zum ersten Mal in meinem Leben habe ich die Kontrolle. An den Automatiktüren hinter mir wird es laut, doch ich drehe mich nicht um. Wenn ich das tue, habe ich Angst, dass ich zurücklaufe, in ein Taxi steige und wieder nach Hause fahre.

»Achtung, bitte machen Sie etwas Platz! Schwer beladene Frau im Anmarsch!«

Genau in dem Moment, als sie wie durch Zauber neben mir auftaucht, drehe ich mich um.

»Ta-dah!« Sie wackelt mit den Schultern und Brüsten, und ihr Schmuck klirrt und klimpert im Rhythmus ihres Körpers.

»LONI?!« Mit offenem Mund schaue ich zu, wie sie ihren Rucksack auf den Boden fallen lässt, ihren Fedora-Hut abnimmt und grinsend ihr wildes Haar schüttelt.

»Ganz genau, die bin ich.« Sie verneigt sich, und ich habe das Gefühl, die ganze Schlange, der gesamte *Terminal,* dreht sich um, um sie anzustarren. Sie trägt einen bodenlangen Batikrock mit abgetragenen alten Stiefeln, die sie bereits seit den 1970er-Jahren besitzt. Oben hat sie eine weiße Weste sowie einen locker sitzenden Pullover an, der ihr von den Schultern gerutscht ist. Mindestens sechs Ketten zieren ihren Hals, an ihren Ohren baumeln gigantische Kreolen, und um die Handgelenke hat sie Perlenschnüre gewickelt. Außerdem trägt sie einen afghanischen Lammfellmantel. Sie sieht unglaublich aus.

»Was machst du denn hier?«, stoße ich hervor.

»Ich komme mit, Liebes!« Lachend schließt sie mich in die Arme, während mir die Kinnlade herunterklappt. Sie rückt von mir ab und streicht mir über die Wange. »Wie könnte ich mir die Chance entgehen lassen, meinem kleinen Mädchen einen Ort zu zeigen, den ich vor Jahren derart geliebt habe, dass er mich und auch dich, meine Arbeit und jeden meiner Atemzüge beeinflusst hat! Ich möchte dich unterstützen und für dich da sein, wenn du deinen Vater triffst ... Ich bin genauso für dieses Chaos verantwortlich wie er.«

Ich möchte etwas erwidern, doch sie hebt ihre beringten Finger. Nur einer ist nackt – der Ringfinger. Ich fasse ihre Hand. »Loni, das musst du nicht. Ich weiß doch, wie schwer das für dich ist.«

»Ich will aber mitkommen«, beharrt sie. »Nicht nur deinetwegen, ich bin ja schließlich keine Märtyrerin.« Sie zwinkert mir zu, und ich muss unwillkürlich lächeln. »Ich mache das für mich. Mir ist klar geworden, dass ich viel von dir lernen kann, mein Schatz. Bevor ich offen für Neues bin, muss ich mich meiner Vergangenheit stellen. Roger – du erinnerst dich doch an Roger, oder, Liebes?«, sagt sie geziert. »Er ist an Weihnachten da gewesen. Ein attraktiver Mann – silbernes Haar, eine Stimme wie Seide, bewegt sich wie Mick Jagger?« Sie errötet – das habe ich bei Loni noch nicht gesehen. »Tja, sieht aus, als wäre er ziemlich an mir interessiert …« Sie beugt sich vor und flüstert lauter, als die meisten Menschen schreien würden. »Und das nicht nur sexuell! Er will eine Beziehung. Du weißt schon, so richtig ernst, fest oder wie auch immer man das heutzutage bezeichnet. Na, jedenfalls kann ich das nicht. Seit … na ja, seit dein Vater gegangen ist, habe ich mich in niemanden mehr verliebt.«

Ich nicke und nehme ihre Hand. Ganz offensichtlich fällt es ihr schwer, darüber zu reden.

Sie räuspert sich und lächelt. »Eigentlich hänge ich schon genauso lange in der Luft wie du. Ich bin nur beweglicher …« Sie wirft den Kopf in den Nacken, sodass ihr Haar beinahe den Boden streift, und führt eine Art Limbo vor.

Die Leute in der Schlange beginnen zu klatschen, und Loni richtet sich auf, legt die Hände aneinander und verneigt sich, dann dreht sie sich zu mir um.

»Darum habe ich beschlossen, genauso stark, mutig und nachsichtig zu sein wie meine Tochter.« Wieder legt sie die Arme um mich und drückt ihre Wange an meine. »Es gibt keine Landkarte fürs Leben, Bea, man muss sich auf seinen inneren Kompass verlassen. *Samskara saksat karanat purvajati jnanam …*« Als sie mein verwirrtes Gesicht sieht, lacht sie. »Das heißt: Wenn wir uns dauerhaft auf unsere Muster, unsere Gewohnheiten und unsere Konditionierung konzentrieren und darüber meditieren, verstehen wir allmählich unsere Vergangenheit. Wir lernen, wie wir die Muster verändern können, die uns daran hindern, ein freieres und erfüllteres Leben zu führen.« Sie schiebt ihre Sonnenbrille auf die Nase, doch ihre bebenden Lippen verraten sie. »Und ich habe kein so freies und erfülltes Leben geführt, wie ich immer behauptet habe, seitdem dein Vater gegangen ist.«

Ich muss schlucken und nicke, dann verlässt die Gruppe vor uns den Check-in-Schalter, und wir sind an der Reihe.

Wir treten vor und reichen einer Frau, die irgendwie amüsiert wirkt, unsere Pässe und Tickets.

»Wir begeben uns auf eine lebensverändernde Reise«, informiert Loni sie stolz.

»Wie schön«, erwidert die Frau höflich. »Sind Sie Schwestern?«

Ich lache und will schon Ja sagen – genau wie Loni es mir als Teenager beigebracht hat, doch sie kommt mir zuvor.

»Nein, das ist meine Tochter.« Sie nimmt meine Hand und drückt sie sanft, während sie sich zu mir umdreht. Ihr Gesicht strahlt vor Stolz. Dann richtet sie sich wieder an die Frau, wobei sie die Sonnenbrille nach unten zieht, als sei sie eine Berühmtheit und würde sich der Check-in-Dame zu erkennen geben: »Und nun seien Sie doch so reizend und sehen Sie mal nach, ob Sie nicht ein nettes kleines Upgrade für uns haben.«

# 64. Kapitel

Am Flughafen von Goa geht es hektischer zu, als ich es mir vorgestellt habe. Ich bin wie erschlagen, und die Hitze ist so drückend, dass mir sofort der Schweiß den Rücken hinunterläuft. Loni und ich werden von Männern umringt, die versuchen, uns unser Gepäck abzunehmen, und lautstark um unsere Aufmerksamkeit buhlen, doch Loni weist sie entschieden zurück. Dann legt sie den Arm um mich, hebt das Kinn und schiebt mich durch den Flughafen, um den Wagen zu suchen, den sie vorbestellt hat.

Sie ist voll in ihrem Element. Auf dem elfstündigen Flug hat sie diverse Snacks hervorgezaubert und mir eine rein pflanzliche Schlaftablette gegeben, mit der man, wie ich feststellen durfte, ein Pferd hätte ruhigstellen können. Ich war augenblicklich weg. Gott weiß, was da drin war, aber dadurch habe ich im Flugzeug besser geschlafen als seit Wochen zu Hause. Erst jetzt, als wir in die diesige indische Hitze hinaustreten, komme ich wieder zu mir und habe das Gefühl, dass etwas Bedeutsames passieren wird.

Dieses Gefühl hält an, als Loni und ich in einen weißen Minivan steigen und in Richtung Baga fahren. Dort hat Loni vor vielen Jahren mit meinem Vater gelebt, als sie jung und verliebt waren. Und dort bin ich, wie sie mir erklärt hat, gezeugt worden.

Wenn ich also dorthin will, wo alles angefangen hat, könnte ich mir keinen besseren Ort aussuchen.

Ausnahmsweise ist Loni still und blickt aus dem Fenster. »Alles okay bei dir?« Ich stupse sie an.

Loni wendet sich zu mir um und lächelt matt. »Ich habe das Gefühl, als wäre ich durch eine Art Zeitspirale gerutscht, und du bist der einzige Beweis dafür, dass die letzten dreißig Jahre stattgefunden haben. Hier hat sich nichts verändert und doch alles.« Sie drückt meine Hand und lächelt wehmütig.

»Ist dir das zu unheimlich?«, frage ich. »Dad zu sehen, meine ich? Vielleicht sollten wir es doch lieber lassen«, sage ich schnell und spüre plötzlich, dass mein altes, unentschlossenes Ich zurückkehrt.

Loni schüttelt den Kopf und legt die Arme um mich. »Liebes, jetzt machen wir keinen Rückzieher mehr. Wir laufen nicht mehr davon, ja? Wir müssen das beide hinter uns bringen.«

Eine Dreiviertelstunde später fahren wir die Calangute Road hinunter und biegen in eine geschäftige Straße voller Farben, Lärm und Gerüche, die auf meine Sinne einstürmen. Kühe schlendern vor unserem Wagen umher, während sich zugleich Motorräder an uns vorbeischlängeln. Palmen, Marktstände, Hütten und weiß gestrichene Häuser säumen die Straße. Einmal stapft sogar ein Elefant vorbei. Mein Hals schmerzt, weil ich ihn ständig in alle Richtungen recke. Noch nie habe ich so viel Leben gesehen – und so viel Armut. Schließlich halten wir vor einer Pension, einem kleinen weißen Haus im Kolonialstil, an der ein wackeliges altes Schild hängt, auf dem in grellen Farben und geschwungenen Buchstaben *Sarah's* steht.

Loni steigt aus, holt eine Handvoll Rupien hervor, worüber sich unser Fahrer freut, und bedankt sich bei ihm. Er reicht uns unser Gepäck und verschwindet in einer roten Staubwolke.

»Na, dann komm, mein Schatz«, sagt Loni. Die Aufregung in ihrem Gesicht ist unübersehbar. »Checken wir ein. Ich möchte dir so vieles zeigen!«

Als wir die Pension schließlich wieder verlassen, ist es sieben Uhr abends, doch die Hitze hat kaum nachgelassen. Wir haben länger gebraucht, um wieder loszugehen, weil ich zweimal duschen musste. Das erste Mal, um mir den Dreck der Reise vom Körper zu waschen, das zweite Mal, um mich abzukühlen.

Währenddessen wartete Loni in dem kleinen Garten auf mich und plauderte mit Sarah, der etwas mürrischen indischen Besitzerin, die sich natürlich noch an Loni erinnerte und sofort wie ausgewechselt war. Vom Eingang aus beobachtete ich, wie sie aufgeregt gestikulierte, um zu zeigen, wie sehr sie sich freute, Loni wiederzusehen, während Loni ihr offenbar einen knappen Abriss der letzten dreißig Jahre gab. Sie tuschelten leise, und als ich die Treppe herunterkam, hörte ich Loni noch sagen: »… aber er hat mir zwei wundervolle Kinder geschenkt.« Dann drehte sie sich um und deutete auf mich.

Sarah lief zu mir, fasste meine Hände und schüttelte sie voller Begeisterung. »Willkomm hier in Baga. Wir lieben Englisch. Wir lieben deine Loni. Deine Mum ist gut und alt!«

Loni stand auf und verdrehte die Augen. »Eine gute *alte Freundin* wolltest du sagen, Sarah. Also ehrlich!« Doch sie legte den Arm um sie und lachte, um ihr zu zeigen, dass sie nur Spaß machte. »Sarah hat mir schon erzählt, dass Len seit vielen Jahren immer wieder nach Baga kommt und eine Zeit lang bleibt, bevor er wieder in andere Länder reist. In den letzten Jahren ist er immer länger hiergeblieben, und jetzt wohnt er oben am Anjuna Beach. Sie meint, man kenne ihn in der Gegend, und wir würden keine Schwierigkeiten haben, ihn zu finden.«

Loni nickte mit Nachdruck, während Sarah einen neuen Schwall an Informationen lieferte. »Er mag Goa. Er ist hier wie zu Hause. Und alte Engländerinnen mögen ihn. Er sehr beliebt bei älteren Frauen. Obwohl er nicht Gesellschaft mag. Sie um ihn wie die Fliegen um die heiligen Kühe am Baga Beach. Sie glauben, er ist ein Gott.«

Loni hob die Brauen und lächelte versonnen. »Hört sich treffend an. Dein Vater war ein sehr attraktiver, feinfühliger Mann.«

»Nun«, fuhr Sarah fort. »Mittwoch, er geht auf Markt. Da ihr ihn findet.«

Ich spürte, wie mein Herz bei der Vorstellung aussetzte, dass ich morgen vielleicht endlich meinen Vater treffen würde.

Als wir Baga Beach erreichen, geht gerade die Sonne unter. Loni zieht mich zu einer Hütte mit Tischen direkt am Strand und bestellt zwei Bier und eine Auswahl traditioneller Gerichte aus Goa, von denen sie mir verspricht, ich würde sie mögen. Dann rückt sie ihren Stuhl neben meinen und deutet mit dem Kopf aufs Meer.

Schweigend sitzen wir nebeneinander, während die Sonne, die wie ein goldenes Medaillon am Himmel hängt, langsam im Wasser verschwindet, den Himmel in Flammen setzt und das Meer ultraviolett leuchten lässt. Der Anblick erfüllt mich mit Demut, und ich bin so dankbar, mit Loni hier zu sein, dass Tränen in meinen Augen brennen und sich mir die Kehle zuschnürt. Auch wenn ich Dad nicht treffen sollte, werde ich es nie bereuen, hergekommen zu sein. Ich blicke mich um und versuche, ihn schon ein bisschen kennenzulernen, diesen Ort mit seinen Augen zu sehen. Hier hat er also beschlossen, Wurzeln zu schlagen. Das ist der Garten, für den er sich entschieden hat, so ganz anders als Norfolk. Genau wie die Stadt, für die ich mich entschieden habe, auch ganz anders als Norfolk war. Schon jetzt habe ich das Gefühl, viel mit meinem lange verlorenen Dad gemeinsam zu haben. Ich bin mir nicht sicher, wie viel davon gut ist. Abgesehen davon, dass wir beide zu Depressionen neigen, haben wir beide versucht, uns ein neues Leben aufzubauen, weil wir mit unserem alten nicht zurechtkamen – oder meinten, es nicht verdient zu haben.

»Alles okay?«, fragt Loni sanft. »Woran denkst du?«

Ich trinke einen Schluck von meinem Bier. »Adam. Er fehlt mir so.«

Sie nickt und berührt meine Hand. »Ich weiß, Liebes.«

Unser Blick streift über den Strand, und wir sehen eine vierköpfige Familie am Wasser – vier schwarze Silhouetten. Sie halten sich an den Händen, während die Sonne untergeht, deren Spitze wie eine Dublone glänzt, bevor sie hinter dem Horizont verschwindet. Ich weiß, dass Loni und ich beide ein Bild der Familie sehen, die wir hätten sein können.

»Hast du es je bedauert, Dad geheiratet zu haben?«

Loni beugt sich vor und nimmt mein Gesicht in ihre Hände. »Wie könnte ich? Bea, du musst wissen, wie glücklich mein Leben ist, weil er mir dich und Cal geschenkt hat. Ich habe immer das Gefühl gehabt, mit allem zurechtzukommen, solange es euch beiden gut ging.« Ihr Blick verliert sich, bevor sie weiterspricht. »Darum war der Sommer, als du mit Kieran zusammen warst, so schwer für mich. Ich habe gemerkt, dass du dich von mir entfernst … Und dann rief an jenem Abend die Polizei an, und ich fuhr zum Pier, um dich abzuholen. Ich hatte schreckliche Angst, dass dir etwas zugestoßen war, und schwor mir, dass ich dich nie wieder aus den Augen lassen würde. Als Kieran fort war, war ich so erleichtert, auch wenn ich wusste, dass es dir das Herz gebrochen hatte. Ich wusste, dass er kein schlechter Kerl war, aber er war auch nicht gut für dich. Doch anstatt dir zu helfen, wieder auf die Beine zu kommen und neu anzufangen, wie ich es hätte tun sollen, habe ich dich erdrückt. Ich brachte dich zum Arzt, der dir Antidepressiva verschrieb, und ich war erleichtert, Bea, so unglaublich erleichtert. Auch wenn ich nie geglaubt habe, dass sie die Lösung sind, auch wenn ich sah, dass sie dir dein Selbstvertrauen nahmen, deine Fähigkeit, Entscheidungen zu treffen, deine Lust, noch mal von vorn anzufangen, war ich so dankbar, dich noch zu haben, dass ich die dumpfe Ruhe, die sich über dich legte, begrüßt habe. Es war mir egal, dass du von der Uni flogst, dass du nicht mehr ausgingst und dass dein Leben sich darauf reduzierte, auf dem Bett oder dem Sofa zu liegen und mit mir alte Filme zu gucken. Es war mir egal, weil ich dich noch hatte. Ich konnte auf dich aufpassen. Ich hatte dich sicher bei mir.« Jetzt laufen ihr Tränen über das Gesicht, und sie gibt sich noch nicht einmal Mühe, sie fortzuwischen. Es ist, als hätten sich die Schleusentore geöffnet. Sie muss nicht mehr so tun, als wäre sie stark.

»Ist schon okay, Loni. Ich verstehe.«

Seit ich die Wahrheit über Dad herausgefunden habe, sehe ich sie in einem ganz neuen Licht. In einem ganz *anderen Leben.* Einem, in dem sie eine Frau ist, der das Herz gebrochen wurde, die jedoch wegen ihrer zwei Kinder nicht zusammenbrechen durfte und darum einen Weg gefunden hat, aus ihrem Leid etwas Positives, Inspirierendes zu machen. Sie hat getan, was sie konnte, um uns alle aus einer schrecklichen Situation herauszuholen und Cal und mir die beste Chance zu geben, glücklich zu werden. Sie hat uns beschützt, ja, aber sie hat auch Dad geschützt. Sie wusste, was Elternsein bedeutet: dass sie das Gute und das Schlechte von uns bekommen und beides durch ihre bedingungslose Liebe ausgleichen würde. Ich empfinde großen Respekt vor ihr. Mit ihren Büchern, Auftritten und Workshops ist sie ein Vorbild für Tausende von Menschen, und endlich wird mir klar, dass sie auch *mein* Vorbild ist.

Und mir ist auch klar geworden, dass Cal und ich nicht angefangen haben, sie Loni zu nennen, weil wir sie als Mutter nicht mochten. Vielmehr schien das Wort »Mum« nicht umfassend genug, um zu beschreiben, was sie für uns war. Was sie *ist.* Sie ist nie nur eine Mutter gewesen, sondern auch Vater, Lehrerin, Beraterin, Schwester und Retterin. Meine Retterin.

»Du hast ihn wirklich geliebt, nicht?« Jetzt kann ich es spüren.

»O ja, sehr!«, sagt sie mit Nachdruck. »Ich weiß noch, wie ich mit deinem Vater hier an fast demselben Platz gesessen und zum ersten Mal den Sonnenuntergang gesehen habe. Damals dachte ich, dass ich nie woanders sein möchte – und mit niemand anderem.«

»Warum seid ihr dann von hier weggegangen?«, frage ich. »Wenn es euch beiden hier so gut gefallen hat? Meinst du, wenn ihr nicht zurück nach England gegangen wärt, wärt ihr hier vielleicht glücklich zusammen geworden?« Wie an Rettungsringe klammere ich mich an längst verlorene Möglichkeiten. Was hätte Dad davon abhalten können, uns zu verlassen? Wie hätte es anders sein können?

Loni trinkt einen Schluck Bier und schüttelt den Kopf. »Mir ist klar geworden, dass ich ihn nicht hätte retten können. Unsere Beziehung hat nicht gereicht.«

»Wie bei mir und Kieran.« Sie lehnt ihren Kopf an meinen. »Was meinst du, was Dad sagen wird, wenn er uns sieht?«, frage ich leise und merke, dass ich Angst habe.

»Ich weiß es nicht, mein Schatz. Aber egal was, wir werden jeden Schritt auf diesem Weg gemeinsam gehen.«

Ich blicke Loni an und nicke. »Ja, das werden wir.«

# 65. Kapitel

Als ich am nächsten Morgen auf meinem Balkon sitze und auf die staubige Straße hinunterblicke, klopft Loni an meine Tür und erscheint in einem leuchtend pinken Kaftan mit Sandalen. Das Haar hat sie mit einem türkisfarbenen Schal auf dem Kopf zusammengebunden.

»Morgen, Liebes, bist du dann so weit? Hast du gefrühstückt? Wollen wir los? Wir sollten wahrscheinlich früh aufbrechen, was meinst du?« Sie wirkt nervös und unruhig und kann nicht stillstehen. »Na, komm, mein Schatz, worauf wartest du noch?«

Widerwillig schleppe ich mich vom Balkon ins Zimmer. Nachdem ich die letzte Nacht kaum geschlafen habe, fühle ich mich müde und zerschlagen. Nicht dass ich an dieses Gefühl nicht gewöhnt wäre. Ich leide schon mein Leben lang unter Schlaflosigkeit. Als ich mit elf gerade auf die weiterführende Schule gekommen war, konnte ich eine Zeit lang nicht schlafen, weil ich mir bereits Sorgen wegen meiner Mittleren Reife machte. In meinen Teenie-Jahren verschlimmerte sich die Schlaflosigkeit dann, bis ich glücklich war, wenn ich überhaupt schlafen konnte. Die ganze Nacht lag ich mit rasendem Herzen im Bett, während die Ängste wie Seeungeheuer um mich herumwirbelten.

Und genau wie damals schoss mir gestern Nacht ein Gedanke nach dem anderen durch den Kopf. Ich ging jede Erinnerung durch, die ich von meinem Vater habe, sprang in der Vergangenheit vor und zurück und spielte jedes Szenario durch, was passieren könnte, wenn ich ihn heute sehe. *Heute.*

»Bist du bereit?«, fragt Loni.

Mein Gesicht ist von der Hitze gerötet, mein Haar hängt schlaff herunter, und meine Shorts und mein ärmelloses Top sind schon jetzt feucht vom Schweiß. In der vergangenen Stunde habe ich mich fertig gemacht, aber ich könnte mich nicht weniger bereit fühlen. Offen gestanden würde ich am liebsten davonlaufen. Das ist mein übliches Verhalten. Und heute treffe ich den Menschen, durch den ich so geworden bin.

Ich nehme Lonis Hand, und wir laufen durch den weiß getünchten Flur und den Empfangsbereich und treten hinaus in die trockene morgendliche Hitze.

»Was ist das?«, frage ich und deute auf ein Moped, auf das Loni vor dem Eingang zusteuert.

»Unser heutiges Fortbewegungsmittel!«, ruft sie. Dann rafft sie ihren Kaftan und schwingt ein Bein über den Sattel, als wäre es eine Harley-Davidson. Sie sieht ziemlich lustig aus, unter ihrer üppigen, in reichlich pinken Stoff gehüllten Gestalt verschwindet das Moped fast ganz. Sie startet die Zündung, lässt den winzigen Motor aufheulen und zwinkert mir kess zu. »Komm, Süße, bist du bereit, mit deiner Mama ein bisschen Gummi zu geben?«

Ich verschränke die Arme und schüttle den Kopf. »Auf diesem Ding fahre ich nicht mit dir. Auf keinen Fall.«

»Ich mach langsam. Versprochen«, sagt Loni. »Es wird ein Abenteuer! Früher bin ich ständig auf diesen Dingern gefahren, ich bin also keine Anfängerin. Komm, Bea, lass uns ein bisschen Spaß haben … oder sollte ich *Thelma* sagen?«, bemerkt sie gedehnt in texanischem Akzent. *Thelma & Louise* – das war einer der Filme, die wir im Jahr nach Kierans Verschwinden immer wieder gesehen haben. Es war Lonis wenig diskrete Art, mich mit Geschichten über Frauen aufzubauen, die allein ihren Weg gehen. Ich bin mir allerdings nicht sicher, ob sie daran gedacht hat, dass die beiden am Ende mit dem Wagen über die Klippe rasen.

»Ich kann nicht glauben, dass ich das tue«, seufze ich, als ich hinter ihr aufs Moped steige.

Ich klammere mich um ihre Taille und schließe fest die Augen, während sie den Motor aufheulen lässt. Als wir dann mit drei kleinen Sprüngen nach vorn schießen, kreischen wir beide auf. Loni drückt voll aufs Gas, und wir tuckern mit ungefähr 10 Meilen pro Stunde los.

Als wir über die staubige Straße gondeln, kann ich mich kaum halten vor Lachen. »Juchuuuu, das ist ja total verrückt, Loni!«, kreische ich. »Du bist so wild, das ist mir zu schnell!« Während ich hysterisch lache und Loni sich verzweifelt bemüht, das Moped zu beschleunigen, holpern wir über die Straße und werden heftig durchgerüttelt.

»Ich bring das Ding schon auf Touren!« Sie lässt erneut den Motor aufheulen, woraufhin er mitten auf der Straße absäuft.

Während sie versucht, den Motor wieder in Gang zu bringen, lehne ich den Kopf an ihren Rücken und muss jetzt so heftig lachen, dass mir die Tränen kommen. Als ich mich umsehe, bleibt eine Kuh neben uns stehen und starrt uns an, als würden wir ihr eine kleine Performance bieten.

»Muuuh!«, macht sie freundlich, woraufhin Loni vor Schreck zusammenfährt. Plötzlich geht der Motor wieder an, wir schlingern los, und mit einem etwas indignierten Muhen hopst die Kuh zur Seite.

Während das Moped spuckend vor sich hinstottert, wirbelt roter Staub um uns auf, doch Loni jubelt und reckt die Faust in die Luft. Als wir zumindest fünfzehn Meilen pro Stunde erreichen, jubiliere ich ebenfalls.

»Bist du dir sicher, dass wir so fahren sollten?«, schreie ich in meiner besten Geena-Davis-Imitation. »Ich meine, am helllichten Tag und alles ...«

»Nein, das sollten wir nicht, aber ich will etwas Abstand zwischen uns und den Tatort unseres letzten VERDAMMTEN VERBRECHENS bringen!« Während sie Louises Satz zitiert, richtet Loni sich auf, zieht sich den Schal vom Kopf und reicht ihn mir. Als sie weiter Vollgas gibt, lasse ich ihn im Fahrtwind flattern, und johlend und lachend tuckern wir nach Anjuna.

Ich glaube, ich kann mich nicht daran erinnern, jemals glücklicher gewesen zu sein.

# 66. Kapitel

Als wir eine halbe Stunde später auf dem Straßenmarkt von Anjuna eintreffen, herrscht dort Hochbetrieb, und ich wünschte, ich hätte Loni nicht auch noch ermuntert, schneller zu fahren. Am liebsten wäre ich wieder auf dem Moped und würde in die entgegengesetzte Richtung fahren. Als würde Loni das spüren, hakt sie sich bei mir ein, und ich fühle mich hin- und hergerissen, ein vertrautes Gefühl. Ich weiß, ich muss meinen Vater treffen, aber gerade möchte ich einfach nur weglaufen. Wieder einmal.

Die Sonne von Goa brennt gnadenlos auf uns herunter, während wir unter den Vordächern der jeweiligen Marktstände Schatten suchen. Die Hitze ist zusammen mit dem Geruch von Weihrauch und Gewürzen, dem Lärm von Trommeln, Musik und Stimmengewirr absolut überwältigend. Im Schutz von Palmen liegen Teppiche auf dem Sand, und die Händler sitzen im Schneidersitz vor ihren Waren, reihenweise Halsketten, Perlen, Schmucksteine, geflochtene Armbänder, Tabletts mit Silber- und Goldschmuck. Eine Weile schlängeln Loni und ich uns über den Markt, stöbern an den Ständen und tun so, als würden wir einen ganz normalen Mutter-Tochter-Urlaub genießen. Wir kaufen Perlen und einen wunderschönen Schal, doch eigentlich versuchen wir nur, den entscheidenden Moment so lange wie möglich hinauszuzögern. Und die Standbesitzer sind so erfreut über unseren scheinbaren westlichen Reichtum, dass wir uns schuldig fühlen, nicht irgendetwas zu kaufen, bevor wir sie fragen, ob sie einen gewissen Len Bishop kennen.

Bei den ersten, die wir fragen, haben wir kein Glück. Sie blicken uns ratlos an und zucken mit den Schultern. Ich bin mir nicht sicher, ob das daran liegt, dass sie kein Englisch sprechen – oder ob sie uns nur nicht sagen wollen, wo Len ist.

Es ist fast Mittagszeit, und ich fühle mich schwach – von der Hitze, der Müdigkeit und der Enttäuschung. Außerdem bin ich dehydriert. Loni deutet auf den Schatten einer Palme direkt neben dem Markt, und wir kaufen etwas Wasser und Obst und lassen uns dort nieder.

»Wahrscheinlich ist das ein ziemlich schwieriges Unterfangen«, sagt Loni, während wir abwechselnd von unseren Wasserflaschen trinken. »Schließlich könnte er überall sein. Wir können es ja morgen wieder versuchen …«

»Oder wir geben auf«, erwidere ich resigniert, lehne den Kopf gegen den Baumstamm und schließe die Augen. »Langsam denke ich, dass das vielleicht doch keine so gute Idee war. Ich meine, ich bin mir ziemlich sicher, dass er nicht gefunden werden will. Wir könnten uns den Rest der Woche einfach entspannen und ein bisschen Zeit miteinander verbringen – was meinst du?« Als ich die Augen wieder öffne, sehe ich, dass Loni aufgestanden ist. Eine Hand hat sie auf die Hüfte gestemmt, mit der anderen hält sie den Strohhut fest, den sie auf dem Markt erstanden hat. »Loni?«, wiederhole ich. »Hast du gehört, was ich gesagt habe? Es ist egal …«

Zunächst antwortet sie nicht. Dann deutet sie in die Ferne. »Da ist er«, sagt sie leise. »Da drüben ist Len …«

Ich rapple mich auf und trete neben sie. Dann stelle ich mich auf die Zehenspitzen und schirme meine Augen vor der Sonne ab, um zu sehen, was sie sieht. Ich komme mir vor wie ein Kind, das am Strand seinen Vater verloren hat, doch als ich mit den Blicken verzweifelt nach ihm suche, wird mir klar, dass ich eigentlich gar nicht weiß, nach wem ich Ausschau halte. Es ist fast fünfundzwanzig Jahre her.

Vielleicht hat er sich so stark verändert, dass ich ihn nicht wiedererkenne.

Loni fasst meine Hand und steuert mit schnellen Schritten auf ihn zu. Mir bleibt keine andere Wahl, als mitzugehen. Ich hüpfe über den glühend heißen Sand und bleibe kurz stehen, um mir meine Flipflops wieder anzuziehen. Loni schlängelt sich zwischen ein paar Marktständen hindurch und bleibt dann so abrupt stehen, dass ich fast in sie hineinrenne. Als ich ihrem Blick folge, sehe ich einen Mann – falsch – einen *alten* Mann, der vor ein paar Bildern sitzt. Es ist ein Schock, obwohl ich mir jedes Jahr, das ich älter wurde, genau ausgerechnet habe, wie alt er jeweils war. Jetzt ist er einundsiebzig, und so sieht er auch aus. Sein Gesicht ist schmaler und hagerer, als ich es in Erinnerung habe, als hätte die Traurigkeit es mit der Zeit in die Länge gezogen. Er hat einen nussbraunen Teint und lange taubengraue Haare, die in der Mitte gescheitelt und zu einem Pferdeschwanz zusammengebunden sind. Er trägt khakifarbene Shorts und ein Leinenhemd, das bis zur Brust offen steht. Trotz seines Alters hat er muskulöse Waden, genau wie ich. Seine Hände sind ebenfalls ausdrucksstark – Künstlerhände. Er unterhält sich mit jemandem, wobei er lacht und gestikuliert. Obwohl ich kein Wort hören kann, habe ich das Gefühl, ihn zu verstehen.

Er ist mein Vater. *Mein Vater.* Ich starre ihn an und betrachte ihn, wie ich mich selbst im Spiegel betrachten würde. Sehe ich ihm ähnlich? Wir haben die gleichen Hände, und seine Augen sind genauso dunkel wie meine. Ich bemerke, dass meine Ähnlichkeit mit ihm größer ist als die mit Loni und Cal.

*»Er ist es.«* Die Worte schwirren durch meinen Kopf und kommen wie ein Seufzer heraus, so leise, dass ich einen Augenblick denke, ich hätte sie ausgesprochen. Dann realisiere ich, dass es Loni war.

Plötzlich greift sie nach meiner Hand, als stünden wir am Rand einer Klippe und sie hätte Angst, mich loszulassen. Und zwar diesmal nicht, weil ich fallen könnte, sondern sie.

»Ich fasse es nicht«, murmelt sie.

Ich überlasse ihr den ersten Schritt. Auf einmal fühlt es sich an, als sei dieser Moment genauso ihrer wie meiner. Sie geht auf ihn zu. Und mit jedem Schritt bewegen wir uns zurück …

»Len?« Wie ein leuchtender Sonnenuntergang steht sie vor dem Stand. Ich sehe, dass ihre Hände zittern.

Er erstarrt, dann dreht er sich langsam um und sieht sie an. Instinktiv weiche ich zurück und trete zur Seite, um die beiden zu beobachten.

»Loni?«, antwortet er. Seine Stimme ist ein Echo meiner verlorenen Erinnerungen.

Ich starre ihn an und betrachte dabei nicht nur ihn, sondern auch das Leben, das er führt. Dieses Leben, das er über uns gestellt hat. Ich bemerke, dass er vor einer Staffelei sitzt, auf der ein halb fertiges Landschaftsgemälde steht. Oben an der Staffelei klemmt ein Foto, vermutlich sein Motiv. Loni hat immer gesagt, dass Dad sehr kreativ war. Er hat Kunstgeschichte gelehrt, er hat gemalt und hatte Spaß an Skulpturen und am Gärtnern. »Alles, wozu er Hände und Herz brauchte«, hat sie einmal gesagt. Sein Stand ist voll von Leinwänden – Gemälden von englischen Landschaften und von der Küste. Mein Blick bleibt an einem Bild von einem hufeisenförmigen Garten hängen. Das weiche Licht der goldenen Herbstsonne fällt durch eine Weide. Unter dem Baum kniet eine Gestalt, gräbt mit den Händen in der Erde und hat den Blick zum Himmel gerichtet. Es kommt mir bekannt vor … wie die Zeichnung vorn auf meinem Tagebuch.

Als ich die Gestalt erkenne, schlage ich mir vor Schreck die Hand vor den Mund – das kleine Mädchen bin ich.

Loni und Len stehen sich noch immer gegenüber. Es ist, als wäre eine unsichtbare Linie zwischen ihnen, die keiner von beiden übertreten will.

Len spricht zuerst. »Du hast mich gefunden.«

»Nein«, erwidert Loni, und Verwirrung zeichnet sich auf seinem Gesicht ab. Plötzlich erkenne ich mich in diesem distanzierten Ausdruck, dem unsicheren Blick. »Nicht ich. Bea! Sie hat jahrelang darauf gewartet, dass du zurückkommst. Sie war diejenige, die beschlossen hat, dass es an der Zeit ist.«

»Bea.« Rasch dreht er den Kopf und sucht mit den Augen den Markt ab. »Ist sie hier?« Er sieht wieder zu Loni, und ich weiß nicht, ob Hoffnung oder Angst aus seinen Augen spricht.

Langsam trete ich aus dem Schatten hervor und gehe einen Fuß vor den anderen setzend auf ihn zu.

Alles um mich herum hat sich aufgelöst. Es gibt nur noch mich auf dem Weg zu meinem Vater. Ich komme mir vor, als würde ich mich auf einem schmalen Grat, auf einem Seil zwischen der Vergangenheit und der Gegenwart bewegen. Ich kann nicht glauben, dass das hier wirklich geschieht. Wie oft habe ich mir diesen Augenblick ausgemalt … das letzte Mal an meinem Hochzeitstag. Ich stellte mir vor, wie er die Arme ausbreitet, während ich auf ihn zulaufe, aber auch, dass er einfach weggeht, als er mich sieht. Ein Moment – zwei mögliche Szenarien.

Jetzt blinzelt er mich an, als hätte er Schwierigkeiten, mich zu erkennen. Dann schnappt er nach Luft und schlägt sich die Hand vor den Mund.

Schließlich stehe ich vor ihm, aber ich werfe mich nicht in seine Arme, wie ich es immer angenommen habe. Stattdessen nehme ich Lonis Hand und blicke meinem Vater direkt in die Augen. Ich sehe, wie ich mich in seiner Iris spiegele, nicht nur meine Gestalt, sondern auch meine Seele. Es ist, als wären wir eins. Da ist eine Traurigkeit, eine so tiefe Einsamkeit in ihm, dass ich es kaum ertragen kann, weil ich weiß, dass ich sie ebenfalls in mir habe.

Tränen fließen, aber es sind seine, nicht meine. Ich möchte ihn trösten, aber ich kann nicht. Er ist ein Fremder. Er hebt seine gebräunte, altersgefleckte Hand, und ich bemerke, dass sie zittert. »Tut mir leid. Es geht schon. Es geht schon«, sagt er wiederholt, als versuche er, sich selbst zu überzeugen. Er holt eine Flasche Wasser aus seiner Tasche, kippt ein paar Tabletten in seine Hand und schluckt sie zitternd herunter.

Er lächelt mich schwach an. Seine Augen sind wässerig, aber nicht vom Alter oder durch Leid – sie wirken irgendwie fern. Als würden sie weder große Wellen des Glücks noch große Sorgen kennen, nur das friedliche Plätschern an der Küste der emotionalen Ausgeglichenheit.

»Liebe Bea«, sagt er leise, als würde er ausprobieren, wie die Worte auf seinen Lippen klingen. Ich kann mir vorstellen, wie er sie vor all diesen Jahren laut ausgesprochen hat, als er mein Gartentagebuch schrieb. »Liebe Bea«, wiederholt er. »Du bist hier.«

# 67. Kapitel

Wir verlassen den Markt, gehen in eine Strandbar und suchen uns einen ruhigen Platz in einer Ecke. Ich bin froh, dass wir uns auf neutralem Gebiet befinden, es war seltsam genug, Dads bescheidenen kleinen Stand zu sehen. Ich weiß nicht, wie es mir ginge, würde ich sein Zuhause sehen.

Dass wir drei zusammen um einen Tisch sitzen, ist beinahe zu surreal, um es zu ertragen. Es ist auch nicht gerade hilfreich, dass nur ein Stück von uns entfernt, direkt neben einer Gruppe Touristen, eine Kuh in der Sonne liegt.

»Du bist also Maler?«, beginne ich, während ein Mann mit einem strahlend weißen Lächeln drei Bier vor uns auf den Tisch stellt. Meine Frage steht etwas unangenehm zwischen uns. Eigentlich ist es Small Talk, doch die Worte klingen vorwurfsvoll. Es kommt mir vor, als würde ich ihm gegenübersitzen und ihn verhören. Um mich zu entspannen, trinke ich einen Schluck von meinem Bier, die kühle, bittere Flüssigkeit rinnt meine Kehle hinunter und bewirkt hoffentlich, dass ich mich etwas lockerer unterhalten kann.

»Es ist ein kleines Hobby«, antwortet Len und dreht seine Flasche auf dem Tisch. »Ich male die Orte, die ich liebe. So fühle ich mich zu Hause, auch wenn ich weit weg bin. Es hat eine therapeutische Wirkung.« Mit schmalen Augen betrachtet er das Schild auf der Flasche, wobei sich tiefe Furchen um sie herum bilden.

»Arbeitest du?«, frage ich forsch. Sofort beiße ich mir auf die Lippe. Ich will ihn nicht provozieren, ich möchte ihn verstehen.

»Hier und da. Kleinkram. Abgesehen von meinem Stand habe ich meine Pension, und ich arbeite ein bisschen ehrenamtlich und gebe ausländischen Studenten Englischunterricht.«

»Lebst du immer hier?«, fragt Loni. Ihre Stimme klingt kratzig. Sie räuspert sich und trinkt ebenfalls einen Schluck Bier. Ich bin froh, dass ich nicht die Einzige bin, die nervös ist.

Er wendet ihr seinen Blick zu, der sich fokussiert und dann wieder abdriftet, so als sehe er sie, wie sie jetzt ist, und würde sich sogleich an früher erinnern. Bevor der Zeitball fiel und danach.

»Immer ist ein Wort, mit dem ich noch nie gut umgehen konnte.«

»Ich auch nicht«, schalte ich mich ein, und er sieht mich an und nickt, als würde er genau verstehen, was ich meine. Ich blicke auf den Tisch hinunter. Dass wir offenbar tatsächlich eine Verbindung haben, stimmt mich hoffnungsvoll. »Ich bin auch vor meiner Ehe davongelaufen«, platze ich plötzlich heraus. »An meinem Hochzeitstag. Ich bin weggelaufen, weil ich genau wie du bin, Dad …« Die Aussage rutscht über meine Lippen, fällt jedoch ins Leere. »Ich bin genau wie du«, füge ich leise hinzu, als er nichts sagt.

Es ist, als hätte er mich nicht gehört. Oder als wolle er mich nicht hören. »Ich lebe ein paar Monate im Jahr hier«, sagt er leichthin, als hätte ich gar nichts gesagt. »Bis der Monsun kommt.« Ich habe das Gefühl, als wäre mein Herz gegen einen Fels geschleudert worden. Er will es nicht wissen. Er will nicht hören, dass ich wie er bin. »Hier kann ich mit sehr wenig Geld ein ganz einfaches Leben führen – die Silberrupie ist stark!« Er hält inne, als warte er darauf, dass wir über seinen kleinen Scherz lachen, doch dann fährt er schnell fort, als habe er Angst vor der Stille. »Die meisten Ausländer, die hier leben, sind in ihren Sechzigern oder Siebzigern. Es ist tatsächlich alles ein bisschen wie in *The Best Exotic Marigold Hotel*!« Er lacht heiser, und Loni und ich zwingen uns, ebenfalls zu lachen. Ich bemerke, dass sich um seine Augen keine Lachfalten bilden, bei Loni kommen sie immer ganz natürlich. Seine Augen sind ruhig, nein, eher unbewegt.

Keiner weiß, was er als Nächstes sagen soll, und je länger der Scherz in der Stille hängt, desto schlechter wird er. Len wendet den Blick ab und sieht zum Horizont, als wäre er gern überall, nur nicht hier. Ich blicke zu Loni. Sie sieht ihn unverwandt an.

»Warum, Len?«, fragt sie schließlich. »Warum bist du weggegangen?«

Einen Moment antwortet er nicht, als wäre er mit den Gedanken an einem anderen Ort. In einer anderen Zeit.

»Ich war dem nicht gewachsen«, erwidert er schlicht. »Ich bin mit dem Leben, das wir geführt haben, nicht zurechtgekommen. Ich konnte die Schuld nicht ertragen, was ich euch antun würde, wenn ich bliebe. Zu gehen war die einzige Möglichkeit. Das oder …« Seine Stimme bricht, und er schließt die Augen und atmet tief ein. Plötzlich fühlt es sich an, als wäre er nicht mehr hier. Als würde ich mir das hier nur einbilden, und würde ich eine plötzliche Bewegung machen, wäre es vorbei.

»Du meditierst also noch«, stellt Loni in sanftem mütterlichem Ton fest. »Das freut mich.«

Len blickt sie über den Tisch hinweg an, und jetzt habe ich das Gefühl, als wäre ich nicht mehr hier. Dieser Moment gehört ganz ihnen. »Es ist eine der vielen Arten, wie du mir geholfen hast, Loni. Mit dir das Meditieren zu lernen gehört zu den besten Sachen, die ich je gemacht habe.«

Ich denke an die Zeit, als ich krank war – die täglichen Mantras und Meditationen mit Loni, meine Läufe, das Yoga und die Gartenarbeit. Hat sie das alles für Dad getan und gelernt? Das kommt mir alles zu bekannt vor. Ohne nachzudenken, schiebe ich plötzlich meinen Stuhl zurück und stehe auf. Ich kann nicht hierbleiben. Es ist zu schwer.

»Bea?«, ruft Loni und fasst meine Arme. »Alles okay?«

»Ich kann das nicht …«

»Schhh, Bea, ist schon okay.« Sie hält mich, und wir sinken zurück auf unsere Stühle.

Len blickt mich an – bekümmert, aber auch irgendwie distanziert.

Loni legt den Arm um mich. »Ich glaube, wir wissen beide, warum du gegangen bist, Len«, sagt sie mit zittriger Stimme. »Aber was wir wirklich gern wissen würden, ist, warum du nie zurückgekommen bist.«

Er blickt uns an, als würde er schon lange nach einer Antwort auf diese Frage suchen. Nach einer gefühlten Ewigkeit beginnt er erneut zu sprechen, und als er es tut, klingt seine Stimme heiser und brüchig. »Wie schon gesagt, ich … ich war überfordert und wusste einfach, dass ihr ohne mich besser dran seid.«

»Das war nicht allein deine Entscheidung«, entgegnet Loni und hält mich fest im Arm. Wir sind jetzt wie eins, sie und ich. Sie trägt mich. Sie hat mich immer getragen. »Len, ich habe dich geliebt. Ich habe alles für dich getan. Wenn du mit mir über deine Gefühle gesprochen hättest, hätte ich … ich hätte dir besser helfen können. Wir hätten uns Hilfe holen können, ich hätte alles getan!« Plötzlich schluchzt sie, überwältigt von den aufgestauten Gefühlen aus vierundzwanzig Jahren. »Ich habe dich gebraucht«, sagt Loni traurig, als sie sich wieder gefasst hat. »Wir haben dich gebraucht. Wir alle. Egal, wie stark ich gewirkt habe, ich habe dich gebraucht, weil ich dich *geliebt* habe. Ich habe dich geliebt und hätte dich nie verlassen. Ich hätte alles getan, um dich glücklich zu machen.«

»Und was ist mit *deinem Glück*? Wenn du das geopfert hättest, was dann?« Len schüttelt entschieden den Kopf. »Ich habe gesehen, dass unser Zusammenleben dir die ganze Lebenskraft geraubt hat. Du hast schon getan, was du konntest, damit es mir besser ging. Ich konnte nicht von dir erwarten, dass du all deine Energie für mich verschwendest. Du musstest an zwei Kinder denken. Ich habe mich so sehr bemüht, ein guter Ehemann und Vater zu sein, aber in jedem Moment, den ich mit euch verbrachte, musste ich mich bemühen, nicht unterzugehen, einen klaren Kopf zu behalten, mich positiv zu stimmen. Ich habe euch geliebt, aber ich habe mich die ganze Zeit schwach gefühlt. Doch du, du ...« Er sieht Loni an und seufzt, dann sagt er: »Du warst so stark. Und die Kinder waren immer so glücklich mit dir. Egal, was du sonst um die Ohren hattest, du warst immer ausgelassen, fröhlich und lustig. Du bist über den Strand gelaufen und hast sie zum Lachen gebracht. Ich war nutzlos, zu nichts zu gebrauchen.«

»Du warst nicht nutzlos – du warst ein Ehemann, ein Vater! Ich habe dir doch gesagt, dass ich dich gebraucht habe – wir alle!«, wiederholt Loni, löst ihren Arm von mir und schlägt mit der Hand auf den Tisch.

Len zuckt nicht einmal zusammen. »Nein, Loni, man konnte mich nicht als Vater bezeichnen. Ich bin ja kaum jeden Tag aus dem Bett gekommen.« Er reibt sich die Stirn, und als er mich erneut ansieht, habe ich das Gefühl, ihn das erste Mal richtig zu sehen. Nicht als den Bilderbuchvater, an den ich mich so verzweifelt erinnert habe, sondern als den rauen, echten Mann mit all seinen Fehlern, der er immer gewesen ist. »Ihr müsst wissen, wie schwer es mir gefallen ist, euch zu verlassen. Die Entscheidung ist mir weiß Gott nicht leichtgefallen. Ein ganzes Jahr habe ich sie vor mir hergeschoben. Ich wollte bis nach Weihnachten warten, dann bis nach Valentinstag, Ostern, den Sommerferien und Beas Geburtstag. Bea, du und ich, wir haben immer diese besondere Verbindung gehabt …« Er verstummt und starrt mich an, als versuche er, unsere familiäre Bindung wiederzubeleben, aber ich wende den Blick ab.

Es schmerzt mich zu sehr, ihn anzusehen. Ich spüre keine Verbindung mehr, nur Kummer. Ich stecke nicht mehr in der Vergangenheit fest, sondern bin genau hier in diesem Moment, der es mir hoffentlich endlich ermöglicht, ihn loszulassen.

»Du warst mein kleiner Schatten, meine kleine Kletterpflanze, weißt du noch?«

Ich lächele höflich, merke jedoch, dass er keine Antwort erwartet. Er sieht mich nicht als einunddreißigjährige Frau. In seiner Erinnerung bin ich ein sieben Jahre altes Kind geblieben.

»Stundenlang haben wir draußen im Garten gearbeitet, jeden Tag hast du mich zum Lachen gebracht. Wenn mein Herz im Regen ertrank, hast du die Sonne hervorgezaubert. Wenn der Himmel schwarz war, warst du mein strahlender Stern. Jeder Moment, den ich mit dir verbracht habe, hat einen weiteren Tag meines Lebens gerettet. Doch dann gab es andere Tage, an denen mich nichts aus der Dunkelheit hervorlocken konnte, nicht einmal du. Ich hatte schreckliche Angst, dass ich dich mit mir nach unten ziehen würde. Ich konnte sehen, wie sich meine Angst in deinen Augen spiegelte, deine Empfindsamkeit simmerte unter deiner Haut. Du liefst umher, als würdest du die Welt auf deinen Schultern tragen. Ich hatte das Gefühl, daran schuld zu sein und dich zu sehr zu belasten. Mir war klar, dass ich Hilfe brauchte, und ich hoffte, dir und Cal ein guter Vater sein zu können, wenn ich mir diese Hilfe suchte. Ich ging nach Kalifornien, um mich selbst zu finden. Ich dachte, dort würde ich mich an glücklichere Zeiten erinnern und stark genug werden, um zurückzukehren. Aber in den sechs Wochen dort ist mir klar geworden, dass ich nicht stark genug bin, oder nicht mutig genug, darum bin ich anstatt nach Hause zu kommen weitergereist. Ich bin gegangen, weil ich wollte, dass ihr beide euch an Lonis Kometen klammert und nicht mit mir auf die Erde stürzt.«

Seine Worte brechen mir das Herz. »Warum bist du dann an dem Tag nach meinem Geburtstag gegangen?«, frage ich traurig. Ich habe so lange nichts gesagt, dass meine Stimme dünn klingt, piepsig, kindisch. Kindlich. »Wie sollte ich im Leben vorankommen, wenn mich jedes Jahr, das ich älter wurde, daran erinnerte, dass du ein weiteres Jahr nicht zurückgekommen bist?«

»Um deinen Geburtstag mit einem Lächeln auf dem Gesicht durchzustehen, brauchte ich all meine Kraft. Ich wollte dein kleines Gesicht sehen, als du an jenem Morgen aufgewacht bist. Zusehen, wie du deine Geschenke auspackst, wie du feierst, wie du deine Kerzen ausbläst. Ein ganzes Jahr lang hatte ich an dem Gartentagebuch für dich geschrieben, und als du es ausgepackt hast, wusste ich, dass es der richtige Zeitpunkt war zu gehen. Ich bin den Abend geblieben, aber ich hatte zu große Angst, noch einen Tag länger zu warten, falls ich völlig zusammenbrechen sollte. Das durfte ich nicht riskieren.« Er schüttelt heftig den Kopf, und sein Pferdeschwanz wischt über seinen Nacken.

»Stattdessen bin *ich* zusammengebrochen«, sage ich leise. »Nicht an dem Tag, auch nicht in dem Jahr, erst nach und nach, doch ich bin völlig zusammengebrochen …«

Len schaut mich an, nicht erschrocken oder mitfühlend, sondern mit dem leeren Blick eines alten Mannes. Ich starre auf meine Finger, die ich ängstlich knete. Als ich über den Tisch blicke und sehe, dass Len dasselbe tut, lasse ich sie los.

»Vielleicht wäre ich nicht krank geworden, wenn du da gewesen wärst«, provoziere ich ihn. Jetzt will ich ihm wehtun. Ich will ihn zwingen zu sehen, wie ähnlich wir uns sind.

»Nein«, widerspricht er leidenschaftlich.

»Woher willst du das wissen? Du hast eine Entscheidung getroffen, die sich auf mein gesamtes Leben ausgewirkt hat – du kannst nicht wissen, ob die gegenteilige Entscheidung besser oder schlechter gewesen wäre!«

»Doch, das kann ich, Bea«, sagt er leise. Seine Stimme bricht, und Loni sieht mich besorgt an. Sie greift erneut nach meiner Hand, und ich spüre, wie ihre Wärme, ihr Lebensgeist und ihre Stärke auf mich übergehen. »Doch, das kann ich«, wiederholt er, »weil mein Vater – dein Großvater – auch unter Depressionen gelitten hat.« Ich starre ihn an, doch erneut sieht er mich nicht. Len verliert sich in einer anderen Zeit. »Mein Vater … ist nie ein starker oder ein glücklicher Mensch gewesen. Er litt, genau wie ich gelitten habe. Aber er ist geblieben. Er hat so getan, als ginge es ihm gut, er hat versucht, so zu tun, als würde er funktionieren, und sich dazu gezwungen, mehr zu tun, als er konnte …« Ich schlucke, während Loni meine Hand drückt. »Aber er ist geblieben, Bea. Er hat das Versprechen, das er seiner Frau und seinen Kindern gegeben hat, in Ehren gehalten. Er hat sich so sehr bemüht, aber er hat es nicht geschafft. Er hat es einfach nicht geschafft.«

»Was ist mit ihm geschehen?«, flüstere ich, glaube es jedoch schon zu wissen.

»Er … hat sich das Leben genommen.« Lens Worte fallen wie Felsen von einer Klippe, und ich habe das Gefühl, ebenfalls den Halt zu verlieren.

Ich denke an den Tag, als Cal mich in meinem Schlafzimmer inmitten von Schulsachen, Karteikarten und diversen leeren Flaschen Paracetamol fand. Loni drückt fest meine

Hand. Mir bleibt die Luft weg, der Schmerz über meine Vergangenheit und über die meines Vaters raubt mir den Atem.

»Ich war acht Jahre alt«, sagt er. »Genau acht. Ich hatte viel zu viel mitbekommen und viel zu viel Verantwortung für einen Mann empfunden, den ich, wie ich mittlerweile weiß, nie hätte retten können. Das wollte ich dir nicht antun«, fügt er hinzu und fasst über den Tisch hinweg meine Hand. Er blickt zu Loni. »Keinem von euch. Es war mein Schicksal, nicht eures, und ich musste etwas tun, um den Teufelskreis zu durchbrechen. Eine andere Entscheidung treffen. Ich wusste, dass meine Krankheit zu stark ist und ich nicht mit der Schuld leben könnte, dich ebenfalls hinunterzuziehen, wie mein Vater es mit mir getan hatte. Immer, wenn du ein Jahr älter wurdest, erinnerte ich mich daran, wie ähnlich ich ihm war, und als du sieben wurdest, wusste ich, dass meine Zeit abgelaufen war. Ich musste mich für ein Leben entscheiden, in dem niemand für mich verantwortlich und in dem ich für niemanden verantwortlich bin.«

Ich habe das Gefühl, als würde mir an seiner Stelle das Herz brechen, doch Len wirkt emotionslos. »Bist du nicht einsam? Vermisst du uns?«, frage ich mit leiser Stimme.

»Das ist die einzige Art, wie ich leben kann, Bea«, erklärt er fest. »Es ist nur ein halbes Leben, aber es ist besser als nichts.« Er lächelt mir zu, und ich lasse zu, dass er weiter meine Hand hält. »Ich bedaure meine Wahl nicht. Dich heute zu sehen ist der Beweis dafür, dass ich die richtige Entscheidung getroffen habe.« Er sieht mich an, und seine Augen sind tränenfeucht. »Ich habe nie aufgehört, an euch zu denken. Tage, Wochen, Monate habe ich mich gefragt, was passiert wäre, wenn ich geblieben wäre. Wäre das Leben anders verlaufen – nicht für mich, doch für euch? Aber meine Antwort war immer negativ.« Seine Worte klingen abgehackt.

Ich möchte ihn trösten, ihm etwas sagen, wodurch er sich besser fühlt, aber ich weiß nicht, was. Hätte ich mich so immer gefühlt? Verantwortlich und zugleich hilflos? Wie wäre es gewesen, ständig das Gefühl zu haben, ich müsste meinen Vater davon abhalten, sich von einer Klippe zu stürzen? Hat sich Loni mir gegenüber so gefühlt? Als ich sie ansehe, bemerke ich, dass sie ihre Hand ausstreckt, um Lens andere Hand zu fassen. Einen Augenblick betrachtet sie diese, dann hebt sie sie an ihre Lippen.

Len schließt die Augen, ein heiteres Lächeln erscheint auf seinem Gesicht, und plötzlich schmelzen die Jahre dahin. Als er die Augen wieder öffnet, blickt er Loni wie ein Ehemann an, nicht wie ein Fremder. »Ich habe nie das Gefühl gehabt, dich wirklich verlassen zu haben. Nicht hier«, murmelt er und tippt sich an die Schläfe.

»Ich dich auch nicht«, entgegnet sie traurig.

»Ich glaube, es wird Zeit, dass wir es tun, stimmt's?«

Sie nickt und legt ihre Wange an seine Hand, und so sitzen sie einen Augenblick da. Es ist der Abschied, den sie nie hatte.

Sie hat gerade den Verlauf ihres Lebens mit einem anderen Ende gesehen, und sie weiß, dass sie dazu nicht bestimmt war.

»Und was nun?«, beende ich den Moment und fühle mich auf einmal wieder wie das Kind, das sich in die Umarmung seiner Eltern drängt.

Während er uns beide ansieht, legt sich Schweigen über uns. Die Sonne scheint schonungslos herab, und plötzlich habe ich das Gefühl, hier nicht länger sitzen bleiben zu können. Während er mich anstarrt, bekomme ich den Eindruck, dass er sich mein Bild für die Zukunft einprägt, aber seltsamerweise ist das für mich in Ordnung. Ich glaube, es wird auch für mich Zeit, mich zu verabschieden.

Ich ziehe ein Büchlein aus meiner Hosentasche und lege es vor uns auf den Tisch. »Das habe ich dir mitgebracht. Ich wollte, dass du weißt, dass du immer mein Vater gewesen bist, auch nachdem du gegangen warst.«

Blinzelnd blickt er auf das Buch, dann löst er die altersfleckige Hand von Lonis und streicht vorsichtig über das blaue Tagebuch mit den goldenen Buchstaben.

»Du hast es benutzt?« Er klingt hoffnungsvoll, und zum ersten Mal glänzen seine Augen.

Schnell nicke ich. »Als Kind und auch in letzter Zeit wieder, weil ich etwas Rat gebraucht habe. Ich hatte ein ziemlich schwieriges Jahr …« Ich halte inne. Ich will ihn nicht mit meinen Problemen belasten. »Dass ich das hatte … dass du auf diese Weise bei mir warst, hat es leichter gemacht. Danke.«

Er nickt, und eine Träne löst sich aus seinem Auge, ein Regentropfen in einem unendlichen Meer. Schnell wischt er sich mit der Hand über die Augen, dann steckt er die Hand in die Hosentasche, holt etwas hervor und reicht es mir.

Ich erkenne es sofort. Es ist eine grob gefaltete blaue Klappkarte, auf der mit Buntstiften *Ich liebe dich, Daddy, für immer!* gekritzelt steht. Die hatte ich an meinem siebten Geburtstag für ihn gemacht, damit er auch ein Stück von meinem Glück haben konnte. Während mir die Tränen den Blick verschleiern, öffne ich die Karte. Darin befindet sich eine Blume, die ich für ihn gepresst hatte. Es ist ein Vergissmeinnicht.

»Die habe ich vierundzwanzig Jahre lang jeden Tag bei mir getragen. Mit diesem Geschenk hast du mir erlaubt zu gehen, Bea, und du hast mir ein kleines Stück von deinem Herzen mitgegeben. Das sollst du jetzt haben, weil ich dich niemals vergessen könnte. Ich glaube, diese Version von dir, dieses liebende, hoffnungsvolle siebenjährige Mädchen, gehört zu der Version, die du dort von mir hast.« Er legt die Karte auf das Buch. »Der Vater, der dich über alles geliebt hat, der jedoch wusste, wenn er dich bei Loni lässt, würde sie dich zu den Sternen heben.«

# 68. Kapitel

Als Loni und ich auf dem Moped zurück nach Baga fahren, geht die Sonne gerade langsam wieder unter. Diesmal jauchzen und kreischen wir nicht. Nur das laute Surren des kleinen Motors ist zu hören, während wir über die löchrige Straße tuckern. Wir verspüren beide nicht das Bedürfnis, über das zu sprechen, was gerade passiert ist. Ich klammere mich um Lonis Taille und schließe die Augen, während der warme Wind mein Gesicht streichelt und die Sonne den letzten Schmerz heilt. Plötzlich wird mir mein Gewicht bewusst, wie schwer ich mich lange gefühlt habe, und wie stark Loni immer gewesen ist. Auf meine Bitte hin hält sie am Strand, um mich abzusetzen. Ich möchte einen Spaziergang machen.

»Weißt du, Bea«, sagt sie, als ich vom Moped steige. »Was ich aus all dem gelernt habe, ist, dass man sich im Leben nur für eins entscheiden muss, und das ist das Glück. Wende ihm nie wieder den Rücken zu, Liebes. Um glücklich zu sein, musstest du nicht deinen Vater finden. Du musst …«

»… mich selbst finden?«, frage ich.

Sie lässt die Griffe des Mopeds los und nimmt meine Hände. Als sie mich durchdringend ansieht, fühle ich mich ihr plötzlich näher als je zuvor. Ich lächle, und sie gibt mir einen mütterlichen Kuss auf die Stirn. »Ich glaube, das hast du schon getan. Ich bin so stolz auf dich, dass du den Mut hattest, noch einmal neu anzufangen. Aber jetzt ist es, glaube ich, an der Zeit, jemand anderen zu finden. Jemanden, der dich immer geliebt hat, ohne dich je einzuengen, der dich halten kann, ohne dich zu tragen, der dir dein Leben zurückgegeben und der dir gezeigt hat, wie echtes Glück aussieht …«

Ich schlucke meine Tränen hinunter und spreche seinen Namen aus: »Adam.«

Sie nickt.

»Meinst du nicht, es ist zu spät? Dass er mich schon aufgegeben hat?«

Sie schüttelt den Kopf und lächelt. »Den Menschen, den man liebt, gibt man nicht auf. Manchmal muss man allerdings schrecklich lange auf ihn warten …«

Sie blickt hinaus aufs Meer. Mir wird klar, dass sie von sich spricht. Jahrelang hat sie ihr Leben mit Arbeit und Menschen und Lachen und noch mehr Arbeit gefüllt, um die Tatsache zu überspielen, dass sie auf Dad gewartet hat. Darum hat sie sich nie von ihm scheiden lassen. Sie hat genauso sehr darauf gewartet, dass er zurückkommt, wie ich. Sie dreht sich um und sieht mich an.

»Ich glaube, du bist jetzt bereit, mein Schatz, bereit, das Leben zu leben, das du immer gewollt hast. Jetzt ist deine Zeit.«

Ich beobachte, wie sie den Arm hebt und loszischt. Ihre wilden Locken wehen hinter ihr im Fahrtwind. Sie sieht aus wie Susan Sarandon, und erneut spüre ich meine innige Liebe zu ihr.

Während ich hinunter zum Meer gehe, blicke ich auf die Karte in meiner Hand, die mein sieben Jahre altes Ich für meinen Vater geschrieben hat. Ich drehe sie, studiere beide Seiten und fühle mich in die Zeit zurückversetzt, bevor er uns verlassen hat. In die Zeit, als ich ein kleines Mädchen war, vor dem eine Welt voller Glück lag. Kann ich wieder zu diesem Mädchen werden?

Ein warmer Wind ist aufgekommen, und die Wolken fliegen schnell über den Himmel, unter dem sich sanft der saphirfarbene Ozean kräuselt. Barfuß laufe ich über den Strand aufs Ufer zu. Der Sonnenuntergang hat den Himmel entflammt, und als die Sonne ganz im Meer verschwindet, bemerke ich, dass das letzte Bild, das einem von ihr bleibt, ein goldener Ring ist … ein Ehering, der ins Meer fällt. Ich sitze am Strand, blicke auf meine nackte linke Hand und denke an meine Ehe, die ich weggeworfen habe. Aber auch an den Ehering, den Loni im Meer versenken wollte. Ich hole mein Handy hervor, weil ich mehr als alles andere mit Adam sprechen will. Ich weiß, dass das eigentlich nicht möglich ist, aber vielleicht, nur vielleicht, geht er ja diesmal ran. Er steht an oberster Stelle in meinem Telefonbuch, und ohne zu zögern drücke ich die Anruftaste.

»Hallo«, höre ich seine Stimme und erstarre, weil ich nicht wirklich damit gerechnet habe, dass er antwortet. Das Telefon klingelt weiter, und ich denke, dass ich mir das entweder eingebildet haben muss oder er aus einer anderen Welt heraufbeschworen und hier abgesetzt wurde, damit ich ihm erzählen kann, wie ich mich gerade fühle.

Ich drehe mich um und starre ihn ungläubig an. Ein Lächeln erscheint auf seinem gebräunten Gesicht. Sein dunkles Haar ist gewachsen, und sein Kinn ist von einem Bartschatten überzogen. Einen Augenblick schauen wir uns nur an, als könnten wir beide nicht recht glauben, dass der andere real ist, dass das hier tatsächlich passiert. Ich habe das Gefühl, mich in einer Art Paralleluniversum zu befinden. Eins, in dem Wunder existieren. Er ist da. Der einzige Mann, den ich je wirklich geliebt, dem ich je vertraut habe. Der einzige Mann, mit dem ich mir vorstellen kann, mein Leben zu teilen, steht hier vor mir.

»Als ich gehört habe, dass du hier bist, bin ich sofort gekommen«, murmelt Adam. Er hat sich in den zehn Monaten, die ich ihn nicht gesehen habe, verändert. Sein Haar lockt sich im Nacken, und seine Stirn und die grauen Augen wirken weniger matt. Stattdessen leuchten sie wie die Sterne, die bald über uns am Himmel erscheinen werden.

»A…aber wie?« Ich kann den Blick nicht von ihm lösen. Es fühlt sich magisch an, ein Zusammentreffen, das ich aus Träumen heraufbeschworen habe oder das vom Schicksal vorherbestimmt war.

»Loni hat mir erzählt, dass ihr nach Goa fliegt«, erklärt Adam lächelnd. »Und sie hat gesagt, sie würde dafür sorgen, dass du heute Abend herkommst.«

Ich blicke mich nach der dunklen Straße um, auf der Lonis Moped vor fünf Minuten verschwunden ist, und lache. Kein Zufall also, das Ganze war geplant. Er tritt auf mich zu, und in der Dämmerung sieht er beinahe überirdisch gut aus. Obwohl fast ein Jahr vergangen ist, wirkt er jünger als seit Jahren. Er wirkt nicht mehr so glatt, sondern wie aufgeraut, als hätte man seine Konturen ausradiert und sie weniger präzise neu gezeichnet. Er sieht nicht mehr so aus, als würde er versuchen, ein Ebenbild seines Vaters zu werden. Er sieht wie er selbst aus.

Als er sich neben mich setzt, werde ich rot, und als sein Bein meins streift, stockt mir kurz der Atem. Es liegen viele würzige Gerüche in der Luft, doch ich nehme nur Adams wahr. Er ist stärker und berauschender als alles, was die Natur erschaffen kann.

»Hast du ihn gefunden?«, fragt er. Er neigt den Kopf, während er mit den Fingern Kreise in den Sand malt.

»Nein«, erwidere ich, und sein Lächeln wandelt sich in Mitgefühl, bis ich hinzufüge: »Du hast ihn gefunden.« Ich lege meine Hand auf seine und muss mich zusammenreißen, um nicht ohnmächtig zu werden. »Dank dir habe ich ihn heute getroffen.«

»Das ist wundervoll, Bea, wirklich!«, sagt er leise und fasst meine Finger.

Meine Haut brennt, als würde sie mit seiner verschmelzen. Ich muss mich daran erinnern zu atmen. Ich habe das Gefühl, am Rand einer Klippe zu stehen, aber zum ersten Mal habe ich keine Angst zu fallen.

»Ich weiß nicht, wie ich dir danken soll, Adam. Dafür, dass du das alles für mich getan hast, dass du ihn für mich gesucht hast – und das nach allem, was ich dir zugemutet habe …« Ich blinzle meine Tränen weg. »Es tut mir so leid.«

»Ich verstehe, warum du es getan hast.« Er drückt meine Finger. »Ich habe dich immer verstanden, Bea. Ich habe das Gefühl, dass mein Herz deins bereits kannte, bevor ich dir begegnet bin.«

Ich nicke und hickse ein bisschen, weil ich ihm zustimme, aber nicht sprechen kann, und darüber müssen wir beide lachen.

»Und? Hat er dir die Antworten gegeben, nach denen du gesucht hast?«

»Einige. Genug. Das Treffen mit ihm hat mir klargemacht, dass ich mich nicht so sehr auf die Menschen konzentrieren sollte, die mich verlassen haben, sondern auf die, die immer bei mir gewesen sind …«

»Wie Loni«, sagt er lächelnd.

»Und du«, murmle ich und blicke ihm in die Augen.

Er streicht sich mit den Fingern durchs Haar und blickt zu den Sternen auf, die nacheinander als funkelnde kleine Lichter am Himmel erscheinen. Einen Augenblick sehen wir schweigend auf den dunklen Horizont vor uns und überlegen, was wir sagen, was wir als Nächstes tun sollen. Ich spüre, dass Adam es nicht weiß, und einen Augenblick macht mir das Angst. Doch dann wird mir klar, dass ich dran bin. Er ist so daran gewöhnt, alles zu klären, alles in Ordnung zu bringen. Doch diesmal werde ich das übernehmen.

Ich hebe an zu sprechen, doch da dreht er sich zu mir

um, und ich bemerke, dass sein Gesicht angespannt ist vor Angst. »Bea, ich bin hergekommen, weil du wissen sollst, wie leid es mir tut. Ich hätte dich nie zwingen dürfen, mich zu heiraten, als du noch nicht dazu bereit warst. Du musstest erst dein Leben in Ordnung bringen, und das habe ich nie wirklich verstanden. Ich dachte, es ginge nur darum voranzukommen, Kriterien zu erfüllen, Ergebnisse zu erzielen. Ich habe keinen Moment daran gedacht, dass es vielleicht nicht der richtige Zeitpunkt für uns sein könnte, dass es auch für mich Dinge gab, die ich erst erledigen sollte. Das ist mir erst klar geworden, nachdem du fort warst.« Er blickt mich an, und sein ernster Blick trifft mich ins Herz wie ein Pfeil. »Ich dachte, dass du mich an unserem Hochzeitstag verlassen hast, wäre das Schlimmste, das mir je hätte passieren können …«

»Es tut mir leid«, unterbreche ich ihn. Ich kann mich nicht zurückhalten. »Wenn ich die Zeit zurückdrehen könnte …«

Ich blicke Adam an. Ich möchte ihm sagen, könnte ich die Zeit zurückdrehen, würde ich alles anders machen, aber die Worte wollen mir nicht über die Lippen kommen. Weil mir im selben Moment klar wird, dass ich nichts anders machen würde … könnte. Ich musste mich erst auf diese Reise begeben, um dort anzukommen, wo ich jetzt bin. Vor einem Jahr war ich noch nicht bereit, Adam zu heiraten. Das hat sich nicht geändert. Aber jetzt habe ich mich mit allem, was es zu klären gab, auseinandergesetzt. Mit allem, was mich davon abgehalten hat, ganz loszulassen und nach vorn zu schauen.

»Wenn du die Zeit zurückdrehen könntest, würdest du nichts anders machen?«, beendet er meinen Satz. »Ich weiß. Ich auch nicht.« Er lächelt zärtlich, fast traurig. »Es ist gut. Ehrlich, Bea. Ich weiß jetzt, dass du die richtige Entscheidung für uns beide getroffen hast.«

»Oh … ja. Ja, ich glaub, das habe ich.«

Mein Mut sinkt wie die Sonne am dunklen Horizont. So war das nicht geplant. Welche Ironie. In dem Moment, in dem mir bewusst geworden ist, dass ich mit keinem anderen Mann als mit ihm leben möchte, ist ihm klar geworden, dass ich nicht die Richtige für ihn bin. Ich habe das Gefühl, schon zu sehen, wie sein Leben ab jetzt einem anderen Weg folgt. Wir stehen an einer Kreuzung, und anscheinend gehen wir von hier an in verschiedene Richtungen weiter.

»Du hattest recht. Ich bin dreiunddreißig Jahre alt und habe mir nie die Zeit genommen herauszufinden, was ich vom Leben erwarte«, sagt Adam mit entschlossener Miene. Für einen Augenblick ist der neue, entspannte Adam verschwunden, und seine Hudsonartigkeit ist zurück. Die Ernsthaftigkeit, der Ehrgeiz, die Entschlossenheit.

In der Ferne donnert es, der unausweichliche Sturm nach einem heißen Tag. Es fühlt sich nicht wie ein böses Omen an, sondern eher wie eine willkommene Pause von der Hitze. Bald ist alles vorbei, ein neuer Tag kann beginnen.

»Das ist okay, Adam«, erwidere ich tapfer. »Ehrlich, du musst es mir nicht erklären. Ich verstehe das.« Ich will aufstehen, doch er hält mich am Handgelenk zurück. Es kommt mir vor, als würden seine Finger ein unsichtbares goldenes Band bilden – wie ein Armband. Oder ein Ring. Egal was geschieht, mein Herz wird immer ihm gehören. Ich werde nie aufhören, ihn zu lieben. Ihn nie vergessen.

»Nein, lass mich ausreden, Bea, bitte«, fleht er. In der Ferne erhellt ein Blitz den Horizont wie ein Feuerwerk. »Ich bin hergekommen, um dir zu sagen, dass ich mich ändern will. Ich möchte ein anderes Leben führen.« Ein weiterer Blitz zuckt über den Himmel, heller diesmal, länger. »Ich möchte ein Mann sein, auf den *ich* stolz sein kann, nicht einer, auf den meine Eltern stolz sind. Darum habe ich in den letzten zehn Monaten versucht herauszufinden, wer ich bin. Zum ersten Mal in meinem Leben konnte ich meine eigenen Entscheidungen treffen, und dafür bin ich dir so dankbar, Bea. Ich bin dir so dankbar, denn ich weiß nicht, wo ich gelandet wäre, wenn ich das nicht getan hätte …«

*Bei mir,* denke ich traurig, während der Boden unter mir vom Donnern über mir erschüttert wird. *Du wärst bei mir gelandet.*

Ich fasse nach seiner Hand, Tränen laufen mir über die Wangen, während ich mich auf unseren unausweichlichen Abschied vorbereite. Ich dürfte nicht so aufgelöst sein. Schließlich war es meine Entscheidung, die uns so weit gebracht hat. Ich drücke seine Hand, um ihm zu signalisieren, dass es okay ist. Ich kann es ertragen.

»Ich weiß jetzt, wer ich bin, Bea, und in einer Sache bin ich mir noch sicherer als vorher …« Er hält inne und blickt mich an. Ich muss mich beherrschen, mich nicht in seine Arme zu werfen und ihn anzuflehen, mir noch eine Chance zu geben. Noch eine Chance auf Glück, mehr will ich nicht. »Weißt du, seit du mich verlassen hast, ist mir klar geworden, dass die einzige Entscheidung, die ich in meinem Leben selbst getroffen habe, die richtige war.«

Er lächelt, seine Mundwinkel heben sich, seine Lippen nehmen die Form eines Ankers an, und er hebt meine Hoffnung vom Meeresboden.

»Ja?«

Während es zu regnen beginnt, streicht er mir die Haare aus der Stirn. »Bea, du bist die einzige Sicherheit in meinem Leben, die eine Entscheidung, die ich allein getroffen habe, und du bist das Einzige, woran ich nie gezweifelt habe.«

Jetzt schluchze ich und presse dabei eine Hand auf meinen Mund, ich kann nicht glauben, dass das hier wirklich geschieht. Er umfasst meinen Kopf, bis sich unsere Stirnen berühren.

»Die Vergangenheit kann ich nicht ändern, aber du musst wissen, dass ich wirklich hart daran arbeiten werde, künftig ein anderes Leben zu führen. Ich habe bei Hudson & Grey gekündigt. Ich mache kein Sabbatjahr, ich bin endgültig gegangen.«

»Was willst du machen?«, frage ich. Meine Tränen mischen sich mit dem warmen Regen auf meinen Wangen. Er wischt sie fort, dann fasst er mein Kinn.

Ein lässiges, unbeschwertes Lächeln erscheint auf seinem Gesicht und hellt seine Augen derart auf, dass es mir vorkommt, als spiegelten sich die Sterne in ihnen.

»Ich weiß es nicht. Vielleicht werde ich mir eines Tages mein eigenes Geschäft aufbauen, aber vielleicht werde ich bis dahin einfach frei arbeiten …«

»Du wirst Zeitarbeiter!«, schnaube ich und muss durch meine Tränen hindurch lachen, und er stimmt mit ein.

Als es donnert, legt er instinktiv den Arm um mich, unsere Lippen treffen sich gerade, als erneut ein Blitz den Himmel teilt.

»Ich habe dich vom ersten Moment an geliebt, Adam Hudson«, sage ich, als ich mich endlich von ihm löse.

»Und ich habe nie aufgehört, dich zu lieben«, murmelt er.

Erneut senkt er die Lippen auf meine, doch als der Blitz über uns knistert, weicht er plötzlich zurück.

Ich sehe, dass er unsicher ist, er kann nicht glauben, dass ich eine Entscheidung getroffen habe. »Ich will dich nicht unter Druck setzen, Bea. Ich meine, vielleicht sollten wir es einfach langsam angehen lassen …«

Ich lege ihm meinen Finger auf die Lippen. »Ich weiß, was ich tue, okay?«, erwidere ich leise, und er blickt mir forschend in die Augen, dann nickt er.

Ich hole tief Luft, blicke Adam an und sehe wirklich ihn. Er ist nicht der starke, zuversichtliche Mann, den ich sieben Jahre lang gekannt habe. Er weiß nicht mehr, was er mit seinem Leben anfangen will. Dieser Adam ist nicht perfekt, er ist sich nicht immer sicher, und er macht Fehler. Und die Wahrheit ist, dass ich ihn mehr liebe als je zuvor.

»Ich möchte dich etwas fragen«, sage ich langsam und voller Überzeugung. »Du kannst dir natürlich Zeit lassen, weil das ein bisschen verrückt ist, aber ich muss meinem Instinkt vertrauen …«

»Ich bin bereit«, antwortet er.

Ich atme tief durch und fasse mich, bevor die Worte über meine Lippen kommen. Ein Risiko, ja, aber eins, zu dem ich bereit bin.

»Adam, willst du mich heiraten?«

Er blickt mich lange an, bevor er antwortet. Und in dem Moment habe ich bereits beide Szenarien durchlebt. Ich habe mir vorgestellt, dass ich lache und dass ich weine, wenn er Ja sagt, und mich in seine Arme werfe. Ich habe mir auch die Alternative vorgestellt. Und ich merke, dass ich beides akzeptieren könnte. Ich habe meine Entscheidung getroffen. Jetzt ist es an Adam. Was immer er sagt, ob Ja oder Nein, bleiben oder gehen, ich mache es, oder ich mache es nicht – ich werde es überleben. Es kommt, wie es kommt.

Erst als seine Lippen mit meinen verschmelzen und er immer wieder meinen Namen raunt, merke ich, dass er sich bereits entschieden hat.

»Ist das ein Ja?« Ich lache, fasse sein Gesicht und blicke ihm in die Augen, die voller Hoffnung sind.

»Natürlich ist das ein Ja, Bea!« Er lacht ebenfalls.

»Und du bist dir sicher, dass du das alles noch einmal durchmachen willst?« Ich blicke ihn an und suche nach irgendwelchen Zweifeln, die er doch haben muss. Er wäre kein

Mensch, wenn er die nicht hätte. »Hast du denn keine Angst, dass ich es nicht bis zum Altar schaffe?«

Der Anflug eines Lächelns umspielt seine Lippen, bevor er erwidert: »Doch … aber ich glaube, dieses Risiko gehe ich gerne ein.«

# März

Liebe Bea …

… und lieber März, komm herein! Ich bin ja so froh, dich zu sehen. Jedes Jahr bist du der Wendepunkt. Da die Natur an den wärmeren Tagen erwacht, inspirierst du auch uns, wieder mit der schweren Arbeit zu beginnen. Es ist eine geschäftige Zeit für Gärtner, aber Bea, du musst wissen, egal, wie manisch das Leben jetzt auch scheinen mag, bald wirst du den Höhepunkt deiner jahrelangen harten Arbeit feiern. Ich weiß, du hast viel geschuftet, Erde umgegraben, Zwiebeln gepflanzt und dich um neues Leben gekümmert. Ich wünschte, ich könnte da sein, um zu sehen, was du erreicht hast. Aber ich weiß, dass du immer ein bewunderndes Publikum haben wirst, das aufmerksam deine Leistungen verfolgt. Und ich weiß, dass du dich jetzt, wo der Frühling richtig begonnen hat, kaum noch an die kühleren Tage erinnerst, die sich über deinen Garten gelegt hatten. Wenn du hinunterblickst, entdeckst du statt nackter Erde winterharte Pflanzen, die nach einem langen, schweren Winter erneut in dein Leben drängen. Auf die musst du dich konzentrieren, Bea, nicht auf die, die es nicht geschafft haben.

Ich liebe dich so sehr, Bea. Ich habe dich immer geliebt, und ich werde dich immer lieben.

Dein Dad

# 69. Kapitel

Bea Hudson ist ganz oben.
34 »Gefällt mir«-Angaben.

Ich stehe an der Ecke Canada Square und blicke an dem beeindruckenden Gebäude hinauf, in dem sich ab jetzt der Firmensitz von Hudson, Grey & Friedman befindet.

Verglichen mit den Wolkenkratzern ringsum wirkt es klein, es verschwindet geradezu im Schatten des riesigen Canary Wharf Towers. Mit seiner viergeschossigen Glasfront und dem offenen Dach mit der Glaskuppel in der Mitte nimmt sich das neue Zuhause der Agentur wie ein kleines »i« inmitten einer Welt von Großbuchstaben aus. Aber gerade dadurch sticht es heraus.

Obwohl es ein ungewöhnlich warmer Märzabend ist, überläuft eine Gänsehaut meine Arme. Ich war überrascht, dass es dieses Jahr nicht geschneit, keinen späten Frost und keine Winterstürme gegeben hat. Die Narzissen haben ebenso wie die Krokusse und die Kirschbäume früh geblüht. Der Frühling kam schon im Februar und ist einfach geblieben.

Ich bin nervös. Nicht nur, weil heute Abend die Dachterrasse offiziell eingeweiht wird, bei deren Entwicklung ich eine maßgebliche Rolle gespielt habe, sondern weil ich davon überzeugt bin, dass Adam dort sein wird. Seit ich an Neujahr aus dem Haus seiner Eltern geflohen bin, haben wir uns nicht mehr gesehen.

Die zwei Monate ohne ihn sind mir unendlich lang erschienen. Als er mich bei Loni anrief, nachdem ich vom Pier zurückgekehrt war, sagte ich ihm, dass es falsch gewesen war wegzulaufen, dass ich nur etwas Abstand gebraucht hatte, um herauszufinden, was ich will. Und jetzt wüsste ich, dass ich mit ihm zusammen sein will. Ich habe nie etwas anderes gewollt. Aber er hat mir nicht zugehört. Er erklärte mir, ich habe recht gehabt. Dass er mich liebt und dass er mit mir zusammen sein will, aber dass wir nicht zusammen sein könnten, ehe wir nicht ein paar andere Dinge geklärt hätten. Dann berichtete er, dass er bei seinem Vater gekündigt und beschlossen hat, eine Weile wegzugehen. »Nicht lange«, fügte er schnell hinzu. »Ich verlasse dich nicht, Bea, das habe ich dir bereits gesagt. Ich werde dich nie verlassen. Ich muss mich nur erst selbst finden.«

»Wie lange wird das dauern?«, fragte ich. Mir war mulmig zumute, aber ich wusste, dass es für uns beide das Richtige war.

»Ich weiß es nicht, ein paar Wochen, ein oder zwei Monate vielleicht. Ich will mir eine Auszeit nehmen, um ein paar Dinge herauszufinden, und ich glaube, das solltest du auch tun. Aber ich komme zurück, das verspreche ich dir, Bea.«

In mir wallte die Erinnerung an Kieran auf, der das Gleiche gesagt hatte. Doch ich wusste, dass es diesmal anders war. Ich vertraute Adam. Ich glaubte an uns.

»Kommst du zurecht?«, fragte er, und ich blickte hinaus in den Garten.

»Klar. Ich werde mich in das Dachterrassenprojekt stürzen und meine Uni-Bewerbung fertig machen. Außerdem bin ich es gewohnt, allein zu sein. Ich will aber nicht ohne dich in die Wohnung zurückkehren. Milly hat mir das Angebot gemacht, vorübergehend bei ihr zu wohnen, das werde ich annehmen …«

Das hat Milly getan, als sie mit ihrer Tochter Holly Rose, die fünf Wochen zu früh in Brooklyn auf die Welt gekommen war, aus dem Krankenhaus kam. Sie hatte ihren Mutterschaftsurlaub bereits von den in New York gesetzlich vorgeschriebenen drei auf sechs Monate ausgedehnt. Und sie hatte darum gebeten, dass sie nach London zurückversetzt wird.

»Ich glaube, da gehöre ich hin. Ich habe schreckliche Sehnsucht gehabt – fast so schmerzhaft wie eine Wehe –, so sehr hat mir meine Familie gefehlt. Und natürlich du. Arbeiten kann ich noch den Rest meines Lebens, aber diese Zeit mit Holly wird nie wiederkommen. Auch für meine Eltern nicht. Ich möchte näher an zu Hause sein, damit ich den Mutterschaftsurlaub wirklich genießen und mit den Menschen teilen kann, die ich liebe. Die Firma versteht das, ihnen bleibt ja auch nichts anderes übrig. Es ist meine Entscheidung. Und was ist das Schlimmste, was passieren kann? Dass sie mich rausschmeißen und ich für einen anderen Hedgefonds arbeite? Oder …«, fügte sie hinzu, »… ich gründe meine eigene Firma. Weißt du, ich hab darüber nachgedacht, ob ich meine Fähigkeiten und meine Zeit nicht in etwas Gutes investieren sollte.«

»Zum Beispiel?«, fragte ich.

»Ich weiß nicht«, überlegte Milly. »Etwas Wohltätiges. Ich dachte, dass ich vielleicht eine Organisation gründen könnte, in der sich ehemalige Karrierefrauen für diverse gute Zwecke einsetzen. Seltsamerweise hat Marion mich dazu inspiriert. Ich weiß, sie ist eine schreckliche Nervensäge, aber sie macht jede Menge Charity-Sachen. Dort könnte ich meine Fähigkeiten sinnvoll einsetzen.

Ich könnte Investoren ermutigen, einen Teil ihrer Hedgefonds-Gewinne in wohltätige Projekte zu investieren. Es gibt ein paar Firmen, die das bereits tun, aber ich bin mir sicher, da geht noch mehr …«

»Das ist eine tolle Idee«, sagte ich. »Du hast eine natürliche Begabung, Menschen zu helfen. Du bist immer für mich da gewesen. Außerdem bist du sehr überzeugend.«

»Ist das die Umschreibung für rechthaberisch und kontrollsüchtig?« Sie lachte, und ich lachte ebenfalls.

»Na, klar.« Dann hörte ich Holly glucksen, und plötzlich spürte ich tief in mir einen Schmerz, einen kleinen Stich, vollkommen lautlos, aber zugleich lauter als alles, was ich je gehört hatte. So laut wie eine tickende Uhr, und ich stellte mir vor, dass der Zeitball erneut fiel. Noch ein Zeichen.

Adam schlug vor, dass wir unsere Wohnung vermieten sollten. »Wenn ich dann zurück bin, können wir uns nach einem neuen Zuhause umsehen, irgendwo, wo wir beide wohnen möchten. Vielleicht mit Garten. Das wäre toll, für … na ja, eine Familie. Diesmal wird es anders«, sagte er leise. »Versprochen.«

Ich blicke über meine Schulter zurück, als würde ich seine Gegenwart spüren. Doch da ist niemand. Ein junges Paar, ungefähr in meinem Alter, schlendert Arm in Arm die Straße entlang, und bei ihrem Anblick geht mir das Herz auf. Sie wirken so harmonisch. Als könnte nichts sie je auseinanderbringen.

Ich betrete das Gebäude und fahre mit dem Aufzug in die oberste Etage. Es kommt mir vor, als wäre mein Leben auf dem Gipfel angelangt. Und nun stehe ich an der Grenze zu einer neuen Welt, für die ich vollkommen bereit bin.

Der Eingang der Glaskuppel, die in der Mitte der Dachterrasse platziert ist, öffnet sich, und ich schnappe unwillkürlich nach Luft. Stolz steigt in mir auf beim Anblick dessen, was aus James' und meiner Vision in der Realität geworden ist. Unter der erhabenen Kuppel aus Glas bilden gebogene Spaliere eine innere Kuppel. Darüber ist ein duftender Teppich aus Blumen gewebt. Die Blumen auf dem Spalier können je nach Jahreszeit ausgetauscht werden, doch heute Abend haben wir uns für rote, sternförmige Kosmeen entschieden. Eine Anspielung sowohl auf James' Chelsea-Garten als auch auf meine Geburtstagsblume. Es gefällt mir, dass ihre roten Blüten die Glaskuppel noch mehr wie den Zeitball des Royal Observatory aussehen lassen. James meint, es sei vor allem dieser Idee zu verdanken, dass wir den Pitch gewonnen haben. Hinter den Blumen ist der Sternenhimmel zu erkennen, sodass sie wie Sterne vor Sternen wirken – und an sonnigen Tagen kann man das Dach wie einen Blumenkelch öffnen.

Ich trete aus der Glaskuppel auf die Terrasse, wo wir die Themen Arbeit/Freizeit und Tag/Nacht zu einem ganz und gar einzigartigen Ort kombiniert haben.

Der 200 Quadratmeter große Bereich ist von einer Glaswand umgeben und von Bäumen und Pflanzen gesäumt. In der Mitte befindet sich eine Saft- und Tee-Bar zum Selbermachen. In die Mitte des hübschen Tresens aus gebürstetem Beton sind Zitronen- und Orangenbäume, Chilipflanzen und ein Kräutergarten eingelassen, und auf jeder Seite stehen zehn Eames-Stühle, vor denen sich wiederum jeweils eine iPad-Station befindet. Der Gedanke dahinter ist, dass die Angestellten der Agentur als Erstes am Morgen herkommen, sich ihren eigenen Pfefferminz- oder Kamillentee pflücken und sich ihren

Frühstückssaft auspressen. Unter der Theke ist ein verschlossener Schrank mit Alkoholika angebracht, sodass die Bar abends oder zu besonderen Gelegenheiten in eine Cocktailbar umgewandelt werden kann.

Beleuchtete Birken und Gräser wirken wie eine lebendige Tapete. In einer Ecke steht ein futuristisch anmutendes Wasserspiel. Es besteht aus einer moosbedeckten Plastik in Form einer Sanduhr, deren Vorderseite offen ist und den Blick auf Plexiglasrohre freigibt, durch die das Wasser aufsteigt und hinunterfließt. Sie soll die Angestellten an das ständige Vergehen der Zeit erinnern, auch wenn sie sich auf einem der eingebauten Lehnstühle entspannen.

»Ziemlich beeindruckend, dein erstes Projekt, Bea.« James stellt sich mit verschränkten Armen neben mich und lächelt einem Kellner zu, der ihm ein Glas Champagner anbietet. Er nimmt einen Schluck und stützt das Glas auf seinem Ellbogen ab.

Lächelnd drehe ich mich zu ihm um. »Ich habe jeden Augenblick genossen, James. Danke, dass du mir diese Chance gegeben hast …«

»Ich bin froh, dass wir uns im richtigen Augenblick begegnet sind. Schade, dass es vorbei ist, oder?«, sagt er und wirft mir einen Seitenblick zu. »Ich würde dir gern noch mehr Chancen geben, weißt du? Dich als meine Assistentin fest einstellen …« Seine Worte hängen in der kalten Abendluft wie Sterne am Himmel.

»Danke, James«, erwidere ich nach einem Augenblick. »Aber ich habe beschlossen, tatsächlich zurück auf die Uni zu gehen und meinen Abschluss zu machen. Ich bin mir nicht sicher, ob ich noch lange in London wohnen werde.«

Ich denke an mein zweiundzwanzigjähriges Ich, das derart von seinen Fehlern paralysiert war, dass es seinen

Entscheidungen nicht mehr traute. Selbst den richtigen nicht. Und sosehr ich die Arbeit auch liebe und so schwer es mir fällt, sie hinter mir zu lassen, mein Herz gehört doch den Landhausgärten, sie möchte ich gestalten. Es wird Zeit, zu meinen Wurzeln zurückzukehren. »Ich bin an der UEA in Norwich angenommen worden. Ich kann dort mein letztes Jahr nachholen und den Abschluss machen – dank dieses Jobs. Ich fange im September an.«

»Nicht in Greenwich?«, fragt er überrascht, und ich schüttle den Kopf.

»Die konnten mich nicht unterbringen, und außerdem verspüre ich eine starke Sehnsucht, nach Hause zurückzukehren. Mir ist klar geworden, dass ich die ganze Zeit, die ich in London gewohnt habe, gegen mein Heimweh angekämpft habe. Ständig habe ich damit gerungen, dass es mich zu dem unendlich weiten Himmel und der Küste zurückzog – und natürlich zu meiner Familie …«

James umarmt mich väterlich. »Ich nehme es dir nicht übel, das ist ein sehr besonderer Ort. Und wenigstens bleibst du mir noch bis September erhalten. Das sind noch ganze sechs Monate, stimmt's?« Er lächelt. »Und du bist herzlich willkommen, mir zu assistieren, wenn du dein Abschlussprojekt machst. Oder für mich nach einem Büro in Ostengland Ausschau zu halten«, fügt er hinzu. »Ich wollte schon länger expandieren, um auch größere, eher gartenbauliche Projekte auf dem Land realisieren zu können. Bis jetzt hat es einfach nicht gepasst, ich wusste schlichtweg nicht, mit wem ich sie durchführen könnte. Was sagst du dazu? Es fühlt sich an, als hätte das Schicksal uns zusammengeführt, oder?«

Ich nicke erfreut. Dann legt er einen Schalter um, sodass die Terrasse von warmem Licht geflutet wird, und die ersten Gäste treffen ein.

Eine Stunde später ist die Party in vollem Gang. Ununterbrochen werden Champagner und Kanapees herumgereicht, Hunderte Gäste streifen über die Terrasse, und James und ich haben bereits unzählige Komplimente erhalten. Ständig kommt er zu mir und erzählt mir von einer weiteren Firma, die ihren Außenbereich von uns gestalten lassen will – in Soho, Hoxton, Chiswick, Pimlico, Poplar. Adams ehemalige Kollegen haben mich mit Lob und Dank überhäuft. Sie können ihre Überraschung kaum verbergen, dass die unscheinbare Maus von der Zeitarbeit ihrem Leben eine neue Richtung gegeben hat. Die meisten von ihnen haben mich gefragt, ob Adam heute Abend kommt, und ich musste ihnen sagen, dass ich es nicht weiß.

Ich glaube, er kommt, ich spüre es. Und ich vertraue meinen Instinkten. Ich weiß es einfach.

# 70. Kapitel

Bea Bishop ist ganz oben.
34 »Gefällt mir«-Angaben.

Als ich aufwache, ist es noch dunkel, und ich brauche einen Augenblick, um mich zu orientieren. Mein ganzer Körper ist von der angenehmen Wärme umgeben, die man nur spürt, wenn sich ein anderer Mensch an einen schmiegt. Das Gewicht von Adams Arm ruht wie ein Anker auf meinem Körper. Das beschreibt sehr genau, wie ich mich in den letzten Wochen gefühlt habe, seit wir in Goa wieder zusammengekommen sind – sicher verankert. Adam kuschelt sich mit der Nase an meinen Nacken, und ich drehe mich zu ihm um. Er atmet tief und gleichmäßig, ganz offensichtlich schläft er noch. Er konnte immer gut schlafen, daran hat sich nichts geändert, doch während ich mich sonst von einer Seite auf die andere gewälzt habe, wache ich jetzt in genau derselben Position auf, in der ich eingeschlafen bin. Es ist, als würde ich sogar im Schlaf spüren, dass ich genau dort bin, wo ich sein möchte.

Seit jenem Abend am Strand sind wir unzertrennlich, doch nachdem wir noch eine Woche in Goa geblieben waren, um über unsere Zukunft zu sprechen, haben wir beschlossen, nicht in Adams Wohnung zurückzukehren. Stattdessen wohnen wir bei Milly. Was praktisch ist, wenn ich im Blumenladen arbeite. Und an meinen freien Tagen fahren wir zu Loni raus. Ich genieße es, Adam die Küste von Norfolk zu zeigen, allmählich lernt er meine Heimat und meine Familie besser kennen. Wie oft wir in den Jahren davor bei Loni gewesen sind, kann ich an einer Hand abzählen. Ich hatte zu viel Angst, mich mit allem auseinanderzusetzen.

Jetzt bin ich bereit dazu.

Als ich auf die Uhr blicke und sehe, dass es noch nicht einmal fünf ist, schließe ich erneut die Augen. Doch sofort springt mein Gehirn an, ich höre das tickende Geräusch meiner Gedanken, die sich im Kreis drehen. Seit Wochen habe ich nicht länger als bis fünf geschlafen, obwohl ich mit Adam meist bis weit nach Mitternacht wach bin. Es ist, als wären die Tage nicht lang genug, um das aufzuholen, was wir im vergangenen Jahr verpasst haben. Wir gehen ins Bett, reden, küssen uns, lachen, lieben uns und dann reden wir weiter. Wir sind nicht mehr dasselbe Paar wie zuvor, wir sind beide glücklicher. Besser kann sich eine neue Beziehung nicht anfühlen. Wir sind nicht so verlegen wie zwei Menschen, die sich noch nicht so gut kennen – es entstehen keine unangenehmen Pausen, die dringend gefüllt werden müssen, wir wollen den anderen nicht beeindrucken, sodass man sich gar nicht mehr wie man selbst verhält. Doch wir stellen auch keine Vermutungen übereinander an. Wir haben unsere Wurzeln ausgegraben, uns verpflanzt und wachsen nun gemeinsam, nicht mehr getrennt voneinander.

Mit geschlossenen Augen liege ich ein paar Minuten da und atme im Gleichklang mit Adam. Es gibt mir das Gefühl, auf dem Wasser zu treiben und auf den Wellen zu schaukeln. Und einen Augenblick werde ich in die Vergangenheit zurückgezogen, was mir oft passiert, seitdem ich mit Adam zum Cromer Pier gegangen bin und ihm die Wahrheit über das erzählt habe, was in jener Nacht passiert ist. Es ist, als hätte ich jetzt, wo alles offenliegt, keine Angst mehr, mich zu erinnern, und jedes Mal wenn ich daran zurückdenke, sehe ich die Einzelheiten etwas deutlicher vor mir und kann ein bisschen mehr loslassen.

*Es ist tiefdunkle Nacht, die Stadt ist verlassen, der Regen peitscht auf uns nieder und tropft von unseren Körpern. Alles ist nass – Haare, Wangen, Nase, Hals, Arme, Beine, aber das ist uns egal. Wir sind immun gegen die Natur, unempfindlich gegen jedes Gefühl außerhalb unserer Körper.*

*»ICH WILL MEHR!«, schreit Elliot uns durch den Wind zu, kippt den letzten Rest Wodka aus der Flasche in seinen Mund und schluckt ihn hinunter wie eine Möwe, die einen Fisch verschlingt, dann wirft er die Flasche ins Meer. Er taumelt seitwärts auf Kieran und mich zu, die wir dabei sind, uns auf dem Pier zu küssen. Unser Speichel mischt sich mit dem Regen, unsere Hände streichen über unsere Körper, unsere Lust wird von der Naturgewalt ebenso wie vom Alkohol angeheizt. Als ein Donner ertönt und ein Blitz den Himmel teilt, stößt Elliot gegen uns.*

*Kieran und ich lösen uns nur widerwillig voneinander, während Elliot sich über das Geländer beugt. Wir beobachten, wie er hinaufklettert und wie ein Seiltänzer auf der rutschigen Brüstung steht. »DU KANNST MIR NICHTS ANHABEN!«, schreit er zum Himmel. »ICH BIN UNBESIEGBAR!« Obwohl ich schon häufiger gesehen habe, dass er verrückte Stunts vollführt, einer riskanter als der andere, stockt mir bei seinem Anblick der Atem. Elliot ist nicht leicht zu ängstigen.*

*»Hoppla!«, schreit er und springt lachend und laut johlend auf den Steg zurück.*

*Kieran und ich blicken einander an und verdrehen die Augen, wie Eltern es tun würden. Kieran küsst mich zärtlich, doch Elliot schiebt uns auseinander wie ein Kind, das versucht, sich zwischen seine Eltern zu drängen. Er schiebt seine Faust zwischen unsere Nasen und öffnet dann die Hand, um uns drei kleine blaue Pillen zu präsentieren. Sein Blick zuckt manisch zwischen uns hin und her, und er grinst wie der Joker. Den ganzen Abend schon ist er völlig aufgedreht.*

*»Lust auf ein Stück Himmel, Leute?«, fragt er, küsst jede einzelne Pille und blickt uns erneut an. »Kieran hat sie besorgt, stimmt's, Bruder?«*

*Kieran wirft mir einen entschuldigenden Blick zu, und mir ist klar, dass ich das nicht hätte erfahren sollen.*

*Elliot fasst mein Handgelenk, öffnet meine Hand und legt eine Pille hinein. Dann wirft er Kieran eine zu, der diese mit Leichtigkeit fängt.*

*»Auf drei«, sagt Elliot, »werfen wir den Kopf in den Nacken und schlucken, okay? Die drei Musketiere, ja? Alle für einen, einer für alle! Bereit? Eins …!«*

*Kieran schließt die Hand um die Pille und wirft sie ins Meer.*

*Ich tue es ihm gleich, dann fassen wir uns lächelnd an den Händen.*

*»Muschi!«, faucht Elliot.*

*»Nenn mich, wie du willst«, erwidert Kieran gleichgültig.*

*»Ich hab nicht mit dir gesprochen.« Elliot öffnet die Augen und blickt mich aus seinen dunklen, stechend grünen Augen herausfordernd an. Seine Augen unterscheiden ihn von seinem Bruder. Ich wünsche mir so sehr, dass er mich mag, aber je näher ich Kieran komme, desto weiter entferne ich mich von Elliot.*

*»Du bist ja total übergeschnappt.« Kieran tritt vor und schubst seinen Bruder weg.*

*»Ich versuche nur, ihre wilde Seite für dich herauszukitzeln, Bruder. Ich weiß doch, wie sehr du darauf stehst.« Elliot blickt mich an und hebt seine gepiercte Braue. »Ich bin mir SICHER, dass sie eine hat! Wenn nicht, wärst du nicht mit ihr zusammen …« Er hält inne und grinst. »Eins, zwei, drei!«, ruft er, schließt die Augen, legt den Kopf in den Nacken und schluckt die Pille hinunter.*

Adam bewegt den Arm, als würde er meine Unruhe spüren. Seine Hand gleitet unter die Decke, bis er meine findet, dann lässt er sie nach einem Moment sanft wieder los und sinkt erneut in Schlaf.

*Einfältig lächelnd beobachte ich, wie Kieran über den Strand läuft, um noch mehr Zigaretten und Alkohol aus dem Bus zu holen, der ungefähr eine Meile entfernt an der Strandpromenade parkt. Ich brauche keine Drogen und kein Adrenalin, um mich richtig gut zu fühlen, und Kieran auch nicht.*

*»Wenn du meinst, er würde dich lieben, machst du dir was vor«, zischt Elliot in mein Ohr.*

*Ich weiche vor ihm zurück, seine Nähe ist mir unangenehm. Da ich mich sicherer als sonst fühle, drehe ich mich zu ihm um und lächle ihn an. »Das kannst du doch gar nicht beurteilen.« Ich klinge überheblich, aber ich kann nicht anders. Ich bin betrunken vor Liebe und high vom Leben. Eine berauschende Mischung.*

*Elliot tritt zu mir und legt mir seine Hand auf die Schulter. »Er wird dir das Herz brechen, so wie bislang jedem Mädchen.«*

*Ich schlucke. Wir sind erst seit drei Monaten zusammen, aber ich kann mir ein Leben ohne Kieran nicht mehr vorstellen. Ich brauche ihn. Wenn er mich verlässt, wüsste ich nicht, was ich tun würde – und das ängstigt mich.*

*»Weißt du, was ich denke?«, sagt Elliot. »Du gehörst zu den Mädchen, die immer verlassen werden …« Plötzlich lacht er. Es ist ein wildes, triumphierendes Gejohle, und ich merke, wie mein Selbstbewusstsein schrumpft.*

*Ich starre über die Promenade und hoffe, dass Kieran bald aus der Dunkelheit geeilt kommt, um mich zu retten, doch da ist niemand.*

*»Ich kenne meinen Bruder«, fährt Elliot fort. »Blut ist immer dicker als Wasser. Er liebt Abenteuer, Gefahr und Risiko, bald wird es ihm zu langweilig, eins auf glückliches Pärchen zu machen. Das*

*weiß ich, weil er und ich uns gleich sind. Schließlich sind wir Zwillinge.« Er tritt vor und fasst meinen Arm. »Wir wollen beide dasselbe.« Er packt meinen anderen Arm, und ich schnappe lautstark nach Luft und wende das Gesicht ab. Sein Atem riecht widerlich nach Rauch und Alkohol. Ich versuche, mich loszumachen, während er sich zu mir beugt und seine Lippen meinen gefährlich nahe kommen. »Und glaub mir, wenn ich sage, dass wir kein braves Mädchen wie dich wollen.« Dann stößt er mich weg, und ich taumle zum Geländer, an dem wenige Minuten zuvor noch er gestanden hat.*

*Ich blicke auf das Metall, dann hinunter in den Schlund, in dem sich die wilden Wellen brechen, und bin mir sicher, ihm ein für alle Mal beweisen zu können, dass ich Kieran genüge.*

*»Er liebt dich nicht«, höhnt Elliot, »er liebt dich nicht, er liebt dich nicht …«*

*Schnell klettere ich auf das Geländer, vom jahrelangen Laufen am Strand sind meine Füße geschmeidig und kräftig. Wie eine Turnerin auf einem Balken klammere ich mich mit den Füßen um die Brüstung. Ich blicke zurück zu Elliot, der mich ungläubig und – ja – voller Bewunderung anstarrt. Ich lächle ihn an und genieße den Moment im Scheinwerferlicht, dann wende ich das Gesicht wieder dem Meer zu. Und treffe die verrückteste, leichtsinnigste und rebellischste Entscheidung meines Lebens.*

*»Du meinst, ich wäre ein braves Mädchen, ja? Total vernünftig, ohne je ein Risiko einzugehen?«, kreische ich. »Na, ich wette, das kannst du nicht!« Ich beuge mich vor und lasse mich mit geschlossenen Augen wie eine Leiche ins Wasser fallen.*

»Du bist zuerst gesprungen?«, fragte Adam ungläubig, und ich nickte, dann stieß ich einen erstickten Schrei aus und schlug mir die Hände vors Gesicht. Erneut wollte ich mich verstecken, weil ich mich schämte und bedauerte, was mich jahrelang an meiner ganzen Existenz und an mir selbst hatte zweifeln lassen.

Eine Entscheidung – eine dumme, gedankenlose Entscheidung – hatte ein Leben gekostet. Und nicht meins. Wie konnte ich weiterleben, und wie konnte ich je wieder einer meiner Entscheidungen trauen? Ich habe Elliot nicht gestoßen, nein. Aber ich habe ihn herausgefordert. Ich habe ihn in Versuchung geführt. Ich habe ihn dazu verleitet, dasselbe zu tun.

Adam schüttelte den Kopf. »Und das hast du niemandem erzählt?«

»Nur Kieran, nachdem wir versucht hatten, Elliot zu retten. Er sagte, er würde allen erzählen, dass Elliot allein gesprungen sei. Wir waren ohnehin vom Regen durchnässt, sodass niemand den Unterschied bemerkt hat …«

»Ach Bea«, sagte Adam und zog meinen Kopf an seine Brust.

Ich spürte seinen Herzschlag an meinem Kopf wie eine tickende Uhr, die zählte, wie viele Sekunden verstrichen, bis er weitersprach. Ich zählte jede einzelne, und als immer mehr verstrichen, war ich sicher, dass er mir gleich sagen würde, er könne niemanden lieben, der so leichtsinnig, gedankenlos und so dumm sei wie ich.

»Du hättest sterben können«, bemerkte er schließlich, nahm mein Gesicht in seine Hände und blickte mir in die Augen. In seinen schimmerten Tränen. »Du hättest sterben können, und dann hätte ich dich nie getroffen.«

*Hustend und spuckend schleppe ich mich aus dem Wasser an den Strand, während der Regen auf meinen Rücken trommelt. Es fühlt sich an, als würde mir jemand anerkennend auf den Rücken klopfen. Dann sprinte ich über den Strand zurück zum Steg und poltere mit meinen nackten Füßen über die Holzbohlen.*

*Elliot wartet auf mich, während ich lachend und jauchzend wie eine Verrückte auf ihn zu hüpfe. »Das hast du mir nicht zugetraut!«, kreische ich und habe für einen kurzen Augenblick das Gefühl, die Schlacht wäre vorbei, ich hätte mich endlich bewiesen.*

*»Das sah verdammt IRRE aus!«, schreit er mit wildem Blick, während er sich über das Geländer beugt.*

*Der Regen prasselt jetzt noch stärker auf uns herab, und ich fange an zu zittern. Ich wische mir mit der Hand durchs Gesicht und wringe mein Haar aus. Und als ich mich wieder aufrichte, sehe ich, wie Elliot auf das Geländer klettert. Er geht wie ein Affe in die Hocke und grinst.*

*»Du glaubst doch wohl nicht, dass ich vor einer Wette kneife, oder? Ich bin UNBESIEGBAR!«, schreit er.*

*»Nicht, Elliot, das ist gefährlich!«, schreie ich zurück. »Du hast zu viel getrunken. Ich hatte eben nur Glück!«*

*»Glück ist mein zweiter Vorname!«*

*Ich drehe mich um und sehe Kieran am anderen Ende des Piers. Verzweifelt winke ich ihm zu, aber ich bin mir nicht sicher, ob er mich in der Dunkelheit sehen kann. »KIERAN!«*

*Er beginnt zu rennen, und ich wende mich erneut zu Elliot um.*

*»Schau mich an, Bruder!« Elliot lacht, und ich sehe, dass Kieran über den Steg rast. Er schreit, aber seine Worte werden von Wind und Regen davongetragen.*

*Plötzlich steht Elliot auf, doch auf einmal verändert sich seine Miene … Er verliert den Halt, rutscht ab, fällt und schlägt sich den Kopf am Steg an.*

*Ich schreie und renne zum Geländer, wo ich zusehe, wie sein Körper wie eine Pusteblume durch die Luft schwebt, bevor er wie ein Stein ins Wasser fällt. Atemlos und heiser schreit Kieran ebenfalls. Wir beugen uns über die Dunkelheit, doch Elliot ist in den schwarzen Massen verschwunden. Ich blicke zu Kieran, der sich die Kleider auszieht.*

*»Ich hole ihn!«*

*»Ich komme mit dir!«*

*Erneut klettere ich auf das Geländer, fasse Kierans Hand, und wir springen.*

»Du bist noch mal gesprungen?«, fragte Adam.

»Ich musste doch versuchen, Elliot zu retten. Dass er überhaupt da hinaufgestiegen ist, war meine Schuld …«

»Was ist dann passiert?«

»Kieran hat ihn gefunden. Ich werde nie verstehen, wie er es geschafft hat, ihn an die Oberfläche zu zerren. Dann haben wir ihn zu zweit zurück ans Ufer gezogen. Er hatte eine klaffende Wunde am Kopf, überall war Blut. Durch den Aufprall hat er sofort das Bewusstsein verloren. Kieran hat versucht, ihn wiederzubeleben, während ich einen Rettungswagen gerufen habe. Als die Sanitäter fünf Minuten später eintrafen, haben sie nur noch seinen Tod feststellen können.«

Als Adam fassungslos schwieg, senkte ich den Kopf. »Jetzt kennst du die Wahrheit. Durch mein Handeln ist ein junger Mann gestorben. Acht Jahre lang habe ich versucht, mit der Schuld zu leben – und dann tauchte an unserem Hochzeitstag plötzlich Kieran auf. Da ist mir klar geworden, dass ich mich nie mit alledem auseinandergesetzt habe. Ich habe mich für das gehasst, was ich getan habe. Und wenn ich selbst nicht mit mir leben konnte – wie konnte ich das von dir erwarten?«

Adam nahm mich in die Arme und sah mich traurig und voller Mitgefühl an »Nein, Bea, Elliot ist gestorben, weil er verrückt und nicht mehr zurechnungsfähig war. Er ist freiwillig da oben raufgeklettert. Du hast ihn nicht gezwungen, und du hast ihn nicht dazu getrieben. Es war ein Unfall, ein tragischer Unfall. *Seiner,* Bea, nicht deiner.«

Und dann hielt er mich, während ich erneut weinte und um den Jungen trauerte, der sein Leben verloren hatte, und um das Mädchen, das nie darüber hinweggekommen war.

»Es ist nicht deine Schuld«, flüsterte Adam wieder und wieder, während er mir über den Kopf strich. »Das konntest du nicht wissen. Du musst loslassen.«

Adam wacht auf und nimmt mich in die Arme, woraufhin ich genüsslich die Augen schließe. Nachdem wir fast ein Jahr getrennt waren, weiß ich diesen wundervollen Mann noch mehr zu schätzen. Adam hat immer gewusst, wie er mich aufmuntern kann. Ich denke an all die »Weißt du noch, als …?«-Geschichten, die er mir erzählt hat, um die glücklichsten Momente unserer Beziehung heraufzubeschwören.

»Hey, du«, sagt er verschlafen. »Woran denkst du?«

»Ach, nichts Besonderes.« Ich schmiege mich an seinen Hals.

Er stemmt sich auf den Ellbogen hoch und stützt den Kopf mit der Hand ab. »Okay, weißt du noch, als …«

Ich lege meinen Finger auf seine Lippen und überrasche ihn. »Können wir jetzt bitte nicht über die Vergangenheit sprechen?«, frage ich entschuldigend. »Ich möchte einfach hier sein … in diesem Augenblick. Mit dir.«

Er nickt und hält mich fest, und erneut fühle ich mich sicher.

Und dann flüstert er mir leise ins Ohr – er spricht nicht von Erinnerungen an glückliche Zeiten, sondern über all das, was noch vor uns liegt. Während er ein Bild von unserem künftigen Leben, unserem Zuhause, unserer Familie malt, weine ich leise. Er beschreibt detailliert unsere Kinder, denen er gleichermaßen Teile von ihm und von mir zuschreibt, in denen sich das Beste von uns mischt, sodass aus zwei Menschen drei werden und dann vier. Er spricht von seinen Eltern als Großeltern, von Loni und Cal, dass wir dafür sorgen müssten, sie alle oft genug zu sehen, damit unsere Familie auf immer miteinander verbunden bleibt. Viele Leben in einem.

»Lass uns heute Abend ausgehen«, schlägt Adam zufrieden vor, als er damit fertig ist, unsere Zukunft zu entwerfen. »Ich hole dich nach der Arbeit im Blumenladen ab, und wir gehen essen.«

Es ist ein für die Jahreszeit ungewöhnlich warmer Abend, als Adam und ich durch die Straßen von Canary Wharf laufen. Es ist seltsam, wieder hier zu sein. Ich muss hier heute Abend einem Gartenarchitekten einen ganz besonderen Strauß vorbeibringen. Er kam heute Morgen völlig panisch in den Laden gerannt, weil er eine Blumendekoration für eine Party heute Abend brauchte. Diese hatten wir ihm am Nachmittag schon geschickt, aber gerade als Adam vorbeikam, um mich abzuholen, rief der Mann erneut an und bat um etwas Persönlicheres für einen Freund und fragte, ob ich den Strauß nicht selbst vorbeibringen könnte. Er klang so gestresst, dass ich überlegte, ihn vielleicht mal zu fragen, ob er nicht eine Assistentin brauchen könnte. Er – James – schien begeistert davon, wie viel ich über Blumen und Pflanzen wusste, als wir heute Morgen die Dekoration für sein Dachterrassenprojekt besprochen haben. Ich erzählte ihm von meinem eigenen Dachgarten, den ich für unsere alte Wohnung gestaltet hatte, und sprach zehn fröhliche Minuten mit ihm über Beleuchtung, Raumteiler und Gestaltungselemente. Er erzählte, wenn alles gut ginge, wolle er expandieren. Vielleicht sogar ein Büro außerhalb von London eröffnen.

»Ich träume davon, mein Leben etwas zu entschleunigen«, seufzte er und tupfte sich mit dem Taschentuch die Stirn.

»Wie wäre es mit Norfolk?« Ich lächelte. »Das ist mein absoluter Lieblingsort … und dort gibt es so viele unglaublich schöne Gärten und Landhäuser.«

»Komisch, dass Sie das sagen. Ich liebe diese Gegend auch sehr!«, erwiderte er und gab mir seine Karte, bevor er ging. Ich taste nach ihr, um sicherzugehen, dass sie noch da ist. Als mir klar wurde, dass er derselbe Architekt ist, dessen Garten mir auf der Chelsea Flower Show so gut gefallen hat, konnte ich es kaum fassen. Daraufhin überlegte ich, ihn anzurufen. Ich meine, das ist doch Schicksal. Von allen Blumenläden ist er schließlich ausgerechnet in unseren gekommen, stimmt's?

Der Kleintransporter von Cosmo Flowers parkt nicht weit weg, und ich eile die Straße entlang, um die Blumen abzuliefern, damit wir hier schnell wieder wegkommen. In Canary Wharf lauern zu viele Erinnerungen, und als wir wieder zusammengekommen sind, haben Adam und ich uns gesagt, dass wir ganz neu anfangen wollen. Darum ist es auch so schön, bei Milly zu wohnen. Wir sind wieder da, wo wir uns zum ersten Mal begegnet sind. Diesmal werden wir jedoch andere Entscheidungen treffen.

»Ich finde die Adresse nicht«, sage ich zu Adam, während wir die Straße hinunterblicken. Dann gehe ich auf ein Gebäude mit einer Art Glaskuppel auf dem Dach zu und blicke erneut auf den Zettel in meiner Hand. Ich will schon hineingehen, als Adam mich am Arm fasst.

Ich folge seinem Blick zu dem Schild über den Glastüren: *Hudson, Grey & Friedman.*

»Was für ein seltsamer Zufall!« Die Leute strömen durch die Türen des gläsernen Gebäudes, und ich blicke Adam einen Augenblick schweigend an. »Willst du reingehen?«, frage ich. »Ich hab nichts dagegen – dein Dad würde sich sicher freuen … er hat dich schließlich eingeladen.«

Einen Moment lang sagt Adam nichts. Wir starren beide hinauf zu der Party, die auf der Dachterrasse über uns stattfindet, einer Party, auf der wir zu anderen Zeiten auch gewesen wären.

»Weißt du was? Ich will das nicht«, antwortet er lächelnd.

»Dad weiß, dass es zwischen uns keine Netzwerktreffen, Geschäftsessen oder gesellschaftlichen Events irgendeiner Art mehr geben wird außer als Vater und Sohn. Das ist nicht mehr meine Welt.«

Ich küsse ihn, dann schlüpfe ich durch die Glastür, um den Strauß abzuliefern. Ich habe Angst, jemand Bekanntem zu begegnen, also reiche ich ihn schnell dem Wachmann und bitte ihn, die Blumen nach oben zu bringen.

»Erledigt«, sage ich, als ich wieder bei Adam bin.

Mit einem letzten Blick zum Gebäude legt er den Arm um meine Taille, und lachend und plaudernd schlendern wir unter einem perfekten Sternenhimmel davon.

# 71. Kapitel

Bea Hudson fragt sich, ob alles vorbei ist.

Als die letzten Gäste sich verabschiedet haben und nur noch die Caterer da sind, ist es nach Mitternacht. Ich gehe zurück auf die Terrasse. Eigentlich müsste ich entspannt und erleichtert sein, nachdem alles vorbei ist, aber ich fühle mich nur leer. Es war ein voller Erfolg – sogar George, der unermüdlich damit beschäftigt war, wichtige Kontakte zu pflegen und neue zu knüpfen, nahm sich die Zeit, mir zu gratulieren.

»Verdammt gute Arbeit«, hat er gesagt und mir mit einem rotweingefleckten Lächeln einen Kuss auf die Wange gedrückt. Dann verblasste das Lächeln. »Hoffentlich sehen wir Adam bald wieder.« Einen Augenblick wirkte er traurig, als er sich auf der Terrasse umsah. »Ich hab gehofft, dass er heute Abend hier sein würde, aber er hat bereits deutlich gemacht, dass er nicht in die Firma zurückkommen wird. Er hat mir die Regeln für unsere Beziehung ganz klar auseinandergesetzt, als er aus Indien angerufen hat.«

Aus Indien? Ich hatte keine Ahnung, dass Adam in Indien ist … Warum? Plötzlich sehe ich ihn an einem wunderschönen Strand in Goa stehen, wie die, von denen Loni immer erzählt. Ich muss sie mal danach fragen. Vielleicht fliege ich ja eines Tages mit ihr zusammen dorthin. Ein echter Mutter-Tochter-Urlaub.

Ich konzentriere mich erneut auf George. »Kein Wort

von der Arbeit, hat er mir erklärt. Er meinte, er will ein eigenständiger Mensch sein – mein Sohn, nicht mein Nachfolger.« Er seufzte. »Wahrscheinlich muss ich ihn sein eigenes Leben führen lassen. Das Problem ist nur, dass das alles hier, für das ich so hart gearbeitet habe, verdammt gut ist. Das habe ich mir auch für ihn gewünscht. Weißt du, Bea, ich vermisse ihn wirklich. Ich frage mich oft, ob ich ein guter Vater gewesen bin, ob ich die richtigen Entscheidungen getroffen habe …« Und dann schüttelte er den Kopf und verschwand erneut in der Menge.

Jetzt beobachte ich, wie er sich drinnen von den Caterern verabschiedet und dann auf die Dachterrasse tritt. »Kommst du, Bea? Wenn du willst, ruf ich dir ein Taxi, das dich nach Hause bringt.«

»Wenn es okay ist, würde ich gern noch etwas bleiben, George. Ich möchte den Moment noch ein bisschen auskosten und den Ausblick genießen.«

Er nickt und hebt die Hand. »Ich sag dem Wachdienst Bescheid. Gut gemacht, Kleines, die Familie ist stolz auf dich.«

Ich nehme mir zwei letzte Gläser Champagner von einem Tablett und setze mich an die iPad-Bar. Während ich einen Schluck trinke, blicke ich auf meine Armbanduhr. Ich weiß, dass er kommt, ich weiß es einfach. Ich blicke hinauf zum Vollmond, der auf mich herabscheint, ein blasses weißes Zifferblatt über dem fast digital anmutenden Leuchten der Stadt darunter. Jedes Licht, das in einem Fenster oder an einem vorbeifahrenden Wagen aufscheint, steht für eine stetig wachsende Zahl an Leben in einer riesigen Stadt voller Menschen, die alle unbedingt etwas hinterlassen, die richtige

Entscheidung treffen, das Bestmögliche aus ihrem Leben machen wollen.

»Was für eine wunderschöne Aussicht«, höre ich eine Stimme hinter mir.

Ich lächle und greife nach den Blumen, die ich bestellt habe, als ich Sal im Laden besucht habe, um sie und Baby Aaron zu treffen. Ich drehe mich um, und da ist er. Adam. Derselbe, aber irgendwie doch anders. Der smarte Anzug und der gestresste Ausdruck sind verschwunden. Er trägt Jeans und ein Kapuzenshirt, die Hände sind tief in den Hosentaschen vergraben, die Bodenlichter der Terrasse beleuchten sein gebräuntes, entspanntes Gesicht.

»Ich wusste, du würdest kommen«, sage ich leise, während ich auf ihn zu trete und der Duft der Blumen die Luft erfüllt.

»Wie es aussieht, genau zum richtigen Zeitpunkt.« Adam lächelt, doch in seinen Augen lese ich leichte Besorgnis. »Sind die von einem Verehrer?« Er deutet mit dem Kopf auf den Strauß in meinem Arm.

Ich blicke ihn an und schüttle mit einem geheimnisvollen Lächeln den Kopf.

»Das sollten sie aber«, sagt Adam und schaut sich auf der Dachterrasse um, während er vorsichtig meine Hand nimmt. »Es ist unglaublich, was du hier geschaffen hast. Ich bin so stolz auf dich.«

Freude durchströmt mich. Nicht nur weil er stolz auf mich ist, sondern weil ich selbst stolz bin. »Ohne dich hätte ich das nicht geschafft, Adam.«

»Natürlich hättest du das.« Er lacht. »Das hast du doch schon!«

Ich nehme seine andere Hand, und wir wenden uns einander zu. »Trotzdem, ohne deine Unterstützung hätte ich es nie gewagt. Du hast mir immer das Gefühl gegeben, dass ich alles schaffen kann, was ich will. Du hast mir das Selbstvertrauen geschenkt, etwas zu tun, von dem ich nicht geglaubt habe, dass ich es verdiene.«

»Dann glaubst du es jetzt also?«, sagt Adam und streicht mein Haar zurück, das mir ins Gesicht weht.

Ich blicke zu ihm auf und nicke. »Ja. Und ich habe mich entschieden, was ich will«, erkläre ich entschlossen.

Ich lege die Arme um seinen Hals und verschränke die Hände, sodass Adam nicht merkt, wie sehr sie zittern. Ich will nicht, dass er Mitleid mit mir hat oder das Gefühl, keine Wahl zu haben. Keiner von uns weiß, zu welchem Entschluss der andere gekommen ist. Er ist zurück, aber sind wir bereit, unsere Welten miteinander zu verschmelzen und die Grenze zu überschreiten, die uns das letzte Mal auseinandergebracht hat? Er sieht mich an, während ich auf die Stadt hinunterblicke und mich mit rasendem Puls und bebender Stimme darauf vorbereite, den ersten Schritt zu tun.

»Adam, ich habe beschlossen, dass ich nicht mehr in London leben möchte. Ich gehöre nicht hierher. Ich glaube, ich habe noch nie hierhergehört. Ich bin nur wegen Milly hergezogen und dann deinetwegen geblieben. Aber wenn es etwas gibt, das ich dieses Jahr gelernt habe, dann, dass ich meine Entscheidungen danach fällen muss, was mich glücklich macht.« Ich hole tief Luft. »Ich möchte eine Weile zurück nach Hause ziehen. Ich möchte wieder auf die Uni gehen und meinen Abschluss machen. Letzte Woche habe ich erfahren, dass ich einen Studienplatz an der UEA bekommen habe, um das dritte Jahr nachzuholen.«

»Das sind ja großartige Neuigkeiten!«, sagt Adam, und ich lächle. Ich bin so glücklich, doch ich weiß noch immer nicht, ob mich diese Entscheidung meine Beziehung kosten wird. Aber ich habe beschlossen, dass ich diese Chance ergreifen muss.

»Ich möchte, nein, ich weiß, dass ich es für mein Glück – und für meine Gesundheit – brauche, am Strand laufen zu können, mich um einen Garten zu kümmern, meine Mutter jederzeit zu besuchen und mehr über meinen Vater herauszufinden. Vielleicht werde ich mich auf die Suche nach ihm machen, vielleicht auch nicht, aber eins weiß ich sicher: Hier in London will ich nicht mehr leben.« Er nickt und blickt zum Nachthimmel hinauf. »Ich weiß, dass das alles vielleicht nicht mit deinen Träumen zusammenpasst, Adam«, stoße ich hervor, »oder zu deiner Vorstellung von der Zukunft – und dieser Gedanke macht mir große Angst, weil ich mir nicht vorstellen kann, irgendetwas davon ohne dich zu tun.« Während ich in sein Gesicht sehe, das ich so liebe und von dem ich nicht weiß, ob ich es verlieren werde, wird mir mulmig.

Adam tritt vor und blickt auf die Straße unter uns, als würde er sich vorstellen, er wäre woanders. Vielleicht, dass er lachend mit einer Frau durch die Straßen dieser Stadt schlendert, die glücklich damit ist, ihm überallhin zu folgen.

»Und du?«, frage ich und schlucke meine Angst hinunter. Egal, was er sagt, ich bin stark genug, es auszuhalten. »Wozu hast du dich entschieden?«

Er zögert einen Augenblick, dann dreht er sich zu mir um. »Um ehrlich zu sein, bin ich immer noch dabei, das herauszufinden«, gesteht Adam und sieht mich aus seinen grauen Augen fest an. Es ist eine seltsame Wendung für mich, dass ich diejenige bin, die sich ihrer Entscheidung sicher ist, während Adam sich noch auf der Suche befindet. »Ich bin fortgegangen, weil ich etwas Zeit für mich brauchte. Ich wollte herausfinden, wann in meinem Leben ich am glücklichsten gewesen bin. Zuerst bin ich nach Paris gefahren, an all die Orte, an denen wir in unseren Flitterwochen gewesen sind. Ich habe jede Menge Galerien und Museen besucht, ich bin sogar in unseren geheimen Garten gegangen … nichts von alledem war dasselbe ohne dich. Anschließend flog ich nach New York, um eine Vorstellung davon zu bekommen, ob ich dort leben möchte. Die Stadt ist toll, aber wieder konnte ich mir nicht vorstellen, dort ohne dich zu sein. Ich reiste nach Indien, weil ich dachte, dort würde ich Antworten finden. Aber dort fühlte ich mich nur einsam. Ständig stellte ich mir vor, diese unglaublichen Sonnenuntergänge mit dir zusammen anzuschauen, mit dir über den nächtlichen Markt zu bummeln oder mit dir auf dem Moped durch die Gegend zu fahren.« Er fasst meine Hand, und ich sehe, dass er diesen Moment genauso fürchtet wie ich. »Ich weiß jetzt, dass das Leben nicht aus Projekten und Beförderungen besteht. Es geht nicht darum, an den richtigen Orten gesehen zu werden oder eine Karriere zu verfolgen, auf die meine Eltern stolz sind. Es geht darum, das zu tun, was *mich* glücklich macht, und zwar mit den Menschen … mit *der Person,* die mich am glücklichsten macht.« Ich blicke ihn hoffnungsvoll an. »Ich weiß einfach noch nicht, was ich von der Zukunft will, Bea. Mein Leben wurde so lange für mich geplant, dass ich noch mehr Zeit brauche. Aber bei einer Sache bin ich mir ganz sicher … mit wem ich dieses Leben verbringen will.« Ich hole tief Luft, während er seine Hände auf meine Wangen legt. »Nur um das klarzustellen – mit dir«, fügt er hinzu.

»Wirklich?«, frage ich und spüre, wie mir das Herz aufgeht.

Er lächelt und deutet zum Himmel. »So sicher, wie der Tag auf die Nacht folgt, wie der Mond um die Erde kreist und die Sterne immer scheinen werden …«

»Und was jetzt?«, flüstere ich, als er seine Stirn an meine lehnt.

Er zuckt mit den Schultern. »Ich weiß es nicht! Gott … es fühlt sich so befreiend an, das zu sagen! Zum ersten Mal in meinem Leben muss ich nicht in einen Kalender schauen oder an meine Karriere denken. Ich muss nicht meinem Vater zuhören, der mir wieder mal erzählt, was er in meinem Alter alles getan hat. Ich lasse mir einfach Zeit und genieße es … nicht Bescheid zu wissen. In der Zwischenzeit werde ich dich bei deiner Karriere unterstützen. Ich werde die Wohnung verkaufen und hoffentlich in Norfolk ein neues Zuhause für uns finden. Vielleicht baue ich meine eigene Firma auf, vielleicht arbeite ich auch eine Weile frei …«

»Du willst Zeitarbeit machen?« Ich hebe eine Braue, und er lacht.

»Warum nicht? Du hast mich inspiriert. Ich glaube, es tut jedem gut, sich ein bisschen Zeit zu nehmen, um herauszufinden, was ihn wirklich glücklich macht …« Er zögert. »Vielleicht nicht unbedingt sieben Jahre.« Er zwinkert mir zu. »Ich werde versuchen, etwas schneller zu sein.«

Ich schlage ihm spielerisch gegen die Brust, und er senkt seinen Mund zu meinem. Als unsere Lippen sich treffen, schließe ich die Augen und habe das Gefühl, mich von der Terrasse zu erheben und durch die Luft zu schweben. Ich fliege, ich falle nicht, und ich weiß, dass ich an einen Ort getragen werde, an dem ich sicher landen werde. An dem ich *ich selbst* sein und meine eigenen Entscheidungen treffen kann, aber trotzdem von den Menschen, die mich lieben, getragen werde.

Das bedeutet Glück.

»Hey«, murmle ich schließlich, als ich nach Luft schnappe und mich daran erinnere, was ich im Arm halte. »Du zerdrückst die Blumen.«

»Ich sehe schon, welche Prioritäten in dieser Beziehung künftig gesetzt werden«, bemerkt Adam und beäugt argwöhnisch den Strauß, woraufhin ich ihm einen leichten Klaps damit gebe.

»Die sind eigentlich für dich«, erkläre ich und schiebe ihn ein Stück von mir, damit ich sie ihm richtig zeigen kann. »Ich wusste, dass du heute Abend herkommen würdest. Darum habe ich sie für dich ausgesucht. Ich wusste es genauso sicher, wie ich weiß, wer ich bin und was ich will. Weil ich dich kenne.« Ich reiche ihm den blau-weißen Strauß und erkläre ihm jede einzelne Blume. »Jede symbolisiert, was du bist und was du für mich bedeutest.« Es ist kein kunstvoll gebundener Strauß, er würde keinen Preis gewinnen, und dennoch sagen die Blumen alles, was ich über Adam sagen möchte. »Glockenblumen stehen für deine Beständigkeit, Schneeglöckchen für deinen Optimismus und dafür, dass du mich nie aufgegeben hast, Ranunkeln symbolisieren deine außergewöhnliche Attraktivität.« Ich halte inne. »Mit anderen Worten … sie sagen, dass du ein wirklich toller Typ bist.« Lachend wirft er den Kopf in den Nacken, während ich weiter aufzähle. »Veilchen für deine Bescheidenheit – denn dir ist nicht klar, *wie* attraktiv du bist – und Vergissmeinnicht, weil du den Schlüssel zu meinem Herzen besitzt …«

Einen Moment verstumme ich, weil mir plötzlich einfällt, wem ich das letzte Mal Vergissmeinnicht geschenkt habe – meinem Vater. Ich schließe die Augen und öffne sie wieder. Das scheint mir die beste Art, mit dieser Erinnerung umzugehen. Sie loszulassen.

»Und das alles«, fahre ich fort, »ist von Efeu umschlossen, weil es Freundschaft, Treue und die Ehe symbolisiert. Und du sollst wissen, dass es die beste Entscheidung meines Lebens war, dich zu heiraten.«

## 15. Oktober 1989

Meine liebe Bea, mein kleiner Schatz,
während ich dir diese Zeilen schreibe, ist es Oktober, der Tag nach deinem siebten Geburtstag. Die Blätter fallen von den Bäumen, und der Frühling ist ein ferner Stern im Kosmos. Ich gehe heute, weil ich nicht noch einen weiteren dunklen Winter ertragen kann. Doch ich schenke dir dieses Tagebuch als Symbol meiner tiefen Liebe in der Hoffnung, dass es dir noch lange, nachdem ich gegangen bin, hilft zu wachsen und zu gedeihen. Es tut mir leid, dass es so gekommen ist, aber manchmal brauchen alte Pflanzen wie ich frische Erde, um zu wachsen. Du musst mir versprechen, groß und stark zu werden, Vertrauen in dich und in jede deiner Entscheidungen zu haben und immer daran zu denken, dass im Garten – und im Leben – alles ein Kreislauf ist. Jeder Weg, den wir wählen, jede Entscheidung, die wir treffen, führt uns vielleicht eines Tages wieder zu derselben Kreuzung zurück, an der wir abgebogen sind. Und wenn du manchmal meinst, du würdest dich im Kreis drehen, denk daran, wenn du stets zu den Sternen hinaufblickst, wirst du immer wissen, wo du bist.

In ewiger Liebe, Dad

# 72. Kapitel

*30. April 2014*

Bea Bishop bereitet sich auf den wichtigsten Tag ihres Lebens vor. Und diesmal bin ich hundertprozentig bereit.

»Na, bereit für deinen großen Tag, *Julia*?«, fragt Milly und streckt den Kopf durch die Tür des Gästezimmers.

Ich setze mich im Bett auf, schlage schnell Dads Gartentagebuch zu, blicke mich im Spiegel an und lächle. Als ich heute Morgen aufgewacht bin, hatte ich das dringende Bedürfnis, ein letztes Mal Dads Worte zu lesen, die er mir an den Anfang des Buches geschrieben hatte. Ich habe vor, das Büchlein wieder an einen sicheren Ort zu legen und dort zu verwahren, denn ich brauche keine Anleitung zum Leben mehr, ich muss nur auf mein Herz hören. Aber ich bin glücklich, dass ich immer genau wissen werde, wo es – nein, wo *er* – ist. Und ich möchte ihn heute hier bei mir haben, wenn auch nicht persönlich, dann doch im Geiste. So, wie er im Geiste immer bei mir war.

Nachdem ich meinen Vater gefunden und mich mit dem auseinandergesetzt habe, was mit Elliot passiert ist, bin ich auf eine Weise für den heutigen Tag bereit, wie ich es vor einem Jahr nicht war und nicht hatte sein können. Ich werde Kieran und Elliot nie vergessen, aber die Erinnerung an sie und meine Schuldgefühle quälen mich nicht mehr. Kieran ist wieder fort, ich habe eine letzte Nachricht von ihm erhalten. Er ist nach Portsmouth zurückgekehrt, hat jedoch beschlossen, die Navy zu verlassen und sich stattdessen der Königlichen Seenotrettung anzuschließen. Er möchte sich irgendwo niederlassen, Wurzeln schlagen und sich dennoch Elliot nah fühlen. Er hat sich dafür bedankt, dass ich ihm in den letzten Monaten geholfen habe. Ich habe mich ebenfalls bei ihm bedankt, und dann habe ich unsere Freundschaft auf Facebook gelöscht. Ich weiß, dass ich nie wieder etwas von ihm hören werde.

»*Julia?*«, frage ich und hebe neugierig eine Braue.

»Roberts! Julia Roberts«, erwidert Milly. »Du weißt schon, *Die Braut, die sich nicht traut.*« Sie lacht, und Baby Holly hüpft bei jedem Lacher auf ihrer Brust.

»Ha, ha, sehr witzig«, entgegne ich und springe aus dem Bett, damit ich Holly am Bauch kitzeln kann. »Deine Mami findet sich sehr lustig.« Ich gebe ihr einen Kuss auf die rosige Wange. Sie gluckst und erbricht dann ihre Milch auf Millys Schlüsselbein. »Braves Mädchen!«, lobe ich und klatsche mich mit dem Baby ab, während Milly nach einem Tuch greift und die Milchspucke abtupft.

Es macht mir so einen Spaß, mich für das große Ereignis fertig zu machen. Es fühlt sich an wie früher, aber ganz anders als letztes Jahr. Viel entspannter, viel mehr wie ich. Es gibt keinen Champagner, keine Korsettanprobe, keinen Haar- und Make-up-Stylisten und keine offiziellen Fotografen. Dafür gibt es – dank Loni – starke Gin Tonics, laute Musik und viel Gelächter. Ich schlüpfe allein ins Schlafzimmer, um mein Brautkleid anzuziehen. Ich möchte eine Minute für mich allein haben – außerdem will ich die Reaktion der anderen sehen, wenn ich herauskomme.

Loni blickt zuerst auf, strahlt mich an und hält sich in einer Gebetshaltung die Hände vor den Mund. »O mein hübsches Mädchen … du siehst genau aus wie deine Mama! Es ist, als würde ich in einen Spiegel blicken!«

»Danke …«, erwidere ich zweifelnd, denn Loni trägt wieder einmal eine wild gemusterte Kreation in Lindgrün und Lila, und ihr Haar sieht aus wie üblich – als hätte sie in die Steckdose gefasst.

Milly ist ungewöhnlich still. Sie trägt ein wunderschönes gelbes Frühlingskleid, das sie auf eBay erstanden hat, und dazu schlichte weiße Pumps. Keine Designermarken, haben wir beschlossen. Milly schränkt sich jetzt, da sie kein Geld verdient, etwas ein und hat sich vorgenommen, ein etwas bescheideneres Leben zu führen, das zu dem Unternehmen passt, das sie im September gründen will. »Man kann schließlich nicht in Prada herumstolzieren, wenn man die Leute bittet, ihr Geld für wohltätige Zwecke zu spenden!«, hat sie erklärt.

»Du siehst wunderschön aus, Bea«, sagt sie jetzt.

»Danke … ja, es ist wirklich hübsch.« Ich streiche mit der Hand über den fließenden cremeweißen Stoff des 70er-Jahre-Kleids, das Loni mir überlassen hat und das mein »etwas Altes« ist, das man als Braut tragen sollte.

»Es ist wie für dich gemacht, mein Schatz«, bemerkt Loni. »Ich hatte früher eben auch mal deine Figur …« Etwas verzweifelt blickt sie an ihren üppigen Rundungen hinunter – seit sie und Roger offiziell ein Paar sind und sie aufgehört hat, ihn zu verstecken, sind sie wieder reichlich vorhanden.

Mein Kleid im Empirestil hat lange Chiffonärmel und einen Lagenrock, der weich bis zu meinen Knöcheln herabfällt. Es fühlt sich so leicht und zart an, als würde ich frische Luft tragen. Loni hat mir erzählt, es sei das Lieblingskleid meines Vaters gewesen, und jetzt bemerke ich, dass sie weint. Vielleicht, weil sie ihn ebenfalls loslässt? Ihre Scheidung ist endlich durch. Sie hat zugegeben, dass sie sich schon vor Jahren hätte scheiden lassen können – es gibt Möglichkeiten, sich von jemandem zu trennen, der als vermisst gilt –, aber sie war einfach noch nicht so weit. »Jetzt, da ich ihn wiedergesehen habe, kann ich endlich damit abschließen«, hat sie gesagt, doch ich bin mir ziemlich sicher, dass Roger der eigentliche Grund für ihre Entscheidung ist.

»Du siehst wie eine *echte Braut* aus«, stellt Milly fest.

»Ich glaube, mit diesem Ausdruck bin ich noch nie bedacht worden!«, scherze ich, und wir lachen. Endlich können wir über all das lachen. Es ist genügend Zeit vergangen, die *Vergangenheit* ist vergangen.

Ich blicke hinunter und sehe in meinem Brautstrauß etwas Blaues, Dads kleines goldumrandetes Büchlein, das ich in meinen Strauß aus Vergissmeinnicht gebunden habe. Sein letzter Einsatz, bevor ich das Tagebuch für immer weglege.

Bea Hudson: Letztes Jahr um diese Zeit habe ich mich auf den wichtigsten Tag meines Lebens vorbereitet …

»Ich kann nicht glauben, dass wir letztes Jahr um diese Zeit geheiratet haben.« Adam blickt mich über den Rückspiegel an, und ich lächle und nicke, während ich an den Falten von Lonis Kleid herumnestle, das sie mir geschenkt hat, als sie ihren Dachboden aufräumte. Dann poste ich meine Statusmeldung und lege das Handy weg.

»Das war das Lieblingskleid von deinem Vater«, hat sie lächelnd gesagt. »Ich möchte, dass du es bekommst.« Sie gab mir auch Lens letzte bekannte Adresse, nachdem er uns verlassen hatte. »Ich weiß nicht, wohin er von dort aus weitergezogen ist, aber wenn du ihn wirklich suchen willst, Liebes, solltest du vielleicht dort anfangen? Ich kann dir helfen, wenn du möchtest …«

Ich betrachtete den Zettel einen Augenblick, dann steckte ich ihn in meine Tasche. Doch seltsamerweise habe ich jetzt das Gefühl, es reicht mir, Dads Tagebuch zu haben, Adam zu haben, meine Arbeit, die Uni, auf die ich mich freue, und die Aussicht, wieder herzuziehen. Aber wer weiß, ob sich das vielleicht noch mal ändert?

Nach einem weiteren wundervollen Wochenende in Norfolk befinden wir uns auf dem Rückweg nach Greenwich. Seit Adam nicht mehr arbeitet und wir in Norfolk nach einem Haus suchen, das wir ab September mieten können, sind wir oft dort – und verbringen viel Zeit mit Loni, Cal, Lucy, Nico und Neve.

Allmählich entwickeln Adam und ich uns zu ziemlich guten Babysittern, wenn Cal und Lucy ausgehen oder einfach nur ein bisschen Schlaf nachholen wollen. Bis zu jenem Tag, an dem Cal mich nach meinem Streit mit Adam in London abholen kam, war mir nicht bewusst gewesen, unter welchem Druck sie stehen. Mir war nicht klar, wie viel ich verpasste, indem ich nur noch aus der Ferne mit ihnen kommunizierte: SMS, Anrufe, Facebook-Updates … nichts von diesen Dingen dringt unter die Oberfläche vom Leben der Menschen. Jetzt, nachdem ich so viel Zeit mit meiner Familie verbringe, verstehe ich nicht, wie ich so lange ohne sie leben konnte.

In den letzten Tagen haben wir auf dem Dachboden jede Menge alter Kartons durchgesehen, und Cal und ich haben mit Loni viel über die alten Zeiten und über Dad geredet. Etwas ist passiert, das es Loni jetzt erlaubt, darüber zu sprechen. Vielleicht wollte sie offener sein, als sie gesehen hat, dass Adam und ich uns fast getrennt hätten. Oder es liegt daran, dass Adam ihr von seiner Reise durch Goa erzählt hat, was in Loni Erinnerungen zu wecken schien. Vielleicht hat es auch damit zu tun, dass sie endlich jemanden kennengelernt hat, auf den sie sich einlassen kann, und bereit ist, die Vergangenheit loszulassen und nach vorn zu schauen.

Auch ich bin bereit, nach vorn zu schauen. Ich verspüre nicht mehr das dringende Bedürfnis, Dad zu suchen.

Vielleicht, weil ich endlich mit der Vergangenheit abgeschlossen habe. Vielleicht, weil Loni mir endlich die Wahrheit darüber erzählt hat, warum Dad gegangen ist. Von seiner jahrelangen schweren Depression zu erfahren hat mich sehr bewegt. Es hat mich an meine eigenen Kämpfe erinnert, aber es hat mir auch klargemacht, wie weit ich gekommen bin. Ich weiß, dass ich mich nicht mehr auf demselben Weg befinde wie er. Ich folge meinem eigenen Schicksal, meinen eigenen Sternen.

Dort draußen wartet ein anderes Leben auf mich. Ich blicke zu Adam und lächle. Und ich weiß, dass es ein glückliches Leben ist.

»Hast du was zu trinken?«, flüstere ich Loni zu, als sich unsere kleine Prozession, bestehend aus Loni, Cal, Milly, Sal, Aaron und mir, auf den Weg durch den Park macht. Lächelnd stelle ich fest, dass die Hälfte unserer Gäste schon da ist. Diesmal ist es eine andere Hochzeit.

»Natürlich, Liebes.« Sie holt eine Plastikflasche heraus und zwinkert mir zu.

Ich nehme einen großen Schluck und spucke ihn dann vor Überraschung wieder aus. »Das ist ja Wasser! Ich dachte, es wäre Gin …«

Loni blinzelt mich an. »Bea, ich hab Adam geschworen, dich diesmal standesgemäß abzuliefern – und standesgemäß heißt *nüchtern.* Wir wollen doch keine Ausrutscher mehr, oder? Außerdem«, fügt sie hinzu und tätschelt meine Hand, »hab ich das Gefühl, du musst dir diesmal keinen Mut antrinken.«

Ich muss grinsen. Ihr gigantischer Modeschmuck glitzert und funkelt mit ihrem Lächeln um die Wette. Ich bin mir nicht ganz sicher, was anders an ihr ist, nur, dass sie sich irgendwie wohler zu fühlen scheint. Mir ist klar, wie sehr sie sich all die Jahre zuvor bemüht hat, glücklich zu wirken – jetzt *ist* sie glücklich, und das strahlt sie mühelos aus. Robert wartet am Eingang auf uns, und ich kann sehen, wie aufgeregt Loni ist. Nachdem wir aus Goa zurückgekehrt waren, hat sie eine Menge von Robert gesprochen. Sie hat mir erzählt, dass sie ihn schon seit Monaten kannte, ihn jedoch nicht wirklich an sich herangelassen hat, weil sie nach der Geschichte mit Dad das Gefühl hatte, sich nicht mehr verlieben zu können. Sex war okay, Sex war unkompliziert, aber mit der Liebe war es etwas anderes. Robert war der Erste, der diese emotionale Blockade durchbrochen hat. Er ist schnell ein Teil der Familie geworden, und ich glaube, es ist kein Zufall, dass Loni beschlossen hat, nicht mehr »Loni Bishop« zu sein, der Guru für Singles. Nach einer monatelangen Schreibblockade hat sie ein Buch geschrieben und es unter ihrem Mädchennamen Loni Hart bei Amazon als E-Book veröffentlicht. Es hat sofort die Bestsellerliste gestürmt und sich in vier Wochen schon dreimal so oft verkauft wie ihr letztes Buch. Es heißt *Die Kunst loszulassen: Wie man ohne alten Ballast ein neues Leben anfängt.* Es ist großartig. Nicht zuletzt, weil es das erste Buch von ihr ist, das ich gelesen habe, ohne rot zu werden.

Wir treten durch die prächtigen vergoldeten Tore des King William Walk und passieren den Kräutergarten von Greenwich Park, der an diesem sonnigen Apriltag plötzlich zum Leben erwacht zu sein scheint. Die alten Bäume sind voller blasser Blüten und grüner Blätter, zartrosa Magnolienknospen explodieren und künden von einem Neuanfang. Ich denke an mein Treffen mit James Fischer, der es sehr interessant fand, dass ich mein Studium der Landschaftsarchitektur an der UEA in Norwich beenden will. »Ich möchte dort ein Büro eröffnen, weil mein Lebensgefährte und ich beschlossen haben, halb in London und halb in Norfolk zu wohnen. Wenn Sie Erfahrungen sammeln wollen, würde ich Sie dort sehr gern stundenweise als Assistentin beschäftigen. Ich könnte Ihr Mentor sein, ich habe bereits an der UEA gelehrt, von daher bin ich mir sicher, dass die das akzeptieren werden …«

Lächelnd blicke ich zum Royal Observatory, das oben auf dem Hügel thront – ein Ort, von dem aus Sternforscher schon lange die Zeit gemessen und die Schifffahrt navigiert haben, der Ort, durch den der Längengrad von Greenwich, der Nullmeridian, verläuft und an dem das Planetarium steht. Erde, Meer und Sterne – alles wird dort vermessen. Heute kommt es mir wie das Zentrum der Welt vor. Oder vielmehr wie das Zentrum *meiner* Welt. Alles hat sich gefügt. In Greenwich habe ich erneut zu leben begonnen. Hier habe ich meine zweite Chance erhalten, glücklich zu werden. Darum wollte ich, dass wir hier heiraten. Ich blicke hinauf zu dem roten Zeitball, warte, dass er fällt, und plötzlich überkommt mich ein heftiger Impuls.

»Ich muss gehen«, keuche ich auf und befreie mich von Milly, die sich bei mir untergehakt hat.

»Was? Warte! HALT!«, höre ich sie schreien, während ich zu laufen beginne. Aber ich achte nicht auf sie. Mir bleibt nicht viel Zeit.

»Halt an!«, verlange ich, und Adam bremst scharf am Greenwich Park. Ich öffne das Fenster und strecke den Kopf hinaus, um besser sehen zu können. Der Himmel hat das Blau von Vergissmeinnicht, und die wenigen Wolken sind blassrosa wie die Wangen eines Babys. Narzissen säumen jede noch so kleine Rasenfläche wie gelbe Glocken, die zur Feier des Frühlings läuten. Adam setzt in eine Parklücke zurück, und ich stoße die Tür auf. Ich kann die Sternwarte oben auf dem Observatory Hill von hier aus nicht sehen, doch ich fühle sie. Es ist, als würde mich ein unsichtbarer Faden dort hinaufziehen.

»Wohin willst du?«

»Ich bin sofort wieder da!« Ich laufe um den Wagen herum auf die andere Seite, klopfe an sein Fenster und küsse ihn auf die Lippen. Er wirkt überrascht und verwirrt, aber nicht übermäßig besorgt. »Ich hab noch etwas zu erledigen, bevor wir zurück zu Millys Wohnung fahren.«

»Wohin willst du?«, schnauft Milly, während sie neben mir herläuft und Holly in der Babytrage auf und ab hüpft. Sie packt meinen Arm, und ich bleibe abrupt stehen. »Bea, das kann ich nicht zulassen! Nicht noch mal!«

»Ich brauch nicht lang, Milly. Versprochen«, sage ich und blicke verzweifelt zum Royal Observatory hinauf. Ich habe das Gefühl, als hätte es mich die ganze Zeit beobachtet und auf den richtigen Zeitpunkt gewartet, mich zu sich zu rufen. »Ich kann es dir nicht erklären, aber ich muss etwas erledigen, ich muss an einen bestimmten Ort, bevor ich Adam heirate.« Ich winde meinen Arm aus ihrem Griff und steige den Hügel hinauf, als würde ich von einem Magneten angezogen. »Ich muss dahin, aber ich verspreche dir, rechtzeitig zurück zu sein.«

»Das ist nicht der Moment, Sterne zu beobachten, Bea!«

»Entspann dich, Milly!« Ich lache. »Wir sehen uns gleich im Blumengarten!« Und dann laufe ich erneut los.

Ich eile durch das vergoldete Tor am King William Walk, und Lonis Kleid bauscht sich um meine Beine, während ich an dem Kräutergarten und dem kleinen Café vorbeilaufe. Ich bin mir ganz sicher, dass ich hierherkommen soll.

Ich spüre es.

Es ist Samstag, und der Park ist an diesem Frühlingsmorgen bereits gut besucht. Ich schlängle mich zwischen den Leuten hindurch, die über die Wege strömen, an Hunden und diversen Fahruntersätzen vorbei – Fahrrädern, Rollern, Inlineskates. Paare gehen Arm in Arm spazieren, und auf dem Rasen spielen Familien Frisbee und Ball. Der Park ist ein Meer aus Leben und Farben. Überall blühen Narzissen, Tulpen und Krokusse.

Als ich das Observatory oben auf dem Hügel entdecke, beschleunige ich meine Schritte und höre dabei das Kreischen der Wellensittiche und das Lachen von Kindern, die Verstecken spielen.

»Gefunden!«, ruft ein Mädchen, das ihre Freundin hinter einem Baum hervorholt. Und da bemerke ich, dass ich mich genauso fühle. Ich habe gefunden, wonach ich gesucht habe. Ich weiß genau, wo ich hingehöre und wer ich bin. Und das fühlt sich gut an. Kurz bleibe ich stehen, um einen kleinen Strauß Vergissmeinnicht zu pflücken, die unter einem Baum wachsen. Das Blau passt zum Gartentagebuch, das ich überall mit mir herumtrage, seit ich es in Millys Wohnung wiedergefunden habe. Ich binde es an die Blumen. Es soll mich daran erinnern, nie wieder aus dem Blick zu verlieren, worum es in meinem Leben geht.

Sobald ich das Observatory sehe, verspüre ich den überwältigenden Drang, so schnell wie möglich dorthin zu gelangen. Mein langes cremefarbenes Kleid bauscht sich wellenartig um meine Beine, während ich mich an Radfahrern, Kindern auf Skateboards und Inlineskates, Müttern mit Kinderwagen und Hundebesitzern vorbeischlängle. Als ich den Fuß der Stufen erreiche, die zur Sternenwarte hinaufführen, bleibe ich nicht stehen. Ich höre nicht dem Straßenmusikanten zu, wie ich es normalerweise tun würde. Stattdessen raffe ich mein Kleid, umklammere meinen Vergissmeinnichtstrauß, spüre das vertraute Brennen in meinen Waden und das Rauschen des Adrenalins in meinen Ohren. Als ich die anderen Leute auf der Treppe überhole, bleiben alle stehen, um die verrückte Braut anzustarren. »Darf ich bitte vorbei? Ups, tut mir leid!«, entschuldige ich mich, als ich in meiner Hast versehentlich die eine oder andere Schulter anremple und in Leute hineinrenne. Ich fühle mich wie in meiner Jugend, als ich über die Strände gerannt bin. Mir wird bewusst, wie sehr mir das Laufen fehlt, und ich nehme mir fest vor, wieder damit anzufangen. Der Park dehnt sich nach links aus, und die Wege verlaufen kreuz und quer in Richtung Stadt, die in der Ferne wie ein graues Gespenst wirkt.

Endlich erreiche ich vor Anstrengung keuchend den Gipfel und stehe vor der 24-Stunden-Uhr am Shepherd Gate, dem Eingang zum Royal Greenwich Observatory. Wie der Nullmeridian deuten auch die Zeiger in einer senkrechten Linie nach oben. Es ist 12:55 Uhr. In fünf Minuten fällt der Ball.

Ich komme gerade rechtzeitig.

Wenn ich nur wüsste, wozu.

Ich bleibe am Fuß der Treppe stehen, um zu Atem zu kommen und einen Augenblick dem Straßenmusikanten zu lauschen. Mit der einen Hand halte ich meine Vergissmeinnicht, die andere stecke ich in meine Jackentasche und hole ein paar Pfundmünzen heraus. Der Musiker nickt mir lächelnd zu, als ich sie in seinen Gitarrenkoffer werfe, dann höre ich ihm noch einen Moment zu, ehe ich mich daranmache, die Stufen hinaufzusteigen. Ich beginne schnell, muss jedoch bald eine Pause einlegen, als ich merke, dass die Treppe steiler ist, als sie aussieht, und ich nicht so fit bin, wie ich es gern wäre. Sieben Jahre Büroarbeit und eine Wohnung mit Fahrstuhl in Canary Wharf haben ihren Preis. Doch das wird sich bald ändern. Ich denke an unsere Pläne, joggen zu gehen, wenn Adam und ich nach Norfolk ziehen, und an die Gärten, in denen ich arbeiten werde. Und ich denke an meinen Job bei James. Alles hat sich so perfekt gefügt, dass es sich beinahe anfühlt, als wäre es … vorherbestimmt gewesen. Ich kann mir nicht vorstellen, dass mein Leben hätte anders verlaufen können.

Etwas langsamer klettere ich weiter die Stufen hinauf. Als ich die Spitze des Hügels erreiche, zeigen die Zeiger der Shepherd Gate Clock auf 12:55 Uhr. Es ist so voll, dass ich nichts sehe, bis auf eine ausländische Schulklasse, deren Schüler alle die gleichen roten Regenmäntel tragen. Ich recke ungeduldig den Hals und versuche, mehr zu sehen, dann gebe ich auf und gehe hinein.

Ich betrete das Flamsteed House, gehe zum Empfangstresen und krame etwas Geld für eine Karte heraus, um in den Hof zu gelangen. Die Kassiererin hebt die Brauen und mustert mein Outfit.

»Gehören Sie nicht eher ins Queen's House, meine Liebe? Die Hochzeiten finden normalerweise dort statt …«

Als ich in den Hof hinaustrete, taucht ein Mann auf und verkündet, dass es Zeit für die nächste Führung ist. Die Leute sammeln sich hinter ihm, und nach einer kurzen Einführung brechen sie auf und hinterlassen einen leeren Hof.

Es ist ein magischer Moment. Ich habe das Gefühl, auf dem Dach der Welt und direkt auf der Schwelle der Zeit zu stehen. So sollte sich eine Braut an ihrem Hochzeitstag fühlen. Ich denke nicht an meine Vergangenheit, ich mache mir auch keine Sorgen um meine Zukunft. Ich bin ganz im Hier und Jetzt – und doch habe ich aus irgendeinem Grund das Gefühl, es würde ein Teil von mir fehlen. Es ist nicht Dad und auch nicht Kieran … Aber was dann … oder *wer*?

Aus mir unerfindlichen Gründen zieht es mich zum Nullmeridian, der sich auf der rechten Seite des Hofs erstreckt. Ich stelle meine Füße auf beide Seiten des Längengrads, blicke zum Himmel hinauf, stelle mir die Sterne vor, die dort oben auf ihren Auftritt warten, und warte ebenfalls.

Durchs Flamsteed House gelange ich hinaus in den Hof. Vor fünf Minuten war er noch voller Touristen, aber plötzlich hat er sich geleert, die letzten Besucher schlendern mit einem elegant gekleideten Führer davon. Eine Frau steht mit dem Rücken zu mir und hat einen Fuß auf jede Seite des Längengrads gestellt wie Tausende, nein, Millionen Menschen vor ihr. Die Sonne scheint herab, strahlt von den roten Backsteinwänden des Octagon Room wider und bricht sich an dem Zeitball über uns. Ich blicke hinüber zum Royal Naval College und dem Himmel, der sich darunter in der Themse spiegelt. Den Vergissmeinnichtstrauß fest in der Hand werfe ich einen Blick auf meine Armbanduhr und mache einen Schritt zurück, als ich die Uhrzeit sehe. Ich gehe weiter rückwärts, um einen besseren Blick auf das Panorama der Stadt zu erhalten, wobei ich schützend eine Hand vors Gesicht halte, da mir das gleißende Sonnenlicht in den Augen brennt.

Mit einem Mal schiebt sich eine dunkle Wolke über den Hof, und der bronzefarbene Schimmer des Meridians verwandelt sich in ein erdiges Braun. Als ich aufblicke, fällt gerade der Zeitball herab. Es ist ein Uhr mittags, und im selben Moment stoße ich wie aus dem

Nichts heftig mit jemandem zusammen. Vor Schreck schreie ich auf.

Ich spüre, wie jemand mit voller Wucht in mich hineinrennt und ich das Gleichgewicht verliere. Während ich nach vorn stürze, schreit die andere Person auf. Das Letzte, was ich sehe, bevor ich auf dem Boden auftreffe, ist der bronzene Längengrad vor meinen Augen. Ich habe das Gefühl, in ihn hineinzufallen, und als ich mit dem Gesicht voran auf dem Meridian lande, sehe ich nur noch Sterne.

Dann wird alles um mich schwarz.

Ich gerate ins Straucheln und falle, und kurz bevor ich rücklings auf dem Boden lande, sehe ich nur noch Sterne.

Dann wird alles um mich schwarz.

# 73. Kapitel

Ich komme zu mir und stelle fest, dass der Hof noch immer leer ist. Blinzelnd reibe ich mir den Kopf. Die Sonne scheint noch immer auf mich herab. Es herrscht eine fast überirdische Stille, als wäre die Zeit stehengeblieben und ich hier in diesem kleinen Vakuum ganz allein. Der Himmel über mir steht weit offen, als hätte er sich geteilt. Ich bin verwirrt und spüre ein paar blaue Flecken, doch gleichzeitig fühle ich mich so ausgeglichen wie schon lange nicht mehr.

Abrupt setze ich mich auf und bereue es sofort, denn mir wird schwindelig. Ich schließe die Augen und versuche, mich zu sammeln. Ich muss irgendwohin, aber ich kann mich um alles in der Welt nicht mehr erinnern, wohin. Ich halte eine Hand vor mein Gesicht. Bin ich gestorben? Bin ich ein Geist? Hoffentlich nicht. Das wäre wirklich ärgerlich, nachdem ich endlich mein Leben in Ordnung gebracht habe.

Noch immer wackelig ziehe ich die Knie an und lege den Kopf auf ihnen ab. Da bemerke ich, dass ich ein langes fließendes Kleid trage, ein cremefarbenes Kleid, das sich wie ein Brautkleid anfühlt. Und dann fällt es mir schlagartig wieder ein …

Ich rappele mich auf und komme hastig auf die Beine. Ich wollte HEIRATEN!

Da ich noch etwas wanke, schließe ich die Augen und versuche, mich zu sammeln. Ich will nicht mehr nachdenken und beginne vorsichtig, einen Fuß vor den anderen zu setzen, für den Fall, dass ich eine Gehirnerschütterung habe. Doch mein Kopf ist nie klarer gewesen. Ich beschleunige meine Schritte, anfangs hüpfend, als würden meine Füße dem Rhythmus einer tickenden Uhr folgen. Ich blicke über den grünen Park, sehe die von Frühlingsblumen übersäten Wiesen, die leuchtenden Narzissen und Krokusse, die Vergissmeinnicht und Tulpen, und denke, dass auch ich erblüht bin. Jetzt, da ich meine Wurzeln kenne, kann ich hinauf zu den Sternen und in die Zukunft blicken. Ich laufe schneller. Wie Hufe trommeln meine Schuhe über den Boden, und das Geräusch hallt in meinen Ohren wider, während ich zurück durchs Flamsteed House und aus dem Tor hinauslaufe, an der Statue von James Wolfe vorbei, der über den Park und die gesamte Stadt blickt. Einen Augenblick betrachte ich die glitzernde Themse, sehe das Royal Naval College und die *Cutty Sark* links daneben und denke an Kieran. Der Gedanke löst sich ebenso schnell auf, wie er gekommen ist. Ich renne weiter und weiß genau, wohin, denn endlich befinde ich mich auf dem richtigen Kurs.

Während ich auf den Blumengarten zu renne, wo Adam auf mich wartet, lasse ich alles hinter mir. Plötzlich wechselt mein Sichtfeld wie bei einem Kaleidoskop, und ein neues Bild erscheint vor meinen Augen … Adam und ich sitzen in einem großen Garten und sehen zwei Kindern zu, die auf einem Klettergerüst spielen – einem Jungen mit lockigem Haar und einem Mädchen. Wie eine Blase gleitet das Bild durch meinen Kopf, ehe sie zerplatzt. Und diesmal weiß ich, dass es kein Traum ist oder ein Leben, das ich nicht gelebt habe, kein Weg, den ich nicht genommen habe. Es ist meine Zukunft, auf die ich zulaufe.

Atemlos, verschwitzt und mit hochrotem Kopf erreiche ich den Blumengarten, vor dem fünfzehn Gäste warten und mich verwirrt ansehen. Darunter Loni und Cal, Adams Eltern, Sal und Baby Aaron. Sal steht neben Tim, und die beiden sind derart tief in ein Gespräch versunken, dass sie mich als Einzige nicht bemerken. Nick und

Glenda sind da, und natürlich Milly und Holly. Mehr Gäste gibt es nicht. Keine entfernten Verwandten, keine alten Geschäftskollegen oder Kunden, keine ehemaligen Schulfreunde, keine falschen Facebook-Freunde. Nur eine Handvoll Menschen, die uns wichtig sind – und denen wir wirklich wichtig sind.

»Gott sei Dank, da bist du ja!«, sagt Milly und eilt auf mich zu.

»Ist Adam da?«, frage ich keuchend und versuche, wieder zu Atem zu kommen.

»Er wartet drinnen mit Jay«, antwortet Milly. »Wir haben uns Sorgen gemacht.«

»Ich weiß.« Ich lächele. »Aber das müsst ihr nicht. Ich weiß, was ich tue.«

Ich bedeute allen, sich hinter mir aufzureihen, und hake mich bei Loni und Cal ein, dann trete ich in den Blumengarten und gehe auf meinen künftigen Ehemann zu. Die Sonne scheint zitronengelb vom Himmel, ein Meer aus Blumen lässt in der Brise die Blütenblätter flattern wie Brautjungfern ihre Röcke, während der Rest mit den Köpfen nickt und sich im Wind wiegt.

Als Adam sich umdreht und mich ansieht, habe ich das Gefühl, zwei verschiedene Leben geführt zu haben, die in diesem Moment miteinander verschmelzen. Auf diesen Augenblick hat jede Entscheidung, jeder Fehler, jeder Weg, jeder Stern hingeführt. Egal, welche Entscheidung ich in meinem Leben getroffen habe, ob links oder rechts, vor oder zurück, richtig oder falsch – hier sollte ich ankommen. An diesem Tag. Mit diesem Mann. Egal, welche Entscheidungen ich hätte treffen können, die zu einer anderen Reise geführt hätten, ich *weiß*, dass das Ziel immer dasselbe war.

Wir sind füreinander bestimmt.

Ich schiebe meine Hand in Adams, und unsere Gäste

treten in den Hintergrund, während ich mich bereit mache, die Worte zu sagen, die meine Zukunft bestimmen. Und diesmal hege ich nicht den geringsten Zweifel.

Ja, *ich will.* Dieses Mal will ich es ganz und gar und von ganzem Herzen.

# Epilog

*30. April 2014*

»Ich hatte damals vor dem Traualtar nicht vor durchzubrennen. Ehrlich nicht. Ich bin an jenem Morgen nicht mit dem Gedanken aufgewacht: Wie kann ich denen, die ich am meisten liebe, möglichst viel Kummer bereiten? Dem einen Menschen, den ich am meisten liebe …« Kurz driften meine Gedanken ab, und ich schaffe es nicht, meine wohlvorbereitete Rede fortzusetzen. Ich blicke in die erwartungsfrohen Gesichter, die mit den Tulpen um die Wette leuchten. Muss ich das wirklich alles noch einmal aufwärmen? Ausgerechnet jetzt, da alle, die mir zuhören, nur den freudigen Anlass des heutigen Tages mit mir feiern wollen?

Vereinzelt ertönt ein verlegenes Hüsteln, hier und da wird geflüstert, und in mir steigt Panik auf. Ein Gefühl von Übelkeit überkommt mich, oder noch schlimmer, als würde ich gleich ohnmächtig werden. O Gott, bitte das nicht. Nicht schon wieder. Doch da drückt jemand meine linke Hand, und durch diese ermutigende, warme Geste finde ich meine Zuversicht und mein Selbstvertrauen wieder. Als ich mich zu diesem Jemand umdrehe, lächelt er und nickt mir aufmunternd zu, als wolle er sagen, ich solle meinem Instinkt vertrauen.

»In Wahrheit glaube ich, dass ich an jenem Tag überhaupt nicht viel gedacht habe«, fahre ich fort. »Ich war sehr nervös, das war alles. Ich habe mich nur darauf konzentriert, was ich als Nächstes zu tun hatte. Wann ich aufstehen, mich fertig machen, ins Auto steigen, den Gang hinunterschreiten sollte. Und na ja …« Ich halte inne und lächle schief. »Wie das ausgegangen ist, wissen wir alle.«

Gelächter weht wie Blütenblätter durch die Luft.

»Es hat viele Momente gegeben, in denen ich an mir selbst gezweifelt habe«, spreche ich weiter. »Meinen Mann vor dem Altar stehen zu lassen, war die schwerste Entscheidung meines Lebens. Viele sagen, es sei die schlechteste gewesen.« Ich lächle meiner besten Freundin Milly zu, die zustimmend nickt und die Hand hebt. »Aber egal, wie sehr ich auch an mir gezweifelt habe, tief im Innern wusste ich, dass sie nicht recht haben.« Kurz schließe ich die Augen und denke an meinen lange zurückliegenden Fehler, den ich nie vergessen werde. Aber jetzt endlich bin ich darüber hinweg. Auch wenn es mir schrecklich schwerfiel, zu meiner Entscheidung zu stehen, wusste ich doch immer, dass es die richtige war.

Ich blicke erneut in die Runde, dann wende ich mich dem Mann zu, der neben mir steht. Es fühlt sich an, als sei er schon immer da gewesen, als wäre das unsere Bestimmung. »Ich hoffe, ihr könnt alle sehen, dass ich durch diese Entscheidung glücklicher geworden bin, als ich es je für möglich gehalten habe …«

Erneut blicke ich in die Gesichter unserer Gäste, die sich an diesem bedeutsamen, lebensverändernden Tag im Greenwich Park versammelt haben, und spüre ein Glücksgefühl in mir aufwallen, weil ich in ein neues Leben eingetreten bin. In die Zukunft. *Unsere* Zukunft.

Adam lächelt und hebt sein Champagnerglas. Ich weiß, dass er genauso empfindet.

»Bitte, erhebt nun eure Gläser, weil ich mit euch anstoßen möchte. Nicht auf unsere Zukunft, sondern auf die Gegenwart. Auf jede Erfahrung, auf die guten wie die schlechten, auf jeden, der hier ist« – ich fasse Dads Tagebuch –, »und jeden, der nicht hier sein kann, aber nichtsdestotrotz seinen Beitrag dazu geleistet hat, dass Adam und ich am heutigen Tag hier stehen. Ich weiß, dass wir einen ziemlich ungewöhnlichen Weg gegangen sind, aber ich hoffe, ihr stimmt mir zu, wenn ich sage, dass uns ein wahrhaft glücklicher Stern hierhergeführt hat …«

Und als wir uns küssen, empfinde ich genau das.

*Ende*

# Danksagungen

Ein Buch zu schreiben hat vieles gemein mit dem Beginn einer neuen Beziehung: Jedes Mal denkt man, dass es diesmal besser laufen wird. Das sagte ich auch zu meinem Mann, nachdem ich mein zweites Buch *Der erste letzte Kuss* beendet hatte. »Dieses werde ich genießen!« Daraufhin hob er nur skeptisch eine Braue. »Ich werde nicht weinen. Versprochen!« Und dann sagte ich locker und zuversichtlich zu meiner Agentin: »Mach dir keine Sorgen. Ich weiß ganz GENAU, wie man dieses ziemlich verwirrende Buch, das auf unterschiedlichen Ebenen spielt, in den Griff bekommt. Überhaupt kein Problem …« HA! In Wahrheit schien es mir manchmal schier unmöglich, und ohne die folgenden Menschen hätte es NIE UND NIMMER das Licht der Welt erblickt:

Ohne meinen tollen Freund und Kreuzritter der Schreibenden, Nick Smithers, der erneut wie ein Superheld herbeigestürzt kam, als ich richtig in der Klemme saß. Er hat mich aus meinem Loch gezogen, mit mir über die Charaktere und den Plot gebrainstormt und mich gezwungen, fröhlich zu tanzen, wenn ich ein Kapitel fertig hatte. Er hat mich schimpfen lassen, wie schrecklich es sei und dass ich niemals fertig werden würde – und dann ist er an meiner Seite geblieben, bis ich genau das geschafft hatte. Danke, Nick! Ich liebe dich, meine Kinder lieben dich, und mein Mann liebt dich. Der Anbau gehört dir.

Ohne meine Superagentin, Lizzy Kremer, die weit mehr in ihrem Job leistet, als es ihre Pflicht wäre: Sie ist Freundin,

Beraterin, Lektorin und Arbeits-»Mama«. Ich danke dir für alles, was du für mich getan hast und tust, und dass du mir bei Geschäftsessen sagst, wenn ich Essen im Gesicht/in den Haaren/auf der Bluse habe (Nichtzutreffendes bitte streichen!). Was würde ich nur ohne dich machen? Ein großer Dank geht auch an den Rest des Teams bei David Higham, vor allem an Laura West und Harriet Moore und die unglaubliche Lizenzabteilung, die meine Bücher so großartig ins Ausland verkauft.

Ich danke Clare Hey, meiner Lektorin, die in sehr große Fußstapfen treten musste, als meine Lektorin, Maxine Hitchcock, gegangen ist – und es mit Eleganz geschafft hat. Mein Dank gilt auch Jo Dickinson – ihr beide habt mir geholfen, dieses Buch zu etwas zu machen, das man nicht nur veröffentlichen kann, sondern auf das ich auch unglaublich stolz bin. Ohne euch hätte ich das wirklich nicht geschafft! Ein dickes Dankeschön geht an Mel Four für das wunderschöne Cover und – wie immer – an den Rest des unglaublichen Teams bei Simon & Schuster, vor allem an Sara-Jade Virtue, Rumana Haider, Alice Murphy-Pyle, Ally Grant, Dawn Burnett, Nico Poilblanc und Elinor Fewster, die alle unendlich brillant sind. Ich bin sehr glücklich, euch zu haben!

Ich danke (wieder einmal) meiner wundervollen Freundin Paige Toon. Jemandem so nahe zu sein, der im selben Boot sitzt (Bücher! Kinder! Abgabetermine!), tut mir unglaublich gut. Obwohl mir gerade auffällt, dass dein Boot deutlich schneller und produktiver ist, also doch nicht *ganz* dasselbe! Dank an meine Autorenkolleginnen Katy Regan & Lucy Robinson dafür, dass sie mir stets versichern, dass ich nicht die einzige Spinnerin auf Lizzys Liste bin! Ich muss auch den Rest der wunderbar inspirierenden, lustigen, unterstützenden, aufbauenden Kremer Crew erwähnen – es sind zu viele, um sie alle hier zu nennen, aber ich bin sehr stolz, einer so tollen Gruppe von Autorinnen anzugehören. Auf künftig noch mehr Champagner, Kuchen und viele Gespräche!

Ein riesiges Dankeschön meinem wunderbaren Netzwerk aus Freunden – insbesondere (und in alphabetischer Reihenfolge!) Helen Bord, Isabelle Edmondson, Emma Evans, Michelle Jones, Louisa Gordon, Nicola Grantham, Sue Matthews, Dana Payne, Lindsay Thornton und Rachel Widdicombe –, die mich alle mit Tee und Mitgefühl und/oder Wein versorgt haben und sich, wenn nötig, an manchem Abend mit mir betrunken haben. Die sich um meine Kinder gekümmert haben, wenn ich einen Abgabetermin hatte (und sich auch um mich gekümmert haben, wenn ich es brauchte!). Ach, und dann möchte ich noch Caroline erwähnen und das ganze Team von The Geographer, meinem reizenden Café, in dem ich manchmal schreibe und megastarke Lattes trinke!

Ich danke meiner unglaublichen Familie, vor allem den Großeltern für das viele kurzfristige Babysitten, während ich an diesem Buch geschrieben habe. Und natürlich meinen hinreißenden Neffen und Nichten, Ethan Whiting, Zack und Amelie Anderson, und meinen Cousins und Cousinen, Jess Southgate, Jordan, Libby und Finn March, die ALLEN von meinen Büchern erzählen. Ihr solltet dafür bezahlt werden!

Ein ganz besonders großer Dank gilt meinen Lesern, meinen Facebook-Fans und Twitter-Followern und nicht zu vergessen den tollen Buch-Bloggern, die mich jeden einzelnen Tag unterstützen, aufbauen und inspirieren. Eure Tweets, Rezensionen und Nachrichten ermuntern mich zum Schreiben. Ich hoffe, ihr seid stolz auf mich.

Und zu guter Letzt danke ich meinem wundervollen, geduldigen Ehemann, Ben, dass er all das mit mir durchgestanden hat. Das nächste Mal wird es besser, versprochen … (!)

**Es ist nie zu spät für den einen letzten Kuss …**

576 Seiten. ISBN 978-3-7341-0004-8

Dies ist die Liebesgeschichte von Molly und Ryan. Es ist die Geschichte davon, wie sie sich zum ersten Mal küssen, als Ryan der beliebteste Junge des Städtchens ist und Molly eine unsichere Fünfzehnjährige – und davon, wie dieser Kuss kein gutes Ende nimmt. Dies ist aber auch die Geschichte davon, wie sich Molly und Ryan Jahre später wieder begegnen und eine zweite Chance bekommen. Es ist wie ein wahr gewordener Traum. Doch dann müssen Molly und Ryan feststellen, dass Liebe allein manchmal einfach nicht genug ist. Es braucht auch den Mut, dafür zu kämpfen. Gerade dann, wenn einem das Glück plötzlich entgleitet …

Lesen Sie mehr unter: **www.blanvalet.de**